Floras Traum



*Schöne Lesestunden*
*wünscht herzlichst*

*Petra Durst-Benning*

Das Buch

Nach dem gerade überstandenen Krieg mit Frankreich geht 1871 in Baden-Baden die Sorge um, ob die »Sommerhauptstadt Europas« ihren alten Glanz zurückgewinnen kann. In dieser Zeit des Umbruchs kommt die junge Flora, Tochter der Samenhändlerin Hannah Kerner, in die Stadt. Für sie geht ein Traum in Erfüllung, denn in dem kleinen Blumenladen der Familie Sonnenschein wird sie zur Blumenbinderin ausgebildet. Mit ihrer Frische und Herzenswärme erobert sie die Familie und vor allem den Sohn Friedrich, mit ihren Ideen bringt sie neues Leben in das verstaubte Geschäft. Bald wird sie Friedrichs Frau und bedient die elegante Kundschaft bis hin zum europäischen Hochadel. Doch der Erfolg entzweit die Eheleute, und Flora beginnt, sich nach leidenschaftlicher Liebe zu sehnen. Sie wandelt auf einem schmalen Grat. Für ihr persönliches Glück setzt Flora alles aufs Spiel.
Der Roman ist zuvor unter dem Titel »Das Blumenorakel« erschienen.

Die Autorin

Petra Durst-Benning, 1965 in Baden-Württemberg geboren, ist Autorin, Übersetzerin und Dolmetscherin. Sie lebt mit ihrem Mann südlich von Stuttgart auf dem Land. Mit ihren historischen Romanen wurde sie zur Bestsellerautorin. Mehr über Petra Durst-Benning und ihre Romane erfahren Sie unter www.durst-benning.de

In unserem Hause sind von Petra Durst-Benning
bereits erschienen:

*Solang die Welt noch schläft · Die Champagnerkönigin*

*Die Glasbläserin · Die Amerikanerin · Das gläserne Paradies*

*Die Zuckerbäckerin · Die Zarentochter · Die russische Herzogin*

*Die Samenhändlerin · Floras Traum (Das Blumenorakel)*

*Die Silberdistel · Die Liebe des Kartographen · Antonias Wille*

*Mein Findelhund*

Petra Durst-Benning

# Floras Traum

(Das Blumenorakel)

Historischer Roman

List Taschenbuch

Besuchen Sie uns im Internet:
www.list-taschenbuch.de

Der Roman ist zuvor unter dem Titel
»Das Blumenorakel« erschienen.

MIX
Papier aus verantwortungsvollen Quellen
FSC® C083411

Neuausgabe im List Taschenbuch
List ist ein Verlag der Ullstein Buchverlage GmbH, Berlin.
1. Auflage März 2014

Umschlaggestaltung: bürosüd° GmbH, München
Titelabbildung: © Romana Chapman/Getty Images (Landschaft);
www.buerosued.de (Blumen)
Satz: Pinkuin Satz und Datentechnik, Berlin
Gesetzt aus der Sabon
Papier: Holmen Book Cream von Holmen Paper Central Europe,
Hamburg GmbH
Druck und Bindearbeiten: CPI books GmbH, Leck
Printed in Germany
ISBN 978-3-548-61189-1

# Die Nixe vom Wildsee

*Die Wiesen rund um das blaugrün schillernde Wasser des Wildsees waren besonders üppig, weshalb die Hirten ihre Ziegen dort besonders gern weideten. Bedächtig zupften die Tiere die feinwürzigen Kräuter, keines kam in die Versuchung, wilde Sprünge zu machen oder davonzulaufen.*

*Zufrieden mit der Wahl seines Weideplatzes, zog der junge Hirte seine Schalmei hervor und begann voller Hingabe zu spielen. Doch bald mischten sich in seine verträumte Melodie noch andere, viel schönere und feinere Klänge, die vom See herüberzuwehen schienen.*

*Neugierig machte er sich zum Ufer auf und traute seinen Augen kaum, als er auf einem Felsen im See eine herrlich anzuschauende Wasserfrau mit schwarzgelocktem Haar und grün funkelnden Augen erspähte. Sie spielte auf einer goldenen Harfe und sang mit glockenklarer Stimme dazu – eine Weise, die der Hirte nicht kannte, die ihn aber sofort in ihren Bann zog. Nur einmal schaute die Nixe den Jüngling an und lächelte leise dabei, ohne ihr Spiel und den Gesang zu unterbrechen.*

*So etwas Schönes hatte der Hirte noch nie gesehen, solch schöne Klänge nie gehört! Am liebsten wäre er für immer dort sitzen geblieben. Erst als es dunkel wurde, ging er zurück zu seinen Tieren.*

*Fortan kam er Abend für Abend an den See, um den verzauberten Klängen zu lauschen.*

*Sie heiße Merline, verriet die Schöne dem Jüngling eines Tages. Aber nie dürfe er sie mit diesem Namen ansprechen oder ihn ausrufen, wenn er sie nicht antreffe, denn sonst würde etwas Schlimmes geschehen.*

*Der Hirte nickte verwirrt.*

*Eines Tages lief er auf seinem Gang zum See einem alten Pechsieder, der seit Ewigkeiten in der Gegend unterwegs war, über den Weg. Er solle achtsam sein, warnte der Mann den Hirten. Schon so manch hübscher Jüngling habe im See sein ewiges Grab gefunden, weil er den lockenden Klängen der Nixe erlegen sei.*

*Seine Warnungen waren vergeblich – der junge Hirte war Merline längst verfallen, und eines Abends, als er die Nixe nicht auf ihrem gewohnten Felsen sitzen sah, konnte er nicht anders, als ihren Namen zu rufen.*

*»Merline …!«*

*Doch statt ihrer wurde er einer blutroten Rose gewahr, die aus der Wasserfläche herauswuchs und ans Ufer trieb. Als der Jüngling danach greifen wollte, fiel er ins Wasser und verfing sich im Dickicht der Schlingpflanzen. Er ruderte angstvoll mit den Armen und strampelte mit den Beinen, aber der Wildsee ließ ihn nicht mehr los, sondern zog ihn hinab in die Tiefe.*

*Die ganze Nacht und den nächsten Morgen blökten die Ziegen vergeblich nach ihrem Hirten. Danach verloren sie sich in den Wäldern rund um den See und waren ebenfalls nie mehr gesehen.*

# 1. Kapitel

*Januar 1871*

»Baden-Baden! Ich weiß jetzt schon, dass ich die Stadt nicht mögen werde.« Mürrisch starrte Flora aus dem Zugfenster. Der schwarze Kohlequalm der Dampflokomotive mischte sich mit dem lautlos fallenden Schnee zu einem unappetitlich aussehenden Schleier. Man konnte die Umgebung nur noch als graue Schatten wahrnehmen. Die wenigen Menschen, die unterwegs waren, versteckten ihre Nasen hinter den Mantelkragen oder Taschentüchern, um der schlechten Luft zu entgehen.

Flora wies am Bahnhofsgebäude vorbei auf ein riesiges Banner, das von einem Hotelfenster herabhing. »Bayerischer Hof – schau nur, wie protzig sie ihre Speisen und Getränke anpreisen!«

»Keine Sorge, unser Hotel liegt viel weiter in der Stadt und es ist gewiss nicht so vornehm.« Hannah Kerner, die neben Flora saß, seufzte. Das Letzte, was sie im Moment brauchen konnte, waren die Nörgeleien ihrer Tochter.

»Na, da bin ich aber froh. Brrr! Wie düster hier alles wirkt! Und irgendwie verlassen. Hier sollen wir also gute Geschäfte machen? Kuckucksspucke ist das, mehr nicht …« Dass ihre eigene Miene mindestens so düster und unfreundlich wirkte wie Baden-Baden an diesem Wintertag, schien Flora gar nicht zu merken.

Unwillkürlich warf auch Hannah einen skeptischen Blick auf die verschneite Stadt. Keine Soldaten weit und breit – sie wusste nicht, ob dies ein gutes oder ein schlechtes Zeichen war. Noch herrschte Krieg, Frankreich hatte offiziell noch nicht kapituliert, auch wenn die Zeitungen voll waren mit Berichten vom deutschen Sieg über die Franzosen. Offenbar hatte sich König Wilhelm schon vor ein paar Tagen im Spiegelsaal von Versailles zum Kaiser erklären lassen, von einer Geste »absoluter Unterwerfung« war in den Zeitungen die Rede gewesen. Ein deutscher Kaiser in Versailles – das war doch was! Helmut, Hannahs Mann, und die anderen Männer aus dem Dorf hatten den neuen Kaiser mit viel Bier und Schnaps hochleben lassen.

Aber was wäre, wenn sich die Franzosen gar nicht »absolut unterworfen« fühlten? Womöglich stand Frankreich kurz davor zurückzuschlagen? Falls ja, befänden sich Flora und sie hier in Baden-Baden an einem äußerst unsicheren Ort ...

Obwohl Hannah die Stadt von früheren Fahrten her recht gut kannte und schätzte, war ihr diesmal mehr als ein wenig mulmig zumute. Ganz gewiss gab es bessere Zeiten für eine Reise nach Baden-Baden als ausgerechnet den Januar dieses Jahres. Umso mehr bemühte sich Hannah, gegenüber Flora Zuversicht und Sorglosigkeit auszustrahlen. Es tat nicht not, dass ihre Tochter neben all dem Unwillen, den sie eh schon hegte, auch noch Angst verspürte.

In den letzten Tagen vor ihrer Abreise hatte Helmut jeden, der zuvor auch nur in die Nähe von Baden-Baden gekommen war, über die politische Lage befragt, doch keiner der Reisenden hatte etwas von Kämpfen oder gefährlichen Situationen berichtet. Also könnten auch Frau und Tochter ruhig losziehen, hatte Helmut gemeint. Hannah hatte nichts dagegen gesagt. Was auch? Sie konnten es sich nicht leisten, zu Hause auf bessere Tage zu warten! Sie mussten sich bei der Kundschaft zeigen, bevor die sich umorientierte.

Und ausgerechnet in dieser besonderen Situation musste es Hannah gelingen, der Tochter das Reisen und den Handel schmackhaft zu machen. Bisher war sie darin nicht sehr erfolgreich gewesen ...

Inzwischen stand der Zug. Die Tür des Abteils wurde aufgerissen, kalte Luft schwappte herein, die Schonzeit war vorüber.

»Jetzt hör auf zu schmollen!«, sagte Hannah an Flora gewandt. »Nimm die Leinentasche mit dem Essen und den Gastgeschenken, ich trage den Zwerchsack und den Koffer.« Noch während sie sprach, warf sie sich ihren warmen Umhang aus grünem Filz über, betrachtete prüfend ihr Spiegelbild in der beschlagenen Fensterscheibe, rückte den Filzhut zurecht und war zufrieden mit dem, was sie sah: Das Dunkelgrün von Hut und Umhang brachte ihr fast schwarzes Haar zur Geltung und passte genauso gut zu ihren dunklen Augen. Eine Tracht im eigentlichen Sinne konnte man den Umhang und das kleine Hütchen nicht nennen, aber beides waren Erkennungsmerkmale dafür, dass es sich bei der Trägerin um eine Gönninger Samenhändlerin handelte, die sich ihren Lebensunterhalt mit dem Handel von Blumen- und Gemüsesamen und Tulpenzwiebeln verdiente. Nicht allen Frauen aus Hannahs Dorf stand diese Kleidung so gut wie ihr. Sie war mit ihren 39 Jahren noch immer eine attraktive Frau.

Auch Flora trug das Gönninger Dunkelgrün. Allerdings schien es, als würde sie mit dem Filzumhang eine tonnenschwere Last auf ihren Schultern tragen.

Ach Mädchen, so schlimm ist das Leben einer Samenhändlerin doch gar nicht, dachte Hannah bei sich.

Wenige Minuten später saßen die beiden Frauen in einer Kutsche und waren auf dem Weg in Richtung Innenstadt. Hannah wollte zuerst in ihrem Gasthof das Gepäck loswerden, bevor sie die ersten Kunden aufsuchten.

Während der Wagen auf der festgefahrenen Schneedecke durch die Lange Straße fuhr, zeigte Hannah hier auf ein Palais, da auf ein Landhaus oder auf ein Hotel – allesamt Domizile ihrer verehrten Baden-Badener Kundschaft. Flora tat weiterhin betont teilnahmslos. Die verehrte Kundschaft interessierte sie herzlich wenig – das war die Aussage, die Hannah hinter ihrem

Schweigen laut und deutlich hören konnte. Doch statt sich über Floras Benehmen zu ärgern, brach es Hannah fast das Herz, die Tochter so unglücklich zu sehen.

Wie sehr sie dieses Kind liebte! Natürlich lagen ihr die Zwillinge, die zwei Jahre jünger waren als Flora, ebenso sehr am Herzen. Aber die Tochter war halt eine ganz besondere Person.

Flora ...

Es war nicht nur die Tatsache, dass sie ihr wie aus dem Gesicht geschnitten war: dieselbe dunkle, leicht krause Mähne – bei Hannah allerdings von immer mehr Silberfäden durchzogen –, derselbe kräftige und hohe Wuchs, für eine Frau vielleicht ein wenig stattlich, aber immerhin kein dünnes Stängelchen, das vom ersten Windhauch umgeweht wurde. Mutter und Tochter hatten beide braune Augen, doch während Hannahs wie Kohlesteine funkelten, glich Floras Augenfarbe dem Braun eines Stücks Schokolade. Hannah fand ihre Tochter hübsch, wusste jedoch, dass sie keine atemberaubende Schönheit war. Dafür aber ein liebes Mädchen. Meistens jedenfalls ...

Wenn sie die Tochter damals, vor einundzwanzig Jahren, nicht unter dem Herzen getragen hätte, hätte sie sich nie auf den Weg von Nürnberg nach Gönningen gemacht, an den Rand der Schwäbischen Alb. Womöglich wäre sie ihr Leben lang eine Magd im elterlichen Gasthof geblieben. Oder sie hätte irgendeinen fränkischen Griesgram geheiratet. Ohne dieses Kind hätte sie Helmut nicht bekommen! Den Mann, den sie so sehr liebte, dass es manchmal fast wehtat. Begeistert war er allerdings nicht gewesen, als sie mit einem Koffer in der Hand an einem kalten Dezembertag in Gönningen ankam und ihm die »frohe Botschaft« ihrer Schwangerschaft mitteilte. Er hatte jedoch getan, was ein Ehrenmann in dieser Situation tun musste: Er hatte sie geheiratet. Die große Liebe war es damals weiß Gott noch nicht gewesen. Die war erst im Laufe der Jahre gewachsen. Heute aber konnte sich Hannah ein Leben ohne Helmut nicht mehr vorstellen. Ein anderes Leben als das einer Samenhändlerin in Gönningen auch nicht. Und ihre Tochter sollte dasselbe Glück erleben.

Flora, die Göttin der Blumen – die keine Samenhändlerin werden wollte, sondern von etwas ganz anderem träumte. Die immer nur ihre Blumen im Kopf hatte. Ob diese Narretei tatsächlich etwas mit ihrem Namen zu tun hatte? So mancher im Dorf behauptete das. »Hättet ihr halt eine Waltraud oder eine Edelgard aus ihr gemacht!« So ähnlich hieß es dann. Im Stillen meinten die Leute damit, dass es nicht recht sei, mit der alten Sitte, den Namen des Paten an das Kind weiterzugeben, zu brechen.

Dabei hatte Helmut den ungewöhnlichen Namen vorgeschlagen. »Ein Kind, das mitten in der Natur zur Welt kommt, kann doch gar keinen anderen Namen erhalten als den der Blumengöttin«, hatte er gesagt. Hannah war alles recht gewesen, sie hatte in jenen Tagen kaum einen klaren Gedanken fassen können. Mitten auf dem Acker war die Fruchtblase geplatzt – man stelle sich das nur vor! Von ihrer überstürzten Ankunft einmal abgesehen, hatte Flora ihnen jedoch keine Mühe gemacht. Sie war ein liebreizendes Kind gewesen, und alle im Dorf hatten stets ein freundliches Wort für das kleine Mädchen mit seinen Blumensträußen übrig gehabt.

Die Erinnerungen ließen Hannah lächeln, doch schon im nächsten Moment seufzte sie erneut auf.

Liebreizend konnte man Flora in letzter Zeit gewiss nicht mehr nennen. Und jetzt saß sie mit einer Miene neben ihr, als würde sie zum Schafott gefahren!

»Es reicht, mein Kind.« Der Kopf des Kutschers fuhr herum, doch Hannah kümmerte es nicht. Es gab Dinge, die einfach gesagt werden mussten.

»Ich weiß, dass du immer noch davon träumst, Blumenbinderin zu werden. Aber Träume sind nun einmal Schäume. Dir hat es in der Gärtnerei Gruber in Reutlingen doch überhaupt nicht gefallen! Du warst eine Magd, hast für andere Leute geackert, während ich daheim vor lauter Arbeit nicht mehr wusste, wo mir der Kopf stand. Dass dein Vater und ich dich zur Frau Gruber haben gehen lassen, war ein großes Zugeständnis.

Du wolltest etwas lernen – da mochten wir dir nicht im Wege stehen. Aber was ist dabei herausgekommen? Dir hat es vor der Arbeit gegraut! Regelrecht angebettelt hast du den Vater, damit du nicht mehr hinmusst … Bitte halten Sie an!«, wandte sie sich plötzlich an den Fahrer.

»Hier? Aber ich dachte, sie wollten in die Tausend-Seelen-Gass?« Mürrisch schüttelte der Mann den Kopf, half Hannah aber dabei, ihr Gepäck auszuladen.

»Das war ja auch gar kein richtiger Blumenladen, viel eher ein Bauernhof! Anderswo hätte ich sicher mehr übers Blumenbinden gelernt …«, murrte Flora und kratzte mit ihrer Schuhspitze ein Loch in den Schnee.

Am liebsten hätte Hannah sie in den Arm genommen. Stattdessen sagte sie: »Wie dem auch sei – jetzt ist es an der Zeit, dass du bei uns mitarbeitest, so, wie deine Freundinnen es bei ihren Eltern auch tun. Nicht, dass es allen dabei so gut ergeht wie dir … Schau dir zum Beispiel Suse an, die mit ihrer Mutter im südlichen Schwarzwald fast nur arme Leute als Kundschaft hat. Baden-Baden dagegen … So einen feinen Samenstrich hat kaum einer!« Wenn Flora erst einmal sah, wie prunkvoll die Stadt war, würde sie bestimmt auch begeistert sein, dachte Hannah voller Hoffnung.

»Wohin gehen wir eigentlich? Ich wäre lieber weitergefahren …«

Hannah lächelte. »Ich möchte dir ein wenig von der Stadt zeigen. So anstrengend war die Zugfahrt nicht, als dass wir nicht ein paar Minuten zu Fuß gehen könnten, oder?«

»Wenns sein muss …« Seufzend packte Flora Leinentasche und Zwerchsack, Hannah nahm den Koffer, und dann stapften sie über eine der Brücken, die über die Oos führten.

»Das hier ist das sogenannte Conversationshaus.« Hannah zeigte auf ein großes Gebäude zu ihrer Seite. »Hier ist die berühmte Spielbank untergebracht, aber es gibt darin wohl auch Tanzsäle, ein feines Restaurant und was weiß ich noch.«

Flora verzog den Mund. »Ziemlich pompös, oder?«

Hannah beschloss, den nörgeligen Ton zu ignorieren. »Du wirst sehen, Baden-Baden hat viele schöne Seiten! Es ist außerdem ein sehr sicheres Reisegebiet, wir werden in einem guten Gasthof mit einer netten Wirtsfrau wohnen – was willst du mehr?« Hannah schüttelte den Kopf. Sie konnte es nicht fassen, dass sie hier in der Eiseskälte dieses Gespräch führten. Nach all den zermürbenden Gesprächen derselben Art, die sie über Weihnachten und Neujahr hinter sich gebracht hatten. Manchmal fragte sie sich, ob Helmut und sie nicht zu gutmütig waren.

Als von Flora keine Antwort kam, fuhr Hannah fort: »Wie du weißt, hat dein Vater diesen Samenstrich für viel Geld von Martin Gsell gekauft. Er wollte, dass du ein besonders gutes Handelsgebiet bekommst. Die meisten Kunden hier sind Blumengärtner – das ist doch wie geschaffen für dich! Und du kannst hier auch richtig viel verdienen. Zugegeben, dass der Krieg dazwischengekommen ist, ist mehr als ärgerlich. Umso wichtiger ist es, dass wir uns dieses Jahr bei all den Kunden blicken lassen. Sonst kaufen sie ihre Sämereien am Ende noch anderswo und wir haben das Geld für die Ablöse umsonst bezahlt.« Hannah schüttelte den Kopf. »Ach Flora, mach es mir doch nicht so schwer ...« Als zwei mit Körben beladene Frauen an ihnen vorbeiwollten, trat Hannah auf die Straße, wo jedoch im selben Moment ein Fuhrwerk daherkam. Hastig sprang sie wieder auf den Gehsteig. Verflixt, es gab weiß Gott bessere Plätze für eine Predigt! Wütend funkelte sie Flora an.

»Wenn ich gewusst hätte, wie garstig du dich benimmst, wäre ich zu Hause geblieben! Dann hättest du allein schauen können, wie du zurechtkommst.« Sie stöhnte unwillkürlich auf. Obwohl sie feste Stiefel mit dicken Ledersohlen trug, war ihr die Kälte in die Glieder gekrochen. Seit einem Unfall vor vielen Jahren, bei dem sie mit ihrem rechten Bein in eine Tierfalle geraten war, bekam ihr die Kälte nicht mehr so gut.

Flora schaute auf, erschrocken und schuldbewusst.

»Ach Mutter, es tut mir leid ... Sei nicht böse. Ich bin dem Vater und dir ja dankbar, wirklich! Aber ich wollte halt ...«

Hannah nahm ihre Tochter in den Arm. Dass sie den Gehsteig nun völlig blockierten, war ihr gleichgültig.

»Die Träume, ich weiß, mein Kind …«

## 2. Kapitel

Arm in Arm marschierten Mutter und Tochter weiter. Flora musste heimlich zugeben, dass sie von Baden-Baden schon nach den ersten Eindrücken ziemlich angetan war. Die Lange Straße, in der sich ein großes Hotel ans andere reihte, dieses Conversationshaus und nun die hübsche kleine Allee, die laut Hannah »Promenade« genannt wurde und zu deren linker und rechter Seite sich ein schönes Geschäft neben dem anderen fand … Mit langem Hals und aufgerissenen Augen schaute Flora auf die farbigen Kreationen in der Auslage eines Hutmachers. Und was war das? Wie ein Hund, der eine Spur witterte, hielt Flora ihre Nase in die Luft. Lavendelduft – mitten im Winter? Er drang aus einer Parfümerie, in der goldene Kronleuchter Tausende von Fläschchen und Tiegel beleuchteten – wie prachtvoll!

Hannah sagte: »Man nennt diese Läden die ›Promenadeboutiquen‹. Eigentlich wollte ich ein Stück die Lichtenthaler Allee entlanggehen und erst weiter vorn über eine der Brücken wieder in die Stadt einbiegen, aber auch so herum ist es zu unserem Gasthof nicht mehr weit.«

Flora nickte. So viele schöne Geschäfte – wenn sie davon ihrer Freundin Suse erzählte … Dann zeigte sie auf die gegenüberliegende Zeile mit Läden. »›Maison‹, ›Confections‹, ›Chocolatier‹ – findest du so viel Französisches nicht ein bisschen … affektiert?«

»Bei den vielen französischen Gästen nenne ich das eher geschäftstüchtig. Aber ob diese Gäste zukünftig noch kommen?«

»Mutter, schau doch nur – ein Blumenladen!« Abrupt blieb Flora vor dem letzten Geschäft in der Reihe stehen. Die drei großen Schaufenster waren mit riesigen Rosenbuketts dekoriert, die in silbernen Gefäßen standen, und zwischen den Fenstern, deren Rahmen golden lackiert waren, befanden sich große Kübel mit Tannenbäumen. Alles zusammen wirkte so edel, so fein …

Dieses Geschäft hatte nichts gemeinsam mit dem Laden der Frau Gruber, wo es außer Blumen auch Gemüse zu kaufen gab und auf dessen Boden stets die Abdrücke schmutziger Schuhe zu sehen waren.

»Diese Farben … Wo kriegen die mitten im Winter nur die blühenden Rosen her?« Floras Stimme war ganz leise geworden. Dann wandte sie sich stürmisch zu Hannah um. »Liebste Mutter – bitte, können wir hineingehen? Nur mal gucken? Wenn wir schon mal hier sind …«

»Kind, wir müssen noch zu unseren –«

»Nur ganz kurz, ja? Schau, da betritt eine Kundin das Geschäft! Wie elegant sie aussieht …«

»Maison Kuttner, hm …« Hannah schüttelte den Kopf. »Gehört auf alle Fälle nicht zu unserer Kundschaft. Wahrscheinlich züchten die ihre Blumen nicht selbst, sondern lassen sich die blühende Ware liefern.« Ihr Blick wanderte zwischen Flora, dem Blumenladen und der großen Kirchturmuhr auf der anderen Straßenseite hin und her.

»Also gut, wenn du hinterher nicht mehr allzu sehr trödelst …«

»Tausend Dank!« Ein rascher Kuss auf Hannahs Wange – und schon war Flora halb im Laden.

Der Blick der Verkäuferin wanderte über Hannahs Zwerchsack und ihren Umhang hinab zu den derben Stiefeln. Ihre Miene verzog sich, als habe sie einen Hundehaufen oder etwas ähnlich Unappetitliches erblickt. Mit spitzem Zeigefinger deutete sie auf die Tür.

»Der Dienstboteneingang liegt hinter dem Gebäude …«

Auch ihre beiden Kolleginnen hinter der Ladentheke musterten Flora und ihre Mutter abschätzig.

Flora, die mit weit aufgerissenen Augen die exotischen Blumen und Gewächse bewunderte, fühlte sich im ersten Moment gar nicht angesprochen. Passionsblumen, Malvenblüten, weiß blühende Myrte …

»Wir wollen lediglich Ihr Angebot ansehen.« Hannahs kühl vorgebrachte Erwiderung riss Flora aus ihren Betrachtungen. Irritiert schaute sie die Mutter an, die fortfuhr: »Doch ich befürchte, dass Rosen im Winter nicht unseren Geschmack treffen, wir ziehen das … Natürliche vor!« Die Nase höher gereckt als alle anderen anwesenden Damen, stapfte Hannah aus dem Laden.

Flora folgte ihr mit steifem Rücken.

»Was für unverschämte Ziegen«, zischte Flora, kaum dass sie draußen waren. »Hast du diese lächerlichen gerüschten Kleidchen gesehen? Die passen vielleicht in einen Zuckerbäckerladen, aber gewiss nicht in ein Blumengeschäft!« Mit jedem Wort stieß Flora eine weiße Atemwolke aus, die kurz in der kalten Luft stehen blieb, bevor sie sich auflöste.

»Und dann die Rosen – die Kunst der Rosentreiberei ist in Paris oder Hamburg sehr gefragt, aber ich persönlich finde sie schrecklich! Rosen im Winter – das ist wie Weihnachten im August!«, schnaubte auch Hannah. Ein Pferd, das gerade an ihnen vorbeizog, wandte den Kopf zu ihnen um und wieherte eifrig mit.

Die beiden Frauen lachten.

Flora staunte darüber, wie zielsicher die Mutter sie durch die Stadt führte: Am Ende der Promenade überquerten sie einen kleinen Platz, dann kamen sie in die Sophienstraße, dort hieß es Obacht geben und den Abzweig in die Stephanienstraße nicht verpassen.

»Schau mal, dieses Sommerpalais hat einst die französische

Großherzogin Stephanie erbauen lassen!« Hannah zeigte nach rechts auf ein trotz seiner Größe lieblich wirkendes Gebäude, das inmitten eines großen Gartens stand. »Bestimmt ist die Straße nach ihr benannt. Der Gärtner, der die Grünanlage pflegt, ist auch unser Kunde.«

Flora nickte sichtlich beeindruckt.

Je weiter sie die Straße entlangschritten, desto mehr veränderte diese ihr Gesicht: Auch hier waren die Hausfronten zwar sauber geweißelt, reckten sich jedoch mehr in die Höhe als in die Breite. Elegante Schaufenster gab es nicht, stattdessen stand die Ware – Besen, Körbe, Fässer und vieles mehr – einfach auf der Straße. Kleider und Hüte suchte man vergebens in den Auslagen. Dafür kamen Hannah und Flora an einer Schmiede, einem Tabakwarenladen und einem Gemischtwarengeschäft vorbei. Direkt daneben lag ein Laden, dessen Schaufenster vollgestopft war mit alten Büchern.

Flora runzelte missbilligend die Stirn. »Die schönen Bücher könnte man auch hübscher präsentieren.«

Hannah gab ihrer Tochter einen kleinen Stups. »Du und deine ›hübschen Präsentationen‹. Komm jetzt lieber!«

Doch statt weiterzugehen, drückte Flora ihre Nase an die Fensterscheibe. »*Die Sprache der Blumen* – was ist denn das?« Sie zeigte auf das oberste Buch auf einem hohen Stapel.

»Wenn du glaubst, wir statten diesem Laden nun auch noch einen Besuch ab, hast du dich getäuscht, meine Liebe«, sagte Hannah energisch. »Vielleicht haben wir an einem der kommenden Tage Zeit für so etwas!«

Floras Unmut über die Mutter hielt nicht lange an. Diese Vielfalt an Geschäften – hatte der Kutscher die Straße deshalb »Tausend-Seelen-Gass« genannt? Oder weil hier so viele Menschen wohnten und ihrer Arbeit nachgingen? In dieser Straße konnte man sich wohlfühlen, ging es Flora durch den Kopf. Hier vereinte sich das Städtische mit einer Heimeligkeit, wie sie sie aus Gönningen kannte.

Das Ende der Straße und somit ihr Gasthof seien nun nicht

mehr weit, murmelte Hannah und packte Flora fest am Arm, als sie erneut an einem Blumenladen vorbeikamen.

Im Vergleich zum Maison Kuttner war dieses Geschäft deutlich kleiner. Es gab auch keine hübschen Bäumchen vor der Tür, sondern lediglich einen alten Mann, der sich mit einem abgenutzten Besen bemühte, die zwei Treppenstufen, die zum Laden hochführten, vom Schnee zu befreien.

Flora lächelte dem Mann kurz zu und warf dabei einen raschen Blick in Richtung des Schaufensters, wo es außer einer Vase mit Nelken und ein paar vergilbten Plakaten nichts zu sehen gab.

Hannah zupfte an ihrem Ärmel. »Schau, da vorn, die Goldene Henne! Na endlich, ich –«

Im selben Moment ertönte neben ihnen ein dumpfer Knall, gefolgt von einem Schmerzensschrei.

»Himmel, hilf!« Hannah ließ ihr Gepäck fallen.

Der alte Mann lag halb auf dem Gehweg, halb auf der Treppe, den Besen seltsam zwischen seinen Beinen verkeilt. Blut lief aus seiner Nase und dem rechten Mundwinkel. Die Zunge des Mannes, die zwischen seinen Lippen hervorsah, schien bereits anzuschwellen, als habe er bei dem Sturz daraufgebissen. Er stöhnte.

»Hören Sie mich? Können wir Sie hineintragen?« Sanft rüttelte Hannah am Arm des Verletzten, gleichzeitig schaute sie über ihre Schulter. Doch ausgerechnet jetzt war die Straße menschenleer.

Reglos starrte Flora auf das Blut, das in den Schnee tropfte.

»Hallo! Hören Sie mich?«, wiederholte Hannah.

Der Mann hob mühsam den Kopf und stöhnte. Dann bewegte er sich nicht mehr.

Endlich erwachte Flora aus ihrer Erstarrung.

»Er stirbt! Um Himmels willen, Mutter – tu doch was!«

# 3. Kapitel

»Und wenn es etwas Modernes sein soll, darf ich Ihnen unsere wunderschönen Zinnien anbieten ...« Hannah öffnete ein kleines Leinensäckchen und ließ daraus eine Handvoll Samenkörner auf den Tisch rieseln. Über ihrer Oberlippe hatte sich ein feiner Schweißbart gebildet.

In der Werkstatt der Gärtnerei Flumm brannte im Bullerofen ein kräftiges Feuer. Nach der Kälte draußen war die Wärme im ersten Moment hochwillkommen gewesen, doch schnell begannen beide Frauen unter ihren Wollkleidern zu schwitzen. Der erdige Duft der Samenkörner – es war nur eine kleine Probe zur Ansicht, die eigentliche Lieferung würde erst später von zu Hause aus erfolgen – mischte sich mit dem Geruch der schwitzenden Leiber und dem des Hundes, der in seinem Korb neben der Tür döste und hin und wieder mit den Pfoten zuckte.

Einen Moment lang fühlte sich Flora in die heimische Packstube versetzt – dort roch es ganz ähnlich. Nicht, dass sie sich dorthin zurückwünschte! Von früh bis spät Sämereien abwiegen, in Tüten packen, diese bestempeln oder beschriften, dann alles in große Pakete verschnüren, die zum Bahnhof gebracht werden mussten – es waren immer dieselben Arbeiten.

Flora gähnte. Wenn es bloß nicht so stickig wäre ... Immer wieder wanderten ihre Gedanken durch das feucht beschlagene Fenster auf und davon.

Wie es dem alten Mann wohl ging? Er war so schwach gewesen und gleichzeitig so aufgeregt! Und geweint hatte er, weil er allen so viele »Umstände« bereitete. Hannah und Flora waren sehr erleichtert gewesen, als er aus seiner Ohnmacht wieder erwachte. Ob der Sohn, den irgendjemand verständigt hatte, den Vater wohl in ein Krankenhaus gebracht oder wenigstens einen Arzt gerufen hatte?

»Allerbeste Qualität, sehr wuchsfreudig und robust, Sie können unsere Zinnien direkt ins Freibeet säen!« Noch während

Hannah sprach, schlug sie in ihrer Preisliste die richtige Seite auf und tippte auf die entsprechende Zeile. »Und der Preis kann sich auch sehen lassen!«

Flora, der inzwischen kleine Schweißperlen zwischen den Brüsten hinabrannen, schaute stumm zu, wie ihre Mutter dem Gärtner eine Sorte Blumensamen nach der anderen verkaufte. Mit jeder Zeile, die sie im Bestellschein ausfüllte, wurde Hannahs Miene entspannter. Was die Zinnien anging, blieb der Mann jedoch zögerlich.

»Diese Farben! Vom zarten Hellrosa bis ins tiefste, hochelegante Lila ist alles dabei.« Hannah schloss ihre Augen für einen Moment, ihr Ausdruck war voller Verzückung. Dann schnappte sie sich ein zweites Buch, blätterte es rasch durch und tippte auf eine Zeichnung. Zinnien in allen möglichen Farben waren darauf zu sehen, so detailreich gemalt, dass man beim Betrachten das Gefühl hatte, die samtig wolligen Blüten in der Hand und ihren krautigen Duft in der Nase zu haben. »Sind die nicht wundervoll?«

»Also gut!«, sagte Siegfried Flumm. »In den letzten Jahren waren bäuerliche Blumen zwar nicht sonderlich gefragt, alle schrien nach eleganten Sorten, aber wer weiß?« Er zuckte mit den Schultern. »Vielleicht ist dieses Jahr das Rustikale wieder Trumpf?«

Hannah nickte eifrig. »Natürlich empfehle ich unbedingt auch einige elegante Sorten. So wie unseren hochfeinen Rittersporn ... Möchten Sie selbst einen Blick in unser Musterbuch werfen?«

Mit anerkennendem Nicken tippte der Gärtner hier auf eine Jungfer im Grünen, da auf ein Schmuckkörbchen und ein paar Seiten weiter auf ein paar Sommerastern. Hannah notierte eifrig.

Die Idee zu diesem Buch hatte einst Seraphine gehabt, Floras Tante. Saatgut machte optisch natürlich nicht viel her, es bedurfte seitens des Kunden schon einiger Fantasie, sich vorzustellen, dass aus einer Handvoll brauner Körner einmal die schönsten

Blumen entstehen würden. Bunte Blumenbilder würden beim Verkaufen helfen, hatte Seraphine argumentiert. Dank ihrer künstlerischen Begabung war vor vielen Jahren das erste Musterbuch entstanden. Inzwischen hatte sie für jedes Mitglied der Familie Kerner, das auf die Reise ging, ein solches Buch angefertigt. Auch Flora sollte solch eine Verkaufshilfe bekommen – derzeit war Seraphine mit Eifer dabei, es fertigzustellen.

Flora seufzte leise. Alle in der Familie schienen ihren Platz im Samenhandel gefunden zu haben und waren glücklich damit. Alle außer ihr. Warum das so war, verstand niemand, sie selbst am allerwenigsten.

»Eine Blumenbinderin will ich werden. Das und nichts anderes!«, hatte sie so lange gequengelt, bis die Eltern sie schließlich im letzten Jahr in die Reutlinger Gärtnerei hatten gehen lassen. Nicht, weil sie von Floras Entscheidung überzeugt gewesen wären, aber Floras Blumenliebe hatten sie irgendwann nichts mehr entgegenzusetzen gehabt.

Schon als kleines Mädchen hatte es für Flora nichts Schöneres gegeben, als stundenlang die Wiesen rund ums Dorf zu durchstreifen und Blumen zu pflücken. Ohne dass ihr dies je einer der Erwachsenen erklärt hätte, wusste sie immer ganz genau, wo und zu welcher Jahreszeit sie welche Blumen finden konnte: Am Waldrand sammelte sie Weidenröschen, in der Nähe der Kornäcker standen Margeriten, Mohn und Kornblumen. Am Bach entlang pflückte sie Schlüsselblumen sowie das von ihr so sehr geliebte Wiesenschaumkraut. »Kuckucksblumen«, nannte Hannah es. Und Kuckucksspucke sagte sie zu dem Schaum, der sich im Frühjahr auf den zartlila Blüten bildete und in den Insekten ihre Larven legten. Als Flora diese Schaumnester zum ersten Mal gesehen hatte, war sie entsetzt gewesen. »Wie kann jemand die schönen Blumen so schmutzig machen?«, hatte sie heulend von ihrer Mutter wissen wollen. Und die hatte lachend gesagt: »Das ist doch nur Kuckucksspucke!« Seitdem verwendete Flora den Ausdruck immer dann, wenn sie in heller Aufregung war – was ihr oftmals seltsame Blicke einbrachte.

Die Reutlinger Gärtnerei war eine Enttäuschung gewesen. Ums Blumenbinden war es dort fast nie gegangen, dafür umso mehr um den Anbau und die Pflege der Blumen.

Natürlich hatte das halbe Dorf mitbekommen, dass Floras »Blumenbinderlehre« ein Misserfolg war.

*»Die Sämereien waren ihr ja nicht fein genug!«*

*»Nur das eigene Vergnügen hat sie im Kopf, wie die Eltern zurechtkommen, das kümmert sie nicht ...«*

So oder so ähnlich hatte es geheißen, als Flora wie ein geprügelter Hund nach Gönningen zurückgekehrt war.

Ihre Brüder hatten laut gelacht – in ihren Augen war die Schwester mit ihrem Blumenfieber sowieso eine Verrückte. Die Eltern waren halb verärgert, halb ratlos gewesen. Und Seraphine, ihre Tante, sagte etwas wie: *»Auch ich hatte einmal Träume ...«*, und dass man diese am besten so schnell wie möglich beerdigte. Verflixt noch mal, das versuchte sie ja, aber –

»... hingefallen? Du lieber Himmel! Der alte Herr Sonnenschein kränkelt schon seit geraumer Zeit ständig mit einer Erkältung oder er hat es im Kreuz oder wird von sonst einem Zipperlein geplagt. Nicht, dass er jammern würde! Immer versucht er, die ganze Welt davon zu überzeugen, wie gut er alles meistert. Sein Sohn hilft ihm, wo er nur kann. Aber viel Zeit hat er nicht, der Friedrich. Er arbeitet in der Trinkhalle, aber fragen Sie mich nicht, was genau er dort tut. Von uns Baden-Badenern setzt kaum jemand einen Fuß dort hinein, das ist nur was für unsere verehrten Kurgäste.« Der ironische Unterton in Gärtner Flumms Stimme war nicht zu überhören.

»Sprecht ihr über den Mann aus dem Blumenladen?« Floras Frage kam so unvermittelt, dass sowohl Hannah als auch der Gärtner zusammenzuckten. Fast schien es, als hätten sie die Anwesenheit der Jüngeren vergessen.

Hannah warf ihrer Tochter einen missbilligenden Blick zu. »Wie schön, dass du noch nicht eingeschlafen bist!«, zischte sie.

»Kuno Sonnenschein war mal einer meiner guten Kunden.« Der Gärtner seufzte. »Aber inzwischen scheint das Geld im

Hause Sonnenschein ziemlich knapp zu sein, denn er kauft immer nur das Billigste …«

Hannah machte ein mitleidiges Gesicht. »Wahrscheinlich ist der arme Herr Sonnenschein auch schon verwitwet?«

»O nein, die gnädige Frau Sonnenschein ist noch höchst lebendig, aber … wie soll ich sagen? Eine Hilfe ist sie ihrem Mann nicht. Sie hat sogar selbst Hilfe im Haushalt, als wäre sie eine feine Dame. So müsste mir mal meine Else kommen!« Der Gärtner lachte.

Hannah räusperte sich, dann sagte sie zuckersüß: »Ob Sie es glauben oder nicht – auch ich habe eine Magd. Mein Mann ist nämlich der Ansicht, dass ich im Geschäft viel nützlicher bin.«

Siegfried Flumm blickte sie irritiert an. »So gesehen …«

Unwillkürlich musste Flora grinsen. Mutter konnte eine ziemliche Kratzbürste sein! Bevor sie am Ende noch mit einem durchgestrichenen Bestellzettel dasaßen, startete Flora ein Ablenkungsmanöver.

»Gibt es denn keine Tochter in der Familie? Also, wenn meine Eltern einen Blumenladen hätten, wäre es für mich das Natürlichste von der Welt, dort mitzuarbeiten.«

Die Miene des Gärtners hellte sich wieder auf. »Eine Tochter gibts, aber die ist ins Kloster gegangen …«

Hannah holte tief Luft. »Tja, es hat halt nicht jeder so viel Glück wie Sie mit Ihrem wunderbar florierenden Betrieb, in dem alle fleißig mithelfen. Vielleicht sollten wir jetzt den Bestellzettel zu Ende ausfüllen?« Resolut zückte sie ihren Stift.

## 4. Kapitel

Als sie an diesem Abend den Gasthof Goldene Henne erreichten, waren Mutter und Tochter zwar müde und bis in den letzten Knochen durchgefroren, dafür aber um drei vollständig ausgefüllte Bestellzettel reicher. Außer der Gärtnerei Flumm hatten sie noch zwei weitere Gärtnereien am Rande der Stadt aufgesucht, und alle hatten gut eingekauft. Am nächsten Tag würden die Kunden *in* der Stadt – Hotelgärtner, Besitzer von Privatgärten sowie die städtischen Gärtner, die für die Bepflanzung der Kuranlagen zuständig waren – an die Reihe kommen. Auch bei diesen versprach sich Hannah gute Geschäfte.

Das Essen stünde in einer Viertelstunde auf dem Tisch, versprach die Wirtin, kaum dass Mutter und Tochter durch die Tür traten. Außerdem habe sie zwei Wärmflaschen in die Betten gelegt, fügte sie mit einem mütterlichen Lächeln hinzu.

Ein angewärmtes Bett – Flora stöhnte vor Wonne auf, als sie die schmale Treppe zu ihrer Kammer hinaufstiegen. Wenn das Zimmer nicht gar zu kalt war, konnte sie sich bis aufs Unterkleid ausziehen, sich zwischen die Laken kuscheln und –

»Glaub ja nicht, du kämst heute so schnell ins Bett«, sagte Hannah, als könne sie Gedanken lesen. »Jetzt feiern wir erst einmal unsere guten Umsätze. Auch das gehört zum Geschäft. Warte nur ab, ich werde dir den Handel noch richtig schmackhaft machen!«

Ein gutes Essen, vielleicht ein Krug Bier dazu oder ein Glas Wein – so hatte sich Flora den Abend vorgestellt. Dass ihre Mutter die ganze Gaststube mit ihrem Gesang unterhalten würde – damit hatte sie nicht gerechnet.

*»… Es wollt ein Schneider wandern,*
*Am Montag in der Fruh,*
*Begegnet ihm der Teufel,*
*Hat weder Strümpf noch Schuh':*
*He, he, du Schneiderg'sell,*
*Du musst mit mir in die Höll,*
*Du musst uns Teufel kleiden,*
*Es gehe, wie es wöll …*

Los, sing mit, Kind!«, forderte Hannah Flora auf, doch die schüttelte nur den Kopf. Die Handtasche mit dem eingenommenen Geld fest auf dem Schoß, saß sie da und hörte zu, wie Hannah die zweite Strophe des Wanderliedes anstimmte. Die Männer, die sich rund um ihren Tisch versammelt hatten, fielen mit ein.

Hannah und Flora hatten ihr Essen – ein kräftiges Gulasch mit allerlei Gemüse und dicken Fleischstücken – noch nicht ganz aufgegessen, als schon der erste Gast fragte, ob er ihnen Gesellschaft leisten dürfe. Es dauerte nicht lange, bis der nächste kam. Und der nächste.

Schnell geriet man ins Erzählen – Flora staunte, wie lebhaft sich Hannah am Gespräch beteiligte. Nach den anstrengenden Verkaufsverhandlungen wäre es kein Wunder gewesen, wenn sie ein wenig mundfaul reagiert hätte. Flora selbst war das ganze Palaver schon fast zu viel.

Bis auf einen der Männer – er hatte sich als Vertreter von Miederwaren vorgestellt, was bei seinen Tischnachbarn wahre Anfälle von Heiterkeit ausgelöst hatte – gaben alle eine Runde Bier, Schnaps oder Wein aus. Und als Hannah das erste Lied anstimmte, fielen alle außer Flora mit ein. Sie lächelte verlegen und wunderte sich darüber, dass die anderen alle den Text kannten.

*»... Sobald der Schneider in die Höll kam,*
*Nahm er seinen Ehlenstab,*
*Er schlug den Teuflen Buckel voll,*
*Die Hölle auf und ab:*
*He, he, du Schneiderg'sell,*
*Musst wieder aus der Höll,*
*Wir brauchen nicht zu messen;*
*Es gehe, wie es wöll ...«*

Flora schüttelte den Kopf. Auch auf Dorffesten war Hannah immer diejenige, die als Erste das Tanzbein schwang, was nicht von allen mit Wohlgefallen gesehen wurde. Tanzen war liederlich – manch einer von den älteren Gönningern vertrat noch immer diese Ansicht, die natürlich weder Flora noch ihre Freundinnen teilten. Doch manchmal war Flora die Ausgelassenheit der Mutter ein wenig peinlich.

Gerade war sie aufgesprungen und wiegte sich im Takt der Musik.

*»… Nachdem er all gemessen hat,*
*Nahm er seine lange Scher*
*Und stutzt den Teuflen d' Schwänzlein ab*
*Sie hüpfen hin und her.*
*He, he, du Schneiderg'sell,*
*Pack dich nur aus der Höll,*
*Wir brauchen nicht das Stutzen,*
*Es gehe, wie es wöll …«*

Unwillkürlich musste auch Flora lachen. Sie schaute auf, als sie an ihrer linken Seite eine Bewegung wahrnahm.

Mit einem knappen Nicken in ihre Richtung rutschte ein Mann auf die Eckbank. Flora erwiderte seinen zurückhaltenden Gruß. Hannah war schon bei der nächsten Strophe angelangt, als Flora klar wurde, dass ihr Banknachbar niemand anderes war als dieser Friedrich Sonnenschein, der Sohn des alten Blumenhändlers, dem sie nach seinem Sturz geholfen hatten. Trübe starrte er in sein Bier und schien mit seinen Gedanken weit weg zu sein.

Scheinbar hatte er Flora nicht wiedererkannt – sonst hätte er doch der Höflichkeit halber ein paar Worte mit ihr geredet, oder? Unter niedergeschlagenen Lidern schaute sie zu ihm hinüber.

Friedrich Sonnenschein war ein Mensch, dem der liebe Gott keinerlei ungewöhnliche äußerliche Merkmale mitgegeben hatte: Seine Augen waren von einem blassen Hellblau, sie wirkten durchscheinend wie ein seichtes Gewässer. Der Mann hatte weder eine krumme noch eine zu große Nase, weder besonders schöne noch unschöne Haare, er war auch nicht von extrem großem oder kleinem Wuchs, sondern von durchschnittlicher Größe, dabei aber nicht drahtig oder sehnig, sondern eher etwas schwammig. Unwillkürlich fiel Floras Blick auf ihre eigenen Arme und Hände, denen man die Plackerei in der Gruber'schen Gärtnerei sehr wohl ansah. Aber hieß es nicht, Schwielen an den Händen seien die schönste Zier für eine fleißige Schwäbin? Sie lächelte verstohlen.

Trotz seines unauffälligen Äußeren sah dieser Friedrich irgendwie nett aus. Freundlich und nicht so ungepflegt wie manch anderer Bursche in der Wirtschaft. Und –

»Nochmals vielen Dank für die Hilfe, die Sie meinem Vater haben zukommen lassen!«

Er hatte sie also doch erkannt! »Wie geht es ihm denn?«, fragte Flora höflich.

»Er humpelt und hält sich die Hüfte, wenn er glaubt, niemand sieht es …« Friedrich Sonnenschein verzog das Gesicht. »Mein Vater will einfach nicht zugeben, dass er im letzten Jahr immer schwächer geworden ist. Als habe der liebe Gott ihm von heute auf morgen zehn Jahre auf den Buckel gepackt. Er wird schnell müde, und dann diese seltsamen Schwindelanfälle. Aber was soll ich machen? Ich musste heute früh nur kurz weg, danach wollte ich den Schnee räumen, aber so lange konnte mein lieber Herr Vater wieder nicht warten!«

Friedrich atmete so tief aus, dass Flora einen Schwall Biergeruch abbekam. Mit gerunzelter Nase wich sie zurück.

In dem Moment kam Hannah lachend und außer Atem an den Tisch zurück.

»Du meine Güte, tun mir die Füße weh! Ach, der Sohn vom Blumenhändler«, sagte sie und fragte gleich darauf: »Flora, hast du auch noch Durst?« Sie hielt ihren Bierkrug in die Höhe und deutete in Richtung Tresen.

Flora schüttelte den Kopf.

»Na, dann unterhaltet euch schön.« Mit einem wohlwollenden Lächeln stapfte Hannah davon.

Flora schaute ihr lächelnd nach. Wie gelöst und glücklich die Mutter wirkte, ganz in ihrem Element!

Friedrich räusperte sich, als wolle er ihre Aufmerksamkeit zurückgewinnen. »Sie sind nicht von hier, nicht wahr?«

Flora nickte. »Wir waren gerade erst angekommen und auf dem Weg hierher, als wir vom Bahnhof aus am Laden Ihres Vaters vorbeiliefen.« Mit knappen Worten schilderte sie den Grund für ihre Reise.

»Eine Samenhändlerin sind Sie also! Früher kam ein älterer Herr zu uns, er stammte auch aus Gönningen, wenn ich mich recht erinnere. Damals hat mein Vater alle seine Blumen selbst gezogen, aber da ging es ihm gesundheitlich auch noch viel besser ...« Friedrich seufzte.

»Sie arbeiten in einer Trinkhalle, das ist bestimmt sehr interessant«, sagte Flora, wie um ihn abzulenken. Mutter hatte ihr das Gebäude, das ganz in der Nähe des Conversationshauses lag, zwar von weitem gezeigt, trotzdem konnte sie sich nicht im Geringsten vorstellen, was sich dahinter verbarg. Eine Art Gasthaus vielleicht?

Friedrich schaute auf und antwortete mit unerwarteter Heftigkeit: »Meine Arbeit bedeutet mir alles, verstehen Sie? Von einem einfachen Hausmeisterposten habe ich mich in den letzten drei Jahren hochgearbeitet bis zum Verwalter der Trinkhalle. Auch das ganze Gelände ringsum untersteht meiner Obhut. Jede Sitzbank, die Kieswege, die Absperrungen, die Anpflanzungen – um all das darf ich mich kümmern. Jetzt nach dem Krieg stehen große Entscheidungen an, es geht nicht nur um die Zukunft der Trinkhalle, sondern um alles, wofür sie steht! Was wird aus Baden-Baden werden, jetzt, wo die Franzosen nicht mehr kommen? Wer sind die zukünftigen Kurgäste? Ich hoffe so sehr, dass die neuen Gäste unsere feinen Wässer mehr zu schätzen wissen. Dass sie nicht mehr allein wegen des Casinos kommen, sondern wegen einer Bade- und Trinkkur. Glauben Sie mir, Baden-Baden stehen aufregende Zeiten bevor ...«

Feine Wässer? Trinkkur? Flora verstand kein Wort, spürte

aber das Feuer, das in Friedrich brannte. »Und Sie wollen ein Teil davon sein«, sagte sie – in der Hoffnung, dass es das Richtige war.

Er nickte heftig und trank einen so großen Schluck Bier, dass ihm ein paar Tropfen das Kinn hinabliefen. Er wischte sich mit dem Ärmel über den Mund und schaute sich kurz um, als wolle er sich vergewissern, dass er keine Mithörer zu fürchten hatte. Dann sagte er leiser: »Bisher hat der jeweilige Pächter der Spielbank für den Erhalt der Trinkhalle gezahlt. Nun munkelt man aber, dass eine völlig neue Art der Kurverwaltung geschaffen werden soll, die vielleicht auch die Verantwortung für die Trinkhalle übernimmt. Das könnte ihre Bedeutung enorm stärken. Es könnte aber genauso gut auch zu ihrem Untergang führen. Und statt teilzuhaben an diesem Prozess, soll ich beim Vater im Laden Blumen gießen? Das …« Er verstummte und schüttelte den Kopf, als ertrüge er die Vorstellung nicht.

»Und in Ihrer Schwester haben Sie auch keine Hilfe?«, fragte Flora und ihr Herz pochte plötzlich wie verrückt. Friedrich wusste ja gar nicht, wie sehr sie ihn beneidete! *Ich helfe Ihnen!*, hätte sie am liebsten ausgerufen. Stattdessen ritzte sie mit ihrem Fingernagel kleine Rillen in die Tischoberfläche.

»Meine Schwester ist lieber dem Ruf Gottes gefolgt, als sich um die Eltern zu kümmern.« Friedrich klang nun richtig bitter. »Wahrscheinlich spricht man bei ihr von ›Berufung‹, und jeder ist *so* verständnisvoll, dass sie dieser Berufung folgen muss! Bei mir hingegen wird nur von einer ›fixen Idee‹ gesprochen, wenn ich glaube, für die Entwicklung Baden-Badens einen sinnvollen Beitrag leisten zu können. In den Augen der Leute wäre es besser, wenn ich das elterliche Geschäft übernehme. Nur: Wie man solch eine ›fixe Idee‹ aus dem Kopf kriegt – das kann mir keiner sagen. Es geht doch hier nicht um Unkraut, das man so einfach an der Wurzel packen und ausreißen kann!«

Ohne dass es ihr recht bewusst war, ergriff Flora Friedrich Sonnenscheins Hand. Ihre Finger krallten sich geradezu in sein Fleisch. »Sie glauben ja nicht, wie gut ich Sie verstehen kann, von mir verlangen sie nämlich dasselbe!«, rief sie so laut, dass sich ein paar ihrer Tischnachbarn zu ihr umdrehten. Sie spürte, wie ihr die Röte ins Gesicht schoss. Abrupt ließ sie Friedrichs Hand wieder los.

In einem rauen Flüsterton fuhr Flora fort: »Auch ich werde dazu gezwungen, im elterlichen Betrieb mitzuarbeiten. Dabei habe ich mein ganzes Leben davon geträumt, eine Blumenbinderin zu werden, schon –«

»Das gibt es doch gar nicht«, unterbrach Friedrich sie ungläubig. »Wenn ichs doch sage!« Flora lachte laut auf. »Schon als kleines Kind gab es für mich nichts Schöneres, als Sträuße zu binden – der Samenhandel hingegen interessiert mich einfach nicht. Wie gern würde ich mit Ihnen tauschen! Ach, das Leben ist einfach ungerecht.«

Hannah, die gerade ein Gespräch mit der Wirtin beendet hatte, kam wieder an den Tisch.

»Ist das nicht ein netter Abend? Habe ich dir nicht gesagt, das Handeltreiben würde dir Spaß machen?«, sagte sie triumphierend.

Flora und Friedrich schauten sich an. Und im nächsten Moment prusteten beide los.

## 5. Kapitel

Der Rest der Reise verlief genauso betriebsam und erfolgreich wie der erste Tag. Wo immer sich Hannah und Flora zeigten, wurden sie freudig begrüßt. Die Kundschaft war in Kauflaune: Im Kriegsjahr hatte ein Großteil der Gärten brachgelegen oder man hatte sich mit Restbeständen von Sämereien beholfen – nun war den Menschen nach wogenden Blütenmeeren zumute, nach Farbe und Duft, die die Erinnerung an Angst und Schrecken für immer vertrieben.

Kein Kunde war abtrünnig geworden. Hannah konnte es kaum erwarten, Helmut diese frohe Botschaft zu überbringen.

Nach zehn Tagen hatten sie alle Kundenadressen auf ihrer Liste abgehakt, und sowohl Mutter als auch Tochter freuten sich darauf, wieder nach Hause zu fahren, im eigenen Bett schlafen zu dürfen, vom eigenen Herd zu essen ... Auf Helmut konnten sie sich nicht freuen – er und sein Bruder Valentin wurden erst gegen Ostern aus Böhmen zurückerwartet. Dafür würden die Zwillinge schon zu Hause sein. Ihr Samenstrich rund um Herrenberg gab nicht so viel her, dass er längere Reisen nötig gemacht hätte.

Flora konnte nicht behaupten, dass sie bei ihrer ersten Reise am Samenhandel Gefallen gefunden hatte, aber der größte Widerwillen hatte sich zumindest verflüchtigt. Die Kundengespräche fand sie beispielsweise recht interessant. Und dass auch Blumensorten Moden unterworfen waren, war eine neue Erkenntnis für sie. Sämtliche kleinwüchsigen Sorten seien derzeit weniger gefragt, während langstielige Sorten hoch im Kurs standen. Auch wurden Blüten mit intensiven Farben gewünscht – Pastelltöne dafür weniger.

Als versierte Samenhändlerin ging Hannah natürlich auf all diese Wünsche ein. Aber würden die Kunden im nächsten Jahr bei ihr, Flora, genauso viel kaufen?, fragte sie sich skeptisch und nahm sich vor, den Sommer über noch ein wenig die Pflanzeigenschaften der ungewöhnlicheren Sorten kennenzulernen, um für die Kundengespräche besser gerüstet zu sein.

Friedrich Sonnenschein sah sie nur noch ein einziges Mal wieder, und das gleich am Morgen nach ihrem Gespräch im Wirtshaus. Sie und die Mutter waren gerade erst aus der Goldenen Henne getreten und banden sich ihre dicken Wollschals fester um den Hals, als er mit einer Aktentasche unter dem Arm die Gasse entlangkam.

»Und Sie haben gestern Abend wirklich nicht geflunkert?«, fragte er unvermittelt, nachdem er sie begrüßt hatte. »Ich meine, was Ihren allergrößten Traum betrifft?«

»Nein, wirklich nicht«, erwiderte Flora lachend.

»Das Leben ist manchmal ungerecht und gemein …«, murmelte er vor sich hin und ging ohne ein weiteres Wort seines Weges.

»Darf ich fragen, was das zu bedeuten hatte?«, wollte Hannah von ihrer Tochter wissen.

»Ach, nichts«, antwortete Flora und schaute Friedrich mit einem kleinen Seufzer nach.

Wie recht er hatte …

Als der Zug mit einem Rucken anfuhr, lehnte sich Hannah tief in ihrem Sitz zurück. »Geschafft!« Lächelnd hielt sie Flora, die ihr gegenübersaß, die rechte Hand hin. »Gratulation! Deine erste Verkaufsreise. Gut hast dus gemacht.«

Flora lächelte zurück. »Meinst du wirklich?«

Hannah nickte. »Ja, und deshalb –« Geheimnisvoll kramte sie in ihrem Rucksack und zog ein schmales, in braunes Packpapier gewickeltes Päckchen hervor. »Für dich! Als Erinnerung an deine erste Reise.«

Mit einem Stirnrunzeln löste Flora die Paketschnur.

»*Die Sprache der Blumen* – Mutter!« Floras Aufschrei ließ die anderen Mitreisenden zusammenzucken. »Daran habe ich gar nicht mehr gedacht! Wann hast du –«

»Hat mir die Wirtin besorgt«, unterbrach Hannah sie. »Ich dachte, du hättest vielleicht Spaß daran.«

Hatte Flora geglaubt, ihr wäre nach der Reise eine Verschnaufpause gegönnt, so hatte sie sich getäuscht: Schon am Morgen nach ihrer Heimkehr rief die Mutter sie in die Packstube, wo Gustav und Siegfried, die Zwillinge, bereits bei der Arbeit waren. Flora bekam einen Stapel Bestellzettel in die Hand gedrückt und dann hieß es Sämereien abwiegen, in Tütchen oder Säcke füllen und beschriften. Für die wichtigsten Sorten besaßen sie seit einiger Zeit Stempel – das Stempeln gefiel Flora besser als das mühsamere Von-Hand-Beschriften. War eine Bestellung vollständig zusammengestellt, wurde sie in riesige Bögen Packpapier geschlagen und erneut beschriftet, dieses Mal mit der Adresse des Empfängers. Flora hatte nun zu jedem Namen ein Gesicht vor Augen, was die Arbeit für sie interessanter und somit erträglicher machte. Bald stapelte sich die fertig verpackte Ware nicht nur in der Packstube, sondern auch im Flur davor. Zwei Mal in der Woche ließen sie die Pakete von einem Fuhrwerk abholen und zum Bahnhof bringen, sodass alles rechtzeitig vor Beginn der Gartensaison bei den Kunden ankommen würde.

»In früheren Zeiten haben wir das alles mit den Pferdewagen erledigt«, erzählte Hannah ihren Kindern immer wieder. »Bei Schnee und Eis war das eine ziemliche Plackerei. Und gefährlich obendrein.«

Flora und ihre Brüder verdrehten hinter Hannahs Rücken die Augen. Immer dieselbe Leier!

Flora musste anfangs mehr als einmal an Friedrich Sonnenschein und seinen Vater denken. Wie es dem alten Herrn wohl ging? Womöglich hatte die Gesundheit des alten Mannes weiter gelitten, sodass er seinen Laden gar nicht mehr führen konnte?

Doch im Laufe der Wochen schmolzen die Erinnerungen an den Zwischenfall in Baden-Baden dahin – genau wie der Schnee. Nach einem letzten Aufbäumen des Winters mit heftigen Schneefällen und einem Ostwind, der einem die Ohren blau frieren ließ, wurde die Schneedecke Mitte März löchrig wie ein altes Leintuch. Täglich war nun auf den Wiesen mehr Grün zu sehen, und zum Monatsende hin war der Winter völlig verschwunden.

So oft es ging lief Flora aus dem Dorf hinaus, um die Fortschritte der Natur zu beobachten. Aber erst Anfang April zeigten sich die ersten Schlüsselblumen, Gänse- und Leberblümchen. Noch musste man genau hinschauen, um die winzigen Blüten zwischen dem Gras zu entdecken, aber Flora freute sich über jedes noch so winzige Sträußchen, das sie binden konnte. Sie konnte nicht genug bekommen von den zarten Farben der Blüten, die hingehaucht waren wie aus einem Aquarellkasten.

Zum ersten Mal in ihrem Leben verschenkte Flora ihre Blumensträuße nicht mehr wahllos an den Erstbesten, der ihr über den Weg lief. Und das hatte mit dem kleinen Büchlein aus Baden-Baden zu tun. *Die Sprache der Blumen* – was für ein schöner Titel, dachte Flora jedes Mal, wenn sie es zur Hand nahm. Und was für ein unglaublich spannendes Thema – dabei war das Buch schon fast vierzig Jahre alt.

Flora fand darin beispielsweise den Hinweis, dass, wenn man Schlüsselblumen verschenkte, folgende Aussage dahinterstehen konnte: »Wie gern würde ich den Schlüssel zu deinem Herzen erlangen!«

Dass sie im vergangenen Jahr ausgerechnet dem trinkfreudigen Metzger einen Schlüsselblumenstrauß geschenkt hatte, ließ sie jetzt laut auflachen.

Zu dem Stichwort Leberblümchen wiederum las sie, dass auf das Glück des Frühlings nicht zwangsweise auch ein glücklicher Herbst folgen musste. Vielleicht tat sie gut daran, einen solchen Strauß nicht ausgerechnet der Witwe Schlagenhöfer zu schenken, die von früh bis spät nur den frühen Tod ihres geliebten Eugen betrauerte?

Zu Floras Erstaunen zeigten sowohl Seraphine als auch Suse großes Interesse an dem Buch. Die Tante lobte die schönen Blumenzeichnungen, sie interessierte sich aber auch dafür, was es bedeutete, wenn man diese oder jene Blume verschenkte.

»Hör doch nur, Flora, Kreuzblumen bedeuten: ›Ich muss dich vergessen, auch wenn mein Herz dabei blutet.‹« Mit glänzenden Augen schaute sie die Nichte an. »Schenke mir bitte nie einen Strauß Kreuzblumen!«

Flora, die nicht einmal gewusst hätte, woher sie die hätte nehmen sollen, nickte verwirrt.

»Deine Tante ist wirklich ein wenig komisch«, sagte Suse, als Flora ihr davon erzählte.

Es war ein sonniger Frühlingstag, und die Mädchen waren vor ihren Müttern geflohen, die ständig neue Aufgaben für sie ersannen. Jetzt hockten sie auf einer Bank am Ufer der Wiesaz.

»Sei ja nicht so dumm, deiner Tante aus lauter Liebenswürdigkeit das Buch zu schenken, so was bekommst du nie mehr!« Suse versetzte Flora einen Stoß in die Rippen. »Komm, wir schauen lieber, welche Blumen ich meinem Franz schenken könnte.«

»Junge Damen verschenken gar keine Blumen an junge Männer«, entgegnete Flora und verdrehte die Augen. Franz hier und Franz da! Suse nutzte wirklich jede Gelegenheit, um über Franz, einen Samenhändlerssohn aus dem Ort, mit dem sie sich heimlich traf, zu reden.

»Erst gestern hat er mir wieder gesagt, wie sehr er mich liebt. Ob ich ihm wohl glauben kann?« Skeptisch schaute Suse die Freundin an.

Flora grinste. »Frag doch das Blumenorakel!«

»Könntest du nicht ...? Och bitte! Dir ist das Orakel immer wohlgesinnt.«

Seufzend pflückte Flora ein Gänseblümchen neben ihrem linken Fuß, dann begann sie, die einzelnen Blütenblättchen auszuzupfen. »Er liebt dich, er liebt dich nicht, er ...« Unauffällig zupfte sie am Ende zwei Blättchen auf einmal ab, damit das Orakel gut ausging.

»Er liebt mich«, seufzte Suse hochzufrieden. »Ich wusste es doch!« Sie blätterte ein wenig in Floras Buch, dann hob sie den Kopf. »Du könntest mir ruhig mal ein wenig Brunnenkresse schenken.«

»Und was will ich damit sagen?« Flora kicherte.

»Folge dem Ruf deines Herzens.«

»Das könnte dir so passen! Nein, von mir bekommst du höchstens ...« Flora sprang auf, lief hinter die Bank, rupfte dort mit spitzen Fingern etwas ab und kniete mit einem Büschel Grün in der Hand vor Suse nieder. »Brennnesseln!«, sagte sie pathetisch.

»Brennnesseln? Was bedeuten denn die?«

»Sei vorsichtig, damit du dir vor Übermut nicht die Finger verbrennst. Da, nimm!«, antwortete Flora und bewarf die Freundin übermütig mit den kratzigen Blättern.

Suse kreischte auf, und Flora brach in lautes Gelächter aus.

»Schau mal, hier steht, dass es die Sprache der Blumen schon seit ewigen Zeiten sowohl im Orient als auch im Abendland gibt«, sagte Suse, nachdem sie sich wieder beruhigt hatten. »Und dass die Bedeutung, die einer Blume zugesprochen wird, entweder von ihrem Namen oder von ihren Eigenschaften herrührt. Auch alte Sagen oder die Verwendung der Pflanzen spielen eine Rolle …« Herausfordernd schaute Suse ihre Freundin an. »Nun, dann frage ich dich, du holde Göttin der Blumen – was könnte wohl eine Klette bedeuten?«

»Das ist doch völlig klar: Jemand ist anhänglich wie eine Klette. Oder wie dein Franz!«, entgegnete Flora und schon ging das Gelächter wieder los.

Am siebten April, dem Karfreitag, kamen endlich Helmut und Valentin von ihrer langen Reise zurück. Hannah liefen vor Freude Tränen die Wangen hinab. Sie und Helmut umarmten und küssten sich, als wollten sie sich nie wieder loslassen. Gustav und Siegfried wandten sich peinlich berührt ab – mussten sich die Eltern so unmöglich aufführen? Flora hingegen verspürte ein leises Sehnen in ihrer Brust – wie es sich wohl anfühlte, so zu lieben?

Je weiter der Frühling voranschritt, desto größer und abwechslungsreicher wurden Floras Sträuße: Sie schnitt blühende Forsythienzweige, dazu Weidenkätzchen und Erle. Als sich endlich die frühen Narzissen- und Tulpensorten im Garten hinter dem Haus zeigten, stieß Flora einen Seufzer der Erleichterung aus. Im Herbst hatte sie so viele Zwiebeln wie noch nie in der Erde verbuddelt – und ihr Vater hatte wegen der Kosten ziemlich gemurrt. Zum Glück waren die teuren Zwiebeln wenigstens nicht von den Mäusen verspeist worden. Und so drängte sich jetzt dicht an dicht das Grün der Tulpen und Narzissen aus der Erde.

Der Gedanke, dass sie nun doch keine Blumenbinderin werden würde, war weit weg. Immerhin hatte sie ihre Blumen auf den Wiesen und im Garten. Und niemand konnte ihr verbieten, sich in ihrer freien Zeit damit zu beschäftigen.

Als Mitte April der Brief ankam, war Flora genauso fassungslos wie alle anderen.

## 6. Kapitel

*Verehrtes Fräulein Kerner!*

*Erinnern Sie sich noch an mich – an Friedrich Sonnenschein aus Baden-Baden? Ich durfte Sie und Ihre verehrte Frau Mutter im Januar kennenlernen. Ihre Adresse habe ich freundlicherweise von der Hennenwirtin erhalten, sie lässt Sie hiermit freundlich grüßen.«*

Helmut runzelte die Stirn. »Darf die Frau das überhaupt? Unsere Adresse an Hinz und Kunz herausgeben?«

»Helmut«, mahnte Hannah. »Lies weiter, Kind!«

*»Noch heute bin ich Ihnen in Dankbarkeit verbunden für die Hilfe, die Sie meinem Vater in seiner misslichen Lage nach seinem Treppensturz haben angedeihen lassen.«*

»Der schreibt aber gestelzt!«, sagte Gustav.

»Wen habt ihr denn von der Treppe geschubst?«, ulkte sein Bruder.

Flora warf den beiden über den Abendbrottisch hinweg einen strengen Blick zu. Dann sah sie hinüber zu den Eltern, die betont gleichgültig dreinschauten. Doch Flora entging nicht, wie Hannah nach Helmuts Hand griff und diese drückte, als wollte sie sich dadurch gegen jegliche Unbill wappnen.

Flora holte Luft und zwang sich, ohne Hast weiterzulesen. Dabei – dieser Brief konnte ihr Leben verändern! Nein, das stimmte so nicht – er hatte es schon verändert. Nur wussten die am Tisch das noch nicht …

*»Leider hat sich die gesundheitliche Lage meines Vaters im Laufe der letzten Wochen nicht verbessert. Mehrmals am Tage schwinden seine Kräfte und er muss sich ausruhen, was für das Geschäft nicht sehr dienlich ist. Natürlich helfe ich, wo ich kann, aber inzwischen hat die Kursaison begonnen und ich werde anderweitig gebraucht.«* Flora schaute in die Runde. »Friedrich arbeitet in der Trinkhalle …« Als niemand etwas sagte, fuhr sie fort:

*»Die Zwickmühle, in der ich sitze, ist Ihnen ja bekannt, ich will Sie nicht weiter damit langweilen. Aber eines möchte ich Ihnen versichern: In all den Monaten habe ich unser Gespräch nicht vergessen können. Immer wieder musste ich daran denken, wie der Zufall – oder sollte ich besser sagen, das Schicksal – uns zusammengeführt hat.«*

Floras Brüder stießen sich gegenseitig an und unterdrückten nur mit Mühe ein Prusten.

Flora verzichtete darauf, sie zu rügen. Wie ärgerlich der Vater guckte! Er dachte doch nicht etwa, Friedrich Sonnenschein habe sich ihr auf eine unziemliche Art genähert? Kuckucksspucke! Es ging um etwas viel Wichtigeres. Ihr Herz pochte viel schneller als sonst, während sie weiterlas.

*»Lassen Sie mich nun zum Grund dieses Schreibens kommen, welches ich nach langem Zögern verfasst habe. Sie erwähnten, dass es Ihr sehnlichster Wunsch sei, den Beruf der Blumenbinderin zu erlernen. Vielleicht –«*

»Sehnlichster Wunsch Blumenbinderin? Sag mal, worüber hast du mit dem Mann denn noch geredet?« Konsterniert stemmte Hannah die Hände in die Hüften. »Ich verstehe gar nichts mehr.«

»Das kommt mir auch seltsam vor! Wo warst *du* eigentlich während dieses Gesprächs?«, fuhr Helmut sie an. »Du hast Flora doch nicht etwa mit diesem Kerl allein gelassen?«

»Blödsinn! Aber ich lausche doch nicht Wort für Wort, wenn sich meine Tochter unterhält«, entgegnete Hannah.

»Mutter, Vater! Friedrich Sonnenschein fragt mich, ob ich

Lust habe, die Sommermonate über nach Baden-Baden zu kommen und seinem Vater ein wenig im Laden zu helfen«, platzte Flora heraus, bevor sich die Eltern in eine ihrer lautstarken Auseinandersetzungen verwickeln konnten. »Der alte Herr Sonnenschein würde mir im Gegenzug das Blumenbinden beibringen. Friedrich schreibt, ich müsste allerdings baldmöglichst kommen, sonst sei er gezwungen, sich anderweitig nach einer Aushilfe umzusehen …«

Floras Ankündigung ließ alle Anwesenden wie die Figuren in einem Scherenschnitt erstarren.

»Das wäre *die* Gelegenheit für mich, mehr übers Blumenbinden zu lernen! Kost und Logis bekäme ich umsonst, ich würde mit dem Dienstmädchen im selben Zimmer wohnen. Ihr müsstet kein Lehrgeld zahlen, versteht ihr? Friedrich schreibt, er hege die Hoffnung, dass es mit seinem Vater im Laufe des Sommers wieder bergauf geht, deshalb will er niemanden fest anstellen. Wenn ich die nächsten Monate über aushelfen würde, täte ich der Familie einen großen Gefallen, schreibt er.«

Flora schaute von einem zum anderen. »Mein sehnlichster Wunsch würde in Erfüllung gehen … Jetzt sagt doch was!«

Helmut strich sich gedankenverloren über seinen Bart, immer und immer wieder.

»Wenns wirklich nur für diesen Sommer ist …«

»O nein, komm mir bloß nicht so!«, fuhr Hannah dazwischen. »Wer soll mir denn dann bei der Arbeit auf den Feldern helfen? Ihr glaubt doch nicht allen Ernstes, ich rackere mich dieses Jahr abermals allein ab, während Flora fremden Leuten *zu Diensten* ist!« Die Ironie in Hannahs Stimme war nicht zu überhören. Die Verzweiflung aber auch nicht – sie hörte sich an wie jemand, dem die Felle wegschwammen und der dies wusste.

»Und dann … Eine junge Frau monatelang allein in einer fremden Stadt! Also wirklich, Helmut, das ist doch alles viel zu gefährlich.«

»Aber wenn Flora auf der Reise ist, heißt es auch nicht, dies sei zu gefährlich«, warf Siegfried ein.

»Halt bloß den Mund!«, erwiderte Hannah spitz und versetzte ihrem Sohn eine Kopfnuss.

Zum ersten Mal seit langer Zeit war Flora dankbar dafür, Brüder zu haben. Sie holte tief Luft. Jetzt nur nicht lockerlassen.

»Bei der Familie wäre ich gut aufgehoben. Und es wäre nur bis zum Herbst.« Unruhig ihre Hände wringend, schaute Flora zwischen den Eltern hin und her. »Bitte …«

Weder Helmut noch Hannah brachten es am Ende fertig, Flora ihren Herzenswunsch abzuschlagen. Welchen triftigen Grund hätten sie auch gehabt? Da die Zwillinge anboten, Floras Arbeit auf den Feldern mit zu übernehmen, und man außerdem beschloss, die Blumenbeete hinten im Garten brachliegen zu lassen, würde ihr Fehlen nicht besonders ins Gewicht fallen.

»Ich höre die Leute jetzt schon lästern, wenn sie erfahren, dass wir unsere Flora ein zweites Mal in die Blumenbinderlehre schicken!«, unkte Hannah, aber jeder in der Familie wusste, dass ihr die Meinung der Dorfbewohner eigentlich gleichgültig war.

Als die Tochter allerdings eine Woche später tatsächlich ihr Bündel packte, war es sowohl Helmut als auch Hannah schwer ums Herz. Doch statt sich dies anmerken zu lassen, gaben sie ihr gute Wünsche, ein Paket Sämereien als Gastgeschenk und etwas Taschengeld mit auf den Weg. Natürlich ließ Helmut es sich nicht nehmen, Floras Gepäck bis zum Bahnhof zu tragen.

Außer ihm und Hannah war auch noch Floras beste Freundin Suse zum Verabschieden gekommen. Sie hatte feuchte Augen, versuchte aber wie die anderen, dies zu überspielen.

»Was ist nur los mit uns?«, rief Hannah. »Als Samenhändler sind wir das Abschiednehmen doch Jahr für Jahr gewöhnt. Eigentlich müssten wir darin eine gewisse Übung haben!«

Helmut seufzte. »An manche Dinge gewöhnt man sich nie. Sie fallen einem mit der Zeit eher noch schwerer.«

Die Arme in die Hüften gestemmt, musterte Suse Flora mit kritischem Blick. »Womöglich sind dir in Wirklichkeit die Blumen egal und du ziehst nur nach Baden-Baden, weil die Familie Sonnenschein einen interessanten Sohn hat.«

»Wer weiß? Dann heirate ich ihn, und schon gehört der ganze Blumenladen mir«, sagte Flora und sie und Suse begannen zu kichern.

»Suse! Solche Witze sind nun wirklich nicht angebracht«, mahnte Hannah kopfschüttelnd, doch sowohl ihr als auch Helmut war es angesichts der Fröhlichkeit der beiden jungen Frauen ein wenig leichter ums Herz geworden.

Den Kopf an Helmuts Brust gelegt, schaute Hannah dem Zug nach. Erst als der letzte Wagen nur noch ein dunkler Punkt in der Ferne war, ließ sie ihren Tränen freien Lauf.

»Es ist schließlich nur für einen Sommer«, murmelte Helmut in ihr vom Wind zerzaustes Haar.

»Das wissen wir doch noch gar nicht«, schluchzte Hannah und zog geräuschvoll die Nase hoch.

## 7. Kapitel

Obwohl es erst kurz vor Mittag war, fühlte sich Ernestine Sonnenschein schon so erschöpft wie nach einem anstrengenden Tagwerk. Mit zitternden Knien setzte sie sich in einen der beiden Polstersessel, die zum Fenster hin ausgerichtet waren. Draußen lachte die Sonne vom blauen Himmel und erinnerte Ernestine daran, dass es höchste Zeit war, sich um den Garten zu kümmern. Ordentliche Hausfrauen machten dies viel früher im Jahr. Aber hätte sie dem armen Kuno auch noch das Umgraben der Beete aufbürden sollen? Oder ihn bitten, die Hecke zu schneiden? Wo er doch oft zu müde war, um die einfachsten Dinge zu erledigen. Ein Zustand übrigens, den sie gut nachempfinden konnte.

Um den Garten konnte sie sich nicht kümmern. Zumindest im Augenblick nicht.

Ernestines Augenlider flatterten nervös, als sie das jungfräulich weiße Blatt Papier neben dem Tintenfass liegen sah.

Sie hatte den Speiseplan für die kommende Woche noch nicht zusammengestellt.

Sie zwang sich, die Augen für einen langen Moment geschlossen zu halten. Doch die ersehnte Ruhe blieb aus. Stattdessen rasten Gedanken wie wild gewordene Hühner durch ihren Kopf. Drei Gänge mittags, wenigstens zwei Gänge am Abend – alles andere hätte für einen ordentlichen Geschäftshaushalt zu ärmlich gewirkt, auch wenn Kuno und Friedrich immer wieder sagten, sie solle nicht solch einen Aufwand betreiben. Kuno meinte sogar, er würde sich abends mit Brot und Käse zufriedengeben.

Brot und Käse?

Ernestine konnte sich nicht daran erinnern, dass ihre Freundin Gretel, die Gattin des Apothekers Grün, je erzählt hätte, bei ihr würden am Abend Brot und Käse auf den Tisch kommen. Ehrlich gesagt sprach Gretel überhaupt nicht über ihre Speisepläne – in Ernestines Augen ein Zeichen für Vornehmheit.

In der *Gartenlaube* – der Zeitschrift, für die Ernestine allwöchentlich ein paar Groschen abknapste – war über Brot und Käse auch nichts zu lesen. Dafür über emsige Hausfrauen, zu deren vordringlicher Aufgabe das Auftischen abwechslungsreicher Speisen gehörte.

Sieben Tage hatte die Woche. Das ergab nach Ernestines Planung 21 Gänge für mittags und 14 für abends, also 35 Speisen insgesamt! Diese sollten in der Herstellung nicht schwierig und die Zutaten sollten günstig zu bekommen sein.

Ernestine befingerte betrübt den Spitzenrand ihres Blusenärmels, der an einer Stelle leicht bräunlich schien. Vom Kaffee? Oder woher rührte der Fleck sonst? Sie feuchtete ihren Finger mit etwas Spucke an und rieb über die Stelle – vergeblich.

Niemand hatte sie je darüber aufgeklärt, dass man als Hausfrau zaubern können musste. Aber genau das wurde tagtäglich von ihr verlangt. Und dabei durfte sie nie den Überblick verlieren. Auf wirklich alles ein Auge zu haben war natürlich unmöglich … Wenn sie allein an all die Anweisungen für Sabine dachte! Die sie natürlich in der richtigen Reihenfolge geben musste – es war schließlich Unfug, die Magd erst am späten Vormittag auf den Markt zu schicken, wenn die besten Waren längst in den Einkaufskörben anderer Mägde oder Hausfrauen verschwunden waren. Also musste Sabine gleich frühmorgens los zum Einkaufen. Der Weg hinauf zum Marktplatz war steil, und wenn Ernestine ihn einmal selbst auf sich nahm, flatterte ihr Herz und sie musste auf den vielen Stufen mehrmals innehalten, um wieder zu Kräften zu kommen.

Himmel hilf! Was sollten sie heute Mittag nur auf den Tisch bringen? Suppe? Pfannkuchen? Eine Platte mit Gemüse und dazu etwas Schinken? Nein, Schinken war für einen Montag zu vornehm. Speck dagegen würde passen. Speck war für montags geeignet. Und nicht allzu teuer.

Urplötzlich war er wieder da – der Gedanke, der Ernestine ganz besonders verhasst war, nämlich, dass es ihr Fehler war, dass das Geld im Hause Sonnenschein so knapp war. Hätte eine geschicktere Hausfrau nicht längst Wege gefunden, um noch besser hauszuhalten?

Der Gedanke ans Geld war Ernestine peinlich. Über Geld zu sprechen ziemte sich für eine Dame nicht – das hatte schon Ernestines Mutter vor Urzeiten gepredigt. Und daran hatte sich nichts geändert. Man konnte nicht einfach zum Ehemann gehen und um mehr Geld bitten.

Nein, da war es doch sinnvoller, auf den Speck zu verzichten und nur Gemüse zu servieren.

*Gemüseplatte, sehr fein*, schrieb Ernestine auf ihre Liste. Die Tinte war noch nicht trocken, als sie einen erneuten Seufzer ausstieß.

Es ging ja nicht allein darum, Listen zu erstellen oder Aufgaben abzuhaken. Alles musste *richtig* erledigt werden. Wie oft hatte sie Sabine schon gerügt, weil diese die Wäsche plättete, ohne sie vorher mit Lavendelwasser zu besprühen? Eine gute Hausfrau wusste schließlich, dass dieser Geruch beruhigend auf die Gemüter wirkte. Und dann die Vorratskammer. Wenn Ernestine nur daran dachte ... Die Vorratskammer war im Grunde genommen gar keine Vorratskammer, sondern eine Hölle voller Fallstricke und Verfehlungen. Sabine fand tatsächlich nichts dabei, Kartoffeln, Möhren und womöglich noch Äpfel in ein und demselben Regal zu lagern! Ganz davon abgesehen, dass dies unordentlich aussah, tat das Durcheinander den Lebensmitteln gewiss nicht gut. Ernestine hatte irgendwo einmal gehört, dass sich Äpfel und Kartoffeln nicht vertrugen. Also mussten die Äpfel auf das eine Regalbrett und die Kartoffeln aufs nächste. Und sollte man die gelben Äpfel nicht auch von den roten trennen?

»Aber das Gemüse landet doch eh zusammen im Topf«, gab Sabine zur Antwort, wenn Ernestine sie für ihre Nachlässigkeiten rügte.

Kuno war ihr natürlich im Umgang mit dem Dienstmädchen keine Hilfe. Friedrich auch nicht. Beide verließen sich darauf, dass sie es schon richten würde. Nach dem »Wie« fragten sie nicht.

Dieses Lehrmädchen, das Friedrich eingestellt hatte, war das beste Beispiel dafür. War sie, Ernestine, etwa gefragt worden, ob sie bereit war, diese neue Bürde auf sich zu nehmen? Und ob das Haushaltsgeld für einen weiteren Esser ausreichte?

Ausgerechnet jetzt, wo Kuno so schwächlich war, schleppte Friedrich ein Lehrmädchen an! Diese Flora würde dem Vater eine Hilfe im Laden sein, behauptete er. Er meinte es sicher gut, aber was wusste der Bub vom wahren Leben? Und – wenn man schon einmal dabei war – was wusste Kuno davon?

Es war Ernestine klar, dass Hausangestellte untereinander schwatzten wie Klatschweiber. So und so sieht es bei dieser Familie zu Hause aus. Und so und so bei jener. Zumindest behauptete Gretel dies. Sie musste es wissen – in der Apotheke ihres Gatten arbeiteten fünf junge Mädchen, allesamt schwatzhaft, gewiss!

Ein Runzeln zog über Ernestines Stirn. Was Sabine wohl über sie erzählte? Womöglich hieß es in der Stadt, dass sie gar keinen feinen Haushalt führte – Himmel hilf!

Eine Suppe. Heute Mittag würde es eine Suppe geben. Oder Eintopf? Klare Brühe?

Diese Flora Kerner – Ernestine wusste immer noch nicht ganz genau, wie Friedrich das Mädchen kennengelernt hatte – sollte mit dem Mittagszug ankommen. Wahrscheinlich würde sie irgendwann nach dem Essen bei ihnen auftauchen. Das war gut, so musste sich Ernestine nicht auch noch Gedanken um ein Begrüßungsessen machen.

Sie kaute auf ihrer Feder herum. War ein Begrüßungsessen bei dieser Flora eigentlich angebracht?

»Flora Kerner will die Blumenbinderei lernen. Im Gegenzug wird sie Vater bei der Arbeit entlasten. Ihr werdet mir noch dankbar sein für diese Regelung«, hatte Friedrich in seiner üblichen lapidaren Art und Weise gesagt.

Dankbar? Was sich ihr Sohn manchmal so zusammenreimte!

Seufzend schaute Ernestine aus dem Fenster. Noch war das Lehrmädchen nicht zu sehen – dem Himmel sei Dank. Dafür aber die schreckliche Baustelle direkt vor ihrer Haustür.

Die Hälfte der Straße war zu einem riesigen Graben aufgerissen, Fuhrwerke, Straßenarbeiter und Fußgänger mussten sich die andere Straßenhälfte teilen. Arbeiter schaufelten riesige Sandberge von rechts nach links oder standen einfach im Weg herum, jeder beschimpfte jeden – was für ein Tollhaus!

Als sie gestern bei Walbuschs war, um Nähseide zu holen – sie hatte mehrere Brauntöne zu Hause, aber keiner davon war dunkel genug für die Bluse, deren Saum sie damit hatte umnähen wollen –, war es ihr gerade noch gelungen, zwei Arbeitern auszuweichen, die lange Rohrstücke von der Ladefläche eines Pferdefuhrwerks wuchteten, ohne sich zu vergewissern, ob gerade jemand des Weges kam. Statt sich zu entschuldigen, hatten die Männer sie noch angeherrscht, sie solle sich davonmachen.

Im nächsten Moment sah Ernestine Sabine mit einem prall gefüllten Einkaufskorb über dem Arm um die Ecke biegen. Ihre Wangen waren rot, die Lippen geschürzt, als würde sie ein Liedchen pfeifen wie ein Gassenjunge. Wie konnte ein Mensch nur derart sorglos sein?

Lugten da nicht Lauchstangen aus dem Korb? Ernestine konnte sich nicht erinnern, Lauchstangen auf den Einkaufszettel geschrieben zu haben. Wie kam die Magd also dazu, Lauchstangen zu kaufen?

Andererseits – eine Lauchsuppe mit etwas Rahm wäre nicht das Schlechteste für den Mittagstisch. Oder als Begrüßungsessen für den Abend? Dazu ein silberner Kerzenleuchter auf dem Tisch, und schon sah das Mädchen, dass es in einem guten Haushalt gelandet war.

Unvermittelt wurde Ernestine etwas leichter ums Herz. Nun würde sie den Rest des Speiseplanes zusammenstellen! Mit Schwung tauchte sie die Feder ins Tintenfass.

*Eierstich-Consommé. Gesottene Selleriestreifen mit Rinderzunge. Apfelkompott. Möhrensuppe mit …*

Nur ungern unterbrach sie ihre Arbeit, um mit ihrem Mann zu Mittag zu essen. Friedrich hatte am Morgen gesagt, dass er nicht heimkommen würde, was bedeutete, dass das Mittagsmahl eine stille und kurze Angelegenheit wurde.

Kaum war der Tisch abgeräumt, machte sich Ernestine wieder an die Arbeit. Zu dem Kaffeefleck an ihrem Ärmel hatte sich ein weiterer aus Soße gesellt. Wie ärgerlich … Stirnrunzelnd schaute Ernestine auf, als es an der Tür klopfte. Sabine stand im Türrahmen und neben ihr –

»Die Württembergerin! Oje, was machst du denn schon hier?«

# 8. Kapitel

Wie viel anders hatte Flora dieses Mal ihren Einzug in die Stadt erlebt!

Das Hotel Bayerischer Hof, das ihr im Winter so riesengroß und düster vorgekommen war, wirkte nun mit den vielen Stühlen und Tischen auf der Terrasse sehr einladend. Diesmal sah sie keine durch die Winterkälte eingefrorenen Mienen, sondern lauter Menschen, die glücklich wirkten.

Statt sich vom Bahnhof aus eine Kutsche zu leisten, war Flora frohen Mutes in Richtung Stadt marschiert – über sauber geharkte Kieswege, die von blühenden Kastanienbäumen gesäumt waren. Immer wieder rieselten weiße und rosa Blütenschnipsel herunter und verfingen sich auf Floras Haar und Schultern. Es duftete nach Flieder und den ersten Rosen. Wie die Sonne durch die Bäume der Lichtenthaler Allee funkelte – als wandele man unter einem wundervoll beleuchteten grünen Baldachin.

Und dann die prächtigen Kutschen, die ständig an ihr vorbeifuhren! Mit goldenem Zierrat und herrlichen Lackierungen, deren Farbe oftmals im Zaumzeug der Pferde wieder auftauchte.

Das Treiben rund um das Conversationshaus war viel lebhafter als im Winter. Auch hier standen kleine weiß lackierte Tische und Stühle vor dem Eingang. Viele der Gäste schienen sich zu kennen, denn sie winkten oder riefen sich Grußworte zu, in Sprachen, die Flora nicht verstand. So viele Ausländer? Das war ja aufregend …

An der Tür des Blumenladens rüttelte Flora vergeblich. *Komme gleich wieder* stand auf dem Schild, das schräg am Türgriff baumelte. Auch auf ihr Klopfen hin öffnete niemand. Der Laden war geschlossen? Mitten am Tag?

Stirnrunzelnd versuchte Flora, einen Blick durch die Fensterscheibe zu werfen, die mit einem grauen Schleier überzogen war – wahrscheinlich Staub und Schmutz von der nahen Baustelle. Vom Ladeninhaber war nichts zu sehen. Ging es dem alten Herrn womöglich so schlecht, dass er sie nicht begrüßen konnte?

Mit bangem Gefühl im Bauch schulterte Flora erneut ihr Gepäck. Dann lief sie ums Haus herum, auf der Suche nach dem Eingang zur Wohnung der Sonnenscheins.

Ernestine Sonnenschein seufzte tief auf. »Du liebe Güte, ich weiß wirklich nicht, wo der Mann schon wieder ist! Wahrscheinlich macht er Erledigungen, in einem Geschäftshaushalt gibt es ja furchtbar viel zu tun. Nie reichen die Stunden aus, die einem der liebe Gott zur Verfügung stellt, nicht wahr?« Auf ihren Wangen hatten sich rote Flecken gebildet. Mit unruhigen Fingern versuchte sie eine Haarsträhne, die sich aus ihrem Dutt gelöst hatte, wieder festzustecken.

»Der gnädige Herr befindet sich im Schlafzimmer, ihm war nicht gut«, kam es von der Magd.

»Nun denn …« Hilflos lächelnd reichte Ernestine Sonnenschein der Magd die beiden Haarnadeln, die sich endgültig aus ihrer Frisur gelöst hatten, und drehte ihr dann den Hinterkopf zu, damit sie ans Werk gehen konnte.

»Ab jetzt haben Sie ja mich, ich werde Ihrem Mann schon die eine oder andere Arbeit abnehmen.« Flora versuchte sich an einem Knicks, den die Dame des Hauses jedoch nicht sehen konnte, da sie ihr den Rücken zugewandt hatte.

»Fertig«, sagte die Magd und tippte der gnädigen Frau wie zur Bestätigung einmal auf die Schulter.

Wie lieblos die Magd die lose Haarsträhne festgesteckt hatte! Nicht einmal an der richtigen Stelle. Aber bei der unordentlichen Frisur fiel dies kaum auf … Unwillkürlich fasste sich Flora an ihre eigenen, kunstvoll in Zöpfe gelegten und hochgesteckten Haare.

»Jetzt zeige ich dir zuerst einmal deine Kammer. Bestimmt möchtest du nach der beschwerlichen Reise ein wenig ruhen.« Schwerfällig stieg Ernestine Sonnenschein die schmale Steige hinauf.

»Ausruhen? Kuckucksspucke! Meine Mutter würde mir was erzählen, wenn ich mich gleich am ersten Tag auf die faule Haut legte!« Flora lachte. »Nein, nein, ich stell rasch mein Gepäck ab und danach würde ich mir sehr gern den Laden ansehen. Falls das möglich ist.«

»Sabine ...«, sagte Frau Sonnenschein.

»Oh, lassen Sie nur, ich kann meine Sachen allein tragen.« Doch bevor Flora etwas tun konnte, griff die Magd mit verdrießlichem Blick nach der Reisetasche. Flora folgte den beiden Frauen die Treppe hinauf.

Schwer atmend stieß die Dame des Hauses schließlich eine Tür rechts vom Treppenabsatz auf. »Hier sind wir. Du wirst dir mit Sabine ein Zimmer teilen.«

Flora warf erst einen Blick in den Raum, der nicht sonderlich groß, dafür aber hell und sauber zu sein schien, und dann einen weiteren Blick auf Sabine. Das Dienstmädchen sah über die Tatsache, von nun an eine Zimmergefährtin zu haben, nicht gerade erfreut aus.

»Wie froh bin ich, hier sein zu dürfen! Diese Pracht – ob es im ganzen Kaiserreich eine schönere Stadt als Baden-Baden gibt?«, sagte Flora zu Sabine, während sie ihre Siebensachen in das Schrankfach packte, das die Hausherrin ihr zugeteilt hatte.

Sabine erwiderte lakonisch: »Wenn die Sonne scheint, ist es überall schön. Aber wehe, es regnet – dann wirkt die Stadt wie ausgestorben, denn all die feinen Dämchen, die heute mit Sonnenschirm die Lichtenthaler Allee entlangflanieren oder sich spazieren fahren lassen, sitzen in ihren feinen Salons, die unsereins heizen darf. Und noch was«, fügte sie mürrisch hinzu. »Glaub ja nicht, dass ich dir das Bett mache, bloß weil du bei der gnädigen Madam mit am Tisch sitzen wirst.«

»Schon gut.« Flora riss ihr das Bettzeug aus der Hand. »Ich brauche kein Kindermädchen.« Sie seufzte laut. »Was um alles in der Welt soll ich denn jetzt machen? Ich kann doch nicht stundenlang hier in der Kammer hocken ...«

Abendessen gäbe es um halb sieben, dann würde man Flora im Salon erwarten, hatte Frau Sonnenschein gesagt, bevor sie sich zu ihrem Mittagsschlaf zurückzog. Kein Wort darüber, wann ihr Mann zurückkäme. Kein Wort über den Blumenladen, geschweige denn über Aufgaben, Arbeitszeiten und dergleichen.

»Da hat mein erster Arbeitstag in der Reutlinger Gärtnerei damals aber ganz anders ausgesehen«, sagte Flora und erzählte Sabine davon, wie sie bis in den Abend hinein Hunderte von Kohlrabipflänzchen pikiert, den Komposthaufen umgegraben und schubkarrenweise Humus in eines der Gewächshäuser gefahren hatte.

Sabine kicherte. »Bevor du dich langweilst, kannst du mir gern in der Küche helfen.« Sie nahm Flora einen Bezug wieder aus der Hand und stopfte das Kissen hinein.

Flora warf ihr einen dankbaren Blick zu. »Täusche ich mich oder kommst du auch aus dem Württembergischen?«

Sabine bestätigte dies – sie stamme aus Leonberg und sei die älteste von sechs Geschwistern, die sie allesamt um die Stelle beneideten, erzählte sie.

»Außer Kost und Logis bekomme ich noch ein paar Kreuzer zusätzlich, die Frau Sonnenschein für mich spart. Falls ich mal eine Aussteuer benötige, kann ich das Geld dafür nehmen, sagt sie.« Sie zog eine Grimasse. »*Falls ich mal eine Aussteuer benötige* – na, das will ich doch hoffen!«

Flora ließ sich auf ihr Bett sinken. »Und – wie lange bist du schon hier?« Sie klopfte auf den Platz neben sich.

»Seit einem Jahr«, erwiderte Sabine und setzte sich. »Damals haben sie das Fräulein Sonnenschein ins Kloster gesteckt. ›Schön ist sie nicht und besonders klug auch nicht – was hätten wir auch sonst mit ihr machen sollen?‹, habe ich Frau Sonnenschein sagen hören, während Sybille – so heißt die Tochter – danebenstand. Ganz belämmert hat sie dreingeschaut.«

Flora runzelte die Stirn. »Ich dachte, das Fräulein Sonnenschein wäre freiwillig ins Kloster gegangen?«

Sabine zuckte mit den Schultern.

»Und was ist mit dem Sohn der Familie?«, fragte Flora neugierig.

»Den Friedrich sieht man kaum. Er geht noch vor dem Morgenmahl aus dem Haus, er arbeitet in der Trinkhalle. Und oft kommt er so spät zurück, dass das Abendessen längst vorüber ist.« Dem Dienstmädchen war ein leises Bedauern anzuhören. »Er redet sehr ernst daher, wie die anderen auch, aber ein stattlicher Bursche ist er schon! Doch für unsereins hat der keine Augen.« Sabine seufzte so tief auf, dass Flora lachen musste.

»Na, so schwer wird das Leben hier doch nicht sein, oder?«

»Hm ...« Es war Sabine anzusehen, dass sie mit sich kämpfte, was und wie viel sie von sich und ihren Ansichten Flora gegenüber preisgeben sollte.

»Was mich angeht, ich hab Arbeit genug, die gnädige Frau hat das Schaffen nämlich nicht erfunden ... Einkaufen, kochen, die Wäsche, das Haus und den Laden putzen – alles allein meine Aufgaben, während sie mir ständig über die Schulter guckt! Aber ich will mich nicht beklagen, ich habs besser als zu Hause mit den Geschwistern und der Stallarbeit. Ehrlich gesagt ...« – sie senkte unwillkürlich ihre Stimme – »manchmal frage ich mich, warum sie mich überhaupt eingestellt haben. Die Arbeit wäre für eine Hausfrau allein gut zu schaffen. Aber die gnädige Frau ist halt ... nun ja ...« Sabine zuckte mit den Schultern. »Wenn erst einmal die Wasserleitung im Haus liegt, wird alles einfacher. Dann fallen die langen Wege zum Brunnen weg – was für ein Segen! In einer Woche soll es so weit sein. Am liebsten würde ich eine Schippe in die Hand nehmen und den Männern helfen, damit sie auch wirklich fertig werden!«

Die beiden jungen Frauen lachten.

»Deshalb sieht es draußen auf der Straße so fürchterlich aus«, sagte Flora.

»Hast du etwa gedacht, das wären die Franzosen gewesen?«, erwiderte Sabine. Flora lachte erneut los.

Als sie sich kurze Zeit später auf den Weg in die Küche machten, um Gemüse fürs Abendessen zu putzen, hatten beide das Gefühl, unerwartet eine Freundin gefunden zu haben.

## 9. Kapitel

Ja, ja, als Geschäftsmann hat man es in Baden-Baden nicht leicht. Das war vor dem Krieg so und daran wird sich auch jetzt nichts ändern, ganz im Gegenteil: Jetzt, wo die Franzosen wegbleiben ... Sie waren gute Kunden, ganz gleich, ob es sich um Schmuck, Kleidung oder Blumen handelte. Denen waren die besten Lokale noch nicht gut genug, sie residierten immer in den teuersten Hotels – und im Casino gingen sie ein und aus! Nun, wenn man genügend Kleingeld hat ... Dieses fehlt den Baden-Badener Geschäftsleuten naturgemäß in diesem Jahr.« Herr Sonnenschein holte weit mit seinem Löffel aus, bevor er ihn erneut in seine Suppe tauchte.

»Uns wird das Geld der Franzmänner gewiss nicht fehlen, schließlich haben wir davon noch nie etwas abbekommen«, sagte Ernestine. »Du warst ja immer dagegen, dem Laden einen französischen Namen zu geben. Maison Plein de Soleil – das hätte sich doch gar nicht schlecht angehört. Aber jetzt ists eh zu spät.«

Kuno warf seiner Frau einen schrägen Blick zu. »Dieser Kniefall vor allem Französischen ... So gesehen ist es kein Unglück, dass die Franzosenzeit ein Ende gefunden hat.«

Mit hochgezogenen Brauen schaute Flora ihren neuen Lehrherrn an. Ganz schlau wurde sie aus Kuno Sonnenschein noch nicht. Bedauerte er nun, dass die Franzosen nicht mehr in die Stadt kamen, oder erfreute es ihn? Wie auch immer, allmählich wurde es Zeit, dass sie sich ins Gespräch einbrachte – bestimmt hielt die Familie sie schon für eine verstockte Nuss!

»Aber ist der Ausgang des Krieges nicht auch ein Segen?«, fragte sie. »Bei uns in Gönningen haben die Männer davon gesprochen, dass der Kaiser mit dem Geld, das die Franzosen zahlen müssen, die Straßen erneuern und ausbauen will. Damit das Reisen angenehmer wird – das ist doch eine feine Sache! Und einen Reisepass brauchen wir im Deutschen Reich zum Glück auch nicht mehr. Was war das immer für eine Rennerei, bis man ihn ausgestellt bekam, und wehe, man hatte ihn bei einer Kontrolle einmal nicht dabei!«

»Ja, ja, die Straßen«, seufzte Herr Sonnenschein. »Die Frage ist doch: Werden die Leute überhaupt noch zu uns kommen? Oder zieht es sie eher nach Karlsbad, Marienbad oder gar in südlichere Gefilde? All die schönen Orte werden so viel schneller und besser erreichbar sein …«

»Hm, so habe ich das noch gar nicht gesehen«, antwortete Flora stirnrunzelnd. Unauffällig versuchte sie, ihren schmerzenden Rücken ein wenig zu lockern – die harten Salonstühle mit den steifen, ungepolsterten Lehnen waren nach der Zugfahrt, bei der sie ordentlich durchgerüttelt worden war, nicht gerade eine Wohltat.

»Das solltest du aber, liebes Mädchen«, erwiderte Herr Sonnenschein mit getragener Stimme.

»Vater, hör bitte mit deiner Schwarzmalerei auf«, unterbrach Friedrich seinen Vater lachend. An Flora gewandt sagte er: »Ja, es stimmt – die Franzosen fehlen in der Stadt, aber dafür sind uns die Russen treu geblieben. Und die haben so viel Geld, dass es zum Himmel stinkt.« Er verzog angewidert die Nase.

»Dass es viele reiche Russen gibt, weiß ich von meinem Vater. Er hat in früheren Zeiten gute Geschäfte mit ihnen gemacht«, sagte Flora und lächelte Friedrich an.

»Tja, unser guter Bub kennt sich halt aus, schließlich hat er in seiner Trinkhalle tagtäglich mit den feinen Leuten zu tun.« Ernestine Sonnenschein tätschelte Friedrichs Hand. »Und um Gäste muss er sich auch keine Sorgen machen, nicht wahr?«

»Da täuschst du dich, Mutter«, erwiderte Friedrich, während

er seine Hand unter der ihren wegzog. »Auch bei uns ist es viel ruhiger als in den Vorjahren um diese Zeit, das macht mir schon Sorgen. Alles in allem sind einfach wesentlich weniger Besucher in der Stadt als sonst. Kein Wunder, dass die Hoteliers klagen!«

»Aber die Hoteliers haben doch immer was zu jammern«, warf Kuno ein. »Dabei kommen die mir nicht so vor, als nagten sie am Hungertuch.«

Friedrich lachte. »Da hast du nicht ganz unrecht, aber ein Blick ins Badeblatt bestätigt, dass ihre Sorgen dieses Jahr durchaus berechtigt sind. Stellen Sie sich vor«, wandte er sich an Flora, »im vergangenen Jahr wurden in der Fremdenliste weniger als dreißigtausend Gäste notiert – 1869 waren es noch rund zweiundsechzigtausend! Aber das wird schon wieder – schließlich nennt man Baden-Baden die ›Sommerhauptstadt Europas‹ – hier treffen sich alljährlich die Reichen aus der ganzen Welt, das kann einfach nicht ganz aus und vorbei sein.«

Flora nickte beklommen. So, wie die Sonnenscheins daherredeten, konnte man wirklich den Eindruck bekommen, Baden-Baden stünde kurz vor dem Ruin … Der Krieg, der vor wenigen Monaten geendet hatte, schien hier doch seine Spuren hinterlassen zu haben.

Floras Blick fiel unwillkürlich auf ihren Teller. Richtig satt war sie bisher nicht geworden …

»Suppe, Suppe, Suppe. Und zwischendurch Gemüse. Dass bei uns Schmalhans Küchenmeister ist, daran gewöhnst du dich am besten gleich«, hatte Sabine zu ihr gesagt, als Flora ihr am Nachmittag in der Küche half. »Fleisch oder Räucherfisch kommt nur selten auf den Tisch. Selbst am Speck wird gespart.«

Dass Sabine nun zum Essen allein in der Küche saß, fand Flora seltsam. Bei ihnen zu Hause durfte Ursel, die alte Magd, bei den Mahlzeiten stets mit am Tisch sitzen. Aber Frau Sonnenschein hatte offenbar ganz eigene Ansichten von Sitte und Anstand.

»Was hat es mit dieser … Trinkhalle eigentlich auf sich? Ich habe den prächtigen Bau zwar schon von außen bewundert, aber ich war noch nicht drin – handelt es sich dabei um eine Wirtschaft?«

Friedrich Sonnenschein lachte. »Nein, ein Wirtshaus ist die Trinkhalle nicht, aber ausgeschenkt wird bei uns sehr wohl etwas! Thermalwasser nämlich, und das gleich aus mehreren Quellen! Heilwasser allerfeinster Qualität, für die Gesundheit sehr förderlich, ganz gleich, ob jemand einen nervösen Magen hat oder ein Gallenleiden. Ob er an Gicht leidet oder an einem schwachen Herz …«

Frau Sonnenschein schaute ihren Sohn mit mütterlichem Stolz an. »Die Trinkhalle, die Spazierwege rundherum, der Pavillon – für alles ist unser guter Bub ganz allein verantwortlich. Aber glauben Sie nicht, dass der Spielbankpächter das zu schätzen wüsste! Für ihn gibts nur eines, was zählt, und das ist das Casino.«

»Ach Mutter«, wehrte Friedrich ab. Nach einem längeren Schweigen sagte er in Floras Richtung: »Wenn Sie möchten, lade ich Sie einmal auf ein Glas unseres vorzüglichen Heilwassers in unsere heiligen Hallen ein.«

»Sehr gern, ich kann es kaum erwarten, mehr von Baden-Baden kennenzulernen«, sagte Flora. *Heilige Hallen* – so viel Aufhebens um ein paar Gläser Wasser, dachte sie bei sich. Und dann die Art, wie Frau Sonnenschein über ihren Sohn sprach – *der gute Bub!* Ihre Brüder wären vor Scham im Erdboden versunken, hätte die Mutter sie je so angesprochen.

Bei diesem Gedanken wurde Flora von einer Woge Heimweh überflutet. Um sich abzulenken, wandte sie sich erneut an Friedrich. »Dann haben Sie es also vor allem mit kranken Leuten zu tun. Ich weiß nicht, ob mir das gefiele …«

»Oh, aber das ist nicht der Fall! Baden-Baden ist keine Kurstadt im eigentlichen Sinne, ernsthaft kranke Menschen finden nur selten den Weg zu uns.«

Flora nickte und legte unauffällig eine Hand auf ihren Magen, der ein peinliches Knurren von sich gab.

Frau Sonnenschein runzelte die Stirn. »Dabei sind deine Wässer so gesund! Etwas gewöhnungsbedürftig vielleicht, aber sehr gesund …« Mit ihrer Gabel spießte sie ein Stück Möhre auf, das neben ihrem Teller gelandet war.

»Man kann den Gästen eben nicht vorschreiben, womit sie sich ihre Zeit vertreiben. Die meisten wollen nur ihr Vergnügen«, kam es von Herrn Sonnenschein. Er zupfte eine Falte des Tischtuchs glatt, um seiner Frau bei der Rettung des Möhrenstücks behilflich zu sein.

Eigentlich war Flora todmüde – die lange Anreise, das Gespräch bei Tisch … Doch als Sabine sie fragte, ob sie nicht Lust hätte, einen kleinen Abendspaziergang zu machen, sobald sie die Küche auf Vordermann gebracht hatte, sagte sie spontan zu. Solange es hell war, hatte die Magd Ausgang, aber wehe, sie war bis zum Anbruch der Dunkelheit nicht wieder zurück! In diesem Punkt ließe Frau Sonnenschein nicht mit sich reden, erklärte Sabine, während sie mit Flora durch die Stephanienstraße schlenderte. Um diese Tageszeit hatten die meisten Geschäfte und Werkstätten schon zu, nur hie und da fegte einer vor seiner Tür, und aus den Fenstern roch es nach Sauerkraut und Kartoffelbrei. Die Wirtin der Goldenen Henne, in der Flora im Winter mit ihrer Mutter übernachtet hatte, winkte ihnen durchs Fenster freundlich zu.

Sabine wusste zu jedem Haus und fast jedem seiner Bewohner etwas zu berichten, sodass Flora bald der Kopf schwirrte.

»… das hier ist die Schneiderei von Karl-Ottfried Schierstiefel. Er ist ein alter Kamerad vom gnädigen Herrn und kommt fast täglich vorbei. Dann tratschen die beiden wie zwei alte Waschweiber! Und …« Sabine schien angestrengt nach etwas Ausschau zu halten.

»Ist was?«, fragte Flora.

Die Magd schüttelte heftig den Kopf, doch dann überlegte sie es sich offenbar anders. Sie winkte Flora näher zu sich heran. »Der Schierstiefel, also, der hat einen Gesellen, den Moritz …«

»Oje, jetzt guckst du wie meine Freundin Suse, wenn sie von ihrem Franz schwärmt.«

»Dass ich einen Schwarm habe, hast du gesagt, nicht ich!«, erwiderte Sabine mit rotem Kopf. »Schierstiefel ist ein alter Geizkragen, bei ihm fällt nie ein Fetzchen Stoff ab. Aber da hinten wohnt auch eine Schneiderin, bei der kann man gut Stoffreste abstauben. Für eine Haarschleife reichts allemal.«

Sie schlenderten weiter.

»Das hier ist die Apotheke Grün. Die Gretel Grün ist eine Freundin der gnädigen Frau, und zu mir ist sie immer ganz nett. Hm, hier duftet es gut, nicht wahr?«

Anstelle von Flora antwortete ihr Magen mit einem lauten Knurren.

»Hunger?«, fragte Sabine stirnrunzelnd.

Flora nickte nur.

»Dann weiß ich was!« Auflachend zog die Magd Flora weiter. »Das hier ist der Gemischtwarenladen Walbusch. Frau Walbusch ist auch eine Freundin von der gnädigen Frau, wenn sie vorbeikommt, will sie immer sofort eine Tasse Kaffee serviert bekommen. Ob ich gerade bei der Wäsche oder am Kochen bin, kümmert die gnädigen Damen natürlich nicht. Wenn du mich fragst – die meint es nicht ehrlich. Ich glaub, die knöpft der gnädigen Frau sogar besonders hohe Preise ab. Ich ließe das nicht mit mir machen!«

»Warum machst dann nicht *du* die Einkäufe bei Walbusch?«

»Die gnädige Frau würde es sich nie nehmen lassen, ihre Knöpfe und die Nähseide selbst auszusuchen. Stunden über Stunden braucht sie für solch eine Besorgung, ganz erschöpft kommt sie dann zurück! Weil alles ach so anstrengend ist …« Theatralisch wischte sich Sabine die Stirn. Im nächsten Moment packte sie Flora am Ärmel. »Ich red so frei von der Leber weg, dabei kennen wir uns noch gar nicht. Dass du mir nichts davon bei den Herrschaften ausplauderst, hörst du?«

»Hältst du mich etwa für eine Petze?«, fuhr Flora auf, doch Sabine winkte ab.

Sie waren ein gutes Stück die Straße entlanggegangen, als Sabine in eine enge Seitengasse und von dort in einen Hof abbog.

»Meine kleine Württembergerin!«, ertönte es, kaum dass sie das Tor durchschritten hatten.

Erschrocken wich Flora vor einem hünenhaften Mann mit blutverschmierter Schürze zurück. Ihr Blick fiel auf die Haken, die an einer Art Balkon an der Längsseite des Innenhofes angebracht waren und von denen ein paar Schweinehälften hingen. Unter einer davon stand eine Schüssel, in die Blut tropfte. Was um alles in der Welt wollte Sabine hier? Schon umarmte der Mann die Magd und drückte ihr einen Kuss auf die Wange. Und wie begehrlich er sie dabei anschaute …

»Herr Semmel – darf ich Ihnen Flora vorstellen? Sie kommt auch aus Württemberg und hilft ab jetzt im Blumenladen.«

Flora ließ es wohl oder übel zu, dass der Mann ihr seine blutverschmierte Pranke reichte. Er sei von der Schwäbischen Alb, aber die Liebe habe ihn vor vielen Jahren hierhergeführt, erklärte er ihr. Die Liebe sei allerdings längst weg und er würde auf eine neue warten, fügte er hinzu und sah Sabine an. Sie schwieg beharrlich.

»Und? Hätten die Württemberger Mädchen Lust auf einen Teller Metzelsuppe?« Auffordernd nickte der Mann in Richtung Schlachterei.

Flora und Sabine schauten sich an. »Und ob!«, sagten beide wie aus einem Mund.

»Du weißt wirklich, wo hier in der Stadt der fetteste Speck hängt«, stellte Flora fest, als sie sich nach einem Teller Suppe wieder auf den Weg machten. Zum ersten Mal an diesem Tag fühlte sich ihr Bauch warm und satt an. Genussvoll biss sie in die Wurst, die der Metzger ihnen zum Abschied noch geschenkt hatte.

»Und das im wörtlichen Sinne!«, entgegnete Sabine lachend. »Man muss schließlich sehen, wo man bleibt, nicht wahr? Heute gehen wir nicht hungrig ins Bett.«

»Sag – können wir noch einen Blick in die Trinkhalle des jungen Herrn werfen?«, fragte Flora.

Sabine verzog das Gesicht. »Muss das sein? Rein kommen wir jetzt eh nicht mehr, und selbst wenn offen wäre – das Wasser schmeckt einfach grässlich! Einmal hab ichs versucht, es kostet ja nichts. Aber dafür tät auch sicher niemand was zahlen! Spazieren wir doch lieber an den Hotels entlang, wo die feinen Kurgäste wohnen!«

Sabine schlug vor, den Weg über die Promenade zu nehmen, damit sie einen kurzen Blick in die Auslagen der prächtigen Geschäfte werfen konnten – Flora war mit allem einverstanden.

Vor dem Maison Kuttner blieb sie stehen. »Den Laden kenne ich – ich war sogar schon mit meiner Mutter drin!« Mit gerunzelter Stirn erzählte sie der Magd von der »freundlichen« Bedienung in dem Blumenladen.

»Die schnappen dem gnädigen Herrn all die guten Aufträge und Kunden weg. Aber wen wunderts? Die hocken mitten im Leben, während der Blumenladen Sonnenschein arg weit ab vom Schuss liegt.«

Flora schüttelte den Kopf. »Jetzt übertreibst du aber! Wenn man zügig läuft, ist man in wenigen Minuten da – es sind doch nur ein paar Straßen …«

»Aber den Kurgästen ist selbst dieser Weg zu weit. Also, ich würde mich nicht trauen, hier reinzugehen«, sagte Sabine. »Unsereiner ist denen nicht fein genug.«

Abrupt blieb Flora stehen. Beide Arme in die Seiten gestemmt, fragte sie wütend: »Stinkt unser Geld etwa? Sind wir weniger wert als die Damen und Herren hier?« Sie machte eine weit ausholende Handbewegung, mit der sie die flanierenden Passanten einschloss.

Sabine, der die Szene unangenehm war, zog Flora rasch weiter. »Wir sind halt Dienstboten – für uns gelten andere Gesetze, das war schon immer so.«

Flora biss sich auf die Lippe. Das sah sie aber ganz anders! Wie hatte der Vater immer zu ihr gesagt? »Kind, manche Kunden mögen uns fahrende Händler von oben herab behandeln.

Aber als Gönninger Samenhändler bist du jedem Menschen auf dieser Welt ebenbürtig! Wir lassen uns von niemandem den Mund verbieten.«

Als sie das Ufer der Oos erreicht hatten, begann es langsam zu dämmern. Fasziniert schaute Flora auf die Hotels, die sich wie Perlen an einer Kette entlang dem Flussufer aneinanderreihten. Auf den Hotelterrassen, in den Speisesälen, in Kaminzimmern und Salons – überall glitzerten Kerzen und funkelten Kronleuchter wie Abertausende von Glühwürmchen in einer Sommernacht.

»Wir sollten langsam umkehren. Wenn es dunkel ist, müssen wir daheim sein«, sagte Sabine.

Doch Flora konnte sich von dem herrlichen Anblick nicht loseisen. »Schau mal, da findet bestimmt ein Tanzball statt«, hauchte sie andächtig und nickte in Richtung des Englischen Hofes, auf dessen Terrasse elegant gekleidete Damen und Herren in Grüppchen zusammenstanden. »Das würde ich mir gern aus der Nähe angucken ...« Einzelne Töne eines Musikstückes schwirrten durch die Nacht, die getränkt war vom Duft spätblühender Fliederbüsche und Maiglöckchen.

Sabine winkte ab. »Das ist nichts Besonderes, die Kurgäste feiern jeden Abend. Ich kenne eine, die ist Zimmermädchen im Englischen Hof. Was die immer zu erzählen hat ...« Die Magd machte eine bedeutungsvolle Pause. »Stell dir vor, die Kurgäste essen schon am Morgen Gänseleberpastete und allerfeinstes weißes Brot! Oder Kaviar. Den bringen sie in goldenen Dosen aus Russland mit, sagt Konstanze.«

Gänseleberpastete ... Flora wusste, wie fein die schmeckte. Auch der Vater hatte schon mal ein Töpfchen mitgebracht.

»Diese Kurgäste – so genau weiß ich immer noch nicht, was es mit denen auf sich hat. Der gnädige Herr sagte vorhin, diese Leute würden in den hiesigen Geschäften viel Geld ausgeben – aber das kann man doch nicht den lieben langen Tag machen. Und einen ganzen Sommer lang erst recht nicht! Irgendwas müssen sie doch arbeiten, oder?«

Sabine lachte. »Das denkst du! Konstanze erzählt mir da ganz andere Sachen … Nach dem Frühstück gehen die Herrschaften erst einmal spazieren. Wenn du mal freihast, musst du dir das unbedingt anschauen. So schöne Kleider hast du noch nicht gesehen!« Die Augen der Magd glänzten sehnsüchtig. »Manchmal gehen die Leute tagsüber kurz in ihr Hotelzimmer zurück. Konstanze sagt, manche Damen kleiden sich bis zu fünf Mal am Tag um, und Zofen müssen ihnen dabei helfen. Und dann treffen sie sich mit anderen Gästen und essen und trinken. Oder sie gehen einkaufen. Oder ins Casino. Tja, und ab dem frühen Nachmittag müssen sich die gnädigen Herrschaften auf die großen Bälle und Festlichkeiten des Abends vorbereiten. Du siehst also: Ans Arbeiten denkt von denen dort keiner …«

## 10. Kapitel

Am nächsten Morgen quälte sich Sabine unter Ächzen und Stöhnen aus dem Bett. »Sechs Uhr, und noch nicht einmal ganz hell. Du hast es gut! Kannst liegen bleiben wie eine Dame, während ich jede Menge zu tun habe – den Herd anfeuern und Wasser warm machen und den Tisch decken, die Milch hereinholen und, und, und!« Sie spuckte in ihre Hände und fuhr sich damit übers Haar. Dann begann sie einen Zopf zu flechten.

Stirnrunzelnd schaute Flora in Richtung Fenster, durch das ohrenbetäubendes Gezwitscher hereindrang – die Vögel schienen wie sie kaum erwarten zu können, dass es endlich hell wurde.

»Ob dus glaubst oder nicht, ich würde auch am liebsten schon hinuntergehen. Aber ich soll mich vor dem Frühstück nicht blicken lassen.«

»Du bist ein undankbares Mädchen!«, nuschelte Sabine, den Mund voller Haarnadeln.

»Wenn du willst, stecke ich dir gern einmal die Haare hoch«, sagte Flora, die kaum mit ansehen konnte, wie ungeschickt sich Sabine mit ihrem Zopf anstellte.

Ihr war die Freude über Floras Angebot anzusehen. »Gern, wenn ich freihabe – vielleicht könntest du dann sogar eine Blume einflechten. Aber nun ... Wünsche, gut zu ruhen, gnädiges Fräulein!« Sie machte einen übertriebenen Knicks in Floras Richtung und polterte anschließend die Treppe hinab.

Und nun? Flora streckte ihre Arme und Beine so lang, dass etliche Knochen knackten. Sollte sie einen Morgenspaziergang machen? Dabei konnte sie einige blühende Apfel- und Birnzweige für den Laden schneiden, auf ihrem Weg vom Bahnhof hierher hatte sie einige herrlich in Blüte stehende Bäume gesehen. So würde sie sich gleich an ihrem ersten Tag nützlich machen.

Andererseits – vielleicht war Herr Sonnenschein längst selbst unterwegs, um frische Blumen und Zweige zu holen?

Noch während sie darüber grübelte, tönten ihr plötzlich die Worte ihrer Mutter im Ohr.

»Dein Eifer in allen Ehren«, hatte Hannah einen Tag vor Floras Abreise gesagt, während sie deren Blusen und Röcke bügelten. »Aber spring nicht vor lauter Begeisterung kopfüber in jedes Wasser. *Wir* sind deine Umtriebigkeit gewohnt und mir persönlich ist ein fleißiger Mensch zehnmal lieber als ein fauler. Aber andere Leute stören sich vielleicht an zu viel Betriebsamkeit ... Man muss nicht immer alles anders machen, viele Dinge kann man auch einfach belassen, wie sie schon immer waren.«

»Du tust gerade so, als ob ich eine schreckliche Plage wäre. Keine Sorge, ich werde mich schon zu benehmen wissen!« Flora war ziemlich entrüstet gewesen.

»Ach Kind, ich will dir doch lediglich einen guten Rat mit auf den Weg geben«, hatte Hannah erwidert. »In Reutlingen hast du dir mit deinem Übereifer nicht nur Freunde gemacht. Als wir dich abholten, hat Frau Gruber sogar gesagt, sie sei froh, sich nicht mehr täglich tausend Ideen von dir anhören zu müssen.«

Über das Plätteisen hinweg hatte Hannah ihre Tochter liebevoll angeschaut. »Fleiß und Vorwitz sind zwei Paar Schuhe! Wenn du schlau bist, schaust du dir in aller Ruhe an, wie es die Sonnenscheins halten. Und selbst wenn dir manches nicht so gut gefällt – behalte es für dich. *Du* bist die Fremde, *du* musst dich eingewöhnen, und nicht umgekehrt. Glaube mir, ich weiß, wovon ich spreche …«

Aber dagegen, dass sie Blumen pflücken ging, würde die Mutter doch sicher nichts einzuwenden haben, oder?

Schwungvoll sprang Flora aus dem Bett.

Um neun Uhr morgens – das Frühstück lag hinter ihnen – gingen Kuno Sonnenschein und sein neues Lehrmädchen ins Geschäft. Endlich.

Ihre neue Wirkungsstätte! Ihr erster Arbeitstag! Es hätte nicht viel gefehlt, und Flora hätte vor lauter Vorfreude in die Hände gespuckt. Während sie ihr Gastgeschenk – einen Beutel mit Blumensamen – erst einmal zur Seite legte, schaute sie sich erwartungsvoll um.

Der Laden war größer, als sie ihn von ihrem ersten Besuch im Januar in Erinnerung hatte.

Es gab zwar nur ein Schaufenster, aber dieses war dreigeteilt und ziemlich groß. Allerdings war es auch ziemlich schmutzig und vollgehängt mit handgeschriebenen Zetteln aller Art, die das Sonnenlicht aussperrten: Werbung für einen Ringerwettkampf. Werbung für einen Flohzirkus. Ein Zettel, dessen Aufschrift inzwischen unleserlich geworden war.

Flora runzelte die Stirn. Wäre es nicht besser, all das zu entfernen und stattdessen ein paar Blumentöpfe ins Fenster zu stellen?

Neben dem Fenster befand sich die Eingangstür, die ebenfalls verglast war und über der eine Glocke hing. Als Kuno Sonnenschein die Tür nun öffnete, bimmelte es melodisch. Wie schön! Flora lächelte und atmete tief ein. Zusammen mit der frischen Luft kam auch gleich ein wenig mehr Licht in den Raum.

Gegenüber von Tür und Fenster erstreckte sich die Ladentheke fast über die ganze Breite des Verkaufsraums. Als Floras Hand über das jahrzehntealte Holz strich, das voller Rillen, Wasser- und Farbflecken war, fühlte es sich warm und voller Leben an. Unauffällig wischte sie ein paar kleine Zweiglein und Blätter zur Seite, die wohl vom Vortag übriggeblieben waren.

Die lange Arbeitstheke, dahinter zwei Stühle, ein großer Schrank rechts neben der Tür, die in den Hausflur und von dort in die Wohnung führte, dazu Regale an allen anderen Wänden, ein paar kleine Tischchen, auf denen Topfblumen standen – mehr gab es an Möbeln nicht. Den meisten Platz nahmen die Wassereimer rund um die Ladentheke ein: mit Rhododendronblüten, weißem Schneeball, etwas Grünzeug, ein Eimer mit Nelken, einer mit gelblich blassen Rosen – besonders groß war die Auswahl an Blumen nicht gerade, ging es Flora durch den Kopf. Und richtig gut roch es hier auch nicht. Sie rümpfte die Nase, schnupperte und hatte den Grund für den schlechten Geruch schnell gefunden: Die Schnittblumen brauchten dringend frisches Wasser.

»Na, hast du es dir so vorgestellt?« Kuno stand mit verschränkten Armen im Türrahmen. Der Stolz in seiner Stimme war nicht zu überhören. »Solche Blumenläden wie den meinen gab es früher gar nicht! Josef Kuttner – sein Geschäft liegt an der Ecke der Promenade – und ich waren vor zwanzig Jahren die Ersten, die den Versuch wagten. In meiner Jugend gingen die Leute noch zum Bauern oder zum Gärtner, wenn sie Blumen haben wollten. Oder sie schnitten sie gleich im eigenen Garten. Aber dann kauften die Städter den Gärtnereien für viel Geld ihren Boden ab, um darauf Geschäftshäuser zu bauen. Und die Gärtnereien zogen hinaus aufs Land, so war es jedenfalls hier. Tja, und nur für ein paar Blumen wollten die Leute nicht so weite Wege gehen. Das war meine Chance.«

Flora nickte beeindruckt. »Bei uns zu Hause gibts solche Blumenläden noch gar nicht … Wie schön Sie es hier haben!« Floras Hand machte eine Geste, mit der sie den ganzen Laden einschloss. »Ihr Laden gefällt mir viel besser als dieses Maison

Kuttner. Als Sabine und ich gestern daran vorbeispazierten, konnte man vor lauter Porzellan, Tafelsilber und Krimskrams kaum mehr die Blumen sehen. Alles ist so schrecklich vollgestellt!« Doch ein wenig mehr Drumherum wäre hier auch nicht schlecht, ging es Flora durch den Kopf – irgendwie wirkte alles so karg.

Kuno zuckte mit den Schultern. »Scheinbar finden Josef Kuttners Kunden Gefallen an all dem Zeug. Die Leute, die zu uns kommen, hätten für so etwas gar kein Geld.«

Kuno schaute so traurig, dass sich Flora bemüßigt fühlte, ihn aufzuheitern. Sie lief nach draußen, um die Wildblumen zu holen, die sie am Morgen geschnitten und neben der Haustür deponiert hatte.

Ungläubig starrte Kuno auf das riesige Bündel Grünzeug, das Flora auf die Theke legte. »Du warst heute früh schon für den Laden unterwegs? Na, da werden sich deine zukünftigen Lehrherren aber freuen, wenn du später auch solch einen Eifer an den Tag legst.«

Flora runzelte die Stirn. Welche zukünftigen Lehrherren?

»Jetzt schau nicht so erschreckt drein. Natürlich hat Friedrich mir von deinem kleinen Geheimnis erzählt!« Kuno tätschelte Floras Hand in väterlicher Art.

Kleines Geheimnis? »Was ... hat Ihr Sohn denn ... genau erzählt?«, krächzte Flora.

»Nun, dass du im kommenden Herbst eine Ausbildung zur Blumenbinderin in Reutlingen beginnst. Dass deine Eltern jedoch fürchten, es fehle dir ... nun ja, am handwerklichen Geschick. Und dass du deshalb schon einmal vorab die ersten Handgriffe üben sollst. Natürlich helfe ich gern, aber ...« Der Anflug eines Lächelns verschwand und Kuno Sonnenscheins Miene war noch sorgenvoller als zuvor. »Meine Kundschaft verlangt vor allem lose Blumen, die wenigsten haben das Geld für gebundene Sträuße. So gesehen hättest du im Maison Kuttner vielleicht mehr lernen können. Außerdem bin ich derzeit ein wenig wacklig auf den Beinen – nicht, dass ich mir viel daraus machen würde, Gott behüte.« Er nieste heftig, kramte nach seinem Taschentuch und wischte sich damit über Nase und Augen.

Allmählich dämmerte es Flora. Hatte Friedrich im Januar nicht erwähnt, wie stur sein alter Herr sein konnte? Dass er Hilfe nur äußerst ungern annahm? So wie es aussah, hatte Friedrich zu einer List gegriffen: Er hatte seinem Vater vorgegaukelt, selbst eine Hilfe zu sein! Für Flora nämlich. Kuckucksspucke – das hätte sie Friedrich Sonnenschein nicht zugetraut.

»Ich bin jedenfalls sehr dankbar für die Gelegenheit, Ihnen ein wenig über die Schulter schauen zu dürfen«, sagte sie steif, doch dann platzte sie heraus: »Ach, Sie glauben ja nicht, wie ich mich freue, hier sein zu dürfen! Wenn ich daran denke, dass jeden Moment der erste Kunde kommen kann …«

»Nun ja – so schnell schießen die Preußen auch wieder nicht. Jetzt stellen wir erst mal deine Blumen ins Wasser.« Schon nahm er das Bündel von der Theke. »Was um alles in der Welt ist das eigentlich? Und wo hast du es her?« Interessiert betrachtete er die gefiederten, behaarten und vielverzweigten Stängel einer Pflanze.

»Riechen Sie doch mal, wie gut sie duftet. Ich dachte – wenn man von dem Grünzeug etwas in Blumensträuße einbindet, dann riechen auch diese wunderbar. Oder … nicht?« Auf einmal war sich Flora ihrer Sache nicht mehr so sicher. Irgendwie kitzelte der Duft in der Nase …

Kuno Sonnenschein schien dies genauso zu empfinden, denn schon nieste er erneut. »Und das hier? So etwas habe ich ebenfalls noch nicht gesehen. Oje, was hast du uns da alles angeschleppt …«, nuschelte er in sein Taschentuch hinein.

»Ungewöhnlich, nicht wahr?« Lächelnd betrachtete Flora die Zweige mit den winzigen Blättchen, die sie von einem Strauch abgeschnitten hatte. Das Besondere waren die kokonartigen Bälle, die auf den Zweigen klebten. Ob in ihrem Innersten womöglich Blüten heranwuchsen?

»Ich bin nur ein wenig durch die Wiesen entlang der Lichtenthaler Allee gestreift – was es dort für seltsame Pflanzen gibt! Bäume mit roter Rinde und Büsche, wie ich sie noch nie gesehen habe. Wie die hier. Eigentlich wollte ich ja Margeriten pflücken, aber die habe ich dann ganz vergessen …«

Kuno Sonnenschein lächelte. »Ja, ja, die Lichtenthaler Allee ist wie ein riesiger botanischer Garten. In den letzten zwanzig Jahren wurden dort im Auftrag von Monsieur Benazét – das war der Pächter der Spielbank – für viel Geld Hunderte von exotischen Bäumen, Sträuchern und Pflanzen aus aller Welt angepflanzt. Übrigens sicher nicht zu dem Zwecke, dass du daherkommst und alles abschneidest. Hoffen wir, dass dich niemand dabei gesehen hat, sonst kriegen wir womöglich noch Ärger …«

Flora wurde ganz anders zumute. Kuckucksspucke – jetzt war sie schon wieder in ein Fettnäpfchen getreten, dabei hatte sie es doch nur gut gemeint!

Kuno platzierte Floras Ausbeute derweil in einem Wassereimer. »Na ja, das konntest du ja nicht wissen. Ich würde mich jedenfalls freuen, wenn du zukünftig öfter mal Blumen pflücken gehst, allerdings nur ganz gewöhnliche, bitte. Weißt du, früher bin ich selbst gern durch die Wiesen gestreift. Das Problem war nur: Während ich durch die Wiesen und Auen wanderte, blieb der Laden zu. Und die Kundschaft war nicht gerade erbaut, vor verschlossener Tür zu stehen …«

»Aber –« Solche Spaziergänge konnte man doch frühmorgens unternehmen! Oder die Frau des Hauses hätte den Laden hüten können, lag es Flora auf der Zunge zu sagen, doch sie schluckte ihre Bemerkung hinunter. Nur nicht schon wieder jemandem zu nahe treten!

Stattdessen legte sie den Beutel mit Blumensamen auf die Theke. »Mein Vater meinte, falls Sie nicht alle Ihre Blumen vom Gärtner Flumm beziehen, sondern einen Teil davon selbst ziehen, kämen die Sämereien gewiss recht.«

Kunos Antwort ging in einer Art Hustenanfall unter.

Du meine Güte – der Mann war wirklich nicht wohlauf, dachte Flora. Besorgt schaute sie zu, wie sich Kuno auf den

Schemel sinken ließ, um im Sitzen das Samenpaket in Augenschein zu nehmen.

»Zinnien, Lobelien, Mohnblumen – was für eine Auswahl! Dein Vater ist ein großzügiger Mann, ich werde ihm sofort einen Dankesbrief schreiben.« Sinnend schaute er aus dem Fenster. »Vielleicht sollte ich wirklich noch einen Versuch mit eigenen Beeten wagen ... Weißt du, bis vorletztes Jahr hatte ich ganze Beetreihen voller Blumen hinten im Garten – für einen Stadtgarten ist er ja ziemlich groß. Herrlich anzusehen war das und viel günstiger, als sich alles liefern zu lassen. Doch letztes Jahr streckte mich dann eine Erkältung ausgerechnet zu der Zeit nieder, als ich meine Setzlinge hätte pikieren und ins Freie setzen müssen – ärgerlich war das! Inzwischen sind die Beete längst überwuchert ...« Er zuckte mit den Schultern. »Na ja, der gute Herr Flumm will schließlich auch was verdienen. Er kommt übrigens ... immer ... mon... montags.« Seine letzten Worte wurden von einem Keuchen verschluckt. Schon zückte er erneut sein Taschentuch und spuckte hinein.

Floras Blick wanderte abermals über die Blumeneimer. Die Ware war gestern erst geliefert worden? Dafür sahen die Blumen schon ziemlich mitgenommen aus.

»Himmel noch mal, heute liegt irgendetwas in der Luft ... Aber nun ist's genug!« Resolut steckte Kuno sein Taschentuch weg. »Vielleicht hättest du ja Lust, mir beim Anlegen eines Blumenbeetes zu helfen? Dabei könntest du gewiss auch einiges lernen.«

Im Geist zog Flora eine Grimasse. Eigentlich war sie ja nicht hierhergekommen, um erneut in der Erde zu wühlen! »Und was ist mit meinen Lehrstunden hier im Laden?«, fragte sie zaghaft.

»Deine Lehrstunden, ja ... Meiner Ansicht nach ist es am besten, wenn du mir einfach über die Schulter schaust!«

Diesmal nickte Flora eifrig.

»Bevor du beginnst, legst du dir alles, was du für deine Arbeit benötigst, zurecht: die Blumen, das Stopfgrün, verschiedene

Scheren, den Bindebast. Wenn du deinen Strauß erst einmal begonnen hast, wäre es sehr ärgerlich, ihn wieder aus der Hand legen zu müssen, nur weil du die Schere nicht findest. Oder weil der Bindedraht noch in der Schublade liegt.« Noch während Kuno Sonnenschein sprach, fing er an, Blumen aneinanderzulegen.

»Ein Strauß soll von allen Seiten her hübsch anzusehen sein. Ganz wichtig ist außerdem, dass alles dicht gebunden ist. Deshalb nehmen wir lieber ein bisschen mehr Grün als zu wenig. Du beginnst mit einer Blüte in der Mitte, siehst du, so! Und dann arbeitest du rings um sie herum. Natürlich musst du dir zuvor überlegen, wie du die Blumen anordnen willst, also …«

Gebannt schaute Flora zu, wie aus einer Handvoll Material ein perfekt gebundener Blumenstrauß entstand. Das war doch etwas anderes als ihre spontan gepflückten Sträuße!

»Für welchen Kunden ist dieser Strauß denn bestimmt?«

»Nun, man könnte ihn jemandem zum Geburtstag schenken, er könnte aber auch die Tafel eines feinen Mahls zieren. Er wäre für eine junge Frau ebenso passend wie für eine reifere Dame. Natürlich gibt es spezielle Anlässe, bei denen ein kugelig gebundener Strauß nicht geeignet ist. Wenn …« Kuno runzelte die Stirn, als habe er Mühe, ein geeignetes Beispiel zu ersinnen. »Wenn ein Herr beispielsweise einer Schauspielerin am Theater Blumen schenken möchte. Nach der Vorstellung, verstehst du? Die Dame wird sich nicht hinter einer Blumenkugel verstecken wollen, sie will sich vielmehr mit den Blumen schmücken! Deshalb würde ich in diesem Fall einen Legestrauß binden. Also einen Strauß, der über dem Arm getragen werden kann.« Er schnappte sich ein neues Büschel Nelken und begann, diese schräg gestaffelt aufeinanderzulegen. Die danach unterschiedlich langen Stielenden schnitt er ab, dann legte er Flora den Strauß in die Armbeuge.

Flora versuchte, im Fenster ihr Spiegelbild zu erhaschen. »Es ist unglaublich – die Nelken wirken so völlig anders!«

Kuno nickte anerkennend. »Das ist ja die Kunst. Du musst dir die Blumen anschauen und erkennen, was mit ihnen machbar ist und was nicht. Bei Nelken gibt es mehrere Möglichkeiten, aber langstielige Blumen wie zum Beispiel Rosen oder Lilien kannst du nicht kugelig rund binden, es sei denn, du nimmst dreißig oder vierzig Blumen dafür. Aber wer sollte das bezahlen?« Kuno trat einen Schritt vor die Theke und zeigte auf die Blumeneimer. »Im Grunde genommen sind Blumen für uns das, was ein Stoff für eine Schneiderin ist. Die würde auch nicht auf den Gedanken kommen, aus einem schweren Samtstoff ein Kopftuch zu nähen, nicht wahr? Dafür würde sie einen leichten Leinenstoff nehmen.«

Flora strahlte ihren Lehrmeister an. *Danke, liebe Eltern, dass ihr mich habt gehen lassen!*

Doch ihr Strahlen machte sehr schnell einem entsetzten Gesichtsausdruck Platz, als sie sah, wie Kuno den Bindfaden rund um seinen Strauß löste. Sofort fielen die einzelnen Blüten auf die Werkbank und einer Nelke knickte dabei der Kopf ab. Warum zerstörte er den schönen Strauß wieder?

Kuno zeigte auf das wilde Durcheinander auf der Werkbank. »Jetzt bist du dran. Wir wollen schließlich, dass deine künftigen Reutlinger Lehrherren mit dir zufrieden sind!«

## 11. Kapitel

Bereits um zehn Uhr war die Lehrstunde vorüber – und Kuno am Ende seiner Kräfte. Nachdem Floras Blumenstrauß dem seinen recht nahe gekommen war, worüber er sich ziemlich wunderte, schlug er seine Zeitung auf und riet Flora, sich einen Überblick darüber zu verschaffen, wo sich was im Laden befand.

Flora hatte die erste Schublade noch nicht geöffnet, als Kuno von einem heftigen Hustenanfall geschüttelt wurde.

»Ein Glas Wasser, dann gehts wieder!«, röchelte er, während sein Gesicht feuerrot anlief.

Hilflos hielt ihm Flora das gewünschte Glas Wasser entgegen. Doch Kuno klammerte sich nur an der Theke fest, sodass die Knöchel seiner Hände weiß hervorstachen.

»Herr Sonnenschein? Was ist denn?« Hektisch riss Flora die Tür auf und fächerte ihm mit seiner Zeitung Luft zu, aber Kunos Zustand schien sich eher zu verschlechtern.

Flora packte ihn mit beiden Händen unter den Achseln und zog ihn auf einen Stuhl.

»Bin gleich wieder da!«, rief sie und rannte los.

Frau Sonnenschein! Oder Sabine – die würden wissen, was zu tun war! Oder sollte man gleich einen Arzt holen?

Im Hausflur entdeckte sie auf dem Treppenabsatz einen Schatten.

»Frau Sonnenschein, Ihr Mann! Er … kriegt keine Luft mehr –« Vor lauter Aufregung musste Flora selbst husten.

Angelockt von Floras Geschrei streckte nun auch Sabine ihren Kopf durch die Küchentür. »Das ist bestimmt nur das schwülwarme Wetter«, sagte sie.

»Das Wetter, ja«, sagte auch Ernestine. »Mir ist auch schon ganz blümerant zumute. Sabine – könntest du …?«

Die Magd wischte sich seufzend die Hände an einem Küchentuch ab. »Am besten führen wir den Herrn in die Wohnung. Flora, hilfst du mir?«

»Seltsam – so einen Hustenanfall hat er wirklich noch nie gehabt, er ist ja fast erstickt«, sagte Sabine, nachdem sie Kuno in die gute Stube auf die Chaiselongue gebracht hatten. Kleine Schweißperlen standen auf seiner Stirn, auch war er leichenblass, doch seine Atmung hatte sich wieder etwas beruhigt.

»Sollen wir nicht für alle Fälle lieber seinen Sohn rufen?«, fragte Flora unsicher.

Sabine lachte nur. »Der junge Herr würde sich bedanken, würde ich ihn jedes Mal, wenn es seinem Vater schlechtgeht, aus der Trinkhalle holen! Ich muss halt wie immer ein Auge auf Herrn Sonnenschein haben.«

Sie verzog den Mund. »Und jetzt geh! Wenn ewig das Schild *Komme gleich wieder* an der Ladentür baumelt, bleiben noch die letzten Kunden aus!«

Alles in allem war Flora höchstens zehn Minuten hinten im Haus gewesen. Vor lauter Aufregung hatte sie jedoch zuvor vergessen, die Ladentür abzuschließen. Als sie nun ins Geschäft zurückkam, erschrak sie: Zwei Frauen beugten sich über die Blumeneimer vor der Theke, eine zog gerade ein Büschel Rosen heraus.

»Na endlich! Wir haben schon gedacht, wir müssen uns selbst bedienen«, sagte die Frau. »Die hätte ich gern.« Sie hielt Flora die Blumen vors Gesicht.

»Sehr gern, gnädige Frau«, murmelte Flora, während es ihr heiß und kalt den Rücken hinablief. Sie eilte hinter die Theke, riss alle Schubladen gleichzeitig auf. Gab es kein Einwickelpapier? Was kostete der Strauß? Wo war die Kasse? Himmel hilf! Ausgerechnet heute, an ihrem ersten Tag, musste Kuno Sonnenschein –

Flora wickelte die Rosen in Kunos Zeitung ein und nannte einen Preis, der offensichtlich zu niedrig war, denn schon sagte die Frau: »Dann nehme ich doppelt so viele!«

Flora lächelte gequält. »Sag – bist du das neue Lehrmädchen? Die Württembergerin? Und wo ist Kuno eigentlich?«

»Äh, ja, ich bin Flora ... Und der gnädige Herr ist –« Abrupt brach sie ab. Eigentlich ging es die naseweise Frau nichts an, was mit dem gnädigen Herrn los war.

»Wenn Sie möchten, lege ich ein bisschen Grünzeug dazu – es kostet auch nichts«, sagte sie und schnitt ein paar Stängel von der selbstgepflückten duftenden Pflanze ab. Die Frau wirkte erfreut.

»Vielleicht komme ich heute auch noch dran?«, kam es ungeduldig von der anderen Frau. »Ich brauche Blumen für einen Geburtstagstisch. Himmel, das dauert hier immer ...«

Einen kleinen Knicks andeutend, lächelte Flora die Kundin an. »Sie sind als Nächste dran!«

Eine gute Stunde später hatte Flora mindestens sieben Kundinnen bedient – und allen hatte sie einen Stängel von der Duftpflanze geschenkt.

»Dass einem jemand etwas schenkt, kommt selten vor, nur Kummer und Leid gibt es immer umsonst«, hatte eine ältere Frau gemurmelt. Sie hatte sich eine einzige Tulpe gekauft, und ihre Finger, rot und rau wie die einer Wäscherin, hatten die Blüte gestreichelt. Lange hatte sie in ihrer Geldbörse nach den paar Kreuzern kramen müssen. »Eigentlich kann ich mir so einen Luxus wie Blumen gar nicht leisten. Aber wenn ich die Tulpen angucke, muss ich immer an meinen Eugen denken, der hatte sie auch so gern …« Flora hatte der Frau spontan noch ein paar Vergissmeinnicht in die Hand gedrückt. »Diese Blumen besagen, dass man jemanden immer im Herzen tragen wird!«, sagte sie, und die Frau lächelte.

Nicht alle Kundinnen waren so arm gewesen, aber bei der einen oder anderen hatte sich Flora schon gefragt, ob außer dem Blumenschmuck wohl noch etwas anderes auf den Tisch kam. Flora seufzte.

Dass sie ein Büschel Vergissmeinnicht verschenkt hatte, würde sie Herrn Sonnenschein natürlich beichten.

Inzwischen hatte Flora nicht nur die Kasse gefunden – eine Holzschatulle in der oberen Schublade der Theke, versteckt unter alten Lappen, sondern auch noch eine Art Preisliste. Zumindest hoffte sie, dass es sich darum handelte und nicht um die Einkaufspreise der Blumen.

Ein Anflug von Stolz huschte über Floras Gesicht. Eigentlich hatte sie sich bisher doch wacker geschlagen, oder?

Schon im nächsten Moment verdunkelte sich ihre Miene wieder.

Wo blieb nur Herr Sonnenschein? Ging es ihm noch nicht besser? Und warum sagte Sabine ihr nicht Bescheid?

So hatte sie sich ihren ersten Tag nun wirklich nicht vorgestellt! Da stand sie nun mutterseelenallein in einem Baden-Badener Blumenladen und musste sehen, wie sie zurechtkam. Von wegen: »Halte dich zurück, Kind!« – wie die Mutter ihr geraten hatte. Kuckucksspucke, wenn sie das den Eltern schrieb …

Aber ehrlich gesagt hatte sie recht viel Vergnügen bei ihrer Arbeit.

Flora war gerade dabei, die Topfblumen zu gießen, als die Ladenglocke erneut bimmelte.

»Das Durchkommen wird in dieser Straße von Tag zu Tag schwieriger!« Die Türklinke noch in der Hand, klopfte der Mann mit seinem rechten Schuh an den linken. Eine Menge Sand rieselte auf den Boden. »Kuno?«

»Der gnädige Herr ist nicht da. Wenn ich Ihnen behilflich sein darf?« Flora deutete einen leichten Knicks an.

Der Mann musterte sie von oben bis unten. »Dann bist du also das Lehrmädchen. Gestatten – Schierstiefel, Herrenausstatter! Mein Laden liegt ein Stück die Straße hinab. Dienstags hole ich immer Nelken für meine Frau. Aber wenn Kuno nicht –«

»Oh, das ist überhaupt kein Problem!«, sagte Flora hastig und kam hinter der Theke hervor. Das war also der Mann mit dem Schneidergesellen Moritz! »Jede Woche ein Blumenstrauß, und dazu noch Nelken, die als *das* Symbol für innige Freundschaft gelten. Wie schön! Darf ich dieses duftende Kräutlein als kleines Geschenk dazulegen? Umsonst, versteht sich!«

Als Sabine gegen achtzehn Uhr mit dem Ladenschlüssel und der Nachricht, der Herr habe sich für heute ganz zurückgezogen, in den Laden kam, war Flora so erschöpft, dass sie nur noch nicken konnte. Aber dass ihr dabei gleich die Augen so tränen mussten! Nicht, dass sie sich bei Herrn Sonnenschein angesteckt hatte?

Ihr erster Arbeitstag … Flora kam er wie ein Monat vor!

## 12. Kapitel

Am Abend hatte sich Kuno noch immer nicht ganz erholt. Seine Augen tränten zwar nicht mehr, auch war der Husten verschwunden, aber sein Hals war so wund, dass er außer einem Krächzen kaum etwas herausbrachte.

Der doch noch hinzugerufene Arzt runzelte die Stirn. »Seltsam … Normalerweise würde ich eine Reaktion wie bei einem sehr heftigen Heufieber vermuten, aber …« Gedankenverloren zupfte er an seinem Bart.

»Ja …?«, hauchte Ernestine.

Der Arzt schaute auf. »Ich hatte heute schon mehrere Patienten mit ähnlichen Beschwerden, alle hier in der Straße. Gerade war ich bei den Schierstiefels! Vielleicht doch ein ansteckender Virus …« Sein Blick fiel auf Flora, die im Türrahmen stand und lauschte. »Wenn ich mir die Bemerkung erlauben darf, junge Frau – Sie sehen auch etwas angegriffen aus. Die Augen gerötet, die Nase läuft …«

»Du lieber Himmel, sagen Sie doch so was nicht! Das Mädchen ist gerade einmal einen Tag bei uns, und schon soll sie sich mit einer Krankheit angesteckt haben? Wenn das ihre Eltern erfahren …« Ernestine presste beide Hände an die Brust. »Herr Doktor, mir ist auch schon ganz mulmig zumute!«

Am nächsten Morgen fühlte sich Kuno immer noch etwas schwächlich. Flora, der außer einer triefenden Nase nichts fehlte, überzeugte Friedrich und seine Mutter davon, dass sie das Geschäft auch allein würde hüten können.

Also machte sich Flora für die Arbeit im Laden fertig. Sie war so erfüllt von einer inneren Aufregung und Vorfreude, dass sie ihr fröhliches Strahlen kaum unterdrücken konnte. Voller Elan drehte sie den Schlüssel der Ladentür um, während sie schon Pläne für den Vormittag schmiedete. Gestern waren die Morgenstunden ziemlich ruhig gewesen. Wenn das heute wieder so war, würde sie diese Zeit nutzen, um den Boden zu wischen und –

Flora war noch nicht an der Ladentheke angelangt, als ihr Schrei durch den Raum gellte.

Panisch rannte sie nach draußen.

»Das ist nicht dein Ernst!« Sabine schüttelte heftig ihren Kopf. Mit langem Hals spähte sie in den Laden, ohne auch nur eine Fußspitze über die Schwelle zu setzen. »Das ist eklig! Einfach widerlich! Nein, tut mir leid, beim besten Willen – das kann ich nicht!« Sie hob beide Hände in einer abwehrenden Geste, dann machte sie einen Schritt nach hinten. »In der Kammer neben dem Flur findest du Putzzeug und –«

»Bitte, ich flehe dich an, lass mich nicht allein …« Flora hielt Sabine am Ärmel fest, während ihr vor lauter Ekel die Härchen zu Berge standen. »Vielleicht mit einem Besen?«, krächzte sie. »Bitte!«

Auf dem Boden, an den Wänden, über der ganzen Theke – überall wuselten Hunderte von kleinen, fast durchsichtigen Spinnentieren. Sie krabbelten an den Blumeneimern hoch, saßen reglos auf dem Boden oder wuselten von hier nach da.

»Kuckucksspucke – wo kommen die alle her? Über Nacht …«, wimmerte Flora. Was für ein schrecklicher Laden das war! »Hattet ihr so etwas schon mal?« Argwöhnisch schaute sie Sabine an, die das sofort heftig verneinte.

»Wenn die gnädige Frau die Viecher zu Gesicht bekommt, fällt sie auf der Stelle tot um! Was ich fast verstehen könnte …« Sabine zog eine missmutige Grimasse. »Also, pass auf: Erst schlagen wir sie mit der Schaufel tot. Und dann … Ich kehre und du hältst die Schaufel hin – und nicht umgekehrt!«

Eilfertig rannte Flora in Richtung Rumpelkammer, um Eimer, Schaufel und Besen zu holen. Alles war besser, als dem Ekel allein ausgesetzt zu sein!

Eine Zeit lang schlugen die Frauen ohne größeren Erfolg um sich – die Spinnen waren schnell und offenbar sehr lebensfroh. Doch nach einer Weile wurden Floras und Sabines Schläge präziser. Der Boden war bereits von vielen zerquetschten Tieren übersät, als Floras Blick erneut starr wurde.

»Sabine«, flüsterte sie. »Da!« Mit spitzen Fingern zeigte Flora auf die Zweige, die sie am Vortag geschnitten hatte. Die Zweige, die sie so besonders schön gefunden hatte.

Dort, wo die hübsch anzusehenden kokonartigen weißen Bälle gesessen hatten, prangten nur noch zerfetzte Hüllen, aus denen weitere Spinnentiere krabbelten.

»Ach du meine Güte ...« Die Magd schlug eine Hand vor den Mund.

»Was hab ich da ins Haus geschleppt?« Vor lauter Schauder lachte Flora hysterisch auf.

Die Spinnenbeseitigung war noch in vollem Gange, als die Ladenglocke bimmelte. Die beiden jungen Frauen schraken zusammen – keine hatte daran gedacht, die Tür zuzuschließen.

Es dauerte einen Moment, bis Flora in dem großen Schatten, der sich vor ihr aufbaute, eine ihrer Kundinnen vom Vortag erkannte. Gleich hinter ihr stand ein Mann in Uniform.

»Die wars! Von ihr hab ich das Teufelszeug bekommen! Von wegen ›Geschenk‹ – umbringen wollte die Württembergerin mich! Und meinen Otto gleich dazu.«

Der Polizist räusperte sich. »Noch ist nichts erwiesen. Wir sind lediglich dabei, die Tatbestände zu ... erforschen und –«

»Tatbestände?«, unterbrach die Frau ihn höhnisch. »Schauen Sie sich das Weibsbild doch an – wie sie da hockt mit ihrem Unschuldsgesicht. Ich sags Ihnen, es war ein Attentat. Jämmerlich ersticken sollte ich. Warten Sie nur ab, gleich kommt der Herr Doktor und dann werden Sie Ihre Tatbestände schon bekommen ...«

Der Polizist schaute fast kleinlaut zu Boden, wo noch immer ein paar Spinnen unterwegs waren.

»Das ist Else Walbusch – die Frau vom Gemischtwarenladen … Wovon redet das Weib?«, zischte Sabine Flora zu und zertrat ein paar der Viecher unter ihrem Schuh.

»Keine Ahnung.« Flora rappelte sich mühsam auf. Allmählich hatte sie das Gefühl, in einem Albtraum gelandet zu sein. Ein Attentat?

»Die Polizei ist bei uns?« Ernestine, die von dem Geschrei im Laden angelockt worden war, schaute mit weit aufgerissenen Augen von einem zum anderen. »Heilige Mutter Maria!«

»Ja, da guckst du! Und ich bin nicht die Einzige, auf deren Leib und Leben es euer Lehrmädchen mit ihrem Grünzeug abgesehen hatte. Die Gretel, die Frau vom Schuster, die Witwe vom Eugen – alle haben sie vor lauter Husten und Atemnot den Arzt rufen müssen. Und alle haben sie dieselben grünen Wedel in der Blumenvase! Die sie hier bei euch im Laden bekommen haben.« Fast triumphierend schaute Else Walbusch in die Runde.

»Du lieber Himmel … Kuno …« Ernestines Brust hob und senkte sich, als wäre sie gerannt.

»Ich verstehe nicht …« Floras Stimme war ein einziges Fragezeichen. Dankbar registrierte sie, dass Sabine kurz ihre Hand drückte.

Der Polizist räusperte sich erneut. »Frau Walbusch meint, die Blumen, die Sie ihr gestern geschenkt haben, seien hochgiftig! Also, wo haben Sie das Kraut?«, fragte er in bemüht barschem Ton.

»Da hinten im Eimer, da ist es!«, antwortete Else Walbusch an Floras Stelle. »Aber … da ist ja kaum noch etwas übrig! Gestern war das ein ziemlich dickes Büschel. Ich möchte nicht wissen, an wen sie das Giftzeug noch verschenkt hat.«

»Flora – was … bedeutet … das?« Ernestine taumelte, sodass sie sich an der Ladentheke festhalten musste.

»Die Pflanzen, die ich gestern früh gepflückt habe, sind anscheinend giftig. Und ich habe sie jedem geschenkt, der in den Laden kam«, sagte Flora tonlos. »Sie rochen doch so gut …«

»Du meinst …« Stirnrunzelnd schaute Sabine hinüber zu den

Wassereimern mit dem Grünzeug. »Rührt daher vielleicht auch Herrn Sonnenscheins Hustenattacke?«

»Sie geben also zu, die Ihnen vorgeworfene Tat begangen zu haben?«, fragte der Polizist streng.

Flora biss sich auf die Lippe. Ein Albtraum. Gleich würde sie aufwachen, sich die bösen Träume mit kaltem Wasser aus dem Gesicht wischen und lachen –

»Flora?«, hauchte Ernestine.

Doch Flora hatte es längst die Sprache verschlagen. Die Pflanze mit den Spinnennestern, dann noch eine Giftpflanze – offenbar hatte sie am Tag zuvor äußerst treffsicher gerade die Pflanzen gepflückt, die am meisten Schaden anrichteten.

»Ich habs doch nur gut gemeint …«

»Ich glaube, heute ist es wirklich angebracht, dass ich den jungen Herrn aus der Trinkhalle hole«, murmelte Sabine und rannte los.

Flora war in ihr Zimmer verbannt worden, während die Familie über ihre weitere Zukunft im Hause Sonnenschein beriet. Doch lange hielt sie es in der Dachkammer nicht aus – die Vorstellung, ihre Siebensachen packen und heimfahren zu müssen, war zu schrecklich. Was würden bloß die Eltern dazu sagen? Vielleicht – wenn sie den Sonnenscheins noch einmal alles erklären konnte …

Auf Zehenspitzen tappte sie die Treppe hinunter und traf vor der Esszimmertür eine weitere Lauscherin an: Sabine.

»Und? Werd ich heimgeschickt?«, flüsterte Flora.

Die Magd zuckte mit den Schultern. Sie trat einen Schritt zur Seite, damit Flora ihr Ohr an die Tür legen konnte.

»… möchte mir gar nicht vorstellen, was die Leute jetzt reden!« – »… noch die letzten Kunden vertrieben …« – »… hat es doch nur gut gemeint …« – »Vorwitzig! Lebensgefährlich und … So war das alles nicht gedacht! … Sie sollte dem Vater doch eine Hilfe sein, stattdessen … Gefahr für Leib und Leben …«

»Jetzt ists aber genug!«, dröhnte auf einmal Friedrichs Stimme so laut durch die geschlossene Esszimmertür, dass Sabine und Flora zusammenzuckten. »Flora hat gewiss niemandem nach Leib und Leben getrachtet, das Ganze war eine Verkettung unglücklicher Umstände, mehr nicht.« Friedrich schien nun unmittelbar vor der Tür zu stehen, jedenfalls konnten Flora und Sabine jedes seiner Worte deutlich verstehen.

»Wollt ihr sie wegen dieser Sache wirklich heimschicken?«

»Ja ... Nein ...«, war Kuno Sonnenscheins gequälte Stimme zu hören. »Ich glaube auch, dass es das Mädchen nur gut gemeint hat –«

»Gut gemeint, ha! Und was ist mit den Leuten in der Straße? Wie soll ich denen nach dieser ... Katastrophe wieder unter die Augen treten?«

»Ach Mutter ...« Friedrich seufzte laut auf. »Mir wird schon was einfallen, um die Leute wieder zu versöhnen. Solange Flora bleiben kann ...«

Die beiden Lauscherinnen schauten sich an. »Der nimmt dich ja ganz schön in Schutz!«, sagte Sabine.

Flora nickte betroffen. Auch vorhin im Laden hatte sich Friedrich Sonnenschein ziemlich für sie ins Zeug gelegt – immerhin hatte er es geschafft, sowohl Else Walbusch als auch den Polizisten zum Rückzug zu bewegen.

»Mutter, was hältst du davon, wenn wir gemeinsam von Haus zu Haus gehen, nochmals allen in Ruhe erklären, dass Flora die Pflanze nicht kannte und daher nicht wusste, dass sie solch heftige allergische Reaktionen hervorrufen kann? Selbst dem Arzt war das Gewächs schließlich fremd! Wenn du –«

»Ich?«, ertönte es entsetzt von Ernestine. »Wieso gerade ich? Ich habe doch nichts getan ...«

Ohne nachzudenken, stürmte Flora ins Esszimmer.

»Wenn Sie gestatten – ich würde die Leute gern selbst aufsuchen. Eine Entschuldigung ist das Mindeste, was sie von mir erwarten können!«

Friedrich schmunzelte. Fragend schaute er seine Eltern an. Außer einem Schulterzucken bekam er keine Antwort.

»Wenn *Sie* gestatten, dass ich Sie begleite?«, sagte er zu Flora, die sogleich von einer Welle der Erleichterung überspült wurde. Natürlich gestattete sie! Wie froh war sie, dass sie nicht allein gehen musste!

»Das wäre geschafft«, sagte Friedrich, als sie Stunden später bei einem Glas Bier in der Goldenen Henne saßen. Natürlich hatte sich Floras Fehlgriff längst in der ganzen Straße herumgesprochen. Daher waren sie beim Betreten der Schankstube mit mehr oder weniger gutmütigen Spötteleien überschüttet worden, bis die Wirtin dem Reden Einhalt gebot und Friedrich und Flora ein Bier spendierte.

Nun hob Friedrich seinen Krug. »Auf bessere Zeiten!«

»Darauf stoße ich sehr gern an«, sagte Flora mit einem müden Lächeln. »Vielen Dank, dass Sie mitgekommen sind. Allein wäre mir doch etwas mulmig gewesen.«

»Ach, die meisten waren ziemlich verständnisvoll, finden Sie nicht?«, fragte Friedrich und wischte sich den Schaum aus dem Bart. »Außer Else Walbusch konnten fast alle schon wieder über die Sache lachen. Und dass Else gern Unfrieden verbreitet, ist allseits bekannt …«

Flora seufzte. »Frau Walbusch wird gewiss keine Freundin von mir werden. Aber die anderen Leute hier sind wirklich alle sehr nett! Und Ihre armen Eltern, was habe ich denen nur für Ärger bereitet! Wenn das meine Mutter wüsste – die würde mir wahrscheinlich eine mächtige Backpfeife versetzen.«

Friedrich lachte. »Ihre Mutter erschien mir damals eigentlich ganz harmlos …«

Inzwischen gelang auch Flora wieder ein kleines Lachen. »Das ist sie ja auch. Nur – immer wieder muss ich mir von ihr anhören, dass ich durch meinen Übereifer in irgendwelche Fettnäpfchen trete oder Unruhe stifte. Und diesmal hatte sie mit ihrer Prophezeiung leider recht.«

# 13. Kapitel

Am Sonntagvormittag suchte Friedrich das ganze Haus nach Flora ab – vergeblich. War sie doch mit Sabine spazieren gegangen? Friedrich hätte schwören können, dass die Magd allein das Haus verlassen hatte. Ratlos blieb er im Hausflur stehen. Flora würde doch nicht im Laden sein, oder? Zuzutrauen wäre es ihr …

»Fensterputzen, Bodenwischen, Aufräumen, Blumengießen – Flora überschlägt sich regelrecht vor Eifer. Und wehe, irgendwo lugt ein braunes Blatt hervor – sofort zupft sie es ab!«, hatte der Vater erst am Vortag gesagt.

»Wahrscheinlich will sie so die Sache mit den Giftblumen wiedergutmachen«, hatte Friedrich ihm entgegnet. »Sie sagt, sie würde dir nie vergessen, dass du ihr verziehen hast. Und dass sie sehr dankbar für alles ist, was sie bei dir lernt.«

Der Vater winkte ab. »Das Mädchen stellt sich von Natur aus sehr geschickt an. Möchte mal wissen, wer auf die Idee kam, Flora habe zwei linke Hände!«

Friedrich hatte sich über die Worte des Vaters gefreut, als ginge es um ihn selbst. Flora war so nett und ungekünstelt, ganz anders als die Damen, die in die Trinkhalle kamen. Er ertappte sich inzwischen immer öfter bei dem Gedanken, dass er Flora unbedingt näher kennenlernen wollte.

Verflixt, warum habe ich ausgerechnet jetzt in der Trinkhalle so viel zu tun!, ärgerte er sich nun, während er die Ladentür aufschloss.

Doch auch im Laden war Flora nicht.

Enttäuscht ging Friedrich in die Küche, um sich ein Glas Wasser zu holen. Sein Blick fiel aus dem Fenster in den Garten. Na, das war doch … Er schob den Vorhang zur Seite, um besser sehen zu können.

Flora grub mit einem Spaten den Garten um. Mitten am helllichten Sonntag.

Wenn das die Mutter sah … Über Friedrichs Gesicht huschte ein Lächeln. Zum Glück hatten die Eltern angekündigt, gleich nach der Kirche der Familie Grün einen Besuch abstatten zu wollen.

Er war schon an der Tür zum Garten, als er von der Straße her Sabine in dieselbe Richtung steuern sah. Stirnrunzelnd ging Friedrich wieder ins Haus. Hoffentlich nahm sie Flora nicht allzu lang in Beschlag.

Eigentlich bin ich ja nicht nach Baden-Baden gekommen, um wieder in der Erde zu wühlen, dachte Flora, während sie auf den Spaten gestützt ihren schmerzenden Rücken rieb. Der Schweiß rann ihr den Rücken hinab, ihr Gesicht war verschwitzt und juckte, die Haare klebten.

Aber wenigstens lohnte sich die Mühe: Die Beete waren endlich frei von jeglichem Unkraut oder Steinen, der Boden herrlich krümelig.

Die Kirchenglocken läuteten elf Uhr, als Flora voller Vorfreude den Leinensack mit dem Saatgut aufband. Sie musste sich beeilen, wenn sie bis zum Mittagessen fertig werden wollte.

Ein wohlbekannter, würziger Duft entfaltete sich, als Flora die erste Tüte mit dem hauchfeinen Mohnsamen, der beim kleinsten Windhauch davonflog, öffnete.

Wie sehr erinnerte der Geruch sie an die elterliche Packstube!

Kapuzinerkresse, Studentenblumen, Zinnien und die zarten Samen des Sonnenhuts – sorgfältig bettete Flora alle Saatkörner in die leicht angefeuchtete Erde.

Hoffentlich würden die vorwitzigen Vögel aus dem Birnbaum die Samen nicht bei der nächsten Gelegenheit aus der Erde picken, bangte Flora, während sie ihre Werkzeuge zusammenpackte. Am besten wäre es, wenn Friedrich ihr eine Vogelscheuche baute …

»Sag mal, bist du von allen guten Geistern verlassen? Solche Arbeiten am heiligen Sonntag?«

Erschrocken schaute Flora auf. Sabine stand vor ihr und hielt ihr eine Handvoll Erdbeeren hin. »Die habe ich vorhin geschenkt bekommen – willst du eine?«

Genussvoll ließ Flora eine der Erdbeeren im Mund zergehen. Von welchem freundlichen Gönner Sabine die Früchte hatte und ob sie ihn wie den Schlachter dafür hatte küssen müssen, wollte sie lieber nicht wissen ...

»Und – wie findest du mein Werk?«, fragte sie.

»Außer einem Viereck brauner Erde sehe ich zwar nichts, aber das sieht ganz ordentlich aus«, entgegnete Sabine. »Dass da mal Blumen wachsen, kann ich mir noch nicht vorstellen ...«

Flora lachte. »Darüber staune ich bei uns im Garten auch Jahr für Jahr. Was meinst du – soll ich noch ein wenig die wuchernden Hecken zurückschneiden?«

»Hör mal, der Herrgott hat die Welt doch auch nicht an einem Tag erschaffen! Außerdem kommen die Sonnenscheins sicher bald zurück – wenn die gnädige Frau dich so sieht, kriegst du mächtig Ärger. Also komm rein, ich mach dir Wasser warm, damit du dich waschen kannst. Du siehst schlimmer aus als ich, wenn ich Großputz habe!«

Flora schaute an sich hinab. Ihr Rock hatte braune, feuchte Stellen vom Knien. Auch ihre Hände waren schmutzig, ihr Zopf hatte sich gelöst und baumelte zerzaust über ihre rechte Schulter. Ob da eine Schüssel heißes Wasser überhaupt reichen würde?

»Aber was ist, wenn es dem Herrn Sonnenschein in den nächsten Tagen wieder schlechtgeht? Dann muss ich den Laden hüten und habe keine Zeit für weitere Gartenarbeiten.«

»Na und?«, entgegnete Sabine. »Was geht dich der Garten überhaupt an? Soll sich doch der junge Herr hier den Buckel krumm machen.« Schon stapfte die Magd in Richtung Küche davon.

Unschlüssig schaute Flora ihr hinterher.

»Flora! Um Himmels willen – was tun Sie denn hier?«, ertönte es da erneut. Diesmal war es Friedrich Sonnenschein.

»Sieht man das nicht?«, fragte Flora lachend und machte

eine ausholende Geste in Richtung der Blumenbeete. »Ich weiß, dass es eigentlich besser ist, den Boden schon im Herbst vorzubereiten. Und für die Aussaat der meisten Sommerblumen ist es auch schon reichlich spät. Aber ich wollte die Sämereien, die mein Vater mir mitgegeben hat, nicht verkommen lassen. Und Ihr Herr Vater freut sich bestimmt, wenn er das hier sieht. Oder?« Noch während sie sprach, wurde Flora von Zweifeln befallen. Würde es am Ende wieder heißen, sie wäre vorwitzig? Dann hätte sie das Gegenteil von dem erreicht, was sie eigentlich wollte …

»Vater wird begeistert sein«, sagte Friedrich eilig. »Bis vorletztes Jahr war er selbst ein eifriger Gärtner, aber dann … Seine Gesundheit, Sie wissen ja.«

Flora nickte. »Ich denke, ein bisschen mehr Auswahl wird die Kundschaft freuen. Und was hier in ein paar Wochen blühen wird, ist pflückfrisch und kostenlos noch dazu – im Gegensatz zu der Ware vom Gärtner Flumm.«

»Dessen Qualität lässt zu wünschen übrig, nicht wahr?« Friedrich verzog das Gesicht. »Wenn ich mir die halbverwelkten Blumen in den Eimern angucke …«

»So würde ich das nicht sagen«, sagte Flora gedehnt. Der Gärtner handelte sehr wohl mit Blumen von hoher Qualität – schließlich bezog er seine Sämereien aus Gönningen –, aber wahrscheinlich lieferte er die an Kunden aus, die das nötige Geld für Spitzenware hatten. Im Blumenladen Sonnenschein reichte es wohl nur für mindere Ware.

»Da steh ich und halte Maulaffen feil! Dabei wollte ich Sie eigentlich zu einem Spaziergang einladen«, sagte Friedrich nun. »Nach dieser aufregenden Woche haben Sie ein bisschen Abwechslung und Erholung gewiss verdient, aber wie ich sehe, ziehen Sie selbst am Sonntag die Arbeit vor. Eigentlich hätte ich Ihnen helfen können.« Betreten schaute er an seinem Sonntagsstaat samt blankgewienerter Schuhe hinab.

»Lassen Sie nur«, sagte Flora. »Mit dem Beet bin ich eh fertig. Ich wollte nur noch kurz die Hecke schneiden –«

»Die Hecke schneiden? Da mache ich mit, warten Sie, ich hole rasch eine zweite Schere!« Noch während er sprach, streifte Friedrich die feine Weste ab und krempelte die Ärmel seines weißen Hemdes hoch.

Unsicher schaute Flora ihm dabei zu. Frau Sonnenschein würde gewiss nicht erfreut sein, ihren Sohn bei der Gartenarbeit zu erwischen …

Friedrich hatte recht: Zu zweit ging die Arbeit besser von der Hand und machte obendrein noch Spaß. Nach einer Stunde hatten sie die wuchernde Hecke ein gutes Stück zurückgeschnitten. Der Garten sah nicht nur größer aus, sondern auch heller und strukturierter. Je mehr Zweige gefallen waren, desto mehr Überraschungen waren zutage gekommen: Flora entdeckte einen Rhododendronbusch, ganze Gruppen von Maiglöckchen und dazu noch Stauden, von denen weder Friedrich noch sie wussten, welche Blüten sie treiben würden.

»Solange es nichts Giftiges ist«, unkte Friedrich betont düster.

»Oder ein Spinnennest«, fügte Flora hinzu und beide prusteten los.

»Der Garten hatte es wirklich bitter nötig«, sagte er, während sie Schaufel, Harke und Astscheren wieder zusammenpackten. »Aber ich habe dieses Jahr fast keine freie Zeit – täglich will der Spielbankpächter etwas Neues! Einmal ist es eine Aufstellung über Instandhaltungskosten, dann wieder eine Liste darüber, wie viele Wasserflaschen ich schätzungsweise für die Gäste abfülle.« Er schüttelte den Kopf. »Wahrscheinlich verlangt die Stadt diese Aufstellungen von ihm. Ich helfe ja wirklich gern, aber eigentlich hätte ich mit den Kurgästen genug zu tun. Der eine will einen Vortrag über die Vorzüge des Heilwassers hören, der nächste benötigt eine Wegbeschreibung und so weiter …« Er seufzte, machte aber gleichzeitig eine wegwerfende Handbewegung. »Aber für Sie nehme ich mir gern Zeit. Wie wäre es, wenn ich Ihnen nach dem Mittagessen die Stadt zeige?« Friedrich lächelte. »Einen besseren Stadtführer als mich bekommen Sie nicht, ich kenne hier jede Ecke.«

Flora verscheute eine Biene, die versuchte, in ihren Jackenärmel zu krabbeln.

»Ich weiß nicht ... Eigentlich tun mir die Füße ziemlich weh«, sagte sie, während das Tier brummend davonflog. »Hätten Sie vielleicht auch nächsten Sonntag dafür Zeit?«

Friedrich nickte strahlend. Dann machten sie sich daran, die Werkzeuge im Gartenhäuschen zu verstauen. Es stand im hinteren Teil des Grundstücks, hatte seitlich einen kleinen angebauten Schuppen, hübsch verzierte Fenster und eine verglaste Tür. Vielleicht ist das Haus vor langer Zeit an schönen Sommertagen genutzt worden, dachte Flora. Die in einer Ecke gestapelten schmiedeeisernen Möbel waren inzwischen jedoch ziemlich angerostet.

»Seien Sie bitte gnädig und ersparen Sie sich jede Bemerkung – ich weiß auch so, dass hier ebenfalls alles ziemlich verkommen ist«, sagte Friedrich, dessen Blick dem ihren gefolgt war.

Flora lachte. »Ich glaube, das sieht schlimmer aus, als es ist. Ein paar Eimer Seifenwasser und eine Wurzelbürste, vielleicht ein frischer Anstrich für die Gartenmöbel – und schon wären sie wieder präsentabel. Lohnen würde es sich – das Häuschen ist wirklich sehr hübsch!« Flora zog einen der Stühle in den Türrahmen. »Könnten Sie mir kurz helfen, die Gartenmöbel ins Freie zu tragen? Dann wasche ich sie ab und –«

»Flora? Friedrich? Gott sei Dank! Ich dachte schon, ich hätte Einbrecher gehört ...« Ernestine Sonnenschein fixierte die beiden genauer und schlug prompt eine Hand vor den Mund. »Du lieber Himmel, Friedrich – deine Hose!« Mit spitzem Finger zeigte sie auf Friedrichs rechtes Hosenbein, in dem ein langer Riss klaffte. Eine dornige Rosenranke hatte sich daran geheftet.

»Das ... das kann ich wieder nähen«, piepste Flora. »Friedrich wollte mir nur helfen.«

Ernestine musterte Flora von Kopf bis Fuß. »Sabine wird sich Friedrichs Hose annehmen, kümmere du dich besser um dein

Kleid, es ist völlig verdreckt! Oje, hoffentlich hat euch niemand gesehen …« Ernestines Blick irrte von rechts nach links, als wolle sie sich davon überzeugen, dass sie wirklich allein waren. »Am heiligen Sonntag … Das schickt sich doch nicht …«

Friedrich zeigte auf das frisch angelegte Blumenbeet. »Schau Mutter, wie fleißig Flora war. In wenigen Wochen wachsen hier herrliche Sommerblumen – ist das nicht wunderbar?«

Ernestines Augen flatterten wie zwei kleine Insekten. »Nun ja, der Garten war tatsächlich ein wenig … verwildert.« Sie musterte das Beet. »Und das ist allein dein Werk?«

Flora nickte. Freute sich die Hausherrin denn gar nicht?

Ernestine seufzte. »Es sieht schön ordentlich aus …«

Ein Strahlen ging über Floras Gesicht, doch im nächsten Moment musste sie zur Kenntnis nehmen, dass sich Ernestines Miene wieder verdunkelte.

»Aber ehe man sichs versieht, wuchert wieder überall das Unkraut. Früher, da wollte ich Kuno auch im Garten helfen, aber fürs Gärtnern muss man wohl geboren sein … Und dann das Gartenhaus! Ich mag gar nicht hingucken! Seinerzeit habe ich hier sogar kleine Kaffeegesellschaften gegeben. Meine Freundinnen waren immer der Ansicht, es hätte so etwas Elegantes, den Kaffee im Garten einzunehmen.« Ernestine zuckte mit den Schultern. »Es war zwar schrecklich viel Arbeit, solch eine Gesellschaft vorzubereiten, aber ich habs gern getan. Na ja, diese Zeiten sind vorbei, wie so vieles …« Sie seufzte tief auf.

»Aber warum eigentlich?«, sagte Flora. »Wenn der Sommer so schön wird wie der letzte, könnten Sie Ihren Garten doch wieder genießen! Wir waren gerade dabei, die Gartenmöbel herauszutragen. Wenn man sie säubert und frisch lackiert –«

»Die Möbel raustragen – jetzt?«, rief Ernestine. »Was würden wohl die Nachbarn sagen, wenn ihr wie zwei gewöhnliche Knechte Möbel schleppt – also wirklich, Friedrich, zumindest *du* müsstest es besser wissen!« Ernestine sah ihren Sohn tadelnd an.

»Natürlich kann ich auch allein –«, begann Flora erneut.

»Nichts da!«, fuhr Ernestine Sonnenschein mit vor Aufregung heller Stimme dazwischen. »Solche Arbeiten ziemen sich für ein junges Fräulein nun wirklich nicht.«

## 14. Kapitel

Solche Arbeiten ziemen sich für ein junges Fräulein nicht!« – über diese Äußerung von Frau Sonnenschein ärgerte sich Flora sehr. So gesehen wäre ihre fleißige Mutter eine recht unziemliche Person …

Was war denn verkehrt an ehrlicher Hände Arbeit? Doch Flora schob ihren Ärger beiseite. Jetzt, wo der Garten so schön war, lag es doch nahe, auch das Gartenhaus wieder herzurichten, argumentierte sie Friedrich gegenüber.

»Ein frischer Anstrich – wo soll ich denn das Geld dafür hernehmen?«, jammerte er, doch zwei Tage später stand er mit einem Kübel weißer Farbe da.

»Du bist verrückt!«, sagte Sabine, als sich Flora daranmachte, Friedrich beim Streichen der Gartenmöbel zu helfen, statt mit der Magd spazieren zu gehen. »Du stehst von früh bis spät im Laden und machst dir abends auch noch den Buckel krumm. Das dankt dir doch niemand!«

»Darum geht es mir nicht«, erwiderte Flora. »Mir macht das Arbeiten wirklich Spaß, das war schon immer so. Auch bei uns daheim kann ich es nicht hinnehmen, wenn irgendwas … unschön ist. Manchmal reicht es schon, wenn man in eine düstere Ecke einen hübschen Blumenstrauß stellt. Oder eine bunte Decke über einen alten Stuhl wirft. Wenn alles schön ist, freut man sich doch, nicht wahr?«

Sabine schüttelte den Kopf. »Wie du daherredest, fast wie die gnädige Frau mit ihren Zeitungsgeschichten. Da ist auch immer alles hübsch und schön. Als ob es im Leben darum ginge! Ich bin froh, wenn alles einigermaßen sauber ist und ich nicht hungrig ins Bett gehen muss. Ob etwas hübsch ist, interessiert mich reichlich wenig!« Sabine runzelte die Stirn. Sie konnte Floras Schaffenseifer wirklich nicht nachvollziehen.

»So schön war es nicht einmal früher!«, rief Ernestine, nachdem Friedrich sie und den Vater geholt hatte, damit sie einen Blick auf das getane Werk werfen konnten. Der schneeweiße Tisch, auf dem Flora eine Schale Maiglöckchen drapiert hatte, stand nun in der Mitte des Gartenhauses, die Stühle waren einladend im Kreis ringsum platziert worden. »Aber die viele Arbeit …«

Friedrich lachte. »Für mich war das eine willkommene Ablenkung. Wer weiß – vielleicht finde ich in den nächsten Wochen doch noch die Zeit, die Tannen zu fällen. Dann wäre es im Garten noch heller, nicht wahr, Flora?«

Dass sich ein wildfremdes Mädchen so sehr für den Garten interessierte und auch noch ihren Sohn dazu brachte, ihr bei den Arbeiten zu helfen, ließ Ernestine keine Ruhe. Wenn *sie* früher von Friedrich Hilfe im Garten verlangt hatte, hatte sie ewig bitten müssen. Flora hingegen half er, ohne zu murren.

Else Walbusch schürte ihre Bedenken nur noch. »Gestern Abend habe ich deinen Buben gesehen, zusammen mit eurem Lehrmädchen hat er das Gartentor repariert. Wie die beiden miteinander gelacht haben!«, sagte sie, als Ernestine den Gemischtwarenladen wegen eines Ersatzknopfes aufsuchte.

»Werden da etwa zarte Bande geknüpft?«, hauchte Margret, die Frau des Apothekers, die ebenfalls im Laden stand.

»Zarte Bande, von wegen – die Württembergerin hats auf einen Ehemann abgesehen!«, erwiderte Else Walbusch brüsk.

An ein vernünftiges Tagwerk war für Ernestine nach diesem Gespräch natürlich nicht mehr zu denken.

War diese Flora tatsächlich auf der Suche nach einem Ehemann? Und glaubte sie, diesen in ihrem Sohn gefunden zu haben? Zugegeben, Flora Kerner war hübsch, fleißig und freundlich, Ernestine konnte nichts gegen sie sagen. Andererseits – eine

Liebschaft unter ihrem Dach? Das würde sich weiß Gott auch nicht schicken!

Die Angelegenheit ließ Ernestine keine Ruhe.

»Und wenns so wäre?«, entgegnete Kuno mürrisch, als sie ihm am Abend im Bett ihre Befürchtungen mitteilte. Er hasste es, wenn Ernestine ihn just dann ansprach, wenn er eine leichte Müdigkeit zu verspüren glaubte. Am liebsten hätte er seine Nachtmütze ins Gesicht gezogen und gar nichts mehr gesagt. »In meinen Augen wäre sie keine schlechte Wahl. Aber ich glaube, du bildest dir das nur ein. Etwas anderes als Blumen hat Flora Kerner nicht im Sinn, leider …«

»Wie kannst du dir da so sicher sein?« Ernestine saß pfeilgerade im Bett. »Und überhaupt: Was heißt hier *leider*?« Der Zopf, den sie sich vor dem Zubettgehen geflochten hatte, löste sich bereits wieder in seine drei einzelnen Strähnen auf, das braune Haarband lag neben dem Bett auf dem Boden. »Du wirst doch eine Liebelei unter unserem Dach nicht gutheißen wollen? Wäre so etwas nicht sogar strafbar? Hast du eigentlich mitbekommen, ob Friedrich in seinem Zimmer ist? Oder sitzt er mit dem Mädchen noch im Salon? Himmel! Ich glaube, ich schaue am besten mal nach, was die beiden –«

»Du wirst dich unterstehen«, fiel Kuno ihr ins Wort. »Falls du recht hast in deiner Annahme – und ich betone *falls*! –, dann wäre es das erste Mal, dass Friedrich sich für ein Mädchen interessiert. Höchste Zeit, finde ich!« Er stieß einen tiefen Seufzer aus und rutschte noch tiefer zwischen seine Kissen. »Ich für meinen Teil hätte nichts dagegen, Flora irgendwann in die Familie aufzunehmen. Ganz im Gegenteil.«

»Kuno!«

Dass ihre Tatkraft Ernestine schlaflose Nächte bereitete, ahnte Flora nicht. Und die Warnungen ihrer Mutter, sie solle sich nicht in alles einmischen, waren längst vergessen. Die Sonnenscheins schienen sich über Floras Einsatz zu freuen – Ernestine plante sogar ein Kaffeekränzchen im Gartenhaus! Selbst Sabine war angesichts dieser Idee sprachlos – so unternehmungslustig hatte sie die Hausherrin noch nie erlebt. Als Ernestine sie bat, für das »große Ereignis« außer dem Hefezopf noch zwei Kuchen zu backen, murrte die Magd zwar ein wenig, aber im Grunde freute sie sich über das neu erwachende Leben im Haus.

Kaum waren die Bauarbeiten für die Wasserleitung vollendet und die Straße für Fußgänger und Fuhrwerke wieder passierbar, platzierte Flora links und rechts neben dem Eingang zwei Zypressenbäumchen, die sie im hinteren Gartenteil ausgegraben hatte. Wirkten die Bäumchen in ihren schlichten Tonkübeln auch nicht ganz so spektakulär wie die rot belaubten Zierkirschenbäume vor dem Maison Kuttner, so waren sie dennoch hübsch anzusehen. Flora erhoffte sich dadurch bei den Passanten mehr Aufmerksamkeit für den Laden. Auch das in ihren Augen wenig ansprechende Schaufenster nahm sie sich vor: Während Kuno Zeitung las, entfernte sie diskret die verblichenen Werbezettel, dann platzierte sie ein kleines Tischchen ganz in der Nähe des Fensters. Die alte, etwas mottenzerfressene Tischdecke hatte sie in einem Schrankfach gefunden.

»Ein Tisch im Schaufenster?«, fragte Kuno Sonnenschein, kaum dass er Floras Treiben gewahr wurde.

»Ich möchte die Topfpflanzen darauf ausstellen, damit sie besser zur Geltung kommen«, antwortete Flora.

»Ich weiß nicht – am Ende glauben die Leute, wir verkaufen jetzt Möbel«, murmelte Kuno. Doch trotz seiner Skepsis ließ er Flora gewähren.

Noch am selben Tag verkauften sie gleich sechs der bisher unbeachtet gebliebenen Topfveilchen.

»Ernestine, die Württembergerin hat Ideen, da kommt unsereins einfach nicht mehr mit«, sagte Kuno am selben Abend mit bewunderndem Unterton zu seiner Frau. Ernestine kräuselte die Stirn.

»Übertreibt sie es mit ihrem Eifer nicht ein bisschen? Das Mädchen dreht dir ja den ganzen Laden um!«

Kuno zuckte mit den Schultern. »Vielleicht war es höchste Zeit, dass sich bei uns überhaupt mal wieder etwas dreht.«

Ernestine fragte sich ernsthaft, ob ihrem Mann etwas fehlte – so launig kannte sie ihn nun wirklich nicht.

Obwohl Flora ihrem Blumenbeet im Garten täglich einen Besuch abstattete, würde es noch Wochen dauern, bis sich die ersten Blumen zeigten. Deshalb brach sie in ihrer zweiten Woche in Baden-Baden erneut vor dem Frühstück zu langen Spaziergängen auf, um Wildblumen zu pflücken. Mit Hilfe von kleinen Zeichnungen, die Kuno Sonnenschein ihr anfertigte, entdeckte sie entlang der Lichtenthaler Allee immer neue Wiesen und Uferstücke, wo sie ganze Bündel Storchenschnabel, Löwenzahn, Ehrenpreis und Wildrosen abschnitt – lauter Blumen, die sie kannte und bei denen es ganz gewiss zu keinem zweiten Giftpflanzen- und Spinnenfiasko kommen konnte.

Während sie mit morgentaunassen Füßen und vollbeladenen Armen wieder in Richtung Stadt schritt, erwachte in den meisten Häusern erst das Leben. Fensterläden wurden geöffnet, auf dem einen oder anderen Balkon sah man einen Herrn stehen, der sich in der Morgenluft reckte oder schon eine Zigarre rauchte. Auf den Hotelterrassen klapperte Porzellan und klirrte Silberbesteck, da die Tische eingedeckt wurden.

Sehnsuchtsvoll starrte Flora auf die blütenweißen Leinendecken, in deren Mitte stets ein kleines Sträußchen in einer Vase prangte. Wie gern hätte sie sich um den Blumenschmuck dieser feinen Hotels gekümmert! Sie hätte dicke Bündel Löwenmäulchen oder weiß blühende Rosen gewählt. Sie hätte farbige Bänder eingebunden und …

Nichts als Hirngespinste, dachte sie ärgerlich, während sie die Blumen von einem Arm auf den anderen hievte. So vornehme Kunden würden sich ihre Blumensträuße gewiss nicht von einem Lehrmädchen binden lassen, wo sogar Kuno Sonnenscheins Kundschaft in der Regel darauf bestand, vom Chef bedient zu werden.

»Gräm dich nicht, die Leute gehen halt lieber zum Bäcker als zur Brezel«, sagte Kuno, wenn es wieder einmal eine Kundin abgelehnt hatte, von Flora bedient zu werden. »Das war schon immer so und ist nicht gegen dich persönlich gerichtet.«

Flora fand Kunos Worte wenig tröstlich – wie sollte sie das Blumenbindehandwerk erlernen, wenn niemand einen Strauß von ihr haben wollte? Oder war es so, dass die Leute ihr insgeheim noch immer die Sache mit der Giftpflanze übelnahmen?

Zum Glück tauchten solche düsteren Gedanken nur selten bei Floras morgendlichen Spaziergängen auf. Manchmal stapfte sie aus lauter Lust und Laune die Treppen zum Marktplatz hinauf, nur um sie kurz darauf wieder hinunterzugehen! Einmal folgte sie übermütig einem Straßenschild mit der Aufschrift *Pferdebad* und landete schließlich hinter dem Palais Hamilton vor einem hallenartigen Gebäude – hinein traute sie sich jedoch nicht. Baden-Baden schien wirklich viele spannende Geheimnisse zu bergen. Sie konnte es kaum erwarten, dass Friedrich ihr mehr von der Stadt zeigte.

Meistens spazierte Flora auch noch rasch über die Promenade und warf sehnsüchtige Blicke in die Auslagen der Boutiquen. So schöne Hüte! Und Handschuhe. Und Silberschmuck. Und Konfekt und Bonbons, und …

Lediglich das Maison Kuttner strafte sie mit Missachtung – die hochnäsigen Fräuleins konnten ihr nun wirklich gestohlen bleiben.

Im Gegensatz dazu nahmen diese Flora allmorgendlich sehr genau in Augenschein: Wann immer sie mit ihren Wiesenblumen vorbeilief, stand eine der Verkäuferinnen mit dem Besen vor der Ladentür und fegte übereifrig. Kaum erspähte sie Flora, rief sie nach ihren Kolleginnen, die sogleich nach draußen geeilt kamen.

»Schaut nur, was sie heute wieder anschleppt …«

»Die Arme voller Grünzeug … Bald sind die Wiesen leer!«

»Die armen Kunden … Bekommen nur Unkraut zu kaufen.«

»Welche Kunden? Der alte Sonnenschein hat doch kaum noch welche!« Und schon ging das Gekicher los.

Die ersten Tage gelang es Flora, die jungen Frauen mit zusammengebissenen Zähnen und stoischer Miene zu ignorieren. Sie wollte keinen Ärger und außerdem war das Gerede doch allzu kindisch! Als aber eines Morgens das Wort »Waldschänderin« hinter ihrem Rücken fiel, wurde es Flora zu bunt – den Wald schändete sie beim Blumenpflücken gewiss nicht!

Zornentbrannt blieb sie stehen, drehte sich um und funkelte die Anführerin, die mit verschränkten Armen und gehässiger Miene in der Mitte stand, an.

»Ich weiß zwar nicht, was ich euch getan habe, aber wenn ihr glaubt, eure dummen Reden machen mir etwas aus, dann täuscht ihr euch! Euer Geschäft mit all dem Tand ist doch nicht viel mehr als ein Kramladen – wir hingegen haben wenigstens echte Blumen im Angebot! Und eure bonbonfarbenen Schürzen würden vielleicht in eine Zuckerbäckerei passen, aber in einen Blumenladen gewiss nicht. Lächerlich wirkt das, einfach lächerlich!«

Flora rümpfte noch einmal die Nase und ging dann hocherhobenen Hauptes davon.

Sie kochte innerlich noch immer, als sie den Laden betrat. Kuno war so in seine Zeitung vertieft, dass er nicht einmal ein paar lobende Worte für ihre große Ausbeute übrig hatte. Und dafür habe ich mich mit diesen Weibsbildern angelegt, ärgerte sich Flora und stapfte in den Garten, um die Gießkanne zu holen, die sie am Vorabend dort vergessen hatte.

»Kind – du legst doch nicht schon wieder ein neues Beet an?«

Flora schrak zusammen. Sie hatte die Hausherrin nicht kommen hören. »Und wenns so wäre?«, hätte sie ihr am liebsten entgegnet.

Wie die gnädige Frau dastand mit ihrer falsch zugeknöpften Bluse und ihren zerzausten Haaren – kein Wunder, dass Kuno nicht darauf bestand, dass sie im Laden half!

»Du schaust aber grimmig – so kenne ich dich ja gar nicht! Was hat dich denn so früh am Morgen schon geärgert? Doch nicht etwa Kuno?« Ernestine runzelte die Stirn.

Flora schüttelte heftig den Kopf. »Nein, es war –« Und bevor sie noch einmal darüber nachdenken konnte, platzte sie mit der ganzen Geschichte heraus.

»Bei der Lage ist es doch kein Wunder, dass das Maison Kuttner ein viel besseres Geschäft macht! Die feine Kundschaft verirrt sich halt nicht in die Stephanienstraße – dabei kann Ihr Mann so wunderschöne Sträuße binden«, endete Flora. Unsicher schaute sie Frau Sonnenschein an, die mit unbeweglicher Miene ihrer Litanei gelauscht hatte. Hatte sie zu viel gesagt? Ziemte sich so viel Offenheit?

Nun seufzte Ernestine laut auf. »Ach Kindchen … Was Blumen angeht, kann Kuno es höchstwahrscheinlich mit jedem aufnehmen, da gebe ich dir recht. Aber in Sachen Geschäftstüchtigkeit …« Sie biss sich auf die Lippe.

»Weißt du, es gab einmal eine Zeit, da habe ich geglaubt, wir könnten mit Josef Kuttner mithalten. Damals, als Kuno gerade die ehemalige Spenglerei meines Vaters in den Blumenladen umgewandelt hatte. Ich hatte seinerzeit auch die eine oder andere Idee … Wenns nach mir gegangen wäre, hätten wir von Anfang an ein bisschen Nippes mit ins Angebot genommen: Porzellanfiguren, vielleicht auch Kerzenständer und kleine Väschen. Das passt doch gut zu Blumen, oder? Und dann – meine bestickten Tischdecken wurden früher immer von allen bewundert. Wie gern hätte ich ein paar davon für den Laden angefertigt und verkauft! Aber Kuno …« Sie zuckte mit den Schultern. »Er war der Ansicht, es stünde einem Weibsbild nicht zu, dass es sich in die Arbeit des Mannes einmischt.«

»Da würde sich Ihr Mann bei uns im Dorf aber umgucken. Im Samenhandel *müssen* die Frauen sogar mitarbeiten!«, sagte Flora und wunderte sich insgeheim kurz darüber, dass das Haus, in dem heute der Laden war, einst Ernestines Familie gehört hatte.

»Umso mehr erstaunt es mich ja, dass er dich so schalten und walten lässt. Und Friedrich nutzt auch jede erdenkliche Gelegenheit, dir zu helfen …« Ernestine schaute Flora bei diesen Worten eher unfreundlich an.

»Ach, die beiden wissen ja, dass das nicht von Dauer ist. Im Herbst bin ich schon wieder weg«, winkte Flora eilig ab. Doch noch während sie sprach, merkte sie, dass der Gedanke an ihre Abreise sie kratzte wie ein Büschel Brennnesseln. Nein, *daran* wollte sie jetzt wirklich nicht denken.

Ernestine Sonnenschein zupfte gedankenverloren an ihrem Kinn. Flora kam es so vor, als habe die Hausherrin sie schlichtweg vergessen. Sie hob die Gießkanne auf und wollte schon in den Laden zurück, als Ernestine tief Luft holte.

»Was meinst du, braucht Kuno dich dringend im Laden oder hättest du noch einen Moment Zeit? Ich … mir ist gerade etwas eingefallen. Wahrscheinlich ist es nur eine dumme Idee, aber … Komm mal mit!«

Kurze Zeit später hockten die beiden Frauen im Keller, zwischen ihnen eine große, muffig riechende Kiste, die Ernestine nach langem Suchen im hintersten Regal entdeckt hatte.

»… und das hier nennt man eine Fünffingervase!« Triumphierend hielt sie die ungewöhnlich geformte Vase in das Licht der Kerze, die sie sich zuvor von Sabine hatte geben lassen. »Um sie zu schmücken, bedarf es nur ganz weniger Blüten, siehst du?«

Fassungslos starrte Flora auf den riesigen Berg von Zeitungspapier, aus dem immer mehr Porzellan ans Tageslicht kam: Vasen, Schalen, Teller …

»Da staunst du, was? Lauter Baden-Badener Porzellan, und uralt! Die Manufaktur, in der das alles hergestellt worden ist, gibts schon lange nicht mehr«, sagte Ernestine mit vor Aufregung geröteten Wangen. »Mein Vater hat die Kiste einst in Zahlung genommen, als jemand seine ausstehenden Rechnungen nicht begleichen konnte. Meine Mutter wollte die Sachen jedoch nicht haben, also ist die Kiste in den Keller gewandert.

Vor Jahren habe ich Kuno mal darauf angesprochen, ob er die Sachen nicht verkaufen will. Aber er sagte nur, er sei Blumenbinder und kein Ramschhändler …«

»Aber … dieses feine Porzellan ist doch ein wahrer Schatz! Ich könnte ein ganzes Schaufenster damit dekorieren. Kuckucksspucke – damit lässt sich bestimmt gutes Geld verdienen«, ereiferte sich Flora. Am liebsten hätte sie die Kiste sofort nach oben geschleppt und zusammen mit Sabine jedes einzelne Teil gespült!

»Wie schön, dass wenigstens einmal jemand im Hause meiner Meinung ist.« Ein unsicheres Lächeln umspielte Ernestines Lippen. »Glaubst du wirklich, das wäre was für den Laden? Falls ja, müsstest du allerdings erst Kuno davon überzeugen. Auf mich hört er ja nicht.«

»Das wird mir schon gelingen!«, sagte Flora lachend.

## 15. Kapitel

Obwohl er in der Nacht zuvor kaum geschlafen hatte, fühlte sich Konstantin Sokerov an diesem Morgen so wach und frisch wie schon lange nicht mehr.

Noch war es still in der Stadt, rund um das Baden-Badener Conversationshaus war kaum jemand zu sehen. Lediglich ein paar Bänke weiter saß ein alter Mann und las Zeitung. Vor einem Café lud ein junger Kerl scheppernd Kannen von einem Milchwagen ab. Eine Frau, die Arme voller Blumen, blieb kurz bei ihm stehen. Sie wechselten ein paar Worte. Als das Milchwagenpferd nach ihren Blumenbüscheln schnappte, eilte die Frau lachend davon.

Konstantin sah ihr nach. Welche Leichtigkeit ihren Schritten innewohnte! Hinter all den Blumen hatte er ihr Gesicht nicht sehen können, aber bestimmt war sie jung und schön.

Es fiel ihm nicht schwer, in dem Blumenmädchen ein gutes Omen zu sehen. Er war am richtigen Ort – das spürte er mit jeder Faser seines Herzens!

Konstantin streckte sich, bis seine Glieder knackten. Auf dem langen Weg von Paris hierher war er ziemlich durchgerüttelt worden. An Mitfahrgelegenheiten hatte es ihm nicht gemangelt, zu seinem Erstaunen hatte er festgestellt, dass es noch immer viele Franzosen ins deutsche Kaiserreich zog – der Geschäfte und des Geldes wegen. Hatten die Kontrollen der Zöllner an den Grenzen deshalb so viel Zeit in Anspruch genommen? Vermuteten die Deutschen in jedem Reisenden einen französischen Rebellen, der sich nicht mit dem Ausgang des Krieges abfinden wollte? Eingehend war jedes Mal auch die Mappe mit Konstantins Bildern beäugt worden – die Landschaftsaquarelle und Bleistiftporträts hatten die Herren Grenzposten letztlich aber davon überzeugt, dass es sich bei ihm um einen harmlosen Kunststudenten handelte.

Konstantin zog einen Kamm aus der Tasche und begann seine Locken zu entwirren. Als er mit der Hand über seine Wangen fuhr, war es, als würde er über ein Reibebrett streichen – er benötigte dringend eine Rasur. Außerdem hatte er Hunger und Durst, die morgendliche Kälte war ihm in die Beine gekrochen und seine Blase drückte unangenehm.

Ungeachtet all dieser Unannehmlichkeiten lächelte Konstantin vor sich hin, während in den Bäumen ein paar Vögel ihr Morgenkonzert begannen. Sobald das Café öffnete, würde er eintreten. Sein Geld würde für ein *petit déjeuner* und eine Zeitung reichen. Unwillkürlich fuhr Konstantins Hand an die Innentasche seiner Jacke. Die Zigarre, die er seinem Reisegefährten stibitzt hatte, war noch da, genau wie das Bündel Geldscheine.

Der Mann würde sowohl den einen als auch den anderen Verlust zu verschmerzen wissen. Dass er nicht am Hungertuch nagte, hatte Konstantin gleich erkannt, als er zu ihm in die Kutsche stieg: Das Gefährt war gut gepflegt und von feiner Qualität. Die Pferde waren muskulös und gut gefüttert. Die Art, wie der

Mann gesprochen hatte, was er erzählte ... Konstantin kannte sich mit so etwas aus.

Es war zwar normalerweise nicht seine Art zu stehlen, aber angesichts seiner Notlage hatte Konstantin nicht wählerisch sein können.

So weit war es gekommen! Er schüttelte den Kopf, als wollte er den Gedanken an die letzten Tage wie ein lästiges Insekt vertreiben.

Paris war weit weg. Nun galt es, den Ärger mit Claudine, seiner Mitstudentin, schnell zu vergessen.

Die Zigarre würde er genießen, während er die Zeitung las. Bestimmt gab es in einem Kurort wie diesem ein Blatt, welches Auskunft gab über angereiste Gäste, über die Hotels, in denen sie abstiegen, die Konzerte, die es zu besuchen galt, Theaterstücke, die *en mode* waren.

Er würde sich rasch einen Überblick verschaffen. Er würde die richtigen Leute kennenlernen. Leute, die wussten, wie man das Leben feierte. Und die das nötige Kleingeld dafür hatten.

Adieu Paris! Bonjour Baden-Baden!

Arme Studenten, die ihr Leben brotlosen Künsten widmeten? Weibsbilder wie Claudine, die glaubten, einen Mann mit einem Balg unterm Herzen als Ehemann ködern zu können? Davon hatte er nun wirklich genug.

Konstantins Blick wanderte die lange, elegante Fassade des Conversationshauses entlang. Wie drängte es ihn danach zu sehen, was hinter der großen Eingangstür lag! Die großen Ballsäle. Das Casino. Vor allem das.

»Die Saison in Baden-Baden ist einzigartig« und »Wer Plaisir haben will, fährt nach Baden-Baden«. Wie oft hatte er in den letzten Monaten solche Sätze zu hören bekommen! Baden-Baden – bald war es ihm wie das Paradies auf Erden erschienen.

Während Konstantin aufstand, um hinter dem Conversationshaus in den Büschen Wasser abzuschlagen, musste er an zu Hause denken. Ob Mutter schon wach war? War Vater von seinen nächtlichen Vergnügungen nach Hause zurückgekehrt? Und wie ging es den Schwestern?

Zu Hause – das war Veliko Tarnovo, eine schöne mittelalterliche Stadt in Bulgarien, deren Häuser sich an steile Berghänge schmiegten, während unten im Tal die Jantra mäanderte. In früheren Zeiten war Veliko Tarnovo die Hauptstadt des Bulgarischen Reiches gewesen, noch heute waren die Bewohner stolz auf ihre Geschichte. Auf dem prestigeträchtigsten Hügel der Stadt – er trug den Namen Trapezica – lebten die Sokerovs in einem großen Haus, ja, es war fast schon ein kleiner Palast. Außer ihnen residierten auf diesem Hügel nur noch ein paar reiche Landbesitzer und die Geistlichkeit.

Als Konstantin und seine Geschwister zur Welt gekommen waren, hatte seine Familie zu den reichsten der ganzen Region gehört. Sein Großvater väterlicherseits hatte es auch unter der Herrschaft der Türken verstanden, die Geschäfte des Handelsunternehmens florieren zu lassen. Erst nach dem Tod des Großvaters war es abwärts gegangen – Konstantin war zu diesem Zeitpunkt fünf Jahre alt gewesen –, da der Vater die Geschäfte des Seiden-, Leinen- und Baumwollhandels übernahm. Elin Sokerov war ein schöner Mann – und dazu charmant, arrogant und nichtsnutzig. Er verscherzte es sich innerhalb kürzester Zeit derart mit den türkischen Machthabern, dass diese ihm jeden nur auffindbaren Stein in den Weg legten, wenn es ums Geschäft ging.

Warum hatte die Mutter den Vater nicht verlassen?, ging es Konstantin durch den Kopf, während er sein Bündel schulterte. Der Milchwagen bog gerade um die Ecke, vielleicht würde das Café nun öffnen?

Seltsam, dass er ausgerechnet jetzt an zu Hause dachte. Vielleicht lag es an Baden-Baden. Diese Stadt hätte seiner Mutter gefallen, dessen war sich Konstantin sicher. Aber Anna Sokerova würde wahrscheinlich nie mehr in ihrem Leben etwas so Verheißungsvolles zu sehen bekommen. Was allein ihre Schuld war.

Die Mutter war einst eine schöne Frau gewesen, und gebildet

war sie auch. Konstantin war noch heute davon überzeugt, dass sie damals, als es mit dem Geschäft bergab ging, leicht einen anderen, einen tüchtigeren Ernährer gefunden hätte. Der für sie und ihre Kinder besser gesorgt hätte. Der ihr jeden Wunsch von den Augen abgelesen hätte. Und die Wünsche ihrer Kinder ebenfalls.

Stattdessen hatte sie tausend Ausreden für das Versagen ihres Mannes gefunden. Einmal waren es die hohen Zölle, die ein gutes Geschäft zunichte machten, ein anderes Mal ein unzuverlässiger Geschäftspartner in Venedig oder Rom. Dann wieder ein Lieferant, der beste Qualität versprochen, aber nur mindere Ware geliefert hatte. Warum unternimmt Vater nichts gegen diese Ärgernisse?, hatte Konstantin einmal von der Mutter wissen wollen. Eine Antwort hatte er nie bekommen. Stattdessen hatte er mit ansehen müssen, wie die Mutter mit tränennassen Augen Schmuckstück für Schmuckstück verkaufte, um mit ihren Kindern wenigstens das »Kartoffelspiel« spielen zu können.

Außer ihm und seinen Geschwistern kannte dieses Spiel gewiss niemand, ging es Konstantin durch den Sinn, während er das Café betrat und sich an einem Tisch am Fenster niederließ. Seine Bildermappe stellte er auf dem Stuhl neben sich ab.

»Lasst uns einen Wettbewerb veranstalten!«, pflegte die Mutter bei Tisch zu sagen, wenn die Familie wieder einmal unter einem »finanziellen Engpass« litt. »Wer am wenigsten Kartoffeln braucht, um satt zu werden, ist der Sieger. Langsam kauen! Und jeden Bissen so lang wie möglich im Mund behalten. Wehe, ihr mogelt …«

Er und seine Brüder hatten bei diesem »Spiel« gekichert und sich gegenseitig zu übertrumpfen versucht, die Schwestern hingegen hatten geweint, weil ihnen der Bauch vor Hunger wehtat. Auf den Gewinn – einen Stern, den die Mutter mit Kreide an die Wand über dem Bett des jeweiligen »Gewinners« malte – hatten sie gern verzichtet.

Eine Bedienung mit blütenweißer Schürze und kleinem Häubchen trat an Konstantins Tisch. Als sie ihn sah, begann sie ohne ersichtlichen Grund zu kichern. Ein Hauch von Röte schoss ihr dabei ins Gesicht.

Konstantin grinste – selbst unrasiert und unausgeschlafen schien er seine Wirkung auf die Damenwelt nicht verloren zu haben. Er bestellte sein Morgenmahl und bat um eine Zeitung. Zum Glück sprach er nicht nur Französisch, sondern auch etwas Deutsch – was er seiner Großmutter mütterlicherseits, die Österreicherin gewesen war, zu verdanken hatte. Wer hätte gedacht, dass die langweiligen Besuche bei der alten Frau in seinem Leben noch zu etwas gut sein würden? Konstantins Gedanken schweiften abermals in die Vergangenheit.

Warum hatte die Mutter den Beteuerungen des Vaters, in naher Zukunft würde sich das Blatt für immer zum Besseren wenden, stets aufs Neue Glauben geschenkt? Nie war etwas daraus geworden. Aber Anna Sokerova hatte jede enttäuschte Hoffnung schicksalsergeben hingenommen.

Konstantin war längst kein Kind mehr gewesen, als er die Antwort auf seine Frage fand: Es war die Liebe.

Die Liebe hatte die Mutter alles verzeihen, alles hinnehmen, alles erleiden lassen.

Vom Tag dieser Erkenntnis an hatte Konstantin für die Frau, die ihn geboren hatte, nur noch Verachtung übrig gehabt.

Die Lektion, die sie ihn mit ihrem Verhalten gelehrt hatte, würde er in seinem Leben jedoch nie vergessen: Für die Liebe erbrachten Frauen jedes Opfer. Vor allem, wenn dieses Opfer einem gutaussehenden, charmanten Mann galt, der es verstand, mit Worten große Luftschlösser zu bauen.

Und noch eine Erkenntnis hatte er aus jener Zeit mitgenommen: Armut war etwas Schreckliches. Deshalb wollte er nie mehr arm sein.

Sein Frühstück kam. Die Bedienung mit der weißen Schürze, die von Nahem betrachtet nicht mehr die Jüngste war, knickste kokett und fragte, ob sie ihm noch etwas bringen dürfe.

Sie dürfe, antwortete er, ihm stünde der Sinn nach einem Glas Champagner.

Diesen schenkten sie nur flaschenweise aus, erwiderte die Serviererin, woraufhin Konstantin antwortete, dass er dann eben eine Flasche nehme.

Der Champagner perlte fein im Kelch, als Konstantin sich selbst zuprostete. Eine Stadt, in der Champagner nicht gläserweise, sondern nur in Flaschen zu haben war – die war ganz nach seinem Geschmack. Wie gut, dass er sich für Baden-Baden und nicht für Rom entschieden hatte. Die neue italienische Hauptstadt hatte in seinen Überlegungen nämlich ebenfalls ihren Platz gehabt. Ach, es gab noch so viele Orte, die er in seinem Leben sehen wollte!

Als im Jahr zuvor wieder einmal überlegt wurde, was aus Konstantin und seinen Geschwistern werden sollte – dass sie ihren Lebensunterhalt nicht im Familienunternehmen würden bestreiten können, war allen klar –, hatte Konstantin zur Mutter gesagt: »Die Welt will ich kennenlernen!«, wohl wissend, dass dafür das Geld fehlte. Allerdings hatte er nicht mit Anna Sokerovas Einfallsreichtum gerechnet: Nach einer zweitägigen Reise, von der Konstantin bis heute nicht wusste, wohin und zu wem sie Anna geführt hatte, überraschte sie ihn mit einem Stipendium einer nahe gelegenen Universität, die Verbindungen zu einer französischen Künstlerakademie unweit von Paris hatte. Man würde Konstantin die Reise nach Frankreich bezahlen, und auch Kost und Logis während seiner einjährigen Studien würde man übernehmen, stand in den wichtig aussehenden Dokumenten.

Ein Jahr in Paris, sich unter Malern, Literaten, Bildhauern zu bewegen – und all das auch noch bezahlt zu bekommen! Nie hatte Konstantin auch nur gehofft, dass es das Schicksal so gut mit ihm meinen würde.

Zu gern hätte er gewusst, wie die Mutter zu einem derartigen Stipendium gekommen war – seinen höchstens durchschnittlichen Mal- und Zeichenkünsten hatte er es jedenfalls nicht zu verdanken!

Anna Sokerova hatte mit eingefrorenem Lächeln gesagt, sie

sei gewiss, dass sich durch diesen Aufenthalt im Ausland interessante Möglichkeiten für ihn ergeben würden. Konstantin war sich bis heute nicht sicher, was er aus dem Satz hatte heraushören sollen. Dass er von nun an selbst für sich sorgen musste? Dass er der Familie nicht mehr auf der Tasche liegen sollte?

Das war auch sein Ziel gewesen, ging es Konstantin durch den Kopf, während sich die Straße vor dem Fenster mit immer mehr Spaziergängern füllte. Es waren vor allem Frauen, die hier flanierten – wahrscheinlich zollten die Herren so früh am Morgen noch der vergangenen Nacht ihren Tribut! Konstantin lachte auf.

Die eine da, die Dame mit dem hochgetürmten braunen Haar, sah gar nicht übel aus. Obwohl es ein normaler Werktag war, trug sie ein Kleid aus silbern glänzender Seide, dazu mehrere Perlenketten. Als spürte sie seinen Blick, schaute die Frau in Richtung Café.

Konstantin prostete ihr durch das Fenster mit seinem Champagnerglas zu.

Dass er als Maler keinen Erfolg haben würde, war ihm bald nach seiner Ankunft in Paris klar geworden. Dabei hatte ihm das Spiel mit Farben und Formen wirklich Freude bereitet. Doch als die Professoren seine Anstrengungen scharfzüngig niedermachten, fand er sich schweren Herzens damit ab, dass seine Berufung wohl doch eine andere war.

Er würde es schlauer anstellen als die Mutter. Er würde sich die richtigen Kreise suchen, Geld durfte bei ihm keine Rolle spielen, nie mehr in seinem Leben. Paris war zwar ein Reinfall gewesen, aber er hatte dazugelernt. Dumme Weibsbilder konnten ihm fortan gestohlen bleiben. Und sich mit verheirateten Damen einzulassen brachte auch nur Ärger ein. Witwen hingegen …

Die Dame in dem silberfarbenen Kleid hatte ihren Schritt verlangsamt, es schien Konstantin, als spiele sie mit dem Gedanken, das Café zu betreten. Konstantin lächelte sie an. Witwen …

Er würde weiterhin Konstantin Sokerov, Kunststudent und

angehender Maler sein. Er würde auch weiterhin aus Veliko Tarnovo kommen, das seit langer Zeit für seine Ikonenmalerei bekannt war. Paris würde er nicht erwähnen.

Die Frau mit den Perlenketten war nun doch weitergegangen. Schade. Sollte er sich als Ikonenmaler ausgeben? Nein, das war zu spezifisch. Seiner Erfahrung nach gaben sich die Leute auch mit vageren Angaben zufrieden.

Die Champagnerflasche war leer, Konstantin stellte sie kopfüber in den mit Eis gefüllten Kübel zurück.

Außerdem – wen interessierten schon seine Malkünste? Die Leute wollten gut unterhalten werden, darum ging es! Sie wollten sich umschmeichelt fühlen und geliebt.

Und in dieser Hinsicht war Konstantin Sokerov vielleicht der größte Künstler von allen.

## 16. Kapitel

»Sag mal, kennst du die Magd eines Malers, der hier in der Nähe ein Sommerdomizil hat? Franz Xaver Winterhalter – ich glaube, diesen Namen hat Herr Sonnenschein genannt«, lispelte Flora. Sie nahm eine Haarnadel aus dem Mund und steckte eine weitere Strähne an Sabines Hinterkopf fest.

Wie jeden zweiten Sonntag hatte die Magd frei und wollte sich mit dem Schneidergesellen von Herrn Schierstiefel treffen – selbstverständlich heimlich. Flora hatte sich angeboten, ihr eine hübsche Frisur zu machen.

»Natürlich kenn ich die Greta, ich sehe sie öfter auf dem Markt. Stell dir vor, sie reist mit ihrem berühmten Herrn durch ganz Europa. In Baden-Baden sind die nur während der Sommermonate«, erwiderte Sabine. Flora hatte nichts anderes erwartet – die Dienstmädchen der Privathaushalte schienen sich untereinander recht gut zu kennen.

»War Greta etwa hier im Laden? Früher hat sie auch schon Sträuße beim gnädigen Herrn gekauft, für die Damen, die der Herr Winterhalter immer malt.«

Flora nickte. »Gestern war sie hier, sie war sozusagen meine erste richtige Kundin! Ihr Herr wünsche für ein Bild einen ländlichen Strauß. Ich habe gar nicht glauben können, dass Herr Sonnenschein mich den Strauß ganz allein hat binden lassen. Kornblumen und Weizenähren und roten Mohn habe ich genommen – der rustikale Strauß ist mir recht gut gelungen. Auch der gnädige Herr war voll des Lobes über meine saubere Arbeit …«

»Wie schön für dich! Aber warum guckst du dann so betreten?«

»Ach, eigentlich ist es Blödsinn …« Flora biss sich auf die Unterlippe. Sie drehte eine von Sabines Haarsträhnen so lange um ihren Finger, bis sie lockig über deren Wange fiel.

»Es geht um die Blumensprache.« Mit dem Kinn nickte sie in Richtung ihres Bettkästchens, auf dem das Buch lag, das sie von ihrer Mutter geschenkt bekommen hatte.

»Natürlich habe ich dieser Greta erklärt, wofür die einzelnen Blüten stehen. Ich meine – das ist doch spannend! Vielleicht interessiert sich der Maler sogar dafür? Aber als wir wieder allein waren, hat Herr Sonnenschein mich deswegen ziemlich ausgeschimpft. Es gäbe nichts Missverständlicheres als die Blumensprache, sagte er. Der eine deute eine Blume so, der andere wieder völlig anders. Und dass man sich dadurch viel Ärger einhandeln könne.«

»Und? Ist das so?«, fragte Sabine, während sie ihre neue Frisur vorsichtig betastete. Flora befestigte zum Schluss noch eine Blüte darin.

Dann zuckte sie mit den Schultern. »Keine Ahnung, ich habe bisher gedacht, mein Büchlein wäre das einzige seiner Art. Aber der gnädige Herr meinte, es gäbe viele verschiedene! Und dass ich das mit der Blumensprache zukünftig unterlassen solle …«

»Ist doch nicht so schlimm. Freu dich lieber, dass dein Strauß jetzt auf einem Ölgemälde verewigt wird«, versuchte Sabine sie zu trösten. »Wie sehe ich aus?«

»Viel zu schön!«, sagte Flora lächelnd. »Die Burschen werden dir auf der Straße hinterherpfeifen.«

Sabine schaute ihre Gefährtin listig an. »Dein Friedrich hat da wohl ein feineres Benehmen, was? So wie der um dich herumscharwenzelt, sieht er in dir bestimmt schon die zukünftige Frau Sonnenschein.«

»So ein Blödsinn! Friedrich will mir nachher einfach nur die Stadt zeigen. Wahrscheinlich fühlt er sich dazu verpflichtet, wo er mich doch hergeholt hat ...« Skeptisch betrachtete Flora ihre Strickjacke – besonders hübsch sah sie nicht mehr aus mit den abgewetzten Ärmeln und dem gestopften Loch am Revers. Andererseits – zum Spazierengehen war sie noch gut genug.

»Und deshalb guckt er dich auch immer gar so schwärmerisch an, nicht wahr?« Sabine grinste. »Los, sag – hat er schon versucht, dich zu küssen?«

»Bist du verrückt?« Angesichts Sabines ungläubigen Gesichtsausdrucks musste Flora lachen. »Also wirklich, du hörst dich an wie Suse in ihrem letzten Brief. Sie glaubt, Friedrich sei überhaupt der Grund dafür, dass ich nach Baden-Baden gegangen bin.«

»Aber sein Verhalten ist wirklich nicht normal! Wenn man bedenkt – er hat einen wichtigen Posten in der Trinkhalle, und trotzdem hilft er dir im Garten und ruiniert sogar seine Hose dabei. Die ich dann stopfen darf ... *Mir* hat er in all der Zeit noch nie beim Rübenschälen geholfen! Und die Stadt wollte er mir auch nicht zeigen. Ich sage dir, wenn der nicht in dich verliebt ist, fresse ich einen Besen.«

»Gegen deine blühende Fantasie ist das Blumenbeet im Garten eine ausgedörrte Wüste. Friedrich ist ein prima Kamerad, mehr nicht«, entgegnete Flora. Da Sabine skeptisch dreinsah, war sie schon auf eine weitere Bemerkung gefasst, doch die Magd seufzte nur auf.

»Du hast ja recht – was weiß ich schon von den Männern.

Nicht einmal, ob der Moritz mich wirklich liebt, weiß ich. Er behauptet es zwar immer wieder, aber …« Sabine zuckte mit den Schultern und wirkte auf einmal sehr verloren.

Flora legte einen Arm um sie. Sie konnte der Zimmergenossin nie lange böse sein. »Befragen wir doch das Blumenorakel!« Ohne eine Antwort abzuwarten, zog Flora eine Margerite aus der kleinen Blumenvase, die auf dem Fensterbrett stand.

»Er liebt dich, er liebt dich nicht, er liebt dich, er …«

Gebannt schaute Sabine zu, wie Flora ein Blütenblatt nach dem anderen auszupfte. Das Orakel würde kein gutes Ende nehmen, stellte Flora mit geübtem Blick fest, als nur noch wenige Blättchen übrig waren.

»Er liebt dich, er liebt dich nicht, er …« Wieder einmal zupfte sie unauffällig zwei Blätter auf einmal ab. Nun würde es aufgehen. »Er liebt dich!« Triumphierend schaute Flora die Zimmerkameradin an. »Jetzt kannst du beruhigt sein – auf das Blumenorakel ist immer Verlass!«

Sabine atmete erleichtert auf.

»Wenn Ihr Stadtführer bitten darf …« Mit einer kleinen Verbeugung reichte Friedrich Flora seinen Arm, kaum dass sie um die erste Straßenecke gebogen waren. Als sie sich tatsächlich mit leichter Hand bei ihm einhängte, verspürte er ein leises Zittern.

»Verehrter Herr Stadtführer – dürfte ich vielleicht eine Bitte äußern? Ich würde so gern einmal das Pferdebad aufsuchen! Jetzt bin ich schon ein paarmal an dem Gebäude vorbeigelaufen und habe immer noch keine Ahnung, was sich dahinter wohl verbirgt.« Floras Wangen waren vor Vorfreude gerötet.

»Auf die Idee, Ihnen ausgerechnet das Pferdebad zu zeigen, wäre ich nicht gekommen. Wir müssen schauen, ob es sonntags überhaupt geöffnet hat.« Friedrich lächelte in sich hinein. Das war wieder einmal typisch für Flora! Andere Weibsbilder hätten nach einem Hutladen gefragt, aber Fräulein Kerner stand der Sinn nach nassen Pferden.

Unauffällig schaute er zu ihr hinüber. Wie ihr Haar in der

Sonne glänzte, wie hübsch ihr brauner Rock bei jedem Schritt mitschwang! Für seinen Geschmack war Flora viel schöner als all die putzsüchtigen Frauen, die in der Trinkhalle ihre neueste Pariser Mode vorführten.

Das Glück wollte es, dass das Pferdebad nicht nur geöffnet hatte, sondern dass just in dem Moment, als sie eintraten, ein brauner Hengst in das riesige Wasserbecken gelassen wurde. Fassungslos schaute Flora zu und tauchte ihre Hand ebenfalls vorsichtig ins Wasser. »Das ist ja richtig heiß!«, rief sie erschrocken und der Hengst wieherte zustimmend.

Friedrich lachte und reichte ihr sein Taschentuch.

»Die Temperaturen unserer heißen Quellen liegen alle zwischen sechsundfünfzig und dreiundsechzig Grad. Und sie kommen nicht nur den edlen Rössern der reichen Kurgäste zugute, sondern den Kurgästen selbst natürlich auch«, erklärte er ihr, während sie das Bad wieder verließen. »Die meisten Hotels besitzen eine Bäderabteilung, wo die Gäste in Marmorwannen Sitzbäder genießen können. Und dann gibt es gleich neben dem Marktplatz noch das Dampfbad. Stellen Sie sich vor – schon in der Vorzeit haben die Jäger und Sammler das heiße Wasser hier in der Gegend und natürlich auch das Salz genutzt! Und später dann die Römer. Der junge Kaiser Caracalla war sozusagen der erste Ehrengast in unserer Stadt. Und das schon im Jahr 197 – zumindest steht diese Zahl auf einer Art steinernen Ehrentafel.«

»So lange schon gibt es Baden-Baden … Unglaublich!«

Friedrich nickte. »Durch diesen Caracalla erhielt die Stadt ihren Zunamen ›Aquae Aureliae‹, was man wohl frei mit ›Kaiserbad‹ übersetzen könnte.«

Flora seufzte. »Ein Wannenbad mit herrlich heißem Wasser. Oder ein Schwitzbad! Beides könnte mir gefallen. Dürfen Damen so etwas eigentlich auch genießen oder ist das nur für die Herren gedacht?« Sehnsuchtsvoll schaute Flora in Richtung des Dampfbades.

»Natürlich darf die Damenwelt ins Bad. Aber wir gehen

trotzdem zuerst einmal zur Trinkhalle«, erwiderte Friedrich, der ihrem Blick gefolgt war.

Während er und Flora eine der Brücken über die Oos ansteuerten, nahm er seinen Faden wieder auf. »Stellen Sie sich vor – vor ein paar Jahren sind unter dem Marktplatz bei Ausgrabungen tatsächlich römische Badruinen entdeckt worden. Für Archäologen und Leute wie mich, die es gern wären, eine spannende Angelegenheit!« Er wollte schon Luft holen und Flora von der freigelegten Hypokaustenheizung erzählen, von den Schwitz- und Ankleideräumen, doch Flora blieb am Ende der Brücke stehen. »Die berühmte Baden-Badener Spielbank – können wir uns die auch anschauen? Oder ist das nur was für reiche Leute?« Sie nickte in Richtung dreier elegant gekleideter Herren, die sich dem Eingang näherten.

Friedrichs Miene verdunkelte sich. Russen – wahrscheinlich auf dem Weg, etliche Jahresgehälter gewöhnlicher Bürger zu verjubeln!

Er räusperte sich. »Warum verschieben wir diesen Besuch nicht auf einen Tag mit schlechtem Wetter? Ich will Ihnen doch unbedingt die Trinkhalle zeigen. Kommen Sie, dort wird es Ihnen gefallen.« Er tippte leicht auf Floras Arm und zog sie sachte weiter.

»Für all die Pracht rund ums Kurhaus zahlt übrigens auch der Pächter der Spielbank …« Friedrichs Handbewegung schloss die knirschenden Kieswege ebenso ein wie die weiß getünchten Sitzbänke, die zahlreichen blühenden Büsche und die in Form geschnittenen Bäumchen. »Als Verwalter der Trinkhalle bin auch ich bei ihm angestellt. Die unmittelbare Nachbarschaft von Trinkhalle, Kurhaus und Casino ist für die Gäste natürlich ideal – sie kommen erst auf ein Glas Wasser zu uns und dann gehen sie an einen der Roulettetische. Oder umgekehrt: Erst verlieren sie viel Geld, und danach sind sie froh, dass sie für unser Heilwasser nichts zahlen müssen.« Lachend blieb er vor dem großen, langgestreckten Gebäude stehen.

»So, da wären wir!«

»Wenn man direkt davorsteht, wirkt das Gebäude noch größer als von Weitem«, murmelte Flora. »Und Sie sind wirklich der Verwalter von all dem?«

Er lachte. »Verwalter – wie hochgestochen sich das anhört. Natürlich habe ich auch Verwaltungsaufgaben. Aber im Grunde genommen bin ich das ›Mädchen für alles‹. Das Saubermachen und Instandhalten gehören ebenso zu meinen Aufgaben wie das Abfüllen von Wasser für Gäste, die es auch zu Hause genießen möchten.«

Sie hatten die wenigen Stufen zum Säulengang gerade erklommen, als Flora leise ausrief: »Wie schön!«

Lächelnd beobachtete Friedrich, wie sich Flora im Kreise drehte, den Kopf in den Nacken gelegt, benommen vom architektonischen Spiel mit Formen, Licht und Farbe, das den Zauber der Trinkhalle ausmachte.

Plötzlich war ihm, als sehe auch er alles zum ersten Mal: die eleganten Säulen, die den langen Gang der Trinkhalle säumten und dem Gebäude den Eindruck von Unendlichkeit verliehen. In dem Moment war jeder Gedanke daran, wie schwer der helle Sandstein zu säubern war, vergessen. Friedrich sah nur, in welch lebhaftem Kontrast die Säulen zu den farbigen Wänden standen, die aus verschiedenartigen Steinen – Backstein, Terrakotta und Marmor – gearbeitet waren. Er dachte nicht daran, wie mühselig es war, die rauen Oberflächen von Staub und Spinnweben zu befreien, sondern sah, wie alles im einfallenden Sonnenlicht zu einem einzigen farbigen Fluss verschmolz.

»Das ist wirklich zauberhaft ...« Floras Blick wanderte über die vierzehn Fresken, die sich über den Wandelgang erstreckten.

»Jede dieser Szenen – Pferd und Reiter, Burgen und Ruinen, Landschaften und Fabelgestalten – zeigt eine der Sagen, die man sich hier in der Gegend erzählt. Das hier ist übrigens Merline, die Nixe vom Wildsee ...« Er deutete auf das Bild einer jungen Frau.

Sie war nackt, in ihrem linken Arm lag eine Harfe, zu ihrer

rechten Seite schmeichelte sich eine weiße Ziege bei ihr ein. Die Nixe schien an einem Ufer zu sitzen, im Hintergrund sah man zwischen viel Dickicht einen hübschen Jüngling und einen weißbärtigen Alten, der den Jungen von etwas zurückzuhalten schien.

»Wie sie guckt ... Als wolle sie einen dazu verlocken, zu ihr ins Wasser zu springen!« Flora trat unwillkürlich einen Schritt von dem Fresko zurück.

»Genau das will dieses Bild ausdrücken«, erwiderte Friedrich. »Da gebe ich mir die größte Mühe, Ihnen etwas Neues zu erzählen, dabei kennen Sie die Sage von der Nixe vom Wildsee längst.« Ein Hauch von Enttäuschung durchfuhr ihn – er hatte regelrecht darauf gebrannt, diese Sage zum Besten zu geben. Schließlich kam sie bei den weiblichen Besuchern der Trinkhalle immer besonders gut an.

»Ich kenne die Geschichte doch gar nicht, und ich liebe es, Sagen zu lauschen! Rund um die Schwäbische Alb gibts auch einige. Wenn meine Großmutter sie mir früher erzählte, hätte ich ewig zuhören können. Vielleicht könnte mein Stadtführer mir von der Nixe berichten?« Lächelnd machte Flora einen kleinen Knicks.

Friedrich ließ sich kein zweites Mal bitten. »Sie heiße Merline, sagte die Nixe zu den jungen Ziegenhirten, die sie am Ufer besuchten. Aber niemand dürfe sie je bei ihrem Namen rufen. Doch ihre Warnung war oftmals vergebens, etliche Burschen waren bereit, ihr Hirtenleben für einen weiteren Blick auf die schöne Nixe wegzuwerfen. So hörte man immer wieder einen jungen Burschen nach Merline rufen. Doch anstelle der Nixe erschien dann jedes Mal eine blutrote Rose auf der Wasseroberfläche. Kaum wollte der Jüngling nach der Blüte greifen, wurde er in die Tiefe des Sees gezogen und ward nie mehr gesehen. Tja, so ist der Mensch nun einmal – er will immer das haben, was er nicht haben kann.«

Flora schaute fasziniert auf das Wandbild.

Inzwischen stand die Sonne so hoch, dass sie Friedrich unangenehm auf den Rücken brannte. Floras Hingabe an die Kunst in allen Ehren, aber –

»Und was passierte mit den armen Ziegen? Wie kamen die ohne ihre Hirten zurecht?«, fragte sie schließlich.

»Die Ziegen?« Friedrich wischte sich eine Schweißperle von der Stirn. »Ehrlich gesagt hat mich nach denen noch niemand gefragt. Ich weiß nicht …«

Flora winkte ab. »Ist ja auch egal. Bei uns könnte diese Merline eh nichts ausrichten. Sie sind glücklich und zufrieden mit Ihrer wunderschönen Trinkhalle, und ich bins im Blumenladen …«

## 17. Kapitel

Wie die Mädchen dahinflanierten in ihren Sonntagskleidern! Wie ihre Hände, die die ganze Woche über Staub wischten, Böden schrubbten und Wäsche machten, an diesem Tag die billigen Sonnenschirme hielten, die unter dem sattgrünen Blätterdach gar nicht nötig gewesen wären. Wie ihre Augen, sonst trübe vom Staub der Kohleöfen und Scheuerpulver, sonntäglich glänzten!

Die Hände im Genick verschränkt, die Beine von sich gestreckt, ließ Konstantin Sokerov seinen Blick die kleine Allee hinunterschweifen, während das Gespräch an der langen Tafel, an der Irina und er saßen, leise vor sich hin plätscherte.

Gleich, gleich würde er wieder brillieren, würde ungewöhnliche Komplimente machen und fröhlich sein.

Wie die Fußgänger neidisch zu ihnen herüberstarrten! Da, dem einen Burschen stand der Neid geradezu ins Gesicht geschrieben. Wie krampfhaft er sich mühte, es sich nicht anmerken zu lassen. Wie er daherstolzierte im wahrscheinlich einzigen Anzug, den er besaß.

Die Frau neben ihm war hübsch. Der Bursche hätte gut daran getan, ihr ein paar süße Worte ins Ohr zu flüstern, statt neidvoll auf andere zu schauen!

Stattdessen rannte der Dummkopf nun einem Kind hinterher, dessen Gouvernante zu faul war, selbst auf den Schützling aufzupassen. Oje – jetzt legte sich der Bursche auch noch des Kindes wegen mit einem wilden Schwan an. Und ruinierte seinen einzigen Anzug dabei. Nun ja, wenn er unbedingt den Helden spielen wollte! Immerhin – die junge Frau an seiner Seite schaute ihn nun bewundernd an ...

Konstantin wandte seinen Blick ab. O nein, er hatte nicht vergessen, dass er selbst wenige Tage zuvor ebenfalls nur einen Anzug besessen hatte. Dem Himmel – und seiner eigenen Geschicklichkeit – sei Dank hatte sich das inzwischen geändert.

Wie so oft in jüngster Zeit brach er unvermittelt in schallendes Lachen aus. Seine Fröhlichkeit war ansteckend, sogleich stimmte ein Teil seiner Tischnachbarn in das Lachen ein, ohne den Grund dafür zu kennen. Dabei lag dieser wirklich auf der Hand: Da saß er, Konstantin Sokerov, bulgarischer Kunststudent, zusammen mit der Crème de la Crème der russischen Kurgesellschaft unter dem *arbre russe*, dem russischen Baum, in Baden-Baden, einer Kleinstadt des deutschen Kaiserreiches! Er hätte sich hier auch neue Freunde aus Persien oder Südamerika suchen können – glich die Welt nicht einem einzigen großen, verrückten Fest? Zumindest, wenn man zu den Wohlhabenden gehörte.

Ach Mutter, wenn du mich sehen könntest ...

Es war nicht schwer gewesen, Irina kennenzulernen. »Fürstin Irina Komatschova«, genauer gesagt. Und all die anderen dazu. Ein, zwei Abende im Casino, ein paar große Gesten im Badischen Hof, immer wohlbedacht, dass diese Gesten aus seinen mageren Ressourcen bezahlbar blieben, einige Spaziergänge die Lichtenthaler Allee hinab, der Blick verloren. Dann die ersten Gespräche. Ja, er sei neu in der Stadt und noch etwas ... hilflos.

Aber für einen Maler glich Baden-Baden geradezu einem Garten Eden, *n'est-ce pas*?

Irina, Witwe des Nikolajev Komatschov, war erfahren und schlau genug, sehr bald zu erkennen, dass bei Konstantin die Sehnsucht nach dem schönen Leben groß, das Portemonnaie hingegen sehr klein war. Nicht, dass dies bei einem angehenden Maler so bleiben musste. Jeder wusste, wie hoch wahre Kunstwerke gehandelt wurden und dass sie im Preis ständig stiegen.

»So gesehen investiere ich in die Zukunft. Wenn du erst einmal reich und berühmt bist, kannst du mir meine ... Anleihen auf Heller und Pfennig zurückzahlen«, hatte sie in munterem Tonfall gesagt, als sie Konstantin einlud, zu ihr ins Hotel Stéphanie zu ziehen. Dass er ihr Liebhaber werden würde, hatte zu diesem Zeitpunkt längst festgestanden.

Und Konstantin war zufrieden damit.

Irina, die manchmal daherredete wie ein Bauernmädchen, war ihm zehnmal lieber als beispielsweise die schöne Matriona Schikanowa, die von ihrem Mann getrennt lebte. Sie war zwar ein paar Jahre jünger als Irina, dafür wechselten ihre Launen so schnell wie Regengüsse und Sonnenschein an einem Apriltag, was Konstantin ziemlich anstrengend fand.

Irina mit ihren vielen Perlenketten und ihrem Hang zur Sparsamkeit, der angesichts ihres immensen Reichtums geradezu kindisch wirkte, war ihm auch lieber als die Fürstin Nadeshda Stropolski, die von allen nur »Püppi« genannt wurde und die mit jedem gleich sehr vertraulich tat. Schon bei ihrem ersten Zusammentreffen hatte sie ihm intime Details ihre Krankheiten betreffend anvertraut. Seltsamerweise war diese Püppi sehr beliebt, man duldete sogar ihren schrecklichen Hund, der die Teller ableckte und überall seine Pfützen hinterließ.

Obwohl sie mit einer Entourage von mehr als zehn Leuten reiste – wozu unter anderem drei Zofen, zwei Fahrer und ein Pferdeknecht zählten –, umwehte sie stets ein Hauch von Einsamkeit. Sie war seit Ewigkeiten Witwe, immens reich und sehr großzügig. Trug diese Tatsache zu ihrer Beliebtheit bei? Oder war sie so beliebt, weil sie nächtelang durchfeiern konnte? Ihren Schlaf holte sie tagsüber nach – wenn es hell wurde, ging sie zu Bett.

»Das geht schon seit Jahren so«, hatte Irina Konstantin erklärt. »Seit dem Tag, an dem eine Wahrsagerin ihr prophezeite, dass der Tod sie nachts, während des Schlafs, ereilen wird, macht Püppi die Nacht zum Tag.«

Aus dem Augenwinkel heraus warf Konstantin der in grüne Seide gekleideten Witwe einen Blick zu. Irgendwie rührte die einsame alte Frau sein Herz.

Wenn sie sich bloß nicht so jugendlich kleiden würde! Das giftgrüne Kleid mit dem großen Ausschnitt hätte vielleicht Matriona mit ihrem glatten Dekolleté gut gestanden – Püppis runzeliger Hals und ihre schlaff gewordenen Brüste sahen dadurch jedoch schrecklich aus.

Konstantin legte Irina eine Hand auf den Arm und drückte sie liebevoll. Ja, er hatte eine gute Wahl getroffen.

Als Nächstes warf er einen Blick auf die anwesenden Männer: Graf Popo, der ständig am lautesten über seine eigenen Witze lachte. Piotr, der Spieler, der nur für die Stunden im Casino lebte. Der zu niemandem gehörte, sich aber auffällig oft in Püppis Nähe zeigte. Dann gab es noch den hochverehrten Grafen Nikajew, außerdem Sergej Lubelev und wie sie alle hießen!

Konstantin hatte sie längst durchschaut, alle miteinander. Es war immer derselbe Kreis, der sich zusammenfand, in dem stets dieselben Themen diskutiert und ausgewalzt wurden. Wenn, was selten genug vorkam, ein Fremder dazustieß, war die Freude groß, wie er am eigenen Leib hatte erfahren dürfen. Willig hatten sie ihn in ihre Mitte aufgenommen, seine Jugend und Schönheit aufgesaugt, seinen Erzählungen über bulgarische Städte gelauscht. Und seinen Seufzern, wenn es ums Malen ging.

Konstantin erkannte sehr wohl die Gefahr, von diesem Kreis gefressen, aber auch wieder ausgespuckt zu werden. Aber so weit würde er es nicht kommen lassen.

»Irina«, flüsterte er rau und kehlig. Die Stuhlbeine knirschten im Kiesbett, als er näher an den Tisch rückte.

Die Fürstin fuhr zu ihm herum, die Wangen gerötet vom Wein und den Köstlichkeiten, die auf riesigen Tabletts in der Sonne dahinschmolzen. Eigentlich hatte so kurz nach dem Mittagsmahl noch keiner wieder Appetit oder gar Hunger. Aber Fürst Popo hatte für alle bestellt und so griff man lustlos nach dem einen oder anderen Häppchen.

»Mir fehlen die Worte, um dir zu sagen, wie schön du bist.« Fast schamhaft brach er ab, seine Hand an Irinas Wange, die Berührung wie ein Windhauch. Aus dem Augenwinkel heraus sah er, dass mindestens zwei, drei Frauen am Tisch ihn und Irina beobachteten, vor allem Püppi linste unverhohlen zu ihnen herüber, während der Hund auf ihrem Schoß um Aufmerksamkeit buhlend an ihrer Brust kratzte.

Irinas Lachen perlte über den Tisch, auch sie war sich der Blicke der anderen sehr wohl bewusst, schien sie mindestens so sehr zu genießen. Sie kniff Konstantin in die Wange, wie man es bei einem Kind tat.

»Kostia, wie bist du wieder herrlich schüchtern!«

»Es sind deine Augen!«, brach es aus ihm hervor, diesmal lauter, so dass auch die anderen ihn hörten. Er schaute in die Ferne, schien mit den Gedanken weit weg zu sein. »Einmal, es ist schon Jahre her, da waren Maman, Papa und wir Kinder verreist. Wir kamen an der Dunaj vorbei, hier sagt man wohl Donau zu diesem Fluss. In der Nacht zuvor hatte es gewittert, doch am Morgen war das Wetter wieder schön, die Luft herrlich klar.« Er schaute Irina an. »Nie werde ich diesen Anblick vergessen ...«

Irina runzelte die Stirn. »Ja?«

Inzwischen besaß Konstantin die Aufmerksamkeit fast aller am Tisch, sogar Fürst Popo schaute zu ihm herüber. Lediglich Piotr Vjazemskij hatte ein Kartenspiel aus der Tasche gezogen und mischte die Karten in einer Schnelligkeit, dass das Auge seinen Bewegungen kaum folgen konnte. Konstantin musste ein

Grinsen unterdrücken. Piotr – war mit den Gedanken wahrscheinlich längst im Casino!

»Die Dunaj erschien mir wie ein Regenbogen an Farben, Gefühlen und Texturen. Sie war leidenschaftlich und wild. Und dann wieder glatt, als könne sie kein Wässerchen trüben.«

Wie eine Wespe am Marmeladentopf klebte Irinas Blick an seinen Lippen, und Püppis Seufzen war Musik in seinen Ohren.

»Deine Augen erinnern mich so sehr an diesen Tag! Wenn ich in deine Augen schaue, sehe ich die Heimat!«

»Heimat, vielleicht die größte Sehnsucht von allen …« Sogar Fürst Popos Stimme wurde gefühlvoll.

Irina strahlte. »Ach, Kostia! Ist er nicht süß?«, fragte sie in die Runde.

»Solche Komplimente macht nur ein Künstler. Warte ab, bald will er dich malen, Irinotschka«, sagte Matriona und stopfte sich ein Stück Entenleberpastete in den Mund.

»Nichts täte ich lieber.« Konstantin warf in einer bedauernden Geste die Hände in die Luft. »Aber ohne Atelier …«

»Irina, Liebste, wolltest du dir heute nicht das Haus anschauen, das zum Verkauf steht? Man sagt, es sei eine wahre Perle …« Püppi wies mit dem Kinn vage den Berg hinauf.

»Ist ein Haus nicht auch wie ein Stück Heimat in der Fremde?«, fragte Konstantin, bevor Irina antworten konnte. »Vielleicht gäbe es sogar ein kleines Zimmerchen für meine Malutensilien. Außerdem könnte ich mich ein wenig nützlich machen. Den Garten pflegen …« Er ließ seinen Satz ausklingen.

»Kostia sorgt sich, dass er mir auf der Tasche liegt. Ist das nicht süß?«, sagte Irina zu Püppi.

»Aber Irina, das Malen ist nun einmal meine einzige Möglichkeit zum Broterwerb! Ich –«

Püppis lange, dürre Finger, die Konstantin an eine Vogelkralle erinnerten, langten zu ihm herüber.

»Konstantin Sokerov! Irina kann sich einen kleinen Süßholzraspler wie dich sehr wohl leisten, also zerbrich dir nicht unnötig dein hübsches Köpfchen.«

Konstantin lächelte sie an. Sie und alle anderen.

»Ich habe eine Idee«, sagte er mit verheißungsvoller Stimme. »Warum schauen wir uns das Haus nicht alle zusammen an? Wir nehmen eine Kiste eisgekühlten Champagner mit und tun so, als würden wir darin wohnen und ein Fest feiern. Wäre das nicht ein herrlicher Spaß?«

## 18. Kapitel

Mit viel Brimborium servierte Friedrich Flora ein Glas Wasser.

»Bitte schluckweise genießen«, sagte er und schaute sie erwartungsvoll an. »Zu einer Trinkkur gehört auch eine gewisse Muße.«

Tapfer nippte sie an dem Glas – das Wasser schmeckte scheußlich! Heiß und ölig und salzig. Sabine hatte wirklich recht gehabt.

Die anderen Besucher der Trinkhalle – vorwiegend blässlich aussehende Damen im fortgeschrittenen Alter – schienen das Wasser recht schmackhaft zu finden. Manch eine holte sich sogar ein zweites Glas!

»Das mit der Muße ist wohl nichts für mich«, wollte Flora gerade sagen, als hinter ihrem Rücken eine laute Frauenstimme ertönte.

»Mister Sunshine! Wie schön, Sie zu sehen!« Eine hochgewachsene Dame mit breiten Schultern kam wenig damenhaft auf sie zugestürmt. Zu einem schwarzen Rock trug sie eine strenge Bluse, und ein grauer Haarzopf baumelte schmucklos über ihrer Schulter.

»Lady O'Donegal – die Freude ist ganz meinerseits.« Ein Strahlen erhellte Friedrichs Gesicht, während er die ihm hingestreckte Frauenhand ergriff und schüttelte. »Sie sind gestern angekommen, nicht wahr? Ich habe Ihren Namen im Badeblatt gelesen«, sagte er. »Wie ich sehe, haben Sie Ihren Kuralltag schon aufgenommen?« Er zeigte auf das übergroße Glas, das die Frau in ihrer freien Hand hielt.

Während sie einen kräftigen Schluck Heilwasser nahm und Friedrich ihr wohlwollend dabei zuschaute, nutzte Flora die Gelegenheit, um ihr Glas unauffällig hinter ihrem Rücken auszukippen. Kuckucksspucke – wie konnte man sich von diesem Wasser freiwillig so viel einschenken?

»Lieber Mister Sunshine, Sie glauben ja nicht, wie froh ich bin, nach dem tristen englischen Winter endlich wieder hier sein zu dürfen!«, sagte die Frau und ihre rot geäderten Wangen wurden noch eine Spur röter dabei.

*Mister Sunshine* – wie lustig das klang! Flora musste ein Kichern unterdrücken. Die Frau war also Engländerin. Eigentlich hätte Friedrich uns bekannt machen können, dachte Flora bei sich. Stattdessen lauschte er der Dame hingerissen.

»Der Morgen beginnt mit einem strammen Marsch«, erzählte diese gerade. »Danach folgen körperliche Ertüchtigungsübungen. Nach dem Frühstück steht alltäglich der Besuch der Trinkhalle auf meinem Plan, dann gehts weiter in die Badeabteilung meines Hotels, dann …«

»Und was ist mit den Kneipp'schen Güssen?«, unterbrach Friedrich den Redefluss. »Haben Sie die etwa dieses Jahr aufgegeben?«

»Von wegen! Damit und mit einem ordentlichen Glas Brandy beende ich meinen Tag. Sie werden sehen, am Ende des Sommers bin ich wie neugeboren«, bekam er dröhnend zur Antwort.

Etwas verwirrt stimmte Flora in das Lachen der beiden ein. Wovon redeten sie bloß?

»Lady Lucretia gehört zu unseren langjährigen Stammgästen«, erklärte Friedrich ihr, als sie wieder allein waren. »Sie hat ein schwaches Herz, weshalb ein Arzt ihr einst zu einer Kur riet. Seitdem kommt sie jedes Jahr nach Baden-Baden. Und im Gegensatz zu den meisten anderen Kurgästen ist es ihr in Bezug auf die Gesundheit wirklich ernst. Schon vor Jahren hat sie mich um eine Analyse unserer Quelle gebeten, und seit sie sich von der hervorragenden Qualität unseres Heilwassers überzeugt hat, gehört die Trinkkur fest zu ihrem Kurtag dazu. Lady Lucretia ist wirklich ein gutes Exempel dafür, wie wohltuend unsere Wässer sind …« Friedrich zupfte ein paar Blätter von einem Busch und zerrieb sie gedankenverloren zwischen seinen Fingern.

Schwaches Herz? Auf Flora hatte die Dame einen äußerst robusten Eindruck gemacht …

Abrupt warf Friedrich die Blattschnipsel weg. »Es müsste mehr von dieser Art Kurgäste geben! Aber die meisten Leute, die eine Trink- und Badekur nötig hätten, können sie sich nicht leisten. Arme Fabrikarbeiter, die zwölf Stunden am Tag eine Maschine bedienen müssen. Oder Bergleute, deren Lungen kaputt sind von der Arbeit unter Tage.«

Flora schaute Friedrich schräg von der Seite an. So bitter hatte er bisher noch nie geklungen. Arme Fabrikarbeiter – die konnte sie sich hier beim besten Willen nicht vorstellen!

»Da werden gerade ein paar Plätze frei«, sagte sie und zeigte auf die Stühle, die vor dem Conversationshaus rund um eine kleine Bühne im Halbkreis aufgestellt waren. Laut Friedrich fanden hier mehrmals täglich Freiluftkonzerte für die Kurgäste statt. Auch Flora war bei ihren Spaziergängen mit Sabine schon des Öfteren vorbeigekommen, während ein Konzert gegeben wurde – sich einfach dazuzusetzen hatten sich die jungen Frauen jedoch nicht getraut.

Ein paar Minuten lang lauschten sie der Marschmusik, die gerade gespielt wurde. Flora versuchte unterdessen unauffällig, mit etwas Spucke und einem Zipfel Taschentuch die weißen Staubränder, die wegen der Kieswege auf ihren Schuhen zu sehen waren, zu entfernen. Ihr taten die Füße weh und sie wäre gern noch ein bisschen sitzen geblieben, aber Friedrich stand schon wieder auf – er wollte ihr noch viel zeigen!

»Wie es aussieht, haben die Leute auch nach dem Krieg noch

genügend Geld zu verprassen.« Friedrich nickte in Richtung der Straßencafés, deren Tische zur Mittagszeit allesamt besetzt waren. Gerade stritten sich ein Maharadscha mit Turban und ein schwarzer Mann um den letzten Tisch.

Staunend verfolgte Flora das Palaver. Einen Menschen mit so dunkler Haut hatte sie noch nie gesehen.

Eigentlich hatte sie Friedrich fragen wollen, ob sie nicht auch eine Tasse Kaffee trinken konnten, aber nach seiner Bemerkung wagte sie es nicht mehr – der missbilligende Unterton in seiner Stimme war nicht zu überhören gewesen.

War ihm solcher »Luxus« grundsätzlich zuwider? Oder konnte er ihn sich einfach nicht leisten?

Seit ihrer Ankunft im Hause Sonnenschein war zumindest keine einzige Flasche Wein geöffnet worden, auch andere Leckereien gab es nicht – stattdessen hatte Sabine Mühe, die Familie vom Haushaltsgeld überhaupt satt zu kriegen.

Unauffällig schaute Flora zu Friedrich hinüber. Er sah blass und fast ein wenig kränklich aus. Gegen Hunger halfen seine »heiligen Wässer« also scheinbar nicht …

Wie luxuriös ging es dagegen bei ihnen zu Hause zu, wo der Vater ständig feine Dinge – Nougat, Honig, kandierte Veilchen und mehr – von seinen Reisen mitbrachte. Hungern musste bei ihnen jedenfalls niemand.

Erneut wehte eine Wolke Kaffeeduft auf den Kiesweg herüber. Und die Törtchen, die die Serviermädchen auf schneeweißem Geschirr daherbrachten, sahen einfach köstlich aus! Flora lief das Wasser im Mund zusammen.

Während Friedrich sie weiterzog, warf Flora einen letzten, fast neidischen Blick zurück. Am äußersten Rand der vielen Tische saßen Gäste an einer langen Tafel. Gleich drei Serviermädchen eilten um die Gruppe herum und schleppten schwerbeladene Tabletts. Die Damen trugen farbenfrohe Roben und prosteten mit üppig beringten Händen den Herren zu. Eine ältere Frau in giftgrünem Kleid fütterte ihr Hündchen mit einem Löffel Sahne – wie unappetitlich!

Flora zupfte Friedrich am Ärmel und machte ihn auf die Gruppe aufmerksam. »Wo kommen diese Leute wohl her? Es hört sich an, als würden sie verschiedene Sprachen sprechen.«

»Das sind wahrscheinlich Russen, und viele von ihnen sprechen sehr gutes Französisch«, erwiderte Friedrich.

Flora hob die Augenbrauen. Ihr Herr Stadtführer schien wirklich auf jede Frage eine Antwort zu haben.

Dieser Trubel hätte ihren Eltern auch gefallen, dachte sie. Im Geist sah sie den Vater unter einer der riesigen Kastanien sitzen und Bier trinken, die Mutter hingegen würde an einem Wein nippen. Das hätten sich die Eltern bestimmt gegönnt …

Sie sammelte Spucke in ihrem Mund, um gegen den Durst anzukämpfen, und sagte dann: »Die Kurgäste scheinen alle so fröhlich zu sein, dass man richtig Lust zum Mitfeiern bekommt. Und alle sind so gut gekleidet. Schauen Sie doch nur!« Sie zeigte auf drei Mädchen, die ungestüm neben einer Gouvernante herliefen. Ihre Kleider schienen aus vielen Spitzenbahnen zu bestehen, die allesamt über und über mit farbigen Glasperlen bestickt waren. Die Zöpfe der Mädchen wurden mit dicken Schleifen aus dem gleichen Stoff zusammengehalten. In solch aufwändiger Aufmachung konnte man doch nicht spielen! Nicht über Pfützen springen oder mit Murmeln schießen oder einen Kreisel tanzen lassen …

Flora hatte ihren Gedanken noch nicht zu Ende gedacht, als sich das kleinste der Mädchen plötzlich von der Hand ihrer Gouvernante losriss und auf einen der Schwäne zustürzte, die es sich etwas abseits des Spazierweges im Gras gemütlich gemacht hatten.

»*Lebed! Lebed! Lebed!*«, rief das Kind immer wieder, während die Gouvernante vor Schreck wie angewurzelt stehen blieb. Beide Hände vor den Mund geschlagen, schaute sie mit großen Augen zu, wie nun auch die beiden anderen Mädchen auf den Schwan zurannten und ebenfalls »*lebed!*« riefen.

Warum läuft die Gouvernante ihren Schützlingen nicht hinterher?, fragte sich Flora. Sie muss doch wissen, dass Schwäne schnell einmal aggressiv reagieren! Eilig stellte sich Flora den Kindern in den Weg, während sich der Schwan prompt erhob und beängstigende Zischlaute von sich gab.

»Friedrich, der Schwan hat Küken!« Aufgeregt wies Flora in Richtung der kleinen Vogelschar, die unter den weit ausgebreiteten Flügeln zum Vorschein gekommen war.

Friedrich rannte bereits los.

Wild mit den Flügeln schlagend und mit weit aufgerissenem Schnabel stürzte der große Vogel dem kleinsten Kind entgegen, während seine Küken hektisch fiepend auseinanderstoben.

Das Kind stand reglos da. Kein Laut kam mehr über seine Lippen. Einen Moment lang hoffte Flora, das Tier möge es sich angesichts dieser Wehrlosigkeit anders überlegen – doch vergeblich. Schon hackte der Vogel auf das Kind ein, das sich sogleich vor Schmerz zusammenkrümmte und –

Im nächsten Moment riss Friedrich das Mädchen fort und stieß es auf den Rasen, wo es von der Gouvernante, die endlich aus ihrer Erstarrung erwacht war, aufgehoben und in Sicherheit gebracht wurde.

Hilflos musste Flora mit anschauen, wie Friedrich nun anstelle des Kindes die Hiebe des Schwans abbekam.

»Diesmal bin ich aber nicht schuld!«, sagte Flora mit piepsiger Stimme und wies auf Friedrichs Hosenbein. Dort, wo der Schwan zugeschnappt hatte, prangte erneut ein Riss. Wenn Ernestine das sah und erfuhr, dass ihr guter Bub mit dem Lehrmädchen unterwegs gewesen war …

»Ich werds der Mutter ausrichten«, antwortete Friedrich mit einem schwachen Lächeln und versuchte, die Hose glattzustreichen. Blut sickerte durch den Stoff. Dennoch versicherte Friedrich Flora, dass seine Blessuren nicht der Rede wert seien.

Erst da merkte sie, wie sehr ihr die Knie zitterten – sie wusste sehr wohl, dass der Angriff eines wild gewordenen Schwans schlimmere Folgen haben konnte als ein aufgerissenes Hosenbein! Erleichtert, dass nicht mehr passiert war, hängte sie sich bei Friedrich ein.

»Ich würde sagen, nach Ihrer heldenhaften Tat haben wir uns eine Rast verdient!«

Kurze Zeit später saßen sie auf der Terrasse des Hotels Englischer Hof. Friedrichs Augen glänzten vor lauter Aufregung, seine Wangen waren gerötet, und in Floras Augen sah er nun gar nicht mehr blass und kränklich, sondern richtig männlich aus!

Während Friedrich belegte Brote und eine halbe Karaffe Weißwein bestellte, streckte Flora unauffällig ihre Beine unter dem Tisch von sich. Endlich!

Die vielen Eindrücke und dazu noch die Aufregung mit dem Schwan hatten sie mehr ermüdet als jeder noch so lange Marsch durch Wiesen und Felder. Wahrscheinlich würde es Wochen dauern, bis sie alles verarbeitet hatte.

Nachdem ein Serviermädchen den Wein eingeschenkt hatte, prosteten sie sich zu.

»Eigentlich habe ich hier gar nichts verloren.« Flora machte eine weit ausholende Handbewegung, die die weiß gedeckten Tische, die feinen Kronleuchter und die elegant gekleideten Gäste einschloss.

»Zugegeben, der Englische Hof gehört zu den besseren Häusern und darf sich rühmen, schon etliche berühmte Herrschaften beherbergt zu haben. Normalerweise kehre ich hier auch nicht ein, aber heute ist eben ein besonderer Tag. Außerdem möchte ich mich an einem besonderen Ort wie diesem dafür bedanken, was Sie in der kurzen Zeit aus Vaters Laden gemacht haben. Die Bäumchen vor der Tür, die neue Schaufensterdekoration, die Wiesenblumen, das schöne Porzellan – allein wäre meine Mutter nie auf die Idee gekommen, es aus dem Keller zu holen. Fast täglich spricht mich jemand auf der Straße darauf an, wie viel schöner alles wirkt.«

»Das höre ich gern«, erwiderte Flora und nahm einen kräftigen Schluck Wein. »Aber –« Sie brach ab, da die Bedienung gerade zwei Teller mit den feinsten Broten, die sie jemals gesehen hatte, an den Tisch brachte: Hauchdünne Scheiben von hartgekochten Eiern, verziert mit einer roséfarbenen Mayonnaise, dazu winzige Blüten aus Radieschen, bedeckten Brotscheiben, von denen die Rinde entfernt worden war.

»Du liebe Güte, das sollen belegte Brote sein?«, fragte Flora flüsternd, als die Bedienung wieder fort war. »Ich glaube nicht, dass ich es wagen werde, solch ein Kunstwerk anzuschneiden …« Skeptisch schaute sie auf das silberne Besteck, das zu ihrem Couvert gehörte.

Friedrich schien sich über ihr Staunen zu amüsieren. »Sie müssen die Brote gar nicht anschneiden«, sagte er und klappte zwei davon zusammen.

»Diese Art Brote – man nennt sie *Sandwiches* – wurden einst von einem englischen Lord erfunden. Die Legende besagt, dass er ein besessener Kartenspieler war, der sein Spiel nicht einmal für eine Mahlzeit unterbrechen wollte. Also wies er seine Köchin an, seine Abendmahlzeit einfach zwischen zwei Brotscheiben zu servieren, so dass er mit einer Hand essen und mit der anderen weiterspielen konnte.« Friedrich zuckte mit den Schultern. »Obs stimmt? Ich weiß es nicht, aber da wir im Englischen Hof sitzen, sollten wir ruhig der englischen Sitte folgen …« Mayonnaise tropfte auf seinen Teller, als er herzhaft von dem Brot abbiss.

»So probieren Sie doch!«

Auch Flora biss voller Appetit zu.

»Das ist nun wirklich etwas anderes als eine Scheibe Brot mit etwas Wurst oder Speck«, sagte sie, als der letzte Krümel verschwunden war. »Sogar die Brote sind in Baden-Baden was Besonderes …«

»Was?«, nuschelte Friedrich.

»Nach dem heutigen Tag kommt es mir so vor, als existierten hier zwei Welten. Da gibt es unsere Welt, in der die Leute täglich ihrer Arbeit nachgehen und Speckbrote essen« … *oder Brot ohne Speck*, fügte sie stumm hinzu. »Und daneben existiert die

Welt dieser reichen Menschen, die ihre Pferde baden und Sandwiches essen.« Flora schüttelte den Kopf.

Während sie sprach, hatte Friedrich sein angebissenes Brot wieder auf den Teller gelegt. Mit der Serviette tupfte er sich Mayonnaise vom rechten Mundwinkel.

»Sie haben völlig recht«, sagte er. »Aber ich denke, in anderen Kurorten wie Karlsbad oder Marienbad gehen Kurgäste und Einheimische ebenfalls getrennte Wege.« Über den Rand seines Glases schaute er sie an. »Wäre es Ihnen lieber, ein paar von den Leuten hier würden allabendlich bei uns in der guten Stube hocken und Karten spielen?«

»Das wär doch mal was anderes!«, sagte Flora lachend. »Aber zumindest in den Laden könnten Sie sich verirren.«

Friedrich schnaubte. »Die rennen doch alle ins Maison Kuttner, das mit seinem Pomp und –«

»Maison Kuttner!«, unterbrach Flora ihn. »Ich kann den Namen schon nicht mehr hören«, sagte sie so laut, dass sich eine Dame am Nebentisch mit gerunzelter Stirn zu ihr umdrehte. Flora lächelte sie entschuldigend an und sprach dann leiser, aber nicht weniger eindringlich weiter.

»Unser Laden ist doch auch ganz ansehnlich! Groß, geräumig, hell … Wenn nur die Lage etwas besser wäre – uns trennen sozusagen nur ein paar hundert Schritte vom … Wohlstand.«

Friedrich runzelte die Stirn. »Das stimmt, aber was wollen Sie daran ändern? Außerdem – so schlimm ists auch wieder nicht. Vater sagte, diese Woche sei es gut gelaufen, die Leute sind ganz glücklich über Ihre Wiesenblumen. Und wenn im Sommer noch die Blumen aus dem Garten dazukommen …«

Alles schön und gut, aber das, was der Laden abwirft, reicht doch hinten und vorne nicht für ein anständiges Leben, ging es Flora durch den Kopf.

*»Auch wenn dir das eine oder andere missfällt – misch dich nicht in alles ein, Kind! Damit hast du dir schon in Reutlingen nicht nur Freunde gemacht«*, hatte sie plötzlich wieder ihre Mutter im Ohr.

»Am besten vergessen Sie einfach, was ich gesagt habe«, murmelte sie mit einem verlegenen Schulterzucken. »Es macht mich halt so wütend, dass die Kurgäste nur zum Maison Kuttner laufen und Ihr Herr Vater keine wohlhabenden Kunden hat«, platzte es dann doch aus ihr heraus.

Friedrich hangelte zwischen Brottellern und Weingläsern nach Floras Hand. »Ich habe nicht die geringste Ahnung, was wir tun könnten, um das zu ändern. Soll ich bei meinem Arbeitgeber nachfragen, ob ich in der Trinkhalle einen Werbezettel für den Laden aushängen darf? Ganz wohl wäre mir dabei nicht, aber …«

Flora runzelte die Stirn. »Das ist keine schlechte Idee. Aber selbst wenn es uns gelänge, die Kurgäste in den Laden zu locken – ich weiß ja gar nicht, was diese reichen Leute eigentlich wollen! Worauf es ihnen ankommt. Das ist mir heute klar geworden. Seit ich all das …« – Flora machte eine ausholende Handbewegung – »gesehen habe, fühle ich mich erst recht fremd in Ihrer Stadt. Der Englische Hof, der Holländerhof, der Französische Hof – für jeden Reisenden hat die Stadt genau das richtige Domizil parat. Die Russen haben ihre Lieblingsplätze, die Engländer ebenfalls, jede Gruppe hat ihre seltsamen Eigenheiten.«

»Oje, dem schwäbischen Mädchen ist es bange geworden …« Wie einem Kind, das eine Aufmunterung benötigt, strich Friedrich Flora über die Wange.

»Sie machen sich über mich lustig!«, fuhr sie ihn an und gab ihm einen Klaps auf die Hand.

»Nicht im Geringsten«, erwiderte Friedrich schmunzelnd. Er zog ihre Hand wieder fester in seine. »Aber ich frage mich, ob man nicht wenigstens *versuchen* sollte herauszufinden, welche Wünsche die Damen und Herren Kurgäste haben. Ich meine – Blumen sind Blumen, so viele Unterschiede kann es da doch gar nicht geben.«

»Nun ja … mit einfachen Wiesenblumen kann man die reichen Herrschaften gewiss nicht beeindrucken. Wahrscheinlich wollen die nur ungewöhnliche Sorten«, entgegnete Flora. »Davon abgesehen – Ihr Herr Vater wäre sicher entsetzt, wenn er uns so reden hörte, schließlich ist es immer noch *sein* Laden.«

Nach wie vor hielt Friedrich ihre Hand in der seinen. Ziemte sich das?, fragte sich Flora. Hastig zog sie die Finger zurück und griff nach ihrem Weinglas.

Friedrich seufzte auf. »Mir ist doch auch daran gelegen, dass Vater und Mutter ein besseres Auskommen haben als bisher. Vor allem Mutter würde es sehr genießen, wenn sie nicht mehr jeden Kreuzer zweimal umdrehen müsste. Sie beklagt sich zwar nicht, aber ...« Er winkte ab. »Einen Versuch ist die Sache allemal wert, meinen Sie nicht?«

Flora spürte ein leises Kribbeln in der Bauchgegend. Konnte es wirklich gelingen, neue Kunden für den Laden zu gewinnen? In der kurzen Zeit, die ihr blieb? Andererseits – zu verlieren hatten sie schließlich nichts.

Und Friedrich würde ihr dabei helfen ... Das Kribbeln in Floras Bauch wurde noch ein bisschen heftiger.

Sie stellte ihr Weinglas wieder ab und streckte Friedrich die Hand entgegen. »Also gut, einen Versuch ist es wert!«

## 19. Kapitel

Sosehr Friedrich die Zeit mit Flora genoss, so sorgengeplagt war er in diesem Sommer 1871. Auch wenn die Straßen und Cafés der Stadt noch immer sehr belebt waren, musste man doch feststellen, dass seit dem Krieg ein Teil der Kurgäste ausblieb, und das bedeutete weniger Einnahmen. Mochte den Gästen auch noch nicht auffallen, dass schon jetzt gespart wurde – Friedrich, dem die Stadt vertraut war, sah die Anzeichen sehr wohl: Hier war es eine morsche Parkbank, die nicht ausgetauscht wurde, da ein Stück Weg, auf dem der Kies unschön verfärbt war und blieb, dort abseits gelegene Blumenrabatten, die gar nicht erst bepflanzt worden waren. Der Spielbankpächter hatte Friedrich für die laufende Saison ebenfalls die Mittel zur Instandhaltung der Trinkhalle gekürzt. Noch kam er zurecht, aber was würde sein, wenn man die Trinkhalle eines Tages als unrentabel betrachtete und einfach schloss?

Friedrichs Angst wurde noch größer, als das Gerücht umging, die neue Regierung in Berlin würde in absehbarer Zukunft im deutschen Kaiserreich sämtliche Spielcasinos schließen. Im Stillen betrachtete er zwar jeden, der an den Spieltischen sein Geld verplemperte, mit Skepsis – aber was wäre Baden-Baden ohne das Casino? Ein unbedeutendes Schwarzwalddorf, behaupteten die einen. Eine Stadt auf dem Weg zu einer richtigen Kurstadt, meinten dagegen andere. Auch mit kranken Menschen – oder besser gesagt, mit deren Hoffnung auf Gesundung – wäre schließlich Geld zu verdienen.

Friedrich hatte sich seine Meinung noch nicht gebildet. Wenn es keinen Spielbankpächter mehr gab, der für die Trinkhalle aufkam – was würde dann aus ihm werden? Würde er tatsächlich auf die Gehaltsliste der Stadt gesetzt, wo die städtischen Mittel doch so knapp waren und man sich außerdem fragte, aus welchen Töpfen zukünftig der seit dem Jahre 1850 existierende Badefonds gespeist werden würde? Kurkonzerte, die städtischen Parkanlagen, die Trinkhalle – all die Pracht war nicht umsonst zu haben!

»Alles trägt den Stempel des Endes, der Auflösung, des Verlassens und Niewiederkommens.« Das hatte angeblich Iwan Turgenjew während eines Theaterbesuchs geäußert. Friedrich fand diese Bemerkung unangemessen und hatte das auch gesagt, als der städtische Bauamtsmeister ihm davon erzählte. Und für seine Meinung gleich einen Rüffel kassiert. Ob Friedrich nicht wisse, wie viel Wichtigkeit man Turgenjews Meinung in den feinen Kreisen der Kurgäste beimaß?

Friedrich hatte nur genickt. Ihm war schon klar, dass es den Stadtverwaltern nicht gefiel, wenn ein bekannter Mann derartige Dinge verlauten ließ – und wenn sich diese Äußerungen wie Blätter im Herbstwind verbreiteten. Aber sollte man dem Gast den Mund verbieten?

Als bekannt wurde, dass der russische Dichter sich entschlossen hatte, nach Paris zu ziehen, wusste man innerhalb der Stadtverwaltung nicht, ob man sich darüber freuen oder betrübt sein sollte.

Auch viele Große der deutschen Politik blieben in diesem Jahr aus, dafür kamen wenigstens noch die Künstler: Maler, Literaten und Musiker – sogar Johann Strauß, der große Walzerkönig, konzertierte in diesem Jahr in der Stadt!

Trotzdem bangten in diesem Sommer alle, die vom Kurbetrieb lebten, mehr oder weniger um ihre Arbeit.

Obwohl er meist nicht vor acht Uhr aus der Trinkhalle kam, hatten es sich Friedrich und Flora angewöhnt, abends so oft wie möglich spazieren zu gehen.

»Sind Sie wirklich nicht zu müde?«, fragte Flora anfangs unsicher. »Ich könnte auch mit Sabine gehen …«

Doch Friedrich beteuerte stets, es sei ihm ein großes Vergnügen.

So begann ein Ritual, das beide bald nicht mehr missen wollten.

Dank Friedrichs Ausführungen lernte Flora die Stadt immer besser kennen. Doch je weiter der Sommer voranschritt, desto seltener setzten sie sich dem Trubel aus. Stattdessen suchten sie die Ruhe der kleinen Parklandschaft hinter der Trinkhalle, wo die Vögel in den Mammutbäumen ihr Abendlied zwitscherten, die Bienen summten und man das Gefühl hatte, weit draußen auf dem Land zu sein.

In den Abendstunden strahlte hier alles einen ganz besonderen Zauber aus: Wenn die hölzerne Rückenlehne der Bank die gespeicherte Wärme des Tages zurückgab. Wenn der Duft von auf der Leine vergessener Wäsche aus einem Garten wehte und sich mit dem Parfüm der herausgeputzten Damen mischte, die gemächlich die Straßen entlangschritten. Wenn Friedrich seinen Arm um Flora legte und ihr den Namen dieses Baumes und jenes Busches erklärte.

Flora hätte auch gern einmal mit Friedrich vor dem Conversationshaus gesessen und ein Glas Wein getrunken. Genauso gern hätte sie öfter mal einem Freiluftkonzert gelauscht. Wie sollten sie mehr über die Kurgäste und deren Wünsche erfahren, wenn sie sich ihnen so selten näherten?

Aber oftmals war Friedrich so müde, dass er die Ruhe dem Trubel vorzog. Was sie ihm nicht verdenken konnte. Auch sie fühlte sich an manchen Abenden ganz zerschlagen. Dabei wusste sie anfangs gar nicht, woher ihre Müdigkeit rührte – es war schließlich nicht so, dass im Blumenladen ständig die Ladenglocke ging. Täglich gab es lange Zeiten, in denen sich kein einziger Kunde zu ihnen verirrte. Es dauerte eine Weile, bis Flora erkannte, dass diese Leerzeiten sie so ermüdeten – ihr wäre es tausendmal lieber gewesen, es wäre zugegangen wie in einem Taubenschlag. Aber bisher hatten weder Friedrich noch sie eine Idee gehabt, wie man die Täublein anlocken sollte.

Von Tag zu Tag wuchs nicht nur die Vertrautheit zwischen ihr und Friedrich, sondern auch ihre Verbundenheit mit der Stadt, sodass sie sich bald recht heimisch fühlte.

Dank des Samenpaketes ihres Vaters konnte sie, was die Blumen anging, inzwischen aus dem Vollen schöpfen: Jetzt, im Hochsommer, stand nicht nur der Garten der Sonnenscheins in voller Blüte, auch der Laden wies dadurch eine bunt gefächerte Blumenfülle auf. Lavendelfarbene Glockenblumen, tieflila Zinnien, Buntnesseln, Petunien – der Gönninger Samen hatte wahrlich gehalten, was die Samenhändler ihren Kunden stets versprachen.

Was hätte sie den Kurgästen damit für wunderschöne Sträuße binden können! Und Blumenkörbe für ihre Kinder. Und Blumenschmuck für die prachtvollen Kutschen gleich noch dazu.

Aber die Kurgäste und ihre Angestellten gingen noch immer

lieber ins Maison Kuttner – ob sie von der Existenz des Blumenladens Sonnenschein überhaupt wussten, bezweifelte Flora sehr.

Eine Hand auf die Brust pressend, wandelte Ernestine durchs Haus. Ihr Herz klopfte so sehr, dass sie glaubte, es würde ihr im nächsten Moment aus der Brust springen.

Heute war der große Tag. In spätestens einer Stunde würden sie eintreffen. Eine nach der anderen.

Himmel – worauf hatte sie sich da nur eingelassen! Hatte sie nicht schon genug zu tun? Dass es ihre eigene Idee gewesen war, wieder einmal ein Kaffeekränzchen zu geben, konnte sie sich überhaupt nicht mehr vorstellen.

Gretel, Luise und die anderen Frauen freuten sich sehr darauf – *sie* hatten ja auch keine Arbeit damit. Seit Tagen, wann immer man sich im Laden der Walbuschs oder auf der Straße über den Weg lief, wurde Ernestine auf das Kaffeekränzchen angesprochen. Gretel hatte sogar gefragt, ob sie ihre Schwester, die derzeit in Baden-Baden zu Besuch war, mitbringen dürfe. Und Luises frisch vermählte Tochter wollte ebenfalls kommen.

Fremde Leute. Zwei Gäste mehr als ursprünglich geplant!

Jetzt musste sie die Suppe auslöffeln, die sie sich eingebrockt hatte. Ernestine warf einen letzten Blick in ihren Spiegel. War der Sonnenhut mit dem blauen Rand zu übertrieben? Schließlich flanierten sie nicht die Lichtenthaler Allee entlang, sondern gingen höchstens durch den Garten.

Oder durchs Haus, weshalb Ernestine gleich noch einen Kontrollgang machen wollte – es tat nicht not, dass ihre Gäste Wollmäuse unter den Schränken entdeckten.

Das Gartenhaus hatte sie schon kontrolliert. Sabine hatte alles ordentlich eingedeckt, Krüge mit Limonade standen bereit, Kaffee und Kuchen würde sie aus der Küche bringen, wenn die Damen Platz genommen hatten. So hatte Ernestine es geplant.

Prüfend fuhr sie nun mit dem Zeigefinger über die Oberfläche der Anrichte. Sauber.

Ihr Blick fiel auf das kleine Blumengesteck, das in der Mitte der Anrichte auf einem Spitzendeckchen platziert war. Blaue Kornblumen und hellrosa Blüten, deren Namen sie nicht kannte, dazu weißes Schleierkraut.

Na, das war doch wieder mal Floras Werk! Ob Kuno wohl mitbekam, wie oft das Mädchen Blumen für die Wohnung abknapste? Fehlten die nicht beim Verkaufen?

Ernestines Nasenflügel blähten sich. Wie gut es hier roch! Und wie schön die Anrichte mit den Blumen aussah.

Die Hausherrin entspannte sich ein wenig.

Zur Sicherheit ging sie auch noch ins Esszimmer. Das Fenster: sauber. Der Boden: gewischt und auf Hochglanz gebohnert. Auf dem Esszimmertisch eine frische weiße Decke, darauf ebenfalls ein dicker Blumenstrauß.

Aber – was war denn das für eine Vase? Die kannte sie ja gar nicht …

Stirnrunzelnd schob Ernestine die Blumen ein wenig zur Seite. Im nächsten Moment lachte sie leise auf.

Flora hatte die Blumen tatsächlich in eine Suppenschüssel gestellt – hatte man so etwas schon gesehen?

Es war die, deren Rand oben ausgeschlagen war – wahrscheinlich eine Unachtsamkeit von Sabine. Ernestine war ziemlich ungehalten gewesen, als sie die Beschädigung ein paar Tage zuvor festgestellt hatte – immerhin handelte es sich um ein altes Erbstück ihrer Mutter.

Ein Lächeln huschte über Ernestines Gesicht. So üppig, wie die Blumen über den Rand des Gefäßes quollen, sah man die Beschädigung gar nicht mehr.

Gedankenverloren strich sie die Tischdecke glatt, deren Falten vom exakten Zusammenlegen noch sichtbar waren. Irgendwie wirkte das Zimmer heute heller und freundlicher als sonst. Lag es an der Tischdecke? War es der Blumenstrauß? Oder war es der Duft der Verbenen und Malven, der durch das halb geöffnete Fenster ins Haus wehte?

Vielleicht war es auch einfach das schöne Wetter.

Ernestine seufzte tief auf. In Wahrheit freute sie sich ein bisschen auf ihre Kaffeerunde. Sabines Nusskranz würde sicher allen schmecken, und die kleinen Törtchen, die sie gebacken hatte, waren zumindest ein Augenschmaus.

Als die Türglocke ertönte, schlug Ernestines Herz zwar erneut einen Takt schneller, aber diesmal weniger aus Angst und Unruhe, sondern vielmehr aus Vorfreude.

»Hörst du das Gegacker?« Kuno wies mit dem Kinn in Richtung Garten. »Es ist doch immer dasselbe – kaum sind mehr als zwei Damen zusammen, ergibt das ein Geschnatter, wie man sonst keines kennt.« Kopfschüttelnd legte er die *Gartenlaube* weg, die Wochenzeitung, die der Postbote zuvor gebracht hatte. Nachdem er den Fortsetzungsroman gelesen hatte, dem er allwöchentlich entgegenfieberte, konnten nun die anderen Familienmitglieder das Blatt haben.

»Scheinbar gefällt es den Damen gut. Ihre Gattin –« Flora brach ab, da die Ladenglocke ging. Es war Gretel Grün, die Frau des Apothekers.

»Kuno, stell dir vor, meine Schwester hat euren Garten einen ›Quell der Erholung‹ genannt! Sie hat sich gewundert, wie stilvoll es bei uns in der Stadt zugeht. Als Stuttgarterin denkt sie natürlich, guter Geschmack wäre allein bei ihnen zu Hause!« Die Apothekergattin schürzte so missbilligend die Lippen, dass sich darüber tausend kleine Fältchen bildeten.

»Freut mich, wenn es allen gefällt«, sagte Kuno.

»Ehrlich gesagt habe ich euren Garten gar nicht so schön in Erinnerung. Aus dieser Kaffeerunde müsste man eigentlich eine feste wöchentliche Einrichtung machen, habe ich vorhin zu Ernestine gesagt. Und nun hätte ich gern einen Strauß in der Art, wie er im Gartenhaus steht.« Schon zückte sie ihr Portemonnaie.

Kunos Miene leuchtete auf. »Flora hat diesen Strauß gebunden, sie wird dir gern –«

»Ja, wirklich schön!«, unterbrach die Apothekergattin ihn. »Mir wäre es jedoch lieber, wenn du meinen Strauß bindest!«

Obwohl Ernestine nach diesem Tag rechtschaffen erschöpft war und behauptete, so bald würde sie niemanden mehr einladen, fanden sich die Frauen schon in der darauffolgenden Woche erneut zum Kaffee im Garten der Sonnenscheins ein – die Freundinnen hatten ihre Gastgeberin einfach überredet!

Die Apothekergattin brachte nicht nur Schokolade »zur Stärkung« mit, sondern außerdem die Gattin des Amtsrichters, die Ernestine schon immer hatte näher kennenlernen wollen und mit der sie sich auf Anhieb bestens verstand.

Nun, da Ende Juli auch noch die letzten Blüten im Beet aufgegangen waren, präsentierte sich der Garten von seiner schönsten Seite. Die sonnenwarme Luft war schwer vom Duft der unterschiedlichen Blumen – das fast aphrodisierend anmutende Aroma der Phloxstauden mischte sich mit dem lieblichen Parfüm der alten Rosenstöcke. Pfefferminze und Thymian reicherten die Luft zusätzlich mit einem Hauch pfeffriger Würze an.

Ernestines Freundinnen waren wie berauscht: Dieser Duft! Diese Farben! Diese Fülle – solche Blumen wollten sie auch in ihren Wohnungen haben! Fast jede stolzierte nach Kaffee und Kuchen in den Blumenladen und kam mit einem dicken Strauß wieder heraus.

Für Flora hatte der Zustrom neuer Kunden jedoch einen bitteren Beigeschmack: Kaum eine von Ernestines Freundinnen wollte, dass das Lehrmädchen ihre Sträuße band. Wie sollte sie sich so als Blumenbinderin weiterentwickeln?

Allerdings ließ Kuno Flora ans Werk, wann immer sie allein waren. Kugelige Biedermeiersträuße, Gestecke, lange Gebinde – im Laufe der Zeit lernte sie immer neue Techniken dazu. Ihre fertigen Werke wurden dann in Wassereimer gestellt und im Laufe des Tages verkauft.

Zu Floras Freude kam auch die Gänsemagd Greta wieder: Ihr Herr, der Maler Winterhalter, sei vom ersten Strauß recht angetan gewesen, das Bild der feinen Dame nehme langsam Gestalt an, doch bis zu seiner Fertigstellung würden gewiss noch etliche Sträuße als Malvorlage benötigt werden.

Flora machte sich jedes Mal eifrig an die Arbeit – wenn es nach ihr gegangen wäre, hätte es sich um ein monumentales Werk jahrzehntelanger Malkunst handeln können, für das Dutzende von Sträußen vonnöten waren!

## 20. Kapitel

»Ich sage dir, aus Flora und dem jungen Herrn wird wohl doch nichts werden ...« Sabine seufzte so abgrundtief auf, dass sie ihrer Herrin damit Konkurrenz hätte machen können. Dann prostete sie ihrer Freundin Minka mit ihrem Bierglas zu.

Selbst um acht Uhr abends war es noch ungewöhnlich heiß in der Stadt. So hatten die beiden Frauen spontan beschlossen, sich in der Goldenen Henne ein erfrischendes Glas Bier zu gönnen. Geschwitzt hatten sie den ganzen Tag – Sabine in der Küche der Sonnenscheins, Minka in der Wäscherei des Englischen Hofes – umso mehr genossen sie nun den Luxus freier Zeit und eines guten Tratsches. Da der Kellner ein alter Kamerad von Minka war, hofften sie außerdem auf kostenlosen Biernachschub. Doch bisher beobachtete die Wirtin sowohl ihn als auch die beiden Dienstmädchen mit Argusaugen – sie kannte ihre Spezis schließlich gut!

»Wirklich? Aus deiner Flora und diesem Friedrich wird nichts? Hörst du nicht schon die ganze Zeit die Hochzeitsglocken bimmeln?« Minka schaute enttäuscht von ihrem Glas auf. »Du kannst doch nicht so einfach daherkommen und mir die Illusionen rauben! Ich meine, dass ein feiner Herr eine von uns zur Frau erwählt – davon träumt doch jede, oder?«

Sabine nickte missmutig. »Aber dieser Traum wird wohl nicht in Erfüllung gehen. Flora hat ja schon immer gesagt, ich würde mir was zusammenreimen und dass ich ihre Spaziergänge viel zu wichtig nehmen würde, aber ...«

Minka nickte. »Die Arme! Bestimmt ist sie nun untröstlich, dass ihre Liebe doch nicht erwidert wird …«

»*Ihre Liebe*? Ach was, Flora tut so, als würde sie das alles nichts angehen! Als ich sie vor ein paar Tagen fragte, ob der junge Herr sie schon geküsst hat, ist sie mir fast an die Gurgel gegangen. Und wenn du denkst, sie würde sich besonders anstrengen, um ihn für sich zu gewinnen, dann täuschst du dich. Sie ist kein bisschen kokett, ja, sie richtet sich nicht einmal besonders hübsch her, wenn der junge Herr sie ausführt. Mir steckt sie die Haare wunderhübsch auf, wann immer ich mich mit Moritz treffe, aber bei ihren eigenen Haaren gibt sie sich kaum Mühe.«

Wie erwartet teilte Minka Sabines Missbilligung. »Also ich würde dem Burschen von früh bis spät schöne Augen machen, so viel steht fest. So lange, bis er gar nicht mehr anders kann, als sich in mich zu verlieben.«

»Aber wenn Friedrich Sonnenschein es wirklich ernst mit Flora meinen würde, müsste er sie doch ein wenig hofieren, oder? Ihr einmal ein kleines Geschenk machen, so wie der Moritz mir! Schau, diese Seidenblume hat er aus Stoffresten für mich zusammengenäht.« Stolz streckte Sabine ihre Brust nach vorn, auf der eine Blüte aus kariertem Hemdenstoff prangte.

Nachdem Minka diese gebührend bewundert hatte, fuhr Sabine mit ihrer Litanei fort. »Flora hingegen hat von Friedrich noch nie was bekommen. Wenn er mit ihr ausgeht, dann spazieren sie lediglich durch die Stadt. Oder sie hocken hinten im Garten. Flora sagte gestern erst, sie würde inzwischen jeden Grashalm mit Namen begrüßen können. Wenns nach ihr ginge, könnte der gnädige Herr sie wenigstens mal auf ein Glas Wein einladen. Oder zum Tanzen. Und ins Spielcasino will sie auch noch unbedingt, bevor sie wieder heimfährt.«

»Ins Spielcasino?«, fragte Sabines Freundin ungläubig nach. »Und tanzen gehen? Ja, ist sie denn übergeschnappt? Das ist doch nur was für feine Leute!«

»Ach, vor den feinen Leuten hat Flora keine Angst. Vor ein

paar Wochen hat sie sich sogar mit den hochnäsigen Weibern vom Maison Kuttner angelegt. Die haben wohl ganz schön dumm aus der Wäsche geguckt.«

Minka kicherte. »Das macht mir deine Flora sehr sympathisch. Die würde ich zu gern kennenlernen. Warum bringst du sie nicht einfach mal mit?«

Sabine winkte ab. »Ich hab sie gefragt, ob sie heute Abend mitkommen will. Aber sie hatte andere Pläne. Sie hat nämlich eine fixe Idee – sie will *vornehmere* Kundschaft für den Laden gewinnen!«

Die beiden Freundinnen lachten ob dieser Verrücktheit laut auf.

»Stell dir vor, derzeit besucht Flora einen vornehmen Laden nach dem anderen, auch heute Abend ist sie wieder losgezogen. In der Parfümerie war sie schon, beim Handschuhmacher und sogar im Hutladen neben dem Palais Hamilton. Dabei weiß doch jeder, dass dessen Verkäufer sich für etwas Besseres halten, nur weil sie in einem teuren Geschäft arbeiten.«

Minka nickte. »Die jagen einen ja schon weg, wenn man nur einen Moment zu lange ins Fenster schaut. Sag, wie kann sich Flora all die teuren Läden leisten? Hat sie etwa einen Goldesel, der für sie Dukaten scheißt?«

»Ach was, die kauft doch nichts. Sie will nur gucken, wie andere Geschäftsleute es mit der Kundschaft halten, sagt sie. Daraus will sie dann irgendetwas für den Blumenladen lernen.« Sabine zuckte mit den Schultern. »So ist das halt bei Flora – egal was sie tut, irgendwie hat sie dabei immer nur das Geschäft im Sinn.«

»Dann braucht sie sich auch nicht zu wundern, wenn das mit dem Ehemann nichts wird«, Minka sprach aus, was Sabine ebenfalls schon durch den Kopf gegangen war.

»Seltsam, ich kann mir gar nicht vorstellen, dass Flora in ein paar Wochen nicht mehr hier ist.« Mit einem lauten Rascheln ließ Kuno seine Zeitung sinken.

»Ich auch nicht, irgendwie hat man sich sehr an das Mädchen gewöhnt«, bestätigte Ernestine, ohne von ihrer Stickarbeit aufzuschauen. Solange es in der guten Stube noch hell genug war, wollte sie die Zeit für ihre Handarbeit nutzen. Kritisch beäugte sie das Körbchen mit den Stickgarnen – sollte sie die nächste Ranke in hellem oder mittlerem Grün sticken?

»Heute Vormittag hat Schierstiefel mich zu einem Frühschoppen überredet. ›Dein Laden ist doch bei Flora in guten Händen‹, hat er gemeint, als ich kurz zögerte.«

Nun schaute Ernestine doch auf. »Du beim Frühschoppen?«

Kuno zuckte mit den Schultern. »Warum nicht? In der Goldenen Henne war es sehr interessant – du glaubst nicht, wie angeregt man da über die neuesten Nachrichten Bismarck und den Kaiser betreffend diskutiert. Flora sagt, ihr Vater würde solche Frühschoppen regelmäßig besuchen. Und dass man nach dem Krieg das Leben auch ein bisschen genießen muss.« Umständlich legte er seine Zeitung zusammen.

Ernestine langte in die Schale mit Himbeeren, die Flora am Morgen gepflückt und in die Stube gestellt hatte. Die herrlich süßen Früchte waren wirklich ein Genuss, aber – oje! Jetzt hatte sie trotz aller Vorsicht einen Tropfen Beerensaft auf das Taschentuch gekleckert, das sie für Flora bestickte.

»Wenn Flora weg ist, ists auch vorbei mit meinen Nickerchen am Mittag – dabei sind die meiner Gesundheit wirklich dienlich!«

»Einen Mittagschlaf wirst du dir noch gönnen können, dann machst du halt zu, so wie früher«, sagte Ernestine und betrachtete missmutig die lädierte Handarbeit. Sollte sie den Flecken gleich herauswaschen oder erst die Blume fertig sticken?

»Den Laden einfach zumachen – das geht nun wirklich nicht mehr.« Kuno warf seiner Frau einen tadelnden Blick zu, den diese jedoch nicht mitbekam, weil sie gerade eine rosa Blüte auf den Flecken stickte.

»Allmählich scheinen die Menschen den Krieg wirklich zu überwinden. Man selbst ist ja auch ganz frohen Mutes! Ich hoffe, dass den Menschen der Sinn fürs Schöne noch eine Weile erhalten bleibt.«

»Diesen Sinn fürs Schöne hast du vor allem Flora zu verdanken«, entgegnete Ernestine. »Wenn ich mir anschaue, was sie aus deiner alten Rumpelkammer gemacht hat. Allein das Porzellan ...« Sie hielt die Luft an. Würde Kuno endlich das lang erhoffte Lob aussprechen? Immerhin waren schon etliche Vasen, Schalen und Figuren verkauft worden – zu guten Preisen!

Tatsächlich war Kuno voll des Lobes, allerdings nicht für Ernestine. »Das Mädchen hat in der Tat jede Menge Fantasie. Nicht, dass mir alles gefällt, was sie veranstaltet, ein bisschen mehr Zurückhaltung wäre da und dort schon angebracht. Aber die Sorgen ihrer Eltern, Flora könnte sich bei ihrem Reutlinger Lehrherren blamieren, ist völlig unbegründet, sie ist ein wahres Naturtalent. Hoffentlich wissen diese Leute ein so geschicktes Mädchen zu schätzen.« Er machte eine kurze Pause. Als er weitersprach, schaute er etwas verlegen drein.

»Was ich noch fragen wollte ... Glaubst du eigentlich, dass sich Flora in unserer Familie wohlfühlt?«

Sich wohlfühlen? In der Familie? Wovon redete Kuno eigentlich? »Sicher tut sie das«, sagte Ernestine. »Erst heute Mittag habe ich ihr mein geliebtes Bild aus dem Esszimmer ausgeliehen. Sie wolle das Stillleben aus Obst und Blumen im Schaufenster in natura nachbilden, meinte sie. Und – hat sie es inzwischen getan?«

Kuno nickte. »Friedrich findet die Dekoration ein wenig übertrieben.«

Stirnrunzelnd legte Ernestine Nadel und Garn weg. »Nun ja – wäre ich je mit solch einer Idee dahergekommen, hättest du mich auch für verrückt erklärt. Aber das Mädchen hat bei dir ja Narrenfreiheit.« Sie zuckte mit den Schultern. »Der Bub ist manchmal noch altmodischer als du. Allerdings ...« Sie lächelte Kuno an. »Ich bin wirklich froh, dass auf dem Bild außer Blumen und Äpfeln nicht auch noch ein toter Fisch zu sehen ist!«

Unwillkürlich lachten sie beide auf.

»Was ist denn nun eigentlich mit Friedrich und Flora?«, fragte Kuno nach einer kurzen Pause. Er hatte inzwischen die Schale mit den Himbeeren auf dem Schoß und langte mit Appetit zu.

»Falls du befürchtest, Friedrich würde sich Flora gegenüber despektierlich aufführen, kann ich dich beruhigen«, sagte Ernestine. »Ich gebe zu – anfangs hatte ich gewisse Befürchtungen. Diese ewigen Spaziergänge, seine Hilfe im Garten … Luise und Gretel ziehen mich schon die ganze Zeit damit auf, dass bei uns demnächst die Hochzeitsglocken klingen werden. Aber inzwischen glaube ich, dass sie unrecht haben.« Ein Hauch von Enttäuschung schwang in ihrer Stimme mit. Wenn sie ehrlich war, empfand sie den Gedanken, dass ihr Sohn mit dem Lehrmädchen anbandeln könnte, längst nicht mehr so beängstigend wie einst, ganz im Gegenteil. Sicher, man musste darauf achten, dass die guten Sitten gewahrt wurden, aber das eine schloss ja das andere nicht aus, oder?

Sie nahm die Schüssel mit den Himbeeren, die Kuno ihr hinhielt, und suchte ein besonders schönes Exemplar aus. »Der Bub ist wirklich die Ehrbarkeit in Person.«

Kunos Blick hatte sich bei ihren letzten Worten immer weiter verdüstert.

»Die Ehrbarkeit in Person – mir würde dafür eher eine andere Bezeichnung einfallen. Wenn er das Mädchen gehen lässt, ist Friedrich ein echter Dummkopf!«

»Meine allerliebste Flora!« Friedrichs Stimme war nur ein Krächzen. Er öffnete den obersten Hemdenknopf – irgendetwas schnürte ihm die Luft ab! Er räusperte sich. Auf ein Neues.

»Liebes, sehr verehrtes Fräulein Kerner …« Nein, das klang zu hochgestochen. Er atmete tief durch und öffnete die linke Schranktür, auf deren Innenseite ein Spiegel angebracht war. Eine Hand an die Brust gelegt, ließ er sich auf einem Knie nieder.

»Liebste Flora …« Nein, ein Kniefall wirkte irgendwie affektiert. Seufzend rappelte er sich wieder auf.

Also im Stehen. »Liebe Flora!« Ja, so würde es gehen.

»Sie und ich ...« Er biss sich auf die Lippe. Und nun?

Verflixt noch mal, warum nur fiel es ihm so schwer, Flora seine Gefühle zu gestehen? Er fand die Württembergerin über alle Maßen liebenswert – warum konnte er ihr das nicht einfach sagen? Sie war so hübsch und natürlich und hatte fast immer ein Lächeln auf den Lippen. Nun ja, manchmal konnte sie auch ziemlich wütend werden, aber auch das fand er ganz reizend ... Und wie sie die Stirn runzelte, wenn sie sich auf etwas konzentrierte!

Wahrscheinlich fing er die Sache wieder einmal völlig falsch an. Bestimmt wäre es besser, sich erst ein paar Komplimente zu überlegen, statt gleich mit der Tür ins Haus zu fallen.

»Liebe Flora, wenn ich in Ihrer Nähe bin, fühle ich mich wie der glücklichste Mann der Welt ...« Das hörte sich gar nicht schlecht an, und es entsprach der Wahrheit.

Aber was, wenn sie ihn auslachte? Solche Worte kannte sie aus seinem Mund schließlich nicht, für sie war er sicher nur ein guter Freund.

Aber das musste sich ändern. Heiraten wollte er sie, und zwar so bald wie möglich – schließlich war er schon fünfundzwanzig. Aber wenn er sich nicht bald traute, Flora seine Gefühle zu gestehen, würde sie in ihr Heimatdorf zurückkehren und alles wäre verloren. Keine Küsse und keine Umarmungen.

Panik beschlich Friedrich, und wie ein eingesperrter Tiger rannte er im Zimmer auf und ab. Nicht nur, dass ihm die geeigneten Worte fehlten – er wusste genauso wenig, wo er Flora seinen Antrag machen sollte. Frauen hatten doch meist einen ausgeprägten Sinn für Romantik. Nur – was war eigentlich romantisch?

Gedankenverloren schaute Friedrich aus dem Fenster.

Warum tat er sich in dieser Sache so schwer? War ein Heiratsantrag einfach noch verfrüht – lag es daran? Sollte er Flora stattdessen lieber fragen, ob sie nicht einfach noch für eine Weile bleiben wollte? Bestimmt würde sich im Laufe der Zeit dann alles von allein ergeben.

Dabei war es ja nicht so, als hätte er sie nicht schon einmal danach gefragt.

Sie waren im Garten gewesen, Flora hatte Unkraut gezupft. Er hatte ihr zugeschaut und voller Behagen seine Pfeife genossen. Irgendwie war das Gespräch – wie so oft – auf den Laden gekommen. Flora hatte ihm erzählt, wie viele Ideen ihr noch für Schaufensterdekorationen im Kopf herumspukten und dass ihr allmählich die Zeit knapp wurde. Sie hatte dabei so traurig ausgesehen, dass Friedrich gar nicht anders konnte, als zu fragen:

»Warum bleiben Sie dann nicht einfach hier? Schreiben Sie Ihrer Frau Mama, dass mein Vater noch immer nicht ganz obenauf ist und …« Er hatte Floras Hand genommen und fest gedrückt. »Wäre das keine gute Idee?«

»Nein.« Flora hatte vehement den Kopf geschüttelt. »Anlügen werde ich meine Eltern nicht.«

Peinlich berührt hatte Friedrich seine Hand zurückgezogen. »Sie haben recht, bitte entschuldigen Sie meinen dummen Vorschlag. Eigentlich wollte ich auch sagen … also ich …«

»Dumm?« Flora lachte rau. »Glauben Sie, ich habe dasselbe nicht auch schon ein Dutzend Mal gedacht? Der Gedanke, gehen zu müssen, bricht mir fast das Herz!«

»Mir geht es auch so, ein Leben ohne Sie kann und will ich mir gar nicht mehr vorstellen!«, hatte Friedrich laut rufen wollen, doch stattdessen lahm gesagt: »Es ist ja nicht so, dass Sie für immer weg sind. Schließlich kommen Sie bald wieder in unsere schöne Stadt. Als Samenhändlerin …«

Wütend auf sich selbst, schlug er die Schranktür zu. Als ob das dasselbe wäre! Er wollte Flora nicht als flüchtige Bekannte in Erinnerung behalten, er wollte sie lieben dürfen.

Für immer und ewig, in guten wie in schlechten Zeiten.

## 21. KAPITEL

Gedankenverloren schaute Fürstin Irina Komatschova aus dem Fenster ihrer Suite des Hotels Stéphanie.

Noch drei Tage, dann war der August auch vorbei. Wie die Zeit dahinraste – schneller als die Pferde auf der Rennbahn!

Nach den ersten kühleren Nächten begannen sich die Blätter der riesigen Kastanienbäume langsam vom Grünen ins Gelbe zu verfärben. Hie und da segelte sogar schon ein vereinzeltes Blatt auf den Boden. In der Nacht hatte es geregnet. Die kleinen Tischchen der Hotelterrasse waren verwaist, bestimmt würde der Wirt sie nicht eindecken. An einem solchen Morgen zogen die Gäste es vor, ihr Frühstück im Warmen einzunehmen. Irina hingegen stand der Sinn weder nach einem Omelett noch nach etwas anderem.

Ach, wie hasste sie diese Tage, die nicht mehr zum Sommer, aber auch noch nicht ganz zum Herbst gehörten! Sie verbreiteten eine seltsame Art von Melancholie, die ihr nicht guttat. Irina schüttelte sich wie ein Vogel, der sein Federkleid von Wassertropfen befreien will.

Mit ihren 53 Jahren war die Fürstin noch immer eine attraktive Frau. Klug und mutig war sie obendrein – hätte sie sich sonst als einfaches Mädchen vom Land einst den großen Nikolajev Komatschov angeln können?

Zugegeben, die Ehe war lieblos gewesen. Als feststand, dass sie ihrem Mann keine Kinder schenken konnte, hatte er rasch das Interesse an ihr verloren. Zärtlichkeiten? Komplimente? Beides hatte sie höchstens von anderen Männern erhalten.

Das Leben an Nikolajevs Seite hatte sie hart gemacht. Es gab nur wenig, was Irina wirklich Angst einzujagen vermochte. Und wenn es doch geschah, wusste sie sich zu wehren. Ihr Reichtum half natürlich. Seit Nikolajev vor fünf Jahren das Zeitliche gesegnet und ihr die halbe Krim vererbt hatte, zählte sie zu den reichsten Frauen Russlands – wenigstens im Tod war er großzügig gewesen.

Reichtum gab Sicherheit. Geld war gut gegen Angst.

Und trotzdem.

Wenn nur nicht das ewige Gerede von etwaigen Aufständen in ihrer Heimat gewesen wäre! Von wild gewordenen Leibeigenen, von Bauern, die, statt ihren Dienst zu tun, nach mehr Geld und Rechten verlangten – hatte man so etwas schon gehört?

Täglich ging Irina mehrmals zu ihrem Postfach im Hotel, jedes Mal blätterte sie die Briefe, Karten und Billetts mit angehaltenem Atem durch. Entspannen konnte sie sich erst, wenn keine schlechten Nachrichten aus der Heimat dabei waren. Wenn es weder in ihren Edelsteinminen zu Feuersbrünsten noch auf ihren Landgütern zu wilden Aufständen gekommen war.

Was, wenn der unendlich scheinende Geldfluss eines Tages versiegen würde? *Davor* hatte Irina Angst. Angst, auf ihre alten Tage wieder in jene Armut zu fallen, die sie aus Kindertagen nur allzu gut kannte.

Wie betäubt starrte Irina auf den Stapel Rechnungen, der sich vor ihr auf dem Tischchen türmte. Es waren so viele! Dabei war die Saison noch nicht zu Ende.

Etliches war läppischer Kleinkram – Rechnungen für dieses und jenes Restaurant, den Frisör, für die Confiserie mit den herrlichen Pralinés. Eine fleckige Rechnung für die Kutsche, die sie für die ganze Saison gemietet hatte. Nun wollte der Mann, ein Bauer mit feistem Grinsen, eine Art Abschlagszahlung!

*»Paschol k tschörtu!«* Sollte er sich doch zum Teufel scheren! Irina schnaubte. Er würde sein Geld erst Anfang Oktober bekommen und wenn er sich auf die Hinterbeine stellte wie seine zwei Zossen.

Irina erschrak, als sie sah, wie viel Geld sie in dieser Saison für Ausflüge, die Kostia und sie in den Schwarzwald unternommen hatten, ausgegeben hatte. Und dann erst die Rechnungen für die zahllosen Gastgeschenke!

War man beim Fürsten Menschikow eingeladen, konnte man

nicht nur mit einer Bonbonniere erscheinen, das Gastgeschenk musste schon standesgemäß sein. Das Gleiche galt für Einladungen bei Matriona Schikanowa, der lieben Anna oder den Gagarins – Fürstin Isabella schätzte teures französisches Porzellan als Gastgeschenk, auch wenn die Schränke ihrer Stadtvilla davon schon überquollen.

Einladungen bedeuteten zudem Gegeneinladungen.

Irina hatte es sich schon vor Jahren angewöhnt, gleich zu Beginn der Saison selbst als Gastgeberin aufzutreten – schließlich wollte sie nicht in den Ruf einer Schmarotzerin kommen, die gern auf fremde Kosten feiert, aber selbst nicht einlädt. Ihr diesjähriges Sommerfest hatte sie sogar in besonders großem Stil auf den Terrassen des Stéphanie gefeiert – Konstantin hatte sie überredet, eine Kapelle zu engagieren, die Rechnung stand ebenfalls bis heute noch offen.

Andererseits ... Irina kratzte mit dem Fingernagel ein Wellenmuster in die beschlagene Fensterscheibe. Schlimmer noch wäre, keine Einladungen mehr zu bekommen. Ausgestoßen zu sein aus dem feinen Zirkel der russischen Aristokratie. Ein Niemand. Jemand, den man übersah, wenn er einem auf der Straße begegnete.

Sie und ihr charmanter jugendlicher Begleiter hingegen waren überall gern gesehen. Alle mochten Konstantin, alle liebten sein Lachen, seine verrückten Ideen, seine gute Laune ...

Irina runzelte irritiert die Stirn, als sie eine Rechnung für ihre Suite erspähte. Hatte sie mit dem Hotelier nicht vereinbart, am Ende der Saison die komplette Zahlung zu leisten? Abschlagszahlungen – was war denn das für eine neue Mode?

»*Durák!*« Was für ein Dummkopf!

Man munkelte, es stünde nicht gut um das Hotel Stéphanie, scheinbar wurde hektisch nach einem Käufer gesucht, der das in die Jahre gekommene Haus übernehmen und modernisieren würde. Irina konnte nur hoffen, dass an derlei Gerüchten nichts dran war. Noch war das Hotel bezahlbar. Zugegeben, bei näherer Betrachtung musste man feststellen, dass an der einen oder anderen Stelle der Fensterkitt bröselte und sich an Regentagen das Wasser auf der Fensterbank sammelte. Dass die Türen verzogen waren, sich nur mit Mühe schließen ließen. Kein Wunder, dass einem die Kälte bis in den letzten Knochen kroch! Die Farben der einst opulent wirkenden Teppiche waren nach all den Jahren verblasst. Von den Tapeten, die sich an den feuchten Stellen der Wände gelöst hatten, wollte Irina erst gar nicht reden. Oder vom Wasser, das fast immer nur kalt aus den Hähnen kam, dabei rühmte sich der Hotelier als Anhänger der sogenannten Badekuren – was für ein Witz!

Irinas Hand fuhr durch die Luft, als wolle sie ein lästiges Insekt vertreiben. Wen kümmerten solche Nichtigkeiten, schließlich waren sie lediglich zum Schlafen hier und manchmal nicht einmal das. Warum sollte sie also horrende Hotelkosten zahlen?

Ja, sie dachte über jede Ausgabe gründlich nach. Aber war das denn ein Wunder, bei dieser ständigen Angst in ihrem Nacken …

Wie Püppi und die anderen so sorglos in den Tag hinein leben konnten, war Irina schleierhaft. Ständig hörte man doch von russischen Bauern, die ihren Herren die Scheunen anzündeten, davonliefen oder Vieh stahlen. Deren Ungezogenheiten noch geschürt wurden von politischen Scharfmachern – Dummköpfen, die sich auf irgendwelchen Universitäten albernes Zeug ausdachten, um die einfachen Leute vom Arbeiten abzuhalten.

»Aber dafür haben wir doch unsere Aufpasser«, hatte Püppi verständnislos gesagt, als Irina es einmal wagte, ihren Ängsten Gehör zu verleihen. »Männer, die dafür bezahlt werden, die Knute hervorzuholen, wenn es nötig ist.«

Irina lachte bitter auf. Und wenn diese Aufpasser ebenfalls auf dumme Gedanken kamen?

Zum Glück hatte sie sich nicht dazu breitschlagen lassen, das Haus oben am Berg zu kaufen – in ihrer derzeitigen Gemütslage hätte sie es lediglich als weiteren Sorgenquell betrachtet.

Konstantin hatte das Haus gefallen, und dass er sich nach einem »Nest« für sie beide sehnte, fand sie rührend.

Sie schaute in Richtung Schlafzimmer und zum ersten Mal an diesem Morgen wurde ihr Blick weicher.

Lieber, süßer Konstantin …

Nie hätte sie gedacht, dass das Leben noch eine solch große Liebe für sie bereithalten würde.

Wie selig er schlief! Wie ein satt getrunkener Säugling an der Brust seiner Mutter. *Ihm* waren jegliche Ängste fremd. Liebster Konstantin – so arglos und unbekümmert konnte nur die Jugend sein.

»Du hast recht, geliebte Irina«, hatte er gesagt, als sie den Hauskauf ablehnte. »So weit oben am Berg wären wir ein wenig ab vom Schuss. Vom Hotel Stéphanie aus lässt sich hingegen alles sehr bequem erreichen, auch in deinem Alter …«

Einen Moment lang hatte Irina nicht gewusst, ob sie seine Bemerkung beleidigend finden sollte. Glaubte Kostia tatsächlich, sie wäre nicht mehr gut genug zu Fuß, um eine Anhöhe zu erklimmen? Doch dann hatte sie seinen Blick gesehen, voller Liebe und Sorge. Was war er nur für ein guter Kerl!

Irina hatte darauf verzichtet, Konstantin die wahren Gründe für ihr Nein zu erläutern oder ihm mitzuteilen, dass sie, falls sich die Lage nicht verschlechterte, in der nächsten Saison den Kauf eines Hauses plante, jedoch eines viel größeren. *Wenn* sie sich schon häuslich in Baden-Baden niederließ, sollte es entsprechend stilvoll und großzügig sein. Konstantin sollte dann nicht nur ein Zimmer, sondern die ganze Beletage für seine Kunst bekommen. Schließlich beschenkte er sie mit seinen Gefühlen verschwenderisch, da wollte sie gewiss nicht kleinlich sein.

Eine nicht zu verleugnende Tatsache war allerdings, dass ihr Liebhaber schon jetzt sehr teuer war … Er schätzte das Roulettespiel ebenso wie die Karten. Aber sollte sie ihm diese kleinen Freuden etwa verwehren? Wo er ihr zuliebe seine Malerei derart vernachlässigte? Es hatte halt alles im Leben seinen Preis.

»In gut vier Wochen, genauer gesagt am dreißigsten September, feiert Kaiserin Augusta ihren Geburtstag, und ich bin wie jedes Jahr eingeladen«, sagte Irina, als Konstantin und sie zwei Stunden später beim Morgenmahl saßen. Während Konstantin genussvoll eine Platte mit Eiern verspeiste, fiel Irinas Blick immer wieder hinaus aus dem Fenster in den spätsommerlichen Garten.

»Habe ich dir eigentlich schon erzählt, dass die Kaiserin und ich über viele Ecken miteinander verwandt sind? Daher will ich mich bei einem Geschenk nicht lumpen lassen …« Irina stellte die Tasse mit dem kalt gewordenen Kaffee angewidert weg und griff nach ihrem Champagnerglas.

»Allerdings würde ich auf das Fest nur allzu gern verzichten, es läutet alljährlich das Ende der Saison ein. Und dann heißt es: Adieu Baden-Baden!«

»Warum bist du heute so melancholisch?«, fragte Konstantin lachend. »Nächstes Jahr gibt es doch eine neue Saison! Es liegt an uns, auch den Winter in vollen Zügen zu genießen … Irina, *mon amour*, wonach steht dir der Sinn? Möchtest du ans Meer? Oder was ist mit London? Du weißt doch, ich gehe überall mit dir hin. Oder wie wäre es mit Monte Carlo? Piotr sagt, das Casino dort habe längst wieder geöffnet. Irina, wenn ich mir vorstelle – du in einem schneeweißen Kleid voller Rüschen auf der Uferpromenade von Monte Carlo, einen Sonnenschirm in der Hand, der silberne Knauf glitzert im Schein der untergehenden Sonne, dazu das Meer, so herrlich blau … türkis und azurblau, und an manchen Stellen fast grün – was für ein Anblick für einen Maler!«

Lachend unterbrach Irina seine Schwärmereien.

»Hör sofort auf, mir den Mund wässrig zu machen! Monte Carlo … Daraus wird dieses Jahr nichts werden. Ich befürchte, dass dich meine Wahl des nächsten Reiseziels nicht sehr erfreuen wird …« Schon seufzte Irina erneut tief auf. Du hörst dich an wie ein altes Klageweib, schimpfte sie im Stillen mit sich und gab sich einen Ruck. Es war besser, Kostia wusste Bescheid.

»Konstantin, Liebster, ich will in diesem Winter allen meinen Gütern einen Besuch abstatten und dort nach dem Rechten sehen.«

»Du willst nach … Russland?« Seine Augen waren kullerrund, fassungslos wie die eines Kindes, dem gerade gesagt wurde, dass ein lang versprochener Ausflug nun doch nicht stattfinden würde.

Irina hob entschuldigend die Schultern. »Die Krim hat im Winter tatsächlich nicht viel zu bieten. Umso glücklicher bin ich, dass du mich begleiten wirst. Mit einem Mann an meiner Seite werden die unerfreulichen Kontrollbesuche hoffentlich ein wenig schneller und einfacher vonstatten gehen. Ein paar wenige Lichtblicke gibt es übrigens auch: Wir werden Verwandte besuchen und –«

»Verwandte besuchen«, sagte Konstantin in einem Ton, in dem er auch das Wort »Verbrecher« oder »Aussätzige« hätte sagen können. Er runzelte die Stirn. »Wann, liebste Irina, sagtest du, willst du hier deine Zelte abbrechen?«

»So genau habe ich mir das noch nicht überlegt …« Noch während sie sprach, zückte sie ihren in weißes Leder gebundenen Kalender. »Wie wäre es mit dem zweiten Oktober? Am Samstag davor feiert Kaiserin Augusta ihr Fest, am Sonntag könnten wir packen lassen, um dann am Montag abzureisen.«

Konstantin biss sich auf die Unterlippe, holte tief Luft und nickte dann langsam. »Bis zur Abreise bleiben also noch ungefähr vier Wochen. Verflixt, nun heißt es, die Zeit gut zu nutzen«, murmelte er vor sich hin.

Irina lachte. »Das werden wir tun, mein Liebster!«

## 22. Kapitel

Ende August sah Flora auf ihren Streifzügen durch die Wiesen entlang der Lichtenthaler Allee etwas Violettfarbenes aufblitzen. Die ersten Herbstzeitlosen – spontan wandte sie sich ab.

Dies waren die einzigen Blumen, die sie noch nie gemocht hatte. Von Kindesbeinen an hatte die Mutter ihr eingeschärft, niemals die harmlos aussehenden, aber hochgiftigen Blumen zu pflücken.

Doch das war nicht der einzige Grund, warum Flora diese Blumen nicht schön fand – ihr Anblick reichte, um sie wehmütig zu machen. Sie waren das sichtbare Zeichen dafür, dass der Sommer bald verblühen würde. Dann würde der Wind über die Stoppeln auf den Feldern wehen, und wo vor wenigen Wochen noch die blauen Kornblumen standen, würde alles kahl und trostlos aussehen.

Flora nutzte die letzten Wochen, bevor sich die Natur zur Winterruhe begab, gut: Wie ein Eichhörnchen, das seine Nussvorräte aufstockt, zog auch sie Tag für Tag los und sammelte Vorräte für den Winter: schön geformte Äste und Hagebutten, Disteln und allerlei Beeren, duftende Kräuter – sogar leere Schneckenhäuser brachte sie mit heim. Alsbald hingen im Anbau neben dem Gartenhaus und an den Deckenhaken im Laden nicht nur viele Kräuterbüschel zum Trocknen, sondern Blütenstände und Gräser aller Art noch dazu.

»Kind, was soll ich denn *damit*?«, fragte Kuno angesichts der Schneckenhäuser verwirrt. Doch alles in allem war er über die Ausbeute von Floras Streifzügen sehr glücklich, denn er hatte beschlossen, es im kommenden Winter noch einmal mit dem Verkauf von Trockenblumen zu probieren. Natürlich wollte er zusätzlich auch ein wenig Südware bestellen, aber frische Blumen waren im Winter sündhaft teuer. Ein Vorrat an Trockenmaterial war demnach also sehr hilfreich.

Flora fand die Idee wunderbar. Wie gern wäre sie dabei gewesen, wenn unter Kunos kundigen Händen aus den Disteln und Blattranken kleine Kunstwerke entstanden! Aber zu dieser Zeit würde sie längst wieder in der elterlichen Packstube stehen und Sämereien abfüllen.

»Schaut nur, was sie heute wieder anschleppt – Disteln!«

Flora biss die Zähne zusammen. Sie wollte sich ihren letzten Samstag in Baden-Baden nicht durch einen Streit mit diesen dummen Weibsbildern des Maison Kuttner vermiesen lassen.

»Disteln, o mein Gott! Als ob sie nicht selbst stachelig genug wäre ...«

»Und schaut nur – Tannengrün hat sie auch dabei! Hat denn etwa der Advent schon begonnen?«

»Möchte mal wissen, was sie im Winter anschleppt – womöglich Eisblumen!«

Diese Bemerkung der Anführerin ließ ihre Kolleginnen in hysterisches Gekicher ausbrechen.

Jetzt war es aber genug! Flora befand sich schon einige Meter hinter dem Blumenladen, als ihr der Kragen platzte. Sie fuhr herum.

»Was wir im Winter vorhaben, wollt ihr wissen?« Wütend funkelte sie die jungen Frauen über ihre Büschel Tannengrün an. »Eines kann ich euch verraten: Es werden großartige Dinge sein! Überraschungen, wie Baden-Baden sie bisher nicht gesehen hat. Die Kunden werden Augen machen so groß wie Kuchenteller! Sie werden uns die Bude einrennen und ihr werdet das Nachsehen haben, denn eure vorgetriebenen Rosen werden angesichts unserer Neuheiten von allen ignoriert werden!«

Flora genoss die verwirrten Mienen, dann drehte sie sich abermals auf dem Absatz um und lief triumphierend und strahlend davon.

Denen hatte sie es aber gegeben! Bestimmt würden die Mädchen noch lange darüber grübeln, was sich wohl hinter den »großartigen Dingen« und »Überraschungen, wie Baden-Baden sie bisher nicht gesehen hat« verbergen mochte. Doch Floras Hochstimmung verflog so rasch, wie sie gekommen war, und zurück blieb ein bitterer Nachgeschmack: Von wegen »grandiose Neuheiten« – die einzige Neuheit würde darin bestehen, dass sie ab Montag nicht mehr hier war ...

Da der erste Oktober auf einen Sonntag fiel, war Floras Abreise für den zweiten Oktober geplant.

Am Samstagabend zog sie ein letztes Mal mit Sabine durch das inzwischen liebgewonnene Viertel, besuchte den Schlachter Semmel, der ihr zum Abschied ein paar Würste schenkte, sagte der Hennenwirtin auf Wiedersehen und ebenso vielen anderen Bekannten. Selbst die sonst so forsche Sabine war in gedrückter Stimmung und Flora war froh, als sie wieder zu Hause eintrafen.

Den Sonntag verbrachte sie mit Packen und damit, das abgeerntete Blumenbeet im Garten umzugraben. Obwohl sie immer wieder nach Friedrich Ausschau hielt, ließ er sich den ganzen Nachmittag über nicht blicken. Wahrscheinlich hat er Dienst in der Trinkhalle, dachte Flora bei sich und konnte nichts gegen das Gefühl von Enttäuschung tun, das sich wie ein schwerer Mantel über ihre Schultern legte.

Am Abend schließlich wurde ihr zu Ehren eine Flasche Wein geöffnet und die ganze Familie stieß auf ihr Wohl an. Ernestine vergoss ein paar Tränen ob des bevorstehenden Abschieds. Auch Kuno musste heftig schlucken und schien sehr bewegt, nur Friedrich saß mit versteinerter Miene da. Wenn Flora ehrlich war, musste sie zugeben, dass sie gerade von ihm mehr erwartet hätte: Eine Einladung ins Theater oder sonst irgendeinen erinnerungswürdigen Moment hätte er sich doch ausdenken können! Immerhin waren sie in den letzten Monaten gute Freunde geworden – zumindest hatte Flora dies angenommen.

Angesichts der trüben Stimmung war sie fast froh, als es endlich Montagmorgen war.

Der leichte Nieselregen, der schon das ganze Wochenende über niedergegangen war, hatte sich bis zum Montagmorgen zu einem kräftigen Landregen gemausert.

»Siehst du, auch der Himmel weint, weil du wieder fortgehst. Vielleicht hätten wir doch lieber eine Droschke nehmen sollen, zu Fuß bis zum Bahnhof kommt es einem bei diesem Wetter doppelt weit vor«, sagte Sabine, während sie mit dem Regenschirm in der Hand neben Flora herstapfte.

»Ich will aber lieber laufen, so sehe ich die Stadt noch einmal. Du kannst ja zurückgehen«, sagte Flora und wechselte ihren Koffer von der linken in die rechte Hand.

»Blödsinn!«, erwiderte die Magd. »Wenn sich schon keiner von den anderen bequemt, dich zu begleiten – ich lass dich nicht im Stich! Ach Flora, du wirst mir fehlen. Auch wenn deine hektische Art ziemlich anstrengend ist.«

»Du wirst mir auch fehlen«, murmelte Flora. »Wie schnell ist das halbe Jahr vergangen! Es war wunderschön bei euch.« Schon bildete sich wieder ein dicker Kloß in ihrem Hals.

Sabine duckte sich, um mit ihrem Schirm unter besonders tief hängenden Ästen hindurchzukommen. »Eigentlich hätte ich ja erwartet, dass der junge Herr – dass er …«

»Das hast du nun von all deinen wilden Spekulationen. So viel zum Thema, Friedrich sei verliebt in mich …« Flora war bitter enttäuscht. Dafür, dass Kuno den Laden nicht zumachen wollte, um sie zum Bahnhof zu bringen, hatte sie großes Verständnis. Auch dafür, dass eine Abschiedsszene am Bahnhof für Ernestine zu aufregend gewesen wäre. Aber dass Friedrich es nicht für nötig hielt, sie zum Bahnhof zu begleiten und sich ordentlich von ihr zu verabschieden – Kuckucksspucke, das hätte sie nicht von ihm gedacht.

Eine Zeit lang gingen die jungen Frauen schweigend weiter.

Wie leergefegt die Straßen heute waren! Keines der Geschäfte an der Promenade hatte geöffnet, vor den Cafés standen keine Tische, alles wirkte regelrecht einsam.

Flora schauderte. Die Stimmung erinnerte sie sehr an ihr Heimatdorf: Im September, spätestens im Oktober, wenn die Arbeit auf den heimischen Feldern verrichtet worden war, machten sich die meisten Samenhändler auf die monatelange Reise zu ihren Kunden in der ganzen Welt. Schon Tage vorher kündigte eine hektische Betriebsamkeit die nahende Abreise an. Die Kinder begannen öfter als sonst zu weinen und klammerten sich an die Rockzipfel ihrer Mütter, wohl wissend, dass sie bald zur Großmutter oder einer entfernten Tante geschickt wurden. Aber kein Jammern und Weinen nutzte, der Tag des Abschieds kam alljährlich, danach war das belebte Dorf wochenlang wie ausgestorben.

Wenn Flora nach Hause kam, würden der Vater und Onkel Valentin schon weg sein. Hoffentlich hatte Vater ihren Brief noch erhalten, in dem sie ihm eine gute Handelsreise gewünscht hatte.

Am Bahnhof herrschte ein großes Durcheinander. Kurgäste, deren Bedienstete und Berge von Gepäck verstopften die Wege. Sabine und Flora wurden immer wieder in die Seite geboxt oder weggeschoben, was Sabine zu groben Flüchen veranlasste. Krampfhaft hielt Flora ihren Koffer und ihre Tasche fest, damit ihr nur ja niemand im Getümmel das Gepäck entreißen konnte.

Während sie und Sabine sich ein wenig abseits stellten, um auf Floras Zug zu warten, entdeckte Flora aus dem Augenwinkel heraus die großgewachsene Figur von Lady Lucretia, die allein inmitten eines Berges von Gepäck thronte. Auch die Engländerin wirkte ziemlich traurig …

»Die halbe Stadt scheint sich auf den Weg zu machen, Baden-Baden wird wie ausgestorben sein.« Flora wies mit dem Kinn in Richtung der abreisenden Kurgäste. »Ich hasse Abschiede!«, stieß sie dann aus tiefster Seele hervor. »Schon immer, schon als Kind, schon –« Bevor sie etwas dagegen tun konnte, schlug sie beide Hände vors Gesicht und schluchzte los.

Flora hatte noch immer ihr Gesicht in den Händen vergraben, als sie plötzlich tröstende Arme um sich spürte. Die Wärme tat gut, Floras Schluchzer wurden leiser. Wenigstens Sabine fühlte mit ihr …

»Flora … Es darf keinen Abschied geben! Sie … Sie können nicht gehen!«, ertönte eine Männerstimme direkt neben ihrem Ohr.

Erst da merkte Flora, dass die tröstenden Arme gar nicht Sabine gehörten.

## 23. Kapitel

»Und? Was ist da drinnen los?«, flüsterte Ernestine Sabine ins Ohr.

Die Magd zuckte mit den Schultern. »Sie sitzen sich gegenüber, ich glaube, der gnädige Herr, also, Ihr Sohn ... er ... hält Floras Hand.« Sie blinzelte durch das Schlüsselloch in die gute Stube, was nicht ganz einfach war angesichts der Tatsache, dass Ernestine ihr von hinten auf dem Buckel lag.

Natürlich hatte Flora Friedrich während der Heimfahrt in der Droschke keine Ruhe gelassen. Was los sei, wollte sie wissen. Warum sollte sie nicht heimfahren? War etwas mit Kuno? War irgendein Unglück geschehen?

Richtig zornig war sie geworden, als Friedrich nichts Erhellendes gesagt hatte, sogar beschimpft hatte sie ihn, weil sie wegen ihm nun den Zug verpassen würde.

Doch all das war an Friedrich abgeperlt wie Wasser am Gefieder einer Ente. »Später!«, hatte er die ganze Fahrt über wiederholt. »Wir reden später!« Und gelacht hatte er dabei.

»Er hält ihre Hand? Aber ... das kann doch nur bedeuten – er traut sich also doch ... Und das in der sprichwörtlich letzten Minute – Himmel hilf! Besser spät als nie, nicht wahr? Der gute Bub ...«

»Jetzt kniet er vor ihr, wie romantisch ...« Sabine war entzückt. Wenn sie das Minka erzählte! Da hatte sie also von Anfang an recht gehabt mit ihrer Vermutung, dass Friedrich Gefallen an Flora fand.

»Er kniet? *Mon Dieu*!« Vor lauter Aufregung verfiel Ernestine ins Französische, was eigentlich gar nicht ihre Art war. »Dass es der Bub so spannend machen musste – also von mir hat er das nicht!«

Sabine warf ihrer Hausherrin einen schrägen Blick zu. Dass Ernestine Sonnenschein derart erpicht auf eine Schwiegertochter war, hätte sie nicht gedacht. Aber scheinbar war die gnädige Frau tatsächlich bereit, den »guten Buben« mit einer anderen zu teilen.

Sabines Gedankengänge wurden beim nächsten Blick durchs Schlüsselloch jäh unterbrochen. »Oje! Flora schüttelt den Kopf – er hat wohl etwas gesagt, womit sie nicht einverstanden ist …«

»Nicht einverstanden? Jede Frau würde sich glücklich schätzen, wenn mein Bub ihr …«

»Herrje, ich weiß es doch auch nicht!«, hätte Sabine am liebsten entgegnet. »Oh! Jetzt …«, hob sie an, verstummte aber gleich wieder. Sollte die Herrin ruhig noch ein wenig zappeln. Es tat nicht not, dass sie erfuhr, wie innig ihr Sohn gerade Flora küsste.

Mit einem triumphierenden Lächeln drehte sie sich um. »Ich glaube, dieses Gespräch wird noch ein Weilchen dauern. Vielleicht ist es besser, wenn wir unserer Wege gehen. Außerdem …« – sie versuchte sich an einem rechtschaffen wirkenden Augenaufschlag – »es *ziemt* sich doch nicht, an Türen zu lauschen, oder?«

»Seit Wochen liege ich nachts schlaflos im Bett und quäle mich mit der Frage, wie ich Ihnen sagen kann, was ich Ihnen sagen *will*! Mit jedem Tag, der verstrich, wurde meine Unsicherheit nur noch größer. Und als Ihre Abreise schließlich unmittelbar bevorstand, glaubte ich schon alles verloren … Ohrfeigen hätte ich mich können ob meiner Sprachlosigkeit.«

Flora lachte verwirrt auf. »Reden wir doch miteinander, wie uns der Schnabel gewachsen ist.« Kuckucksspucke – was sollte das alles?

»Ich will aber nicht mehr einfach nur reden, vielmehr will ich …« Friedrich fuchtelte mit seinen Händen in der Luft herum.

Die Forschheit, die er am Bahnhof an den Tag gelegt hatte, war verflogen, ruckartig ging er vor Flora auf die Knie. »Herrje, eigentlich wollte ich alles viel … romantischer gestalten. Ich wollte Ihnen schöne Worte sagen und …« Er holte ein letztes Mal tief Luft. »Flora, liebste Flora, wollen Sie meine Frau werden?«

»Ihre …?«

»Sehen Sie – allein der Gedanke macht Sie fassungslos! Das kommt von all der Kameradschaft. Dabei … wir mögen uns doch – zumindest mag *ich Sie*, von Herzen gern. Ich könnte Ihnen Tag und Nacht Komplimente machen, so bezaubernd, faszinierend und hübsch finde ich Sie. Ich bewundere Ihren Mut, Ihre Tatkraft und … ach, einfach alles! Natürlich sind wir Freunde, aber das muss in einer Ehe doch kein Fehler sein, oder?«

Flora nickte stumm. Sie hatte das Gefühl, als hätte ihr jemand mit einem Hammer auf den Kopf geschlagen.

»Ans Heiraten habe ich eigentlich noch gar nicht gedacht …« Das ist sogar untertrieben, fuhr es ihr durch den Kopf. Sie hatte sich über ihre Gefühle für Friedrich noch nie ernsthafte Gedanken gemacht. Sicher, sie hatte gespürt, dass sich ihre Beziehung im Laufe der Zeit veränderte. Dass sie ihn vielleicht mehr als nur »angenehm« fand. Flora hatte für diese Veränderung jedoch keinen Namen gefunden.

Friedrich seufzte tief auf. »Liebste Flora, so sagen Sie doch etwas!«

»Ich bin sprachlos«, erwiderte sie schlicht.

»Glauben Sie nicht, dass Sie sich mit meinem Antrag anfreunden könnten? Wir beide – wäre das so … undenkbar?«

Sie schüttelte den Kopf. »Ich mag Sie auch, sehr sogar! Das wissen Sie doch.« Ihre Lippen bebten, ihre Stimme hörte sich blechern an. Ein Heiratsantrag. Du lieber Himmel, Friedrich machte ihr einen Heiratsantrag!

»Wir beide für immer zusammen – das würde auch bedeuten: Sie könnten all Ihre Ideen verwirklichen. Vater lässt Ihnen ja schon jetzt freie Hand. Und irgendwann wird der Laden eh unserer sein. Mit Flora Sonnenschein als Leiterin.«

»Oh«, hauchte Flora. Ihr Laden? Friedrich ihr Ehemann? Was sagten Kuno und Ernestine dazu? Und was war mit ihren Eltern? Die Mutter rechnete doch heute mit ihrer Ankunft …

Die Gedanken in Floras Kopf wirbelten weiter umher wie Blätter im Herbstwind.

Ihr Schweigen ließ Friedrich erneut das Wort ergreifen. »Selbst wenn Sie im Augenblick nur freundschaftliche Gefühle für mich empfinden – Liebe kann wachsen! Ich werde alles daransetzen, Ihnen ein guter Ehemann zu sein.« Unvermittelt hob er ihr Kinn, küsste sie zum ersten Mal.

Seine Lippen fühlten sich gut an, weich und warm.

»Liebe kann wachsen – glauben Sie nicht auch?«

Flora nickte. Dass aus Freundschaft Liebe wurde – war das bei Mutter und Vater nicht auch so gewesen?

»Mit der Liebe ist es wie mit einem Saatkorn«, murmelte sie leise vor sich hin. »Nur wenn man es hegt und pflegt, kann es gedeihen.«

Friedrich runzelte die Stirn. »Natürlich können Sie sich meinen Vorschlag in Ruhe überlegen, ich meine, falls Sie doch zuerst nach Gönningen zurückfahren wollen, heute Mittag geht schließlich schon der nächste Zug. Das müsste ja nicht bedeuten, dass … Ich meine, wir beide wissen ja –«

»Friedrich, psst! Wenn Sie nicht kurz still sind, kann ich gar nicht nachdenken.«

»Hm«, brummte Friedrich. Er schaute Flora für einen langen Moment an, dann stand er auf und trat ans Fenster.

Im Raum war nur das Ticken der Wanduhr zu hören, doch vom Hausflur her drangen die für einen Montagvormittag üblichen Geräusche durch die Tür: die Stimme von Ernestine, die nach Sabine rief, das Klatschen des nassen Putzlumpens auf den Treppenstufen, die Ladenglocke, die ab und an bimmelte …

Flora lächelte. Die Stimmen der Familienmitglieder, der Tagesablauf, das Haus, der Garten und der Laden – all das war ihr inzwischen so vertraut!

Eigentlich hatte sie sich von Anfang an hier wohlgefühlt, hatte die kleinen Eigenheiten von Kuno und Ernestine ohne Probleme akzeptieren können – im Gegensatz zu der herrischen Art ihrer früheren Lehrherrin, mit der sie nie zurechtgekommen war. Das Leben im Hause Sonnenschein hatte ihr gefallen. Und was Friedrich selbst anging …

Nun wusste sie, mit welch schwerwiegenden Fragen er sich in den letzten Tagen gequält hatte.

Sie lächelte. Er war ein guter Mann, einen besseren würde sie wahrscheinlich nie finden.

Friedrich hatte ihr tatsächlich einen Heiratsantrag gemacht – und hatte sie dafür regelrecht vom Bahnhof weg entführt. So etwas hätte sie ihm gar nicht zugetraut!

Aus Floras Lächeln wurde ein glucksendes Lachen.

Sofort drehte er sich zu ihr um, kam zu ihr.

»Falls ich … also, falls ich wirklich … ja sagen würde«, sagte sie und ihr Herz pochte plötzlich wie verrückt. Sollte sie wirklich?

»Ja …?«

»Dann gäbe es etwas, was wir dringend ändern müssten.« Sie lächelte Friedrich verschmitzt an.

»Und das wäre?« Friedrichs Miene war so sorgenvoll, als erwartete er das Schlimmste.

»Wir müssten endlich du zueinander sagen!«

## 24. Kapitel

Sämtliche Mitglieder des Haushaltes Sonnenschein befanden sich in heller Aufregung.

Sabine war die Erste, die Flora gratulierte. »Ehrlich gesagt hatte ich die Hoffnung schon aufgegeben«, raunte sie der Zimmerkameradin im Hausflur zu, während Friedrich seine Eltern holte. »Ach, wie freue ich mich für dich! Aber glaub bloß nicht, du könntest mich jetzt herumkommandieren wie die gnädige Frau«, fügte sie augenzwinkernd hinzu.

Kunos Wangen glühten, als sie zu viert um den Tisch saßen. Jovial klopfte er Friedrich die Schulter. »Gratulation, mein Sohn! Hat ja lange genug gedauert. Ehrlich gesagt hätte ich dir manchmal am liebsten in den Hintern getreten!«

»Kuno!«, zischte Ernestine. »Bitte mäßige dich, was soll denn deine zukünftige Schwiegertochter von dir denken?«

Flora und Friedrich nahmen sich an der Hand und lachten.

Fahrig griff sich Ernestine an ihren Haarknoten, der danach aussah wie ein zerrupftes Vogelnest. »Du lieber Himmel – das ändert ja alles! Wo soll Flora denn jetzt nächtigen? Als zukünftige Frau Sonnenschein kann sie ja wohl schlecht weiterhin bei Sabine schlafen, oder? Sollen wir Sybilles Zimmer für sie herrichten? Du meine Güte, dem Mädchen muss ja auch noch jemand Bescheid sagen!«

»Mutter, beruhige dich.« Friedrich lachte erneut auf. »Flora hat gerade eben erst meinen Antrag angenommen. Das Wichtigste ist jetzt, dass wir den Mittagszug nach Gönningen noch bekommen, damit sich Floras Mutter keine unnötigen Sorgen macht. Selbstverständlich fahre ich mit, schließlich möchte ich bei Floras Vater um ihre Hand anhalten.«

»Womöglich sagt der Mann nein«, murmelte Ernestine, machte eine hektische Kopfbewegung, und ihr Haarknoten löste sich vollständig auf.

»Du willst wirklich mit nach Gönningen kommen?«, fragte Flora ein wenig ungläubig. »Was ist mit deiner Arbeit?« So spontan kannte sie Friedrich gar nicht!

»Meine Arbeit – die wird mir schon nicht davonlaufen. Viel wichtiger ist doch, dass ich meine Braut nicht mehr aus den Augen lasse. Womöglich überlegt sie es sich sonst noch anders!«

Flora zwinkerte Sabine, die gespannt lauschend im Türrahmen stand, unauffällig zu.

»Meinen Vater wirst du leider nicht antreffen, er und Onkel Valentin sind schon vor ein paar Tagen zu ihrer Handelsreise nach Böhmen aufgebrochen, sie kommen erst kurz vor Weihnachten nach Hause.«

Friedrich küsste zuerst Floras Hand, dann die seiner Mutter, was beide verlegen auflachen ließ.

»Dann schreiben wir ihm halt einen Brief! Deine Mutter wird bestimmt eine Adresse wissen«, sagte er voller Elan.

»Aber ... aber ...« Nervös schaute Kuno Sonnenschein erst seinen Sohn, dann Flora an. »Was ist denn nun mit Floras Reutlinger Lehrherren? Was wird er tun, wenn sie nicht wie geplant demnächst ihre Stelle antritt?«

Flora und Friedrich kicherten wie zwei Schulkinder. Die erfundene Reutlinger Lehrstelle hatten sie glatt vergessen!

Je näher der Zug ihrem Heimatdorf kam, desto unruhiger wurde Flora. Was würde die Mutter sagen? Würde sie das Gefühl haben, von Flora im Stich gelassen zu werden? Würde sie gar glauben, dass alles von Anfang an so geplant gewesen war?

»Mutter wird aus allen Wolken fallen – in keinem einzigen Brief habe ich etwas Derartiges auch nur angedeutet«, jammerte sie, während die herbstliche Landschaft an ihnen vorbeizog. »Wahrscheinlich wird sie glauben, ich hätte ihr monatelang etwas verschwiegen.«

Friedrich drückte ihre Hand und versuchte sie zu beruhigen. Doch so leicht gelang ihm dies nicht.

»Was soll nun bloß mit meiner Arbeit werden ...«

Friedrich runzelte die Stirn. »Ich dachte, du willst deinen Eltern vorschlagen, dass du den Baden-Badener Samenstrich weiterhin betreust? Im Januar gibt es im Blumenladen wenig zu tun, da hättest du genügend Zeit für den Samenhandel. Vielleicht könnten wir sogar ein Regal mit Blumensamen im Laden aufstellen?«

»Schon, aber ...« Floras Gedankenkarussell drehte sich weiter und weiter.

»Du schaust schon fast so sorgenvoll drein wie meine Mutter«, sagte Friedrich.

Flora funkelte ihn an. »Ich hatte ja auch noch nie zuvor in meinem Leben so viele Sorgen!«

Hannah fiel aus allen Wolken. Gemeinsam mit den Zwillingen, Seraphine und Suse saßen die Frischverlobten um den Esstisch, als Flora mit ihrer großen Neuigkeit herausplatzte. Nach einem kurzen Moment der Stille plapperten alle gleichzeitig los.

»Jetzt heiratest du wie ich in die Fremde!«, war Hannahs erster Kommentar. Viel fehlte nicht, und sie hätte geheult.

Suse stieß einen spitzen Schrei aus. »Ich habs gewusst, ich habs gewusst!« Sie sprang auf und drückte Flora fest an sich.

Die Zwillinge gaben ein paar unverständliche Laute von sich, die man als Glückwünsche betrachten konnte, dann klopften sie Friedrich und Flora auf die Schulter.

Hannah stand auf und machte sich am Herd zu schaffen. Einen Moment für sich haben, einen Moment nur …

Ihre kleine Flora würde heiraten. Gönningen für immer verlassen. So, wie sie einst Nürnberg verlassen hatte, um Helmut zu suchen.

Über die Schulter warf sie ihrer Tochter einen prüfenden Blick zu. Das kam alles so plötzlich! Hatte Flora es sich auch gut überlegt? Wie sie Friedrichs Hand hielt … Flora wirkte dabei noch so kindlich, so unbedarft. Oder war das Mädchen womöglich schwanger? Nicht jedes Weibsbild heiratet, weil es sich in einer Zwangslage befindet, schalt Hannah sich sofort für ihren Argwohn.

Mit einem Mal kamen viele Erinnerungen zurück. Eiskalt war es gewesen, als sie hier ankam, kurz vor Weihnachten im Jahr 1849. Der Schnee hatte kniehoch gelegen …

Wie war ihr bange gewesen, ob Gönningen überhaupt eine neue Heimat für sie werden konnte! Zugegeben, ihre damalige Situation war mit der von Flora nicht zu vergleichen – so, wie Friedrich Flora anhimmelte, gab es an seiner Liebe wohl keinen

Zweifel. Sie, Hannah, hatte um die Liebe ihres Mannes erst noch kämpfen müssen. Es war nicht immer ein fairer Kampf gewesen, aber wie hieß es so schön? Im Krieg und in der Liebe sind alle Waffen erlaubt …

Inzwischen hatte sie sich mit ihrer Widersacherin von damals arrangiert, sie lebten sogar gemeinsam unter einem Dach, wenn auch in verschiedenen Stockwerken. Seraphine war mit Valentin verheiratet, seit vielen Jahren schon. Und manchmal gelang es ihm sogar, sie zum Lachen zu bringen. Die meiste Zeit jedoch mühte er sich vergeblich darum. Helmut kümmerte sich nicht weiter um die Schwägerin, alles andere hätte Hannah ihm auch nicht raten wollen! Zwischen den Brüdern bestand nach wie vor eine enge Bindung. Auch die Frauen hatten ihre Aufgaben, sie versuchten dabei jedoch, sich so wenig wie möglich in die Quere zu kommen.

Ja, vieles hatte sich verändert. Und vieles war beim Alten geblieben.

»Wenn du willst, schenke ich dir mein Brautkleid, es hängt wie neu in meinem Schrank«, sagte Seraphine just in diesem Moment zu Flora.

Hinter Hannahs Augen drückte es verdächtig. Vergessen waren die alten Zeiten. Ihr kleines Mädchen in einem Brautkleid – was für eine Vorstellung!

Ach, wenn nur Helmut da wäre. Er würde ihr sicher zuraunen, sie solle nicht so sentimental tun. Oder wäre er womöglich noch sentimentaler als sie selbst? Für einen Vater war es schließlich nicht leicht, die Tochter gehen zu lassen.

Ach Helmut …

Er würde Friedrich mögen, dessen war sich Hannah sicher.

Wie der Bursche an Floras Lippen hing, bei jedem ihrer Worte fast andächtig nickte! Ganz schön vernarrt war der. Er selbst war ein bisschen still, erzählte nicht viel, aber gewiss war er ein feiner Kerl. Das schienen sogar die Zwillinge zu finden, die auf der Küchenbank herumlungerten, statt sich, wie zuvor lautstark angekündigt, mit ihren Freunden im Fuchsen zu treffen. Und

Suse, die »nur auf einen Sprung« hatte vorbeischauen wollen, um die Freundin zu begrüßen, saß auch immer noch da, dabei war es inzwischen draußen längst dunkel geworden.

Hannah brachte eine frische Kanne Kaffee an den Tisch. Danach schnitt sie nochmals Früchtebrot auf. Eigentlich hätte sie sich allmählich ums Abendessen kümmern müssen. Aber sie wollte die frohe Stimmung nicht durch allzu große Geschäftigkeit stören. Wann waren sie schon einmal alle so gemütlich um den Küchentisch herum versammelt? Wie oft gab es schon solche Neuigkeiten?

Irgendwann war der letzte Krümel Früchtebrot verzehrt, die Kaffeekanne leer. Die beiden Zwillinge forderten Friedrich auf, mit ihnen ins Wirtshaus zu gehen – schließlich musste die frohe Nachricht noch ordentlich begossen werden! Suse machte angesichts der fortgeschrittenen Stunde ein erschrockenes Gesicht und verabschiedete sich. Seraphine zog sich mit Kopfschmerzen in ihr Zimmer zurück.

Endlich waren Mutter und Tochter allein.

Hannah öffnete eine Flasche Rotwein.

»Warum erst jetzt?« Flora wies auf die Flasche.

»Ich gieße deinen Brüdern doch nicht meinen guten Tropfen in den Rachen«, erwiderte Hannah lachend. »Und? Bist du glücklich, mein Kind?«, fragte sie über den Rand ihres Weinglases hinweg.

Gedankenverloren nahm Flora ebenfalls einen Schluck Wein. »Natürlich bin ich glücklich. Aber ich war ja auch noch nie im Leben wirklich unglücklich. Somit fühle ich mich jetzt auch nicht anders als sonst.«

Hannah runzelte die Stirn. »Ja schon, aber wenn man verliebt ist …«

»Was weiß ich denn vom Verliebtsein? Ach Mutter, ich komme mir so dumm vor«, platzte Flora heraus. »Den ganzen Sommer über gehe ich mit Friedrich spazieren, wir reden, erzählen, lachen zusammen. Und trotzdem kommt mir nicht die Idee, dass wir ineinander verliebt sein könnten … Wenn Sabine mich deswegen aufzog, bin ich sogar immer ganz ärgerlich geworden! Ich war der festen Überzeugung, zwischen ihm und mir bestünde nur eine besonders innige Freundschaft.« Sie schaute Hannah mit einem beinahe verzweifelten Blick an. »Kann man so naiv sein?«

Hannah schmunzelte. Wo Flora doch sonst immer alles besser wusste …

»Dass man ein bisschen schwer von Begriff ist, wenn es um die eigenen Gefühle geht, ist gar nicht so selten. Ich glaube, so ergeht es den meisten von uns.«

»Wirklich?« Hoffnungsvoll schaute Flora die Mutter an. »Weißt du, ich hatte den Kopf ziemlich voll mit dem Blumenladen und …«

Liebe findet nicht im Kopf statt, lag es Hannah auf der Zunge zu sagen. »Du wolltest etwas lernen, deine Ausbildung ging dir über alles«, sagte sie stattdessen. »Nichts anderes haben dein Vater und ich von dir erwartet. Wir wussten, dass du nicht nach Baden-Baden gegangen bist, um mit Männern herumzutändeln.«

»Ja schon …« Flora schaute weiterhin bedrückt drein. »Aber weißt du, Friedrich und ich …«

»Ja?«

»Nun ja, irgendwie kommt es mir seltsam vor, dass wir bald Mann und Frau sein werden. Wenn ich nur daran denke, dass wir …« Konzentriert zog Flora mit einem Fingernagel die Rillen der Tischplatte nach.

Hannah seufzte innerlich auf. Oje, jetzt kamen die Fragen, die jede Mutter in dieser Situation fürchtete! Fragen zur Hochzeitsnacht. Fragen, bei denen man um jedes Wort rang.

Auf einmal fühlte sich Hannah alt und müde und ganz weit weg von all dem. Was sollte sie ihrer Tochter mit auf den Weg geben? Wer war *sie*, dass sie gute Ratschläge verteilen konnte?

»Keine Sorge, Kind, alles wird sich fügen. Es gibt … Dinge

zwischen Mann und Frau, über die braucht man nicht vorher zu reden. Sie geschehen einfach. Und alles ist nur halb so schlimm, glaube mir«, sagte Hannah so bestimmt wie möglich. Dann straffte sie den Rücken, zog resolut die Schublade, die unter der Tischplatte angebracht war, auf und kramte nach Papier und Bleistift.

»Lass uns lieber an deinen Vater schreiben. Der wird Augen machen, wenn er die frohe Botschaft bekommt.«

## 25. Kapitel

*Baden-Baden, den 2. November 1871*

*Meine liebe Flora!*

*Jetzt sind wir schon drei Wochen voneinander getrennt und meine Sehnsucht ist so groß, dass ich am liebsten in den nächsten Zug nach Gönningen steigen würde!*

Flora schaute von Friedrichs Brief auf. »Er vermisst mich … Ach, ich vermisse ihn auch so sehr! Was für eine dumme Idee, dass ich bis zur Hochzeit hierbleiben soll.«

»Was heißt hier dumme Idee?«, sagte Seraphine. »Haben wir bis zum großen Tag nicht noch genügend Arbeit?«

»Natürlich.« Floras Blick wanderte sehnsuchtsvoll aus dem Fenster in die Richtung, wo sie Baden-Baden vermutete.

Es war ein trüber Novembertag, der Nebel hing so tief über den Wänden der Alb, dass Gönningen von Dunst und feuchter Kühle eingehüllt war. »Wenns bis zur Hochzeit nur nicht mehr gar so lange wäre …«

Während Hannah unten im Haus rumorte, befanden sich Suse und Seraphine mit Flora in deren Zimmer. Seraphine bemühte sich redlich, ihr wunderschönes, aber viel zu kleines Hochzeitskleid für Flora passend zu machen. Immer wieder steckte sie mit Heftnadeln Stoffbahnen im Ausschnitt, am Rückenteil und am Rock fest. Flora musste sich dann drehen und bücken und eine Sitzprobe machen. Entweder saß das Oberteil einigermaßen, dafür wölbte sich der Rock unschön. Oder der Rock fiel schwingend, dafür spannte es über Floras Brust.

Während dieses höchst komplizierten Prozesses ließ es sich Flora nicht nehmen, aus Friedrichs Brief vorzulesen, der am Morgen angekommen war. Sie brannte auf Neuigkeiten aus Baden-Baden. Und natürlich musste sie alles den anderen mitteilen.

»*Derweil nutze ich jede freie Minute, um mein Zimmer mit dem von Sybille zu verbinden. Die Tür ist schon weg, nun muss ich den Parkettboden im Durchgang ausbessern, dann die Möbel umräumen. Hoffentlich gefällt dir das kleine Nest, das ich für uns beide vorbereite.*«

Suse seufzte. »Ein kleines Nest, wie romantisch!«

Flora runzelte die Stirn. »Wenn ich mir vorstelle, dass ich nach Baden-Baden zurückkomme und nicht mehr mit Sabine in der Dachkammer wohne, sondern mit Friedrich …«

»Erzähl doch mal – wo liegen denn Eure Räume? Und wie schauen sie aus?«, wollte Seraphine wissen.

»Im ersten Stock, gleich neben dem Elternschlafzimmer. Hoffentlich schnarchen die beiden nicht zu sehr.« Flora kicherte. »Wie Friedrichs Zimmer aussieht, kann ich dir gar nicht sagen – dort war ich bisher noch nie. Sybilles Zimmer, das wir ebenfalls bewohnen dürfen, ist eigentlich nur eine Kammer mit Fenster. Ach, ihr müsst mich so schnell wie möglich besuchen kommen, dann zeige ich euch alles.« Sie blätterte auf die nächste Seite des Briefes. »Was lese ich denn da? *Mutter lässt ausrichten, sie sei damit einverstanden, dass die Hochzeit am sechsten Januar in Gönningen stattfindet. Auch die Sitzordnung für das Hochzeitsmahl, die deine liebe Mutter so mühevoll aufgezeichnet und ihrem letzten Brief angefügt hatte, findet Mutters Billigung. Das trifft übrigens auf alle Vorschläge zu, die deine Mutter der meinen unterbreitet – ich glaube, die beiden werden sich bestens verstehen.«*

Floras Hand mit dem Brief sank nach unten. »Der sechste Januar ist abgesegnet – Gott sei Dank! Wenn ich mir vorstelle, die Warterei würde noch länger dauern … Wisst ihr, der sechste ist ein Samstag und von Samstagmittag bis Montag früh ist der Blumenladen geschlossen, daher macht es Sinn, die Feier auf ein Wochenende zu legen. Aber dass sich Ernestine so bereitwillig auf Gönningen einlässt, hätte ich, ehrlich gesagt, nicht gedacht.«

Suse lachte. »Meist sind die Eltern des Bräutigams doch froh, wenn sie mit der Ausrichtung der Feier nichts zu tun haben. Der Aufwand! Und die Kosten!«

Flora zuckte mit den Schultern. »Von Friedrichs Seite kommt höchstens ein Dutzend Leute, während wir gut zweihundert Gäste haben werden. Die alle nach Baden-Baden zu verfrachten, wäre ziemlich aufwändig geworden.«

Flora widmete sich erneut dem Brief.

*Mutter ist schrecklich aufgeregt, sie fängt tausend Sachen an, ohne eine zu Ende zu bringen. Bis zum sechsten Januar sind wahrscheinlich nicht nur ihre Nerven ruiniert, sondern Vaters und meine noch dazu! Liebste, sei froh, dass du das alles nicht miterleben musst.*

Flora zog eine Grimasse. »Da steht, seine Schwester könne leider nicht zur Hochzeit kommen. Darüber bin ich nicht gerade traurig … Vor ein paar Wochen waren Friedrich und ich an einem Sonntag im Kloster Lichtenthal. Und da hatte ich das Vergnügen, Sybille kennenzulernen«

»Und wie ist sie so? Eine Nonne in der Familie – das hat auch nicht jeder.«

»Ich fand Sybille mit ihrer Duldermiene ziemlich langweilig. Und dann hat sie manchmal so giftige Bemerkungen gemacht – als wäre sie neidisch auf Friedrich. Jedenfalls – als wir nach einer Stunde endlich wieder gingen, war ich richtig froh.« Flora runzelte die Stirn. »Eigentlich ist das seltsam … Das Kloster liegt so nahe bei der Stadt und ist doch eine ganz eigene, andere Welt.«

Kurz darauf waren Floras Gedanken schon wieder weitergewandert und sie blätterte die nächste Briefseite um.

»Flora, bitte, nun zappele doch nicht so«, nuschelte Seraphine und zog eine Stecknadel zwischen ihren Lippen hervor. »Wenn du nicht stillhältst, wird das mit dem Kleid wirklich nichts.«

Mit jeder Woche, die ins Land ging, gediehen die Hochzeitsvorbereitungen weiter. Seraphine gelang tatsächlich das Wunder, ihr altes Brautkleid Flora so auf den Leib zu schneidern, dass es wunderschön aussah.

Hannah organisierte mit Hingabe die Feierlichkeiten im Adler, dem größten Gasthof des Dorfes. Er hatte nicht nur einen großen Saal, sondern auch etliche Fremdenzimmer – dort würde die Familie Sonnenschein samt Anhang übernachten können. Außerdem hatte im Adler vor vielen Jahren ihre eigene Hochzeit stattgefunden. Dementsprechend sentimental war Hannah gestimmt. Wenn nur Helmut endlich heimkäme – wie gern hätte sie mit ihm in Erinnerungen geschwelgt!

*Wenn du denkst, dieser Bursche sei der Richtige für unsere Flora, dann sag den beiden, dass sie meinen Segen haben!*, hatte er Hannah geschrieben, nachdem Flora und Friedrich ihn von ihren Plänen in Kenntnis gesetzt hatten. *Flora hat ihn sich ausgesucht – also wird er schon der Richtige sein,* schrieb Hannah zurück. Woraufhin Helmut in seinem nächsten Brief antwortete:

*Hoffen wir, dass unsere Flora das gleiche gute Händchen hat wie einst ihre Mutter.*

Ach Helmut …

»Helmut, mein Liebster! Endlich!« Schluchzend vor Freude warf sich Hannah in die Arme ihres Mannes. »Ich hab schon befürchtet, ihr schafft es nicht mehr rechtzeitig.« Hannah bedeckte das Gesicht ihres Mannes mit tausend Küssen.

Helmut, der noch immer seinen Rucksack auf dem Buckel hatte, versuchte lächelnd und ohne viel Nachdruck, sich von seiner Frau zu befreien. »Der Heilige Abend ist doch erst morgen, sind wir also nicht mehr als pünktlich?«

Valentin, der noch immer im Türrahmen stand, räusperte sich. »Ähm – vielleicht darf ich auch eintreten?« Über Helmuts Schulter hinweg spähte er in Richtung Treppe.

Wo bleibt denn Seraphine?, fragte sich auch Flora, die ungeduldig darauf wartete, ihren Vater umarmen zu dürfen.

Da kamen die Männer aus fernen Landen angereist, und keine Spur von der Tante ... Zugegeben, man musste sich nicht ganz so aufführen wie die beiden Turteltäubchen, die sich ihre Eltern nannten, aber eine herzliche Begrüßung, wenn der Mann nach so langer Zeit zurückkam, sollte man doch erwarten können.

Wie traurig der Onkel dreinschaute ...

Flora umarmte Valentin heftig. »Wie bin ich froh, dass ihr wieder daheim seid!«

Helmut, dem es endlich gelungen war, sich von Hannah loszueisen, lachte laut auf. »Und wir erst! Keinen Tag länger hätte ichs auf der Reise ausgehalten. Leute – ab jetzt wird gefeiert! Unsere guten Geschäfte, das Christfest ...«

»Und Silvester«, warf Hannah ein. »Mit Neujahrsbrezeln –«

»Und wir feiern Hochzeit«, sagten Flora und Helmut wie aus einem Mund. Beide tauschten einen liebevollen Blick.

»Mein kleines Mädchen ist jetzt eine Braut«, murmelte Helmut leise.

Hannah klatschte in die Hände. »Kinder, wie ist das Leben doch schön!«

Am Tag nach Weihnachten hatte Hannah genug vom Kochen, Tischdecken und Abwaschen. Also gönnte sich die Familie einen Ausflug in den Gasthof Sonne. Während sich die Zwillinge mit ihren Kameraden in eine Ecke der Gaststätte verzogen und Hannah zu Käthe in die Küche ging, begaben sich Helmut und Valentin mit Flora schnurstracks zum Stammtisch der Samenhändler.

»Setz dich zu uns«, sagte Klaus Müllerschön, einer ihrer Nachbarn, und rutschte zur Seite, um für Flora Platz zu machen.

»Will jemand etwas essen?«, fragte Käthe, die mit einem Tablett voller Bierkrüge an den Tisch kam, doch außer Helmut, Valentin und Flora verneinten alle – hier und heute wollten sie nur eines: einen Schwatz halten! Schließlich hatten sie sich seit dem Herbst nicht mehr gesehen, hinter vielen von ihnen lagen lange Reisen in aller Herren Länder und alle waren froh, wieder zu Hause zu sein.

Wie war das Geschäft gelaufen? Was gab es Neues in Russland, Frankreich, England oder der Schweiz?

Klaus Müllerschön war im Elsass fast das Opfer eines Überfalls geworden, zum Glück war im richtigen Moment die Gendarmerie die Straße entlanggekommen!

Und Fritz Sailer, ein stattlicher Mann von sechzig Jahren, berichtete, dass eines seiner Pferde bei einem Schneesturm ums Leben gekommen war. Er und sein Sohn waren in einer Schneewehe stecken geblieben – einen der Gäule konnten sie noch aus den Schneemassen befreien, beim zweiten war ihnen die Kraft ausgegangen. Bis auf die Knochen durchfroren und geschwächt, hatten sie das Tier seinem Schicksal überlassen müssen, um sich selbst in Sicherheit zu bringen.

Flora hörte der Stammtischrunde gebannt zu. Obwohl sie solche Gespräche aus früheren Jahren kannte, hatte sie das Gefühl, vieles zum ersten Mal bewusst wahrzunehmen.

Wie mutig die Gönninger waren! Wie tapfer und –

Flora zuckte zusammen, als Klaus Müllerschön ihr einen Arm um die Schulter legte.

»Genug vom Samenhandel! Mädchen, jetzt erzähl du doch mal: Will in Baden-Baden überhaupt jemand deine Blumen haben?«

»Na ja, es geht so …« Flora war derart ins Zuhören vertieft gewesen, dass sie sich erst einmal sammeln musste.

Sie nahm einen Schluck Bier, dann erzählte sie von dem Blumenbeet, das sie im Garten der Sonnenscheins angelegt hatte.

»Eigentlich läufts ganz gut im Laden, aber …« Unsicher brach Flora ab, sie wollte niemanden langweilen. Doch dann sah sie die interessierten Mienen am Tisch und gab sich einen Ruck. »Wisst ihr, das Problem ist, dass wir zu weit weg vom Zentrum liegen. Ich würde mir so wünschen, dass auch die feinen ausländischen Kurgäste zu uns in den Laden kämen! An denen könnte man gut ein paar Mark verdienen. Wo den Russen das Geld so locker sitzt … Aber die bequemen sich einfach nicht in unsere Seitenstraße.«

Die Männer am Tisch lachten. Käthe, die gerade Teller mit Eintopf an den Tisch brachte, schaute Helmut an. »Du und dein Bruder, ihr wart doch früher öfter in Russland, kennt Land und Leute bestens. Habt ihr keinen Rat für Flora?«

»Ja, genau, auf euren Reisen habt ihr doch auch mit reichen Russen zu tun gehabt, oder?«, ergänzte Fritz Sailer, der Helmut gegenübersaß.

»Jetzt erinnere ich mich auch wieder!«, kam es von Müllerschön. »Was habt ihr uns jahrelang vorgeschwärmt, welchen Prunk ihr damals zu sehen bekommen habt …«

Die Sonnenwirtin lachte auf. »Und am Ende der Reise hat man euch überfallen und fast alle Einkünfte geklaut.«

Irritiert schaute Helmut in die Runde. »Was ihr noch alles wisst …« Zu Flora sagte er: »Mit den Russen ins Geschäft zu kommen ist gar nicht so schwer. Du musst halt –«

»Aber eure Reisen sind doch schon ewig her«, unterbrach Flora ihn.

Helmut ließ seinen Suppenlöffel sinken und runzelte die Stirn. »Na, so lange auch wieder nicht. Du tust ja gerade, als gehörte ich schon zum alten Eisen!«

»Tja, Bruderherz, die Jungen wollen unsere Geschichten nicht mehr hören!« Valentin lachte.

»Doch, natürlich«, sagte Flora nicht sehr überzeugend.

»Was ich zu sagen habe, hat damals gegolten und gilt heute immer noch.« Helmut schaute um Aufmerksamkeit heischend in die Runde. »Wenn die Russen nicht zu euch in den Laden kommen, musst du halt zu denen gehen. So wie wir es einst getan haben. Oder glaubst du, von denen hätte sich je auch nur einer nach Gönningen verirrt?«

»Soll ich etwa mit meinen Blumen hausieren gehen?«, gab Flora irritiert zurück.

»Sag nichts gegen den Hausierhandel«, kam es von der anderen Tischseite. »Daran ist nichts Unehrenhaftes.«

Helmut nickte. »Was hält dich davon ab, bei den Kurgästen in den Hotels vorstellig zu werden?«

»Vielleicht erklärt sich auch der eine oder andere Hotelier bereit, Blumensträuße von dir gegen eine kleine Provision an seine Gäste weiterzuverkaufen«, sagte Fritz Sailer. »Oder du darfst dich in einer kleinen Ecke im Hotel selbst mit deinen Blumen hinstellen.«

»Auf was für Ideen ihr kommt ...« Flora war baff.

»Musst halt die richtigen Leute fragen«, sagte Fritz.

»Das ist aber noch lange nicht alles, Kind. Wenn der erste Kontakt geschlossen ist, geht die Arbeit richtig los«, mischte sich Helmut wieder ein. »Deinen reichen Kurgästen kannst du nicht mit normalen Blumensträußen daherkommen. Die wollen riesige Buketts, fremdartige Sorten, verrückte Sachen halt – verstehst du? Natürlich nur die allerfeinste Qualität, und nicht einmal das reicht aus. Diese Leute wollen für ihr Geld gut unterhalten werden, da musst du gleichzeitig noch eine Art Hofnarr spielen. Denen musst du das Gefühl geben, sie wären die wichtigsten, feinsten, elegantesten Menschen auf dieser Welt. Großes Theater musst du bieten! Das haben wir damals schnell kapiert, nicht wahr, Valentin?«

»Bei meinen reichen Schweizern in Zürich ist das nicht anders.« Fritz Sailer lachte trocken auf. »Wie nennst du es? Den Hofnarr spielen? Besser hätte ichs nicht sagen können. Aber bitte jedes Mal eine Premiere! Du brauchst nämlich nicht glauben, die Reichen würden sich mit nur *einem* Theaterstück zufriedengeben.«

Flora schüttelte den Kopf. »Ich bin sprachlos. Das muss ich

erst mal alles verdauen.« Sie schaute in die Runde. »Die Sache mit den Hotels werde ich gleich in der nächsten Saison in Angriff nehmen. Ich bin gespannt, was Kuno und Friedrich dazu sagen werden. Aber ...«

»Ja, was ist? Frag uns nur!«, sagte Fritz und die anderen nickten eifrig. Als Ratgeber waren sie ganz in ihrem Element!

»Dieses sogenannte Theater, das man den Reichen bieten muss – wie könnte das bei mir aussehen?«

Die Samenhändler lachten auf. Helmut legte Flora einen Arm um die Schulter und drückte sie aufmunternd an sich.

»Das, mein liebes Kind, musst du schon selbst herausfinden!«

## 26. Kapitel

Es war die richtige Entscheidung gewesen, nach Monte Carlo zu reisen, ging es Konstantin Sokerov nicht zum ersten Mal durch den Sinn. Eine angenehmere Art, den Winter zu verbringen, konnte es kaum geben.

Seit ihrer Ankunft hatte es noch keinen einzigen Tag geregnet, und auch heute, am letzten Tag des Jahres 1871, schien an der Mittelmeerküste die Sonne. Konstantin war überzeugt davon, dass er auch im neuen Jahr stets von der Sonne beschienen würde.

Er blieb einen Moment lang stehen, stützte sich mit beiden Händen auf der sonnenerwärmten Kaimauer ab und schaute hinaus aufs Meer.

Eigentlich war der Tag gut geeignet, um einen Segelausflug zu machen. Doch ein rasanter Ritt den Küstenstreifen entlang würde ihm genauso gelegen kommen – Sergej hatte erst gestern gesagt, der Mietstall neben ihrem Hotel besäße ein paar galoppierfreudige Araberhengste. Oder sollte er sich einfach einen schönen Platz suchen und der Sonne beim Untergehen zusehen?

»Was für ein herrlicher Tag!« Lachend fuhr Konstantin zu seiner Begleiterin herum. »Ein Tag zum Feiern und Genießen und Liebe machen.« Ja! Das war vielleicht die beste aller Möglichkeiten.

»Nicht so laut, du alter Charmeur«, bekam er zusammen mit einem Klaps auf den Arm zur Antwort. »Die anderen Damen werfen mir täglich schon genügend neidische Blicke zu. Allzu gern würden sie an meiner Stelle sein! Da braucht es nicht noch solche frivolen Bemerkungen deinerseits, mein Liebster.«

»Wenn du meinst …« Schon schweiften Konstantins Gedanken erneut ab.

Bestimmt tobten auf der Krim Schneestürme, fegte ein eisiger Wind übers Land, der Mensch und Tier erzittern ließ. Die Krim – wer kam schon auf die Idee, freiwillig solch einen unwirtlichen Ort aufzusuchen? Ein leichter Schauer fuhr über Konstantins Rücken.

Sein Blick schweifte über die Bucht und den Hafen in Richtung des Casinos, das im milden Sonnenlicht aussah, als hätte ein Tortenbäcker es verschwenderisch mit Zuckerguss überzogen. Die Spielbank im preußischen Bad Homburg sei mindestens ebenso schön, hatte François Blanc vor ein paar Tagen zu Konstantin gesagt. François musste es wissen – immerhin hatte er die preußische Spielbank einst zusammen mit seinem Bruder gegründet und leitete nun das hiesige Casino.

Eigentlich war es kein Wunder, dass die Spielcasinos auf dieser Welt allesamt vor Prunk und Pomp nur so strotzten – wenn man an das Geld dachte, das tagtäglich in den festlichen Räumen verspielt wurde …

Sie sollten Bad Homburg unbedingt einen Besuch abstatten, am besten so bald wie möglich, hatte François Blanc gemeint. Es ginge nämlich das Gerücht um, der deutsche Kaiser wolle sämtliche Spielbanken in seinem Reich schließen – was für eine Katastrophe!

Was würde dann wohl aus Baden-Baden werden?, fragte sich Konstantin. Er hatte sich dort wohlgefühlt, würde gern dorthin zurückkehren. Aber bis zur nächsten Sommersaison war es noch lange hin.

Konstantin straffte die Schultern und sog die Melange aus Wohlgerüchen ein, die so typisch für den Ort war: der Geruch von frisch gebratenem Fisch, der aus den Fenstern der Fischerhütten wehte. Dazu der Duft des Winterjasmins, der sich mit dem Parfüm der Damen mischte, die die Uferpromenade entlangflanierten. Und über allem die grüne Note des Seetangs, der immer wieder von den Wellen ans Ufer gespült wurde und vor dem die Damen sich so schrecklich ekelten.

Konstantin Sokerov lachte erneut auf. »Ich bleibe dabei – heute könnte ich die Welt umarmen! Die Welt und dich.« Verschwenderisch flogen seine Küsse durch die Luft, er drehte seine Begleiterin im Kreis, sorgsam darauf bedacht, ihr dabei keinen Schwindel zu verursachen.

»Wie schön du aussiehst … Dein weißes Kleid mit den vielen Rüschen, der silberne Knauf deines Sonnenschirms, der im Sonnenlicht so herrlich glitzert, dazu das Meer mit seinen vielen Blautönen, dem Türkis, dem tiefen Azurblau – ein zauberhafteres Motiv könnte sich ein Maler nicht wünschen. Wie bist du doch schön, Püppi!«

Sein Kompliment wurde mit einem koketten Kichern quittiert. Im Geist verdrehte Konstantin die Augen – die alten Sprüche zogen immer noch am besten, gleichgültig ob die Frauen Irina, Püppi oder sonst wie hießen.

»Wie charmant du heute wieder bist. Steht mir das Kleid wirklich? Sehe ich darin nicht etwas fahl aus?«

In der Tat war Weiß alles andere als kleidsam für eine Frau in gewissem Alter. Und auch die Rüschen wirkten allzu jugendlich …

»Liebste, was machst du dir für unnötige Sorgen? Du bist es doch, die jedes Kleid zum Strahlen bringt, an dir würde selbst eine alte Schürze elegant aussehen«, antwortete Konstantin heftig. »Das Kleid ist höchstens … ein wenig zu luftig für die frische Brise, die hier am Wasser weht.« Fürsorglich legte er seiner Begleiterin ihre Pelzstola um die Schultern, reichte ihr dann den Arm.

»Was meinst du, Liebste, wollen wir kurz bei Marie und François vorbeischauen? Marie sagte gestern Abend, ihr Haus stünde am letzten Tag des Jahres traditionell jedem Gast auf ein Glas Champagner offen.«

»Gelüstet es dich wirklich nur nach einem Glas Champagner? Oder sind es die Farben Rouge et Noir, nach denen dir der Sinn steht?«, bekam er zur Antwort.

Konstantin lächelte. »Du hast mich durchschaut. Sag, würde es dir etwas ausmachen, wenn ich dich für ein, zwei Stündchen allein ließe? Piotr meinte, ein letztes Spiel im alten Jahr dürfe ich ihm keinesfalls verwehren.«

Wie er es nicht anders erwartet hatte, tätschelte ihm seine Begleiterin liebevoll den Arm. »Geh nur! Ich möchte mich nachher sowieso ein wenig zurückziehen, schließlich will ich frisch und ausgeruht sein, um die letzte Nacht im Jahr gebührend feiern zu können.«

Konstantins Augen glänzten. »Ach Püppi, womit habe ich nur eine solch liebe, fürsorgliche Frau wie dich verdient?«

## 27. Kapitel

Am vierten Januar reisten Friedrich und seine Eltern in Gönningen an und einen Tag später deren Gäste. Alle wurden sie aufs Herzlichste von Floras Familie begrüßt. Obwohl die beiden Elternpaare sehr unterschiedlich waren, verstanden sie sich auf Anhieb. Ernestine schaute sich zwar hilfesuchend nach Kuno um, als Hannah sich gleich bei ihr einhakte und sie zu einem Schwatz in die Küche entführte, doch schon eine Stunde später deckte sie zusammen mit Hannah den Abendbrottisch und erzählte dabei voller Stolz von ihren

»Gartengesellschaften«, die nur möglich geworden waren, weil Flora den Garten so hübsch hergerichtet hatte.

Derweil tauschten sich Helmut und Kuno über die Nachwirkungen des Krieges aus – Kuno lauschte dabei Helmuts Erzählungen über die vielen neuen Verkehrswege mit bangem Blick. »Ob sich überhaupt noch Gäste zu uns nach Baden-Baden verirren werden?«, sagte er, woraufhin Helmut antwortete: »Aber sicher – Baden-Baden ist schließlich die Kurstadt Nummer eins im deutschen Kaiserreich!«

Unter den wachsamen Augen der Eltern und Verwandten gelang dem zukünftigen Brautpaar nicht mehr als eine flüchtige Umarmung. Traute Zweisamkeit gab es nicht – jeder wollte etwas vom Brautpaar haben!

»Wie bin ich froh, wenn übermorgen alles vorüber ist«, sagte Flora in einem seltenen stillen Moment zu Friedrich. »Nach all dem Trubel habe ich wahrscheinlich eine Bäderkur dringend nötig.«

»Am besten machst du gleich noch eine Trinkkur dazu!« Friedrich drückte sein Braut fest an sich. »Unsere guten Wässer bringen jeden wieder auf die Höhe.«

»Und? Wie findest du es?« Arm in Arm standen Flora und Hannah im Türrahmen zum Saal des Gasthofs Adler. Es war der Morgen des sechsten Januar und die Trauung sollte in wenigen Stunden stattfinden. Friedrich und seine Eltern saßen beim Frühstück – nach alter Sitte würde er seine Braut erst in der Kirche wiedersehen.

Obwohl sie die halbe Nacht mit der Blumendekoration des Saales beschäftigt gewesen war, war Flora kein bisschen müde, sondern beschwingt und nervös. Hannah war die Erste, die ihr fertiges Werk zu sehen bekam, dementsprechend gespannt war Flora auf ihre Reaktion.

»So etwas Schönes habe ich noch nie gesehen«, hauchte Hannah andächtig.

Flora nickte stolz. Dafür, dass es Winter war und ihr fast gar keine Frischblumen zur Verfügung standen, sah alles recht ordentlich aus.

»Was für eine hübsche Idee, auch die Stühle zu dekorieren ...«

»Das war die meiste Arbeit, Suse und ich dachten schon, wir werden nie damit fertig«, gab Flora lachend zu.

Jeden der fast zweihundert Stühle hatten sie mit einem kleinen Büschel Tannengrün, etwas Rosmarin und einer getrockneten roten Rose geschmückt und die Ensembles von hinten an den Stuhllehnen befestigt, sodass sie von den Gästen nicht zerdrückt wurden.

»Rosmarin bedeutet in der Blumensprache: ›Bald werde ich auf immer Dein sein.‹« Flora fand dies für eine Hochzeit sehr passend.

»Und welche Bedeutung hat Tannengrün?«, hatte Suse wissen wollen, nachdem sie die Büschel mühselig befestigt hatten.

Flora hatte eine Grimasse gezogen. »›Sei bitte nicht immer so mürrisch.‹ Nicht gerade passend, oder? Aber es gibt nun mal im Moment nichts anderes Grünes.«

Selbst den Gabentisch hatte Flora mit Girlanden aus Tannengrün und Rosen geschmückt – solange sich noch gar keine Geschenke darauf befanden, sah er dadurch nicht ganz so leer aus.

Jetzt fragte sie mit unsicherer Stimme: »Und wenn mir niemand was schenkt? Womöglich nehmen es mir die Leute doch übel, dass ich nach auswärts heirate?«

Hannah schaute ihre Tochter schräg von der Seite an. »Oje – die Nerven!« Sie hakte sich bei Flora ein und drehte sie in Richtung Tür. »Lass uns nach Hause gehen, es ist höchste Zeit, dass wir auch die Braut ein wenig hübsch machen. Vielleicht bringt dich das auf andere Gedanken.«

Der Pfarrer hielt eine zu Herzen gehende Predigt. Er, der die Braut von klein auf kannte und bei seinen Spaziergängen durchs Dorf von ihr immer wieder einmal einen selbstgepflückten Blumenstrauß bekommen hatte, zitierte an einer Stelle den heiligen Antonius:

*»O Neugieriger, der du dich abmühst und dein Handeln in viele Richtungen ausbreitest, geh, nicht zur Ameise, aber zur Biene und lerne von ihr die Weisheit ... Und verlasse keine Blume, um zur nächsten zu fliegen, wie es die Sprunghaften machen ... Du sollst vielmehr aus einem Buch das sammeln, was du benötigst, und es im Bienenstock deiner Erinnerung einlagern.«*

Hannah schniefte so laut, dass Helmut ihr einen Stoß in die Rippen geben musste.

Auch Suse und andere junge Mädchen aus dem Dorf seufzten sehnsuchtsvoll. Wie schön Flora in ihrem perlenbestickten Kleid aussah – die eingesetzten Stoffbahnen bemerkte man dabei fast gar nicht! Und wie herrlich der Brautstrauß aus weißen Orchideenblüten, Myrte und weißen Rosen war! Und der ebenfalls aus Orchideen gebundene Brautkranz. Kuno Sonnenschein, der den Brautschmuck aus Baden-Baden mitgebracht hatte, verstand sein Handwerk, das war die einhellige Meinung der Gäste.

Auch die anschließende Feier im Adler war ein voller Erfolg. Alle bestaunten Floras Blumendekoration, und das Essen – eine Mischung aus schwäbischen und badischen Speisen – mundete sowohl den Gönningern als auch den Baden-Badenern vorzüglich. Als alle schon satt waren, trug der Adlerwirt zusammen mit zwei Küchenjungen eine dreistöckige Hochzeitstorte herein. Die kostbaren Zutaten – Marzipan, Schokolade und in Zucker gewälzte Mandeln – und der Anblick der Torte selbst versetzten alle in Erstaunen. Gleich darauf stießen einige Frauen leise Entzückensschreie aus, weil auf allen Tischen Schalen mit Konfekt aufgetragen wurden. Helmut hatte es aus einer Prager Hofkonditorei mitgebracht. Den Herren spendierte er dicke Zigarren.

So viele Geschenke ... Ernestine staunte nicht schlecht.

Silberne Leuchter, feinste Leinenwäsche, deren Ecken mit einer Sonne bestickt waren, ein Toilettenbesteck aus Perlmutt mit vergoldeten Griffen, ja, sogar eine Nähmaschine stand auf dem Gabentisch!

Und wie gut alle Gäste angezogen waren – dass es in einem kleinen Dorf im Schwäbischen derart stilvoll zuging, hätte Ernestine nie vermutet! Und dass die Familie des Lehrmädchens so wohlhabend war, erst recht nicht.

Eine Zeit lang schüchterte der Gedanke Ernestine derart ein, dass die Torte auf ihrem Teller unberührt blieb. Vor lauter Aufregung würde sie sich bestimmt mit Sahne bekleckern!

Kuno hingegen sprach sämtlichen Speisen herzhaft zu – sicher würde er des Nachts von Magenkrämpfen heimgesucht werden. Wie er lachte ... Als habe er keine Sorgen in dieser Welt. Dabei war er am Morgen kaum aus dem Bett gekommen, so sehr hatten ihn die vielen Eindrücke ermüdet.

»Na, Mutter, schmeckt dir die Torte etwa nicht? Möchtest du lieber ein paar Pralinen?«, fragte Friedrich im Vorübergehen.

»Du lieber Himmel, ich platze gleich«, hauchte Ernestine. »Schau nur, du wirst erwartet!« Sie wies ihren Sohn hinüber zur Tanzfläche.

Verlegen lächelnd und etwas unbeholfen begann sich das Brautpaar im Kreis zu drehen – Ernestine wurde es allein vom Zuschauen ganz schwindlig. Doch mit jeder Drehung wurde es ihr auch leichter ums Herz. Vielleicht sollte man solch einen Tag einfach genießen. Und nicht so viel grübeln.

»Da möchte man noch einmal jung sein«, seufzte Gretel Grün und schaute ihren Gatten erwartungsvoll an, was dieser ebenso geflissentlich übersah.

»So voller Schwung kenne ich euren Friedrich gar nicht«, sagte der Apotheker nur und fügte hinzu: »Was für ein schönes Fest!« Genussvoll zog er an seiner Zigarre.

Endlich stieß Ernestine ihre Gabel in das Tortenstück. Mit klebrigem Mund lächelte sie ihre Freundin an. »Schmeckt die Schokolade nicht herrlich?«

»Floras Familie hat wirklich keine Kosten gescheut«, sagte Gretel beeindruckt. »Schokolade im Kuchen ...«

Ernestine zuckte mit den Schultern. »Ein armes Mädchen hätte sich der Friedrich gar nicht erst ausgesucht, der weiß schon, was zu uns passt. Ich meine, immerhin heiratet das Mädchen in einen florierenden Geschäftsbetrieb ein. Das ist doch etwas, worauf wir stolz sein können, nicht wahr, Kuno?«

## 28. Kapitel

Wenn es nach Flora gegangen wäre, hätte das Fest noch lange weitergehen können. Noch ein Lied. Und noch ein Tanz. Und noch ein »Prosit!« aufs Brautpaar. Nie hätte sie gedacht, dass heiraten so viel Spaß machte!

Doch irgendwann begannen sich die Reihen der Gäste zu lichten. Die alten Leute waren die Ersten, die sich verabschiedeten. Dann machten sich nach und nach auch einige von den jüngeren auf den Heimweg – für alle war es ein langer, aufregender Tag gewesen. »Auf Wiedersehen, Frau Sonnenschein!« – so verabschiedeten sich viele von Flora. Sie erschrak jedes Mal aufs Neue.

Manch einer konnte sich auch eine anzügliche Bemerkung nicht verkneifen. Während Friedrich nur grinste, schoss Flora die Röte ins Gesicht. Wenn sie sich vorstellte, dass all diese Leute wussten, was ihr in dieser Nacht noch bevorstand ... Peinlich war das, schrecklich peinlich!

Als Kuno und Ernestine in ihr Zimmer gingen, war es schon nach zwei Uhr nachts – noch nie in ihrem ganzen Leben sei sie so lang wach geblieben, sagte Ernestine halb erstaunt, halb entsetzt.

Hannah schaute den beiden sehnsüchtig hinterher. »Ehrlich gesagt, mir reicht es auch«, sagte sie zu Flora. »Ausgerechnet heute tut mir mein Bein so weh! Vielleicht habe ich doch zu viel getanzt ...«

»Jammere nicht, geheiratet wird nur einmal. Prost!«, sagte Seraphine, die mit ihnen am Tisch saß. Lachend hob sie ihr Weinglas.

Mutter und Tochter schauten sich an. So viel Frohsinn ausgerechnet von Seraphine?

»Du hast gut lachen«, sagte Flora. »Wenn ich an ... nachher denke, wird mir ganz anders. Ach, wärs doch schon morgen früh ...« Sie biss sich auf die Unterlippe und schaute hinüber zum Stammtisch, wo die Männer Friedrich in ihre Mitte genommen hatten. Keiner erweckte den Anschein, in naher Zukunft gehen zu wollen: der Kaiser und sein Reich, die Zukunft des Samenhandels im Allgemeinen und die Gönningens im Besonderen – scheinbar gab es noch etliche wichtige Themen zu besprechen. Und ihr Herr Gemahl mittendrin ...

Hannah und Seraphine tauschten einen wissenden Blick. »Behalt die Ruhe, Kind, es ist alles nur halb so schlimm«, flüsterte Hannah. »Dein Friedrich ist ein feiner Kerl, lass ihn einfach machen. Ach, da ist ja –« Bevor Flora etwas erwidern konnte, huschte sie in Richtung Küche davon. »Ich komme gleich wieder!«

»Wo rennt sie jetzt hin?«, fragte Seraphine kopfschüttelnd, dann wandte sie sich Flora zu. »Du Glückliche! Ich würde viel dafür geben, die alles verzehrende Liebe noch einmal erleben zu dürfen ... Eine Liebe, die so intensiv ist, dass sie wehtut. Eine Liebe, für die du sterben willst, wenn du sie nicht leben kannst ...«

Verzehren? Sterben? Flora schaute ihre Tante schräg an. Musste Seraphine immer so schrecklich theatralisch tun? Da konnte einem ja angst und bange werden.

Sie nahm einen weiteren Schluck Wein, obwohl er ihr schon lange nicht mehr schmeckte. Schlecht war ihr und schwindlig. Warum war die Mutter nicht sitzen geblieben? Bestimmt gab sie dem Adlerwirt in der Küche Anweisungen, was mit diesen und jenen Speiseresten zu geschehen hatte.

Auf einmal fühlte sich Flora einsam und müde und ängstlich

und … einfach schrecklich. Vor lauter Aufregung fiel ihr schon das Durchatmen schwer! Oder lag das an dem engen Kleid? Einerseits konnte sie es nicht erwarten, die Dutzende von Ösen zu öffnen und sich aus dem Oberteil herauszuwinden. Andererseits gab es keinen schlimmeren Gedanken für sie.

Wenigstens hatte Hannah in weiser Voraussicht dem Hochzeitspaar ein Zimmer bei ihrer Freundin Käthe reserviert. So mussten sie nicht mit Friedrichs Eltern und dem Adlerwirt unter einem Dach nächtigen. Tür an Tür, und jeder bekäme mit, wie … Flora schauderte.

Friedrich winkte ihr vom Stammtisch aus zu. Sie lächelte zurück. Wie gelöst und froh er aussah, ihr Ehemann …

»Mir ist übrigens etwas eingefallen, womit du deine reichen Russen begeistern könntest«, sagte Seraphine so unvermittelt, dass Flora ihr im ersten Moment nicht folgen konnte.

»Wie? Was …«

»Ich meine den Rat, den dein Vater dir gegeben hat! Das Theater, das man für die verwöhnte Kundschaft inszenieren muss. Ich hätte da eine Idee …« Seraphine legte eine kurze Sprechpause ein, die offensichtlich nur darauf angelegt war, Floras Interesse zu steigern. »Es geht um das Buch über die Blumensprache, das du mir im letzten Winter gezeigt hast«, fuhr sie fort, nachdem sie sich der Aufmerksamkeit ihrer Nichte sicher war. »Hast du inzwischen noch mehr zu diesem Thema gelesen?«

Flora runzelte die Stirn. »Wie meinst du das – noch mehr?«

»Ach Kind, zum Thema Blumen gibt es doch noch viel mehr Bücher! Hast du zum Beispiel schon einmal Balzacs Roman *Die Lilie im Tale* gelesen? Oder kennst du Goethes herrliche Blumengedichte? Diese Wortgewalten …«

Flora schüttelte den Kopf und lachte. »Die große Leserin warst immer nur du. Ehrlich gesagt habe ich lange gedacht, das Büchlein, das Mutter mir einst schenkte, sei das Einzige seiner Art …« Das gibts doch nicht, schoss es ihr plötzlich durch den Kopf. Da saß sie in ihrer Hochzeitsnacht mit Seraphine zusammen und schwadronierte über Blumenbücher! War das Seraphines Versuch, sie von ihren Ängsten abzulenken? Falls ja, war sich Flora noch nicht sicher, ob die Tante damit Erfolg hatte.

Seraphine hob missbilligend ihre Augenbrauen. »Scheinbar liegt dir doch nicht so viel an diesem Thema, wie ich dachte. Dabei warst du damals doch Feuer und Flamme! Ich erinnere mich noch genau, wie du uns ständig mit irgendwelchen Blumendeutungen in den Ohren gelegen bist.«

»Ja schon, aber …« Flora zuckte mit den Schultern. Worauf wollte die Tante hinaus?

»Mich hat das Thema nämlich nicht mehr losgelassen«, sagte Seraphine. »Aber hier im Dorf interessiert sich niemand für die Malerei oder Blumengedichte. Da dachte ich, wenigstens du …«

Flora hob die Hände in einer abwehrenden Geste. »Jetzt guck mich nicht so enttäuscht an. Ob dus glaubst oder nicht, vor lauter Arbeit habe ich die Blumensprache einfach aus den Augen verloren. Du sagst, es gibt noch mehr Bücher darüber? Die will ich unbedingt lesen!«

Seraphines Blick war bei Floras letzten Worten wieder versöhnlicher geworden. »Ich glaube, den Russen würde die Blumensymbolik gut gefallen – es heißt doch immer, sie seien ein so romantisches Volk. Blumen kann man schließlich überall kaufen, aber Blumen, die Geschichten erzählen oder die in Gedichten auftauchen, das wäre was Besonderes, verstehst du?«

»Damit magst du recht haben«, sagte Flora, doch ihre Stimme klang zweifelnd. »Ich hatte diesen Gedanken auch schon, ganz zu Anfang, aber mein lieber Schwiegervater kann mit der Sprache der Blumen leider nichts anfangen. Ganz im Gegenteil – er hat mir ziemlich deutlich zu verstehen gegeben, dass er es nicht schätzt, wenn ich die Kunden damit belästige. Er ist der Ansicht, die Blumensprache sei nicht eindeutig genug. Der eine deutet eine Wicke so, der nächste wieder anders – da könne es schnell zu unangenehmen Missverständnissen kommen.«

»Unrecht hat er damit nicht – im Orient gibt es tatsächlich eine andere Blumensymbolik als in Europa, wahrscheinlich gibt es sogar verschiedene Deutungen in jedem Land, keine Ahnung. Und für wie symbolhaft eine Blume gilt, hat auch immer mit der jeweiligen Zeit zu tun, in der der Verfasser eines Buches gelebt hat, so viel habe ich schon herausgefunden. Die alten Ägypter zum Beispiel …« Seraphine unterbrach sich. »Ich will dich nicht langweilen, war ja auch nur eine Idee. Es ist nur so – seit du damals mit dem Büchlein angekommen bist … Für mich war das wie der Schlüssel zu einer neuen Welt! Immer nur mit Sämereien zu tun zu haben ist manchmal ein wenig eintönig.«

Flora lachte. »Das brauchst du mir nicht zu sagen!« Seraphine beugte sich näher zu ihr. »Stell dir vor, derzeit lese ich ein wunderbares französisches Buch über die Blumensprache, das schon über fünfzig Jahre alt ist. Zum ersten Mal seit langer Zeit bin ich froh, dass ich Französisch gelernt habe«, fügte sie schmunzelnd hinzu.

»Als ich Friedrich erzählte, dass in unserer Dorfschule Französisch und sogar Englisch gelehrt wird, wollte er mir das gar nicht glauben. Ich erklärte ihm dann, dass das mit den Handelsreisen in alle Welt zu tun hat.«

Flora schüttelte den Kopf. »Dass du dich jetzt auch für die Blumensprache interessierst, hätte ich nicht gedacht.«

Seraphine lachte. »Es gibt eben noch mehr Menschen, die Blumen über alles lieben. Auch wenn sie ihre Liebe nicht so ausleben können wie du …«

## 29. Kapitel

Irgendwann im Laufe des Abends hatte es zu schneien begonnen. Als Friedrich und Flora in der Nacht schließlich Hand in Hand zum Gasthof Sonne stapften, waren die Straßen von jungfräulichem Schnee bedeckt und im Licht der noch vereinzelt brennenden Laternen tanzten die Flocken silbern in der Luft.

»Als ob wir die einzigen Menschen auf Gottes Erdboden wären«, flüsterte Flora fast andächtig angesichts ihrer einsamen Fußstapfen im Schnee.

»Hoppla, aufgepasst!«, sagte Friedrich, als Flora beinahe ausrutschte. Er ließ ihre Hand los und hakte sie mit festem Griff unter. »Nicht, dass du dir ausgerechnet heute Nacht ein Bein brichst! Da wäre der Spott gewiss groß.«

Friedrich trug Flora über die Schwelle – er habe irgendwann einmal gehört, dass dies der Ehe Glück bringen solle, meinte er. Doch kaum waren sie im Haus, da lehnte er sich gegen die geschlossene Tür.

»Das wäre geschafft!« Er zog eine Grimasse. »Hätte nicht gedacht, dass das so anstrengend ist.«

Flora versetzte ihm einen kleinen Schubs. »Meinst du das Tragen, die Hochzeitsfeier oder die Rutschpartie durch den Schnee?« Sie brachen beide in Kichern aus.

Zu ihrer Freude war das Zimmer, das die Sonnenwirtin für sie hergerichtet hatte, einigermaßen warm. Kerzen standen bereit, daneben lag ein Päckchen Streichhölzer, Käthe oder Emma hatten außerdem einen Teller mit Keksen und eine Karaffe Wein auf das Tischchen am Fenster gestellt.

Wie gemütlich alles wirkte! Flora seufzte. Vielleicht wurde alles doch gar nicht so schlimm.

»Als ob wir heute nicht genug zu essen und zu trinken bekommen hätten«, sagte Friedrich kopfschüttelnd.

»Einen Schluck Wein wirst du doch noch mit mir trinken, oder?« Fragend hielt Flora die Karaffe in die Höhe. Als Friedrich mit den Schultern zuckte, sagte sie: »Eigentlich ist es verrückt, aber wir beide haben heute am allerwenigsten miteinander zu tun gehabt, ständig wollte jemand was von uns. Aber das ist ja nun vorbei …« Während sie in jedes Glas zwei Fingerbreit einschenkte, legte Friedrich von hinten seine Arme um sie.

»Was für ein herrliches Fest! Ach Flora, ich bin der glücklichste Mann der Welt! Und deshalb ... da – für dich!«

Stirnrunzelnd schaute Flora auf das kleine Päckchen, das auf Friedrichs geöffneter Handfläche lag. »Noch ein Geschenk?«

»Was heißt hier *noch* ein Geschenk – von mir hast du doch noch gar nichts bekommen. Los, machs auf!«

Im Schein der Kerzen nestelte Flora an dem dünnen Papier, bis eine kleine Dose zum Vorschein kam. Vorsichtig öffnete sie den Deckel. Auf hellem Seidenpapier lag eine silberne Ansteckbrosche in der Form des Buchstabens F, besetzt mit silbern funkelnden Steinen.

»Das sind Markasitten«, erklärte Friedrich ihr. »Die sind zwar nicht so wertvoll wie Diamanten, aber sie glänzen auch sehr schön. Du trägst doch so gern Blumen am Revers. Mit der Brosche könntest du die Blumen feststecken ...«

»Wie wunderschön, tausend Dank!«, flüsterte Flora, die eine solche Buchstabenbrosche noch nie gesehen hatte. Während Flora sie im Kerzenlicht hin und her bewegte, um sich am Glanz der Steine zu erfreuen, bemerkte sie plötzlich die Stille, die sich zwischen sie und ihren Mann gedrängt hatte.

»Ich glaube, allmählich sollten wir ...«, begann Friedrich nach einem langen Moment.

Flora lachte verlegen auf. »Wahrscheinlich hast du recht ... Vielleicht könntest du die Ösen öffnen?« Sie wandte ihm ihren Rücken zu.

Umständlich machte sich Friedrich ans Werk. »Wie schön du bist«, sagte er, als Flora im Unterkleid vor ihm stand. »Ehrlich gesagt, ich bin ein bisschen aufgeregt. Es ... es ist auch für mich das erste Mal. Ich wollte es nicht mit irgendeiner ... ich wollte auf die Richtige warten ...«

»Ach Friedrich«, hauchte Flora. Das erste Mal auch für ihn? War das nun gut oder schlecht? So schwierig würde es schon nicht sein, sagte sie sich tapfer. Aber wie sollte sie nur in ihr zartrosa Nachtkleid kommen, ohne dass Friedrich sie dabei beobachtete?

Im nächsten Moment zog Friedrich sie in Richtung Bett.

»Du glaubst nicht, wie sehr ich mich auf diesen Augenblick gefreut habe«, flüsterte er, während er seine Hose auszog.

»Also, ich will dir nicht wehtun. Du musst es mir sagen, ja?« Er legte sich behutsam auf sie.

Flora war unfähig, ein Wort herauszubringen. Im Kerzenschein waren ihre Körper ein einziger großer Schatten an der Wand, der sich bewegte.

»Wie schön du bist ... So schön ...« Friedrichs Atem war warm vom Rotwein und kitzelte an ihrem Ohr. Seine Lippen waren fest, und einen Moment lang glaubte sie, seine Zunge zu spüren, doch dann war dieser Moment vorbei.

»Lass ihn einfach nur machen«, hatte die Mutter gesagt. Flora spreizte die Beine ein wenig. Dann hatte sie sein Knie zwischen ihren Schenkeln. Und dann etwas anderes. Etwas ... Hartes. Flora wusste, was *das* war. Schließlich war sie mit zwei Brüdern aufgewachsen.

»Soll ich?« Fragend schaute Friedrich sie an. »Ist es in Ordnung, wenn ich –«

Flora lachte leise auf. »Ach Friedrich, natürlich sollst du.«

Er stimmte in ihr Lachen ein, küsste sie erneut sanft auf die Lippen.

Danach ging alles recht schnell. Friedrich bewegte sich auf und ab, und Flora tat ein wenig das Kreuz dabei weh. Er flüsterte ihr noch ein paarmal ins Ohr, wie schön sie sei. Dann stöhnte er auf und wälzte sich von ihr.

»Mein Engel, du hast mich sehr glücklich gemacht!« Er küsste sie, schaute sie aus glänzenden Augen an.

»Du mich auch«, sagte Flora mit belegter Stimme.

Das sollte alles gewesen sein?

Kuckucksspucke, das konnte doch nicht sein! Oder?

Sie kuschelte sich an Friedrich, zog vorsichtig an der Bettdecke, in die er sich eingewickelt hatte. »Einen kleinen Zipfel davon brauche ich auch, wenn ich nicht in meiner Hochzeitsnacht erfrieren will.«

»Soll ich noch eine Decke holen? Oder etwas zu trinken? Ein Handtuch vielleicht? Auf dem Stuhl neben der Tür habe ich einen ganzen Stapel Handtücher gesehen.« Eilfertig sprang Friedrich auf.

Währenddessen lupfte Flora die Bettdecke. Oje, warum hatte sie nicht daran gedacht, zuvor ein Handtuch unterzulegen? Bestimmt war der Stapel auf dem Stuhl dafür gedacht gewesen …

Vorsichtig tastete sie sich mit ihrer Hand ab. Es ziepte ein wenig, richtig weh tat es aber nicht. Vorhin auch nicht, als Friedrich …

Da hatte Hannah wieder einmal recht gehabt – es war wirklich alles nur halb so schlimm.

Nun war sie also eine richtige Frau. Sehr viel anders als zuvor fühlte sie sich jedoch nicht.

Flora nahm Friedrich das Handtuch ab, dann hob sie für ihn die Bettdecke. Als sein ausgekühlter Körper den ihren berührte, zuckte sie kurz zusammen.

»Was für ein Tag.« Friedrich gähnte. »Ich bin furchtbar müde …«

Flora lächelte. »Sag mal, fandest du die Zwillinge mit ihrem anzüglichen Trinklied auch so unmöglich? Was muss nur deine Mutter gedacht haben! Friedrich?«

Doch außer einem Schnarchen bekam sie in dieser Nacht keine Antwort mehr.

## 30. Kapitel

Zwei Tage nach der Hochzeitsfeier reiste das junge Ehepaar zusammen mit Friedrichs Eltern zurück nach Baden-Baden. Natürlich gab es Tränen. Und natürlich hätte sich Flora mit ihren Eltern, Suse und all den anderen noch so viel mehr zu erzählen gehabt!

Aber Helmut und Hannah waren mit ihren Gedanken schon halb in Böhmen. Vor allem Hannah freute sich, ihren Mann endlich wieder einmal begleiten zu können, und schwärmte von der Vertrautheit, die jedes Mal auf den oft abenteuerlichen und nicht ganz ungefährlichen Reisen zwischen ihr und Helmut entstand. Valentin hingegen war froh, seinem Rücken, der ihn schon lange plagte, daheim etwas Ruhe gönnen zu können.

Diese Regelung war dadurch möglich geworden, dass Flora den Baden-Badener Samenstrich in diesem Jahr allein bearbeiten würde, was ihr insgeheim ziemliche Bauchschmerzen bereitete. Würden die Kunden bei ihr genauso gut einkaufen wie bei Hannah?

Trotzdem freute sich Flora auf die Stadt. Sie konnte es kaum erwarten, das »Nest« zu begutachten, das Friedrich für sie beide geschaffen hatte.

Nachdem Seraphine ihr in Bezug auf die Blumensprache einen Floh ins Ohr gesetzt hatte, brannte Flora außerdem darauf, mehr Material zu diesem Thema zu sammeln. Friedrich, dem sie schon von ihren Plänen erzählt hatte, wollte sie sobald wie möglich in die Bibliothek begleiten. Er riet ihr jedoch, dem von Natur aus eher skeptischen Kuno vorerst nichts von ihren Ideen zu erzählen, was Flora nicht gerade schwerfiel – schließlich war sie selbst sich ihrer Sache alles andere als sicher.

Konnte es ihr tatsächlich gelingen, mit Hilfe der Blumensprache die Kurgäste in den Laden zu locken? Oder stellten sich Seraphine und der Vater das mit dem »großen Theater für die Kurgäste« zu einfach vor?

In Baden-Baden angekommen, war Flora begeistert von den beiden Zimmern, die sie fortan mit ihrem Ehemann bewohnen würde: Das Ehebett und ein großer Schrank standen in Sybilles einstiger Kammer, aus seinem alten Zimmer hatte Friedrich eine Art gute Stube gemacht, mit einem Flickenteppich auf dem Boden und zwei Blumenbildern an der Wand über einem alten Sofa.

»Endlich habe ich wieder meine Ruhe«, sagte Sabine grimmig, während sie Flora half, ihre Sachen in Friedrichs Schrank zu verstauen. Aber Flora kannte die Magd gut genug, um zu erkennen, dass ihr nicht wohl war beim Gedanken, Flora nun zur »Herrin« zu haben.

Sie legte einen Arm um Sabines Schulter. »Dass ich fortan ein Stockwerk tiefer wohne, ist das Einzige, was sich zwischen uns ändert. Wehe, du rufst mich jetzt Frau Sonnenschein! Für dich bin und bleibe ich Flora.«

»Meinst du? Ich kann doch nicht –«

»Doch du kannst! Lass uns einfach keinen großen Aufstand darum machen, in Ordnung?«

Erleichtert begab sich die Magd nach diesem Gespräch in die Küche und Flora ging ebenso erleichtert in den Laden.

Auch nach ihrer Heirat blieben Flora und Friedrich beste Freunde, und dementsprechend gut funktionierte das Zusammenleben. Jetzt im Winter war Friedrichs Anwesenheit in der Trinkhalle nicht ständig gefragt, er machte zwar täglich mehrere Kontrollgänge, um sicherzugehen, dass sich dort keine Landstreicher einnisteten, aber alles in allem hatte er viel mehr freie Zeit als während der Kursaison. Wenn es nach ihm gegangen wäre, hätten er und Flora einen noch viel größeren Teil davon im Bett verbracht, denn mit jeder Liebesnacht schwand die Unbeholfenheit der beiden ein wenig mehr, bei jedem Liebesakt wurde das Paar miteinander vertrauter, ihre Bewegungen sicherer. Bald wusste Friedrich, dass Flora es zwar genoss, wenn er ihre Brüste streichelte, ihn aber abwehrte, wenn er diese zu küssen versuchte. Und Flora lernte schnell, dass Friedrich ein wenig Hilfe dabei gebrauchen konnte, seinen Weg zu finden, dass sie danach aber am besten ganz still lag.

So fühlte es sich also an, Mann und Frau zu sein …

Beide genossen die zärtlichen Stunden dieser langen, dunklen Winternächte, aber kaum wurde es morgens hell, schwang Flora unternehmungslustig die Beine aus dem Bett.

Vielen der Gärtner, die sie im Winter zuvor mit der Mutter besucht hatte, war Flora im Laufe der Zeit immer wieder einmal auf der Straße begegnet. Man kannte sich, grüßte und wechselte ein paar Worte. Daher wussten die meisten, dass sie in den Blumenladen Sonnenschein eingeheiratet hatte. Dass sie nun gleichzeitig auch als Tochter der Samenhändlerfamilie Kerner aus Gönningen unterwegs war, schien die Leute nicht allzu sehr zu verwirren.

»Hauptsache, ich kann wie gewohnt meine Sämereien bestellen«, sagte der Gärtner des Holländerhofes.

Und Gärtner Flumm bemerkte, nachdem er seine Bestellung losgeworden war: »Ich hätte ein Dutzend besonders schöne Orchideenpflanzen anzubieten. Eigentlich sind die fürs Maison Kuttner gedacht, aber von mir aus kannst du sie haben.«

Sehnsuchtsvoll lugte Flora auf die Töpfe mit den rosafarbenen Schönheiten. »Ich befürchte, so etwas Exklusives können wir uns noch nicht leisten.«

Aber immerhin blühte ihr Samenhandel – nach einer betriebsamen Woche konnte sie einen dicken Packen Bestellzettel in einen Umschlag stecken und nach Gönningen schicken.

Als Flora Baden-Baden Anfang Oktober verlassen hatte, war die Stadt von der hektischen Betriebsamkeit der abreisenden Gäste erfüllt gewesen.

Nun, zu Beginn des neuen Jahres, waren die Straßen wie leergefegt. An Blumen dachten nur die wenigsten. Genügend Kartoffeln im Keller, Kohle und Holz für die Öfen – solche Dinge waren lebensnotwendig, Besuche im Blumenladen konnte man sich hingegen sparen.

Nie hätte Flora geglaubt, dass ein Tag sich so lang hinziehen konnte. Aus lauter Langeweile räumte sie Schubladen auf oder sortierte diverses Material. Oder sie putzte die Fenster. Jetzt im Winter, wenn es draußen kalt, im Laden dank des kleinen Kohleofens jedoch kuschelig warm war, beschlugen die Fensterscheiben schneller, als Flora sie trockenwischen konnte. Woran sie fast verzweifelte – wie sollte sie Passanten in den Laden locken, wenn diese ihre Schaufensterdekoration gar nicht sehen konnten?

Kuno, der an diversen Zipperlein litt, ließ sich zu Floras Verdruss nur selten im Laden blicken. Dabei hatte sie gehofft, so bald wie möglich ein paar Stunden freie Zeit zu haben, um in die Bibliothek gehen zu können. Mit einem Stapel Bücher hätte sie sich die langen Stunden im Geschäft bestimmt besser vertrieben.

Doch meist holte Kuno morgens nur kurz seine Zeitung aus dem Laden und kam erst gegen fünf Uhr noch einmal zurück, um abzuschließen. Während der Zeit dazwischen hielt er immer wieder ein Nickerchen und ging trotzdem oftmals schon vor dem Abendessen ins Bett.

Wie kann ein Mensch nur so viel schlafen?, fragte sich Flora. Das war doch nicht normal! Außer ihr schien sich jedoch niemand Sorgen zu machen, alle nahmen Kunos Kränkeln in den Wintermonaten als gegeben hin.

Natürlich machte sich der magere Umsatz auch beim Speiseplan der Familie bemerkbar – Ernestine hatte ihre liebe Mühe, sich immer neue günstige Gerichte auszudenken. Es war zwar nicht so, dass die Familie regelrecht Hunger litt, aber viel fehlte dazu nicht.

Diese verflixten Saisongeschäfte!, ging es Flora mehr als einmal durch den Kopf, während sie im Laden auf Kundschaft wartete. Bei ihnen in Gönningen war es ja nicht anders – auch bei den Samenhändlern musste das Geld, das während der Verkaufsreisen im Herbst und Winter eingenommen wurde, für den Rest des Jahres reichen. Wehe dem, der es nicht schaffte, etwas auf die Seite zu legen!

An einem besonders trüben Januarmorgen war Flora gerade lustlos beim Blumengießen, als vor dem Laden plötzlich Gekicher ertönte. Mehrere Schatten erschienen vor der beschlagenen

Fensterscheibe, dann wurde die Ladentür so schwungvoll aufgerissen, dass das Glöckchen bis an die Decke hinaufsprang.

Die Schürzenmädchen des Maison Kuttner!

Floras Herzschlag verdoppelte sich abrupt, und ihr lief es abwechselnd heiß und kalt über den Rücken, als sie daran dachte, was sie den Frauen kurz vor ihrer Abreise nach Gönningen so vollmundig zugerufen hatte. Kuckucksspucke – damals hatte sie doch nicht ahnen können, dass sie und Friedrich …

»Da ist sie ja, die gnädige Frau Sonnenschein, inmitten all ihrer großartigen Überraschungen. Ich muss schon sagen, ich bin sehr beeindruckt!«, sagte die Anführerin und schaute sich mit übertrieben aufgerissenen Augen im Laden um.

Flora konnte nicht anders, als ihrem Blick zu folgen. Da waren die Eimer mit den einsamen Nelkensträußen, dem Tannengrün und den vorgetriebenen Apfelzweigen, die bisher noch nicht richtig blühen wollten. An der Decke die Büschel mit den Trockenkräutern und Trockenblumen, im Laden verteilt die magere Auswahl an Topfblumen. Im düsteren Licht der Ölfunzel sah dies alles mehr als ärmlich aus.

»Wahrscheinlich bin ich ein bisschen schwer von Begriff«, sagte die Anführerin zu ihren beiden Begleiterinnen, »aber eines ist mir noch nicht ganz klar … Mit welchen großartigen Geschäftsideen will unsere kleine Waldschänderin in diesem Winter wohl die Kundschaft beglücken?«

Flora biss sich auf die Lippen. Das hatte sie nun von ihrem Getöse! Am liebsten hätte sie die Weibsbilder eigenhändig aus dem Laden geworfen.

»Das ist doch ganz einfach«, erwiderte eins der Blumenmädchen. »Flora Sonnenschein führt hier eine besonders ausführliche Technik des Däumchendrehens vor.«

Schadenfroh kichernd rannten die Verkäuferinnen des Maison Kuttner aus dem Laden. Die Tür ließen sie einfach offen stehen.

Flora holte tief Luft. Nun reichte es!

Es war schlimm genug, dass sie sich solch dumme Reden überhaupt anhören musste.

Aber weitaus schlimmer war, dass die Weibsbilder auch noch recht hatten.

Mit wenigen Schritten war sie an der Ladentür und schloss diese ab. Dann rannte sie nach hinten in die Wohnung.

Sie traf Friedrich in der Küche an, wo er nass gewordene Lederstiefel mit Zeitungspapier ausstopfte.

»Friedrich, wir müssen etwas unternehmen! Es ist höchste Zeit, dass jemand diesen arroganten Verkäuferinnen vom Maison Kuttner die Stirn bietet.«

»Hier im Lesekabinett kannst du dir ausleihen, was du möchtest, aber wenn dir ein Buch besonders gut gefällt, kannst du es auch kaufen«, sagte Friedrich und stieß schwungvoll die Eingangstür zum Conversationshaus auf.

Während sie in Richtung des Lesekabinetts schritten, warf Flora einen verstohlenen Blick durch die Glasscheiben der Tür, die ins Casino führte. Was für prächtige Kandelaber! Und wie schön die Wände glänzten – das war bestimmt reine Seide.

Sie biss sich auf die Lippen. Eigentlich waren sie ja wegen der Bücher gekommen, aber wenn sie schon mal hier herumliefen …

»Du, Friedrich«, flüsterte sie, »was würdest du davon halten, wenn wir –«

»Ins Casino gehen?«, unterbrach er sie lachend. »Und mein schwer verdientes Geld beim Roulette verlieren, statt dir davon ein schönes Buch zu kaufen? Nichts da!«

Folgsam tappte Flora hinter ihrem Mann her.

Kurze Zeit später kam sie aus dem Staunen nicht mehr heraus. Die Marx'sche Hofbuchhandlung stand dem Casino in fast nichts nach. Die Atmosphäre war gediegen und edel, der ganze Raum duftete nach Parfüm und Rasierwasser und dem großen Rosenstrauß, der in einem silbernen Sektkühler neben der Kasse stand und eindeutig die Handschrift des Maison Kuttner trug.

Flora war begeistert. Mit den verstaubten Buchläden, die sie aus Reutlingen kannte, hatte dieses Geschäft hier gar nichts gemein!

»Da vorn steht eine der beiden Schwestern, die das Lesekabinett betreiben.« Friedrich wies mit dem Kinn hinüber. »Ihr kannst du deine Wünsche mitteilen, ich bin derweil hinten bei den Büchern über Archäologie.«

Doch als Flora die Dame fragte, ob sie auch Bücher über Blumen habe, erntete sie nur einen irritierten Blick. Welche Art Bücher Flora denn meine – botanische Bestimmungsbücher? Romane? Goethes Blumengedichte? Oder wolle die junge Dame erbauliche Geschichten lesen wie die vom eitlen Narziss, der den gelben Frühjahrsblühern seinen Namen gegeben hatte? Natürlich habe man auch orientalische Werke und Stundenbücher mit hübschen Blumenzeichnungen, fügte die Dame hinzu.

Flora hatte es völlig die Sprache verschlagen.

Auf leisen Sohlen huschte die Bibliothekarin davon und kam kurze Zeit später mit einem dicken Bücherstapel zurück. Flora möge doch bitte selbst entscheiden, was ihr zupasskäme.

Flora lachte leicht hysterisch auf. Kuckucksspucke, wenn das Seraphine sehen könnte …

*… alljährlich feierten die Römer zwischen den Tagen vom 28. April und dem dritten Mai »Floralia«, ein heiteres Frühlingsfest zu Ehren der Beschützerin der Gärten …*

Das war ja spannend! Flora war so tief in ihr Buch versunken, dass sie die lauten Stimmen vor dem Conversationshaus kaum wahrnahm. Erst als immer mehr Büchereibesucher an die Fenster traten und hinausschauten, hob auch sie den Kopf.

Eine Männerstimme war zu hören, laut und aufgeregt, vielleicht auch betrunken, mal jammernd, dann wieder laute Schreie ausstoßend. Ein zweiter Mann schien hektisch auf den ersten Mann einzureden.

»Wahrscheinlich Russen«, murmelte eine der Damen am Fenster. »Worum es da wohl geht?«

»Ums Geld natürlich!«, sagte die Frau neben ihr. »Beide kamen aus der Spielbank, ich habs genau gesehen.«

»Er zieht eine Pistole!«, schrie im selben Moment eine andere Besucherin. »*Mon Dieu*! Er will sich umbringen!«

Mit einem Satz war auch Flora am Fenster.

»Siehst du nun, warum ich so gegen das Glücksspiel bin? Manche von den Kurgästen sind derart süchtig nach Roulette und Kartenspiel, dass sie sogar den Winter über hierbleiben. Nur um in der Nähe der Spielbank zu sein, das muss man sich einmal vorstellen! Und dann passieren solche Dinge«, sagte Friedrich, als er und Flora einige Zeit später mit einem dicken Bücherstapel in Richtung Stephanienstraße liefen.

»Der arme Teufel hat wahrscheinlich sein ganzes Hab und Gut verspielt und steht nun mit leeren Taschen da.«

Flora schwieg betroffen. Noch immer saß ihr die Szene vor dem Fenster in den Knochen. Wie der Mann mit seiner Pistole herumgefuchtelt hatte! Hatte er wirklich vorgehabt, sich zu töten?

Nach einer Zeit, die Flora wie eine Ewigkeit vorgekommen war, hatte sich der Unglücksvogel von seinem Kameraden wegführen lassen, die Pistole noch immer fest umklammert.

»Er wird es doch nicht noch einmal versuchen?«

Friedrich zuckte mit den Schultern. »Er wäre nicht der Erste – manch einem erscheint ein Leben als armer Mann im Jenseits verheißungsvoller als auf dieser Erde.«

Hätte jemand Flora ein halbes Jahr zuvor erzählt, dass aus ihr einmal eine leidenschaftliche Leserin werden würde, hätte sie laut aufgelacht. In ihrer Familie wurde abends Karten gespielt oder man sang zusammen, vertrieb sich die Zeit mit Handarbeiten oder ging ins Wirtshaus. Lediglich Seraphine traf man häufig mit einem Buch an – meist waren es langweilige Gedichte, mit denen sonst niemand etwas anfangen konnte.

Nun aber verbrachte Flora die langen Stunden im Laden

voller Begeisterung mit dem dicken Bücherstapel aus der Hofbuchhandlung. Wenn ihr etwas besonders gut gefiel, klappte sie ihr eilig gekauftes Notizbuch auf und schrieb die jeweilige Passage ab. Gedichte, kluge Sätze, ungewöhnliche Blumendeutungen – mit jedem Tag füllten sich so die Seiten ihrer Kladde immer mehr.

Auch die Abende waren dem Lesen vorbehalten. Eigentlich hatte Flora gedacht, Friedrich und sie würden sich dafür in ihrem Zimmer aufs Sofa setzen. Wie gern hätte sie sich dabei in seine Arme gekuschelt! Aber Friedrich meinte, es sei Geldverschwendung, in zwei Zimmern Kerzen brennen zu lassen. Das leuchtete Flora natürlich ein.

Also saßen alle vier Sonnenscheins fast jeden Abend einträchtig beieinander, ein jeder vertieft in seine Lieblingslektüre: Friedrich bevorzugte Bücher über Archäologie und Ausgrabungen, Kuno und Ernestine die wöchentlich erscheinende Zeitschrift *Die Gartenlaube*.

Der Fortsetzungsroman, den Kuno so liebte, handelte diesmal von einem Gefangenen, dessen Prozess sich ewig hinzog. Kuno fand dies äußerst spannend. Gern erzählte er Friedrich und Flora ausschweifend von der neuesten Entwicklung, ließ dabei jedoch oft wichtige Details aus, sodass Flora nach Wochen immer noch nicht wusste, warum der arme Mann überhaupt eingesperrt worden war.

Dass eines Tages *sie* es sein würde, die andere Leute mit Auszügen aus ihrer Lektüre langweilen würde – auch das hätte sich Flora bisher nicht vorstellen können.

»Friedrich, wusstest du, dass man schon im antiken Griechenland Blumenschmuck in Räumen verteilte? Die Leute glaubten, im Duft der Blüten die Anwesenheit der Götter zu spüren. Das antike Griechenland – wann war das eigentlich?«

»Ich glaube, damit sind die Jahrhunderte vor der Geburt Christi gemeint«, murmelte Friedrich, ohne von seinem eigenen Buch aufzuschauen.

»Aha«, sagte Flora. Gleich darauf plapperte sie weiter: »Stell dir vor, auch die Ägypter hatten eine ungewöhnliche Beziehung zu Blumen, bei ihnen waren Blumenbinder hochangesehene Leute. Da stehts!« Sie tippte auf ihre aufgeschlagene Buchseite.

»Jetzt interessierst du dich also auch noch für die alten Ägypter …« Ernestine schüttelte fast missbilligend den Kopf, dann deutete sie auf den Kalender an der Wand. »Heute ist Lichtmess – endlich! Von jetzt an werden die Tage merklich länger, bald können wir wieder bei Tageslicht zu Abend essen.«

»›An Lichtmess die Magd die Spindel vergess, der Knecht ein Stück Brot mehr ess‹ – so ähnlich lautet eine alte Bauernregel, nicht wahr?« Kuno lächelte seine Frau an.

Flora schaute von einem zum anderen. »Euch scheinen meine Erkenntnisse nicht sehr zu interessieren!«

»Ach Kind«, erwiderte Ernestine, »wenn du ständig vor dich hin plapperst, kann ich mich gar nicht auf meine eigene Lektüre konzentrieren. Und ehrlich gesagt finde ich diese ewigen Blumenbeschreibungen auch ein wenig langatmig.«

Flora schaute ihre Schwiegermutter ärgerlich an. Wie konnte man nur so wenig Sinn für Poesie haben?

Friedrich grinste nur.

Kuno nahm seine Lesebrille ab. Nur mühsam ein Gähnen unterdrückend, wünschte er eine gute Nacht. »Für euch wirds auch bald Zeit, nicht, dass ihr mir noch eine Kerze anzündet!«

»Du gehst schon zu Bett? Ich wollte dir doch noch erzählen, was ich gestern gelesen habe …«, sagte Flora.

»Und das wäre?«, fragte Kuno und unterdrückte offenbar ein Seufzen. Sein Blick wanderte in Richtung Treppe, als könne er es nicht erwarten, endlich ins Bett zu kommen.

Flora holte tief Luft – jetzt galts! »Es geht um die Blumensprache. Wusstest du, dass die Blumenläden früher, vor allem in Paris, ihrer Kundschaft kleine Heftchen mitgaben, in denen etwas über die Blumensymbolik stand? Man hat das gemacht, um Missverständnisse zu vermeiden. Wäre das nichts für uns?«

Kuno verzog das Gesicht. »Fängst du schon wieder damit an?

Also, ich verstehe wirklich nicht, was du an dem alten Kram findest, du bist doch sonst so fortschrittlich!«

»Romantische Gefühle sind kein alter Kram«, erwiderte Flora heftig.

Kuno Sonnenschein winkte ab. »Nenn es, wie du willst, aber wehe, du kommst mir mit all dem …« – seine Hand fuchtelte in Richtung von Floras Büchern – »im Laden an. Wir wollen Blumen verkaufen, mehr nicht. Von Goethe und Balzac wollen unsere Kunden gewiss nichts hören! Und was die Blumensprache angeht, kennst du meine Meinung ebenfalls.«

»Ja, aber –« Hilfesuchend schaute Flora zu Friedrich hinüber, doch der zuckte nur mit den Schultern und sagte: »Es ist nicht jeder so wissbegierig wie du.«

»Aber wenn wir diese kleinen Geschichten verbreiten, würden wir uns von den anderen abheben! Vielleicht könnten wir mit Hilfe der Blumensprache in der kommenden Saison neue Kunden gewinnen. Das Maison Kuttner –«

Kuno schaute Flora streng an und fuhr ihr über den Mund: »Schluss jetzt! Ich sags ein letztes Mal: Ich will davon nichts mehr hören. Als ob ich nicht genügend andere Sorgen hätte. Die vielen Rechnungen, das Haushaltsgeld, die hohen Steuern … Geld für Heizmaterial und so weiter – *das* sind Sorgen! Und du kommst mir mit so was.« Er funkelte Flora immer noch an.

»Aber …« Wenn das Geschäft besser läuft, wären diese Sorgen doch ausgestanden, wollte Flora sagen, doch Kuno schnitt ihr erneut das Wort ab.

»Kein Aber. Ich wünsche eine gute Nacht.«

## 31. Kapitel

Kuno Sonnenschein sollte nicht mehr erleben, wie die Tage nach Lichtmess wieder länger wurden – er schlief in dieser Nacht für immer ein.

Ernestines Schrei gellte am Morgen des dritten Februar durch den Flur. Innerhalb kürzester Zeit hatten sich alle Hausbewohner um das Bett des leblosen Kuno versammelt – fassungslos, entsetzt, ungläubig. Ernestine rüttelte am Arm ihres Mannes, rief, er möge derlei unziemliche Scherze unterlassen. Flora murmelte, sie wolle ihm nie mehr mit der Blumensprache kommen, aber er möge doch jetzt bitte, bitte wieder aufwachen.

Erst als der von Friedrich herbeigerufene Arzt den Tod des Hausherrn – Herzversagen, was bei Männern in diesem Alter leider nichts Ungewöhnliches wäre – bestätigte, sickerte die schreckliche Wahrheit allmählich ins Bewusstsein der Familie.

In den nächsten Tagen stand die Ladenglocke nicht mehr still. Else Walbusch, Gretel Grün und viele andere Nachbarn kamen zum Kondolieren.

Mit zitternden Händen band Flora den Trauerkranz für Kunos Beerdigung. Die Wintersonne fiel durchs Fenster und warf ihre Strahlen direkt auf Floras Arbeitsplatz. Einen unheimlichen Moment lang kam es ihr so vor, als würde Kuno sie vom Himmel aus bei ihrer Arbeit im Auge behalten. Unwillkürlich kontrollierte sie, ob auch jedes Zweiglein sauber ans nächste gebunden war.

Sie war gerade dabei, ein Bukett aus weißen Rosen auf dem Kranz zu befestigen, als der Postbote mit der neuesten Ausgabe der *Gartenlaube* daherkam. Kaum war der Mann wieder verschwunden, heulte Flora los.

Wie sehr hatte sich Kuno immer über die wöchentliche Zeitungslieferung gefreut! Nun würde er nicht mehr erfahren, wie es mit dem Gefangenen in seinem Fortsetzungsroman weiterging …

Freudlos starrte Sabine auf den Berg von Kartoffeln, den sie noch zu schälen hatte. Kartoffeln zum Mittagessen, Kartoffeln fürs Essen am Abend – wenn es so weiterging, würden ihnen die Kartoffeln bald aus den Ohren kommen!

Besser das, als gar nichts zu essen zu haben. Mit einem tiefen Seufzer nahm die Magd das Messer wieder auf, als ein Schatten in der Tür erschien.

»Flora!« Erschrocken zuckte Sabine zusammen. Himmel, war es schon so spät? Sie hatte noch nicht einmal die Kartoffeln aufgestellt!

»Ich hab früher zugemacht«, sagte Flora und ließ sich auf einen der Stühle fallen. »Es kommt doch eh niemand. Außer Herrn Schierstiefel war heute keine Menschenseele im Laden.«

Sabine biss sich auf die Unterlippe. Wieder einer dieser Tage …

In der ersten Zeit nach Kuno Sonnenscheins Tod hatte Flora die Zurückhaltung der Kunden als ein Zeichen von Pietät gewertet. Aber inzwischen lag die Beerdigung drei Wochen zurück, und die Kundschaft kam noch immer nicht wieder!

»Keine Kunden, keine Einnahmen – so einfach ist das. Und Geld, um Blumen zu kaufen, habe ich auch nicht mehr.« Flora seufzte. »Wenn es demnächst die ersten Frühblüher gibt, bleibt mir wahrscheinlich nichts anderes übrig, als bei Flumm anschreiben zu lassen. Ach, Kuckucksspucke! Am besten mache ich den Laden zu und suche mir irgendwo eine Arbeit als Magd.«

Sabine hob die Augenbrauen. »Was sagt denn dein Mann zu alldem?« Sie nickte in Richtung der guten Stube.

Wie jeden Abend war der junge Herr nach seiner Rückkehr aus der Trinkhalle sofort zu seiner Mutter gegangen. Seit dem Tod ihres Mannes hatte die gnädige Frau ihre Sprache verloren. Gleichgültig, was Friedrich und Flora versuchten – bisher war es ihnen nicht gelungen, die Witwe aus ihrem Kokon aus Trauer herauszuholen. Es war ja sehr freundlich von Friedrich, sich so um seine Mutter zu kümmern, aber hatte seine Frau nicht auch ein bisschen Zuspruch verdient?, fragte sich die Magd ärgerlich.

»Friedrich … Nun, eine große Hilfe ist er mir nicht.« Flora lachte traurig auf. »Wenn erst einmal der Frühling da ist, haben die Leute wieder mehr Lust auf Blumen, meint er.« Mit flackerndem Blick starrte sie Sabine an. »Und was, wenn nicht?« Sie schlug die Hände vors Gesicht.

Hilflos strich Sabine dem Häuflein Elend über den Rücken.

»Was bin ich nur für eine dumme Kuh! Als ob vom Weinen je etwas besser geworden wäre«, schluchzte Flora.

Sabine hielt ihr einen Apfel entgegen. »Jetzt iss erst mal was, wenn ich sehe, wie blass und elend du aussiehst, bekomme ich richtig Angst!«

Als Flora nur den Kopf schüttelte, schnappte Sabine ihr Messer und teilte den Apfel in Spalten. Dann fütterte sie die Freundin wie ein kleines Kind. Nach kurzer Zeit konnte sie mit Genugtuung feststellen, dass ein Hauch von Farbe auf Floras blassen Wangen erschien.

»Ich finde, du solltest allmählich deine Schwiegermutter in deine Sorgen einweihen. Ich meine – hat sie nicht sogar ein Recht darauf, über den Ernst der Lage Bescheid zu wissen?« Schonzeit hin oder her – sahen Flora und Friedrich nicht, dass Ernestine von Tag zu Tag nur noch tiefer in ihrer Trauer versank?

»Als früher das Geld knapp war, hat die gnädige Frau mir wenigstens noch dabei geholfen, ein bisschen Abwechslung auf den Tisch zu bringen. Im Augenblick kümmert es sie wohl nicht mehr, wie ich mit dem bisschen Geld, das dein Mann mir gibt, zurechtkomme.« Wütend hievte Sabine den Topf mit den Kartoffeln auf den Herd.

»Ernestine trauert so sehr! Und da soll ich sie noch mehr belasten? Davon abgesehen – wie könnte ausgerechnet *sie* mir im Laden helfen?«, kam es mutlos von Flora. »Was das Haushaltsgeld betrifft – ich kann dir was geben. Zur Hochzeit habe ich Geld geschenkt bekommen, Friedrich weiß nichts davon, meine Mutter meinte, ich solle es als Notgroschen für schlechte Zeiten aufheben.«

»Und wann sollen die sein, wenn nicht jetzt?«, fragte Sabine und lachte auf. »Ich hoffe doch sehr, du rückst ein bisschen davon heraus!«

Auch über Floras Gesicht ging ein Lächeln, dann sprang sie aus der Küche und kam kurze Zeit später mit einer großen ledernen Geldkatze zurück.

Nachdem Flora Sabine ein paar Münzen für die Haushaltskasse gegeben hatte, trat diese etwas froher gestimmt wieder an den Herd und pikste probeweise in eine Kartoffel.

»Immer diese verflixten Geldsorgen! Einen Goldesel müsste man haben. Oder in der Spielbank eine Million Goldmark gewinnen. Dann würde ich täglich ein Hühnchen für euch braten und Schinken und feine Pasteten noch dazu und nicht immer nur Rüben und Kartoffeln.« Seufzend legte sie den Deckel wieder auf den Topf.

Statt zu antworten, starrte Flora gedankenverloren auf ihre Geldkatze.

»Das Spielcasino ... Einen Versuch wäre es sicher wert.«

»Bist du völlig verrückt geworden? Himmel noch mal, Flora, ich hab doch nur einen Scherz gemacht! Bitte sag, dass du nicht allen Ernstes daran denkst, dein gutes Geld –« Sabine brach abrupt ab, als sie Floras Blick sah. Dieses Funkeln kannte sie nur zu gut. Es blitzte immer dann auf, wenn sich Flora etwas in den Kopf gesetzt hatte und nicht mehr davon abzubringen war.

Einen Hut von Ernestine auf dem Kopf, die Krempe tief in die Stirn gezogen, Ernestines schwarzen Umhang übergeworfen, eilte Flora durch die Gassen in Richtung Casino, die Geldkatze fest im Griff.

Sie hatte nur zwei Stunden Zeit – wenn es ihr gelang, bis zum Abendessen wieder zu Hause zu sein, würde Friedrich nicht einmal merken, dass sie das Haus verlassen hatte.

Unter niedergeschlagenen Lidern linste sie die Straße entlang. Das Wetter war schlecht, die meisten Leute blieben in ihren Häusern. Nur Sabines Freund, der Schlachter Semmel, trug gerade einen Eimer über den Hof. Zwei Straßenköter hüpften an ihm hoch. Hoffentlich erkennt er mich nicht, dachte Flora bang.

In dem Moment schaute der Mann zu ihr herüber. Er grüßte sie kurz, dann wandte er sich wieder den aufdringlichen Hunden zu.

Hatte er sie nun erkannt? Hoffentlich nicht.

Zwei Stunden Zeit. Danach war sie entweder eine wohlhabende Frau und ihre Sorgen los. Oder –

Zwei Stunden Zeit, um im Spielcasino »den großen Wurf« zu landen. Es würde ihr ja schon genügen, ihr Geld zu verdoppeln! Einen Teil davon würde sie natürlich Sabine geben. Und von dem Rest wollte sie richtig schöne Blumen kaufen.

Das Conversationshaus kam in Sicht und Floras Tagträume lösten sich in der winterlichen Luft auf.

Zwei Stunden Zeit – dabei hatte sie in ihrem ganzen Leben das Spielcasino noch nicht einmal von innen gesehen.

Ihren ganzen Mut zusammennehmend, drückte Flora die Tür zum Spielsaal auf.

Eine Zeit lang tappte sie ziellos durch den in Zigarrenqualm gehüllten Raum. Es waren höchstens zwei Dutzend Gäste da, vornehmlich ältere Herren, dazu ein paar Damen, die Sekt tranken und sich mit Fächern Luft zuwedelten.

Erleichtert, nirgendwo ein bekanntes Gesicht zu sehen, postierte sich Flora hinter einem der Roulettetische. Das Spiel erschien ihr nicht allzu kompliziert – noch während die Spieler damit beschäftigt waren, ihre Jetons zu setzen, brachte der Croupier die Roulettescheibe in Bewegung. Dann warf er eine Kugel gegen die Drehrichtung auf die Scheibe. »*Rien ne va plus!*«, rief er in die Runde und alle Gäste rings um den Tisch schienen den Atem anzuhalten. Die Kugel rollte und rollte, holperte und polterte für ein Weilchen. Erst nachdem sie in einem der Fächer zum Stillstand gekommen war, nannte der Croupier laut die Gewinnzahl und deren Farbe.

Nachdem Flora eine Weile zugeschaut hatte, beschloss sie,

hier ihr Glück zu versuchen. Im Voraus die richtige Zahl zu erahnen erschien ihr zwar als extrem großes Risiko, aber auf eine Farbe zu setzen, traute sie sich zu.

Rot waren die schönsten Tulpen aus Gönningen, rot waren Rosen, rot war auch die Farbe der Liebe.

»*Faites vos jeux*«, sagte der Croupier mit regloser Miene.

Mit zittrigen Fingern öffnete Flora ihre Geldkatze, dann legte sie all ihre zuvor eingetauschten Jetons auf –

»Rot!« Vor Aufregung überschlug sich fast ihre Stimme.

*Bitte lieber Gott, bitte …*

Die Hände wie zum Gebet gefaltet, starrte Flora mit angehaltenem Atem auf die rollende Kugel.

*Bitte, lieber Gott, bitte …*

Schwarz, rot, schwarz, die Kugel wurde langsamer, schwarz, sie holperte ein wenig, hüpfte über einige Zahlen, verlor immer mehr an Bewegung, und blieb schließlich liegen auf … Rot!

»*Numéro trois, rouge!*« Der Croupier zeigte mit seinem Rechen auf die Nummer drei.

Flora konnte ihr Glück nicht fassen. Ungläubig starrte sie auf die Jetons, die der Croupier ihr zuschob – sie könne diese jederzeit beim Kassier in Geldscheine umtauschen, sagte er.

So einfach ging das? Ein paar atemlose Momente, und schon hatte sie ihr Geld verdoppelt!

Nach all der Trauer und den vielen Sorgen war ihr das Glück endlich hold, das spürte Flora tief drinnen. Da wäre sie ja dumm, wenn sie es nicht noch einmal wagte …

»Rot!«

Wieder ging es gut, die Kugel blieb auf der roten 23 liegen.

»Das Fräulein hat ein glückliches Händchen«, bemerkte Floras Nebenmann und klatschte anerkennend in die Hände.

»Anfängerglück«, murmelte ein Mann auf der Gegenseite des Tisches.

Flora lachte in die Runde. Kuckucksspucke, so viel Geld auf einen Streich! Wenn sie das Friedrich erzählte … Aber das konnte sie ja gar nicht, er wusste doch nichts von ihrem Abenteuer.

Während die anderen Spieler erneut ihre Einsätze tätigten, dachte Flora fieberhaft nach. So viel Geld, so leicht verdient. Aber hieß es nicht: Wie gewonnen, so zerronnen? Sollte sie es wirklich ein drittes Mal wagen?

*»Mesdames et Messieurs – faites vos jeux, s'il vous plaît!«* Schon setzte der Croupier das Rad erneut in Bewegung.

Flora holte ein letztes Mal tief Luft. Warum nicht? Rot war doch ihre Glücksfarbe!

»Rot!«

Entweder war der liebe Gott kein Spieler. Oder er war an diesem Abend in Baden-Baden nicht anwesend.

Denn die Kugel blieb auf Schwarz liegen.

## 32. Kapitel

Der Gedanke, eines Tages ohne ihren Mann weiterleben zu müssen, war Ernestine Sonnenschein nie gekommen. Wenn sie sich überhaupt einmal mit derlei düsteren Überlegungen abgab, hatte sie im Geist immer Kuno an *ihrem* Grab gesehen. Wie er Blumen niederlegte. Und mit einer kleinen Harke dafür sorgte, dass ihre letzte Ruhestatt unkrautfrei blieb.

Umso schockierender war für sie Kunos plötzlicher Tod. Er war zwar nicht mehr der Jüngste gewesen und mit seiner Gesundheit hatte es auch nicht zum Besten gestanden. Aber Kuno war schon immer irgendwie *alt* gewesen. Er hatte nie zu den ungestümen Männern gehört, die Steinchen ans Fenster der Angebeteten warfen oder Liebesbriefe schrieben. Schon zu der Zeit, als er um sie warb, hatte sein Auftreten etwas Hölzernes gehabt, auch war er schon damals kränklich gewesen. Anfangs hatte sie ihn wegen seiner schwachen Konstitution bemitleidet, später hatte sie sich nicht mehr darum gekümmert. Stattdessen hatte sie ihm den Haushalt geführt, so gut es ging.

Das war nun der Dank …

Ernestine biss die Zähne fest aufeinander.

Wie jeden Morgen saß sie im Esszimmer. Nicht, weil sie sich in diesem Raum besonders wohl fühlte, ganz im Gegenteil. Der Anblick von Kunos leerem Stuhl war fast mehr, als sie ertragen konnte. Aber im Schlafzimmer hielt sie es ebenfalls nicht aus. Dort roch es sogar noch nach ihm. Genau wie im Bügelzimmer, wo seine Anzüge auf der Stange neben der Tür hingen.

Beinahe zärtlich strich Ernestine über das Gesteck mit den Trockenblumen. Sogar jetzt dachte Flora noch daran, den Tisch mit Blumen zu schmücken!

Flora pflegte auch Kunos Grab. Ernestine war seit der Beerdigung nicht mehr auf dem Friedhof gewesen. Ihre Trauer sei sicher zu groß, vermuteten die anderen. Ernestine ließ sie in diesem Glauben.

Doch die Wahrheit lautete: Ihre Wut war zu groß.

Kuno sollte ihr ja nicht mehr unter die Augen kommen, nicht einmal auf dem Friedhof.

Wie konnte er es wagen, sie alleinzulassen?

Wütend starrte Ernestine den Stuhl an, auf dem Kuno so viele Jahre gesessen hatte.

Nicht einmal ein Testament gab es. Der Advokat, den Friedrich und sie aufgesucht hatten, behauptete jedoch, dass sich für sie dadurch nicht viel ändern würde.

Sich so mir nichts, dir nichts davonzuschleichen – das war doch keine Art!

Aber hatte er sein Leben nicht auf ähnliche Art und Weise verbracht? Immer hatte er seine Ruhe haben wollen, um Zeitung zu lesen. Bismarck und der Kaiser – ja, damit hatte sich Kuno ausgekannt. Darüber hatte er sich stundenlang mit Schierstiefel unterhalten können.

Andere Gespräche hingegen waren ihm wesentlich unwichtiger gewesen. Hätte er nicht auch einmal mit dem Verwalter des

Conversationshauses sprechen können? Vielleicht hätte dann ihr Blumenladen die Säle schmücken dürfen?

Zu Beginn ihrer Ehe, als sie den Laden neu aufgemacht hatten, waren Ernestine etliche Ideen dieser Art durch den Kopf gegangen. Sie hätte nur allzu gern Schwung in das neue Geschäft gebracht. Doch Kuno wollte schon damals am liebsten nur seine Ruhe.

»*Zerbrich dir nicht unnötig deinen Kopf! Misch dich nicht ein!*« Noch heute klangen ihr seine Worte im Ohr.

Irgendwann hatte sich Ernestine gefügt und die folgenden Jahrzehnte in der Annahme verbracht, dass sich für sie als Frau in geschäftlichen Dingen nur äußerste Zurückhaltung ziemte. Erst bei ihrem Besuch in Gönningen waren ihr Zweifel gekommen – Floras Mutter und die anderen Frauen zerbrachen sich nämlich sehr wohl ihren Kopf übers Geschäft! Und sie mischten sich ein. Sie ließen nicht zu, dass der Mann in der eigenen Mut- und Tatenlosigkeit ertrank. So wie sie es getan hatte.

Ernestine schüttelte sich, als sei ein Schauer über ihren Rücken gelaufen. Es war ihr nie um Reichtum gegangen. Aber wenigstens ein bisschen mehr Geld – das wäre schön gewesen.

Unwillkürlich fiel ihr Blick auf die Schublade, in der sie ihr Haushaltsgeld aufbewahrte. Sie brauchte die Lade nicht zu öffnen, um zu wissen, wie wenig Geld sich darin befand. Von wegen: »*Zerbrich dir nicht deinen Kopf!*«

Wie sollte es nur weitergehen? Wovon sollten sie leben?

Den Kopf in beide Hände gestützt, sah sie, dass Sabine hereinkam, um den Tisch fürs Mittagessen zu decken. Einen Suppenteller für jeden, mehr war nicht nötig.

Dass Friedrich oft stundenlang bei ihr saß und ihre Hand hielt, war lieb gemeint, aber wenig hilfreich. Der gute Bub gab zwar brav seinen Lohn ab, aber dass dieser nicht ausreichte, um eine ganze Familie zu ernähren, schien ihm zu entgehen. Genauso wie ihm entging, dass sich Flora vor Sorgen verzehrte. Wie ein Schatten ihrer selbst huschte sie durchs Haus!

Dabei konnte sie doch wahrlich nichts dafür, dass das Geschäft so schlecht ging. Daran waren eher Else Walbusch und die anderen blasierten Weiber schuld, die es dem Lehrmädchen nicht zutrauten, schöne Sträuße zu binden.

»Das wird schon wieder«, war das Einzige, was Friedrich zu diesem Umstand zu sagen hatte.

Ernestine schnaubte. So etwas hätte auch von Kuno kommen können.

Wenn sie eines in ihrem Leben gelernt hatte, dann war es die Tatsache, dass rein gar nichts »wurde«, wenn man sich nicht darum kümmerte.

Sie musste mit Friedrich sprechen. Mit Flora und mit Sabine. Ernestine betete zum lieben Gott, dass sie dann nicht vor lauter Wut auf Kuno laut losbrüllen würde.

Als wolle sie schon einmal üben, räusperte sie sich.

Kurze Zeit später saß die Familie beim Mittagessen. Da platzte Flora heraus: »Wenn sich im Laden nicht bald etwas ändert, können wir zumachen!«

Ohne aufzuschauen, löffelte Friedrich seine Suppe weiter.

Flora fuhr fort: »Jetzt, wo Kunos Stammkundschaft nicht mehr regelmäßig kommt, haben wir nur noch eine Chance: Wir müssen die Kurgäste als Kunden gewinnen! Und das einzige Mittel, was mir dazu einfällt, ist die Sache mit der Blumensprache. Ich weiß, dass Kuno dafür nichts übrighatte, er fürchtete die Gefahr, durch missverständliche Botschaften die Kundschaft zu verprellen. Aber –«

»Damit hatte Vater doch recht, oder?«, unterbrach Friedrich sie. »Am Ende laufen uns auch noch die letzten Kunden davon …«

Ernestine schaute stumm von einem zum anderen.

»Jetzt hör dir doch erst einmal an, was ich mir ausgedacht habe. Du kennst doch mein Notizbuch. Darin habe ich so viele Informationen gesammelt, dass es ein Leichtes wäre, die schönsten Blumendeutungen herauszusuchen. Wenn ich also sozusagen mein eigenes Blumen-ABC schreibe und dieses drucken lasse …«

Friedrich schlug sich mit der Hand auf die Stirn. »Jetzt verstehe ich – heute ist der erste April!« Er lachte auf.

Missbilligend schaute Ernestine ihn an. Merkte er nicht, wie ernst es Flora war?

»Friedrich, das ist kein Scherz!«, rief Flora entsetzt. »Ganz im Gegenteil, ich habe in dieser Angelegenheit schon nach Hause geschrieben. Seraphine wäre bereit, mir zu helfen, sie würde dafür sogar nach Baden-Baden kommen. Natürlich würde es kein richtiges Buch werden, sondern nur ein kleines Heftchen. Aber mit Seraphines Zeichnungen wird das bestimmt sehr hübsch! Und die Kosten sind auch kein Problem – Onkel Valentin will für den Druck bezahlen. Er meinte, wir sollten gleich einen Stapel Heftchen mehr drucken lassen, im Samenhandel wären sie bestimmt ebenfalls eine gute Verkaufshilfe. Friedrich, stell dir das vor – endlich hätte ich den Kurgästen etwas Besonderes anzubieten!«

Mit einem lauten Klirren legte Friedrich seinen Suppenlöffel weg. »Du scheinst dir ja bereits alles sehr gut ausgedacht zu haben. Hättest du nicht zuerst einmal mit mir über deine Pläne sprechen können, bevor du alle möglichen anderen Menschen einweihst? Ob diese Blumensprache wirklich etwas Besonderes ist, wage ich nämlich zu bezweifeln. Und dass du dich ausgerechnet dafür in Schulden stürzen willst, finde ich gar nicht gut.«

Betreten schaute Flora ihren Mann an. »Schulden? Aber –«

»Genug jetzt!«, sagte Ernestine laut.

Sowohl Floras Kopf als auch Friedrichs schossen zu ihr herum. Keiner hatte mit einem Einwand von ihr gerechnet.

Ernestine funkelte ihren Sohn wütend an. »Es ist beschämend, wie wenig du deiner Ehefrau zutraust! Wenn Flora glaubt, dieses Blumenheft sei das Richtige, und wenn ihre Familie sie dabei unterstützt, dann werden wir ihr gewiss keine Steine in den Weg legen. Oder willst am Ende du selbst den Laden übernehmen?«

Irritiert schüttelte Friedrich den Kopf. »Davon kann natürlich keine Rede sein, ich meine doch nur –«

»Dann ist es gut«, unterbrach Ernestine ihn, bevor sie sich Flora zuwandte. Ein kleines Lächeln umspielte ihre schmalen Lippen.

»Deine Tante Seraphine ist uns jederzeit willkommen. Wenn es ihr nichts ausmacht, dass es derzeit ein wenig ... einfach bei uns zugeht.«

»Aber Mutter! Vater würde nie wollen, dass Flora –«

»Dein Vater ist tot! Wir jedoch müssen sehen, wie es weitergeht«, schnitt Ernestine Friedrich abermals das Wort ab. »Flora, wenn dieses Blumen-ABC bis zum Saisonbeginn fertig sein soll, wirst du dich beeilen müssen. Wer weiß – vielleicht kann ich dir und deiner Tante sogar ein bisschen helfen?«

## 33. Kapitel

Wie in jedem Jahr hatte Fürstin Nadeshda Stropolski, genannt Püppi, auch für die neue Saison eine Balkonsuite des Europäischen Hofes gemietet.

Sie zog ihren Schal enger um die Schultern und schaute vom Balkon auf die in silbernes Mondlicht getauchte Landschaft. Wie sehr liebte sie den Ausblick, der sich ihr von hier oben bot – sogar zu nachtschlafender Zeit hatte er etwas Bezauberndes. Die riesigen Bäume, die das Ufer der Oos säumten, sahen aus wie Kraken, die nach Menschenopfern hangelten. In kurzer Zeit würde in denselben Bäumen das Konzert der Vögel erklingen. Dann, wenn sich der Morgennebel lichtete und eine blasse Sonne über die Wiesen kroch. Püppi hätte viel dafür gegeben, mit eigenen Augen sehen zu können, wie sich die mondsilberne Landschaft in ein sattes Aquarell verwandelte, als habe ein Maler sämtliche Grüntöne auf einmal verwendet.

Aber zu dieser Zeit würde sie sich schlafen legen. Wie jeden Tag nach dem Morgengrauen. Denn dann war sie sicher.

Auf leisen Sohlen ging sie vom Balkon zurück ins Wohnzimmer ihrer Suite. Ihr Blick wanderte in Richtung Schlafzimmer, wo Konstantin selig schlief – er brauchte ja auch keine Angst davor zu haben, des Nachts vom Tode geküsst zu werden. Das war *ihre* Prophezeiung. Nach Jahren noch hatte sie die Stimme der warzengesichtigen Zigeunerin im Ohr.

Susa, Püppis Hündin, hatte sich wie jede Nacht neben Kostias Kopf gekuschelt. Bald würden die beiden aufwachen, ausgeruht würden sie die Welt erobern, während sie, alt und müde, sich endlich zur Ruhe betten konnte.

Ein Schauer lief ihren Rücken hinab. Püppi hatte das Gefühl, der Nebel würde vom Fluss direkt hinauf in ihr Hotelzimmer steigen. Oder war es vielmehr eine innere Kälte, gegen die kein Schal, kein Pelz der Welt etwas auszurichten vermochte?

Sie nahm einen Schluck Tee und verzog das Gesicht. Schon vor einer Stunde hatte das Zimmermädchen das Tablett gebracht, doch bis jetzt hatte Püppi den herben Duft der Teeblüten ignoriert in der Hoffnung, Konstantin möge aufwachen und ihr bei einer Tasse Tee Gesellschaft leisten. Nun war der Tee kalt und Kostia schlief noch immer.

Es war noch gar nicht lange her, da hatte er sie frühmorgens schlaftrunken zu sich ins Bett gerufen und sie hatten sich geliebt. Liebe …

Püppis Blick fiel auf das prasselnde Kaminfeuer, das das Dienstmädchen entzündet hatte, als es den Tee brachte. Fröstelte sie, weil sie müde war? Oder vor lauter Angst? Auch die konnte sich eisig anfühlen, niemand wusste das besser als Püppi.

Sie waren erst gestern in Baden-Baden angekommen. Piotr war mit ihnen gereist, was die lange Fahrt zumindest für Konstantin etwas kurzweiliger hatte werden lassen. Am Abend hatte gleich ein Willkommensfest bei Popo stattgefunden – nichts Großes, schließlich waren noch längst nicht alle Freunde da. Auch Popos Reisekoffer hatten noch unausgepackt im Weg gestanden.

Wie hatten sich alle gefreut, sich wiederzusehen! Aus lauter Begeisterung über die Rückkehr nach Baden-Baden trage er sich mit dem Gedanken, eine Kirche bauen zu lassen, hatte Fürst Gagarin gemeint. Und Matriona Schikanowa hatte verkündet, dass in wenigen Tagen ihr Mann und die vier Söhne anreisen würden – sehr zu Popos und Piotrs Freude, denn die Schikanows galten als vorzügliche Reiter und Kartenspieler, auf die man in der letzten Saison hatte verzichten müssen, weil es die Geschäfte in Petersburg so verlangt hatten. Die liebe Anna hatte von einer Opernpremiere erzählt, welcher sie in Kairo beigewohnt hatte. »Aida« – eigentlich hatte Giuseppe Verdi seine Oper schon zwei Jahre zuvor anlässlich der Eröffnung des Suez-Kanals spielen wollen, war aber mit der Partitur nicht fertig geworden.

Irina Komatschova hatte nichts erzählt, aber Püppi wusste, dass sie den Winter damit verbracht hatte, ihren Gütern auf der Krim Kontrollbesuche abzustatten. Als Konstantin von Monte Carlo schwärmte, hatte sie grimmig dreingeschaut und wissen wollen, ob er denn wenigstens zum Malen gekommen sei. Und dass die mediterrane Küste im Gegensatz zur Krim doch gewiss eine Fülle an Motiven böte.

Eilig hatte Püppi das Thema gewechselt – der Gedanke an Konstantins Malerei machte sie immer ein wenig betrübt.

Lieber Konstantin! Der Drang, zu ihm zu gehen und ihn zu herzen, wurde fast übermächtig. Wie sehr liebte sie diesen Mann! Und er schien sie ebenfalls zu lieben. Denn nur um bei ihr sein zu können, hatte er den ganzen Winter über sämtliche Pläne in Bezug auf seine Malerei hintangestellt. Dabei hatte er so viel malen wollen. Den Winterjasmin. Den Hafen von Monte Carlo mit den vielen Booten. Sie, Püppi, mit Sonnenschirm in einem der vielen Parks. Doch man stelle sich vor: Ihr zuliebe hatte er seinen großen Traum, einmal als großer Künstler gefeiert zu werden, beerdigt …

Püppi wusste sehr wohl, dass Konstantin manchmal, wenn er glaubte, sie würde schlafen, ins Nebenzimmer ging, um die Mappe mit seinen Aquarellen durchzublättern. Sie hörte sein leises Seufzen, das vom Rascheln der Bögen nicht übertönt werden konnte. Was ging ihm durch den Kopf, wenn er seine Werke ansah? Fragte er sich, was gewesen wäre, wenn er sich nicht für sie, Püppi, sondern für seine Kunst entschieden hätte?

Konstantin war noch immer äußerst liebenswürdig zu ihr. Dennoch glaubte Püppi zu spüren, dass er ihr gegenüber etwas weniger aufmerksam war als zu Beginn ihrer Reise im vergangenen Oktober. Ja, manchmal glaubte sie sogar eine gewisse Ungeduld zu verspüren.

So wie gestern Abend.

Nachdem alle viel zu viel Wodka getrunken hatten, war irgendjemand auf die Idee gekommen, Popos Reiseschränke auszupacken. Das Ganze endete damit, dass alle kichernd und aufgekratzt in Männerkleidung herumrannten.

Püppi hatte die Idee kindisch gefunden und sich lediglich einen von Popos Spitzhüten aufgezogen. Konstantin hingegen hatte sich ausstaffiert wie ein russischer Korsar. Wie hatten alle gelacht, als er urplötzlich mit Popos Schimmel am Zügel in der Haustür erschienen war! Irina hatte gegackert wie ein Huhn, das zwei Eier auf einmal gelegt hatte.

Fesch hatte er ausgesehen, ihr kleiner Korsar. So jung, so voller Leben.

Das Pferd war in der ungewohnten Umgebung schnell unruhig geworden, ein Diener hatte das Tier wieder in den Stall bugsiert. Dann hatte Gagarins Neffe mit dem Geigenspiel begonnen. Und Kostia hatte getanzt. Mit Anna. Mit Matriona. Sogar Irina hatte er zum Tanzen aufgefordert, was deren säuerliche Miene ein wenig erhellte. Nur mit ihr, Püppi, hatte er nicht getanzt. »Bestimmt bist du nach der langen Reise müde«, hatte er gesagt. Und dass sie sich schonen solle.

Unwirsch strich sich Püppi eine graue Haarsträhne aus dem Gesicht. Sie war nicht müde gewesen, aber wann immer Konstantin so sprach, *fühlte* sie sich urplötzlich müde. Und alt. Und verbraucht.

Dabei wollte sie doch so gern jung sein! Für Konstantin.

Für ihre Liebe ... Sonst würde er es am Ende doch noch bedauern, sich für sie entschieden zu haben.

Stirnrunzelnd schaute sie auf das kleine Sträußchen auf dem Tisch vor ihr. Blumen waren die Lieblingsmotive vieler Maler. Ob Konstantin auch Blumen malte? Oder eher Porträts? Landschaften?

Die Wahrheit lautete: Sie wusste es nicht, hatte sich noch nie von ihm seine Bildermappe zeigen lassen.

Warum war sie eigentlich nicht eine Art Mäzenin für ihn geworden? Eine Förderin seiner Künste?

Nichts, absolut gar nichts hatte sie in dieser Hinsicht für ihn bisher getan.

Irgendjemand musste den Blumenstrauß gestern Abend ins Zimmer gestellt haben. Konstantin? Nein, der hübsche Strauß aus Ranunkeln, Weidenröschen und gelben Zweigen, die Püppi nicht kannte, trug definitiv nicht seine Handschrift – wenn er Blumen schenkte, waren es meist opulente Gebinde mit Rosen und Lilien, die Eindruck schinden wollten und nicht lange hielten. Der Hotelier?

Plötzlich schlug Püppis Herz schneller, und sie kicherte leise auf. Gab es einen heimlichen Verehrer, von dem sie nichts wusste?

Erst jetzt sah sie, dass dem Strauß ein Zettel beigefügt war. *Lasst Sonnenschein herein.* Werbung für einen Blumenladen. Püppi verzog den Mund. Und sie hatte an einen Verehrer gedacht! Sollte sie nicht eher darüber nachdenken, wie sie Konstantins Malerei fördern konnte?

Unter dem Werbezettel lag ein kleines Heft. *Floras Blumen-ABC.*

Neugierig blätterte Püppi durch die Seiten. Dass ein Kleeblatt als Glücksbringer galt, wusste man ja, aber dass sich Lavendel als ein Zeichen der Liebe und Hingabe lesen ließ – interessant. Sie blätterte weiter, bis sie die Ranunkeln aus ihrem Strauß fand, und las: *Schenke sie, wenn du auch im Alter die Schönheit erkennst und Veränderungen liebst.*

Püppi stutzte. Natürlich liebte sie die Schönheit, und gegen Veränderungen hatte sie ebenfalls nichts einzuwenden, solange sie zu ihren Gunsten waren.

Die Blumenzeichnungen waren hübsch. Eigentlich war das ganze Heft eine hübsche Idee …

Plötzlich kam Püppi ein Gedanke, der so aufregend war, dass ihr ganz schwindlig wurde. Eine Vernissage mit Konstantins Bildern! Und dieser Blumenladen sollte dazu passende symbolhafte Blüten liefern!

Der liebe Konstantin … Er sollte sich fühlen wie ein gefeierter Künstler.

Die Sonne schob sich langsam dem Himmel entgegen, als Püppi schließlich ins Bett ging. Sobald sie ausgeschlafen hatte, wollte sie den Blumenladen aufsuchen. Veränderungen? Dazu war sie mehr als bereit!

## 34. Kapitel

Wie so oft am späten Nachmittag war der hintere Teil der Straße, in der der Blumenladen lag, wie ausgestorben. Die Hausfrauen, die frühmorgens ihre Einkäufe erledigt hatten, waren nun mit Kochen oder der Wäsche beschäftigt. Und die Handwerker und Händler, deren Werkstätten und Häuser rings um den Blumenladen lagen, gingen ebenfalls alle ihrer Arbeit nach.

Oder sie putzten den Blütenstaub von ihren Kleidern und Möbeln, dachte Flora mürrisch bei sich, während sie zum x-ten Mal an diesem Tag das Fenster wischte. So schön sie die Kastanienblüte fand – den Dreck konnte sie nun wirklich nicht gebrauchen!

Was sie viel mehr benötigte, war ein Wunder.

Von ihr aus durfte es auch eine Erscheinung sein, die ihr offenbarte, warum ihre »einmaligen Ideen« bei der Kundschaft nicht ankamen.

Da saß sie nun im Laden, umringt von unzähligen Maiglöckchenpflanzen, die keiner haben wollte. Gerade mal ein halbes Dutzend hatte sie verkauft.

Wie betörend hatte Flora ihren einzigartigen Duft stets empfunden! Doch nun, umringt von einem Meer aus Maiglöckchen, fand sie den Duft nur noch penetrant und aufdringlich.

Sie hatte Dutzende der Blumen im Garten ausgegraben, den weitaus größeren Teil jedoch bei Gärtner Flumm gekauft.

»›Maiglöckchen und das Singen der Nachtigall künden von Liebesglück und dem bevorstehenden Sommer‹ – das ist ja schön und gut, aber willst du wirklich nur auf ein Pferd setzen? Warum kaufst du nicht verschiedene Blumen, so wie bisher auch?« Der Gärtner war von ihrer Idee nicht begeistert gewesen.

Maiglöckchen gälten auch als Künder einer neuen Zeit und wären damit genau das, was der Blumenladen Sonnenschein dringend nötig hatte, hatte Flora ihm daraufhin erklärt.

Ernestine und Friedrich hatten ebenfalls für eine größere Vielfalt plädiert – warum nur hatte sie nicht auf sie gehört?

Was sollte sie den Eltern schreiben, die ihr das Geld für den Kauf der Maiglöckchen geliehen hatten?

Über eigenes Geld verfügte sie schließlich längst nicht mehr.

Alles ging schief. Ihre Ideen taugten einfach nicht, um den Blumenladen zu retten. Warum suchte sie sich nicht endlich eine Stelle als Magd oder Zimmermädchen?

Floras Blick fiel auf den dicken Stapel Hefte, den sie erst in der vorigen Woche voller Stolz in der Druckerei abgeholt hatte. *Floras Blumen-ABC*. So wie es aussah, hatte sie nicht nur auf *einen* lahmen Gaul gesetzt.

Dabei war das Heft so schön geworden! Über hundert verschiedene Blumen hatten Seraphine und sie ausgewählt – einfache Wiesenblumen waren ebenso dabei wie teure Gärtnerzüchtungen. Um jedes Wort hatten sie bei den Bedeutungen gerungen – Ernestine hatte sie darauf hingewiesen, dass die Texte auch für einfache Leute verständlich sein mussten. Die trefflichen Worte, dazu Seraphines schöne Zeichnungen … Wie stolz sie gewesen waren, als sie ihr Werk bei der Druckerei vorn in der Straße abgaben. Und wie sich der Drucker ins Zeug gelegt hatte, um den Auftrag bis Mitte Mai fertigzustellen – er sähe dies als einen Nachbarschaftsdienst an, hatte er gemeint.

Gleich am nächsten Tag war Flora losgezogen und hatte ganze fünfzig Hefte als Willkommensgruß für die Kurgäste in den Hotels abgegeben, und Wiesenblumensträuße noch dazu. Doch wofür?

Bisher war kein einziger Kurgast aufgetaucht, um sich für das *Blumen-ABC* zu bedanken, dabei stand ihre Adresse doch klar und deutlich auf den handgeschriebenen Zetteln, die sie dazugelegt hatte.

Die Namen der Neuankömmlinge und die Hotels, in denen sie residierten, hatte sie aus der Gästeliste des Badeblattes abgeschrieben. Friedrich hatte sie darauf aufmerksam gemacht, dass darin allwöchentlich die Namen der neu angereisten Gäste aufgelistet wurden. Peinlich genau hatte Flora darauf geachtet, die Namen richtig abzuschreiben. *Für Fürstin Nadeshda Stropolski, Für den Fürsten Vladimir Menschikow, Für Seine Hoheit Nikolaj M. Romanov, Für …*

Wenn sie sich fremden Menschen gegenüber schon so großzügig zeigen wolle, solle sie unbedingt auch ein Heft und ein Sträußchen für Lady O'Donegal abgeben, die Engländerin sei inzwischen ebenfalls in der Stadt angekommen, schlug Friedrich vor. Und Ernestine fragte händeringend, ob solch eine Bittstellerei überhaupt schicklich sei?

Schicklich! Wenn der Bauch vor Hunger knurrte …

Floras flache Hand knallte auf die Arbeitstheke nieder. Es hätte nicht viel gefehlt, und sie hätte vor Wut und Enttäuschung laut aufgeheult.

Hoffentlich kam das Heftchen wenigstens bei der Kundschaft ihrer Eltern gut an. 150 Hefte waren nämlich direkt von der Druckerei nach Gönningen geschickt worden – Helmut und Valentin wollten *Floras Blumen-ABC* auf ihre nächste Reise mitnehmen.

Inzwischen war die Stadt voll mit Kurgästen, auf der Lichtenthaler Allee herrschte an manchen Tagen solch ein Gedränge, dass ein Durchkommen fast unmöglich war. Aber niemand verirrte sich zu ihr.

Abrupt sprang Flora auf. Raus! Nichts wie raus, bevor ihr vom Duft der Maiglöckchen vollends schlecht wurde.

»Entschuldigen Sie, ich –« Erschrocken ließ Flora den Türgriff los, auf dessen anderer Seite die Hand einer Dame in rosafarbenem Kleid lag.

»Bin ich hier richtig? Blumenladen Sonnenschein?«, fragte die Dame in gebrochenem Deutsch.

Flora nickte. Ihr war vor Schreck ganz schwindlig geworden. Oder lag das am Parfüm der Dame? Es roch nach Zimt und nach Herbst und war so durchdringend, dass es selbst den Maiglöckchengeruch übertünchte.

»Gut, gut. Ich habe nicht viel Zeit ...« Die Dame wedelte mit *Floras Blumen-ABC*. »Ich plane für einen bulgarischen Künstler eine Vernissage. Natürlich darf Blumenschmuck nicht fehlen. Der Künstler liebt große Gesten, mir schwebt daher Opulentes vor – Rosen, Lilien, Orchideen. Was können Sie mir bieten?«

Flora hatte das Gefühl, ihr Herz würde im nächsten Moment aus der Brust springen, so heftig hatte es zu schlagen begonnen. Opulente Blumen? Die hatte sie nicht!

Und was war überhaupt eine Vernissage?

»Das ist eine ... sensible Angelegenheit«, stotterte Flora, um überhaupt etwas zu sagen.

Ihre erste fremdländische Kundin, dem Akzent nach war es wahrscheinlich eine Russin. Und sie stand da wie ein dummes Huhn, das kaum Piep sagen konnte.

Unwirsch fingerte die Frau an dem Dutzend Perlenketten, die um ihren Hals hingen. »Was ist an ein paar Blumen und Bildern *sensibel*?«

Bilder! Eine Vernissage war also eine Bilderausstellung.

Flora kicherte nervös, während sie im Geist ihren Vater sagen hörte: »Das Weib *fernelet*!«

Tatsächlich war die rosa gewandete Dame eine klassische »Fernschönheit« – von Weitem jugendlich wirkend, war ihr Gesicht von Nahem betrachtet so runzelig wie das einer Schildkröte. Daran änderten auch die blutrot angemalten Lippen nichts.

Flora räusperte sich. »In erster Linie sollen doch sicher die Bilder ihre Wirkung entfalten. Blumen dürfen die Schönheit der Kunstwerke lediglich zum Glänzen bringen.« Dafür, dass sie noch gar nicht genau wusste, worauf sie hinauswollte, klang sie ziemlich bestimmt und selbstsicher. »Opulente Sorten wie Rosen und Orchideen lenken das Auge des Betrachters nur unnötig ab.«

Die Dame runzelte die Stirn.

Hastig nahm Flora ihren Faden wieder auf. »Ich würde zu weißen Blüten raten. Weiß ist die Farbe der Reinheit, Weiß ist auch die Leinwand des Künstlers, bevor er den ersten Pinselstrich tut.« Sie nahm eine besonders schön blühende Maiglöckchenpflanze in die Hand, drehte sie liebevoll in alle Richtungen. »Laut der Sprache der Blumen sind Maiglöckchen ein Zeichen für alljährlich wiederkehrende Freuden, sie gelten weiterhin als Künder einer neuen Zeit ...« Während sie weitersprach, rätselte sie bereits, wie sie die winzigen Blüten in eine Gemäldeausstellung integrieren sollte. Wenn sie an die riesengroßen Bilder dieses Franz Xaver Winterhalter dachte – neben ihnen würde man die Maiglöckchen nicht einmal zur Kenntnis nehmen! Weiße Lilien, Callas oder Orchideen, das wäre eine Sache gewesen, da hatte die Fernschönheit schon recht. »Somit finden Sie hier bei uns Maiglöckchen, die genau den Beginn der neuen Kursaison symbolisieren. Sie sind aber auch bestens geeignet, um die Schönheit von Kunst zu unterstreichen ...«

Die Dame klatschte in die Hände. »Diese Blumensprache gefällt mir«, sagte sie. »Hören Sie zu, die Vernissage findet am kommenden Samstag statt.« Sie nannte den Ort und die Uhrzeit, zu der Flora sich einfinden sollte. »Bringen Sie zweihundert dieser ... Maiglocken mit. Oder nein, wir wollen nicht kleinlich sein, sagen wir lieber fünfhundert.«

Kaum war die Dame fort, hängte Flora Kunos altes *Komme gleich wieder*-Schild an die Tür, dann rannte sie los.

In der Trinkhalle war Friedrich gerade dabei, einer Gruppe älterer Engländerinnen die Wandfresken zu erklären.

»Friedrich, wir haben ein Problem!«, rief Flora atemlos und ohne sich um die verdutzten Blicke der Kurgäste zu kümmern. »Wo um alles in der Welt bekomme ich auf die Schnelle vierhundertfünfzig Maiglöckchenpflanzen her?«

## 35. Kapitel

O Gott, ich habe nicht die geringste Ahnung, wie es auf solch einer Vernissage zugeht! Kommen da nur geladene Gäste oder hat jedermann Zutritt? Hängen die Bilder ganz normal an den Wänden? Wo stelle ich meine Blumen hin? Was meinst du, ist dieses Kleid passend?« Flora plapperte in einem fort, hielt sich dabei ihr dunkelblaues Kleid vor den Leib und schaute Sabine an.

Die Magd, die auf dem Bett in Floras Schlafzimmer saß und einen runzeligen Apfel aß, zuckte mit den Schultern. »Das ist schon unten am Saum geflickt, aber was solls? Die Gäste werden dich gar nicht zu sehen bekommen.«

»Und wenn doch?« Flora wühlte weiter in ihrem Schrank.

Sie hatte noch nie viel Wert auf ihre Kleidung gelegt – all ihre Röcke, Blusen und Kleider waren entweder dunkelbraun, dunkelgrün oder schwarz und nach praktischen Gesichtspunkten ausgesucht. Daran, dass sie für feine Kundschaft auch »feine« Kleidung benötigen würde, hatte sie bisher nicht gedacht.

»Vielleicht ist diese Vernissage eine Art Markt, auf dem es statt Gemüse Kunst zu kaufen gibt. Eigentlich müsste dein Friedrich so was doch wissen«, sagte Sabine.

»Der war auch noch nie zu so etwas eingeladen«, antwortete

Flora geistesabwesend. Ausgerechnet an ihrer Lieblingsbluse fehlten zwei Knöpfe. »Aber die Fürstin Stropolski kennt er, sie sei eine Berühmtheit, sagt er. Sie wohnt alljährlich während der Saison im Europäischen Hof. Von einem Maler Konstantin Sokerov hat er allerdings noch nicht gehört.«

»Ist wahrscheinlich auch ein alter Greis wie dieser Herr Winterhalter«, sagte Sabine zwischen zwei Apfelbissen.

»Wenigstens findet alles erst am Nachmittag statt, ich hätte kein gutes Gefühl dabei, den Laden ausgerechnet am Samstagvormittag zuzumachen«, bemerkte Flora.

»Zur Not hätte sich immer noch die gnädige Frau hinter die Theke setzen können. Oder ich«, sagte Sabine.

Doch Flora schien ihr gar nicht mehr zuzuhören. Die Hände in die Hüften gestemmt, murmelte sie zornig: »Was bin ich nur für eine dumme Kuh! In Gönningen weiß jedes kleine Kind, dass man sich im Geschäftsleben ordentlich präsentieren muss, die Samenhändler legen stets großen Wert auf ihre Erscheinung. Kuckucksspucke, ich habe nicht ein einziges präsentables Kleid!« Wie ein nasser Sack plumpste Flora neben Sabine aufs Bett.

»Dafür habe ich eine Idee. Pass auf!« Schon sprang die Magd auf und durchwühlte Floras Holzschatulle. »Du ziehst das dunkelbraune Kleid an, das ist noch einigermaßen in Ordnung. Und mit deiner Buchstabenbrosche steckst du dir als Blickfang ein paar Blumen an den Kragen.«

Flora seufzte erleichtert auf. »Ach Sabine, wenn ich dich nicht hätte!«

»Dann hättest du eine andere«, gab die Magd trocken zurück, aber ihr Gesicht strahlte.

Flora fasste sie an den Händen und drehte sie im Kreis. »Weißt du was? Wenn ich das Geld für diesen Auftrag erst einmal in der Hand habe, gehen wir fürstlich einkaufen. Ein neues Kleid für mich, und du bekommst ein paar neue Schleifen für deinen Zopf!«

Natürlich war die Familie sprachlos gewesen, als Flora vom Besuch der russischen Fürstin erzählte.

Fünfhundert Maiglöckchen? Für eine Bilderausstellung?

Ernestine hatte ausgesehen, als ob sie im nächsten Moment ohnmächtig werden würde, doch dann hatte sie sich schnell wieder erholt. »Tja, so sind die Russen«, hatte sie im Ton einer Expertin gesagt, ihren Sohn mit einem schrägen Seitenblick bedacht und hinzugefügt, dass die Dame ohne *Floras Blumen-ABC* sicher nie gekommen wäre.

»Dann kannst du deinen Eltern gleich das geliehene Geld zurückzahlen, mir ist nämlich nicht wohl dabei, Schulden zu haben«, hatte Friedrich gesagt.

Flora hatte abwesend genickt. Ihre Eltern würden nicht am Hungertuch nagen, wenn sie sich mit der Rückzahlung noch etwas Zeit ließe. Zuerst einmal galt es, die Fürstin zufriedenzustellen. Und dann ... Womöglich würden solche Wunder noch öfter geschehen?

Himmel und Erde musste der Gärtner Flumm in Bewegung setzen, um innerhalb von vier Tagen die vielen Maiglöckchen aufzutreiben. Doch Samstagvormittag standen die Blumen tatsächlich auf einem großen Leiterwagen vor dem Laden der Familie Sonnenschein.

Beiläufig befingerte Flora ihre Ansteckblumen, während sie in den Saal des Europäischen Hofes starrte. Solange sich niemand an ihr störte oder sie hinauswarf, hatte sie nicht vor, ihren Aussichtsplatz an der Hintertür aufzugeben. Ganz im Gegenteil: Jedes Detail wollte sie sich merken, damit sie Friedrich und Ernestine davon erzählen konnte!

Bilder und dazu Gäste, die die Bilder bewunderten – so weit hatte ihre Vorstellung von einer Vernissage gereicht. Aber alles andere ...

Allein die Bilder! Flora hatte sich riesige Ölgemälde vorgestellt, vielleicht lebensgroße, beeindruckende Frauenporträts oder wunderschöne Landschaften in satten Farben.

Stattdessen handelte es sich bei den ausgestellten Bildern um blässliche, fast kindlich gemalte Aquarelle: Menschen, Landschaften, Gegenstände, Häuser – scheinbar malte der Maler alles, was ihm unter die Augen kam. Die Häuserbilder waren ganz hübsch, Flora glaubte sogar, das eine oder andere Haus wiederzuerkennen.

Widerwillig und mit viel Murren hatte einer der Hausdiener des Europäischen Hofes auf ihren Wunsch hin unter die Häuserbilder kleine Tischchen gestellt. Darauf verteilte Flora jeweils etliche Maiglöckchen, sodass es dem Betrachter erschien, als wüchsen die Blumen in den Vorgärten der Häuser. Der Effekt schien bei den Gästen gut anzukommen, zumindest standen die meisten Leute um die Häuserbilder herum.

Es gab außerdem einige Stillleben. Gleich neben der Hintertür, in der Flora lehnte, hing ein langes, schmales Bild, auf dem ein Blumenstrauß und zwei tote Fische zu sehen waren. Wie konnte man nur auf die Idee kommen, so etwas zu malen? Flora schüttelte den Kopf.

Richtig gut gefiel Flora eigentlich gar kein Bild – für ihren Geschmack malte Seraphine schöner. Den Künstler selbst hatte sie noch nicht ausmachen können, sie wusste allerdings auch nicht, ob sie darauf besonderen Wert legte.

Dafür kam sie bei den Gästen aus dem Staunen nicht mehr heraus: Alle waren gekleidet, als seien sie zu einer königlichen Hochzeit geladen.

Die Männer trugen Fräcke aus edel glänzenden Stoffen oder Uniformen mit goldenen Kordeln und ebenfalls goldenen Schulteremblemen. Ihre Hosen waren mit farbig abgesetzten Biesen verziert. Während die Herren sich beim Schmuck auf schwere goldene Uhrketten und Siegelringe beschränkten, glänzten die Damen durch Diademe, Halsketten und aufwändigen Perlenschmuck. Sie trugen Kleider, von denen eines schöner war als das andere, mit Spitze, Perlen und glitzernden Steinen bestickt und aus Unmengen hauchfeiner Stoffbahnen gefertigt. Aber auch Roben aus glänzendem Samt entdeckte Flora. Sie hatte nicht gewusst, dass man aus diesem schweren Stoff überhaupt derart kunstvolle Kleidungsstücke schneidern konnte!

Wenn Ernestine das sehen könnte, dachte Flora aufgeregt. In dem Moment sah sie ihre Auftraggeberin zusammen mit einer anderen Dame auf sich zukommen.

Sofort wurde es ihr angst und bange. Hoffentlich war die Fürstin mit dem Blumenschmuck zufrieden …

Wie bei ihrem Besuch im Blumenladen trug die Russin ein grellrosafarbenes Seidenkleid. Ihr Haar war zu einem kunstvollen Turm aufgesteckt, in dem edelsteinbesetzte Nadeln glitzerten. Auf ihrem Arm saß ein kleiner Hund, der laut hechelte und dabei kleine Spuckefetzen auf dem rosafarbenen Stoff verteilte.

»Hier ist mein Blumenmädchen!«, sagte die Fürstin zu ihrer Begleiterin. »Flora Sonnenschein – sag, Irina, Liebste, ist sie nicht ganz reizend?«

»Ganz reizend, in der Tat.« Die andere Dame lächelte. »Ich weiß zwar nicht, warum sie noch hier herumgelungert – aber wie sie so an der Tür lehnt, wirkt es fast selbst wie ein Stillleben …«

Flora, die nicht wusste, wie man diese Damen begrüßte – und ob überhaupt –, versuchte sich an einem kleinen Knicks.

»Von ihr stammt das *Blumen-ABC*, du hast doch sicher auch eines bekommen, Irina?«

»Ein herrlicher Spaß!« Jetzt wirkte die Dame etwas freundlicher. »Ich habe schon darin geblättert.«

»Falls die gnädige Frau einmal einen Blumenwunsch hat – die Sprache der Blumen lässt sich sehr vielseitig nutzen und –« Flora zuckte zusammen, weil in ihrer Nähe ein Champagnerkorken in die Luft schoss.

Die Dame namens Irina beugte sich Flora vertraulich entgegen. »Gibt es eigentlich eine Blume, die geeignet ist, einem Menschen seine Sorgen zu nehmen?«

Flora runzelte die Stirn. Scheinbar hatte die Frau die Bedeutung des *Blumen-ABCs* völlig missverstanden …

»Erinnerst du dich noch an den weisen Mann, den die liebe

Anna uns letztes Jahr einmal angeschleppt hat?«, sagte Irina zu ihrer Begleiterin, als Flora nicht gleich antwortete.

»Konnte er nicht anhand eines Stücks Baumrinde die Zukunft vorhersagen? Mir war das nicht ganz geheuer. Wie der immer auf seine Holzbrocken gestarrt hat ...« Fürstin Stropolski wedelte mit der Hand, als wolle sie die Erinnerung wegwischen.

»Ich fand ihn amüsant. Weißt du noch – Matriona hat er vorhergesagt, sie würde auf ihre alten Tage nochmals guter Hoffnung werden!« Irina lachte scheppernd.

Die Fürstin schüttelte den Kopf. »Nein, nein, da folge ich lieber dem Rat des Blumenmädchens. Ihre weißen Blumen bringen Kostias Bilder wirklich wunderbar zur Geltung, und die Vernissage scheint meine Gäste sehr zu amüsieren.«

»Oh, davon bin ich überzeugt! In dieser Saison werden wir für jede noch so kleine Zerstreuung dankbar sein, da Baden-Baden so schrecklich langweilig geworden ist«, sagte Irina schmallippig. »Vielleicht kann uns das Blumenmädchen irgendwann einmal noch mehr über sprechende Blumen erzählen?«

Flora schaute irritiert von einer Frau zur anderen. Die beiden sprachen über sie, als wäre sie gar nicht da!

Angestrengt schaute Fürstin Stropolski plötzlich in Richtung Tür. »Oh, schau nur, da kommt Konstantin ja endlich!« Ihr runzeliges Gesicht verzog sich zu einem Lächeln und wurde dabei noch runzeliger.

Floras Augen folgten dem Blick ihrer Auftraggeberin.

Kuckucksspucke, dieser junge, hochgewachsene Mann, der sich mühsam einen Weg durch die anwesenden Gäste bahnte, war der Künstler? Falls ja, sah er jedenfalls deutlich besser aus als seine Bilder ...

Im Gegensatz zu den meisten anderen Herren trug er keine Uniform, auch keinen Frack, sondern eine enganliegende Jacke mit Schößchen, in der Art, wie man sie bei Jägern sah. Seine Haare waren lang und mit einem schwarzen Samtband zu einem lockeren Zopf gebunden – eine Frisur, die Flora noch nie bei einem Mann gesehen hatte. Sie wirkte trotzdem sehr männlich und verwegen.

Unwillkürlich schaute sie an sich und ihrem schlichten braunen Kleid hinab und wich einen Schritt zurück.

## 36. Kapitel

Als Konstantin das erste Mal davon gehört hatte, dass Püppi eine Ausstellung seiner Bilder organisierte, hätte er die Russin vor Zorn am liebsten geohrfeigt. Stattdessen hatte er überrascht getan, sich ein bescheidenes Lächeln abgerungen. Eine eigene Ausstellung? So weit war er als Maler doch noch gar nicht gereift …

Den Tod und den Teufel noch dazu hatte er Püppi im selben Moment an den Hals gewünscht. Bisher war er so gut als »verhinderter Künstler« gefahren – wie würde er nach dieser »Ausstellung« dastehen?

Doch ihm war nichts anderes übriggeblieben, als gute Miene zu bösem Spiel zu machen, denn die Mappe mit seinen Zeichnungen war zu diesem Zeitpunkt längst in einer Rahmenwerkstatt. Danach sollte sich der Hausmeister des Hotels an die Präsentation der »Werke« im Festsaal machen.

Wer nun Konstantins charmantes Lächeln auf der Vernissage sah, hätte nie vermutet, wie sehr ihm diese Veranstaltung zuwider war.

»Wie so oft bei wahrer Kunst müssen wir Laien nicht alles verstehen, was wir sehen …«

Er neigte seinen Kopf in fast andächtiger Art in Richtung des Redners, als berührten Graf Popos Worte ihn über alle Maßen. Püppis faltenzerfurchtes Gesicht glühte währenddessen vor freudiger Erregung.

»So wie diese weißen Blumen die Künder einer neuen Zeit sind, so will uns auch der Maler dieser Kunstwerke von einer neuen Zeit künden und –«

Was war Popo nur für ein alter Schwätzer! Nichts und niemandem wollte er, Konstantin, auch nur irgendetwas künden. Weil diese verdammte Bilderausstellung gar nicht seine Idee gewesen war.

»... und so berührt uns die Vergänglichkeit der Natur ebenso wie die Vergänglichkeit in hehrer Kunst ...«

Hehre Kunst? Nie und nimmer waren seine hastig dahingesudelten Bilder für die Öffentlichkeit bestimmt gewesen. Und warum faselte Popo ständig über Blumen?

Unwillkürlich schaute Konstantin zur Hintertür. Zugegeben, dieses Blumenmädchen war ein süßes Ding. Fand wahrscheinlich alles schrecklich aufregend. Vielleicht würde es sich später ergeben, dass er ein paar Worte mit ihr wechselte. Bestimmt würde sie vor lauter Ehrfurcht, mit einem »Künstler« reden zu dürfen, erblassen!

Konstantin lächelte. Ob die Vernissage womöglich doch noch amüsant wurde?

Wie ergriffen Püppi nickte, und alle anderen ebenfalls. Sogar Piotr Vjazemskij tat so, als höre er Popo zu, dabei war er in Gedanken wahrscheinlich längst im Casino. Matriona, die mit Püppi und ihm die vergangene Nacht zum Tag gemacht hatte, versuchte ihr Gähnen hinter vorgehaltener Hand zu verstecken. Konstantin bemerkte, dass sie vor Müdigkeit schwankte.

Dieser Anblick ließ ihn urplötzlich laut auflachen.

Was war das nur für eine verrückte Bande! Was taten sie nicht alles für ein bisschen Spaß und Amüsement! Dafür waren sie sogar gewillt, ihn als Künstler anzusehen, ja, sie waren sich nicht einmal zu schade, für ihn die Claqueure zu spielen.

Warum also sollte er ihnen die Freude verderben? Wer war er, dass er Püppi für ihren verrückten Einfall verfluchte? Mitspielen war angesagt, mit einem Schuss Selbstironie und Spaß. Und nicht wie ein ertappter Hund den Schwanz einziehen.

Er winkte eines der Serviermädchen heran und schnappte sich ein Glas Champagner von ihrem Tablett.

»Freunde!«, rief er laut und mit großer Geste in die Runde, die sich sogleich von Popo abwandte. »Lasst uns zum Wohle unseres lieben Redners trinken, der es wie kein anderer versteht, meine Bilder mit *Kunst* zu vergleichen!« Unter dem zustimmenden Gemurmel der Menge leerte Konstantin sein Glas, ließ sich ein frisches reichen. »Und einen Toast auf euch alle, ihr lieben Freunde, die ihr meine amateurhaften Versuche so wohlwollend zur Kenntnis nehmt!« Während die umstehende Menge lachte und ihm zuprostete, hob Konstantin erneut sein Glas.

»Einen weiteren Toast möchte ich ausbringen auf unsere über alles geliebte Püppi, denn sie allein hatte die Idee zu dieser Ausstellung – ich selbst hätte es nie gewagt, euch mit meinen Bildern zu langweilen.« Mit Genugtuung stellte Konstantin fest, dass sich keine einzige Seele zu langweilen schien, ganz im Gegenteil, alle schienen sich bestens unterhalten zu fühlen. »Leider habe ich meine Malerei in letzter Zeit etwas vernachlässigt, wovon sich jeder hier im Saal selbst überzeugen kann.« Er zuckte nonchalant mit den Schultern, küsste dann aufreizend lange Püppis Hand. »Aber was bedeutet schon die eigene Karriere, wenn man stattdessen die Liebe einer großartigen Frau geschenkt bekommt?«

Stürmischer Applaus folgte seinen Worten. Konstantin lächelte.

Ein Künstler? Gewiss war er das. Es fragte sich nur, in welchem Metier …

# 37. Kapitel

Konstantin Sokerovs Vernissage war der Anfang. Zwar waren Floras Maiglöckchen nicht gerade *das* Tagesgespräch in Baden-Baden, aber die sinnreiche Blumendekoration vor den Bildern, die sogar in Graf Popos Rede aufgetaucht war, sprach sich herum. Etliche Gäste, die *Floras Blumen-ABC* in ihren Hotelzimmern achtlos zur Seite gelegt hatten, kramten es nach der Vernissage wieder hervor. Und auch Kurgäste, die nicht auf Püppis Einladungsliste gestanden hatten, erfuhren von den »sprechenden Blumen« und waren davon recht angetan – diese Idee entsprach ganz der romantischen Natur der russischen Seele.

Und so kam es, dass in der Saison 1872 Flora mit ihren Blumen bei den Baden-Badener Kurgästen plötzlich *en vogue* war.

»Ich habe ein ganz spezielles … Anliegen«, sagte eines Morgens ein junger Russe mit pickliger Haut und dem Namen Igor Strawinsky, nachdem er durch die Ladentür gestürmt war. Aufgeregt erzählte er Flora von seiner Angebeteten, die vor lauter Hochmut gar nicht merkte, wie heftig sie angebetet wurde.

»Sie nimmt mich einfach nicht zur Kenntnis! Für sie bin ich Luft – wie soll ich ihr da je meine Liebe gestehen?« Der junge Verehrer raufte sich verzweifelt die Haare. »Wahrscheinlich ist meine Lage so aussichtslos, dass nicht einmal diese berühmte Blumensprache helfen kann …«

Wie perfekt er Deutsch sprach, wunderte sich Flora, die ursprünglich befürchtet hatte, dass ihre Blumendeutungen von den ausländischen Kurgästen vielleicht gar nicht verstanden wurden. Friedrich hatte angesichts ihrer Ängste nur gelacht. »Wer so viel Geld hat, kann sich die teuersten Schulen und die besten Lehrer erlauben, diese Leute sind daher hochgebildet!«

Zum ersten Mal in ihrem Leben war Flora froh, dass auch sie einst Englisch und Französisch gelernt hatte. »Wer in die weite Welt hinaus reist, muss die wichtigsten Sprachen beherrschen« – so lautete das Motto der Samenhändler.

Mit einem Lächeln wandte sich Flora nun ihrem Kunden zu.

»*Ein* Strauß wird wahrscheinlich tatsächlich nicht ausreichend sein, um die junge Dame auf Sie aufmerksam zu machen. Wahrscheinlich werden Sie die Blumen des Öfteren sprechen lassen müssen ...« Schon bediente sie sich aus den verschiedenen Blumeneimern. »Den Anfang macht eine Amaryllis – sie kommt in die Mitte, denn mit ihr teilen Sie der jungen Dame mit, dass Sie ihre stolze Erscheinung sehr schätzen. Die drei Callas, das sind diese hübschen weißen Blumen hier, preisen außerdem ihre Schönheit ...« Der Strauß würde ziemlich teuer werden, ging es Flora durch den Kopf. Aber eine junge Schönheit konnte man eben nicht umsonst erobern. Sie lächelte Igor Strawinsky an.

»Dazu setzen wir Engelwurz, diese Blumen sagen nämlich: ›Du bist der Liebreiz in Person.‹«

»Das ist sie!«, rief der junge Russe. »Nur mir gegenüber nicht ...« Er schaute Flora stirnrunzelnd an. »Und die Blumen sprechen wirklich für mich? Die Dame persönlich anzureden, würde ich nämlich nie wagen.«

Flora musste ein Grinsen unterdrücken. »Das werden Sie schon wagen müssen, wenn die junge Dame Sie erhört hat. Aber im Augenblick geben Sie nur diesen Strauß und mein *Blumen-ABC* bei ihr ab. Diese Blume hier, eine Iris, ist die wichtigste – sie teilt der Beschenkten nämlich mit, dass sie Ihnen die Ruhe des Herzens geraubt hat. Und wir gehen noch einen Schritt weiter, indem wir den Strauß mit einem Büschel Kastanienblätter ausschmücken.« Zum Glück hatte sie die bei ihrem morgendlichen Spaziergang noch abgerupft!

Igor Strawinsky nickte beeindruckt. »Was besagen diese Blätter?«

»Ich wäre dir so gern nah!«

Drei Tage später kam der junge Russe wieder.

Bevor Flora wusste, wie ihr geschah, küsste er ihre Hand.

Ein Wunder sei geschehen, rief er mit glänzenden Augen. Seine Angebetete habe ihn im Theaterfoyer angelächelt! Und sie habe dabei gar nicht hochmütig gewirkt. Nun brauche er noch mehr von Floras Zauberblumen.

Bald stand die Tür des Blumenladens nicht mehr still. Die russischen Kurgäste stürzten sich mit Begeisterung auf die neue Mode mit den Blumen. Tänzerinnen, die zur Unterhaltung der Gäste während der Vorspeise auf Zehenspitzen Pirouetten drehten, weise Frauen, die zum Dessert die Zukunft aus dem Kaffeesatz herauslasen, oder Sopranistinnen, die Arien trällerten, das alles kannte man schon zur Genüge. Blumen, die »sprechen« konnten, waren hingegen etwas Neues! Und für ihre Feste mussten sich die Gastgeberinnen schließlich immer wieder etwas Neues einfallen lassen. Dafür waren sie sich nicht einmal zu schade, Flora in ihrem Blumenladen aufzusuchen – für sie war der Spaziergang durch die Straße der Handwerker und einfachen Leute aufregend wie ein kleines Abenteuer. Und dann erst die Gespräche mit dem Blumenmädchen! Alles zusammen wurde als *très chic* empfunden.

»Mein Gatte feiert sein Wiegenfest und er liebt Pferde über alles – haben Sie spezielle Blumen für ihn?«, wollte beispielsweise eine von Püppis Freundinnen wissen.

Flora empfahl der hoch aufgeschossenen Dame ein Hufeisen, gebunden aus Efeu und Himmelsschlüsseln. »Letztere gelten als ein Zeichen für Lebensfreude«, fügte sie an.

»*Ein* Hufeisen?« Entsetzt schaute die Dame auf Flora herab. »Wenn schon, dann drei oder vier! Und genauso viele Wagenräder aus Blumen noch dazu!«

Auch die ehemaligen Stammkunden – Ernestines Freundinnen, Nachbarn, Bekannte – kamen plötzlich wieder. Noch immer verlangten sie vor allem lose Blumen und billige Sträuße, doch gleichzeitig genossen sie es, Schulter an Schulter mit der reichen Kundschaft vor der Ladentheke zu stehen.

Ernestine ließ keine Gelegenheit aus zu betonen, dass das *Blumen-ABC* allein auf ihr Drängen hin entstanden war. Sie saß nun täglich hinter der Theke und schaute andächtig zu, wie unter Floras kundigen Händen kleine Kunstwerke entstanden: üppige und zierliche Sträuße, Blumengestecke und Blumenkörbe, Girlanden, die an Landauern befestigt werden mussten, Blumen- und Früchtestillleben als Tafelschmuck – Floras Einfallsreichtum war schier unerschöpflich. Und ihre Gebinde wurden immer aufwändiger. Und teurer.

Ihre anfänglichen Hemmungen, hohe Preise dafür zu verlangen, schmolzen dahin wie Vanilleeis in der Sonne – nach dem Winter, als der Hunger durch die Fenster gelugt hatte, konnte die Familie jede Mark gut gebrauchen. Endlich gab es keine eintönigen Kraut- und Rübengerichte mehr. Keine dünnen Suppen oder pampigen Haferbrei. Dafür Würste, Sülzen, Fleisch und Fisch, Eier und andere Leckereien.

Die reichen russischen Gäste waren zwar bereit, viel Geld auszugeben, verlangten dafür jedoch allererste Qualität, das erkannte Flora sehr schnell.

Wehe, irgendwo in einem Blumenarrangement zeigte sich ein schlaffes Blättchen. Oder wehe, eine Blüte welkte im warmen Licht der vielen Kerzen dahin. Dann war es vorbei mit der Freundlichkeit. Etliche Auftraggeber bestanden sogar darauf, dass Flora während ihrer Festivitäten anwesend war, damit sie im Verlaufe eines Abends die Blumenarrangements immer wieder mit Wasser besprühen, hier ein welkes Blatt abzupfen und da eine schwächlich wirkende Blüte durch eine frische ersetzen konnte.

Flora störte dieser Mehraufwand nicht. Ihr machte es vielmehr Spaß, von einer Hintertür oder einem abseits gelegenen Winkel aus ihre Blumendekorationen im Blick zu haben und gleichzeitig das festliche Treiben beobachten zu können. Jedes Detail versuchte sie sich zu merken, damit sie Ernestine, die jede ihrer Erzählungen aufsaugte wie ein Schwamm, am nächsten Morgen davon erzählen konnte.

Obwohl Flora stets unauffällig im Hintergrund blieb, kamen immer mal wieder Gäste kurz zu ihr, um ein paar Worte mit ihr zu wechseln.

Konstantin Sokerov, der bulgarische Maler, war bei fast jedem Fest anwesend. Jedes Mal hoffte Flora, dass auch er sich ihr einmal nähern würde. Der Gedanke erregte sie im selben Maße, wie er sie ängstigte. Was sollte sie zu diesem gutaussehenden Mann sagen? Ob sie vor ihm einen Knicks machen musste, wie vor den älteren Gästen? Dabei würde sie sich seltsam vorkommen, immerhin war er höchstens ein paar Jahre älter als sie. Worüber würde sie mit ihm reden? Bestimmt fand er sie schrecklich langweilig …

Aber die Chance, dass Konstantin Sokerov überhaupt zu ihr durchdrang, war gering: Kaum betrat er einen Raum, war er umringt von etlichen Damen, die über seine Scherze zu laut lachten, rote Wangen bekamen und sich hektisch Luft zufächelten. Meist hing auch noch die Fürstin Stropolski an seinem Arm und lachte am lautesten über seine Witze.

Wie kann man sich nur so aufführen?, fragte sich Flora.

Meist war es nach Mitternacht, wenn Flora mit geschwollenen Füßen und schmerzendem Kreuz, aber glücklich von solch einem Fest nach Hause kam.

Und dennoch war sie am nächsten Morgen, kaum dass es hell wurde, wieder auf den Beinen.

»Ich weiß wirklich nicht, warum du das Blumenpflücken nicht endlich sein lässt und stattdessen ein bisschen länger schläfst«, sagte Ernestine eines Morgens, als Flora mit einem ganzen Arm voll Farnbüscheln in den Laden zurückkehrte. »Nachher kommt Gärtner Flumm – warum kaufst du deine Ware nicht allein bei ihm ein?«

»Weil die Wildblumen so etwas wie mein Markenzeichen geworden sind«, erwiderte Flora. »Außerdem sind viele davon in der Blumensprache sehr wichtig. Dieser Farn zum Beispiel –«

Sie brach ab, weil die Ladentür aufging. Es war jedoch nicht der Gärtner, sondern ein Mann in Uniform.

Als Flora den Polizisten erkannte, der im Jahr zuvor von Else Walbusch in den Laden geschleppt worden war, stutzte sie für einen Moment, doch dann sagte sie lachend: »Dieses Mal habe ich aber niemanden vergiftet. Der Farn hier ist völlig harmlos, das kann ich Ihnen versichern.« Schwungvoll hievte sie die grünen Büschel, die sie auf einer kleinen Waldlichtung geschnitten hatte, in frische Wassereimer.

»Frau Sonnenschein, ich muss Ihnen leider mitteilen, dass gegen Sie eine Anzeige wegen Waldschänderei erhoben wurde. Mir liegt eine Aussage vor, die besagt, dass Sie fast täglich entlang der Lichtenthaler Allee seltene Pflanzen abschneiden ...«

»Habt ihrs gehört? Diese Anzeige habe ich den Weibsbildern vom Maison Kuttner zu verdanken!«, sagte Flora zu Ernestine und dem Gärtner Flumm, der kurz zuvor aufgetaucht war.

Gerade war die Ladentür hinter dem Polizisten zugefallen. Flora solle sich im Laufe des Tages auf der Wache einfinden, wo dann ihre Aussage aufgenommen werden würde, hatte der Mann gesagt. Und mit Grabesstimme hinzugefügt, dass ein gerichtliches Verfahren nicht ausgeschlossen werden könne. Flora war es bei seinen Worten ganz schlecht geworden. Ausgerechnet jetzt, wo das Geschäft so gut lief, bekam sie solch einen Ärger! Kuckucksspucke, warum konnte nicht *ein Mal* im Leben etwas seinen normalen Gang gehen?

»Was werden die wohl mit mir machen? Womöglich muss ich ins Gefängnis?« Verzagt schaute sie von einem zum anderen.

»Und was werden wohl die Leute sagen, wenn sie davon Wind bekommen?« Sorgenvoll kaute Ernestine auf ihrer Unterlippe.

Der alte Gärtner winkte ab. »Jetzt mach dich nicht verrückt! Wenn überhaupt, bekommst du höchstens eine Geldstrafe. Falls es dir hilft, kann ich auch aussagen, dass du allwöchentlich große Mengen Blumen bei mir kaufst. Da kanns mit der Waldschänderei ja nicht so weit her sein.«

»Das würden Sie für mich tun?« Schon wurde es Flora ein wenig leichter ums Herz.

Der Gärtner nickte. »Aber warum hat Josef Kuttner dich überhaupt angeschwärzt? Unter Geschäftsgenossen ist so etwas doch eher ungewöhnlich.«

»Genossen!« Ernestine spuckte das Wort wütend aus. »Als solche hat er uns noch nie betrachtet. Und jetzt, wo auch wir erfolgreich sind, platzt er wahrscheinlich vor Neid.« Ihr Gesicht war vor Aufregung feuerrot angelaufen. »Was er getan hat, ist wirklich nicht recht. Am liebsten würde ich ihm ordentlich meine Meinung sagen.«

»Das lass bitte bleiben, ich habe eine viel bessere Idee«, erwiderte Flora grimmig. Einen Moment lang schien sie noch zu zögern, dann holte sie tief Luft.

»Herr Flumm, ich brauche gelbe Blumen. Rosen, Lilien, ach, alles was Sie haben. Und zwar jetzt sofort!«

Der Gärtner ließ sich nicht zweimal bitten. Eilfertig lief er auf die Straße zu seinem Lieferwagen.

Hier noch eine gelbe Rose, da noch eine Handvoll Ringelblumen – Floras Strauß wurde größer und größer. Erst als sie ihn mit beiden Händen kaum mehr halten konnte, hörte sie auf. Zu guter Letzt steckte sie noch ein halbes Dutzend gelbe Seidenschleifen zwischen die Blütenfülle.

»Gelb, wohin man schaut! Wunderschön«, hauchte Ernestine, die Flora bei der Arbeit beobachtet hatte. »Aber für wen ist dieser Prachtstrauß denn bestimmt?«

Als Flora ihr den Namen nannte, traute Ernestine ihren Ohren kaum.

Mit dem ausladenden Strauß im Arm machte sich Flora auf den Weg. Beim Maison Kuttner angekommen, stellte sie fest, dass der Laden wie ausgestorben war. Eines der Blumenmädchen wischte Staub, ihre Kolleginnen standen gelangweilt hinter der Theke. Wie schade – wenn es nach Flora gegangen wäre, hätten so viele Kunden wie möglich ihren Auftritt mitverfolgen können.

Bei ihrem Eintreten ging ein ungläubiges Raunen durch den Raum. Die junge Frau mit dem Staublappen ließ diesen vor Verblüffung fallen.

Flora verkniff sich ein Grinsen und ließ den Blick in Ruhe durch den Raum schweifen. »Keine hochverehrte Kundschaft weit und breit?« Sie lächelte zuckersüß in die Runde. »Gehen die Geschäfte womöglich weniger gut als noch vor kurzer Zeit? Nun ja, in diesem Jahr wird der Kuchen eben anders verteilt, nicht wahr? Aber vielleicht kann ich die gnädigen Damen ein wenig aufmuntern.« Mit beiden Händen hielt sie den jungen Frauen ihren Strauß entgegen. »Ein Blumenstrauß für einen Blumenladen – das mag im ersten Moment etwas ungewöhnlich wirken.« Sie kicherte betont affektiert. »Aber glaubt mir, diesen Strauß habt ihr euch redlich verdient!«

Verwirrt schauten sich die Blumenverkäuferinnen an.

»Nun ja, Gelb ist die Farbe des Neides.« Flora schaute von einer zur anderen. »Und neidischere Weibsbilder als euch habe ich in meinem ganzen Leben noch nicht gesehen. Was eure Anzeige angeht – pfui Teufel kann ich dazu nur sagen!« Mit hocherhobenem Kopf ging sie in Richtung Tür. Die Klinke schon in der Hand, drehte sie sich nochmals um.

»Wenn es nach mir gegangen wäre, hätten wir friedlich nebeneinander existieren können, Baden-Baden ist groß genug für zwei Blumenläden. Aber jetzt könnt ihr euch auf harte Zeiten einstellen. Glaubt mir, ich werde euch so viele Kunden wie möglich vor der Nase wegschnappen.«

Die Anzeige wegen Waldschänderei verlief im Sande – Flora konnte glaubwürdig nachweisen, dass wegen ihr gewiss keine Pflanzen ausstarben, und die Polizei legte die Angelegenheit daraufhin zu den Akten.

# 38. Kapitel

»Stellt euch vor, heute war die Fürstin Gagarina bei mir«, sagte Flora und schaute über den Mittagstisch von Friedrich zu Ernestine.

Es war Anfang Juni. Die Saison war in vollem Gange und ein gemeinsames Mittagessen zur Seltenheit geworden.

Trotzdem hatte Flora so gut wie keinen Hunger. Die drückende Schwüle, die seit Tagen herrschte, bekam ihr nicht. An diesem Tag war ihr regelrecht schlecht davon. Fast hätte sie sich am Vormittag übergeben müssen.

Mit der Gabel trennte sie ein Stück Forelle ab und tat so, als würde sie es zum Mund führen. Wie streng der Fisch roch – womöglich war er verdorben?

»Fürstin Isabella Gagarina … Allmählich würde mich nicht mehr wundern, wenn sogar der russische Zar zu dir kommen würde«, sagte Friedrich und spießte eine Kartoffel auf.

»Und wenns so wäre?«, gab Flora zurück. »Traust du mir etwa nicht zu, den Zaren zu bedienen?«

»Sag, stimmt es, dass –«, fing Ernestine an.

»Sabine! Wo bleibt die Soße? Der Fisch ist schrecklich trocken«, rief Flora im selben Moment.

Das Gesicht missmutig verzogen, ging die Magd mit der Sauciere um den Tisch. Als sie bei Flora angekommen war, hielt diese die Hand über ihren Teller. »Jetzt habe ich es mir doch anders überlegt. Jedenfalls«, fuhr sie fort, ohne Sabine weiter zu beachten, »will die Fürstin in zwei Wochen ein italienisches Sommerfest feiern. Ich soll dafür den Park ihres Palais' dekorieren!«

Friedrich lachte abfällig. »Palais Gagarin – wenn ich das schon höre! Bevor die Fürstin das Gebäude für viel Geld umbauen ließ, war das einfach nur die gute alte Schweigertmühle. Aber ein deutscher Name war den Russkis wohl nicht gut genug.«

»Na und? Was willst du damit schon wieder sagen?«

»Kinder, nun streitet euch nicht«, ging Ernestine dazwischen und tupfte sich mit einem kleinen Tuch den Schweiß von der Stirn. »Worum geht es denn bei diesem ... italienischen Fest? Darunter kann ich mir gar nichts vorstellen.«

»Ehrlich gesagt, ich auch nicht.« Flora runzelte die Stirn. »Was weiß ich schon über Italien?«

Friedrich warf kopfschüttelnd ein: »Italien in Baden-Baden? Ich traue den Russen zwar einiges zu, aber du lieber Himmel, was für eine verrückte Idee.« Er schaute seine Frau an. »Du hast doch hoffentlich abgelehnt? Du brauchst doch nicht mehr jeden Auftrag annehmen. Außerdem gefällt es mir ganz und gar nicht, dass du nachts allein durch die Stadt rennst. Wir hätten uns schon längst auf eine feste Zeit einigen können, zu der ich dich von dem jeweiligen Fest abhole.«

Flora schnaubte. »Als ob das so leicht wäre. Ach Friedrich, Baden-Baden ist doch sicher. Du machst dir einfach zu viele Sorgen.«

Friedrich schüttelte den Kopf. »Erst gestern wurden Kurgäste vor dem Holländerhof von einem Stadtstreicher übel beschimpft. Der Mann treibt sich wohl schon seit Längerem in der Stadt herum, man sagt ihm auch einige Diebstähle nach, aber bisher ist es der Polizei nicht gelungen, ihn zu schnappen. Ich will nicht, dass er dir eines Nachts über den Weg läuft!«

»Schön und gut, aber einer Fürstin Gagarina kann man nicht so einfach absagen. Ihre Meinung zählt sehr viel. Wenn mir also dieser Auftrag gelingt, dann ... Aber das verstehst du ja eh nicht.« Manchmal konnte Friedrich unmöglich sein. Flora schob ärgerlich ihren Teller von sich. Jetzt war ihr der Appetit vollends vergangen.

»Kind, mach dich nicht verrückt, du bist doch auch so schon der Liebling der Saison«, sagte Ernestine und tätschelte Floras Hand. »Stell dir vor, Josef Kuttner war vorgestern in der Grün'schen Apotheke. Er habe gar nicht gut ausgesehen und nach einem Schlafmittel verlangt, sagt Gretel. Wahrscheinlich raubt ihm dein Erfolg die Nachtruhe!« Vor lauter Erzähleifer fiel Ernestine ein Stück Fisch von der Gabel.

Wenigstens die Schwiegermutter freute sich, dachte Flora, im Gegensatz zu meinem Ehemann.

Sie musste schlucken und spürte, wie Tränen in ihr hochstiegen. Wütend funkelte sie Friedrich an. »Das ist mal wieder typisch. Jetzt, wo der Laden so gut läuft, passt dir das auch wieder nicht. Statt dass du mir hilfst, ein paar schöne Ideen für das italienische Fest zu entwickeln, meckerst du nur an mir herum.« Sie stieß einen Schluchzer aus, erhob sich abrupt und lief aus dem Zimmer.

»Was sollte das denn bedeuten?« Hilflos schaute Friedrich seiner Frau nach.

Ernestine schob ihren Teller von sich. »Deiner Frau wird eben alles zu viel. Im Winter die Angst vor der Zukunft, nun die viele Arbeit und die Sorge, den hohen Anforderungen nicht gerecht zu werden. Da ist es doch kein Wunder, wenn sie gereizt reagiert! Sehr hilfreich warst du vorhin wirklich nicht.«

Friedrich ließ seine Gabel sinken und seufzte. »Ach Mutter, natürlich hast du recht. Flora ist völlig überfordert und deswegen tut sie mir auch leid. Ich weiß ja selbst, wie es sich anfühlt, für tausend Sachen auf einmal verantwortlich zu sein. Wenn alle gleichzeitig etwas von dir wollen und du schon frühmorgens weißt, dass der Tag wieder nicht genügend Stunden haben wird ... Aber wie soll ausgerechnet ich ihr bei diesem italienischen Fest helfen?«

Sonnenblumen? Ob die wohl etwas für ein italienisches Fest waren? Oder doch besser Rosen und –

Flora war schon halb im Laden, als Sabine sie von hinten am Ärmel packte.

»Der Fisch war alles andere als trocken! Und wehe, du fauchst mich noch einmal so an, dann bin ich weg! Eine Stellung wie diese finde ich überall.«

Flora runzelte die Stirn. »Es war nicht so gemeint, tut mir leid, wirklich. Aber lass mich jetzt in Ruhe, ich habe zu tun.«

Die Magd verstellte ihr weiterhin den Weg. »Deine Gereiztheit, dein fehlender Appetit – das alles kommt mir nur allzu bekannt vor. Oft genug hab ich das bei der Mutter miterleben müssen. Wie lange willst du uns eigentlich noch für dumm verkaufen?«

»Was? Wovon sprichst du?« Flora schüttelte verwirrt den Kopf.

Sabine lachte auf. »Jetzt guck doch nicht so unschuldig. Dass du guter Hoffnung bist, weiß ich schon seit Wochen, und ein bisschen was sieht man ja auch schon!«

»Was sieht man ...?« Flora schaute an ihrem Bauch hinab, der sich seit Tagen recht aufgebläht anfühlte. Ihr Unwohlsein hatte sie auf die Hitze geschoben. Und darauf, dass sie vor lauter Arbeit manchmal das Trinken vergaß.

»Du bist schwanger, was denn sonst?«, erwiderte Sabine und verdrehte theatralisch die Augen.

Wie ein Blasebalg, aus dem die Luft entwichen war, sackte Flora in sich zusammen. Die morgendliche Übelkeit, keine Blutung seit mindestens zwei Monaten – wie hatte sie diese Anzeichen übersehen können?

»Kuckucksspucke, das kann doch nicht wahr sein!« Aufschluchzend warf sie sich an Sabines Schulter.

»Jetzt beruhige dich wieder«, murmelte die Magd und strich Flora wie einem Kind über den Kopf. »Weißt du, irgendwie ist das seltsam. Du willst immer so schlau sein, und wenns drauf ankommt, hast du nicht den blassesten Schimmer.«

Natürlich war die Freude bei Friedrich und seiner Mutter groß, als Flora stockend von Sabines Vermutung berichtete. Sie trage vielleicht ein Kind unter dem Herzen. Ja, es könne sein ...

Friedrich küsste Flora und entschuldigte sich tausendmal für sein Verhalten beim Mittagessen. Dann holte er eilends Briefpapier, damit sie Floras Familie die frohe Nachricht sogleich mitteilen konnten.

»Ein Enkelkind … Wenn das Kuno hätte miterleben dürfen!«, rief Ernestine und tupfte sich ein paar Tränen von den Augen.

»Ein Kind …«, sagte auch Flora.

Ausgerechnet jetzt, wo ihr nur noch zwei Wochen bis zum italienischen Fest der Gagarins blieben.

In dieser Nacht tat Flora kein Auge zu. Natürlich freute sie sich. Aber hätte das mit dem Kind nicht noch ein bisschen Zeit gehabt? Im Geist rechnete sie aus, dass es irgendwann im Januar oder Februar zur Welt kommen würde. Vielleicht konnte Sabine ihr dazu Genaueres sagen. Sie schien sich mit solchen Dingen ja bestens auszukennen.

Die Saison würde sie also noch durcharbeiten können. Doch was würde aus dem Samenhandel werden?

Grübelnd warf sie sich im Bett hin und her, sodass auch Friedrich kein Auge zutun konnte. Er wollte sie in den Arm nehmen, meinte, in ihrem Zustand sei Schlaf die wichtigste Medizin, doch Flora entwand sich seiner Umarmung. Schließlich stand sie auf, um alte Ausgaben der *Gartenlaube* durchzublättern, in der Hoffnung, darin Berichte über Italien zu finden. Doch vergeblich.

Am nächsten Mittag – Flora gabelte lustlos ein paar Spätzle mit Soße auf – schob Friedrich ihr ein Buch über den Tisch. »Goethes Reisebeschreibungen, die habe ich für dich aus dem Lesekabinett besorgt.«

Flora runzelte nur die Stirn. »Und was soll ich damit?«

Friedrich schlug das Buch an einer markierten Stelle auf und begann mit getragener Stimme zu rezitieren:

*»Kennst Du das Land, wo die Citronen blühn/im dunklen Laub die Goldorangen glühn/ein sanfter Wind vom blauen Himmel weht, die Myrte still und hoch der Lorbeer steht/Kennst du es wohl?«*

»Das ist sehr schön … Aber warte mal: Goldorangen und Zitronen? Myrte und Lorbeer? Das ist es!« Floras Juchzen kam so plötzlich, dass sowohl Friedrich als auch Ernestine erschrocken zusammenzuckten. Bevor Friedrich wusste, wie ihm geschah, umarmte Flora ihn stürmisch.

»Jetzt weiß ich endlich, welche Stimmung meine Blumendekoration vermitteln soll! Ach Friedrich, wenn ich dich nicht hätte …«

Das italienische Sommerfest im Park der Gagarins wurde zu Floras größtem Erfolg. Für den Rest der Saison schwärmten die Gäste von den Zitronenbäumen, den silbernen Platten, auf denen Orangen und weiße Blüten zu herrlichsten Stillleben arrangiert worden waren, von den handgeschriebenen Goethegedichten, die jeder Gast überreicht bekam, und den Seerosen, die in riesigen Glasschalen in mit blauer Tinte eingefärbtem Wasser schwammen.

Flora durfte sich fühlen wie eine gefeierte Künstlerin. Ein Fest ohne ihre kunstvollen, liebevollen Dekorationen war fortan nicht mehr denkbar.

## 39. Kapitel

Jetzt, da Flora guter Hoffnung war, war es umso wichtiger, sie im Laden zu entlasten. Das stand für Ernestine fest. Und nach ein paar schlaflosen Nächten hatte sie tatsächlich eine Lösung parat: Sabine musste einspringen. Die Magd würde zwar weiterhin auch für die Hausarbeit zuständig sein, für die Einkäufe und das Kochen sollte jedoch täglich eine junge Witwe aus der Nachbarschaft ins Haus kommen, damit Sabine in dieser Zeit Flora im Laden zur Hand gehen konnte.

Sabine wurde nicht nach ihrer Meinung gefragt. Ihr wäre es zehnmal lieber gewesen, man hätte jemanden für die lästige Hausarbeit eingestellt und sie in ihrer geliebten Küche gelassen!

Flora war mit dem neuen Arrangement zufrieden. Mit Sabines Hilfe würde sie die Saison schon meistern.

Für Friedrichs Geschmack hingegen verbrachte Flora noch immer viel zu viele Stunden im Laden.

»Bei dieser drückenden Augusthitze solltest du im schattigen Garten sitzen und die Beine hochlegen«, sagte er eines Abends beim Zubettgehen. »Du lieber Himmel, schau dich doch mal an!« Er wies auf Floras Beine, die wieder einmal so geschwollen waren, dass sie vor Schmerzen aufschrie, als Friedrich sie berührte.

»Ein bisschen Wasser in den Beinen, das ist halb so schlimm«, sagte sie dennoch. »Meine Mutter schreibt, das verginge wieder. Ich kann doch nicht einfach im Garten sitzen! Was, wenn in dieser Zeit wichtige Kundschaft kommt?«

»Soll ich?« Fragend hielt Friedrich die Flasche mit Franzbranntwein hoch, dann hievte er Floras Beine auf seinen Schoß, um sie einzureiben.

»Es würde mich nicht wundern, wenn du das Kind hinter der Theke zur Welt bringst!«

Flora lachte nur. »Dann wäre ich meiner Mutter wirklich ähnlich. Die hat mich schließlich bei der Feldarbeit zur Welt gebracht. Ach Friedrich, ich weiß ja, dass du es gut meinst, aber mir macht die Arbeit so viel Spaß! Das tut gut«, fügte sie mit einem wohligen Seufzer hinzu.

Friedrich lächelte. Im Grunde war er ja froh, dass seine Frau alles so klaglos bewältigte. Für große Hilfestellungen hätte er gar keine Zeit gehabt, da er selbst am Abend auch nur selten vor neun Uhr nach Hause kam.

»Was für ein verrückter Sommer! So viele Stunden wie in diesem Jahr habe ich noch nie in der Trinkhalle verbracht.«

»Ich hoffe, dass sich dein Arbeitseifer irgendwann auszahlt«, sagte Flora schläfrig.

Das hoffte Friedrich auch. Sollte die neu gegründete Kur- und Bäderverwaltung irgendwann die Verantwortung für die Trinkhalle übernehmen, wollte er sich als eifriger und fachkundiger Mitarbeiter präsentieren, über den man sich nicht so einfach würde hinwegsetzen können.

»Wer weiß, vielleicht bleibe ich gar nicht für ewig Verwalter der Trinkhalle, sondern spiele irgendwann eine wichtigere Rolle im Kurleben? Als Bäderdirektor oder so etwas Ähnliches?« Friedrich lachte verlegen auf. »Früher hätte ich es nie gewagt, mir solche ehrgeizigen Ziele zu setzen, aber inzwischen weiß ich, dass man vieles erreichen kann, wenn man nur will. Dank dir.«

Flora hob ihren Kopf ein wenig. »Soll das ein Kompliment sein?« Zärtlich strich sie ihm über den Arm.

Der Franzbranntwein kitzelte in Friedrichs Nase, er musste niesen. »Nun ja, wenn ich mir anschaue, was du aus dem Laden gemacht hast ...«

»Aber mir hat auch niemand ernsthaft reingeredet, immerhin gehört uns der Laden. Du hingegen bist nur angestellt. Ich frage mich, was du da bewirken willst ...«

»Ganz einfach, ich will so vielen Menschen wie nur möglich klarmachen, wie wichtig, wie wertvoll eine Trinkkur ist. Deshalb renne ich doch die ganze Zeit in die Bibliothek! Deshalb lese ich doch alles, was mir zum Thema Thermalwasser in die Finger kommt. Wenn ich irgendwann einmal in der Trinkhalle ernsthafte Vorträge über Heilwasser anbieten kann, wäre das doch eine feine Sache, oder?«

»Ob das jemand hören will?«, murmelte Flora, ließ sich in die Kissen sinken und drehte sich zur Seite.

»Also, Lady O'Donegal ist schon jetzt begeistert, sie stellt mir täglich neue Fragen zu unseren Wässern.« Da Flora nicht antwortete, hob Friedrich den Blick von ihren Beinen und sah ihr forschend ins Gesicht. Seine Frau schlief.

Zu gern hätte er einmal Floras Meinung zu einem seiner Vorträge gehört. Klang er nicht beinahe schon wie ein Arzt oder Chemiker, wenn er vom lithium- und arsenikhaltigen Quellwasser sprach? Friedrich seufzte leise auf.

Wie lange war es eigentlich her, dass sie einen schönen Abend miteinander verbracht hatten?, fragte er sich, während er sich vorsichtig neben Flora legte. Ein Spaziergang auf der Allee, einem Konzert im Kurpark lauschen, miteinander reden, dem anderen zuhören ... Irgendwie fand sich für solche Dinge keine Zeit mehr. Stattdessen waren sie abends so müde, dass sie nur noch erschöpft ins Bett fielen. So wie jetzt.

»Kunstblumen kommen mir nicht ins Haus. Wenn Sie für Ihr Geburtstagspicknick wirklich Kunstblumen möchten, müssen Sie sich jemand anderen für die Dekoration suchen.« Mit in die Hüften gestemmten Händen und strengem Blick stand Flora Fürstin Irina Komatschova gegenüber.

Friedrich, die Türklinke noch in der Hand, seufzte. So früh schon Kundschaft! Eigentlich hatte er kurz mit Flora über etwas sprechen wollen, was ihm gestern Abend noch eingefallen war.

»Und wenn mein Geburtstag ins Wasser fällt? Anfang September kann das schöne Wetter schnell umschlagen. In diesem Fall müsste das Picknick im Saal des Hotels Stéphanie stattfinden. Vielleicht ist Ihnen nicht bekannt, wie heruntergekommen dieser Raum ist. Kunstblumen wären sicher geeignet, die Blicke meiner Gäste ein wenig davon abzulenken. Sogar die hochverehrte Kaiserin gedenkt mich mit ihrer Anwesenheit zu beglücken – soll sie etwa auf bröckelnden Putz schauen?« Die russische Fürstin runzelte die Stirn.

»Kunstblumen!« Flora spuckte das Wort angewidert aus. »Dafür hätte Kaiserin Augusta gewiss auch keinen Sinn.«

Ernestine, die hinter der Theke saß und aus einem weißen Band Schleifen knüpfte, nickte heftig.

Friedrich schaute von einer Frau zur anderen. Warum griff Flora die Kundin wegen solch einer Lappalie an? Wenn sie unbedingt Kunstblumen wollte, warum bekam sie dann nicht welche?

Einen Moment lang war er versucht, das Stärkungsmittel, das er in der Apotheke für Flora gekauft hatte – es handelte sich um Schokolade –, auf den Tresen zu legen und zu gehen. Doch dann überwog die Vorfreude auf Floras Gesicht, das sie machen würde, wenn sie von seinem nächtlichen Geistesblitz hörte, und er wartete geduldig weiter.

»Kannst du es dir wirklich erlauben, deine Kunden derart herumzukommandieren?«, fragte er, als die Fürstin endlich gegangen war.

»Ach, wenn ich diesen Auftrag nicht bekäme, wäre das wirklich nicht schlimm«, antwortete Flora lachend. »Fürstin Irina Komatschova ist ein alter Geizkragen und außerdem bekannt dafür, dass sie Rechnungen erst sehr spät zahlt.«

Friedrich räusperte sich. »Weswegen ich gekommen bin … Hör zu, Flora, es ist schon lange her, dass wir einen schönen Abend miteinander verbracht haben. Deshalb möchte ich dich zu einem Konzert des Kurorchesters einladen. Am besten gleich nächsten Montag – hättest du da Zeit?« Unwillkürlich hielt er die Luft an, während Flora in ihrem Auftragsbuch blätterte.

»An diesem Abend habe ich tatsächlich frei«, sagte sie. »Aber ehrlich gesagt würde ich viel lieber zu einem Konzert von diesem Walzerkönig gehen. Alle schwärmen von seiner Tanzmusik, nur wir können nicht mitreden! Wer weiß, ob Schani nächstes Jahr noch mal nach Baden-Baden kommt.«

Friedrich verzog den Mund. *Schani* – Flora benutzte Johann Strauß' Spitznamen, als ob er ein Busenfreund sei!

»Für Flora wäre es sicher hilfreich, wenn man sie auch einmal privat auf dem gesellschaftlichen Parkett unserer Stadt sehen würde. Ein Strauß-Konzert ist dafür gut geeignet«, warf nun auch Ernestine ein.

»Aber das kostet doch furchtbar viel Geld! Fürs Kurorchester hingegen würde ich Freikarten bekommen. Eigentlich hatte ich gedacht, dir mit meiner Idee eine Freude zu bereiten. Aber bitte, wenn du nicht willst …« Und dafür kam er zu spät zur Arbeit!

»Friedrich, sei bitte nicht eingeschnappt. Ich nehme deine Einladung gern an.« Die Arme um seinen Hals gelegt, schaute Flora ihn lächelnd an. »Da ist allerdings noch etwas …«

Unwillkürlich musste Friedrich schmunzeln. Sehr lange würde sie sich nicht mehr so an ihn schmiegen können, bald würde ihr Bauch dafür zu dick sein.

»Es geht um den Geburtstag der Kaiserin«, sagte Flora gedehnt. »Es heißt, sie würde wie jedes Jahr in Baden-Baden feiern, und bis zum 30. September sind es noch gut fünf Wochen.«

»Lieferst du dafür etwa auch Blumen?« Allein der Gedanke ließ Friedrichs Herzschlag stocken.

»Eben nicht, das ist ja das Problem!« Flora stampfte mit ihrem Fuß auf den Boden. »Dabei wäre das mein allergrößter Herzenswunsch. Ach Friedrich, könntest du in dieser Angelegenheit nicht mal ein gutes Wort für mich einlegen? Ich meine, du bist doch irgendwie ein wichtiger Mann in der Stadt, kennst viele Leute. Den Bürgermeister und –«

»Also, das könntest du wirklich für Flora tun«, mischte sich nun auch Ernestine ein.

»Aber gern doch!«, antwortete Friedrich mit ironischem Tonfall. »Wenn ich nachher bei der Kaiserin auf eine Tasse Tee vorbeischaue, rede ich mit ihr. Auf mich wird sie schon hören.« Er legte die Tafel Schokolade auf den Tresen und ging.

*»Bist du eigentlich von allen guten Geistern verlassen? Vor einem halben Jahr wärst du dankbar gewesen, wenn du der Frau des Apothekers einen Blumenstrauß hättest binden dürfen. Inzwischen muss es schon die Kaiserin sein! Allmählich glaube ich, du leidest an Größenwahn.«*

Friedrich kickte so fest mit seiner Schuhspitze in den weißen Kies, dass die Steinchen in die Höhe spritzten.

Verflixt noch mal, *das* hätte er seiner lieben Frau sagen sollen. Und seiner Mutter gleich dazu!

Stattdessen hatte er stumm den Laden in Richtung Trinkhalle verlassen. Ihm hatte es gründlich die Sprache verschlagen.

# 40. Kapitel

Und dafür habe ich mich von Fürstin Irina so weit im Preis drücken lassen, ärgerte sich Flora, während sie Kaiserin Augusta durch die Tür verschwinden sah. Höchstens fünf Minuten war die Kaiserin auf Irina Komatschovas Geburtstagsfest gewesen. Floras aufwändige Nachbildung einer Picknickszene – Bäume, ein Moosboden, Dutzende Rosensträucher, die sie in den Saal des Hotel Stéphanie hatte bringen lassen – hatte sie in der Kürze gewiss nicht wahrgenommen. Damit war Floras Plan, die Kaiserin auf sich aufmerksam zu machen, wohl gründlich gescheitert.

Was bist du nur für eine eingebildete, dumme Kuh!, schimpfte sie mit sich, während sie Rosenschere und andere Utensilien in ihren Korb warf. Bildest dir ein, die Kaiserin sieht deine Blumen und will von da an nur noch dich als Blumenbinderin, ha!

Die Tanzfläche hatte sich inzwischen vollends gefüllt. Niemand würde bemerken, wenn sie jetzt verschwand, dachte Flora. Also nutzte sie den Augenblick und stürmte mit wehendem Rock aus dem Saal nach draußen in Richtung Lichtenthaler Allee. Vielleicht würde die frische Luft sie von ihren hochfahrenden Ideen kurieren!

Auf der Brücke, die über die Oos führte, setzte sie kurz ihren Korb ab, um sich den schmerzenden Rücken zu reiben.

Ganz allmählich verflog der Ärger über ihre Vorwitzigkeit und sie entspannte sich ein wenig.

Wie herbstlich die Nacht schon war! Und wie der Fluss vom Bodennebel verhüllt wurde.

»Geld her oder es passiert ein Unglück!«

Bevor Flora wusste, wie ihr geschah, spürte sie einen knochigen Arm um ihren Hals. Sie wurde so grob nach hinten gerissen, dass ihr fast die Luft wegblieb. »Du bist doch diese Blumenschlampe!«, zischte eine männliche Stimme in ihr rechtes Ohr. Der Atem des Mannes roch so faulig, dass Flora unwillkürlich die Luft anhielt. »Dich beobachte ich schon seit Längerem. Wie du mit deinen Blumen um die Reichen herumscharwenzelst, während unsereiner nichts zu fressen hat!«

*Friedrich! Hilf mir! Ist da niemand? Hilfe!* Flora wollte schreien, brachte aber keinen Ton heraus. Sie wollte mit dem Fuß nach hinten treten, dem Mann wehtun, so wie er ihr wehtat. Aber vor Schreck war sie wie gelähmt. Die Enge um ihren Hals ließ sie würgen.

»Gib mir endlich dein Geld!«, knurrte der Mann und drückte noch fester zu. Flora wimmerte, röchelte und hätte sich fast übergeben, als der Mann seinen Griff etwas lockerte. »Los jetzt!«

Mit zitternden Händen holte Flora ihre Geldkatze aus dem Korb, reichte sie dem Mann, dessen Augen gierig aufblitzten. Sie raffte ihren Rock, wollte davonrennen, doch er packte sie mit seiner schmutzigen Pranke ungestüm am Kinn und drehte ihr Gesicht zu sich.

»Bist kein hässliches Ding. Wenn du gut genug bist für die Russen, dann bist du auch gut genug für mich.« Mit seinem heiseren Lachen überflutete Flora erneut ein Schwall üblen Mundgeruchs.

»Nein … Bitte, lassen Sie mich, ich –« Flora wollte sich losreißen, doch er zerrte sie zum ersten Busch hinter der Brücke und stieß sie zu Boden. Ein Stein bohrte sich in Floras Knie, vor Schmerz wurde ihr schwindlig.

*Mein Kind! Ich muss mein Kind schützen!* Der Gedanke durchzuckte Flora wie ein Blitz, bevor sie ohnmächtig wurde.

Schon neun Uhr! Irinas Geburtstagsfest war längst in vollem Gange. Und wenn schon, dachte Konstantin Sokerov, während er die Lichtenthaler Allee entlangeilte. Er hatte eh keine Lust auf Frohsinn und Geplänkel. Lag es daran, dass sich die Saison dem Ende zuneigte und er nicht wusste, was kommen würde? Oder war die Nachricht, die er vorhin vernommen hatte, dafür verantwortlich?

So wie es aussah, waren die Tage der Spielbank gezählt. Piotr hatte etwas davon gefaselt, dass am 31. Oktober die Kugel das letzte Mal rollen würde – unfassbar!

Eines stand fest: In einem gewöhnlichen Kurbad hatte er, Konstantin, nichts verloren, er brauchte Amüsement, Spiel und Unterhaltung. Und Orte, die all das boten, gab es auch anderswo auf dieser Welt.

Die Frage war nur, ob er diese Orte zu Gesicht bekommen würde …

Mehrmals hatte er versucht, Püppi zu einer verbindlichen Aussage zu bewegen. Aber scheinbar wusste sie noch nicht, wonach ihr der Sinn stand.

Als er auf die Brücke zuging, die über die Oos zum Hotel Stéphanie führte, entdeckte er die schemenhaften Umrisse zweier Personen. Ein Mann und eine Frau in enger Umarmung. Der Mann drängte die Frau in Richtung eines Busches.

Konstantin grinste. Die Leidenschaft der beiden schien ziemlich groß zu sein! Aus seiner Brust drang ein tiefer Seufzer. Es war lange her, dass er selbst solche Gefühle für eine Frau empfunden hatte. Vor Erregung nicht mehr klar denken zu können, nur noch zu fühlen, schmecken, riechen, Haut, Haare, weibliche Rundungen …

Sollte er die nächste Brücke nehmen, um die beiden nicht zu stören? Konstantin warf noch einmal einen Blick auf das Paar.

Seltsam … Die Frau schien sich ziemlich zu sträuben, ja, der Mann schien sie regelrecht hinter sich herzuziehen! Irgendetwas stimmte da nicht …

Verflixt noch mal, das war kein Liebespaar! Die Frau brauchte Hilfe!

Konstantin rannte los.

Lautes Rufen. Ihr Kopf auf dem harten Boden. Pochen in ihrem Knie. Die Arme des Mannes. Nicht mehr so fest um ihren Leib, vielleicht würde es ihr gelingen, sich loszureißen … Floras Lider flatterten, krampfhaft versuchte sie, zu sich zu kommen, durchzuatmen. Ihr Kind, sie musste an ihr Kind denken, es schützen …

Ruckartig riss sie die Augen auf, schlug mit beiden Fäusten wild auf ihn ein.

»Lassen Sie mich los! Sie … widerlicher Kerl!«

»Kleines Blumenmädchen! Ich bins doch nur«, ertönte eine vage bekannte Stimme.

»Sie …?« Als Flora sah, wer sie im Arm hielt, wurde sie vor lauter Schreck fast ein zweites Mal ohnmächtig.

»Ja, ich. Alles ist gut …« Konstantin wiegte sie in seinen Armen wie ein Kind, strich ihr die Haare aus dem Gesicht. »Der Mann ist weg, ich habe ihn in die Flucht geschlagen. Flora, so heißen Sie doch, ist alles in Ordnung?«

Flora wollte nicken, sich für die Freundlichkeit des Mannes bedanken, stattdessen heulte sie los.

»Wenn Sie nicht … gewesen wären, dann … dann … Bestimmt hätte der Mann mich …« Ihre Worte wurden von Schluchzern verschluckt.

»So beruhigen Sie sich doch bitte wieder! Ich passe auf Sie auf …« Er tätschelte ihre Hand und murmelte beruhigende Worte, die sie nicht verstand.

Flora schniefte und heulte. Erst dieser schreckliche Mann und nun Konstantin Sokerov … Sie jaulte erneut auf, bald bekam sie keine Luft mehr, noch immer gelang es ihr nicht, sich wieder zu fassen.

Die Ohrfeige auf ihre rechte Wange kam völlig unvermittelt. Und die zweite auf ihre linke Wange ebenso.

Schlagartig verstummte Flora, sie rappelte sich auf und starrte Konstantin mit weit aufgerissenen Augen an.

»Entschuldigung, aber irgendwie musste ich Sie wieder zu Sinnen bringen.« Ein schiefes Grinsen begleitete seine Worte.

Urplötzlich wurde Flora bewusst, wie furchtbar sie aussehen musste. Der Rotz, der ihr übers Gesicht lief und sich mit den Tränen vermischte. Ihr wirres Haar, der verhedderte Rock, das blutende Knie …

»Vielen Dank, dass Sie mir geholfen haben«, murmelte sie, wollte aufstehen, sich den Schmutz vom Rock wischen und – Wo war ihr Korb? Ihr Geld?

Taumelnd vor Schwindel sank sie erneut zu Boden. »Ich weiß gar nicht, was mit mir los ist …«

»Es ist der Schreck, er sitzt Ihnen noch in den Knochen. Lassen Sie mich mal …« Bevor sie wusste, wie ihr geschah, zückte Konstantin ein Taschentuch. Mit leichten Berührungen wischte er den Rotz weg, tupfte ihre Augen trocken, wischte Spuckefäden aus ihren Mundwinkeln. Dann begann er mit seinen Fingern ihr Haar zu kämmen, blieb jedoch in den nebelkrausen Locken immer wieder hängen. Er lachte.

»Sie sind eben eine wilde Schönheit! Soll ich Sie zur Polizei bringen, damit Sie den Überfall melden können? Oder wollen Sie gleich nach Hause? Oder … könnten Sie wie ich auf den Schreck einen Wodka vertragen?«

»Darf es … auch ein … kleiner Schnaps sein?«, piepste Flora.

Kurze Zeit später saßen sie in einer Weinstube am hintersten Tisch. Der Kellner hatte zwar angesichts Floras noch immer leicht aufgelöstem Aussehen kurz gestutzt, ihnen dann aber die gewünschten Getränke gebracht.

»Am meisten ärgere ich mich über mich selbst! Friedrich hat mich gewarnt, dass ein Stadtstreicher unterwegs ist, da hätte ich doch auf der Hut sein müssen«, sagte Flora, nachdem sie ihren Schnaps in einem Zug geleert hatte. Er rann heiß und wohltuend ihre Kehle hinab. »Stattdessen lasse ich mich von dem Mann in den Schmutz ziehen …«

»Und das im wortwörtlichen Sinne«, sagte Konstantin und wies auf Floras verdreckten Rock.

Unwillkürlich musste sie lachen. »Vielen Dank, dass Sie mich an mein adrettes Aussehen erinnern!«

»Alles halb so schlimm – dieses blasse Flieder steht Ihnen übrigens gut«, sagte er und schnipste ein paar Mooskrümel vom Ärmel ihres Kleides.

Verlegen nahm Flora einen Schluck Wasser. »Es ist die Farbe meiner Lieblingsblume, des Wiesenschaumkrauts. Dort, wo ich herkomme, nennen wir sie Kuckucksblume, in der Blumensprache steht sie für Charme und Esprit.« Sie zuckte mit den Schultern. »Nun ja, ich dachte, beides könnte am heutigen Abend nicht schaden …« Auf Konstantins Aufforderung hin begann sie von Irinas Fest zu erzählen. Und ehe sie sichs versah, auch von ihren enttäuschten Erwartungen.

»Ich habe wirklich geglaubt, die Kaiserin würde meine Blumen sehen und hurra schreien.« Flora spürte, wie ihr vor Scham die Röte ins Gesicht schoss. Sie seufzte. »Für die Kaiserliche Hoheit Blumen liefern zu dürfen – das wäre ein Traum gewesen. Aber Träume sind Schäume … Und heute Abend habe ich auch noch läuten hören, dass das Casino schließt. Ha, da kann ich gleich noch einen zweiten Traum begraben. Wie gern hätte ich auch einmal für die eleganten Spielsäle ein paar schöne Sträuße gebunden …« Kuckucksspucke, was plauderte sie da eigentlich alles aus? Sie kannte den Mann doch gar nicht. Außer dass er Fürstin Stropolskis Begleiter war und er sie vorhin gerettet hatte, wusste sie nichts von ihm. Außerdem – sie musste heim! Friedrich wartete bestimmt schon auf sie. Was sollte sie ihm sagen? Würde er böse sein, weil sie sich hatte berauben lassen? Das schöne Geld … Gott sei Dank hatte sie nur ein bisschen Kleingeld dabeigehabt.

Konstantins harsches Auflachen riss sie aus ihren Grübeleien. »Sie haben wenigstens noch hehre Träume, die Sie begraben können! Hehre Träume … Ich frage mich wirklich, ob es so etwas in meinem Leben je gegeben hat.«

»Aber … Sie wollen doch ein bekannter Maler werden, das ist doch ein wirklich großer Traum!« Als er weiterhin so traurig dreinschaute, langte Flora spontan über den Tisch und drückte kurz in einer aufmunternden Geste seine Hand.

Er zuckte mit den Schultern. »Wenn Sie meinen … Ach, wahrscheinlich ist es nur der Herbstnebel, der mich so melancholisch werden lässt. Oder die Ernsthaftigkeit, mit der Sie Ihre Arbeit betreiben. Wann immer ich Sie auf einem der Feste inmitten Ihrer Blumen sehe, frage ich mich, wie sich solche Begeisterung wohl anfühlen mag.«

Flora runzelte die Stirn. Konstantin war ganz anders, als sie ihn sonst im Kreise der parfümierten, gepuderten Damen erlebte, die ihm mit ihren Fächern auf die Schulter klopften und laut über seine Scherze lachten. Lag das an ihr? Die Magie des Augenblicks, die sie gerade noch warm empfunden hatte, drohte wie eine Seifenblase zu zerplatzen.

»Es ist doch seltsam, da laufen wir uns auf fast jedem Fest über den Weg und haben bisher kaum ein Wort miteinander gewechselt«, sagte Konstantin. »Außer dass sie die Sprache der Blumen sprechen, weiß ich nichts über Sie.«

Flora zuckte mit den Schultern. »Gewiss hatten Sie stets Besseres zu tun, als sich mit dem Blumenmädchen abzugeben ...« Unwillkürlich hielt sie die Luft an.

Was für ein verrückter Abend! Erst das »kaiserliche« Picknick und nun saß sie hier mit diesem attraktiven Mann und unterhielt sich bestens! Den Überfall hatte sie schon fast vergessen ...

»Vielleicht habe ich auch einfach nur meine Zeit vertan.« Gedankenverloren zeichnete Konstantin mit seinem Zeigefinger die Kontur von Floras Hand nach.

Am kleinen Finger war der Nagel abgebrochen – ganz kampflos schien sie sich dem Unhold wohl doch nicht ergeben zu haben.

Flora runzelte die Stirn. Wie schäbig der Nagel aussah! So schäbig wie ihre ganze Hand. Voller Schwielen und Hornhaut und –

Vorsichtig zupfte Konstantin das Nagelstückchen ab. Die Geste war so intim, dass Flora ihre Hand erschrocken zurückzog.

Was machte sie hier eigentlich? Warum war sie nicht längst auf der Wache, um den Überfall zu melden?

»Ich ... Es ist schon spät und –« Flora wollte aufstehen, doch ihre Füße waren wie am Boden festgeklebt.

»Püppi – Fürstin Stropolski – bereitet mir Sorgen«, sagte Konstantin unvermittelt. »Sie fühlt sich erschöpft und ausgelaugt. Sie ist Nacht für Nacht wach, aber statt mit uns zu feiern, sitzt sie in ihrem Zimmer und starrt in die Dunkelheit, wo die Geister, die sie so sehr fürchtet, nur darauf lauern, dass sie einschläft.«

»Wo Sie es sagen – die Fürstin war heute Abend tatsächlich nicht anwesend. Meine allererste Auftraggeberin ... Bitte richten Sie ihr meine Grüße aus.«

Konstantin nickte.

»Bestimmt wird es der Fürstin besser gehen, wenn sie erst einmal wieder daheim ist. Das Reisen ist für eine Dame in ihrem Alter doch sicher ... anstrengend.«

Konstantin lachte auf. »Daheim – wo soll das sein? Ehrlich gesagt habe ich keine Ahnung, wohin es uns verschlagen wird, wenn die Saison hier zu Ende ist. Die Russen haben zwar immer schrecklich viel Heimweh nach Mütterchen Russland, *nach Hause* wollen sie trotzdem nicht.«

Warum bleiben Sie nicht hier? Was ist anderswo noch besser, schöner?, wollte Flora ihn fragen und erschrak im selben Moment über ihren Vorwitz. Was ging es sie an, wo diese Leute den Winter verbrachten?

Bevor sie etwas dagegen tun konnte, nahm Konstantin erneut ihre Hand. »Wissen Sie was? Ihr Traum soll in Erfüllung gehen. Sie werden Ihre Blumen noch ins Casino liefern dürfen. Ich denke mir etwas aus, versprochen!« Er drückte einen Kuss auf ihren Handrücken, dann rief er nach dem Kellner.

## 41. Kapitel

Natürlich war die Aufregung im Hause Sonnenschein riesengroß, als Flora von ihrem nächtlichen Abenteuer erzählte. Ernestine bekam zuerst hektische rote Flecken und dann Migräne. Friedrich war ärgerlich, weil Flora nicht gleich zur Polizei gegangen war, und bestand darauf, sie auf der Stelle dorthin zu begleiten. Noch ärgerlicher war er allerdings über sich selbst. Warum hatte er sich nicht durchgesetzt und seine Frau abgeholt?

Wie der Zufall es wollte, wurde der Landstreicher noch am selben Vormittag gefasst, als er einer Marktfrau ein Huhn stehlen wollte. Der Polizist, bei dem Friedrich und Flora den Überfall gemeldet hatten, ließ es sich nicht nehmen, ihnen die gute Botschaft persönlich zu überbringen.

Flora atmete auf. Beim Mittagessen überzeugte sie Friedrich in einem langen Gespräch davon, dass sie nun auf ihren Gängen durch die Stadt wieder sicher war. Im Gegensatz zu Friedrich und seiner Mutter war sie ausgesprochen fröhlich und konnte nicht verstehen, dass so viel Aufhebens wegen der Sache gemacht wurde. Es war doch nichts passiert! Konstantin hatte sie gerettet.

Kaum hatte sie den Laden nach der Mittagspause wieder aufgeschlossen, erschien ihr Retter höchstpersönlich mit einer Schale Heidelbeeren.

Bei seinem Anblick wurde Flora einen Moment lang ganz schwindlig. Bestimmt kam er, um sich für den großen Strauß zu bedanken, den sie gleich am Morgen im Europäischen Hof für die Fürstin Stropolski abgegeben hatte.

Doch er fragte nur, wie es Flora ging. Nachdem sie ihm von der Festnahme des Schurken erzählt hatte, sagte er: »Ich kann Ihnen den Schrecken der gestrigen Nacht zwar nicht im Nachhinein versüßen, aber …« Er reichte ihr die Schale mit den Beeren. »Vielleicht schmecken die Früchte trotzdem?«

»Ich muss mich bei Ihnen bedanken, viele tausend Mal! Wären Sie nicht gewesen …«, sagte Flora und naschte von den Beeren. Wie süß der Saft ihre Kehle hinabrann! Sie kam um die Theke herum, schnappte sich aus den Wassereimern ein dickes Büschel Farn und Glockenblumen und begann, daraus einen Strauß zu binden.

Konstantin schaute ihr lächelnd zu. »Ein Blumenstrauß für mich? Womöglich noch in Ihrer berühmten Blumensprache?«

Flora nickte nur. Der Strauß war schon fast fertig, als sie noch ein paar Prunkwinden dazugab.

»Und was hat dieser Strauß jetzt zu bedeuten?«

Sabine, die mit einer Tasse Tee für Flora in den Laden gekommen war, flüsterte ihr ins Ohr: »Ist das etwa dein Retter?«

Flora antwortete mit einem knappen Nicken, dann schob sie die Magd zur Seite.

»Die Glockenblumen sind ein Ausdruck großer Dankbarkeit. Der Farn hingegen soll Ihnen Glück in der Liebe und im Spiel bringen.«

»Beides kann ich wohl brauchen!«, antwortete er lachend. »Und was bedeuten diese Blumen?« Er tippte auf die Prunkwinde, sein Blick brannte dabei auf Flora, lächelnd, voller Interesse.

Urplötzlich fühlte sich Flora heiß und fiebrig. Sie wurde doch nicht etwa krank? Verlegen räusperte sie sich.

»Die Prunkwinden? Ach, die sind nichts Besonderes.«

»Was für ein Mann ... Von so einem würde ich mich auch gern retten lassen.« Seufzend schaute Sabine Konstantin nach. Als sie sah, dass Floras Blick ebenfalls auf die Tür gerichtet war, fügte sie streng hinzu: »Täusche ich mich oder habe ich in deinem Blumenheft gelesen, dass Prunkwinden ein Zeichen der Zuneigung sind?«

»Ja und? Ich finde Konstantin eben sehr nett. Und dass er mir gestern geholfen hat, werde ich ihm nie vergessen.«

»Schon gut«, winkte Sabine ab. »Ich meine ja nur – so ein Mann kann einer Frau gefährlich werden.«

»Was sind denn das für freche Reden?«, fuhr Flora auf und versetzte der Freundin eine leichte Kopfnuss.

Konstantin hielt Wort: Flora durfte tatsächlich Blumen fürs Casino liefern. Der Auftrag dafür kam von Fürstin Nadeshda

Stropolski und sie engagierte Flora für den letzten Tag des Spielbankbetriebs.

Dass ihre Blumen gerade an diesem Tag die eleganten Räume zieren sollten, empfand Flora fast als eine Ironie des Schicksals. Mit schwerem Herzen platzierte sie ein majestätisch wirkendes Blumengesteck aus tiefroten und mit Tinte schwarz eingefärbten Rosen neben dem Roulettetisch. Dann trat sie einen Schritt zurück und beobachtete das Treiben.

Wie hatte sich ihr eigenes Blatt gewendet seit dem Abend, an dem sie an genau diesem Tisch ihren Notgroschen verspielt hatte!

Normalerweise war ein Großteil der Kurgäste so spät im Herbst längst abgereist, doch an diesem 31. Oktober drängten sich um die Roulettetische Trauben von Menschen. Die russische Sprache mischte sich mit der englischen, die gutturalen Klänge des Portugiesischen waren ebenso zu hören wie deutsche Dialekte. Nicht jeder verstand jeden, aber alle verstanden die Sprache der Kugel, die klirrend und frivol über die Zahlen und Farben polterte.

Welch herrlich aufgekratzte Stimmung herrschte selbst an diesem letzten Tag!

Nadeshda Stropolski und Konstantin saßen an einem der Tische. Die Fürstin sah nicht gut aus, fand Flora, ihr Gesicht wies eine regelrechte Leichenblässe auf. Mechanisch streichelte sie ihren Schoßhund, ohne sich weiter um dessen Kapriolen zu kümmern.

Konstantin hingegen schien bester Laune zu sein. Lachend umarmte er seinen Nebenmann und drückte ihm sogar stürmisch einen Kuss auf die Wange. Der Mann revanchierte sich mit einem herzhaften Knuff in Konstantins Seite.

Flora schmunzelte. Wie Konstantin sich freuen konnte! Und wie selbstvergessen er in sein Spiel vertieft war.

Wann war ihr eigentlich das letzte Mal so leicht ums Herz gewesen? Vielleicht als sie mit Seraphine am *Blumen-ABC* gearbeitet hatte? Ja, da hatte es solche Momente gegeben, beim Spiel mit Worten, Blumen und Ideen. Trotzdem hatte über allem der Druck gelegen, rechtzeitig zur Saison fertig werden zu müssen.

Und wann immer sie hingebungsvoll mit ihrem Blumenschmuck beschäftigt war, begleitete sie gleichzeitig die Sorge, nur ja etwas abzuliefern, was den Wünschen der Auftraggeber entsprach.

Im Gegensatz dazu schienen die Spieler sorgenfrei zu sein wie kleine Kinder …

Konstantin schaute auf, winkte Flora zu, formte ein Wort, das sie als »Später!« deutete. Sie nickte freudig.

Ja. Später. Sie wollte ihn doch fragen, ob ihr Farn ihm tatsächlich Glück im Spiel gebracht hatte und –

»Das letzte Spiel, meine Damen und Herren!«, rief der Chefcroupier laut, woraufhin ein atemloses Raunen durch den Saal ging. Abrupt wandte Konstantin seinen Blick wieder dem Tisch zu.

Auf Zehenspitzen beobachtete Flora, wie das Rad ein letztes Mal in Bewegung gesetzt wurde. Der letzte Wurf am Roulettetisch erbrachte die Ziffer neun und die Farbe Rot. Flora bekam nicht mit, wer der glückliche Gewinner war.

Das letzte *Rien ne va plus* der Croupiers war noch nicht ganz verklungen, als ein halbes Dutzend Bediensteter des Conversationshauses an Flora vorbeischritt und mit vereinten Kräften begann, den riesigen Teppich von der Seite her aufzurollen. Andere Bedienstete schoben Leitern in den Saal und löschten zum letzten Mal die Lichter der Kronleuchter, ohne sich weiter um die Gäste zu kümmern.

Diese schlichen davon, die Köpfe eingezogen wie geprügelte Hunde.

Als Flora am Tag darauf von einem Friedhofsbesuch zurückkam – sie hatte Kuno ein paar übriggebliebene Rosen gebracht –, fuhr Droschke um Droschke an ihr vorbei. Reiter mit Handpferden und hochbeladene Wagen aller Art ergänzten den Tross, der stadtauswärts eilte, als gelte es, vor der Pest zu flüchten.

Wohin zog es sie, nun, da die Tage grau wurden? Was war in Paris, London oder Monte Carlo besser als in Baden-Baden? Wer würde dort ihre Blumensträuße binden?

Der Kies knirschte laut, als Flora einsam die Promenade entlangschritt. Die Schaufensterauslagen links und rechts von ihr waren leer, die kleinen Tischchen und Stühle der Cafés fortgeräumt, nirgendwo lag mehr Kaffeeduft in der Luft oder war das *Plopp!* eines Champagnerkorkens zu hören.

»Alle sind weg!«, jammerte Flora, als sie zurück im Laden war. »Wer weiß, wen von meinen Kunden ich in der nächsten Saison überhaupt wiedersehe. Womöglich kehren sie Baden-Baden für immer den Rücken? Und keiner hat sich von mir verabschiedet …« Nicht einmal Konstantin, fügte sie im Geist hinzu.

»Was hast du denn erwartet?«, kam es von Sabine. »Dass dir die reichen Kurgäste einzeln adieu sagen? Du kommst auf Ideen! Bist du nicht froh, dass es von nun an etwas ruhiger zugehen wird?«

»Natürlich.« Flora biss sich auf die Lippe. Bestimmt hatten die Leute es furchtbar eilig gehabt: Anstehende Theaterpremieren, Schiffspassagen, geschäftliche Termine – wahrscheinlich waren sie durch die überlange Saison für all das schrecklich spät dran. Ja, so musste es sein, tröstete sich Flora. Fürstin Nadeshda, Irina Komatschova und ein paar andere hätten ihr sonst gewiss auf Wiedersehen gesagt. Und Konstantin Sokerov auch.

Nun hatte es doch kein »Später« mehr gegeben.

Ob sie ihn je wiedersehen würde?

# 42. Kapitel

»Heute vor einem Jahr haben wir auf eurer Hochzeit getanzt und nun seid ihr schon eine richtige kleine Familie. Ach Kinder, ich könnte heulen vor Glück!« Hannah klatschte so laut in die Hände, dass der Säugling in seinem Körbchen auf dem Tisch die Augen aufriss und sogleich zu schreien begann.

Hannah fing sich einen missbilligenden Blick von Flora ein. »Entschuldige, meine Liebe. Ich bin so ein kleines Wesen halt nicht mehr gewohnt.«

Flora nahm ihr Kind hoch. »Ist nicht so schlimm. Aber hoffentlich schläft Alexander gleich wieder ein ... Ich bringe ihn jetzt zu Bett, und wenn ich wiederkomme, trinken wir ein Glas zusammen, in Ordnung? Immerhin feiern wir heute unseren ersten Hochzeitstag!«

Alexander ... Hannah tat sich schwer mit dem Namen. Ein Peter, ein Michael oder Gustav – so hatte ihr eigener Vater geheißen – hätte ihr besser gefallen. Was sie tunlichst für sich behielt, denn Flora schätzte es nicht, wenn man ihr allzu viel dreinredete, das hatte Hannah schnell gemerkt. Friedrich hatte Kuno als Namen für seinen Sohn vorgeschlagen, aber davon hatte Flora nichts wissen wollen. Wie war sie nur auf Alexander gekommen? Gab es nicht einen russischen Zaren mit diesem Namen?

Kopfschüttelnd schaute Ernestine ihrer Schwiegertochter hinterher. »Es ist schon erstaunlich, wie schnell sich das Mädchen von der Geburt erholt hat. Was war ich damals erschöpft ...«

Hannah zuckte mit den Schultern. »Da sind wir Kerner-Frauen wohl etwas robuster. So eine Schwangerschaft ist schließlich keine Krankheit.«

»Nun ja, ich weiß nicht ... Ich hatte damals so ein Rumoren im Bauch, ein Gluckern, nein, eher war es ein Poltern, genau! Also an manchen Tagen, da –« Während sich Ernestine über sämtliche Zipperlein ausließ, die sie während ihrer Schwangerschaften gespürt hatte, schweiften Hannahs Gedanken ab zum Tag ihrer Ankunft in Baden-Baden.

Am zweiten Januar, einen Tag vor Alexanders Geburt, war sie angekommen – als hätte sie es geahnt!

Beim Anblick ihrer Tochter war Hannah ganz anders geworden. Es lag nicht allein an Floras dickem Bauch, es war ihre ganze Art, ihre Ausstrahlung, die so gar nichts mehr gemein hatte mit der Flora, die vor einem Jahr Gönningen als frischgebackene Ehefrau verlassen hatte. Auch waren ihre Bewegungen gar nicht so schwerfällig und kantig wie bei anderen Schwangeren, vielmehr strahlte Flora eine Selbstsicherheit aus, um die Hannah ihre Tochter geradezu beneidete.

Wie eine Königin, war es ihr durch den Kopf geschossen.

»Einen Tag vor Weihnachten stand sie noch im Laden! Immerhin hat sie zuvor abends recht früh zugemacht, aber ein bisschen Ruhe hatten wir nach der Saison auch bitter nötig«, erzählte Friedrich. Geräuschlos öffnete er die Sektflasche, die Sabine gebracht hatte. »Die ganze Hektik hat ihr nicht gutgetan, manchmal war sie so fahrig, so nervös …« Er winkte ab.

Hannah hielt ihm ihr Glas hin. »Tja, Gönninger Frauen sind halt temperamentvoll …«

»Ihr seid tatsächlich irgendwie … anders«, sagte Ernestine. Weder ihrem Ton noch ihrer Miene war zu entnehmen, ob dies als Kompliment aufzufassen war.

Flora kam wieder, und zu viert stießen sie auf den ersten Hochzeitstag des Paares an.

»Friedrich übertreibt mit seinen Erzählungen. Es war alles halb so schlimm«, sagte Flora. »Aber hätte ich etwa dem Maison Kuttner das ganze Weihnachtsgeschäft überlassen sollen?«

»Von wegen – nach der Anzeige bei der Polizei haben die wirklich kein Pardon verdient. Trotzdem hatte ich manchmal ein ziemlich schlechtes Gewissen, weil du so viel gearbeitet hast«, sagte Ernestine und warf Flora dabei einen liebevollen Blick zu. »Wenn bloß mein Kuno sehen könnte, was du alles auf die Beine gestellt hast …«

Flora reichte Ernestine ein Taschentuch, zu Hannah sagte sie: »Morgen zeige ich dir endlich den Laden. Kurz vor Weihnachten habe ich noch eine stattliche Zahl blühender Topfpflanzen gekauft, die muss ich dringend mal wieder gießen. Ich dachte, ein bisschen Farbe während der kalten Jahreszeit könne nicht schaden. Bestimmt werden die blühenden Veilchen und Begonien weggehen wie warme Semmeln!«

Friedrich hob die Augenbrauen. »Das hört sich an, als würdest du lieber heute als morgen wieder im Laden stehen. Aber du brauchst wirklich noch etwas Schonung.«

»Und Alexander braucht seine Mutter«, bekräftigte Ernestine. »Als mein Friedrich damals auf die Welt kam ...«

»Immerhin ist Flora vernünftig genug, dir den Samenhandel zu überlassen«, sagte Friedrich zu Hannah, nachdem seine Mutter mit der Aufzählung vergangener Schwierigkeiten zu Ende gekommen war.

»Gott sei Dank ist sie das!« Hannah grinste. »Ich bin sehr froh, ein bisschen unter die Leute zu kommen. Helmut ist mit Valentin unterwegs, Seraphine und ich hätten in den nächsten Wochen sowieso nur daheimgesessen.« Am liebsten wäre die Schwägerin ja mitgekommen – wie hatte sie über ihren Besuch im vergangenen Frühjahr geschwärmt! Aber Hannah hatte sie davon überzeugen können, dass einer zu Hause bleiben musste, um nach dem Rechten zu sehen.

»Übrigens, Helmut lässt fragen, ob es möglich wäre, noch einen Stapel von dem *Blumen-ABC* zu bekommen. Viele Kunden wollen ein zweites Exemplar, so begeistert sind sie.«

Flora nickte. »Ich muss für den Laden auch nachdrucken lassen, da bestelle ich gleich für euch mit.«

Hannah unterdrückte eine Bemerkung. Von wegen Schonung! Sie wandte sich an Friedrich.

»Jetzt erzähl du mal – was macht die Arbeit in der Trinkhalle?«

»Stell dir vor, jetzt, wo es kein Casino mehr gibt, untersteht die Trinkhalle der Kur- und Bäderverwaltung, die ist jetzt auch mein Arbeitgeber.«

»Flora hat schon angedeutet, dass sich in Baden-Baden derzeit einiges tut ... Da fällt mir ein: Auf dem Weg zum Gärtner Flumm bin ich gestern an einer riesigen Baustelle vorbeigekommen, was wird denn da gebaut?«

Der Sekt prickelte auf Hannahs Zunge. Gemütlich lehnte sie sich in ihrem Sessel zurück und sah ihren Schwiegersohn erwartungsvoll an.

»Du meinst bestimmt das sogenannte Friedrichsbad. Ein richtiger Prunkbau soll das werden. Die Baustelle befindet sich genau da, wo einst die Römer ihre Thermen hatten, und die alte Trinkhalle stand ebenfalls einmal an diesem Platz – faszinierend, nicht wahr?«

»Jetzt wird also schon ein Bad nach dir benannt«, sagte Hannah und lachte auf.

»Schön wärs! Der gute Bub hätte es wirklich verdient, wo er doch immer so schwer arbeitet. Aber das Bad entsteht natürlich zu Ehren des Großherzogs Friedrich I.«, sagte Ernestine.

»Ein prachtvolles Thermalbad, damit wird für Baden-Baden wirklich ein Traum wahr.« Friedrich holte tief Luft, setzte sich aufrechter hin. »Stell dir vor, nächste Woche soll ich Wasser- und Schlammproben zu den besten Chemikern des Kaiserreiches bringen, damit diese genaue Untersuchungen durchführen können. Ich höchstpersönlich!«

Ein Botengang, aha. Hannah mühte sich, beeindruckt zu wirken. »Nun, du hast ja schon immer viel Interesse an den heilenden Wässern gezeigt, nicht wahr?«

»Ich fühle mich sehr geehrt. Andererseits habe ich doch recht wenig Erfahrung mit dem Reisen ... Am Ende steige ich noch in den falschen Zug!« Friedrich hatte dies scherzhaft gemeint. Doch in seiner Stimme war eine gewisse Unsicherheit nicht zu überhören.

»Du armer Bub! Was sie dir alles aufbürden ...« Ernestine zerknüllte bekümmert ihr Taschentuch.

»Du meine Güte, Friedrich reist doch nicht nach Amerika oder Feuerland! Im deutschen Kaiserreich sind alle der deutschen

Sprache mächtig, also …« Flora hob die Schultern, als wolle sie sagen: Warum macht ihr solch einen solchen Aufstand?

Hannah räusperte sich. »Wir Gönninger sind das Reisen gewohnt, aber ich kann mir vorstellen, dass es für andere Menschen sehr aufregend ist«, sagte sie zu Flora. Und an Friedrich gewandt fügte sie hinzu: »Du schaffst das bestimmt. Es wird schon seinen Grund haben, dass ausgerechnet du für eine so wichtige Aufgabe ausgewählt wurdest.« Eigentlich wäre es Floras Aufgabe gewesen, ihrem Mann vor seiner Reise ein wenig Mut zuzusprechen, ging es Hannah durch den Kopf. Immerhin schienen ihre Worte Wirkung zu zeigen. Wesentlich zuversichtlicher sagte Friedrich:

»Vor vielen Jahren wurden unsere Wässer ja schon einmal untersucht, aber die Wissenschaft hat inzwischen einige Fortschritte gemacht, sodass man auf genauere Untersuchungsergebnisse hoffen darf. Und dann ist da auch noch der Badeschlamm! Ich bin der festen Überzeugung, dass er für Kranke von großem Nutzen sein könnte. Im Krieg hat man damit verletzte Soldaten behandelt und es hat ihnen gutgetan. Es fehlen lediglich noch die wissenschaftlichen Beweise …«

»Jetzt siehst du, Mutter, wie es bei uns zugeht: Wasser, Wasser, Wasser, ein anderes Thema gibt es für meinen Mann nicht. Und das, wo mir ein Glas Sekt oder Wein viel lieber ist …« Obwohl Flora lachte, war ihr kritischer Unterton nicht zu überhören.

Friedrich warf ihr einen Blick zu. »Du und deine flapsigen Bemerkungen – hier geht es um ernste Angelegenheiten! Wenn erst einmal *richtige* Kurgäste zu uns in die Stadt kommen, profitiert der Laden doch auch davon.« Seine Augen glühten. Er rutschte auf seinem Stuhl nach vorn, bis Hannah seinen Atem spüren konnte.

»Der derzeitige Wandel macht vielen Menschen in der Stadt naturgemäß auch etwas Angst. Es gibt sogar den einen oder anderen Hotelier, der sich mit dem Gedanken trägt zu schließen, was meiner Ansicht nach grundfalsch wäre.«

Flora gähnte.

Hannah schaute zwischen Flora, Friedrich und Ernestine hin und her. Die Sonnenscheins waren eine seltsame Familie: Keiner schien sich richtig für den anderen zu interessieren. Friedrich hatte keinen Sinn für Floras Blumenliebe, sie dagegen verstand seine Faszination in Bezug auf das Heilwasser nicht und belächelte ihn ob seiner Reiseängste – und Ernestine mit ihrem sorgenvoll zerknüllten Taschentuch stand irgendwie dazwischen.

Flora und Friedrich schienen vor lauter Begeisterung für die eigene Arbeit die Sorgen des jeweils anderen aus den Augen verloren zu haben.

Vor Hannahs innerem Auge tauchte urplötzlich das Bild von zwei Holzstücken auf, die nebeneinander in einem reißenden Strom trieben – genau so kamen ihr Friedrich und Flora vor. Und es gab nicht einmal einen Flößer, der darauf achtete, dass sich die Hölzer nicht zu weit voneinander entfernten …

## 43. Kapitel

»Ists an Lichtmess hell und rein, wirds ein langer Winter sein. Wenn es aber stürmt und schneit, ist der Frühling nicht mehr weit.« Im Gehen drehte sich Flora zu ihrer Mutter um. »So lautet die alte Bauernregel doch, oder?«

Es war der zweite Februar und obwohl es seit dem Vorabend kräftig schneite, hatten Flora und Hannah Kunos Grab am Morgen seines Todestags einen Besuch abgestattet. Ein Gesteck aus Tannengrün hatten sie für ihn vorbereitet. Ernestine wollte erst am Nachmittag gehen – sie hoffte auf besseres Wetter.

»Hoffentlich trifft die Regel auch zu, bei diesem Wetter jagt man keinen Hund vor die Tür! Eins sage ich dir: Wenn Sabine den Ofen im Laden nicht angeworfen hat, geh ich gleich rüber in die Wohnung. Ich kann auch ein anderes Mal zugucken, wie du ein Schaufenster dekorierst«, sagte Hannah leicht mürrisch.

Flora lachte. »Ich wusste gar nicht, dass du so zimperlich bist, Mutter! Hoppla, jetzt wäre ich fast ausgerutscht!« Erschrocken krallte sie sich an ihrer Mutter fest. Wie gut, dass sie Alexander bei Sabine gelassen hatte. Nicht auszudenken, wenn sie mit ihm auf dem Arm gestürzt wäre! Ihr Alexander, ihr Ein und Alles …

Im Kanonenofen im Laden brannte tatsächlich ein knisterndes Feuer. Sabine, die Alexander und den Laden gehütet hatte, ging nach der Rückkehr der beiden Frauen in die Küche, um Tee zu kochen.

»Schau dir das an, die Fenster sind wieder einmal völlig beschlagen.« Noch im Mantel, versuchte Flora hektisch, die Glasscheiben trockenzuwischen.

»Wozu die Mühe? Bei dem Wetter bleibt doch sowieso niemand stehen, um sich deine Dekorationen anzugucken«, sagte Hannah. »Vielleicht wäre es besser, zuerst den Schnee zu räumen. Wenn du mir eine Schaufel gibst, könnte ich –«

»Nichts da, du bleibst mit Alexander hier sitzen. Und wenn Sabine den Tee bringt, machst du es dir richtig gemütlich«, unterbrach Flora ihre Mutter. Für ihren Geschmack tat Hannah schon viel zu viel. Am Ende hieß es noch, sie, Flora, würde mit der Arbeit nicht fertig werden! Nun, da Hannah bei allen Gärtnern in Baden-Baden vorstellig geworden und ihr Auftragsbuch voll war, sollte sie eine schöne Zeit mit ihrem Enkel verbringen, mehr nicht.

Hannah seufzte. »Dir ist wirklich nicht zu helfen, Kind! Da hat dein Friedrich schon recht, du –«

Flora unterbrach ihre Mutter mit einem Kuss auf die Wange. »Es ist so schön, dich hier zu haben! Von mir aus könntest du für immer und ewig bleiben.«

»Na, da würde dein Vater aber –« Hannah brach ab, als vor der Ladentür ein schriller Schrei ertönte.

Flora ließ ihren Lappen fallen und stürzte nach draußen.

»Das ist ja gerade noch mal gutgegangen! Bitte stützen Sie sich auf meinen Arm … Gnädige Frau, Sie sind leicht wie eine Feder, wenn ich das anmerken darf.«

Fassungslos schaute Flora zu, wie Konstantin Sokerov Schnee von Gretel Grüns Hinterteil wischte. Einen Moment lang glaubte sie an eine optische Täuschung inmitten des Schneetreibens, doch er war es tatsächlich.

Seine Haare waren länger als im Herbst, sein Teint gebräunt. Einen schwarzen Fellmantel, wie er ihn trug, hatte Flora noch nie gesehen, wahrscheinlich war das im Ausland derzeit Mode …

Gut sah er darin aus. Und irgendwie verwegen.

Konstantin Sokerov war wieder da! Und sie hatte schon befürchtet, sie würde ihn nie wiedersehen.

Kuckucksspucke, was machte er hier mitten im Winter?

Noch immer sprachlos vor Schreck und Freude, hielt Flora endlich die Ladentür auf.

Bevor die Apothekergattin zu einer Schimpftirade wegen des ungeräumten Trottoirs anheben konnte, ergriff Konstantin eines der Topfveilchen. »Erlauben Sie mir als Ihrem … Retter, Ihnen dies zu überreichen?« Er zwinkerte Gretel Grün vertraulich zu. »Ich weiß, eine tapfere Dame wie Sie hätte eigentlich stolze Rosen verdient, aber …«

Voller Bewunderung beobachtete Flora, wie Konstantin so lange besänftigend auf die Apothekergattin einsprach, bis sich ein kleines Lächeln auf ihrem Gesicht zeigte.

Kurze Zeit später verließ Frau Grün den Laden mit glühenden Wangen und dem Veilchen in der Hand.

Stürmisch drehte sich Flora zu Konstantin um und drückte seine Hand.

»Vielen Dank! Jetzt sind Sie schon wieder zu meinem Retter geworden. Wären Sie nicht gewesen, hätte Gretel mir bestimmt den Kopf abgerissen.«

»Ich befürchte, das Hinterteil der Dame wird morgen so blau sein wie das Veilchen«, sagte Konstantin trocken.

Flora lachte laut auf. Im selben Moment spürte sie den Blick ihrer Mutter auf sich. Sie hatte Hannah glatt vergessen!

»Willst du nicht mit Alexander in die Küche gehen? Dort ist es bestimmt wärmer«, sagt sie, obwohl der Kanonenofen neben ihr glühte.

»Danke, nein, wir zwei haben es hier eigentlich ganz bequem«, sagte Hannah und lehnte sich mit dem Säugling auf dem Schoß im Stuhl zurück.

Flora zuckte mit den Schultern, dann wandte sie sich Konstantin zu. »Kann ich Ihnen helfen? Möchten Sie Blumen kaufen? Sagen Sie – was führt Sie mitten im Winter nach Baden-Baden? Als ich Sie sah, war ich ... war ich ganz ... sprachlos und –« Verlegen brach Flora ab. In ihrem Bauch verspürte sie ein seltsames Kribbeln.

Wie lange Konstantin wohl schon in der Stadt weilte? Führte womöglich sein erster Weg zu ihr?

Konstantin begann zu erzählen. »Nach der Schließung des Casinos sind wir sozusagen den Croupiers nachgereist. Monte Carlos angenehmes Klima ist Fürstin Stropolski im letzten Jahr außerordentlich gut bekommen. Dieses Jahr jedoch ... Sie war schon vor unserer Abreise kränklich, und dann ...« Konstantin biss sich auf die Lippen. »Erinnern Sie sich an Püppis Hund?«

»Susa, nicht wahr?« Aus dem Augenwinkel heraus warf Flora einen kurzen Blick auf ihre Mutter. Hannah nippte betont gelangweilt an ihrer Teetasse. Konstantins Erzählungen schienen sie nicht zu interessieren. Warum geht sie dann nicht in die Wohnung?, fragte sich Flora ärgerlich.

Konstantin war zurück! Würde sie ihn nun wieder öfter sehen? Der Gedanke ließ ihr Herz schneller klopfen.

»Genau, Susa. Das arme Tier ist von einer Droschke überfahren worden, ausgerechnet am letzten Tag im Jahr. Püppi war untröstlich. Ich wollte ihr sogleich einen neuen Hund kaufen, aber sie lehnte ab. Sie wollte keinen Tag länger in Frankreich bleiben und stattdessen zurück an den Ort reisen, an dem sie mit Susa so glücklich war.«

Flora runzelte die Stirn. So viel Aufhebens wegen eines Hundes?

»Natürlich konnte sie unmöglich allein reisen, also habe ich sie begleitet. Aber ehrlich gesagt weiß ich gar nicht, was wir so früh im Jahr in Baden-Baden sollen!« Er hob in einer tragikomischen Geste die Hände. »Püppi will eine Badekur machen. Ist so etwas außerhalb der Saison überhaupt möglich?«

»Aber sicher, die heilenden Wässer tun der Fürstin bestimmt gut«, entgegnete Flora hastig. »Mein Mann empfiehlt immer gern die Badeabteilung des Hotels Marie-Eluise. Ich selbst war zwar noch nicht dort, aber die Besitzerin soll umsichtig und ihr Betrieb sehr sauber sein.«

Konstantin nickte. »Und was tut sich sonst so in der ›Sommerhauptstadt Europas‹?«, fragte er ironisch und rieb sich dabei fröstelnd die Arme.

»Ach, es tut sich einiges!« Hektisch dachte Flora darüber nach, was ihn wohl interessieren könnte. »Stellen Sie sich vor, das Hotel Stéphanie Les Bains ist verkauft worden, der neue Besitzer will es im großen Stil umbauen. Er vertraut darauf, dass auch ohne Spielbank genügend Kurgäste kommen werden. Ich bin da eher skeptisch …« Sie zuckte mit den Schultern.

»Das Stéphanie ist verkauft? Da wird sich Irina aber freuen … Dann ists aus und vorbei mit ihrer preiswerten Absteige«, murmelte Konstantin vor sich hin, während er seinen Blick über die Auslagen schweifen ließ.

Oje, bestimmt hatte er in Monte Carlo eine tausendmal schönere Auswahl an Blumen … Hektisch zog Flora ein paar Platten unter der Theke hervor und reichte sie Konstantin. »Falls Sie ein Geschenk für die Fürstin suchen – ich habe etwas ganz Neues. Schauen Sie, meine Blumenbilder!« Für einen kurzen Moment berührten sich ihre Fingerspitzen. Flora zuckte zurück, als habe sie eine heiße Herdplatte angefasst. Was war nur mit ihr los? Warum war sie so aufgeregt? Und warum ging Hannah nicht endlich? Wie sie dasaß und mit gespitzten Ohren lauschte – peinlich war das. Was musste Konstantin nur denken?

Sein Blick verweilte auf den Bildern, fast andächtig strich er mit seinem Zeigefinger über die unzähligen getrockneten Blütenblätter, die Flora auf eine dünne Holzplatte aufgebracht hatte.

Genau wie er damals die Konturen ihrer Hand nachgezogen hatte. In der Weinstube, nach dem Überfall. Lange hatte sie nicht mehr an jenen Abend gedacht.

»Die Bilder sind wunderschön. Sie erinnern mich wieder einmal schmerzhaft daran, wie sträflich ich selbst meine Malerei vernachlässige. Aber meine Verpflichtungen lassen mir dafür einfach keine Zeit, verstehen Sie?«

Flora nickte heftig. Natürlich verstand sie – die alte Fürstin nahm ihn sicher ordentlich in Beschlag, eine Schande war das!

Er zeigte auf ein Bild mit rotem Klatschmohn. »Das hier möchte ich kaufen.«

Während Flora das Bild in Papier einwickelte, fragte er: »Und womit vertreibt man sich nun, da das Casino geschlossen ist, in Baden-Baden die Zeit?«

»Wer sagt denn, dass man hier nicht mehr spielen kann?« Flora schaute vom Packpapier auf, und einen Wimpernschlag lang trafen sich ihre Blicke.

Dann begann Flora von einem nebligen Novembertag zu erzählen, an dem sie Blumen in die Villa Menschikow gebracht hatte. »Für eine kleine, intime Feier, wurde mir gesagt.«

Konstantin lachte auf. »Ich ahne schon, was kommt. Meine lieben russischen Freunde wissen doch gar nicht, wie man das Wort ›klein‹ schreibt!«

»Stellen Sie sich vor, an diesem Tag wurde in der Villa der sogenannte Internationale Club gegründet.« Konstantin schien ihre Erzählung wirklich interessant zu finden, daher fuhr Flora eifrig fort: »Ich habe ziemlich dumm geguckt, als ich sah, wer alles anwesend war. Lauter Landgrafen und Fürsten, die sich zukünftig für die Rennbahn in Iffezheim einsetzen möchten. Über dieses Treffen hat sogar die Zeitung berichtet. Ich habe den Artikel aufgehoben, vielleicht wollen Sie ihn sehen?«

»Ehrlich gesagt kann ich mit Pferden nicht viel anfangen«, sagte Konstantin. »Einmal war ich mit Irina in diesem ... Iffezheim. So viele Menschen pilgern dorthin, dabei ist es nur ein ganz gewöhnliches Bauerndorf. Damals haben bei jedem Rennen die Pferde des Herzogs von Hamilton gewonnen. Sogar das Wetten war langweilig.«

»Wenn das die Pferdeliebhaber hören!« Flora lachte. »Friedrich sagt, der Internationale Club wolle dafür sorgen, dass von nun an Jockeys aus aller Herren Länder an den Rennen teilnehmen, damit diese erstklassig werden. Er behauptet, sogar Kaiser Wilhelm wolle kommen!«

»Vielleicht bringt er seine reizende Gattin mit? Und Ihr Traum wird doch noch wahr?«

»Blumen für den Geburtstag der Kaiserin liefern.« Flora schaute seufzend auf. »Dass Sie sich daran erinnern ...«

Konstantin zuckte mit den Schultern. »Dinge, die einen beeindrucken, vergisst man eben nicht. Aber sagen Sie, was meinten Sie vorhin, als Sie ...« Er suchte nach passenden Worten. Flora sah ihn schelmisch an.

»Sie meinen das Glücksspiel? Nun, während ich meine Blumen in der Villa Menschikow dekorierte, habe ich verschiedene Gespräche mit angehört.« Ihre Stimme wurde leiser. »Pferdewetten sind in diesem Club scheinbar nicht die einzige Möglichkeit, das Glück herauszufordern. Es soll irgendwo ein verstecktes Zimmer geben.«

Konstantin grinste. »Und *Sie* erinnern sich an meine Spielleidenschaft.«

»Manche Dinge vergisst man halt nicht«, erwiderte Flora und sie lachten zusammen wie alte Freunde.

Im nächsten Moment schrie Alexander los.

»... den Croupiers nachgereist – hat man so etwas Affektiertes schon mal gehört? Was war denn das für einer?«, fragte Hannah, kaum dass sie allein waren.

Flora streichelte gedankenverloren über Alexanders Kopf.

Nun, da sich der Säugling satt getrunken hatte, lag er wieder zufrieden schlummernd in seinem Korb.

»Kind, ich rede mit dir! Wer war dieser … wichtigtuerische Kerl?« Es hätte nicht viel gefehlt, und Hannah hätte ihre Tochter geschüttelt. Die roten Flecken auf ihrem Hals stammten bestimmt nicht vom Ofen! Dazu das selige Lächeln, das ihre Mundwinkel umspielte. Und wie sie über jeden Witz, den der Mann in seinem gebrochenen Deutsch von sich gegeben hatte, lachte! All das gefiel Hannah gar nicht.

»Konstantin Sokerov ist ein bulgarischer Maler. Er hat mich damals bei dem Überfall gerettet – ich habe dir doch davon geschrieben. Und er ist auch der Begleiter von Fürstin Nadeshda Stropolski. Alle nennen sie nur Püppi, dabei ist sie steinalt. Du hast es ja gehört, ohne ihn könnte sie gar nicht mehr reisen. Aber er kümmert sich rührend um die alte Dame. Sie war letztes Jahr meine erste Kundin, davon habe ich dir doch auch geschrieben, oder?« Floras Worte kamen atemlos, als wäre sie die Treppen zum Marktplatz hochgerannt.

Unwirsch winkte Hannah ab. Ja, ja, natürlich.

Triumphierend schaute Flora sie an. »Hunderte meiner Maiglöckchen haben Konstantins Bilder geschmückt! Später hat er mir anvertraut, dass ihm die ganze Ausstellung schrecklich peinlich gewesen sei. Er sei in seiner Malerei noch nicht so weit, als dass er hätte ausstellen wollen. Er ist halt sehr bescheiden.«

»Ein Kunde, aha. Oder besser gesagt der ›Begleiter‹ einer Kundin – dafür tust du aber ziemlich vertraut mit ihm.«

»Ich pflege mit all meinen Kunden einen freundlichen Umgang – glaubst du, ich hätte es sonst so weit gebracht? Also wirklich, Mutter, ich weiß nicht, was du von mir willst!« Die Hände in die Hüften gestemmt, funkelte Flora ihre Mutter wütend an.

»Schon gut, schon gut!«, wehrte Hannah ab. »Was hat die Frau aus der Apotheke jetzt eigentlich gewollt?«

»Keine Ahnung!«, erwiderte Flora. »Aber vielleicht sollte ich jetzt besser den Schnee forträumen, bevor noch jemand auf den Hintern fällt …«

Das Gelächter von Mutter und Tochter, das auf diese Worte folgte, klang merkwürdig gezwungen.

Mit dem Blumenbild unter dem Arm verließ Konstantin den Laden.

Wie sich das Blumenmädchen über sein Erscheinen gefreut hatte! Und wie atemlos sie ihm alle Neuigkeiten über Baden-Baden erzählt hatte. Sie war ein süßes kleines Ding, trotz ihrer schmutzigen Schürze, trotz der vom Schnee krausen Haare, trotz der Hände, in deren tiefen Rillen der Dreck saß. Sie war so voller Eifer bei allem, was sie tat und erzählte ... War ihm das nicht schon im letzten Jahr aufgefallen, damals, als er sie nach dem Übergriff dieses schrecklichen Kerls in die Weinstube eingeladen hatte?

»Die schönsten Blumen blühen im Verborgenen« – warum ihm gerade jetzt dieser Spruch einfiel, hätte Konstantin nicht sagen können.

Vielleicht war es doch keine schlechte Idee gewesen, nach Baden-Baden zurückzukehren.

## 44. Kapitel

»Eine Schlittenfahrt! Was für eine reizende Idee!« Püppis magerer Leib lehnte sich unter der schweren Decke an Konstantin, ihre Arme umschlangen seinen Hals, ihre kalten Lippen setzten zu einem Kuss an ...

Konstantin beugte sich hastig nach vorn zu dem Korb mit den Champagnerflaschen und Gläsern.

»Wie schön, dass meine Überraschung gelungen ist.« Er öffnete mit lautem Knall eine Flasche, der Korken sprang über den Rand des Schlittens in den Schnee. Eines der Pferde wieherte nervös, das andere begann zu tänzeln. Beruhigend sprach der

Kutscher auf die beiden ein. Es kam nur selten vor, dass die Rösser an einem tiefverschneiten Februarmorgen aus dem Stall geholt und vor den Schlitten gespannt wurden. Dementsprechend groß war die Aufregung der Tiere.

Während sich der Schlitten in Bewegung setzte, schenkte Konstantin den Champagner ein. Die perlende Flüssigkeit glitzerte mattgolden im Sonnenlicht und wirkte frisch, klar und rein. Auf einmal packte Konstantin eine solch unbändige Freude, dass er laut auflachte.

»Trinken wir!« Auffordernd hielt er Püppi ein Glas Champagner hin.

Doch Püppi schüttelte bedauernd den Kopf. »Mein Magen … Du weißt doch, gestern hatte ich solch schreckliche Winde.«

Ohne ein weiteres Wort kippte Konstantin ihr Glas über den Rand der Kutsche aus, dann trank er sein eigenes Glas in einem Zug leer.

»Eine Schlittenfahrt.« Püppi seufzte. »Habe ich dir eigentlich schon mal erzählt, wie Josephina und ich …«

Konstantin hörte nur scheinbar interessiert Püppis langatmiger Geschichte aus ihrer Kindheit im Palast von Zarskoje Selo zu. Herr im Himmel, das alles lag über fünfzig Jahre zurück! Püppi tat jedoch, als wäre es erst gestern geschehen.

Der Schlitten bog in die Lichtenthaler Allee ein. Beim Anblick der langen, geraden Straße trabten die Pferde unwillkürlich einen Schritt schneller.

»… und dann das Feuer! Wie die Flammen das Haus verschlangen und Josephina mittendrin, weil …« Je tiefer sich Püppi in ihre Erzählung verstrickte, desto schriller und brüchiger wurde ihre Stimme.

Auf einmal glaubte Konstantin es nicht mehr ertragen zu können.

*Hör auf! Sei still! Schau, das Leben ist schön!*, wollte er sie anschreien. Stattdessen beugte er sich zum Kutscher nach vorn. »Zum Hotel Marie-Eluise!«

Zu Püppi sagte er: »Liebste, ich befürchte, die Fahrt ist doch zu aufregend für dich. Wir fahren ins Marie-Eluise, wo du in aller Ruhe deine Badekur fortsetzen kannst.« Er tätschelte ihre knochige Vogelhand.

»Aber warum ... Ich will das nicht! Das Wasser ist immer so heiß, ganz schwindlig wird mir davon. Und außer mir ist nie jemand dort, ganz allein liege ich in einer der Wannen ...« Püppis Augen wurden wässrig. »Könntest du mir nicht wenigstens Gesellschaft leisten?«

Konstantin ging nicht auf ihre weinerlichen Worte ein. »Die Ruhe wird dir guttun«, sagte er und atmete auf, als das kleine Hotel in Sichtweite kam.

»Und nun?«, fragte der Kutscher, als Konstantin aus dem Marie-Eluise herauskam.

Zurück in den Europäischen Hof? Konstantin verzog das Gesicht. Die Vorstellung, wie an jedem Vormittag im stickigen Salon vor dem Kamin die Zeitung zu lesen, schnürte ihm fast die Luft ab. Er hatte sich so auf eine Ausfahrt in der kristallklaren Luft gefreut! Endlich einmal herauszukommen aus der Stadt, etwas anderes zu sehen und zu riechen! Vielleicht irgendwo einkehren, eine einfache heiße Suppe löffeln. Einmal kein Fünf-Gänge-Menü inmitten der Handvoll ewig gleicher, altbekannter Gesichter im Europäischen Hof.

Als er den Schlitten für den ganzen Tag mietete, hatte Konstantin gehofft, dass ein bisschen Abwechslung auch Püppi guttun würde. Allerdings hatte er nicht bedacht, wie aufgeregt und verwirrt sie in letzter Zeit auf alles, was von ihrem normalen Alltag abwich, reagierte. Manchmal reichte das Gesicht eines neuen Zimmermädchens, das Püppi an jemanden aus vergangenen Zeiten erinnerte, und schon verlor sie sich in endlosen Erinnerungen, aus denen sie nur noch schwer ins Hier und Jetzt zurückfand. Dass eine Schlittenfahrt Erinnerungen an die russischen Winter ihrer Kindheit wachrufen würde, hätte sich Konstantin inzwischen eigentlich denken können.

Arme Püppi. Wie sollte das nur weitergehen?

Gedankenverloren blinzelte Konstantin der Sonne entgegen, die gerade hinter den nackten Bäumen hervorkroch. Bald würde sich die Stadt in ein schneeweißes, glitzerndes Wintermärchen verwandeln.

Eines der Pferde scharrte ungeduldig mit dem Huf im Schnee. »Was denn nun?«, fragte der Kutscher erneut.

»Ich habe eine Idee«, murmelte Konstantin. Und mit den ersten Sonnenstrahlen stahl sich ein Lächeln auf sein Gesicht.

»Ich soll sofort zur Fürstin Stropolski in den Europäischen Hof kommen?«

Der Botenjunge, der Flora den Zettel überreicht hatte und nun auf ein kleines Trinkgeld hoffte, zuckte verlegen mit den Schultern.

Stirnrunzelnd wanderte Floras Blick zwischen dem Zettel, dem Jungen und ihrem Laden hin und her.

Es war ein ausgesprochen ruhiger Morgen, den Flora bisher mit Putzen verbracht hatte. Außer Else Walbusch und Herrn Schierstiefel war noch niemand dagewesen. Ernestine saß mit Hannah und einer Stickarbeit im Esszimmer. Beide hatten ein Auge auf Alexander, der friedlich in seinem Körbchen schlief.

Spontan drückte Flora dem Botenjungen eine Münze in die Hand. »Lauf zurück und sag, dass ich komme!«

Dann rannte sie ins Haus, um Bescheid zu sagen, dass die Fürstin nach ihr verlangte.

»Fürstin Stropolski? Da lockt womöglich ein großer Auftrag! Geh nur, ich kümmere mich hier um alles«, sagte Ernestine, während Hannah beim Namen der Fürstin eine Grimasse zog, die Flora nicht deuten konnte.

Vielleicht ist Konstantin bei der Besprechung anwesend, dachte sie hoffnungsvoll, während sie das Schild *Komme gleich wieder* an die Ladentür hängte.

»Sie sind absolut verrückt!«, rief Flora eine halbe Stunde später. »Mich mitten am Tag zu einem Ausflug zu entführen … Und dann das hier!« Lachend hielt sie ihr Champagnerglas in die Höhe. Kuckucksspucke, was dachte sie sich nur dabei, diese Tollerei auch noch mitzumachen?

Das Klirren ihrer Gläser mischte sich mit dem Klang der Glöckchen, die überall am Geschirr der Pferde befestigt waren.

Kaum hatte Flora ausgetrunken, füllte Konstantin ihr Glas wieder auf. »Ich hoffe, Sie verzeihen mir meine kleine List.« Über den Rand seines Glases hinweg blinzelte er sie verschmitzt an.

»Das muss ich mir noch gründlich überlegen«, antwortete Flora kichernd und nahm noch einen Schluck Champagner. Er schmeckte köstlich! Ihr war schon ein bisschen schwindlig davon.

Obwohl sich die kalte Winterluft wie ein eisiger Film auf ihr Gesicht gelegt hatte, glühten ihre Wangen. Aber war es denn ein Wunder? Da saß sie am helllichten Tag mit einem Rumänen in einem glockengeschmückten Pferdeschlitten und trank Champagner!

Als sie Konstantin Sokerov vor dem Europäischen Hof entdeckt hatte, hatte ihr Herz einen Moment lang ausgesetzt zu schlagen. Wo war die Fürstin?

Er habe den Schlitten für den ganzen Tag gemietet, der Fürstin sei jedoch nicht nach einer Ausfahrt zumute, hatte Konstantin ihr erklärt. Und da habe er sich gedacht, Flora könne anstelle der Fürstin ... Schließlich kenne er doch sonst niemanden in Baden-Baden. Und es wäre eine Schande, die Pferde an diesem strahlenden Wintertag wieder in ihren dunklen Stall zu sperren!

Flora war unschlüssig von einem Bein aufs andere getreten. Wie sollte sie später Friedrich erklären, dass sie mit einem fremden Mann eine Schlittenfahrt unternommen hatte?

Flora hatte schon zu einem Nein angesetzt, als eine Ladung Schnee von einem herabhängenden Ast rutschte und genau auf ihrem Kopf landete. Prustend und lachend hatte sie sich geschüttelt, sich die nassen Haare aus der Stirn gestrichen. Unter niedergeschlagenen Lidern hatte sie in Konstantins blasses Gesicht mit den tiefen Schatten unter den Augen geschaut. Wie sehnsüchtig er auf ihre Antwort zu warten schien …

Eine Schlittenfahrt. Warum eigentlich nicht? Daheim brauchte schließlich niemand etwas von diesem kleinen Abenteuer zu erfahren, oder?

»Auf so eine Idee können wirklich nur Sie kommen!«, sagte Flora nun erneut. »Ich möchte mal wissen, welchen Grund es gibt, dass Sie mich derart verwöhnen …«

»Jeden Grund der Welt«, entgegnete Konstantin. »Sie sind jung, Sie sind schön … Das Leben ist auch schön und wir zwei sind dazu auserkoren, es zu genießen!«

Flora errötete. »Jung und schön« – so etwas hatte ihr noch nie jemand gesagt.

»Sie wissen gar nicht, wie glücklich Sie mich damit machen, dass Sie mich begleiten. Genau betrachtet haben Sie mir das Leben gerettet – ich wäre sonst vor Langeweile gestorben. Danke, dass Sie mitgekommen sind!«

Flora keuchte vor Schreck auf, als er sie auf die Wange küsste. »Konstantin! Wie können Sie –« Abrupt brach sie ab und zeigte aufgeregt mit der Hand nach rechts. »Schauen Sie, das ist die Stelle, wo im März ganze Teppiche von Schlüsselblümchen blühen! Und da hinten – da wächst herrlicher wilder Flieder.« Vergessen war der vorwitzige Kuss, Floras Blick wanderte sehnsuchtsvoll die Allee entlang. »Wenn nur endlich wieder Frühjahr wäre … Ich sehne mich so sehr nach Farbe und Duft, und ich habe solch eine Lust aufs Blumenpflücken!« Gierig trank sie einen Schluck Champagner. Einen Moment lang glaubte sie, den Duft des Frühlings in ihrem Glas riechen zu können.

Konstantin seufzte lang und tief. »Ihr Leben mit dem Wechsel der Jahreszeiten, Ihre Naturverbundenheit – ich finde es bewundernswert, wie hautnah Sie alles erleben. Fast könnte man sagen, Sie sind ein Teil von alldem hier! Das ist es wohl, was man Heimat nennt. Seltsam, aber in Ihrer Nähe wird mir immer wieder bewusst, was ich selbst verloren habe. Ich verspüre keine Wurzeln mehr, nirgendwo das Gefühl von Heimat. Ich könnte Ihnen höchstens sagen, wann in welcher Stadt die Opernsaison beginnt, ob es eine Theaterpremiere zu feiern gibt oder wann man sich wo zur Jagd trifft.«

Flora schaute ihn von der Seite an. »Das, was Sie Heimat nennen, ist doch eigentlich nichts Besonderes. Kann man sich nicht auch nach dem Fremden sehnen?« Im letzten Moment gelang es ihr, ein paar besonders tief hängenden Tannenzweigen auszuweichen. Während Flora sich duckte, schnappte sich eines der Pferde im Trab ein wenig von dem Tannengrün und kaute genussvoll darauf herum. Konstantin und Flora mussten lachen.

»Anfangs fand ich alles Fremde ebenfalls erstrebenswert, und Heimatlosigkeit bedeutete für mich vor allem Freiheit.« Konstantin machte eine weit ausholende Geste. »Ich wollte die engen Fesseln meines Zuhauses aufknüpfen und neue Wege gehen. Doch inzwischen frage ich mich, ob ich nicht in einer Sackgasse gelandet bin.«

Der bittere Klang seiner Stimme überraschte Flora. Er wirkte doch sonst immer so zufrieden! Sein Gesicht war nur eine Handbreit von ihrem entfernt. Sie konnte die großen Poren auf seiner Nase sehen und die goldenen Sprenkel in seinen dunklen Augen, die im Licht der fahlen Sonne glitzerten. Der Drang, ihn zu umarmen und mit tausend kleinen Küssen wieder aufzumuntern, war auf einmal übermächtig.

»Aber trägt man die Heimat nicht immer im Herzen?«, fragte sie leise. »Und kann man nicht auch in der Fremde Wurzeln schlagen? Vielleicht sollten Sie wirklich wieder mit dem Malen beginnen.«

»Nichts täte ich lieber. Gerade in Ihrer Gegenwart fühle ich eine solche Inspiration, als ob Ihre Kreativität ansteckend wäre. Aber da ist Püppi ... Sie wird immer wunderlicher. Und kränker! Tagein, tagaus geht es nur noch um ihre Befindlichkeiten. Was sie essen kann und was nicht, wann sie schlafen kann und wann nur ruhen. Wie es mir geht, danach fragt niemand. Während der Saison ist Baden-Baden äußerst unterhaltsam, aber jetzt im Winter hält sich doch nur ein sehr kleiner Kreis hier auf und – ach, dieses ewige Herumsitzen macht mich noch ganz verrückt!«

Was bist du nur für eine dumme Kuh, schalt sich Flora stumm. Wie sollte er sich seiner Malerei widmen, wenn die Fürstin ihn derart mit Beschlag belegte?

Betroffen nahm sie noch einen Schluck Champagner.

Da hob Konstantin erneut an: »Vergessen Sie meine dummen Bemerkungen. Vielleicht bin ich heute so melancholisch, weil die Ausfahrt mit Ihnen mich so glücklich macht? Vielleicht sehnt sich der Mensch aber auch immer genau nach dem, was er nicht haben kann.« Schelmisch schaute er ihr in die Augen.

Flora lachte. »Das habe ich schon mal gehört, ich weiß nur nicht mehr, wo. Vielleicht haben Sie recht ...« Wenigstens hatte sich Konstantins Miene wieder aufgehellt!

»Sie sehnen sich nach Ihren Wiesenblumen, ich sehne mich nach unseren russischen Freunden. Ja, vor lauter Langeweile fange ich sogar schon an, den alten Popo zu vermissen! Und Irinas Bemerkungen darüber, wie schrecklich teuer das Leben doch geworden ist.« Er schüttelte den Kopf. »Püppi steht mit vielen von ihnen in Briefkontakt, daher weiß ich, dass die Gagarins, die liebe Anna und vielleicht auch Matriona und ihre Söhne zur Saison anreisen wollen. Dann ist endlich wieder für Abwechslung gesorgt. All das wird bestimmt auch Püppi guttun ...«

»Sie wollen tatsächlich wiederkommen? Obwohl das Casino geschlossen ist?«, fragte Flora mit zitternder Stimme. Das wäre mehr, als sie zu hoffen gewagt hatte. Wenn sie das Friedrich erzählte!

Konstantin grinste. »Wer braucht das Casino, um die Kugel rollen zu lassen? Und solange der Einsatz stimmt, findet sich auch immer eine Runde fürs Kartenspiel ... Oh, Schauen Sie!«

Er legte seinen Arm um ihre Schulter und zeigte nach rechts, wo aus einem kleinen Wäldchen zwei Rehe hervorkamen.

»Wie bei uns auf der Schwäbischen Alb«, flüsterte Flora und lehnte sich in Konstantins Arm.

Kurz vor dem Kloster Lichtenthal bat Konstantin den Fahrer anzuhalten. Er sprang aus dem Schlitten, hielt Flora seine Hand hin.

»Wollen wir uns ein paar Minuten die Beine vertreten?«

Während der Kutscher den Pferden Heusäcke umhängte, spazierten sie los.

»Wie gut der Winter duftet ... So rein! Ein bisschen wie frisch gewaschene Wäsche.« Genießerisch hielt Flora ihr Gesicht der Sonne entgegen. Wie spät mochte es wohl sein?, fragte sie sich stumm. Hoffentlich nicht schon Mittag? Sie machte einen Sprung über eine kleine Schneewehe. Und wenn! Jetzt war es eh schon egal. Eine kleine Verrücktheit würde ihr doch mal erlaubt sein, oder? Trotzdem drehte sie nach ein paar Schritten wieder um. Es tat nicht not, den Spaziergang über Gebühr auszudehnen.

»Und die gestochen scharfen Konturen der Bäume und Häuser, nirgendwo ein bisschen Farbe, alles schwarz und weiß – wie auf einer Bleistiftzeichnung, finden Sie nicht?«, sagte Konstantin und bog einen Ast nach oben, damit Flora darunter hindurchlaufen konnte.

»Oder wie bei einem Scherenschnitt. Aber wenigstens sind wir nicht so reglos wie diese Figuren!«, sagte Flora und warf kichernd den ersten Schneeball.

Es dauerte einen Moment, bis Konstantin merkte, dass die nasse Ladung nicht von einem der verschneiten Bäume stammte.

»Sie ... freches Mädchen!« Schon kratzte er selbst Schnee zusammen, doch Flora hatte ihren zweiten Ball längst geformt und feuerte ihn schwungvoll auf ihn ab.

Ein paar Minuten lang tollten sie im Schnee herum. Bald

waren Floras Haare erneut nass und kräuselten sich ungebärdig. Vor lauter Lachen tat ihr schon der Bauch weh. Sie konnte sich nicht daran erinnern, wann sie das letzte Mal so unbekümmert gewesen war.

Auch Konstantin liefen Lachtränen übers Gesicht, als er versuchte, Flora, die sich immer wieder seinem Griff entwand, eine Abreibung mit Schnee zu verpassen.

Beide bemerkten sie zwar die Gruppe Nonnen, die sich am Pferdeschlitten vorbeischob, um zu einem außerhalb der Klostermauern gelegenen Heuschober zu gelangen, doch sie kümmerten sich nicht weiter um sie.

Bepackt mit Stroh- und Heuballen, machten sich die Ordensfrauen bald darauf wieder auf den Rückweg. Neugierig starrten sie dabei zu dem jungen Paar hinüber.

## 45. Kapitel

Zwei Tage später erhielt Ernestine einen Brief von Sybille. Seltsam – es war doch weder Weihnachten noch Ostern? Einen Moment lang überlegte sie, ob sie ihn am Abendbrottisch öffnen und den anderen vorlesen sollte. Ein Brief aus dem Kloster war doch schließlich etwas Besonderes, nicht wahr? Bestimmt würde Hannah sehr beeindruckt sein. Aber dann überwog die Neugier und Ernestine riss den Briefumschlag auf.

»Jetzt spinnt das Mädchen vollends«, murmelte sie vor sich hin, als sie zu Ende gelesen hatte. Zu behaupten, sie hätte Flora am Dienstag mit einem fremden Mann in der Nähe des Klosters gesehen! Wie wollte denn Sybille die Schwägerin erkannt haben? Sie hatte Flora doch bisher nur einmal gesehen. Ein Hochzeitsbild von Flora und Friedrich besaß sie allerdings auch …

Von einer Schneeballschlacht direkt vor den Klostermauern schrieb sie auch etwas, aber dieser Teil des Briefes war fast unleserlich. Sybille hatte ihn ganz schmal geschrieben, damit am Rand noch Platz war für einen Bibeltext.

Ernestines Blick huschte in Richtung Tür. Flora und ihre Mutter waren beide im Laden – Gott sei Dank! Allein die Vorstellung, eine von beiden hätte den Brief angenommen und gelesen …

Außerdem schrieb sie von Dienstag. Ernestine wusste ganz genau, dass Flora an jenem Tag bei der Fürstin Stropolski im Europäischen Hof gewesen war. Flora hatte sich sehr gefreut, ihre allererste Kundin so früh im Jahr begrüßen zu dürfen. Fast den halben Tag hatte sie der Frau geopfert. Doch am Ende hatte sich die Fürstin nicht entscheiden können, welche Art von Blumenschmuck sie für welche Art von Fest nun eigentlich wollte. Tja, so war es bei den reichen Leuten!

Ernestine schüttelte den Kopf. Was hatte Sybille nur zu diesen verwirrten Zeilen getrieben? War sie eifersüchtig auf Flora und all das, was sie für die Familie erschaffen hatte? War es eine Art Gotteswahn?

Ein bisschen seltsam war das Kind schon immer gewesen. Wenn Ernestine nur an den durchdringenden Blick dachte, den Sybille so gern aufgesetzt hatte – als ob sie sich mühte, ihre Gedanken zu lesen. Geradezu unheimlich war das manchmal gewesen.

Die Entscheidung, sie ins Kloster zu geben, war jedenfalls richtig gewesen, befand Ernestine, während sie den Brief in den Ofen warf, wo er sich in tausend kleine Aschefetzen verwandelte. Es tat wirklich nicht not, dass Friedrich oder sonst jemand Sybilles verwirrte Zeilen zu Gesicht bekam. Und sie selbst vergaß den Brief am besten auch ganz schnell.

Doch die Zeilen gingen Ernestine trotz ihres Vorsatzes nicht aus dem Kopf. Am Abend hielt sie es nicht länger aus. Eigentlich war es nur gut und richtig, wenn sie Flora davon erzählte, sagte sie sich. Irgendwann würden die jungen Frauen sich wieder über den Weg laufen, und Flora sollte nicht unvorbereitet sein, für den Fall, dass Sybille erneut mit ihren Fantasien anfing.

»Jetzt mach nicht solch ein erschrockenes Gesicht«, sagte sie zu Flora, nachdem sie ihr haarklein den Inhalt des Briefes anvertraut hatte. »Sybille ist bestimmt nur neidisch auf euer Glück. Früher hat sie sogar schon neidisch geguckt, wenn ich meinen Bub einmal in den Arm genommen habe. Als ob ich das nicht dürfte!«

Flora umklammerte den Arm ihrer Schwiegermutter. »Weißt du, Ernestine, an diesem Tag, also, da war –«

Ernestine unterbrach sie mit trauriger Stimme. »Du brauchst nichts zu sagen, liebes Kind. Dir machen solche Anzeichen von Verwirrtheit Angst, und mir geht es genauso. Deshalb verstehe ich dich auch ohne Worte. Mit meiner eigenen Tochter hingegen habe ich mich nie wirklich verstanden. Wie gut, dass du bei uns bist!« Sie drückte Flora so fest an sich, dass dieser fast die Luft wegblieb.

Die alte Bauernregel, die Flora Hannah am stürmisch verschneiten Lichtmesstag aufgesagt hatte, erwies sich im Jahr 1873 als richtig: Der Winter machte sich rasch davon, und als sich inmitten des alten Laubes die ersten Veilchen zeigten, weinte ihm keiner eine Träne nach.

»Die drei Monate bei euch sind vergangen wie ein Wimpernschlag! Wo ist die schöne Zeit nur hin? Und warum müssen wir Gönninger immer Lebwohl sagen?« Hannah seufzte so schwer auf, dass Flora fast schon wieder lachen musste. Dabei war ihr auch nach Heulen zumute!

Jetzt fuhr die Mutter wieder heim, und später am Tag würde sich Friedrich ebenfalls auf den Weg machen. Wann genau sein Zug nach Bad Ems abfuhr, wusste Flora nicht.

»Komm bald wieder«, drängte sie die Mutter, während sich die beiden in einer innigen Umarmung hin und her wiegten.

Sabine stand mit Alexander auf dem Arm neben ihnen auf dem Bahnsteig. Hannah warf ihrem Enkel einen sehnsüchtigen Blick zu. »Wenns nach mir ginge, jederzeit. Es zerreißt mir fast das Herz, mich von dem Kleinen trennen zu müssen.«

»Ich werde dir jede Woche schreiben! Und beim nächsten Besuch bringst du Vater mit. Und Seraphine. Und Valentin natürlich auch. Ach, einfach alle!«, sagte Flora und schniefte.

Flora blieb nicht viel Zeit, sich ihrem Abschiedsschmerz hinzugeben. Kaum war sie zurück im Laden, erschien ein Witwer aus der Nachbarschaft, der mit Hilfe der Blumensprache eine aufdringliche Dame abweisen wollte.

Leider blühe der Gänsefuß noch nicht, sagte Flora bedauernd. Aber sie könne ihm getrocknete Herbstastern anbieten. Zusammen mit dem *Blumen-ABC* würde die Dame seine Botschaft – nämlich ihr Lebewohl zu sagen – sicher verstehen. Mit einem ganzen Korb voller getrockneter Astern machte sich der Mann wieder auf den Weg.

Sabine, die Alexander zum Stillen hereingebracht und die Szene beobachtet hatte, schüttelte den Kopf.

»Eigentlich sind die Menschen feige. Sie brauchen deine Blumen, um zu sagen, wenn sie etwas stört. Oder was sie freut.«

Flora lachte. »Na und? Wenn alle ihre Gefühle so schön ausdrücken könnten, wie Dichter es tun, wäre ich mit meiner Blumensprache arbeitslos. Und nun gib mir den Kleinen, bevor meine Brüste platzen!«

»Grüßen Sie bitte die Fürstin von mir!«

»Und Sie vergessen Ihr Versprechen nicht, in Ordnung?«

»Wir werden sehen.« Flora lächelte.

Stirnrunzelnd beobachtete Friedrich, wie seine Frau dem Mann nachwinkte.

»Das war doch dieser Konstantin Sokerov! Was wollte der denn schon wieder? War der nicht erst gestern hier? Und von welchem Versprechen faselt er?«

Als bemerke sie ihn erst jetzt, drehte sich Flora zu Friedrich um. »Er ist ein guter Kunde. Hast du den riesigen Narzissenstrauß, den er für die Fürstin gekauft hat, nicht gesehen?« Ihre Augen glänzten, ihre Wangen waren gerötet wie nach einem

Marsch durch die frische Märzluft. Wie schön meine Frau ist, durchfuhr es Friedrich plötzlich.

Doch dann rümpfte er die Nase. »Früher hätte man so jemanden *un petit jeune homme* genannt. Lässt sich von einem alten, kranken Weib aushalten …« Sein Blick fiel auf einen kleinen Schmetterling aus Porzellan, der am Rande der Ladentheke stand, als wolle er im nächsten Moment davonfliegen. »Was ist denn das?«

»Äh, den Schmetterling hat Konstantin Sokerov mir als Zeichen seines Dankes überreicht. Weil ich immer so schöne Sträuße binde.«

»Als Zeichen seines Dankes, so, so …« Friedrich fand das reichlich übertrieben. Aber was interessierte ihn dieser Mann? Er winkte ab. »Ich bin auf dem Sprung zum Bahnhof und wollte dir adieu sagen und – Flora!« Sie hatte sich so unerwartet an seine Brust geworfen, dass er ein Stück nach hinten taumelte.

»Warum kann ich nicht mitfahren? Seit unserer Reise nach Gönningen waren wir nicht mehr zusammen fort. Dieses Bad Ems würde mir sicher gut gefallen! Und es wäre wunderschön, wenn wir beide endlich wieder einmal allein wären. Nur du und ich –«

»Was redest du denn da? Bei all meinen Terminen hätte ich für dich bestimmt gar keine Zeit.«

»Es gibt auch noch die Abende. Wir könnten zusammen essen gehen und …« Sie zuckte hilflos mit den Schultern. »Ich habe einfach das Gefühl, dass es nicht gut ist, wenn du fortfährst und ich allein hierbleibe. Der Gedanke macht mir beinahe Angst.«

»Ach Flora …« Sanft schob er sie von sich weg. »Ich hätte dich auch gern an meiner Seite. Aber was wäre dann mit Alexander? Und mit dem Laden? Soll Mutter sich etwa um alles kümmern? Das schafft sie doch nicht …« Friedrich zückte seufzend seine Taschenuhr.

Er war spät dran. In knapp einer Stunde ging sein Zug. Auch musste er zusehen, dass er seinen Besuch im sogenannten »Kaiserbad« so schnell wie möglich hinter sich brachte – schon in wenigen Wochen begann in Baden-Baden die Saison! Großartige neue Erkenntnisse erhoffte er sich, im Gegensatz zu den Verantwortlichen in der Kur- und Bäderverwaltung, von dieser Reise nicht, dazu waren die beiden Kurorte einfach zu verschieden. Aber diese Inhalationskur, die in Bad Ems schon vor gut zwanzig Jahren eingeführt worden war, interessierte ihn sehr. Jedenfalls hatte man in Bad Ems nicht alles auf die Karte »Spielbank« gesetzt, sondern schon sehr früh den Kurbetrieb gefördert.

»Es sind doch nur zwei Wochen! Alexander können wir doch einfach mitnehmen. Ich fände es so schön, mal wieder etwas Neues zu sehen! Mich inspirieren zu lassen und …«

Friedrich steckte seine Uhr wieder in die Hosentasche, holte sein Zugbillett hervor und warf einen zerstreuten Blick darauf. »Du redest, als ob es sich um eine Lustreise handelt«, murmelte er. »Außerdem kannst du hier einfach nicht weg!«

Flora wandte sich von ihm ab. »Deine Einwände sind ja berechtigt«, sagte sie leise. »Aber wie oft wirfst du mir vor, dass ich nur den Laden im Sinn habe? Jetzt denke ich einmal an uns beide, und prompt ist es dir auch nicht recht. Ich glaube einfach, ein bisschen Zweisamkeit täte uns wirklich gut.«

»Ja. Nein.« Friedrich seufzte gequält. »Hättest du deinen Wunsch früher vorgetragen, hätte man vielleicht darüber nachdenken können, so aber …« Er sah Floras enttäuschte Miene und spürte eine leise Wut in sich aufsteigen. Er war gekommen, um sich einen Kuss abzuholen. Und gute Wünsche für seine Reise noch dazu. Stattdessen fühlte er sich nun gänzlich unwohl. »Warum machst du es mir eigentlich so schwer?«, platzte es aus ihm heraus. »Kannst du nicht ein einziges Mal mit dem zufrieden sein, was du hast? Kannst du nicht einfach nur eine … ganz normale Frau sein? Die nicht ständig das Nächste will?«

Flora wich von ihm zurück, als habe er ihr einen Schlag versetzt.

Schon war Friedrich versucht, seine Worte zurückzunehmen, etwas Versöhnliches zu sagen. Er wollte nicht, dass ihr Abschied mit einem Misston endete. Aber versöhnliche Worte wollten ihm ebenfalls nicht einfallen.

Die Uhr in seiner Hosentasche tickte.

»Adieu!«, sagte er schließlich und ging.

»Püppi hat sich sehr über den Narzissenstrauß gefreut, sie hat sogar ein Gedicht eines deutschen Dichters dazu zitiert. Ich glaube, es war Goethe«, sagte Konstantin zu Flora, während sie in der nebelig-feuchten Morgenluft die Lichtenthaler Allee entlangstapften.

Schon begann seine Begleiterin mit dramatischer Stimme zu rezitieren: »So frühzeitige Narzissen/blühen reihenweis im Garten./Mögen wohl die Guten wissen,/wen sie so spaliert erwarten!«

»So lautete das Gedicht! Woher kennen Sie das?« Im Gehen nahm Konstantin ihr ein Büschel Zweige ab. Sie blühten nicht wie die anderen, die Flora im Arm hatte, dafür glänzten ihre Blätter silbrig. Mit seiner freien Hand wischte er die dünnen Fäden Morgentau ab.

Schon bald wurde ihm der Arm schwer – was wollte Flora nur mit all dem Grünzeug? Und was hatte er sich nur dabei gedacht, sie auf einem ihrer Spaziergänge begleiten zu wollen? Zugegeben, sie war ein süßes Ding und ihre Leidenschaft für Blumen hatte etwas Unterhaltsames. Auch ihre Bewunderung tat ihm gut. In den letzten Wochen hatte er sich immer öfter dabei ertappt, dass er sich vorstellte, sie sei seine Geliebte. Einmal mit dem Finger die Linie ihres schlanken Halses nachfahren, ihre junge, zarte Haut unter der seinen spüren, unter den vielen Stoffschichten ihres Rockes nach dem weiblichsten Teil ihres Körpers tasten … Vielleicht würde er dann die Zeiten mit Püppi besser überstehen. Du lieber Himmel, ein bisschen Vergnügen musste ihm doch vergönnt sein!

Seine Gedanken brachen abrupt ab, als er mit dem rechten Schuh in eine Pfütze patschte.

Verflixt! Hatte er sich nicht vorgenommen, die Finger von

verheirateten Frauen zu lassen? Was machte er also in aller Herrgottsfrühe hier draußen?

Flora strahlte ihn an. »Johann Wolfgang von Goethe – seine Gedichte lernt bei uns jedes Kind.« Sie kratzte sich an der Nase. »Eine zweite Strophe erzählt von Lilien, aber die habe ich leider vergessen.« Die Hand mit der Schere schon in Richtung eines blühenden Mandelbaumes gereckt, hielt sie inne. »Wie schön, dass die Fürstin sich gefreut hat. Manche Leute reagieren pikiert, weil Narzissen in der Blumensprache für Ichbezogenheit stehen.«

Konstantin winkte ab. »Manchmal frage ich mich, was sie von all dem überhaupt noch mitbekommt. Sie lebt fast nur noch in der Vergangenheit. Ach Flora, wenn ich Sie nicht hätte, ich glaube, ich wäre inzwischen auch schon verrückt geworden!« Und das war kein leichtfertiges Kompliment, sondern es entsprach der Wahrheit, ging es ihm unvermittelt durch den Kopf, und er erschrak bei dem Gedanken. Er war doch hoffentlich nicht dabei, sich in das Mädchen zu verlieben? Ausschließlich körperliche Gelüste konnten es nicht sein, die ihn immer wieder zu ihr in den Laden trieben, denn ihre Zusammentreffen verliefen jedes Mal äußerst züchtig. Auch litt er in dieser Hinsicht keine große Not. Fast immer fand sich irgendwo ein Zimmermädchen, das bereit war, sich ihm in einer dunklen Ecke hinzugeben.

»Ich frage mich zwar, was an einem Spaziergang durch nasse Wiesen aufregend sein soll, aber wenn ich Ihnen damit ein wenig die Langeweile vertreiben kann, freut mich das natürlich!« Sie legte ihm ein weiteres Bündel blühender Zweige in den Arm, dann steckte sie die Schere weg und ging in die Hocke.

»Irgendwie ist es seltsam«, murmelte sie vor sich hin. »Wo immer Schlüsselblumen zu finden sind, ist auch das Wiesenschaumkraut nicht weit. Dafür suchen Gänseblümchen gern die Gesellschaft von Veilchen und Vergissmeinnicht. Das Weiß, das Lila und dazu das schöne Blau – in der Natur wächst alles in vollkommener Harmonie!« Den Kopf schräg gelegt, die Augen mit einer Hand gegen die Morgensonne abgeschirmt, schaute sie Konstantin an. »Und dann komme ich daher und bringe alles durcheinander.«

Vehement schüttelte er den Kopf. »Das stimmt doch gar nicht. Ihre Sträuße zeugen ebenfalls stets von vollendeter Harmonie.«

Statt auf sein Kompliment zu reagieren, räusperte sie sich. »Konstantin, was ich Ihnen noch sagen wollte ... Ich freue mich über jeden Ihrer Besuche im Laden. Aber Sie dürfen mich nicht noch einmal zum Blumenpflücken begleiten. Und Sie dürfen mir auch nichts mehr schenken. Ich weiß ja, dass Sie es nur gut meinen, aber ich bin eine verheiratete Frau, und die Leute reimen sich schnell alles Mögliche zusammen. Verstehen Sie?«

Er schüttelte den Kopf. »Nein, das verstehe ich nicht. Wir gehen doch nur zusammen spazieren, daran ist nichts Anrüchiges!« Leider, fügte er im Stillen hinzu. Er blieb stehen, hielt sie am Ärmel fest, hob ihr Kinn so an, dass sie ihm in die Augen sehen musste. »Flora, liebes Blumenmädchen, jetzt seien Sie doch nicht so schrecklich streng! Genießen Sie viel lieber den Augenblick ...«

»Genießen ... Darum geht es doch nicht!«, erwiderte sie barsch. »Es geht darum, dass man sein Tagwerk schafft. Dass man seinen Pflichten nachkommt und die anderen sich auf einen verlassen können. Oder etwa nicht?«, sagte sie und zog eine Schnute.

Konstantin ließ Zweige, Blumenbüschel und seine Vorsätze bezüglich verheirateter Frauen fallen.

Er nahm Flora in den Arm und küsste sie. Küsste sie, immer und immer wieder.

# 46. Kapitel

Kaum war Friedrich aus Bad Ems zurück, hatte er von früh bis spät in der Trinkhalle zu tun. Die unterste Treppenstufe bröckelte an einer Seite ab und musste ersetzt, der Boden an manchen Stellen ausgebessert werden und an einer Stelle war das Dach undicht – Aufgaben, die er normalerweise viel früher im Jahr erledigte.

Friedrich hatte den Besen, mit dem er Spinnweben von den Wänden kehrte, noch in der Hand, als schon die ersten Kurgäste die Kieswege entlangflanierten. Dabei musste an manchen Stellen der grau gewordene Kies erst noch durch jungfräulich weißen ersetzt werden.

Was alle gehofft, woran nach der Schließung des Spielcasinos aber kaum jemand geglaubt hatte, traf ein: Die Straßen füllten sich, die Saison 1873 begann.

Einerseits schien alles beim Alten geblieben zu sein. Doch andererseits war alles ganz anders.

Hektisch blätterte Flora durch das Badeblatt. »Jetzt ist schon Mitte Mai und noch immer suche ich in den Gästelisten vergeblich nach vielen bekannten Namen. Wo bleiben meine Kunden nur?« Vorwurfsvoll schaute sie über den Zeitungsrand hinweg auf Friedrich. »Keine Spur von Matriona Schikanowa. Und Piotr Vjazemskij scheint auch noch nicht angereist zu sein.«

»Dieser Vjazemskij war doch bekannt für seine Spielleidenschaft – für einen wie ihn ist Baden-Baden jetzt uninteressant geworden«, sagte Friedrich und tauchte schwungvoll seinen Löffel in den Marmeladentopf.

Es war ein regnerischer Morgen mit tiefhängenden Wolken und einem unangenehm böigen Wind. Die Kurgäste lagen gewiss noch in ihren Betten, daher erlaubte auch er sich den seltenen Luxus eines geruhsamen Tagesanfangs. Am Vorabend hatten sie die gute Stube geheizt, ein bisschen Restwärme hing noch immer im Raum. Sogar Alexander schlief selig, dabei war er sonst am Morgen meist sehr früh wach – eine Angewohnheit, die er unbestritten von seiner Mutter geerbt hatte. Lächelnd schaute Friedrich zur Wiege am Fenster. Da betrat Ernestine das Zimmer.

»Was für ein Wetter!« In eine dicke Strickjacke gehüllt, setzte sie sich an den Tisch. Nachdem Sabine ihr Kaffee eingeschenkt hatte, umklammerte sie die Tasse so fest, als hinge ihr Leben davon ab. »Flora, täusche ich mich oder habe ich dich heute schon in aller Herrgottsfrühe durchs Haus rumoren gehört?«

»Ich ... Ja, ich war Blumen pflücken«, sagte Flora, krampfhaft bemüht, sich auf ihre Lektüre zu konzentrieren. »Aber da steht ja ... Na endlich! Fürstin Irina Komatschova, Fürst Popo, und da, die Gagarins und die Menschikows! Konstantin hatte also recht, als er sagte, sie kämen fast alle wieder.«

Friedrich lachte. »Dass diese Männer wiederkommen, hätte ich dir auch sagen können, mit ihrem Internationalen Club haben die sich für die Iffezheimer Rennbahn in dieser Saison gewiss einiges vorgenommen. Wer weiß, vielleicht darfst du sogar einmal einen Lorbeerkranz für den Sieger eines Rennens binden?«

Flora lächelte, doch es wirkte etwas gequält.

»So früh warst du Blumen pflücken? Es war noch nicht einmal ganz hell!«

»Na und?« Flora warf der Schwiegermutter einen irritierten Blick zu. »Jetzt im Frühjahr fällt mir das Aufstehen leicht. Außerdem bleibt mir so mehr Zeit für mein Tagwerk.« Hätte sie sagen sollen, dass es Konstantin war, der sie allmorgendlich so früh aus dem Bett trieb? Dass sie seinetwegen bereits im Halbdunkeln über die Wiesen und Felder schlich? Dass sie keinesfalls Gefahr laufen wollte, ihm noch einmal draußen zu begegnen?

Flora starrte abwesend auf ihre Hände. Dieser Kuss – was für eine Wonne! Heiß und kalt war ihr dabei geworden, ein Schauer nach dem anderen war ihr den Rücken hinuntergelaufen, wohlig, aufregend –

Vorbei. Vergessen. Ein einmaliger Ausrutscher. So etwas würde nicht mehr passieren, dafür wollte sie sorgen.

Natürlich hatte sich Konstantin bei ihr entschuldigt. Er habe sich vom Strahlen des Morgens mitreißen lassen, von der Fülle der Natur, von dem Gefühl, in Flora eine Art Seelenverwandte entdeckt zu haben.

Seelenverwandtschaft – was für ein schöner Gedanke.

Flora riss sich zusammen und tippte auf die Namensliste der angereisten Gäste. »Mit den meisten Namen hier kann ich nichts anfangen. Wer sind diese Leute?«

Friedrich beugte sich über das Badeblatt und einen Moment lang glaubte sie, nicht seinen, sondern Konstantins Duft in der Nase zu haben. Nach Leder und Tabak und Cognac und – aber es war nur der Geruch der Tinktur, die Friedrich nach dem Rasieren auf die blutenden Stellen tupfte.

»Die meisten der hier aufgeführten Damen und Herren haben mit der Musikwelt zu tun oder stehen dem kulturellen Leben anderweitig nahe. Also wirklich, Flora, einige davon müsstest du schon aus dem letzten Jahr kennen.«

Sie zuckte mit den Schultern. Letztes Jahr? Sie hatte Mühe genug mit diesem Jahr. Damit, so zu tun, als ginge alles seinen normalen Gang. Damit, den Alltag alltäglich zu leben.

Dabei tobte tief in ihr eine Unruhe, wie sie es bisher noch nicht gekannt hatte. Oftmals hatte sie Mühe, sich auf ihre Arbeit zu konzentrieren. Wann kam Konstantin? Kam er überhaupt vorbei, um Blumen zu kaufen? Oder nahm die alte Fürstin ihn sehr in Anspruch? Natürlich schalt sie sich gleich im Anschluss für die vielen Gedanken, die sie ihm schenkte.

»Aber da stehen auch die Namen einiger ziemlich hochrangiger Staatsmänner aus Karlsruhe, Stuttgart und sogar Berlin! Baron von Schimmel aus Schwedhausen mit Familie, Volkhard Graf von Fürstenweiler nebst Gattin. Und der da ebenfalls! Schau dir das an – lauter Fürsten und hochrangige Diplomaten.« Er schüttelte den Kopf. »Irgendwie ist es fast eine Ironie des Schicksals, dass gerade die Männer, die einst für den Krieg gegen Frankreich mitverantwortlich waren, also die Männer, die Schuld daran haben, dass hier die Franzosen ausbleiben, jetzt selbst als Gäste kommen.«

»Wahrscheinlich wollen sie durch ihr Kommen Baden-Baden gegenüber etwas wiedergutmachen«, sagte Ernestine.

Friedrich schnaubte. »Das glaubst du doch selbst nicht. Diese Herren kommen aus denselben Beweggründen wie alle anderen Gäste: Weil Baden-Baden etwas zu bieten hat!« Er nickte in Richtung der Anrichte, wo ein kleiner Stapel druckfrischer Programmzettel für die neue Saison lag.

Unwillkürlich wanderte auch Floras Blick zu der Liste mit den Vergnügungen, die das Kurkomitee unter seinem frisch eingesetzten Kurdirektor organisierte. Da gab es Kammermusik-Soireen, Matineen, Militärkonzerte, Festkonzerte, Symphonie-Konzerte, und das stadteigene Kurorchester spielte gleich drei Mal täglich mit mehr als vierzig Musikern auf! Im Theater gab sich das Großherzogliche Hoftheater zu Karlsruhe die Ehre, und auch andere deutsche Ensembles gaben Vorstellungen.

Konstantin hatte gemeint, das Baden-Badener Haus würde zu den prächtigsten in ganz Europa gehören. Und dass sie unbedingt einmal mit ihm zu einer Aufführung gehen sollte. Er wollte sie einladen und nach der Vorstellung mit ihr heiße Schokolade mit einem Schuss Rum darin trinken. Als ob das so einfach ginge – er und sie öffentlich in Baden-Baden unterwegs!

Kuckucksspucke, jetzt hatte er sich schon wieder in ihre Gedanken geschlichen. Dabei sollte sie lieber an Friedrich denken, ihren Ehemann, den Vater ihres Sohnes, dem sie Treue bis ans Ende ihrer Tage geschworen hatte.

»So viele schöne Aufführungen – willst du mich nicht auch einmal ins Theater oder in ein Konzert einladen?«, fragte sie betont fröhlich. »Warum sollen wir all die schönen Dinge nur den Kurgästen überlassen?«

Friedrich nahm einen Schluck Kaffee. »Weil all die schönen Dinge für die Kurgäste veranstaltet werden?« Die Ironie in seiner Stimme war nicht zu überhören. »Ehrlich gesagt halte ich dieses Programm für übertrieben. Wann sollen die Gäste eigentlich ihre Bäderkuren genießen? Zwischen zwei Theateraufführungen?«

Das war wieder einmal typisch für Friedrich. Immer dachte er nur an seine Wässer! Flora wusste nicht, ob der Gedanke sie traurig oder wütend machen sollte.

»... nicht wahr, Flora?«, sagte Ernestine und rüttelte an Floras Arm. »Kind, hörst du mir überhaupt zu? Ich habe gesagt, Theaterleute haben bestimmt auch einen Sinn für Blumen. Mit deinem *Blumen-ABC* könntest du sie vielleicht als neue Kunden gewinnen.«

Flora schaute die Schwiegermutter verständnislos an.

»Also, manchmal bist du noch zerstreuter als ich. Weißt du was, ich werde selbst ins Theaterhaus gehen und die Garderobenmädchen fragen, ob sie bereit wären, deine Heftchen an die Gäste zu verteilen.« Mit einem gütigen Lächeln tätschelte Ernestine Floras Hand.

»Du könntest in diesem Jahr auch einmal an die kleineren Hotels denken, wenn du das *Blumen-ABC* auslegst, nicht nur an die großen, vornehmen Häuser«, sagte Friedrich. »Die scheuen ohnehin keine Mühe, um ihren Gästen den Aufenthalt so angenehm wie möglich zu gestalten. Da haben es die kleineren Häuser wirklich schwer mitzuhalten. Gustav Körner zum Beispiel – er ist der Besitzer vom Hotel Marie-Eluise – hat mir erst gestern sein Leid geklagt. Dein *Blumen-ABC* wäre eine kleine Aufmerksamkeit, die er seinen Gästen zukommen lassen könnte.«

Flora runzelte die Stirn. »Welchen Gästen? Fürstin Stropolski, der ich geraten habe, ihre Badekur im Hotel Marie-Eluise abzuhalten, hat einmal erwähnt, dass sie bei ihren Anwendungen fast immer der einzige Gast ist. Meine Heftchen würden dort im Moment also gar keine Beachtung finden.«

»Keine Gäste? Das wundert mich nicht. Gustav Körner ist doch die Frau davongelaufen, mit einem Mailänder!«, hauchte Ernestine und riss entsetzt die Augen auf.

»Die Geschichte kenne ich gar nicht.« Flora hob Alexander, der aufgewacht war, aus seiner Wiege.

Friedrich nickte. »Im letzten Herbst ist sie auf und davon. Tja, ohne Frau im Haus wird Gustav seinen Betrieb wahrscheinlich nicht weiterführen können. Marie-Eluise war diejenige, die sich um alles gekümmert hat. Bei ihr war immer alles penibel sauber. Außerdem ist bei den Körners noch nie ein Badender ohnmächtig geworden. Dass das Hotel den Bach hinuntergeht, ist eine Schande. Vor allem weil die Quelle, die durch das Untergeschoss des Gebäudes fließt, zu den besten der Stadt gehört! Ihr müsstet mal die Wasseranalyse sehen, die ich für Gustav habe machen lassen, die –«

»So hat halt jeder sein Päckchen zu tragen!«, unterbrach Flora ihn. Wenn sie Friedrichs Wassergeschichten noch einen Moment länger zuhören musste, würde sie verrückt werden. Sie legte das Badeblatt zusammen und schaute über den Tisch Friedrich und Ernestine an.

»Theaterleute, Schriftsteller, Politiker – mir scheinen die Gäste, die sich in unserer Stadt eingefunden haben, so bunt gemischt zu sein wie eh und je. Und die Bühne selbst ist auch die Alte geblieben …«

## 47. Kapitel

*Baden-Baden, am 9. Juni 1873*

*Liebe Mutter, lieber Vater,*

*ich hoffe, meine Zeilen erreichen euch bei bester Gesundheit. Bei uns ist die neue Saison nun in vollem Gange – gilt das als Entschuldigung dafür, dass ich so lange nicht mehr geschrieben habe? Liebste Eltern, dafür denke ich umso öfter an euch.*

*Stellt euch vor, ich habe etliche neue Kunden gewinnen können, die im Theater angestellt sind: Schauspieler, Tänzerinnen, ja, es ist sogar eine richtige Theaterdiva dabei! Sie verlangt nur nach Orchideen – als ob diese so einfach zu bekommen wären …*

*Die hochrangigen Staatsmänner aus Berlin, über deren Anwesenheit Friedrich so erfreut ist, sind dagegen eher sparsame Blumenkavaliere. Aber wie sagt Vater immer? Kleinvieh macht auch Mist!*

Flora ließ die Feder sinken. Ihr Blick schweifte über die Ladentheke zu Sabine, die den Boden wischte. »Kann ich das so schreiben? Womöglich sind so viele Informationen übers Geschäft in einem Brief langweilig?«

»Keine Ahnung, da darfst du mich nicht fragen …« Während sich Flora wieder ihrem Brief widmete, kippte Sabine das Wischwasser in den Ausguss. Der Ladenboden glänzte, nun konnte sie eine weitere Aufgabe in Angriff nehmen.

Der erste Ansturm von Kunden an diesem Montagmorgen lag bereits hinter ihnen. Bevor der nächste Schwung kam, wollte sie unbedingt ein wenig Ordnung schaffen.

Auch Flora hatte die entstandene Verschnaufpause nutzen wollen: für ihren Brief nach Gönningen. Doch statt weiterzuschreiben, starrte sie nur aus dem Fenster, wie so oft in letzter Zeit.

Sabine seufzte. Wo war die Freundin wieder mit ihren Gedanken? Hoffentlich nicht bei diesem –

»Als ich vorhin in der Küche war, hat da zufällig Konstantin Sokerov vorbeigeschaut?«, fragte Flora prompt.

Sabine verneinte. »Der war seit Freitag nicht mehr hier. Es ist eh verrückt, wie viel Geld er für Blumen ausgibt!«

»Dann ist er wahrscheinlich mit Freunden übers Wochenende weggefahren«, sagte Flora betont gleichgültig. »Obwohl – in solch einem Fall sagt er mir eigentlich Bescheid.«

»Also hör mal, der Mann ist dir doch keine Rechenschaft schuldig!« Sabine lachte auf.

»Das weiß ich. Und spätestens am Mittwoch beim Stehempfang von Irina Komatschova oder beim Gartenfest der Gagarins am Donnerstag sehe ich ihn bestimmt. Konstantin ist überall ein gerngesehener Gast, aber das ist ja auch kein Wunder bei seinem Charme …«

»Und du bist nach wie vor nur die Frau, die die Blumen liefert. Du gehörst nicht zu denen!«, sagte Sabine unwirsch. Die Art, wie Flora von dem Mann sprach, gefiel ihr ganz und gar nicht. Genauso wenig wie die Tatsache, dass er ihr dauernd im Kopf herumspukte. War Flora etwa verliebt? Du lieber Himmel, alles, nur nicht das!

»Sabine, bitte führ dich nicht wieder auf wie meine Gouvernante«, erwiderte Flora gereizt. »Es ist doch wirklich nichts dabei, wenn ich mit Konstantin auf einem der Feste ein paar Worte wechsle. Mehr ist da nicht, seit diesem einzigen Kuss beim Spazierengehen ist nichts mehr vorgefallen. Konstantin ist schließlich ein Ehrenmann! Ach, hätte ich dir nur nichts von dem Kuss erzählt«, fauchte Flora, als Sabines Blick weiterhin skeptisch blieb. Doch schon im nächsten Moment verzog sich ihr Gesicht zu einem Lächeln. »Du müsstest mal sehen, wie sehr die Damen Konstantin auf ihren Festen in Beschlag nehmen! Manchmal schafft er es nur mit Müh und Not, auf einen kleinen Plausch zu mir zu kommen, und trotzdem bleibt er immer guter Laune. Stell dir vor, er zwinkert mir sogar über die Köpfe der Leute hinweg zu oder verzieht das Gesicht zu einer Grimasse. Ach, er ist so lustig!« Flora seufzte tief auf.

Wie sehnsuchtsvoll sie klang! Noch schlimmer als Minka, die so heftig in den ersten Koch aus dem Englischen Hof verliebt war. Sabine konnte deren Schwärmereien bald nicht mehr hören, vor allem nachdem sie selbst nichts mehr zu schwärmen hatte: Moritz, der Schneidergeselle vom Herrenausstatter, war nämlich nach dem Tod seines Vaters auf den elterlichen Hof in den Hochschwarzwald zurückgekehrt und hielt nun statt Nadel und Maßband wieder die Mistgabel in der Hand. Von wegen gemeinsame Zukunft …

Männer! Wütend starrte Sabine auf ihren Putzlappen. So wie es aussah, würde sie wohl ewig für fremde Leute putzen müssen.

Flora hingegen hatte einen guten Mann, ein schönes Heim, sie hatte hier im Laden das Sagen – was wollte sie denn noch? Am liebsten hätte Sabine ihr einmal ordentlich den Kopf gewaschen! Denn dass Flora in diesen … Tunichtgut verliebt war, darauf hätte sie all ihre Habe verwettet. Auch wenn die Freundin es tausendmal abstritt.

Aber Sabine traute sich nicht. Denn Freundschaft hin oder her – Flora war die Frau des Hauses, von ihr bekam sie ihren Lohn. Da tat es nicht not, ihr offen ins Gesicht zu sagen, dass man sie für verrückt hielt.

»Soll ich das Wasser in allen Eimern wechseln oder nur bei den Pfingstrosen?«, fragte sie ruhig.

»Was ist denn das für eine Frage? Natürlich bekommen alle Blumen frisches Wasser!« Mit zusammengekniffenen Augen schaute Flora auf den Boden. »Da hinten in der Ecke … Putz da noch mal drüber. Und als Nächstes füllst du den Korb mit dem Bindematerial auf.«

»Mit Kordeln oder lieber mit den dickeren Schnüren?«

»Von allem etwas, damit ich eine Auswahl habe. Und wo ist eigentlich schon wieder der Bindedraht? Müsst ihr mir alle die Arbeit so schwermachen?« Abrupt tauchte Flora ihre Feder ins Tintenfass. Ein dicker Tropfen Tinte platschte auf den Briefbogen. Hastig tupfte sie ihn mit einem Lappen auf. »Verflixt noch mal, heute geht mir wohl alles schief!«

Sabine verdrehte die Augen, sagte aber nichts. In letzter Zeit kam es nur allzu häufig vor, dass Flora alle ihr Nahestehenden so anfuhr. Meistens tat es ihr anschließend leid und sie entschuldigte sich dafür, dass sie ihre Launen an anderen ausließ.

Als die Freundin nach einer halben Ewigkeit zu sprechen anhob, rechnete Sabine auch diesmal mit einer Entschuldigung, doch Flora sagte: »Weißt du, Konstantin hat es wirklich nicht leicht. All die durchwachten Nächte an Püppis Seite, voller Schmerzen und Tränen … Die Fürstin saugt ihn mit ihrer Angst regelrecht aus. Wie gern würde ich ihm helfen …«

»Was redest du denn da? Er macht das alles doch nicht umsonst, die alte Frau kommt im Gegenzug für all seine Unkosten auf, oder etwa nicht? So gesehen ist dein Konstantin nichts anderes als ein bezahlter Knecht. Ein Grund, ihn zu bemitleiden, ist das jedoch nicht! Oder tue ich dir etwa auch leid, weil ich eure Magd bin?« Die Arme in die Seiten gestemmt, funkelte Sabine Flora wütend an.

»Was ist denn das für ein Vergleich? Als ob wir dich derart in Beschlag nehmen würden, wie die alte Fürstin es mit Konstantin tut! Bestimmt ist sie auch der Grund dafür, dass er noch immer nicht aufgetaucht ist. Am liebsten würde ich losziehen, um ihr einmal ordentlich die Meinung zu sagen.«

»Ich glaube, langsam bist du wirklich nicht mehr ganz bei Trost«, murmelte Sabine vor sich hin. Da bemerkte sie einen Schatten in der hinteren Tür. Floras Schwiegermutter und der kleine Alexander.

Flora sprang auf, nahm Ernestine den Kleinen ab, küsste und herzte ihn. »Mein Süßer …«

Sowohl Sabine als auch Ernestine mussten angesichts der innigen Szene lächeln. »Ich gehe jetzt«, sagte Ernestine. »Ich bin mit Gretel im Café verabredet, solange kann Alexander ja bei dir bleiben.«

Abrupt drückte Flora ihren Sohn wieder seiner Großmutter in den Arm. »Das geht nicht! Ich rackere mich von früh bis spät im Laden ab – ist es da zu viel verlangt, dass du dich um das Kind kümmerst?«

»Aber so ein kleines Kind braucht doch auch seine Mutter!«

Flora schnaubte. »Erzähl das mal den Gönninger Samenhändlerinnen! Wenn die im Herbst auf die Reise gehen, müssen sie ihre Kinder auch der Großmutter oder der Großtante überlassen. Ob ihnen dabei das Herz blutet oder nicht, interessiert niemanden.«

Flora, was soll das nur werden?, fragte sich Sabine stumm, während Ernestine wie ein geprügelter Hund mit dem Kind auf dem Arm davonschlich.

»Sie kennen unser kleines Landhäuschen hinter dem Conversationshaus?« Fürstin Markowa fächerte sich Luft zu. Während der Mittagspause hatte es ein heftiges Gewitter gegeben, nun dampften die Straßen und es war hochsommerlich schwül.

»Leider noch nicht, aber ich werde mir gleich heute Nachmittag bei einem Spaziergang ein Bild davon machen«, sagte Flora. Wenn jemand wie Fürstin Sophia Markowa von einem »kleinen Landhäuschen« sprach, handelte es sich höchstwahrscheinlich um eine riesengroße Villa!

»Natürlich wird sich der eine oder andere fragen, warum die Verlobung unserer Tochter nicht in einem der Hotels stattfindet.« Die Fürstin ließ ihren Fächer sinken. »Aber eine bescheidene Feier ist Elenas ausdrücklicher Wunsch. Das Diner soll keine sechs Gänge haben! Und dazu werden lediglich zwei, drei Sorten Wein gereicht. Wenns nach mir gegangen wäre, hätten wir ...«

Flora sah unauffällig zu Sabine, die die Augen verdrehte. Während die Fürstin weiter ausführte, wie »armselig« die geplante Verlobungsfeier ausfallen würde, schaute Flora die Straße entlang, wo die Passanten den tiefen Pfützen auswichen.

Noch immer keine Spur von Konstantin. Und es war schon drei Uhr am Nachmittag.

»... auf keinen Fall rote Rosen! Stellen Sie sich vor, als Elenas erster Verlobter bei einem Sturz vom Pferd tödlich verunglückte, fiel er ausgerechnet in eine Rosenhecke! Das Blut aus seiner Kopfwunde hatte die gleiche Farbe wie die Rosenblüten, da ist es doch kein Wunder, dass Elena beim Anblick roter Rosen am liebsten davonlaufen möchte, nicht wahr?« Die Stimme der Fürstin, die schon unter normalen Umständen recht hoch war, war bei den letzten Sätzen noch schriller geworden.

Im nächsten Moment wurde die Ladentür so schwungvoll aufgerissen, dass die kleine Glocke darüber wild hin und her schwankte.

»Konstantin!« Noch während sie seinen Namen rief, überflutete Flora ein heißer Schwall Freude.

Rasch wandte sie sich an die Fürstin, drückte deren Hand und bugsierte sie im selben Moment in Richtung Ausgang. »Lassen Sie sich überraschen – ich werde mir für die Verlobungsfeier Ihrer Tochter etwas Schönes ausdenken!«

»Liebste Sophia, was höre ich da?« Konstantin seufzte theatralisch auf. »Nun kommt die schönste aller jungen Damen auch noch unter die Haube? Manchmal frage ich mich, welchen Sinn das Leben überhaupt noch hat …«

Flora runzelte die Stirn.

»Konstantin Sokerov, Sie sind ein Süßholzraspler. Aber natürlich haben Sie recht, eine solche Perle wie unsere Elena gibt es nur einmal! Ich hoffe, Sie und Püppi nächsten Sonntag ebenfalls begrüßen zu dürfen?«

Konstantin zuckte mit den Schultern. »Die Fürstin ist derzeit etwas leidend, ich weiß noch nicht, ob sie –«

Die ältere Frau tätschelte seine Hand. »Bei Ihrer Pflege wird unsere Püppi gewiss schnell wieder auf der Höhe sein.« Zufrieden mit sich und ihrer Welt stolzierte die Fürstin davon.

Einen Moment lang schaute Konstantin ihr hinterher. Dann murmelte er: »Elenas Mitgift muss ziemlich hoch sein, um den Verlobten von ihrer schrecklich langen, spitzen Nase abzulenken …«

»Konstantin!« Flora lachte fast hysterisch auf. Sogleich spürte sie Sabines bohrenden Blick. Wie ein Schießhund starrte sie zu ihnen herüber! Dabei – an einem kleinen Plausch war doch weiß Gott nichts Unschickliches, Flora verstand wirklich nicht, was sich die Magd ständig zusammenreimte. Wahrscheinlich war sie bloß eifersüchtig, dass sich solch ein Mann nicht für sie interessierte. Vor allem nachdem sich Moritz aus dem Staub gemacht hatte.

Kuckucksspucke, was bildete sich die Magd eigentlich ein? Wurde sie fürs Arbeiten bezahlt oder fürs Maulaffen feilhalten?

»Hast du nichts zu tun?«, fauchte Flora die Freundin an. »Soll der Kübel mit dem Abfall überlaufen? Auf den Komposthaufen damit, aber schnell!«

Kaum waren sie allein, ergriff Konstantin Floras Hand. »Wie habe ich Sie vermisst! Geradezu endlos erschien mir das Wochenende.« Während er sprach, streichelte er mit seinem Zeigefinger die Unterseite ihres Handgelenks. Floras Blut begann unter seiner Berührung wild zu pochen.

»Eine Schifffahrt auf dem Rhein … Popo hatte uns alle eingeladen. Ich bin vor lauter Langeweile fast gestorben!« Er machte ein Gesicht, als erzähle er von einem Ausflug in die Hölle.

»Was soll ich erst sagen?«, erwiderte Flora. »Ich habe den ganzen Sonntag damit verbracht, meinem Sohn die Bauchschmerzen zu vertreiben.« Gierig sog sie den Duft seines Rasierwassers in sich auf, das würziger roch als alle Blumen und Gräser zusammen.

Wie immer, wenn Flora von ihrem Sohn und ihrer Familie erzählte, huschte ein Schatten über Konstantins Gesicht, gerade so, als schmerze es ihn, dass Flora in einer Welt lebte, zu der er keinen Zugang hatte. Flora ärgerte sich schon, Alexander überhaupt erwähnt zu haben.

Doch schon im nächsten Moment strahlte Konstantin wieder. Er zog ein rosa-weiß geblümtes Tuch mit langen Fransen aus der Tasche und legte es Flora, ehe diese sich wehren konnte, um den Hals.

»Ich habe es bei einem fahrenden Händler am Rheinufer gekauft. Die Blumen auf dem Stoff erinnerten mich an Sie. Ach, müsste ich nur nicht ständig an Sie denken!« Mit einer zärtlichen Geste verknotete er das Tuch vor ihrer Brust, und als er von ihr abließ, strichen seine Finger ihre schlanke Taille entlang.

»Das dürfen Sie nicht«, sagte Flora mit belegter Stimme und tastete nach dem Tuch. Es fühlte sich glatt und seidig an.

»Ob ich dem schönsten Blumenmädchen der Stadt etwas schenke oder nicht, bestimme immer noch ich«, gab Konstantin mit blitzenden Augen zurück.

Fröhlich plauderten sie weiter, während Flora aus Pfingstrosen einen Strauß band.

Als Konstantin nach einer knappen Viertelstunde den Laden

wieder verließ, schaute Flora ihm nach und streichelte dabei abwesend die Fransen ihres Tuches.

Für den Rest des Tages war sie bestens gelaunt.

»Ich werde mir für die Fürstin Markowa etwas ganz Besonderes ausdenken!«, sagte sie zu Sabine, als diese aus dem Garten zurückkam. »Oder hatte sie vorhin einen besonderen Wunsch geäußert?«

»Da war irgendetwas mit roten Rosen. Ich habe es nicht genau mitbekommen, du hast mich ja aus dem Laden gejagt«, antwortete Sabine kurz angebunden.

## 48. Kapitel

Püppis Blick fiel auf ihren in Leder gebundenen Kalender. Wenn sie die Ziffern im Halbdunkel des Wohnzimmers richtig las, war heute der fünfzehnte Juni.

Einen Moment lang gönnte sie sich den Luxus, die Augen zu schließen, und die Muskeln in ihrem Genick lockerten sich ein wenig.

Würde sich später am Tag nicht Elena, Sophias und Tabors Tochter, verloben? Konstantin hatte so etwas gesagt …

Püppi spürte, wie ihr Kopf zur Seite wegkippte. Nur nicht einschlafen! Sie stand auf und ging auf wackligen Beinen hinaus auf den Balkon.

Es war drei Uhr in der Früh. Nun würde es nicht mehr lange dauern, bis es hell wurde, der Gesang der Nachtigallen ertönte und sie selbst endlich, endlich zu Bett gehen konnte. Püppi liebte die Sommermonate, in denen die Nächte so kurz und die Tage lang und sonnenverwöhnt waren. Sie hatte ihr Nachtkleid schon an. Bald würde sie unter die kühle Decke huschen. Sie war so müde …

Der fünfzehnte Juni – war dies nicht einer der sogenannten

Schwendtage? *Dies aries* – schwarze Tage hatte Mutter diese Unglückstage, an denen man nichts Neues beginnen sollte, immer genannt. Keine Reisen! Keine Unterschriften auf Verträgen! Und nur ja kein Aderlass! Mutters Aberglaube war so weit gegangen, dass sie an Schwendtagen sogar die Fenster dunkel verhängt hatte. »An solch einem Untag wurde Christus ans Kreuz genagelt – braucht es einen größeren Beweis dafür, dass diese Tage unheilvoll sind?«

Ein schwaches Lächeln kroch über Püppis Gesicht, als sie sich an die gefalteten Hände der Mutter erinnerte. Sie hatte gern gebetet, oft, lange und an jedem nur erdenklichen Platz. Doch es hatte ihr am Ende nicht viel genutzt: Zusammen mit ihrem Mann, Püppis Vater, war sie bei einem Anschlag auf ihr einsam gelegenes Sommerpalais ermordet worden. Püppi und ihre Geschwister waren zu der Zeit zu Besuch in Zarskoje Selo gewesen. Der Tag der Ermordung war der erste April, jener Tag, an dem einst Judas geboren wurde – ebenfalls ein Schwendtag, wie Püppi sehr viel später herausgefunden hatte.

Ausgerechnet heute wollte sich Elena verloben. Dabei war ein Schwendtag doch vielmehr dazu da, Abschied zu nehmen!

Püppis Blick fiel auf den Blumenstrauß, von dem im Laufe der Nacht immer mehr Blütenblätter abgefallen waren. Von so vielem hatte sie sich im Laufe ihres langen Lebens schon verabschieden müssen …

Zuerst waren es die Eltern gewesen, dann ihre Söhne. Beide waren im Krieg umgekommen. Dann hatte Stepan sie verlassen, dabei war er kein schlechter Ehemann gewesen! Auch ihre Jugend hatte sich so heimlich davongeschlichen, dass Püppi sich nicht einmal gebührend von ihr hatte verabschieden können. Dann war die Schönheit an der Reihe gewesen – langsam, Tag für Tag, Jahr für Jahr war sie immer weiter in den Hintergrund getreten. Und nun, als Letztes, hatte sie auch noch ihre Gesundheit verloren.

Vergeblich versuchte Püppi, tief Luft zu holen, um den beklemmenden Ring um ihre Brust zu sprengen. Sie tappte wieder zurück ins Zimmer. Sie war sich nicht sicher, ob die vielen Bäder in dem schrecklich heißen Wasser ihr wirklich so guttaten, wie Konstantin glaubte. Vielmehr hatte sie das Gefühl, dadurch noch mehr geschwächt zu werden. Aber tagtäglich bestand er auf diese »Anwendungen« im Hotel Marie-Eluise. Warum ließ sie sich immer wieder von ihm dazu überreden?

Ach, wenn sie nur nicht so unsäglich müde wäre.

Klammheimlich hatte sich irgendwann auch ihre Feierlaune verabschiedet – Püppi wollte keine Nächte mehr durchfeiern, so wie sie es jahrzehntelang getan hatte. Lieber war sie allein, so wie jetzt.

Mühevoll drehte sie die Uhr ein wenig, damit der Schein der Kerze das perlmuttfarbene Zifferblatt beleuchtete.

Fünfzehn Minuten nach drei. Bestimmt würde Konstantin nun bald von seinem Kartenspiel heimkehren. Sie würde ihn bitten, sie am späten Vormittag zu Sophia zu bringen – eventuell ließ sich die für den Abend angesetzte Verlobungsfeier ja noch verschieben!

»Du und dein Aberglaube«, hörte sie Konstantin im Geist schon jetzt spotten. »Am besten bleibst du im Hotel und ruhst dich aus, eine Feier bei den Markows wäre eh zu anstrengend für dich«, würde er sagen und allein losziehen. Und sie würde dazu nicken.

Das perlmuttfarbene Zifferblatt zeigte achtzehn Minuten nach drei.

Draußen war es noch dunkel.

Püppi fielen die Augen zu.

Flora hatte das ganze Haus geschmückt: Rund um die Bronzestatue, die neben dem Eingang der Villa Markow die Besucher begrüßte, stand ein Dutzend riesiger Blumentöpfe. Im Haus wurden die Besucher von einem Meer aus Blumen empfangen: Das Geländer der Treppe in den ersten Stock, die Treppe selbst, das große Porträt an der Wand, das Hausherr und Hausherrin zeigte – alles hatte Flora mit Blüten geschmückt. Die Tafel, auf der sich geschliffene Gläser und Dutzende auf Eis gelegte Champagnerflaschen befanden, hatte sie mit einer bestickten Decke belegt, im Zentrum des Tisches prangte eine riesige Porzellan-Jardiniere, aus der ebenfalls Blumen quollen.

Obwohl ihre Hände zerstochen waren von der beschwerlichen Arbeit an den widerspenstigen Girlanden und den riesigen Gebinden, war Flora mit ihrem Werk zufrieden. Ein Besucher würde Stunden benötigen, wollte er jede einzelne Blüte entdecken!

Noch war die Familie samt allen Gästen auf einem Spaziergang in der Lichtenthaler Allee. Bis die ersten erschienen, hatte Flora nichts zu tun. Später würde sie beim Ausschank der Getränke helfen, falls die Fürstin dies wünschte.

Flora trat durch die hintere Tür in den parkähnlichen Garten. Eigentlich hätte man den Champagner auch gut hier draußen ausschenken können. Warum hatte sie bei ihrem ersten Besuch in der Villa nicht bemerkt, wie malerisch der Garten war?

Weil du dich in dieser Woche wieder einmal auf nichts hast konzentrieren können, du dumme Gans!, schimpfte sie stumm mit sich selbst.

Eine ganze Woche lang hatte Konstantin sich nicht im Laden blicken lassen. Was war wichtiger als ihre »Seelenverwandtschaft«, dass er sie so einfach vergessen hatte? Hatte sie sich das unsichtbare Band zwischen ihnen nur eingebildet? Und warum ging ihr das alles so nahe?

Seufzend ließ sich Flora auf einer Steinbank nieder. Vielleicht würde es ihr bessergehen, wenn sie ein wenig zur Ruhe kam.

Was ist nur mit mir los?, fragte sie sich zum wiederholten Male, während sie neben der Bank gedankenverloren eine einsam stehende Margeritenblüte abzupfte.

Ihre Arbeit erledigte sie nur mit Müh und Not, Friedrich gegenüber war sie gereizt, selbst Alexander hatte diese Woche ihre Ungeduld zu spüren bekommen.

*Er kommt, er kommt nicht, er kommt, er –*

Erschrocken starrte Flora auf die zerrupfte Margeritenblüte in ihrer Hand.

Noch nie zuvor hatte sie das Blumenorakel für sich selbst in Anspruch genommen. Angewidert warf sie die Blume weg und wischte sich die Hände an ihrem Rock ab, als wären sie besudelt.

Die am Boden liegende Frau war von einer Traube Menschen umringt. Ohne Rücksicht auf den feinen Stoff knieten sie auf dem Unterteil ihres Kleides, jemand fächerte ihr Luft zu, ein anderer hielt ihr ein Fläschchen mit Riechsalz unter die Nase, ein junger Mann – wahrscheinlich der Verlobte höchstpersönlich – tupfte ihr eisgekühlten Champagner auf die Schläfen. Doch Elenas Ohnmacht war so tief, dass nichts sie zu wecken vermochte.

»Wie konnten Sie nur?«, schrie Fürstin Sophia Flora an und bebte dabei vor Wut.

»Ich … ich weiß auch nicht, wie –« Flora verstummte angesichts des Blicks, mit dem die Fürstin sie bedachte. Er war voller Abscheu und Entsetzen.

»Alles hätten Sie liefern dürfen, jede Blume auf dieser Welt! Nur keine roten Rosen!« Es hätte nicht viel gefehlt, und die Fürstin hätte vor ihr ausgespuckt. »Das werde ich Ihnen nie, niemals verzeihen!«

Floras Entschuldigung wurde nicht angenommen. Ihr Angebot, ihren schrecklichen Fehler wiedergutzumachen – irgendwie! – auch nicht. Unter einem Schwall russischer Beschimpfungen packte sie die roten Rosen auf den Leiterwagen, und die, die dort keinen Platz mehr hatten, warf sie einfach durch die hintere Tür in den Garten. Egal wohin, solange sie nur aus dem Sichtfeld von Sophia und Elena verschwunden waren!

Mit hoch erhobenem Haupt verließ Flora das Haus just in dem Augenblick, als der hinzugerufene Arzt eintraf. Doch kaum war sie draußen, traten ihr die ersten Tränen in die Augen. Und als sie die Lichtenthaler Allee erreicht hatte, heulte sie hemmungslos.

Wie hatte ihr nur solch ein Fehler unterlaufen können? Die Fürstin hatte von roten Rosen gesprochen, ja! Aber dass es die auf keinen Fall hätten sein dürfen, war ihr entfallen ... Warum hatte sie sich nicht gleich eine entsprechende Notiz gemacht?

Abrupt ließ sie ihren Wagen stehen, rannte fort vom Weg, immer weiter hinein in die Wiesen, in denen sie allmorgendlich ihre Blumen pflückte. Sie wollte allein sein, niemand sollte sie finden! Ihr Rock verhedderte sich im hohen Gras, tiefhängende Äste peitschten ihr ins Gesicht, einmal stolperte sie über eine Wurzel – Flora spürte nichts von alledem. Unter einer alten Eiche sank sie endlich mit lautem Wehklagen nieder.

Noch nie in ihrem Leben war sie so durcheinander gewesen. Ach, wäre sie Konstantin doch nie über den Weg gelaufen, dann müsste sie nicht immer und überall an ihn denken ... Dieses Verliebtsein fühlte sich einfach schrecklich an!

Vor lauter Weinen bebte Floras Oberkörper, hinter ihren Händen, die sie vors Gesicht geschlagen hatte, kannten ihre Tränen keinen Halt mehr.

»Flora! Um Himmels willen! Was ist mit Ihnen los? Ich habe Ihren Wagen gesehen, vorn am Weg ...«

Erschrocken schaute Flora auf und blinzelte gegen das tiefstehende Sonnenlicht. Sie hatte niemanden kommen hören.

»Du? Ausgerechnet du!«, schrie sie, als sie Konstantin erkannte. »Was willst du hier?« Sie schluchzte laut auf. »Ich ... Ich will allein sein. Verschwinde, hau ab!« Als er ihren Worten nicht folgte, schlug sie nach ihm. »Du ... schrecklicher Kerl! Hätte ich dich nur nie getroffen, du ... bringst mir nur Ärger und Unheil ...« Bei jedem Wort landeten kleine Spuckefetzen auf Konstantins Gesicht. Flora war es gleichgültig. Und dass sie ihn vor lauter Erregung geduzt hatte, auch. »Eine ganze Woche lang hast du dich nicht blicken lassen, warum also jetzt? Ich hasse dich!«

»Püppi ist tot.«

Schlagartig verstummte Floras Heulen.

Konstantin setzte sich neben sie ins Gras. »Seit heute früh sitze ich bei ihr, ich habe die Totenwache nur kurz unterbrochen, weil ich frische Luft schnappen wollte …«

»Wann … ist es passiert? Doch nicht –« Flora, die um die nächtliche Todesangst der Fürstin wusste, brach beim Blick in seine Augen entsetzt ab. »O nein.«

»Vor nichts hatte Püppi mehr Angst als davor, des Nachts vom Gevatter Tod geholt zu werden. Wenn ich nur da gewesen wäre! Vielleicht hätte ich irgendetwas tun können! Aber ich war Karten spielen – ausgerechnet! Als ich zurückkam, lag sie leblos in ihrem Sessel.« Konstantins Augen waren tränennass. »Ich war völlig überrumpelt, nie hätte ich gedacht, dass sie so einfach sterben würde! Sie war schwach, aber wir dachten doch alle, nach ihrer Badekur wäre sie auf dem Weg der Besserung! Sie wollte sogar mit zu Elenas Fest …«

Elenas Fest … Flora biss sich auf die Unterlippe. Neben Konstantins Trauer war es unwichtig geworden.

»Es tut mir so leid …« Sie streichelte seine Wange, doch er hielt ihre Hand fest, küsste sie. Sein Blick versank in ihrem, gierig, verlangend, sehnsüchtig.

»Flora, schick mich jetzt nicht weg. Du und ich … Noch nie habe ich einen Menschen so sehr gebraucht, wie ich dich brauche …« Er zog sie an sich. Seine Worte verfingen sich in ihrem Haar.

Und dann lagen sie sich in den Armen. Seine vollen Lippen fanden die ihren, er saugte sich an ihr fest, biss, leckte. Sie antwortete mit kleinen, hektischen Küssen, drängte sich dabei an seine Brust, spürte seine Zunge in ihrem Mund, erschrak kurz, öffnete dann ihre Lippen noch weiter, wollte mehr von ihm, alles von ihm, ihn ganz tief in sich spüren.

Ein lautes Klirren neben seinem Schenkel ließ sie beide aufschrecken.

Konstantin hob den Leinenbeutel, der ihm aus der Tasche gefallen war, in die Höhe. An der Art, wie er sich ausbeulte, war zu erkennen, dass er prall gefüllt und schwer war.

»Püppis Schmuck. Und ein Teil ihres Geldes. Ich musste beides in Sicherheit bringen, bevor ich das Zimmer verließ. Die Angestellten klauen wie die Raben, weißt du«, sagte er. Als handele es sich um einen Sack Bohnen, ließ er den Beutel neben sich ins Gras fallen.

Flora nickte und riss ihren Rock in die Höhe.

## 49. Kapitel

Flora hätte im Nachhinein nicht sagen können, wie sie an diesem Abend nach Hause gekommen war. Wie es ihr gelang, sich zu waschen und sich neben Friedrich ins Bett zu legen, als wenn nichts gewesen wäre.

Beide Hände zwischen ihre Beine gepresst, schlief sie vor lauter Erschöpfung irgendwann ein.

Konstantin …

Als Alexanders fröhliches Gebrabbel sie am nächsten Morgen weckte, stand sie auf. Schlafwandlerisch ging sie in die Küche, bereitete Milchbrei zu, fütterte ihren Sohn. Friedrich war schon weg, er hatte ihr einen Zettel mit der Nachricht hinterlassen, dass er am Abend zu einer Sitzung des Kurkomitees eingeladen war. Gott sei Dank.

Wie an jedem Montagmorgen war die Straße voller Fuhrwerke, von denen es eines eiliger zu haben schien als das andere. Fußgänger hatten es schwer, zwischen all den Pferdehinterteilen und Wagen durchzukommen. Vor der Druckerei stand ein besonders großer Wagen voller Kartons. Flora schlängelte sich vorbei, darauf bedacht, nirgendwo mit ihrem Sommerblumenstrauß anzuecken. Sie erwiderte weder den Gruß der Hebamme, die ihr geholfen hatte, Alexander auf die Welt zu bringen, noch hörte sie, wie ihr der Besitzer der Druckerei durchs offene Fenster einen schönen Morgen wünschte. Als sie an den Promenadenboutiquen vorbeikam, warf sie nicht wie sonst unauffällig einen Blick hinüber zum Maison Kuttner. Der Blumenladen interessierte sie nicht. Die anderen hübschen Geschäfte ebenfalls nicht. Sie wollte so schnell wie möglich ihren Strauß in der Hirschstraße abliefern und dann allein sein. Bis jetzt war es ihr gelungen, jeden Gedanken in ihrem Kopf zu unterdrücken. Sie wusste nicht, wie lange dies noch möglich war. Und was dann geschehen würde.

*Nicht denken. Nicht fühlen. Nicht denken. Nicht fühlen.*

Normalerweise hätte sich Flora auf einen Besuch bei der Familie Mallebrein gefreut. Meist wurde sie von Marie Mallebrein begrüßt und auf eine Tasse Kaffee eingeladen. Nach ein wenig Klatsch und Tratsch wurden dann Floras Sträuße stets mit vielen »Ahs« und »Ohs« gewürdigt. Manchmal bekam Flora sogar den Oberamtsrichter höchstpersönlich zu Gesicht. Franz Mallebrein war ein sympathischer Mann, der nicht nur klug daherredete, sondern eine menschliche Wärme ausstrahlte, die Flora bei einem Mann seines Berufsstandes nicht vermutet hätte. Er schätze die schönen Künste mindestens so sehr wie die Rechtswissenschaften, vertraute er Flora einmal an, als sie Blumen für eine Geburtstagsfeier lieferte. Das bisschen freie Zeit, das ihm sein Beruf und seine immer größer werdende Familie ließen, nutzte er, um in die Sagenwelt von Baden-Baden einzutauchen. Er schrieb Gedichte und kleine Geschichten – einmal hatte er Flora sogar ein paar seiner Verse vorgetragen. Als sie Friedrich davon erzählte, hatte er ziemlich neidisch dreingeschaut.

Doch an diesem Montagmorgen war Flora froh, dass außer dem Dienstmädchen niemand zu Hause zu sein schien. Bestimmt war die Hausfrau auf dem Markt und die Kinder zum Spielen auf der Gasse.

Flora war erleichtert. Klatsch und Tratsch waren im Moment das Letzte, wonach ihr der Sinn stand.

»Hier sind die Sommerblumen für die gnädige Frau«, sagte sie und drückte dem Dienstmädchen den Strauß in die Hand. »Und hier ist die Rechnung. Frau Mallebrein kann gern –«

Abrupt brach Flora ab, als rechts von ihr eine Tür aufgerissen wurde.

»Das Blumenmädchen! Habe ich doch richtig gehört …« Mit glühenden Wangen und einem Zettel in der Hand stand der Amtsrichter vor ihr. »Was für ein wunderschöner Strauß! Sie sind wahrhaftig eine Künstlerin.«

Flora machte einen kleinen Knicks. »Herr Mallebrein, Sie sind zu freundlich …«

Der Richter trat einen Schritt auf sie zu und zeigte auf das Blatt Papier in seiner Hand. »Da fällt mir ein, Sie haben doch neulich so gern meinen kleinen Versen gelauscht. Das hier sind meine neuesten Versuche, wollen Sie sie hören?«

Flora blieb nichts anderes übrig, als zu nicken.

»Kennen Sie die Sage von Merline, der Nixe vom Wildsee? Ich habe versucht, sie in Versform zu bringen! Bitte hören Sie sich das einmal an:

*Hoch oben am wilden See,*
*dort lagert die Nixe im Moose,*
*die goldene Leier im Schoße,*
*und spielet mit ihrem Reh.*

*O Mutter, lass mich zu ihr!*
*Ich will ihr ja nimmermehr trauen,*
*von ferne nur will ich sie schauen,*
*doch länger nicht trag ichs hier …«*

Flora taumelte einen Schritt zurück, als habe sie eine Ohrfeige mitten ins Gesicht bekommen. Merline, die Nixe! Die Verführung in Person, ausgerechnet heute …

Wie ein in die Enge getriebenes Reh presste sie ihren Rücken an die Holzvertäfelung des Treppenhauses.

Der Richter schien ihr Aufseufzen als Zeichen von Ergriffenheit oder Ähnlichem zu deuten. Mit noch mehr Pathos in der Stimme fuhr er fort:

*»Er zaudert noch hinzugehen;*
*Doch ist er so leicht zu betören,*
*nur sie all sein Sehen und Hören;*
*lieb Mutter, umsonst dein Flehn.*

*Jetzt ist er im tiefen Grund;*
*Sie schlinget um ihn ihre Arme,*
*es wird ihm auf einmal so warme,*
*es glühet so heiß ihr Mund.*

*Wo führt sie den Knaben hin?*
*Sie hat ihn hinuntergezogen,*
*es schließen sich drüber die Wogen,*
*da war es geschehen um ihn.«*

Der Richter ließ das Blatt sinken. »Wie finden Sie das?«

Flora spürte den erwartungsvollen Blick des Mannes. *Sag was!* Irgendetwas Freundliches, Belangloses wird dir ja wohl über die Lippen kommen. Und heul bloß nicht los!, versuchte sie sich innerlich zur Ordnung zu rufen.

*Er zaudert noch hinzugehen* – die Worte des Richters hämmerten stumm in ihrem Ohr. Zaudern – was war das? Sie hatte nicht gezaudert, keine Minute lang!

*Doch ist er so leicht zu betören* – ha, damit konnte sie schon eher etwas anfangen. Leicht zu betören? Ja, das war sie gewesen.

Sie spürte Tränen aufsteigen und wedelte hilflos mit ihrer Hand vor dem Gesicht herum, als müsse sie im nächsten Moment niesen. Der Richter ließ sich nicht täuschen.

»Junge Frau, warum weinen Sie? Ja, aber ..., wieso rennen Sie davon? Bleiben Sie, ich muss doch noch die Blumen bezahlen und –« Fassungslos schaute der Oberamtsrichter auf sein Blatt Papier. »So schlecht ist das Gedicht auch wieder nicht geworden ...«

Raus! Nur raus aus der Stadt! Weg von den Blicken der Leute. Flora nahm die erste Brücke, die über die Oos führte. Was sie dabei nicht bedachte, war, dass ihr Weg sie an der Trinkhalle vorbeiführen würde.

Beim Anblick der Säulen schluchzte sie erneut los.

Merline, die Verführung in Person.

Kuckucksspucke, was hatte sie nur getan …

Als sie damals in der Stadt angekommen war, hatte Friedrich ihr bei ihrem ersten Spaziergang gleich sein Heiligtum gezeigt. Flora erinnerte sich daran, als wäre es gestern gewesen. Sie beide vor dem Wandgemälde von Merline – die Sonne in ihrem Rücken, sein Lachen in ihrem Ohr. Er hatte es genossen, für sie den Stadtführer zu spielen. Was hatte sie zu ihm gesagt, als er ihr die Sage erzählte?

»Bei uns hätte diese Merline keine Chance!«

Welch ein Hohn.

Was hatte sie nur getan?

Leichtfertiger als jeder Ziegenhirte hatte sie sich verführen lassen! Hatte sich Gelüsten hingegeben, von denen sie bisher nicht einmal gewusst hatte, dass es sie gab.

Die Schamesröte stieg ihr ins Gesicht, wenn sie daran dachte, wie sie sich an Konstantin gedrängt hatte – wie eine Katze, die nach Liebkosungen giert. Regelrecht bedrängt hatte sie ihn! Sie war nicht besser als die Kokotten, für die Friedrich nur einen abfälligen Blick übrig hatte.

Es hätte gar nicht passieren müssen. Sie hatte die Bedrohung, die Konstantin Sokerov für sie darstellte, tief in ihrem Inneren gespürt, immer wieder, seit Wochen schon. Jede zufällige Berührung, jeder hingehauchte Handkuss von Konstantin hatte auf ihrer Haut gebrannt wie ein aufloderndes Feuer. Sogar Sabine hatte etwas geahnt, hatte auf ihre Art mehrmals versucht, sie zu warnen. Aber sie, Flora, hatte es vorgezogen, Augen und Ohren zu schließen und sich dem wohligen Kribbeln in ihrem Bauch hinzugeben.

Abrupt blieb Flora stehen, schaute auf das langgezogene Gebäude, auf das jetzt, am späten Vormittag, immer mehr Spaziergänger zustrebten. Sollte sie zu Friedrich gehen, ihm alles beichten, jetzt sofort, auf der Stelle?

Die schreckliche Szene in der Villa Markow, dazu die Nachricht von Püppis Tod – sie war nicht bei Sinnen gewesen gestern! Ja, sie war nicht einmal sie selbst gewesen. Das Unaussprechliche war in Wahrheit gar nicht ihr geschehen, sondern einer Fremden …

Kuckucksspucke, wie sollte sie Friedrich erklären, was ihr selbst unerklärlich war? Was erwartete sie von einer Beichte? Dass es ihr ums Herz leichter wurde? Erwartete sie Vergebung? Welcher Mann würde so etwas vergeben? Wenn sie sich nicht täuschte, stand auf Ehebruch sogar eine Gefängnisstrafe, ha, sie hätte den Richter gleich danach fragen können! Die Leute würden mit dem Finger auf sie zeigen, man würde sie ächten wie diese Marie-Eluise, die Frau des Hotelwirts, von dem Friedrich erzählt hatte.

Wie eine schlecht geführte Marionette stakste Flora den Fluss entlang, holte tief Luft, wischte sich den Rotz aus dem Gesicht, die Haare aus der Stirn.

Nie und nimmer durfte sie auch nur ein Sterbenswörtchen über den gestrigen Tag verlieren. Was geschehen war, musste sie in ihrem Gedächtnis für immer und ewig auslöschen. Tief drinnen in ihrem Herzen würde sie diese Sünde mit sich tragen. Und die Erinnerung …

Mit einem kurzen Pfiff rief Konstantin eine der Droschken herbei, die vor dem Baden-Badener Bahnhof auf Fahrgäste warteten. Kurz darauf lehnte er sich wohlig aufseufzend in die dicken Polster zurück. Wenn es sich vermeiden ließ, würde er Baden-Baden bis zum Ende der Saison nicht mehr verlassen.

Karlsruhe war eine prachtvolle Stadt, aber die laute Betriebsamkeit hatte ihn doch sehr angestrengt. Offenbar war er solchen Trubel nicht mehr gewohnt.

Seine Hand tätschelte die lederne Tasche auf dem Sitz neben ihm. Immerhin hatte sich die Fahrt gelohnt …

Der Juwelier hatte gut bezahlt für Püppis Perlenschnüre, Saphirringe und Smaragdcolliers. Beim einen oder anderen Stück war ihm regelrecht das Wasser im Mund zusammengelaufen. Kleine Spuckebläschen hatten sich in seinen Mundwinkeln gebildet. Konstantin erkannte solche Zeichen der Gier und er hatte die Preise entsprechend nach oben korrigiert.

Das Geld, das er für die Preziosen bekommen hatte, würde den Aufenthalt in Europas Sommerhauptstadt für ihn äußerst angenehm gestalten. Und um die Zeit danach musste er sich auch keine Sorgen machen. Monte Carlo? Paris? Oder eine Schiffsfahrt nach Amerika? Alles kein Problem.

Noch nie in seinem Leben hatte er über so viel Geld verfügt. Vielleicht sollte er sein Glück auf der Rennbahn in Iffezheim wagen? Auf alle Fälle würde er versuchen, sein Geld beim Kartenspiel noch zu vermehren, immerhin war er ein guter Spieler.

Die Kutsche bog in Richtung des Hotels Europäischer Hof ab, und einen Moment lang bedauerte Konstantin, dass die Fahrt gleich zu Ende sein würde. Es war zu angenehm, solch herrlichen Gedanken nachzuhängen!

In zwei Tagen würde Püppis Beerdigung stattfinden. Da sie keine nahen Verwandten besaß, die in dieser Angelegenheit ein Wörtchen hätten mitreden wollen, hatte Konstantin die Sache so geregelt, wie er es für richtig befand. Nadeshda Stropolski würde – wie viele andere Russinnen und Russen auch – in Baden-Baden beerdigt werden. An dem Ort, an dem sie so viele glückliche Stunden verbracht hatte. Nach der Beerdigung würde man sich zu einem kleinen Leichenschmaus treffen, den er noch organisieren musste. Irina und Graf Popo hatten beide zustimmend genickt, als Konstantin sie in seine Pläne einweihte.

Zwei Tage noch, und dann würde er endlich frei sein!

Gleich heute würde er den Auszug aus dem Europäischen Hof in die Wege leiten. Er hatte genug vom goldenen Käfig. Ein billiges Hotel würde seinen Ansprüchen genügen. Das Leben war viel zu aufregend, um es in irgendeinem Zimmer zu verbringen.

Der Umzug würde schnell vonstatten gehen – die meisten

seiner Sachen hatte er schon am Vorabend in Püppis Koffer gepackt. Von ihren Sachen würde er lediglich die wertvollen Pelze mitnehmen. Und die Kiste mit den handbemalten Fächern. Das silberne Schreibbesteck war auch zu wertvoll, um es den Zimmermädchen zu überlassen. Das Toilettenset aus Gold würde er zu den Pelzen packen – für schlechte Zeiten sozusagen. Die hoffentlich nie kommen würden.

Um den Rest ihrer Sachen mochte sich kümmern, wer wollte.

Konstantin gab dem Droschkenfahrer ein ordentliches Trinkgeld. Der arme Mann würde ein Leben lang angewiesen sein auf Fahrgäste, gutes Wetter, gesunde Gäule …

Er, Konstantin Sokerov, hingegen war vom heutigen Tag an auf niemanden mehr angewiesen.

Püppis Personal hatte er schon gestern entlassen. Sie selbst hatte natürlich keinerlei Vorkehrungen für den Fall ihres Ablebens getroffen. Warum sollte es also ihn interessieren, wie die Leute zurück in ihre Heimat kamen? Trotzdem hatte er jedem ein bisschen Geld in die Hand gedrückt und Glück gewünscht. Püppis Zofe hatte er außerdem die grellrosafarbenen, giftgrünen und viel zu jugendlichen Kleider geschenkt, die allesamt nach Püppi rochen.

Ihn schauderte. Noch immer hatte er diesen Geruch in der Nase, den Geruch nach Angst und Einsamkeit, nach Alter und Zerfall.

Laut Popo gab es ein Testament. Püppi war eine reiche Frau gewesen, mit großem Landbesitz in der Nähe von Petersburg. Der Graf hatte versprochen, sich darum zu kümmern. Aber das könne dauern, hatte er hinzugefügt. Konstantin war das Testament gleichgültig: Seines Wissens hatte Püppi in den letzten eineinhalb Jahren keinen Advokaten aufgesucht – wie sollte dann *sein* Name in diesem Testament auftauchen?

Nein, für ihn würde mit der Beerdigung das letzte Püppi-Kapitel abgeschlossen sein.

Keine Abhängigkeiten mehr. Keine fahle Haut, keine schlaffen Brüste, keine weinerliche Anhänglichkeit.

Vom heutigen Tage an konnte er sich die Frauen nach seinem persönlichen Geschmack auswählen und nicht nach ihrer gut gefüllten Geldtasche. Und für die nächsten Wochen, vielleicht auch Monate, hatte er nur eines im Sinn: sich prächtig zu amüsieren!

Natürlich würde er sich irgendwann eine neue Gönnerin suchen – warum sollte er sein eigenes Geld ausgeben, wenn sich immer wieder eine Dame fand, die willig für ihn zahlte? Aber das hatte alles noch Zeit – er würde einen Teufel tun und sich sofort wieder an eine alte Witwe binden.

Das Blumenmädchen dagegen war eine nette Abwechslung. In der Tatsache, dass er ausgerechnet *sie* an Püppis Todestag genommen hatte, sah Konstantin geradezu eine tiefliegende Logik: Hatte Püppi ihn nicht einst mit ihr bekannt gemacht? So gesehen war Flora beinahe eine Art »Vermächtnis« der Verstorbenen …

Wie willig sie sich ihm hingegeben hatte! Er hatte schon nicht mehr daran geglaubt, bei ihr je zum Ziel zu kommen. Warum er Flora trotzdem fast täglich in ihrem Laden aufgesucht hatte, verstand er selbst nicht ganz. Wahrscheinlich lag es daran, dass er in Baden-Baden so wenig junge Leute kannte. Und Flora war nicht nur jung und hübsch, sondern hatte außerdem noch Temperament, Mut und Fantasie. Es machte einfach Spaß, sich mit ihr zu unterhalten! Wie sie sich in ihre Arbeit hineinsteigern konnte – ein bisschen beneidete Konstantin sie um diese Gabe. Nach einem Gespräch mit ihr fühlte er sich selbst immer besonders energiegeladen, gerade so, als würde ihre Tatkraft auf ihn abfärben.

Die eifrige Blumenbinderin … Eine solche Leidenschaft hätte er bei ihr gar nicht vermutet.

Flora war ein Kind, in dem die Frau erst wachgeküsst werden musste. Konstantin schmunzelte.

Später am Tag würde er sie aufsuchen, er musste den Blumenschmuck für Püppis Beerdigung bestellen.

Sollte er gleich ein neues Stelldichein ausmachen? Warum

nicht, am Nachmittag, wenn sein Umzug in eines der kleineren Hotels vonstatten gegangen war, würde er Zeit für ein bisschen Liebe haben.

## 50. Kapitel

Ich habe an viele farbenprächtige Blumen gedacht, verschiedene Sorten – Püppi liebte die Vielfalt.«

»Ja, ich weiß.« Aus dem Augenwinkel warf Flora einen Blick in Richtung Hintertür. Alles war ruhig. Ernestine hielt zusammen mit Alexander ein Mittagsschläfchen, Sabine und die Küchenhilfe kochten Erdbeermarmelade.

Mit zittrigen Händen schlug sie ihr Bestellbuch auf, notierte Konstantins Auftrag. Als ob sie auch nur eines seiner Worte vergessen hätte! Aber die Beschäftigung mit Stift und Buch gewährte ihr den Moment, den sie brauchte, um sich zu sammeln.

Bisher hatte Konstantin den gestrigen Vorfall mit keiner Silbe erwähnt. War er ein Ehrenmann oder bedeutete dies lediglich, dass er dem Ganzen geringere Bedeutung beimaß, als sie es tat?

Sie räusperte sich, zählte bis drei und hob dann zu dem Satz an, den sie im Geist den ganzen Vormittag geübt hatte.

»Es ist mir eine Ehre, Blumen für die Beerdigung der Fürstin liefern zu dürfen.« Sie zuckte zusammen, als Konstantin ihre Hand nahm und sie sanft drückte.

»Konstantin … Warum … machst du es mir so schwer? Ich bin eine verheiratete Frau! Was geschehen ist, war ein einmaliger Fauxpas, vorbei und vergessen. Dass es überhaupt so weit kam, ist unverzeihlich.« Flora staunte über sich und die Entschlossenheit, die in ihren Worten mitschwang. Gut so! Sie holte erneut Luft. »Vielleicht ist es am besten, wenn du zukünftig deine Blumen anderswo kaufst.« Sie zog ihre Hand zurück und rieb sie, als habe sie in einen Busch Brennnesseln gegriffen.

Wie immer, wenn Konstantin lachte, kräuselten sich rings um seinen Mund kleine Lachfältchen. Flora widerstand nur schwer der Versuchung, sie mit tausend Küssen zu bedecken.

»Und wenn ich meine Blumen nicht anderswo kaufen will?« Er sah sie so durchdringend, so innig an, dass sie sich vor Schwindel an der Ladentheke festhalten musste. Gleich darauf zog er Flora an sich und flüsterte ihr mit heißem Atem ins Ohr: »Flora, Liebste, in deinen Armen kann ich wenigstens für kurze Zeit meinen Schmerz vergessen. Ich weiß, dass ich dich nie besitzen werde, aber ich flehe dich an: Versetze mir nicht einen Tritt wie einem lästigen Hund!« Wieder nahm er ihre Hand, küsste jeden einzelnen Finger und saugte an ihrem Daumen wie an einer reifen Frucht.

Flora stöhnte auf, während er ihr den Namen seines neuen Hotels und die Zimmernummer nannte.

»Ich warte auf dich ...«

Kaum war Konstantin weg, schnappte sich Flora einen Bund Blumen und lief zur Küchentür.

»Ich muss etwas ausliefern, bitte pass auf den Laden auf! Und sag Ernestine, dass sie Alexander nach seinem Mittagsschlaf füttern soll«, rief sie Sabine zu. Dann stürzte sie los.

Ohne nach links und rechts zu schauen, rannte Flora in Richtung Trinkhalle. Was will ich hier?, fragte sie sich, als sie schließlich atemlos vor dem langgezogenen Bau stand. Es war nicht Friedrich, zu dem es sie hinzog. Sie wollte allein sein. Allein mit sich und ihren schändlichen Gedanken und Gefühlen.

Tränen liefen ihr übers Gesicht, als sie wie ein Dieb an der Trinkhalle vorbeischlich und den Michaelsberg hinaufstapfte. Obwohl die Sonne schien, war es ungewöhnlich ruhig auf dem parkartig angelegten Hügel. Nur hie und da waren zwischen den Bäumen vereinzelte Spaziergänger zu sehen. Wahrscheinlich drängte sich wieder einmal alles auf der Promenade oder in der Allee! Flora war dies nur recht. Mit zittrigen Beinen stieg sie den Berg hinauf.

Hier auf dieser Bank hatten Friedrich und sie in ihrem ersten Sommer oft gesessen. Warum fühlte sie nichts bei diesem Gedanken?

Hier auf diesen Wegen waren sie allabendlich spazieren gegangen. Lange hatte es gedauert, bis sich Friedrich endlich getraut hatte, ihre Hand zu nehmen.

Hatte ihr Herz damals schneller gepocht? Hatte sie ein seltsames Gefühl in ihrer Magengegend gespürt? Sie konnte sich nicht daran erinnern.

Flora blinzelte, als zwischen den Bäumen die kuppelförmige Stourdza-Kapelle auftauchte. Ein rumänischer Fürst habe sie zu Ehren seines verstorbenen Sohnes erbauen lassen, hatte Friedrich ihr einst erklärt, den Entwurf dazu habe ein berühmter Münchner Baumeister geliefert.

Ach Friedrich …

Warum schlug ihr Herz nicht schneller, wenn sie an ihn dachte?

Warum tat es das umso mehr, wenn Konstantin durch ihre Gedanken huschte? *Ihn* brauchte sie nur anzuschauen, und schon vergaß sie alles um sich herum. Auch vorhin war sie fast wieder schwach geworden, hätte sich am liebsten an ihn gedrängt, seinen muskulösen Oberkörper an ihren Brüsten gespürt, seine Hände, die ihre Schenkel hinaufwanderten …

Schluchzend sank Flora unter dem Vordach der Grabkapelle nieder, schlug mit ihrer geballten Faust auf den Boden, als könne sie so ihre Liebe zu Konstantin zerschlagen.

Liebe? War es das wirklich?

Oder war es nur Begierde? Eine Art Krankheit?

Flora hoffte so sehr, dass das zweite zutraf, denn Krankheiten konnte man heilen, nicht wahr?

»Lieber Gott, lass mich stark sein! Ich flehe dich an. Ich werde Buße tun, sag mir, was ich tun soll, bitte. Aber gib mir meinen Frieden wieder! Ich verspreche, ich werde eine gute Ehefrau und Mutter sein …«

Ihre Worte wurden von dem kuppelförmigen hohen Gebäude zurückgeworfen, ihre Stimme klang seltsam hohl.

Sollte sie nach Gönningen fahren? Würde sie dort geheilt werden? Nein. Sie musste allein Stärke zeigen, hier. Nicht mehr leicht zu verführen sein wie eine Hure. Sie würde heimgehen zu Mann und Kind, jetzt gleich!

Ja, das würde sie tun.

Vielleicht, wenn sie sich anstrengte, eine gute Ehefrau zu sein, würde es ihr gelingen, Friedrich irgendwann wieder in die Augen schauen zu können. Vielleicht, wenn sie wirklich stark blieb, würde es ihr irgendwann beim Blick in den Spiegel nicht mehr elend werden vor lauter Scham.

Ein letztes Mal schaute sich Flora in der Grabkapelle um.

Bitte lieber Gott, gib mir die Kraft und den Mut …

Dann stand sie mit den Bewegungen einer alten Frau auf, wischte sich übers Gesicht, strich sich den Staub vom Rock.

In der Ferne schlugen die Kirchenglocken vier Uhr.

»Also wirklich, die Kunden werden immer unverschämter. Dich so in Beschlag zu nehmen! Gleich ist es schon sieben!« Ernestine schüttelte so heftig den Kopf, dass eine ihrer Haarnadeln auf den Boden fiel.

Flora kniete sich hin, um die Nadel aufzuheben. »Seid ihr ohne mich zurechtgekommen?« Aus dem Augenwinkel sah sie Sabine im Türrahmen stehen, die sie mit hochgezogenen Augenbrauen kritisch musterte.

Flora gab Ernestine die Haarnadel, dann trat sie einen Schritt zurück, bevor Sabine den Duft der Liebe, der Flora umwehte wie süßestes Parfüm, in die Nase bekam. Sieh mich nicht so vorwurfsvoll an!, hätte sie die Magd am liebsten angeschrien. Ich weiß selbst, dass das, was ich mache, falsch ist! Ich weiß, dass es ein Spiel mit dem Feuer ist! Aber es ist … eben nur ein Spiel. Und ich kann einfach nicht anders.

# 51. Kapitel

Die Augen krampfhaft zugekniffen, rutschte Flora nach links, um auf dem kühlen Laken Platz zu machen für Konstantin. Mit sicheren Bewegungen öffnete er die Knöpfe ihrer Bluse, streifte sie über Floras Schultern und liebkoste ihre Brüste, als handele es sich um einen wertvollen Schatz. Seine Lippen waren weich und erfahren, sie umkreisten ihre Brustwarzen gerade lang genug, um weitere Zärtlichkeiten zu verheißen.

Unwillkürlich spreizte Flora ihre Beine, wollte den Geliebten an sich ziehen, ihn spüren, ganz in sich spüren, ihn aufnehmen. Sie war es nicht gewohnt, dass ein Mann sich so viel Zeit nahm …

Doch Konstantin schob ihre Beine sanft wieder zusammen. »Wir haben alle Zeit der Welt. Du bist so schön, ich könnte dich stundenlang einfach nur ansehen …«

Ein Schauder durchfuhr Flora, als sie Konstantins Zunge erneut auf ihren Brüsten spürte, kleine, feste Berührungen, die sie zum Glühen brachten. Vergessen war ihre Sündhaftigkeit, vergessen ihr schlechtes Gewissen. Mehr! Mehr davon!

Schon verließen Konstantins Lippen ihre Brüste, und seine Hände zeichneten die Rundung ihrer Taille nach, wanderten noch ein Stückchen tiefer und tiefer …

Diese Schauer, die zwischen ihren Beinen begannen und sich von dort aus bis in die Zehenspitzen fortsetzten … Bis in die Haarspitzen. Bis in jede Fingerkuppe. Konnte man vor lauter Begierde den Verstand verlieren?

»Flora, liebste Flora … Wirst du mich irgendwann auch einmal anschauen? Oder … mich anfassen?«

Flora riss die Augen auf, blinzelte hektisch. Was meinte er mit »ihn anschauen«? Er war doch nackt! Und ihn anfassen? Tat sie das nicht schon die ganze Zeit?

Er nahm ihre Hand, führte sie nach unten und legte sie um

seine Männlichkeit. »Schau … so kannst du einen Mann sehr glücklich machen …«

Es dauerte einen Moment, bis sich Flora von ihrem Schrecken erholte. Friedrich wäre nie auf die Idee gekommen, so etwas von ihr zu verlangen!

Mit gesenkten Lidern linste sie nach unten. Noch nie hatte sie einen Mann dort berührt … Wie prall sich die zarte Haut spannte, wie verlangend sein Schaft pochte, als führe er ein Eigenleben … Lösten das ihre Berührungen aus? War es so richtig? Tat sie ihm nicht weh? Unsicher schlossen sich ihre Finger enger um ihn, und sie lächelte, als sie Konstantins Stöhnen hörte. Scheinbar machte sie alles richtig …

Doch schon im nächsten Moment entwand er sich ihr. »Langsam, mein Herz. Du bist zu schnell … Die Liebe muss man genießen wie Champagner! Und nicht herunterschlingen wie ein Stück Brot …«

»Schon kurz nach zwei Uhr – eigentlich müsste ich längst wieder im Laden sein.« Wohlig seufzend drehte sich Flora auf den Rücken und ließ ihren Blick durch Konstantins Zimmer schweifen.

Wie er es sich zu eigen gemacht hatte! Seine Kleider – überall. Seine Stiefel und Schuhe – verstreut auf dem Boden. Auf dem kleinen Tischchen am Fenster eine Flasche Portwein, dazu ein Glas mit undefinierbarem Inhalt. »Eingelegte Walnüsse. Püppi hat sie gehasst«, hatte Konstantin erklärt und erst sich, dann Flora eine Nuss in den Mund geschoben. Die Leckerei schmeckte ungewohnt, salzig und süß zugleich, herb und irgendwie männlich. Das ganze Zimmer roch nach den eingelegten Nüssen und nach Konstantin, nach seiner Männlichkeit …

»Immer hast du es eilig, kleine Geschäftsfrau! Bricht etwa ein Feuer in deinem Laden aus, wenn du nicht da bist? Verwandeln sich alle Blumen in schreckliche Gespenster, während du in meinen Armen liegst? Oder werden just in diesem Moment deine Veilchen von einer Horde Räuber gestohlen?«

Unwillkürlich musste Flora lachen. Die Vorstellung, wie wüste Gestalten mit ihren Topfveilchen durch die Straßen von Baden-Baden flüchteten, war zu komisch.

»Aber meine Kunden wollen ihre ausgefallenen Wünsche nicht mit Sabine besprechen, sondern mit mir.« Ernestine fragte sich bestimmt auch schon, wo sie so lange blieb, schoss es Flora durch den Kopf, während sie die Mulde zwischen Konstantins Schulterblättern küsste. Und für Alexander würde heute ebenfalls kaum Zeit bleiben.

Aber nicht einmal der Gedanke an ihren Sohn brachte sie dazu, aufzustehen, sich anzuziehen und zu gehen.

Wie perfekt sich ihre Körper aneinanderschmiegten, gerade so, als wären sie füreinander geschaffen. Flora bettete ihre Wange in die Beuge an Konstantins Hals, genoss den warmen, feuchten Kokon aus Schweiß und Liebe, in den ihr Liebesakt sie eingewebt hatte. Wie Adam und Eva. Wie im Garten Eden …

Schon prickelten die Härchen auf ihrer salzigen Haut erneut vor Lust, als Konstantin sich ruckartig aufsetzte.

»Ich werfe dich nur ungern aus meinem Bett, meine Liebe, aber wir müssen aufstehen. Püppi kommt gleich unter die Erde …«

Für Flora war der Sommer 1873 ein einziger Rausch – und Konstantin ihre Medizin und ihr Gift zugleich. Sie trafen sich in seinem Hotel, wo Flora stets den Hintereingang benutzte. Sie trafen sich in der freien Natur. Natürlich sahen sie sich auch auf den Festen, zu denen Flora den Blumenschmuck lieferte und er als Gast eingeladen war, aber diese Abende waren für Flora eher Qual als Freude. Am liebsten hätte sie all die gackernden Hühner, die sich um Konstantin scharten, kaum dass er den Raum betrat, davongejagt. Konstantin, dem ihre eifersüchtigen Blicke nicht entgingen, tändelte dann nur umso mehr mit seinen Bewunderinnen.

Natürlich schaute er auch bei Flora vorbei, was wiederum von den Damen, die ihn so gern in ihrer Mitte hatten, kritisch beäugt wurde. Verschwand er nach ein paar gehauchten Liebesschwüren wieder in der Menge, tröstete sich Flora mit dem Wissen, dass es Stunden gab, in denen er nur ihr allein gehörte.

Sie wurde immer geschickter im Erfinden von Aufträgen, Ausreden und Gründen, das Haus und den Laden zu verlassen. Kam sie von einem ihrer Stelldicheins zurück, war ihr Rock oft fleckig vom Gras, ihre Arme zerkratzt.

»Brombeersträucher«, sagte Flora dann, oder: »Ich bin ausgerutscht, so was Dummes!« Dabei hatte sie sich freiwillig in Nesseln und Dornen gewälzt.

Kaum dass sie das Haus betreten hatte, wusch sie sich schweren Herzens den Duft der Liebe vom Leib, damit nur ja niemand Konstantins Geruch an ihr wahrnahm.

*Du bist schlecht! Eine Sünderin! Nicht wert, die Ehefrau eines braven, guten Mannes wie Friedrich zu sein.*

Tausendmal nahm sie sich vor, Konstantin nie, nie wiederzusehen. Aber wie ein Drachen, der nicht entfliehen kann, weil er von einer nahezu unsichtbaren Schnur zurückgehalten wird, flog sie immer wieder zu Konstantin zurück. Wie hätte sie ihn auch verlassen können? Wie sollte sie je wieder auf das verzichten, was nur er ihr zu geben vermochte?

Das, was ihre Familie und die Kunden im Geschäft von ihr erlebten, war nur ein unvollkommener Teil. Erst Konstantin machte sie … vollständig. In seiner Nähe wurde sie übermütig, bei ihm konnte sie kindisch lachen, bis ihr die Tränen über die Wangen liefen – und manchmal war er sogar noch alberner als sie! In seinen Armen waren die Nörgeleien der Kunden weit weg. Da gab es kein Gerede von heilenden Wässern, nein, es gab prickelnden Champagner!

Doch kaum rannte Flora nach einem Stelldichein atemlos nach Hause, drückte die Last auf ihren Schultern wieder schwer. Alexander. Ernestine. Friedrich! Dazu die vielen Aufträge, Bestellungen bei den Gärtnern, Rechnungen, die geschrieben werden wollten. Sie musste heim, hatte keine kostbare Minute mehr zu verlieren, schnell, schnell!

Es gab Momente, in denen sich ihre beiden Leben überlappten: dann, wenn sie am Bindetisch stand und ihr die Arbeit besonders leicht von der Hand ging. Wenn jede Bewegung in die nächste floss, wenn jeder ihrer Handgriffe inspiriert war von erotischer Sehnsucht. Wenn sie ihre Kreativität aus dem Füllhorn der Liebe schöpfte.

Doch die meiste Zeit gelang es ihr, die beiden Leben zu trennen.

Hätte sie dies nicht gekonnt, wäre sie verrückt geworden.

## 52. Kapitel

Neun Uhr. Eigentlich hätte er um diese Zeit längst in der Trinkhalle sein müssen. Friedrich beschleunigte seinen Schritt. Nicht, dass den Gästen so früh morgens schon der Sinn nach einem Glas Heilwasser stand. Aber bevor die ersten Damen und Herren kamen, musste er noch den Boden fegen, die Abfallkörbe leeren, die Glasscheiben der Türen von den Fingertappen des Vortages säubern …

Eigentlich bist du nichts anderes als ein Lakai, ging es ihm nicht zum ersten Mal durch den Sinn. Räumst den feinen Herrschaften hinterher, bist ihnen zu Diensten.

Seine Vorträge über die Vorzüge einer Trinkkur wollten jedenfalls die wenigsten hören, so viel stand fest. Oder seine Überzeugung, dass eine Trinkkur und eine Badekur am besten Hand in Hand gehen sollten.

Und ob es den Mitgliedern des Kurkomitees wirklich so ernst war mit ihrem Bestreben, aus Baden-Baden eine echte Kurstadt zu machen, bezweifelte Friedrich inzwischen auch. Für die vielen Ideen, die er im Laufe des Jahres über Heilwasserkuren geäußert hatte, schien sich niemand richtig zu interessieren. Eigentlich hatte er ja gehofft, dank seiner Ideen würde auch er in dieses Komitee berufen werden und einen höheren Posten bekommen. Aber so wie es aussah, blieb er wohl für alle Zeiten nur der Hausbursche der Trinkhalle.

Auf Höhe des Theaters kam Friedrich der Wirt des Hotels Marie-Eluise entgegen. Friedrich grüßte mit einem freundlichen Nicken und wollte weitergehen, als Gustav Körner ihn zurückhielt.

»Sie kennen doch viele Leute hier in der Stadt, und von den Gästen kennen Sie auch etliche, oder?«

Friedrich runzelte die Stirn. »Ja, das stimmt …«

»Ich dachte … Also, ich wollte fragen … Nun, wissen Sie vielleicht zufällig jemanden, der mein Hotel kaufen will?«

Friedrich seufzte. »Sie haben sich also wirklich zum Verkauf entschlossen?«

Der ältere Mann lachte bitter auf. »Als ob ich eine Wahl hätte. Mir ist im letzten Jahr nicht nur die Frau weggelaufen, auch meine Gäste sind nach und nach ausgeblieben.«

Friedrich schüttelte den Kopf. »Eine Schande ist das. Wo doch eine der besten Quellen unter Ihrem Haus hindurchfließt!«

»Das erzählen Sie bitte meinem zukünftigen Käufer. Bisher suche ich den allerdings ohne Erfolg. Vor dem Krieg, als es das Casino noch gab und die Franzosen zu uns geströmt sind, wäre es wahrscheinlich ein Leichtes gewesen, mein Haus loszuwerden, aber jetzt?« Gustav Körner legte den Kopf schräg, und zum ersten Mal blitzte ein Lächeln in seinem verkniffenen Gesicht auf. »Sagen Sie, Herr Sonnenschein, wäre das Marie-Eluise nichts für Sie?« Als er Friedrichs ungläubigen Blick sah, fügte er hinzu: »Sie kennen sich mit unseren Heilquellen besser aus als jeder andere. Von Ihnen weiß ich ja erst, wie gut unsere Quelle ist. Ganz ehrlich, ich glaube, Sie könnten mein Hotel zu einem beliebten Ort für Heilsuchende machen.«

Friedrich lachte. »Na, jetzt übertreiben Sie aber.«

Der alte Mann nickte müde. »Wahrscheinlich bekomme ich meinen alten Kasten eh nicht los. Dabei würde ich Baden-Baden lieber heute als morgen verlassen, um zu meiner Schwester nach

München zu ziehen. Endlich weg von dem Ort, an dem mich alles an Marie-Eluise erinnert.«

Lächelnd marschierte Friedrich weiter in Richtung Trinkhalle. Der Körner kam auf Ideen! Er, Friedrich, als Hotelwirt. Und Flora die Wirtin, ha! Als ob sie im Blumenladen nicht schon genug zu tun hatte. Und Mutter? Die würde an der einen Hand Alexander halten, mit der anderen die Tische decken und darüber nachgrübeln, ob werktags Kerzenleuchter angebracht waren oder man sich die für den Sonntag aufsparen sollte!

Bei der Vorstellung, wie Ernestine mit einer kleinen weißen Schürze bekleidet einen Speisesaal eindeckte, musste Friedrich laut auflachen.

Andererseits – wahrscheinlich würden sie sich nicht einmal schlecht anstellen. Seine Mutter verstand es immerhin, einen Haushalt ordentlich und sauber zu führen. Flora konnte gut mit den Leuten umgehen, und er kannte sich mit den Baden-Badener Quellen aus.

Davon abgesehen, dass sie nie das Geld für den Kauf zusammenbringen würden … Flora und er bei der Arbeit vereint – würde das überhaupt gutgehen?

Unwillkürlich verdunkelte sich Friedrichs Miene.

In letzter Zeit war Flora so anders! Dabei hätte er nicht einmal gewusst, wie er es genauer beschreiben sollte. Sie … sie reagierte zum Beispiel immer zu übertrieben. Wenn sie einen Scherz machte, war sie dabei zu lustig. Wenn sie sprach, Alexander ein Lied vorsang oder mit Kunden diskutierte, war sie dabei eine Spur zu laut. In ihren Bewegungen war sie zu hektisch. Und ja, sie war oft sogar zu zärtlich! An manchen Abenden warf sie ihre Arme um ihn und drückte ihn, dass er kaum mehr Luft bekam.

Es gab aber auch andere Tage. Die, an denen sie kaum ein Wort sprach und mit geistesabwesendem Blick aus dem Fenster starrte, als ob … Friedrich wusste es nicht.

Das alles hatte doch mit normaler Launenhaftigkeit nichts

mehr zu tun, oder? Wenn er sie darauf ansprach, bekam er immer nur zur Antwort, er bilde sich etwas ein.

Zu gern hätte Friedrich mit jemandem über seine Sorgen gesprochen. Darüber, dass er manchmal das Gefühl hatte, seine eigene Frau nicht mehr richtig zu kennen. Aber Ernestine kam dafür nicht in Frage, sie hätte sich viel zu sehr aufgeregt. Und außerdem stand seine Mutter meistens eh auf Floras Seite.

»Du wirst schon immer mehr wie dein Vater. Der wollte auch immer nur seine Ruhe haben«, hatte sie ihm erst vor ein paar Tagen vorgeworfen, als Flora ihn gefragt hatte, ob sie nicht einmal alle zusammen eine Schiffsfahrt auf dem Rhein unternehmen sollten. Dies wäre doch sicherlich ein herrlicher Spaß, hatte sie drängend hinzugefügt.

Eine Schiffsfahrt – mitten in der Saison! Flora und Mutter wussten doch ganz genau, dass er sich nicht einen ganzen Tag lang von der Trinkhalle loseisen konnte. Und dann die Kosten …

Mit Hannah hätte er gern gesprochen. Niemand kannte sein Kind so gut, wie die Mutter es tat. Hannah hätte vielleicht eine Erklärung für Floras Verhalten gehabt. Sie hätte ihm vielleicht auch einen Rat geben können, wie er sich verhalten sollte. Vielleicht hätte sie ihn getröstet und etwas in der Art gesagt wie: »Solche Anwandlungen sind wie die Masern. Da heißt es auch abwarten und hoffen, dass es bald vorbeigeht.«

Abrupt blieb Friedrich stehen. Und wenn es nicht vorbeiging?

Konnte man an Masern auch zugrunde gehen?

Vielleicht war es an der Zeit, dass er einmal ausgiebig mit Flora redete. Und sich nicht auf ihre Ausflüchte einließ.

Sollte er mit ihr auch über das Hotel Marie-Eluise sprechen? Nur um zu sehen, wie sie reagierte? Am Ende war sie noch hellauf begeistert davon – bei Flora war schließlich alles vorstellbar.

Sie würde eine gute Hotelwirtin abgeben, davon war er überzeugt. Eine neue Aufgabe, für sie beide. Gemeinsam. Keine getrennten Wege mehr. Und die Kurverwaltung konnte ihm dann auch den Buckel runterrutschen.

Er lachte laut auf – was für eine verrückte Idee! Eigentlich war es doch gar nicht seine Art, am helllichten Tag zu träumen.

Aber selbst wenn es nicht mehr war als ein Traum, so war es wenigstens ein schöner.

Wie gern hätte er ihn gemeinsam mit seiner Frau geträumt.

Er hatte die letzte Stufe hinauf zur Trinkhalle gerade erklommen, als ihm Lady Lucretia über den Weg lief.

Ausgerechnet!, dachte Friedrich schmunzelnd. Er war gewiss kein Mann, der besonders viel auf gute oder schlechte Omen gab, aber dass er von allen Gästen gerade jetzt die gesundheitsbewusste Engländerin traf, war zumindest ein schöner Zufall.

»Sie sehen so aufgeregt aus«, sagte sie, nachdem sie sich einen guten Morgen gewünscht hatten.

Mit einem Krug Heilwasser und zwei Gläsern ließen sie sich auf einer der Bänke nieder. »Ich habe vorhin den Besitzer des Hotels Marie-Eluise getroffen. Er hat mir von einer völlig verrückten Idee erzählt«, sagte Friedrich kopfschüttelnd. »Wenn es nach ihm ginge, würde ich demnächst sein Hotel kaufen.« Da die Engländerin ihn interessiert ansah, fasste er kurz das Gespräch mit dem Hotelwirt zusammen.

»Sicher, die Zimmer sind abgenutzt, aber ein paar Kübel Farbe würden da Wunder bewirken«, endete er schließlich.

Lady Lucretia trank ihr Glas in einem Zug leer. »Mit etwas Geld und gutem Willen kann man wirklich manchmal Berge versetzen, diese Erfahrung habe ich schon oft genug in meinem Leben gemacht. Und dass Sie ein Mann der Tat sind, hat dieser Mister Körner richtig erkannt. Ich persönlich würde Ihnen solch ein Unterfangen auch jederzeit zutrauen!«

»Wirklich?« Friedrich war ehrlich überrascht.

Die Engländerin nickte. »Wie viele Zimmer hat dieses Hotel?«

»Zwanzig, glaube ich.«

Während Friedrich ihr Wasser nachschenkte, zückte sie ein ledergebundenes Notizbuch und kritzelte etwas hinein.

»Und wie viele Badewannen gibt es? Sechs Stück und alle in gutem Zustand? *Very well* ... Eine eigene Quelle, die unter dem Hotel hindurchfließt, sehr interessant ...« Sie schürzte die Lippen, wodurch ihr Kinn noch länger wirkte.

»Die Lage ist wirklich gut, bis zum Conversationshaus läuft man vom Marie-Eluise aus nicht einmal fünf Minuten. Aber höchstwahrscheinlich wird Gustav Körner trotzdem keinen Käufer finden. Nicht jeder hat solch ein Glück wie der Besitzer des alten Hotels Stéphanie Les Bains.« Friedrich lachte kurz auf. »Männer wie Anton Brenner, die sich eines alten Kastens erbarmen, Männer mit Visionen also, die waren schon immer rar gesät.«

Lady Lucretia nahm erneut einen Schluck Heilwasser.

»In diesem Punkt gebe ich Ihnen recht. Aber vergessen Sie nicht – es gibt auch Frauen mit Visionen!« Die Engländerin brach in ihr wieherndes Lachen aus. »Ich habe da nämlich eine Idee ... *Oh my god*! Gleich zehn Uhr!« Sie stand so rasch auf, dass die Sitzbank zu wackeln begann. »Meine Anwendungen warten auf mich. Ich fürchte, lieber Mister Sunshine, wir müssen unser Gespräch vertagen. Wie wäre es mit morgen früh – nein, da bin ich mit Ingrid zu einem Waldmarsch verabredet. Morgen Mittag kommt Doktor Green und – warten Sie ...«

»Welches Gespräch? Was für eine Idee? Ich wüsste nicht –«

Lady Lucretia unterbrach seinen Einwand mit einer abrupten Handbewegung. »Warum besuchen Sie mich nicht einfach am kommenden Sonntagnachmittag in meinem Hotel? Sonntag ist der einzige Tag, an dem ich keine Bäder oder andere Anwendungen genieße. Ich hätte also Zeit für Visionen.«

# 53. Kapitel

Es war eine gute Idee gewesen, sich für die Verlobungsfeier eine neue Destination zu suchen, dachte Irina Komatschova beim Blick aus dem Fenster. Wiesen, Auen, die hübschen Fischteiche ... Eine wahrhaftige kleine Perle hatte sie hier entdeckt!

In Baden-Baden hingegen ging es ständig nur darum, welche Räumlichkeit die exklusivste war. Dieses Spiel wollte Irina nicht mitspielen. Sie betrachtete es daher als Glücksfall, dass ihr der Oberkellner ihres Hotels vom Gasthof seiner Tante, dem Forellenhof, erzählt hatte. Weit sei es dorthin nicht, hatte der Mann gemeint. Man musste nur die Lichtenthaler Allee entlangfahren, hinter dem Kloster war es dann nur noch ein Katzensprung bis zu dem neueröffneten Gasthof, der etwas versteckt in einem kleinen Weiler namens Gaisbach mitten im reizvollen Oostal lag.

Warum nicht?, hatte sich Irina gefragt und ihre Verlobungsfeier kurzerhand aufs Land verlegt. Ein ländlich-rustikales Mittagessen, ein bisschen Musik zur Feier des Tages. Für den Abend war dann die Heimfahrt in die Stadt geplant. Ihr Verlobter war damit einverstanden gewesen.

Zugeben, dem Waldhotel Forellenhof fehlte es an Eleganz. Kronleuchter, Tafelsilber und Porzellan aus königlichen Manufakturen suchte man im hiesigen Speisesaal vergebens. Dafür war die Atmosphäre sehr intim und die Forellen aus der dem Hotel angeschlossenen Fischzucht köstlich. Die Wirtin und ihre drei Töchter trugen fleißig Speisen und Getränke heran. Auf Irinas Bitte hin hatten sie sogar eine Gruppe junger Mädchen in bunten Trachten aufgetrieben, die bei der Ankunft der Gäste heimische Tänze aufführten. Irina schmunzelte. Eine gute Idee – sogar Konstantin hatte seinen Blick nicht von den bäuerlichen Schönheiten abwenden können.

Kurzum, im Forellenhof zu feiern war wirklich die richtige Entscheidung gewesen, und bezahlbar obendrein ...

Im Gegensatz zum Blumenschmuck! Flora Sonnenschein hatte sich ihre ländlich anmutenden Körbe, gefüllt mit Sonnenblumen und allerlei anderem Kram, wieder einmal ziemlich gut bezahlen lassen, ärgerte sich Irina. In dem Moment schmiegten sich zwei Arme von hinten um ihren Leib.

»Irinotschka, Liebste – bist du glücklich?«, flüsterte ihr eine tiefe Stimme ins Ohr und Irina nickte.

Glücklich? Wenn ich heute sterben würde, würde ich dann als glückliche Frau sterben?, fragte sie sich, während sie und ihr Verlobter den Augenblick der Zweisamkeit am Fenster genossen. Kurz darauf lockerten sich die Arme schon wieder und eine Hand klopfte ihr auf die Schulter. Wie bei einem Pferd, dachte Irina.

»Liebste, warum gehst du nicht zurück in den Saal? Bestimmt vermissen dich unsere Gäste schon! Ich würde mich gern noch einmal in meine Rede vertiefen.« Ihr Verlobter wedelte mit einem Stapel Papier.

»Du und deine Reden!« Lächelnd winkte Irina ihrem zukünftigen Ehemann nach.

War Vernunft gut für das Glück? Wahrscheinlich konnte man diese Frage nicht einfach mit ja oder nein beantworten. Irina wusste nur, dass sie es gern glauben wollte. Ihre Gelder verschmolzen mit den unerschöpflichen Reichtümern von Popo …

Auch Sicherheit konnte Glück bedeuten.

Auf dem Weg in den Saal begegneten ihr zwei der Tänzerinnen. Sie kicherten, wie nur junge Mädchen kichern konnten. Was für schöne Trachten die Frauen in der hiesigen Gegend trugen! Bewundernd schaute Irina hinter den beiden her. Die farbenfrohen Kleider hätten bestimmt auch Püppi gefallen, wahrscheinlich hätte sie sofort solch ein Exemplar besitzen wollen.

Püppi … Ausgerechnet heute musste Irina oft an die alte Weggefährtin denken. Was sie wohl zu ihrer Verlobung mit Popo sagen würde? Und was dazu, dass Konstantin mit dem Blumenmädchen tändelte?

Damals, vor langer Zeit, hatte sie tatsächlich geglaubt, er

empfinde etwas für sie. Wahre, große Gefühle, so wie sie sie für ihn gespürt hatte. Etwas, was man Liebe nannte.

Liebe! Irina schnaubte. Konstantin Sokerov kannte nur eine Form davon und das war die Eigenliebe. Doch wie gut hatten sich seine zärtlichen Umarmungen angefühlt …

Nun verschleuderte er seine Gunst also an die Blumenbinderin. Da! Jetzt stand er doch tatsächlich schon wieder bei ihr an der Hintertür!

Und wie sie ihm nahekam … Gerade so, als wolle sie in ihn hineinkriechen. Wie schamlos – glaubten die beiden etwa, die Welt um sie herum sei blind?

»Du hast für uns beide ein Zimmer bestellt? Bist du verrückt? Was wird wohl Fürstin Irina dazu sagen, wenn ich mich einfach aus dem Staub mache, statt ein Auge auf die Blumendekoration zu haben?« Obwohl sich Flora um einen strengen Ton bemühte, konnte sie ihre Freude über seine Tollheit nicht verbergen.

Eine Stunde Glück. Vielleicht auch zwei … Sie lächelte in seliger Vorfreude.

Konstantin nahm ihre Hand, küsste die Innenfläche. »Komm, mein Blumenmädchen, lass uns keine Zeit verlieren. Mich dürstet nach deinem Körper wie einen Verdurstenden nach einem Glas Wasser!« Schon wollte er sie durch die Tür in den hinteren Flur des Hotels ziehen, doch Flora stemmte sich gegen ihn.

»Warte! Da kommt die Fürstin.« Sie wies in Richtung Speisesaal, von wo Irina Komatschova mit grimmiger Miene direkt auf sie zusteuerte.

»Auch das noch. Oje, unsere Verlobte scheint nicht gerade bester Laune zu sein«, murmelte Konstantin. Er winkte Irina mit strahlendem Gesicht zu, dann drehte er sich rasch zur Hintertür um. »Ich bin weg!«, flüsterte er Flora atemlos zu. »Nach Irinas Launen steht mir wirklich nicht der Sinn. Wir haben Zimmer 9, erste Tür links, hörst du? Und warte nicht zu lange, denn nach dir steht mir der Sinn umso mehr.«

»Lausbub!«, sagte Flora kichernd. Sobald er verschwunden

war, straffte sie die Schultern und wandte sich ihrer Auftraggeberin zu. »Fürstin Komatschova, gefallen Ihnen meine Blumenkörbe?«

Irina machte eine ungeduldige Handbewegung. »Die Blumenkörbe, ja, ja ... Aber lenken Sie bitte nicht ab. Glauben Sie, ich habe nicht gesehen, wie Kostia und Sie ... Wie ihr euch aufführt? Das ist schlimmer als in einer Oper von Puccini! Dieses Getändel und Getue ... Dass Konstantin keinen Anstand besitzt, weiß ich schon lange, aber von Ihnen hätte ich solches Verhalten nicht erwartet. Als Geschäftsfrau sind Sie doch sonst immer so schlau!«

Flora glaubte, einen Schlag ins Gesicht bekommen zu haben. »Ich verstehe nicht ...«

Irina Komatschova sah sie wütend an. »Sie verstehen sehr wohl! Haben Sie etwa geglaubt, wir sind alle blind und dumm und merken nicht, dass Kostia es auf Sie abgesehen hat? Konstantin Sokerov ist arrogant, selbstverliebt und faul – und *das* sind noch seine guten Eigenschaften! Darüber hinaus ist er ein Meister darin, das zu bekommen, wonach ihn verlangt. Jemanden, der seine Rechnungen bezahlt, ein bisschen Luxus, einen jungen, willigen Körper. Was glauben Sie wohl, was Sie für ihn sind? Eine kleine, billige Affäre, mehr nicht!« Die Fürstin raffte ihre Röcke, fuhr auf dem Absatz herum und stakste davon.

Fassungslos schaute Flora ihr nach.

Konstantin faul und selbstverliebt? Wie konnte die Fürstin nur so über ihn herziehen? Wenn sie ihn derart verachtete, warum lud sie ihn dann ein? Sie tat doch immer, als wären sie und Konstantin ein Herz und eine Seele!

Eine kleine, billige Affäre – wie schmutzig sich das anhörte. Es passte so gar nicht zu der großen Liebe zwischen ihr und Konstantin.

Sie würde Konstantin nichts davon erzählen, beschloss Flora, während sie mit zittrigen Beinen die Treppe zum ersten Stock erklomm. Bestimmt war das alte Weib nur eifersüchtig. Wahrscheinlich hatte sie sich selbst Chancen bei Konstantin ausgerechnet, nun, da es Püppi nicht mehr gab!

Zimmer Nummer 9. Flora schüttelte noch einmal den Kopf, als könne sie auf diese Weise Irinas böse Worte loswerden, dann setzte sie ein Lächeln auf.

»Flora, endlich! Keine Minute länger hätte ich es ohne dich ausgehalten!«

Bei Konstantins Anblick löste sich Floras Wut auf Irina in Luft auf. Sie würde nicht zulassen, dass Irina oder irgendjemand sonst auf der Welt diesem Sonntag seinen Zauber nahm. Sie würde genießen und glücklich sein ...

Mit diesem Vorsatz schlug Flora die Tür so heftig hinter sich zu, dass sich der obere der beiden Nägel, mit denen die messingfarbene Neun an der Tür befestigt war, löste.

»Jetzt gibt es nur noch uns beide«, sagte Flora.

Und draußen an der Tür wurde aus der Zimmernummer 9 eine 6.

Worauf hatte er sich da nur eingelassen? An einem heißen Sonntagnachmittag wie diesem sollte er lieber im schattigen Garten sitzen!

Mit einem tiefen Schnaufer wischte sich Friedrich den Schweiß von der Stirn. Dann steckte er sein Taschentuch wieder ein. Dass sich Lady Lucretia so weit außerhalb ein Domizil gesucht hatte, war wieder einmal typisch für die Engländerin. Wahrscheinlich war die Waldesluft viel frischer als die Luft in der Stadt. Und womöglich nutzte sie den Fischweiher auch für kalte Fußbäder! Auf seine Frage, ob die Lage des Waldhotels Forellenhof nicht recht unbequem wäre, hatte sie jedenfalls geantwortet: »Der tägliche Fußmarsch in die Stadt dient der körperlichen Ertüchtigung!«

Körperliche Ertüchtigung – das hörte sich eher nach einem Soldatenleben an und nicht nach dem einer englischen Lady.

Warum hatte er sich nicht wenigstens von einer Droschke nach Gaisbach fahren lassen, dachte Friedrich ärgerlich.

Lady Lucretia O'Donegal wollte sich mit ihm treffen, um ihm einen »geschäftlichen Vorschlag« zu unterbreiten. Dass er dem

Ausflug überhaupt zugestimmt hatte, lag daran, dass auch Flora geschäftlich unterwegs war und er keine Lust verspürt hatte, einen langen Sonntagnachmittag allein mit seiner Mutter und dem Kleinen zu verbringen.

Aber was wollte die Engländerin eigentlich von ihm? Auf seine Nachfragen hin hatte sie lediglich ein wenig herumgedruckst. Ob er sich eventuell vorstellen könne, eine andere Aufgabe als die in der Trinkhalle wahrzunehmen.

Glaubte sie etwa …

Von Gustav Körner wusste er, dass sie sich tatsächlich das Hotel Marie-Eluise angeschaut hatte. Überschwänglich hatte sich der Hotelier bei Friedrich dafür bedankt, dass er ihm eine potentielle Käuferin geschickt habe. Noch hielte sich die Lady bedeckt, aber Körner glaubte, schon bald in ernsthafte Verhandlungen mit ihr treten zu können. Vor allem die Bäderabteilung habe es ihr sehr angetan. Sie habe sogar schon eigenhändig ausgemessen, ob im Keller noch zwei weitere Wannen Platz hätten.

Potentielle Käuferin? Ernsthafte Verhandlungen? Mehr Badewannen? Friedrich hatte genickt, doch in Wahrheit hatte er geglaubt, nicht richtig zu hören. Er wusste zwar, dass Lady Lucretia ein wenig … anders war als andere Frauen. Und dass sie Baden-Baden liebte. Aber sich deshalb gleich ein Hotel zu kaufen …

»Lieber Mister Sunshine! Da sind Sie ja endlich!« Mit roten Wangen und forschem Schritt kam ihm die Engländerin entgegen. »Stellen Sie sich vor, im Forellenhof findet ein Fest statt! Eine russische Fürstin hat eingeladen – was für ein misslicher Umstand. Dabei brauchen wir doch dringend Ruhe und Abgeschiedenheit für unsere Unterredung …«

»Was halten Sie von einem Spaziergang? Dabei könnten Sie mir von Ihren Plänen erzählen«, sagte Friedrich zögerlich, den es eigentlich nach nichts mehr dürstete als nach einem kühlen Krug Bier. Und wie es hier nach geräuchertem Fisch duftete – herrlich! Schon lief ihm das Wasser im Mund zusammen. »Oder sollen wir die Festgesellschaft einfach ignorieren und uns hier ein Plätzchen suchen?«, schlug er mit hoffnungsvoller Stimme vor und nickte mit dem Kinn in Richtung der ebenfalls gut besuchten Terrasse.

Die Engländerin schüttelte den Kopf. »Ich habe doch Unterlagen vorbereitet, Baupläne, Zeichnungen! Soll ich die etwa inmitten all des Trubels ausbreiten? Nein, nein …« Sie biss sich auf die Unterlippe, schien mit sich zu kämpfen. »Ich wüsste vielleicht was, also, bitte … verstehen Sie mich nicht falsch … Aber könnten Sie sich eventuell vorstellen, mit in mein Zimmer zu kommen? Es hat große Fenster, und wir hätten dort unsere Ruhe. Ich würde übrigens zuvor ein paar große Krüge Bier bestellen. Ein herzhafter Trunk hat noch niemandem geschadet, nicht wahr?«

Friedrich musste sich ein Grinsen verkneifen. Lady Lucretia falsch verstehen? Er konnte sich vieles vorstellen, aber dass sie ihn zu einem Schäferstündchen verführen wollte, gewiss nicht.

»Von mir aus gern«, sagte er und schaute einem Serviermädchen nach, das gerade Teller mit goldgelb gebratenen Forellen an einen Tisch trug. »Wenn es nicht zu unverschämt ist – zu einem kleinen Imbiss würde ich auch nicht nein sagen!«

»Sehr gut, sehr gut, eine zünftige Mahlzeit hat noch niemandem geschadet.« Lady Lucretia klopfte ihm burschikos auf die Schulter und reichte ihm einen Schlüssel. »Zimmer 6 – gehen Sie einfach vor. Ich sage noch kurz der Wirtin Bescheid.«

Fröhlich vor sich hin pfeifend, stieg Friedrich die Treppe in den ersten Stock des Hotels hinauf. Ehrlich gesagt war er jetzt doch ziemlich gespannt auf Lady Lucretias Eröffnungen, Notizen, Bauzeichnungen – ihre Pläne, das Hotel Marie-Eluise betreffend, schienen weiter fortgeschritten zu sein, als er dachte.

Auf dem Treppenabsatz angekommen, blieb Friedrich kurz stehen, um sich zu orientieren. Auf jeder Seite des Flures gab es vier oder fünf Zimmer, die Nummer 6 lag direkt neben der Treppe. Täuschte er sich oder drang da eine Männerstimme durch die Tür? Würden noch mehr Leute an diesem Gespräch teilnehmen? Das hätte Lady Lucretia ihm doch sicher gesagt.

Schwungvoll stieß er die Tür auf.

Der Schlag in seinen Magen kam völlig unvermittelt. Jemand zog ihm den Boden unter den Füßen fort. Eine Faust umklammerte schmerzhaft sein Herz, von einem Wimpernschlag zum anderen blieb ihm die Luft weg.

Ungläubig starrte er auf das Bild, das sich ihm bot.

»Flora ...?«

## 54. Kapitel

Ihre elenden Nachthemden! Die Unterröcke und Schlüpfer sowieso. Hurenwäsche! Die Taschentücher. Blusen. Strickjacken. Was war das hier? Brutal zerrte Friedrich einen Ballen Stoff aus dem Schrank. Ha – als ob Flora je Zeit gefunden hätte, sich daraus etwas zu nähen. Seine Frau vergnügte sich lieber anderweitig!

Wie alles andere landete der Stoff in einem Leinensack. Bald stieg Floras Geruch aus dem Sack empor, nach Sämereien, Rosenwasser und sonnenwarmen Äpfeln. Alles zusammen schnürte Friedrich die Luft ab.

»Friedrich, Bub! So rede doch mit mir. Warum packst du Floras Sachen?« Ein tränennasses Taschentuch in der Hand, zerrte Ernestine an seinem Arm. »Wo ist sie eigentlich? Was ist passiert? Ich verstehe gar nichts ...«

Ihre Worte wurden von einem gewaltigen Donnerschlag verschluckt. Ein Blitz fuhr gleißend hell durchs Zimmer und ließ selbst Friedrich zusammenzucken. Aus dem Nebenzimmer drang markerschütterndes Kindergeschrei, auf der Treppe war Sabines polternder Schritt zu hören.

Ruckartig fuhr Friedrich zu seiner Mutter herum. »Schau nach dem Kind! Und lass mich in Ruhe!«

»Was ist denn los?« Sabine steckte den Kopf durch die Tür,

auf dem Arm Alexander, dessen Augen vor Angst geweitet waren.

»Hau bloß ab, bevor ich dich auch noch rauswerfe!«, schrie Friedrich sie an und hasste sich dafür. Blindwütig wandte er sich wieder an seine Mutter. »Flora hier und Flora da – wie du ihr immer nach dem Mund geredet hast, entsetzlich war das! Sämtliche ihrer Flausen hast du noch unterstützt!« Friedrich schüttelte seine Mutter ab wie eine lästige Fliege, dann riss er die nächste Schranktür auf. Die Schuhe. »Ich war für euch beide nur noch der Simpel mit seinen Wässern ...« Jedes seiner Worte schnitt ihm tiefer ins Herz. »Da schau!« Er hielt ein buntes Tuch in die Höhe. »Von mir ist das nicht. Und da – der Fächer! Siehst du die russischen Schriftzeichen? Ja, sieh ruhig genau hin! Wie eine Hure hat sie sich beschenken lassen, deine wunderbare Flora.«

»Aber Bub, um Himmels willen!« Mit einer Hand an der Kehle starrte Ernestine ihn an, als habe sie den Leibhaftigen vor sich. Immer wieder öffnete sich ihr Mund, doch kein Wort, kein Laut kroch hervor.

Die verdammten Blumenbücher – weg damit! Die Kette aus Bernstein. Ihre Haarschleifen. Und da ... Friedrich starrte auf das glitzernde F in seiner Hand.

Die Brosche, die er Flora zur Hochzeit geschenkt hatte.

Abermals hatte er das Gefühl, als ziehe ihm jemand den Boden unter den Füßen weg. Hilflos taumelte er von einem Bein aufs andere. Die Brosche warf er angeekelt beiseite.

Nein ... Es konnte nicht sein. Ein böser Traum. Eine Verwechslung! Jemand, der aussah wie Flora. Lachte wie sie. In Wirklichkeit war es gar nicht seine Frau gewesen, die er in diesem Zimmer gesehen hatte.

Noch immer liefen seine Gefühle jeglichem geistigem Verarbeiten davon. Heiße, salzige Tränen schossen in seine Augen, rannen die Wangen hinab und sammelten sich in seinen Mundwinkeln. Aus seinem Magen stieg ein fauler Geschmack wie nach verdorbenem Essen auf. Er würgte und schluckte, tastete blind nach der Wasserschüssel auf der Kommode. Dann musste er sich übergeben.

»Friedrich ...« Er spürte die Hände seiner Mutter, hilflos klopfte sie ihm auf den Rücken, als habe er eine Gräte verschluckt, die es nach oben zu befördern galt.

Gräten. Fisch. Räucherfisch. Nie mehr in seinem ganzen Leben würde er den Geruch von Räucherfisch vergessen, für immer würde dieser verbunden sein mit diesem Tag, mit dem Forellenhof. Dem Lachen und der Fröhlichkeit, die aus dem Saal bis ins Treppenhaus drangen. Der Gang mit den Türen links und rechts, alles etwas düster. Die Zimmertür. Dahinter Flora, nackt und –

»Ausgerechnet ein Russe ...«

Heulend warf er sich aufs Bett, seine Faust stieß in das Kopfkissen, immer wieder, mit aller Macht, bis eine der Nähte platzte und Wölkchen von Federn in die Luft aufstiegen.

Draußen hatte es zu regnen begonnen.

So schnell hatte sich Flora noch nie in ihrem Leben angezogen. Unterhosen, Unterrock, Leibchen, das fliederfarbene Kleid. Mit bloßen Füßen schlüpfte sie in ihre Schuhe und stürzte die Treppe hinunter.

»Friedrich!«, rief sie. Immer wieder: »Friedrich!«

Unten stand Lady Lucretia. Was machte die Engländerin hier? Ohne ein Wort des Grußes rannte Flora weiter, nach draußen.

Über der Straße lag eine Staubwolke. Nur schemenhaft erkannte Flora darin eine Droschke, die fuhr, als sei der Leibhaftige hinter ihr her. »Friedrich!«

Flora rannte los. Der Himmel, dessen strahlendes Blau bisher nur von feinen Schlieren durchzogen gewesen war, wurde jetzt blass und grau und fleckig wie ein schmutziges Küchentuch. Floras Seiten brannten wie von tausend glühenden Nadeln gepikt. Bald kräuselte sich die Luft, und Wind wirbelte die ersten müden Blätter von den Bäumen. Der kalte Hauch ließ Flora erschauern. Über ihren nass geschwitzten Rücken kroch eine Gänsehaut, ihre Brustwarzen zogen sich zusammen.

Warum hatte er auf einmal in der Tür gestanden? Wer hatte ihm erzählt, dass sie – Nein! Nicht denken. Weiter! Rennen! Nicht nachdenken.

Wenn es ihr gelang, ohne Pause in die Stadt zu kommen …

*Bitte lieber Gott, bitte.*

Je mehr sie sich Baden-Baden näherte, desto düsterer wurde es über ihr. Das letzte Sonnenlicht erstarb, Donnergrollen ertönte, als hätte der liebe Gott besonders heftiges Magengrummeln.

Flora bog gerade in die Stephanienstraße ein, als die ersten Regentropfen auf das Kopfsteinpflaster hämmerten. Als der Blumenladen in Sicht kam, öffnete der Himmel seine Schleusen, als würde das Gewitter einer heimlichen Dramaturgie folgen.

Die Haustür war von innen verschlossen. Vergeblich ruckelte Flora mit ihrem Schlüssel im Schloss. Mit leerem Blick starrte sie auf den Berg aus Taschen, Bündeln und Säcken, der wie Müll vor die Haustür geworfen worden war. Binnen kürzester Zeit war alles durchnässt, das beigefarbene Leinen ihres Zwerchsacks zu einem hellen Braun eingetrübt.

»Friedrich! Bitte, ich flehe dich an!« Immer wieder trommelte sie mit der Faust auf die Tür, heulte und schrie. In den Nachbarhäusern erschienen Schatten hinter den Gardinen, hie und da wurde ein Fenster geöffnet, beugte sich ein neugieriger Kopf nach draußen, um dem seltsamen Schauspiel beizuwohnen.

Längst war Flora bis auf die Knochen durchnässt, ihr Kleid hing schwer an ihr. Völlig entkräftet hockte sie sich auf den Boden, zog die zitternden Knie an, umfasste sie mit den Armen und legte ihren Kopf in das so entstandene Nest. Da öffnete sich über ihr ein Fenster.

»Friedrich!« Mit steifem Genick schaute Flora auf und wurde im nächsten Moment von einem Bündel derb am Kopf getroffen.

»Da – dein *Blumen-ABC*! Zum Teufel damit! Und zum Teufel mit dir!«, schrie Friedrich, bevor er das Fenster mit aller Wucht wieder zuschlug.

Was für ein Wetter – wie aus dem Nichts hatte sich das Gewitter zusammengebraut! Konstantin zog seinen Hut noch tiefer in die Stirn, während der Ponywagen von Matriona Schikanowa von der Lichtenthaler Allee in Richtung Stadt abbog. Das dicke Pony schnaubte und prustete und ließ es sich trotz des strömenden Regens nicht nehmen, alle paar Schritte einen Happen saftiges Gras zu schnappen. Matriona, die ihre Kräfte niemals unnötig verschwendete, versuchte nicht einmal, das Vieh zu einer rascheren Gangart zu bewegen.

Konstantin seufzte. Dass nicht allen Gästen eine angemessene Fahrgelegenheit zur Verfügung stehen würde, hätte er sich bei Irinas Geiz eigentlich denken können.

Während sich Matriona lang und breit über die Verlobungsfeier ausließ und darüber, wie ärmlich alles doch gewesen sei, machte Konstantin ein interessiertes Gesicht und gab an den entsprechenden Stellen einen Kommentar von sich. In Wirklichkeit war er mit seinen Gedanken jedoch weit weg.

Die arme Flora! Vom Ehemann *in flagranti* erwischt zu werden – eine Szene wie vorhin hätte er ihr wirklich zu gern erspart. Er mochte sich nicht vorstellen, was sie zu Hause erwartet hatte.

Wie hatte der Mann sie überhaupt finden können? Wer zum Teufel hatte geplaudert? Wer außer Irina hatte etwas von ihrem Stelldichein mitbekommen? Flora und er waren doch überaus diskret gewesen. Also bloß purer Zufall? Konstantin schüttelte den Kopf. Das konnte er sich nicht vorstellen.

»Und dann dieser schreckliche Rauch überall – alles stinkt nach Räucherfisch, riech mal!« Matrionas Arm fuhr so abrupt unter Konstantins Nase, dass er zusammenschrak.

»Welch köstlicher Duft, geradezu zum Anbeißen!«, sagte er und nahm scherzhaft ein Stück des nassen Ärmelstoffs zwischen seine Zähne.

»Du alter Charmeur!« Matriona kicherte und fuhr mit ihrem Lamentieren fort.

Konstantin schloss die Augen und hoffte, sie möge nicht auch noch mit Flora anfangen.

Natürlich war es nicht ausgeblieben, dass Irina und ein paar ihrer Gäste den Zwischenfall mit Floras Ehemann bemerkt hatten. Offenbar war der Mann durch den Saal gerannt, als sei eine Horde bis an die Zähne bewaffneter Kosaken hinter ihm her!

»Ein aufgebrachter Ehemann und eine aufgelöste Gattin – du kannst froh sein, dass der Mann ein Feigling ist. Ein anderer hätte dich womöglich zum Duell gefordert«, hatte Irina ihm zugezischt. »Konstantin Sokerov, du bist und bleibst ein kleiner Gauner!« Wie einem Schulbuben hatte sie ihm einen Klaps auf den Hinterkopf gegeben, sich aber im nächsten Moment bei ihm eingehängt und gemeint, auf diesen Schrecken würden sie wohl beide einen ordentlichen Schnaps vertragen können. Popo hatte zwar von dem ganzen Drama nichts mitbekommen, schloss sich dem Schnapstrinken jedoch erfreut an.

Nach einer halben Flasche Zwetschgenwasser war Konstantin selbst nicht mehr klar gewesen, warum er seinem alten Grundsatz, nichts mit einem verheirateten Weibsbild anzufangen, untreu geworden war.

»Sehen wir uns heute Abend bei Iwan? Er meinte, es sei an der Zeit, dass er uns endlich mal das Kartenspielen beibringt. Was für ein Witz«, sagte Matriona, als der Ponywagen endlich vor Konstantins Hotel vorfuhr.

»Wahrscheinlich komme ich erst später«, erwiderte ihr Begleiter und gähnte ausgiebig. »Irgendwie hat mich dieser Nachmittag doch sehr erschöpft ...« Er schnappte die Flasche Champagner, die er im Forellenhof hatte mitgehen lassen, und sprang vom Wagen.

Was für ein Tag ... Grinsend nahm Konstantin zwei Treppenstufen auf einmal. Vielleicht würde er sich gleich aufs Bett legen, den Champagner trinken und danach einschlafen.

Andererseits: Eine Kartenrunde bei Iwan war nicht zu verachten! Die Spieler waren allesamt erfahrene alte Füchse, und der Wodka floss dort in Strömen. Doch waren die Einsätze extrem hoch, weshalb er –

»Flora! Was machst du denn hier?« Wie vom Schlag getroffen blieb er im Türrahmen stehen.

»Konstantin – endlich!« Völlig durchnässt und zitternd wie Espenlaub warf sich Flora in seine Arme, heulte, nuschelte und würgte und war gar nicht mehr zu beruhigen. Mit gerunzelter Stirn spähte Konstantin über ihren Kopf hinweg auf das Gepäck neben dem Bett. Das sah nicht gut aus ... War das nun die Quittung für ein bisschen Amüsement?

Verflixt noch mal, wie kam der Portier eigentlich dazu, Flora in sein Zimmer zu lassen?

Wie sie sich an ihn klammerte und erwartete, dass er alles richtete! Dabei plapperte sie so hastig drauflos, dass er Mühe hatte, ihren Worten zu folgen.

»... vor verschlossener Tür ... nicht einmal Alexander durfte ich sehen ... so schrecklich wütend ... Wie hatte er uns nur gefunden? ... noch nie so schrecklich gefühlt ...«

»Mein armes Blumenmädchen.« Konstantin bemühte sich um einen mitfühlenden Gesichtsausdruck und nahm Flora in den Arm. »Beruhige dich doch! Dein Mann wird sich gewiss auch bald wieder beruhigen. Alles wird wieder gut. Aber jetzt zieh erst einmal deine nassen Sachen aus. Wenn du zu allem Übel noch eine Lungenentzündung bekommst, ist niemandem geholfen.« Mit geübten Händen machte er sich an der festgezurrten Schleife ihres Rockes zu schaffen. Unter dem nassen, kalten Stoff fühlte sich Floras Körper verheißungsvoll warm an. Wie ein herrlich reifer Pfirsich. Ihre Brustwarzen waren rosig und fest, ihr Leib drängte sich an seinen ...

Auf einmal fand Konstantin den Gedanken, das Kartenspiel zu verpassen, gar nicht mehr so schlimm.

# 55. Kapitel

Pünktlich am Dienstag fuhr wie immer der Wagen von Gärtner Flumm vor. Natürlich wusste auch er längst, dass Flora weggegangen war. Klatsch und Gerüchte hatten sich in Baden-Baden seit jeher mit dem Wind verbreitet. Doch er zog es vor, den Ahnungslosen zu spielen. Noch waren die Sonnenscheins gute Kunden, daher würde er einen Teufel tun und es sich mit der Familie verscherzen, indem er über die Dame des Hauses herzog. Am Ende renkte sich womöglich alles wieder ein, und die, die beim Ehemann über die Frau oder umgekehrt geschimpft hatten, waren die Esel. Also arrangierte er seine Blumen hübsch in ihren Kübeln und begann, seine Ware in den höchsten Tönen anzupreisen. Ernestine Sonnenschein und die Hausmagd standen etwas verloren um den Wagen herum.

Sabine runzelte die Stirn. Calendula, Rudbeckia, Phlox – wovon sprach der Mann überhaupt? Und warum schickte die gnädige Frau den Gärtner nicht einfach wieder fort? Sie hob Alexander von ihrer linken auf die rechte Hüfte. Was bildete sich Frau Sonnenschein ein? Dass *sie* Floras Arbeit übernehmen sollte? Sie hatte den Gedanken noch nicht zu Ende gedacht, als sie die ersten Kunden in den Laden marschieren sah.

Der Gärtner, der ihrem Blick gefolgt war, räusperte sich. »Ich würde Ihnen heute zu frühen Astern raten, dazu noch ein, zwei Dutzend dieser herrlichen Sonnenblumen, ein paar Bund Grünzeug – alles sehr unkompliziert.«

»Ich weiß nicht … Vielleicht sollten wir Friedrich holen und um Rat fragen?« Ernestine schaute mit großen Augen von dem Gärtner zu Sabine, während Else Walbusch in der Ladentür stand und aufgeregt Handzeichen machte. »Sabine?«

»Ihr Herr Sohn …« *liegt seit Sonntagabend betrunken im Bett*, lag es Sabine auf der Zunge zu sagen. »Ihr Herr Sohn ist leider anderweitig beschäftigt«, sagte sie stattdessen. »Gnädige

Frau, glauben Sie wirklich, wir beide sollten versuchen, den Laden in Floras Abwesenheit weiterzuführen? Ich meine, wir haben doch gar keine Ahnung …« Da stiefelte schon wieder eine Kundin durch die Ladentür. Und was für eine feine Dame dies war!

»Ich weiß doch auch nicht«, entgegnete Ernestine fahrig. »Gar nichts weiß ich.« Schon wurde ihre Stimme brüchig, und ihre Augen glänzten verdächtig. »Aber irgendwie muss es doch weitergehen. Und sind wir es Flora nicht auch irgendwie schuldig, dass wir es wenigstens versuchen?«

Sabine zuckte nichtssagend mit den Schultern.

»Hallo! Bekomme ich hier meine Blumen oder muss ich zum Markt gehen?«, tönte es vom Laden her.

Else Walbusch, natürlich! Sabine konnte sich nicht daran erinnern, wann die Frau das letzte Mal Blumen bei ihnen gekauft hatte. Aber sicher hatte ihr ein Vöglein ins Ohr gezwitschert, was im Hause Sonnenschein los war, und nun kam sie, um sich am Elend anderer zu ergötzen!

Wütend funkelte Sabine die Frau an.

»Will die gnädige Frau es nicht wagen? Ich helfe Ihnen auch durch eine besonders gute Beratung«, sagte der Gärtner.

»Sabine …?« Schon flatterte Ernestines unsicherer Blick erneut zu der Magd. »Was meinst du?«

Sabine seufzte. »Na ja, es wird schon zu schaffen sein.«

Ernestine lächelte den Gärtner tapfer an. »Geben Sie mir von jeder Sorte einen Bund! Und so viel Grünzeug dazu, wie Sie für richtig halten.«

»Aber dafür müssen Sie uns heute besonders gute Preise machen«, fügte Sabine eilig hinzu, den missbilligenden Blick des Gärtners ignorierend.

»Und dann hätte ich noch diese wunderschönen Sonnenblumen. Oder wie wäre es mit Astern?« Fragend hielt Ernestine beide Blumensorten in die Höhe.

»Sonnenblumen, ja, ja …«, sagte Else Walbusch. Dann beugte

sie sich über die Ladentheke und tat so, als wolle sie verhindern, dass Sabine ihre Worte mitbekam, dabei dröhnte ihre Stimme durch den ganzen Raum. »Sag, stimmt es wirklich, was man sich auf der Straße erzählt? Dass dein Friedrich seine Frau rausgeworfen hat?«

Ernestine zuckte erschrocken zusammen.

Das fängt ja wunderbar an, dachte Sabine grimmig.

»Wenn dich jemand nach Flora fragt, dann tu so, als ob sie nach Gönningen gefahren ist«, hatte die gnädige Frau am Montag früh zu ihr gesagt. Sabine war gleich klar gewesen, dass sie mit dieser Taktik nicht sehr weit kommen würden.

War es damals, als ihr Bruder in die Kirche eingebrochen war und den Opferstock geklaut hatte, nicht genauso gewesen?

Einen Moment lang war Sabine so in ihre Erinnerungen versunken, dass sie Ernestines Antwort nicht mitbekam. Die schrille Stimme von Else Walbusch entging ihr dafür nicht. »Mein Otto fragt, ob dein armer Bub schon die Scheidung eingereicht hat? Bei euch Lutheranern geht so etwas ja.«

Ernestine griff sich an die Kehle, als ob sie von einem Moment zum anderen keine Luft mehr bekäme. »Himmel hilf, an so etwas habe ich noch gar nicht gedacht ...«

Else nickte wichtigtuerisch. »Weißt du nicht mehr? Der alte Schneider oben hinter dem Marktplatz – als dessen Margret mit dem Sohn vom Förster Schwarz auf und davon ist, hat er sein Weib gleich wegen Ehebruchs angezeigt! Womöglich plant dein Bub längst etwas Ähnliches.«

»Entschuldigen Sie, wenn ich Ihre Diskussion unterbreche«, mischte sich nun auch noch die feine Dame, die kurz nach Else Walbusch den Laden betreten hatte, ins Gespräch. »Ich möchte nur rasch das Bukett für die Silberhochzeit abholen.«

»Das Bukett für die Silberhochzeit ...« Ernestines Blick irrte an die Decke, als erhoffe sie sich von dort eine Erleuchtung.

»Ja, die weißen Rosen mit den silbernen Schleifen! Flora Sonnenschein sagte doch, es sei heute früh fertig.« Ungeduldig schaute die Dame von Ernestine zu Sabine. »Was ist denn nun?«

Du liebe Güte, das war bestimmt eine Offiziersgattin! »Leider konnte Ihr Auftrag nicht ausgeführt werden, unsere Blumenbinderin war … verhindert«, sagte Sabine, als von Ernestine noch immer nichts kam.

Kaum war die Dame wutentbrannt abgerauscht, erhob Else Walbusch erneut ihre Stimme. »Ich sag nur: das arme Kind!« Ihr Blick fiel auf Alexander, der in einem Korb lag und auf einem Zweig herumkaute. »Dass eurer Flora nicht ganz zu trauen war, hab ich schon immer geahnt. Wenn ich an den Vorfall mit den Giftpflanzen denke – fast gestorben bin ich damals! Dir gings doch auch ganz schlecht, nicht wahr?« Um Zustimmung heischend schaute sie Luise Schierstiefel an, die inzwischen den Laden betreten hatte. »So schlimm wars nun auch wieder nicht«, sagte die Frau des Herrenausstatters. »Ich fand Flora eigentlich sehr nett.«

»Nett – von wegen! Die Württemberger halten sich doch alle für etwas Besseres.«

Was für schreckliche Weibsbilder, dachte Sabine voller Abscheu. Da saßen sie Woche für Woche bei Ernestine im Garten, tranken Kaffee und aßen Kuchen, bis sie fast platzten, und nun, da die gnädige Frau ein Mal ihre Hilfe benötigt hätte, führten sie sich auf wie … Sabine fand nicht einmal passende Worte.

»Wollen Sie jetzt Blumen kaufen oder nicht?«, fuhr sie Else Walbusch an. »Und was ist mit Ihnen? Normalerweise holt doch Ihr Mann immer Ihre Nelken ab«, sagte sie zu Luise Schierstiefel.

Beide Frauen gaben erschrockene Zischlaute von sich. Von einer Magd derart angefahren zu werden hatten sie noch nie erlebt. In dem Moment bimmelte die Ladenglocke erneut.

»Gretel, du auch noch …«, sagte Ernestine mit leichenblasser Miene.

Sabine baute sich demonstrativ vor ihrer Herrin auf.

Die Wangen rot vor Eifer, schaute Else Walbusch in die Runde. »Und ich bleib dabei – mir kam es gleich seltsam vor, wie sich das Mädchen an euren Friedrich rangemacht hat. Und keine zwei Jahre später setzt sie ihm Hörner auf!«

»Oh, dann stimmt es also, was ich vorhin auf dem Markt gehört habe. Und ich habe so sehr gehofft, da hält jemand nur dumme Reden. Du Arme!«, sagte Gretel Grün und streichelte Ernestine über die Hand. »Kann ich trotzdem ein Dutzend dieser hübschen lila Blumen haben? Astern sind das, nicht wahr, Ernestine?«

Ernestine schluchzte auf. Dass wenigstens eine der Freundinnen zu ihr hielt, hatte sie schon nicht mehr zu hoffen gewagt.

»Sehr gern, gnädige Frau!« Eilig machte Sabine einen Knicks, dann wickelte sie die Blumen in Zeitungspapier.

»Warum guckt ihr so entgeistert?«, fuhr die Apothekergattin ihre Nachbarinnen an. »Was dem armen Friedrich passiert ist, kann jedem passieren. Sicher, es ist ein schreckliches Unglück. Eine Sünde! Aber gegen die Himmelsmacht der Liebe ist letztendlich doch niemand gefeit, oder?«

Ihr Einwand ging im allgemeinen Aufschrei der Entrüstung unter.

Auch in den darauffolgenden Tagen bimmelte die Ladenglocke ständig. Doch den wenigsten Leuten stand der Sinn nach Blumen. Luise Schierstiefel hatte von irgendjemandem gehört, dass Flora mit ihrem Liebhaber in Richtung Bulgarien geflohen sei. Was gegen die Aussage einer anderen Nachbarin sprach, deren Schwester Zimmermädchen in einem der kleineren Hotels war. Sie wusste zu berichten, dass die Blumenbinderin mit dem Bulgaren in »liederlichen Verhältnissen« in einem Zimmer wohne. Die Schustergattin hingegen wollte Flora gesehen haben, in einem Tanzkleid und mit zwei Männern am Arm – und betrunken!

Nur mit Mühe kämpfte Sabine Tränen der Wut nieder und stellte sich demonstrativ noch enger an Ernestines Seite.

Ein paar Tage lang versuchten sie gemeinsam, den Ansturm von Klatschsucht und Sensationsgier zu bewältigen.

Ganz gleich, wie sehr die Leute auch über ihre Schwiegertochter hetzten und schimpften – Friedrichs Mutter selbst beteiligte sich nie an solch bösen Reden. Nur einmal, kurz nach Ladenschluss an einem besonders schlimmen Tag, als sie endlich allein waren, sagte sie zu Sabine: »Wenn ich daran denke, was Flora meinem Buben angetan hat, könnt ich vor Wut und Enttäuschung losheulen. Und ohrfeigen könnte ich sie, links und rechts, immer wieder! Aber wem würde das helfen?« Schon sackte Ernestine kraftlos auf den Stuhl hinter der Theke nieder.

Sabine, die gerade dabei war, die Tür abzuschließen, zuckte mit den Schultern. Ein paar Ohrfeigen hatten noch niemandem geschadet, und Flora hätte genau das verdient, lag es ihr auf der Zunge zu sagen. Aber sie hütete sich – so redselig die gnädige Frau im Moment auch war, *ihre* Meinung wollte sie bestimmt nicht hören.

»Wie kann man nur so dumm und undankbar sein, frage ich mich immer wieder«, murmelte Ernestine vor sich hin. »Sie hat doch wirklich alles gehabt. Ein schönes Heim, einen guten Mann, ein gesundes Kind. Und dann gibt sie alles für so einen … dahergelaufenen Burschen auf!«

Sabine zuckte zusammen, als Ernestine unvermittelt mit der Faust auf die Ladentheke hieb.

»Das kann doch kein Mensch verstehen, oder? Mein armer Friedrich …«

Sabine seufzte. Auch sie fragte sich immer wieder, wie Flora auf diesen Sokerov hatte hereinfallen können. Dass das einer war, der Frauenherzen brach, sah man ihm doch schon von weitem an. Hatte sie, Sabine, nicht mehr als einmal versucht, Flora vor ihm zu warnen?

*Ach Flora, was hast du dir dabei nur gedacht?*

Ernestine holte tief Luft. »Und trotzdem, wie die Leute über Flora sprechen ist nicht recht! Sie hat schwere Schuld auf sich geladen, das weiß ich auch, aber was geht das die Leute an? Warum spielt sich plötzlich jeder zum Richter auf?«

Sabine drückte der gnädigen Frau den Ladenschlüssel in die

Hand und sagte: »Und die Damen, die jetzt am lautesten schreien, haben bei Sokerovs Scherzen und Komplimenten immer am lautesten gegackert. Manche Kundin wollte ja gar nicht mehr gehen, wenn er im Laden war! Ich hab doch mitbekommen, wie gut er das Tändeln mit den Weibsbildern versteht. Wahrscheinlich hat er Flora derart in seinen Bann gezogen, dass sie sich gar nicht mehr wehren konnte.«

Ernestines bedrückte Miene hellte sich ein wenig auf. »In den Bann gezogen, sagst du? So sehr, dass Flora sich nicht mehr wehren konnte? So habe ich das noch gar nicht gesehen ...« Sie umarmte die Magd kurz und heftig, wandte sich aber sogleich ab, als sei ihr die zärtliche Geste peinlich. »Ach herrje, warum hat dieses schreckliche Unglück ausgerechnet meiner Familie passieren müssen? Alles ist doch so gut gewesen.«

In der zweiten Woche beruhigten sich die Gemüter in der Nachbarschaft langsam wieder. Was bedeutete, dass viele Kunden einfach wegblieben. Auch unter den Kurgästen hatte es sich schnell herumgesprochen, dass es die geschickte Blumenbinderin nicht mehr gab. Sie kauften ihre Blumen nun auf dem Markt oder im Maison Kuttner.

Sabine hielt wenigstens stundenweise die Stellung im Laden, während sich Ernestine in der guten Stube verschanzte, wo niemand sie auf Flora, Friedrich und die »liederlichen Verhältnisse« ansprechen konnte.

In der dritten Woche blieb der Laden zu. Warum sollte Sabine unnütz dort herumhocken, während im Haus die Arbeit liegenblieb? Die verwelkten Blumen wanderten auf den Komposthaufen im Garten, das brackig gewordene Wasser in den Blumenkübeln wurde ausgeschüttet, die Kübel ineinandergestapelt und hinter der Theke verstaut.

Keiner dachte daran, ein *Geschlossen*-Schild an die Ladentür zu hängen. Doch jeder, der vorbeiging, wusste auch so, dass es hier keine Blumen mehr gab.

# 56. Kapitel

Eine Hand glitt warm an der Innenseite ihres Schenkels hinauf, am Saum ihres Schlüpfers hielt sie inne. Mit einem wohligen Seufzer hob Flora ihren Körper leicht an, die Hand glitt weiter, über ihren Venushügel, liebkoste ihre lustvoll angeschwollene Weiblichkeit, die feucht war von ihrem eigenen Nektar.

Immer heftiger reagierte Flora auf Konstantins Liebkosungen, ihr Leib hob und wand sich, sie wollte ihn zu sich ziehen, ihn ganz haben …

Wie konnte man einen Mann nur so sehr begehren?

Schon spürte sie sein hartes Geschlecht, doch gleich darauf zog er sich spielerisch wieder zurück. Dabei war ihr Verlangen ein solch mächtiger Sog. Sie wollte ihn umklammern, festhalten. Laut stöhnte sie auf.

»Flora, Liebes … Langsam, wir haben doch Zeit.«

Mit beiden Beinen gleichzeitig sprang Flora aus dem Bett, hangelte mit der einen Hand nach einem Waschlappen, mit der anderen nach ihren Strümpfen.

Gleich ist es so weit! Vor lauter Vorfreude hätte sie am liebsten laut aufgelacht.

»Flora, Liebste, was soll das? Wo gehst du hin? Warum bleibst du nicht bei mir?«

Du weißt doch, was ich heute vorhabe, wollte Flora sagen, doch als sie den Mund öffnete, ertönte ein leises Schnarchgeräusch. Konstantin war wieder eingeschlafen.

Es kam nur selten vor, dass Flora das Hotel so früh am Morgen verließ. Doch wenn sie es tat, hüllte sie der Duft nach frisch gebackenem Brot ein, der aus der Bäckerei nebenan auf die Straße drang. Und jedes Mal verspürte Flora dabei einen Schlag in die Magengegend.

Friedrich und sie am Frühstückstisch. Ernestine, die mit wirrem Haar dazukam. Die, kaum dass sie saß, Kaffee verschüttete. Sabine, die frisch gekochte Marmelade an den Tisch brachte. Alexander, mit himbeerverschmiertem Mund.

*Nicht denken! Aus! Vorbei ...*

Ein Tuch tief in ihr Gesicht gezogen, hastete Flora vom Hotel in Richtung Allee. Obwohl es erst Ende August war, hatte sich eine herbstliche Frische über die Stadt gelegt. In der Nacht waren Regenschauer niedergegangen, die Straßen glänzten feucht, sodass man Obacht geben musste, nicht auszurutschen.

Flora schaute stur zu Boden. Sie wollte niemanden sehen und von niemandem gesehen werden. Dennoch bemerkte sie, dass über ihr ein riesiger Schatten vorbeizog. Sie hob ihren Blick und sah, wie das Storchenpaar vom Kirchturm mit brausendem Flügelschlag über der Stadt kreiste.

Wehmütig sah Flora den beiden Vögeln nach. Wohin mochte die Reise sie führen? Hieß es nicht, viele Vögel würden für den Winter in wärmere Gefilde umziehen?

Die Störche waren die Ersten, die gingen. Aber bald würden die Kurgäste es ihnen gleichtun. Nizza, Monte Carlo, Paris.

Und dann?

Was würde aus Konstantin und ihr werden?

Noch hatte er sich bezüglich seiner Pläne für den Winter nicht geäußert. Und Flora traute sich nicht, ihn danach zu fragen. Würde er sie mitnehmen? Oder würde sie auf der Straße landen wie ein armseliger Landstreicher ohne Zuhause?

Flora riss jeden weiteren Gedanken aus ihrem Kopf, als handle es sich um lästiges Unkraut in einem Blumenbeet. Denn wehe, es fing erst einmal an zu wuchern ...

Sabine hatte den Kinderwagen noch nicht zum Stehen gebracht, als Flora schon aus ihrem Versteck hinter einem Rosenbusch hervorschoss. »Mein Kind! Mein lieber, braver Alexander! Mein Bub ...« Sie hob ihren Sohn aus dem Wagen, herzte und küsste ihn. Nur mit Mühe vermochte sie Tränen der Freude zu unterdrücken – Herr im Himmel, dass man einen Menschen so sehr vermissen konnte!

»Kommt es mir nur so vor oder ist unser kleiner Mann seit letzter Woche schon wieder ein Stück gewachsen?« Mutterstolz glänzte in Floras Augen, einen Moment lang hatte sie alles um sich herum vergessen.

»Ich weiß nicht …« Sabine schaute sich unruhig um, schob den Kinderwagen ein Stück in die Wiese hinein. »Komm, lass uns lieber etwas abseits vom Weg gehen.«

»Es ist doch kaum eine Menschenseele unterwegs, bei dem Wetter liegen die Leute entweder noch im Bett oder sie vertrödeln ihre Zeit bei einem langen Frühstück«, murmelte Flora, der Sabines Blick nicht entgangen war.

»Na, du musst es ja wissen. Von wegen Zeit vertrödeln! Ich habe gewiss keine Zeit zu vertrödeln, ganz im Gegenteil, nachher wird Holz geliefert. Bestimmt werde ich den ganzen Vormittag mit Stapeln beschäftigt sein. Lange kann ich also nicht bleiben.«

Flora nickte schuldbewusst. »Dass du mir überhaupt den Buben bringst, Woche für Woche, das werde ich dir nie vergessen.« Schon drückte ein Kloß in ihrem Hals, doch sie würgte ihn weg.

»Das macht mir nichts aus, aber lass uns vorsichtig sein. Wenn mich jemand mit dir sieht und deinem Mann davon erzählt, dann gnade mir Gott.«

Unwillkürlich zog Flora ihr Kopftuch noch weiter in die Stirn. Ja, sie war wie eine Aussätzige. Jemand, mit dem man nicht gesehen werden wollte.

Die Wiesen entlang der Lichtenthaler Allee waren mit Abertausenden von glitzernden Spinnennetzen überzogen, und es war so feucht, dass sie nirgendwo eine Decke ausbreiten und sich niederlassen konnten. Sabine steuerte eine Parkbank unter einer Trauerweide an. »Hier sind wir vor neugierigen Blicken sicher«, sagte sie und ließ sich mit einem Plumps nieder. »Und? Wie ist nun das süße Leben?«

»Das süße Leben …« Flora lachte freudlos auf. Was sollte sie der Magd erzählen? Dass sie vor Langeweile fast starb? Dass sich jeder Tag anfühlte wie ein Jahr? Dass sie die meiste Zeit in diesem Hotelzimmer saß, versteckt wie etwas, für das man sich schämen musste? Eine Aussätzige. Auch bei Konstantins russischen Freunden.

»Die Leute würden es nicht verstehen, wenn wir als Paar auftauchten, so kurz nach Püppis Tod«, hatte er ihr gleich zu Beginn erklärt. »Außerdem, die Damen und Herren tun zwar alle furchtbar aufgeklärt, doch tief in ihren Herzen heißen sie die alte Ordnung gut, die besagt, dass die Ehe heilig ist und Mann und Frau nur unter ihrem Schutz zusammen sein dürfen. Was glaubst du wohl, wie wir zwei Ehebrecher angesehen würden? Sie würden uns davonjagen wie streunende Hunde!«

Flora hatte geglaubt, nicht richtig zu hören. »Aber … deine gute Freundin Irina … Hatte sie vor ihrer Verlobung mit dem Fürsten Popo nicht ständig Liebeleien? Und hast du mir nicht erzählt, Matriona Schikanowa habe im Frühjahr heftig mit Sergej Lubelev geturtelt? Und –«

Konstantin hatte ihre Aufzählung lachend unterbrochen. »Wie naiv bist du eigentlich? Glaubst du, du kannst dich mit diesen Damen der Gesellschaft auf eine Stufe stellen? Was für sie gilt, gilt für dich noch lange nicht. Glaube mir, auch ich täte nichts lieber, als mit dir gemeinsam bei einem Fest aufzutauchen und der ganzen Welt zu verkünden: Das hier ist mein Blumenmädchen. Meine Flora! Aber vorerst ist es wirklich das Beste, wenn wir uns nicht gemeinsam zeigen.« Natürlich werde er ihr in aller Ausführlichkeit von jedem Fest berichten, hatte er noch hinzugefügt. Und dass ihr in der Zwischenzeit ein bisschen Ruhe gewiss dabei helfe, den kleinen Vorfall im Forellenhof zu vergessen.

Der kleine Vorfall …

*Hör auf! Denk nicht nach!*

Alexander begann auf ihrem Schoß unruhig zu zappeln.

»Wenn du nichts erzählen willst, dann eben nicht.« Sabine

zog einen Beutel mit dicken Holzkugeln hervor, und zu dritt kullerten sie diese auf der feuchten Bank hin und her.

Warum Konstantin ständig unterwegs war, verstand Flora sowieso nicht. Er hatte doch jetzt sie!

»Soll ich dir Blumen pflücken?« Lächelnd hielt sie ihrem Sohn eine hellblaue Glockenblume hin, der sofort danach griff.

»Wie geht es Friedrich?«, fragte sie dann und hielt unwillkürlich den Atem an. Dabei wusste sie nicht einmal, was sie hören wollte – dass es ihm gutging oder dass er sie schrecklich vermisste.

Sabine zuckte mit den Schultern. »Er spricht fast nicht, nicht mit seiner Mutter und mit mir schon gar nicht. Was soll ich dir also sagen? Meist kommt er heim, schaukelt kurz Alexander auf seinem Schoß, dann verzieht er sich in euer Zimmer. Und am nächsten Morgen kann ich die leeren Schnapsflaschen wegräumen.«

»Friedrich trinkt? Er hat sich doch früher nichts aus Schnaps gemacht«, sagte Flora.

»Und was für ein ekliges Zeug! Einmal habe ich vom letzten Rest genippt, ganz schwindlig ist mir dabei geworden. Ich möchte mal wissen, wer ihm das angedreht hat.« Sabine schüttelte sich.

»Du bist unmöglich!« Flora versetzte der Freundin einen Knuff.

Doch Sabine war das Scherzen schon wieder vergangen. »Du kannst dir gar nicht vorstellen, wie sehr du fehlst! Die gnädige Frau kommt aus der guten Stube fast gar nicht mehr heraus. Gerade so wie in der Zeit, als sie zur Witwe geworden war, erinnerst du dich? Dass wir den Laden schließen mussten, macht ihr sehr zu schaffen. Nie ein Lachen, immer nur Trübsal und schwere Seufzer. Inzwischen ertappe ich mich auch schon dabei, dass ich laut aufseufze wie deine Schwiegermutter. Aber das ist ja auch kein Wunder. Das Haushaltsgeld ist derzeit wieder einmal so knapp, dass ich mich mächtig anstrengen muss, um damit über die Runden zu kommen.«

Das Haushaltsgeld war knapp? Waren denn nicht genügend Reserven übrig? Sie hatte mit dem Blumenladen doch so viel Geld verdient!

»Am liebsten würde ich mir eine neue Anstellung suchen«, fuhr Sabine mit ihrem Lamento fort. »Aber wenn ich jetzt gehe, na ja, dann wäre die gnädige Frau wahrscheinlich endgültig verloren.« Mit einem traurigen Lächeln strich sie Alexander über die Haare.

»Danke«, sagte Flora und legte Sabine einen Arm um die Schulter. Doch die Magd rückte von ihr ab, räusperte sich. »Es gibt noch etwas, was ich dir erzählen wollte. In letzter Zeit kommt öfter einmal eine Frau ins Haus. Eine Ausländerin, keine Ahnung, woher sie stammt, eine Russin ist sie jedenfalls nicht. Schön ist sie auch nicht, groß und mager wie eine Ziege. Und wenn sie lacht, denkst du, es wiehert ein Pferd!«

Flora lächelte. »Das hört sich nach Lady Lucretia an. Sie ist eine alte Bekannte von Friedrich, scheinbar kommt sie schon seit vielen Jahren nach Baden-Baden.« Gedankenversunken zupfte Flora ein paar Glockenblumen ab. Wie regenfeucht und zart sie sich anfühlten! Zusammen mit ein paar Gräsern ergäben sie ein schönes Sträußchen ...

»Du kennst sie? Jedenfalls, wenn sie kommt, reißt sich der junge Herr zusammen, manchmal höre ich sie sogar gemeinsam lachen. Sie reden dann über Heilwasser und chemisches Zeugs und so. Sag, findest du das nicht seltsam?«

»Sabine, du bist wirklich unmöglich! Glaubst du allen Ernstes, die englische Lady hat ein Auge auf Friedrich geworfen? Nein, du bildest dir mal wieder etwas ein.«

»Was soll das heißen? Hatte ich in der Vergangenheit nicht fast immer recht?«

Flora zuckte mit den Schultern. »Und selbst wenn es so wäre – Friedrich hätte jedes Recht der Welt, sich eine neue, bessere Frau zu suchen. Ich muss froh und dankbar sein, dass er nicht längst die Scheidung anstrebt oder mich gar ins Gefängnis hat werfen lassen. Er ist ein guter Mann. Vielleicht findet er eine Frau, die ihn so glücklich macht, wie er es verdient hat. Ich war dafür wohl nicht geeignet.« So leichtfertig sie diese Sätze auch dahinredete, so schwer war ihr dabei ums Herz.

Auch wenn sie sich noch so mühte, den Gedanken an Friedrich und ihr gemeinsames Leben in der Stephanienstraße nicht zuzulassen, so wallte er doch immer wieder wie überkochende Milch in ihr auf. Friedrich fehlte ihr.

Sein ernster Blick, wenn sie ihre verrückten Ideen für den Laden kundtat. Sein skeptisches Nachfragen. Sein Gebrummel darüber, dass sie nie mit etwas zufrieden sei, immer zu viel wolle. Doch letztendlich hatte er sie immer unterstützt, er hatte ihr vertraut und darauf, dass sie schon alles richten würde.

Und was hatte sie getan? Sie hatte das Leben der gesamten Familie Sonnenschein zugrunde gerichtet. *Ach Friedrich, verzeih mir, ich war so dumm …*

Einen langen Moment schwiegen die beiden Frauen, während Alexander plappernd auf Floras Schoß krabbelte.

»Diese Engländerin – mit ihr kann sich dein Friedrich vielleicht gut über Heilwasser unterhalten«, sagte Sabine gedehnt, »aber glücklich sieht er dabei trotzdem nicht aus.«

Konstantin hatte schon gefrühstückt, als Flora zurück ins Hotel kam. Er saß am Toilettentisch und band seine Haare zu einem strammen Zopf.

Wie gut er aussieht!, durchfuhr es Flora. Ihr Blick fiel auf das Tablett mit den leer gegessenen Tellern und Schalen, das noch auf dem kleinen Tisch am Fenster stand. Es roch nach Kaviar und Zwiebelringen.

»Hast du wieder etwas aus dem Feinkostladen kommen lassen? Kaviar am Morgen, das ist doch kein ordentliches Frühstück!« Floras Magen knurrte laut. Eigentlich hatte sie angenommen, sie würden zusammen frühstücken.

»Wer bestimmt, was ein ordentliches Frühstück ist? Du, meine Liebe?«, nuschelte Konstantin, während er sich vor dem Spiegel Härchen aus den Nasenlöchern zupfte.

Flora trat von hinten an ihn heran und kitzelte ihn mit dem wiesenfeuchten Glockenblumenstrauß an der Nase, sodass er seine Aufgabe unterbrechen musste.

»Wäre heute nicht ein guter Tag, um wieder mit dem Malen zu beginnen? Das erste Motiv hättest du schon. Und wenn du möchtest, stehe ich dir sogar Modell. Vielleicht nackt, nur mit den Blumen in der Hand?« Allein bei dem Gedanken spürte sie eine leichte Röte in ihr Gesicht schießen.

Unwirsch schob er ihre Hand mit dem Strauß weg. »Weißt du eigentlich, wie spät es letzte Nacht bei mir geworden ist?«

»Es hat dich sicher niemand gezwungen, bis nach Mitternacht am Kartentisch sitzen zu bleiben«, erwiderte sie spitz und setzte sich aufs Bett. Sie pflückte Blumen und Konstantin malte sie – so hatte sie sich das Leben mit ihm erträumt.

»Fürs Malen muss man in der richtigen Stimmung sein. Dass du mich ständig drängst, ist der Sache gewiss nicht förderlich«, entgegnete er und polierte seine Manschettenknöpfe. »Außerdem schätze ich es nicht, wenn du meine Sachen durchwühlst.« Er wies mit dem Kinn in Richtung des Koffers, in dem er seine Malutensilien aufbewahrte. Vor lauter Langeweile hatte Flora ihn am Vorabend durchforstet: Die Kästchen mit den Aquarellfarben waren völlig eingetrocknet, die Pinsel verklebt. Am liebsten hätte sie alles saubergemacht, aber wie und wo? In der Waschschüssel auf der Kommode?

»Ich wollte mir doch nur einmal die Farben ansehen …«

Einen Moment lang hatte es ihr regelrecht in den Händen gekribbelt und fast hätte sie selbst einen Bogen Papier herausgeholt. Endlich wieder einmal etwas mit den eigenen Händen erschaffen! Rot zu Weiß setzen, Blautöne mischen und sich an dem freuen, was dabei herauskam. Doch dann hatte sie alles wieder weggepackt. Es waren schließlich Konstantins Farben, es war seine Kunst, nicht die ihre. Ihre hatte sie verspielt. Wie alles andere auch.

»Früher, als Püppi noch lebte, hast du immer gejammert, wie sehr dir das Malen fehlt. Jetzt, wo du die Zeit dazu hättest, interessiert es dich nicht mehr«, sagte sie kühl. »Ständig hast du tausend Gründe, erst gar nicht damit anzufangen. Dabei ist es doch eine Gnade, sich mit so etwas Schönem beschäftigen zu dürfen!«

»Ehrlich gesagt weiß ich nicht, warum du dich so aufregst.« Konstantin hauchte ihr einen Kuss auf die Lippen, dann schaute er sich suchend im Zimmer um. »Mein Hut?«

Flora runzelte die Stirn. »Du gehst weg? Schon wieder? Wollten wir nicht einen Ausflug hinauf zum Alten Schloss machen? Heute wäre das Wetter dazu ideal.«

»Ja, gewiss, aber das Alte Schloss rennt uns nicht davon«, erwiderte er. »In Iffezheim findet hingegen heute ein Pferderennen der besonderen Art statt – scheinbar treten nur deutsche Offiziere gegeneinander an. Nicht, dass ich mich sehr für Pferde begeistere, aber Popo hat mich überredet mitzukommen. Er meinte, es sei interessant zu sehen, wie gut die deutschen Tiere sind.« Er lachte auf.

»Und … wann kommst du wieder?« Flora konnte nichts gegen die Enttäuschung in ihrer Stimme tun.

»Das weiß ich noch nicht. Warum machst du dich nicht auch etwas zurecht, gehst in ein Café oder flanierst ein bisschen die Promenade entlang?« Er drückte ihr einen Geldschein in die Hand. »Und wie wäre es, wenn wir heute Abend wieder einmal in die kleine Weinstube gehen, wo es den herrlichen Zwiebelkuchen gibt?« Ohne Floras Antwort abzuwarten, tippte er an seinen Hut und warf ihr zum Abschied einen Handkuss zu. »Amüsier dich schön! Ich verspreche dir, ich werde es auch tun.«

»Daran habe ich keinen Zweifel«, murmelte Flora vor sich hin. Sie und in ein Café gehen? Flanieren? Wie stellte sich Konstantin das vor? Beides kam einem Spießrutenlauf gleich.

Lustlos ging sie in die Küche, um der Köchin wenigstens noch eine Tasse Kaffee oder Tee abzuschwatzen.

## 57. Kapitel

*Solche Arbeiten ziemen sich für eine Dame nicht!*

Mit zitternden Händen wischte sich Ernestine den Schweiß von der Stirn. Hatte es wirklich einmal eine Zeit gegeben, in der sie das für wahr gehalten hatte? Was für eine Dummheit! Ziemte es sich etwa nicht, wenn man seine Sachen in Ordnung hielt? Wenn man sich kümmerte? Was blieb ihr denn anderes übrig? Wo Friedrich es vorzog, endlos seine Wunden zu lecken. Mindestens drei Mal hatte sie ihn gebeten, den Komposthaufen umzusetzen, und was war bisher geschehen? Gar nichts. Natürlich tat ihr der Bub leid, aber allmählich spürte sie noch ein anderes Gefühl in sich heranwachsen. War es Ärger? Enttäuschung? Wut? Ernestine wusste es nicht.

Wut auf ihren guten Buben, das konnte eigentlich nicht sein. Wo er doch litt wie ein Hund! Aber Himmel noch mal, was sollte sie denn noch tun, um sein Elend zu lindern? Sie ließ Sabine seine Lieblingsspeisen kochen, legte ihm die Zeitung aufgeschlagen hin, kaum dass er von der Arbeit kam, bemühte sich um einen fröhlichen Klang in der Stimme, wenn sie von ihrem Tag mit Alexander erzählte. Nicht, dass Friedrich ihre Bemühungen auch nur im Geringsten zu schätzen wusste!

Ernestines Blick huschte hoch zum ersten Stock des Hauses. Die Klappläden seines Fensters waren zu – wahrscheinlich lag er noch im Bett und schlief seinen Rausch aus. Wie so häufig. Ernestine wunderte es nur, dass sein spätes Erscheinen in der Trinkhalle Morgen für Morgen nicht längst böse Konsequenzen hatte. Ach du Schreck, wenn der Bub auch noch seine Arbeit verlöre, was dann?

Obwohl ihre Arme von der ungewohnten Arbeit längst schmerzten, machte Ernestine weiter. So früh am Morgen waren die Nachbarn ebenfalls beschäftigt, daher würde wohl kaum einer mitbekommen, dass sie wie eine gewöhnliche Bauernmagd im Garten ackerte.

Und wenn schon! Ernestines Schnaufer erhob sich als kleines weißes Wölkchen in die Luft. Eigentlich waren ihr die Nachbarn ziemlich gleichgültig.

Gar nicht gleichgültig hingegen war ihr Sabines Beobachtung: Die Magd glaubte nämlich, eine Ratte am Komposthaufen gesehen zu haben, weswegen sie sich weigerte, diese Arbeit hier selbst zu tun. Weder gute Worte noch Drohungen seitens Ernestines hatten sie umstimmen können.

Unruhig suchten Ernestines Augen den Berg aus Küchenabfällen, verfaulten Blumen, Laub und Erde ab. Hoffentlich hatte sich Sabine verguckt und die vermeintliche Ratte war nur ein kleines Mäuschen!

Hatte Flora bei ihren Gartenarbeiten auch Angst vor Nagern gehabt? Ernestine hatte sie nie danach gefragt. Im Grunde hatte *nie* jemand gefragt, wie es Flora ging.

Was hatte sie eigentlich getan, um Flora bei ihren tausend Aufgaben zu helfen? Die Frage tauchte nicht zum ersten Mal in Ernestines Kopf auf, und die Antwort war jedes Mal niederschmetternd: nicht sehr viel.

Dafür hatte es bei ihr ständig geheißen: der gute Bub hier, der gute Bub da. Immer nur der Bub.

»Jeder dritte Satz von dir handelt von deinem Sohn und seinen Heldentaten in der Trinkhalle«, hatte Gretel Grün sie einmal getadelt. »So interessant ist seine Arbeit nun auch wieder nicht!« Ernestine war hell entsetzt gewesen. Wieso konnte die Freundin nicht verstehen, dass Friedrichs Glück und Zufriedenheit ihr sehr am Herzen lagen?

Friedrich hier, Friedrich da. Genau wie es all die Jahre zuvor geheißen hatte: Kuno hier und Kuno da. Und wie hatte *der* es ihr gedankt?

Ach, hätte sie sich doch ein paar Gedanken mehr um Flora gemacht!

Vielleicht wäre ihr dann aufgefallen, dass jemand dem Mädchen den Kopf verdreht hatte. Und vielleicht hätte sie Flora dann vor dieser schrecklichen Entwicklung retten können.

»Mutter?«, ertönte es direkt hinter ihrer Schulter. Abrupt fuhr Ernestine herum und schrie vor Schreck auf. »Kuno ... Gütiger Gott, Friedrich, musst du dich so anschleichen? Einen Moment lang habe ich tatsächlich gedacht, du wärst –« Sie winkte ab. Wie blass er aussah! Die dunklen Schatten unter seinen Augen. Der leere Blick. Und wie gebeugt er daherkam.

»Mutter, was machst du denn hier?«

»Ich erledige deine Arbeit und setze den Kompost um«, entgegnete sie scharf. Sah er das nicht? »Auf diesen riesigen Berg kann unmöglich auch noch das Laub gekippt werden.« Missmutig schweifte ihr Blick die Hecke entlang. »Ich frage mich, warum es die Natur so eingerichtet hat, dass die Bäume und Sträucher im Herbst ihr Blattwerk abwerfen.«

Friedrich runzelte die Stirn. »Ehrlich gesagt interessiert es mich nicht im Geringsten, was die Natur eingerichtet hat. Ich hätte mich schon um den Garten gekümmert, aber scheinbar konntest du das nicht abwarten.« Er zuckte mit den Schultern. »Am besten hörst du wieder auf, diese Arbeit ist doch nichts für dich! Du hast schon einen ganz roten Kopf.«

Einen Moment lang war Ernestine sprachlos, ihre Lippen öffneten und schlossen sich wieder wie bei einem Karpfen.

Sie hatte einen roten Kopf? Mehr fiel Friedrich nicht ein?

Ernestine wurde von solch einer Wut gepackt, dass sie ihrem Sohn am liebsten eine Ohrfeige versetzt hätte.

»Ich möchte mal wissen, was dich überhaupt noch interessiert!« Ihre Stimme durchschnitt die herbstliche Stille wie ein Messer die weiche Butter. »Alles ist dir egal! Wie lange willst du dich eigentlich noch so gehenlassen?«

»Ich weiß nicht, wovon du sprichst«, sagte er gepresst.

»O doch, Junge, das weißt du sehr wohl. Es ist jetzt fast zwei Monate her, dass Flora uns verlassen hat. Acht Wochen, in denen du so gut wie gar nicht am Leben in diesem Haus teilgenommen hast. Denkst du allen Ernstes, du bist der Einzige, der leidet? Glaubst du, Alexander vermisst seine Mutter nicht? Glaubst du, ich vermisse sie nicht? Flora war wie eine Tochter für mich, ständig muss ich an sie denken ...« Ernestines Wut verpuffte. Sie blinzelte heftig und der Muskel unter ihrem rechten Auge begann nervös zu zucken. »Wie es ihr wohl geht?«

»Wie schön, dass du an *sie* denkst«, erwiderte Friedrich trocken. »Nur zur Erinnerung – sie ist eine Ehebrecherin!«

»Ach Bub, natürlich weiß ich, dass Flora große Schuld auf sich geladen hat. Aber sind wir anderen deshalb völlig ohne Schuld?« Ernestine lehnte sich schwer auf ihre Harke. Traurigkeit durchströmte sie wie Gift und raubte ihr plötzlich jede Kraft.

Friedrich lachte bitter auf. »Deine schlauen Reden kommen ein bisschen spät. Hättest du mir damals gleich von Sybilles Brief erzählt und nicht erst vor Kurzem, wäre vielleicht alles gar nicht so weit gekommen!« Er drehte sich auf dem Absatz um und rannte davon.

Leichenblass blieb Ernestine zurück.

»Hier im Wandelgang sehen Sie auf vierzehn Fresken die Sagen, die sich um unser schönes Baden-Baden ranken, als da wären die Sage vom Baldreit, die Sage vom Mummelsee, hier sehen Sie die Sage von ...« Lustlos ging Friedrich von einem Bild zum anderen und leierte dabei seinen Vortrag herunter, ohne weiter auf die einzelnen Sagen einzugehen. Mit einem Ohr lauschte er in Richtung Kirchturm. Die Kirchenglocken schlugen zehn Mal, dann elf – Gott sei Dank! Nur noch eine Stunde bis zur Mittagspause. Hoffentlich war die Gruppe aus Heilbronn bis dahin verschwunden. Er hatte nicht vor, wegen ein paar alter Weiber auf seinen Mittagsschlaf zu verzichten. Und wehe, seine Mutter kam wieder mit ihren schlauen Reden daher!

Friedrich gelang ein verkrampftes Lächeln. Ein paar der Damen hielten kunstvoll geschliffene Gläser bereit, daher sagte er: »Der Brunnen befindet sich im Inneren der Trinkhalle.« Er bedeutete der Gruppe, die Halle zu betreten, und wollte sich gerade verabschieden, als sich eine der Frauen räusperte.

»Sagen Sie, aus welcher Tiefe steigt das Baden-Badener Thermalwasser eigentlich auf? Meine Schwester – sie weilte letztes Jahr zu einer Trinkkur hier – wollte mir weismachen, dass es aus einer Tiefe von über viertausend Fuß kommt! Das habe sie irgendwo gelesen.«

Friedrich verdrehte innerlich die Augen, riss sich aber zu einer höflichen Antwort zusammen. »Ihre Schwester hat eher untertrieben. Inzwischen nimmt man sogar an, dass die Wässer ihren Ursprung in einer Tiefe von ungefähr sechstausend Fuß haben.«

Ohne sich weiter um die staunenden Ausrufe der Kurgäste zu kümmern, stapfte Friedrich davon. Nicht, dass den Frauen noch mehr Fragen einfielen!

In dem Moment sah er Lady O'Donegal vom Trinkbrunnen her auf sich zustürmen.

Auch das noch! Das Letzte, wonach ihm der Sinn stand, waren ihre Pläne das Hotel Marie-Eluise betreffend. Laut Gustav Körner stand die Unterzeichnung des Kaufvertrages unmittelbar bevor. Überschwänglich hatte sich der Mann erneut bei Friedrich dafür bedankt, den Kontakt zu der Engländerin hergestellt zu haben. Friedrich selbst konnte immer noch nicht glauben, dass die Lady es ernst meinte. Nur weil es einem in Baden-Baden gut gefiel, kaufte man sich doch nicht gleich ein Hotel. Kein Wunder, dass manche in der Stadt glaubten, die Dame sei nicht ganz bei Trost.

Viel schlimmer aber war, dass sie ihn dazu überreden wollte, Direktor ihres Hotels zu werden. Aus allen Wolken war er gefallen, als sie ihm diesen Vorschlag ein paar Tage zuvor unterbreitet hatte. Was sollte er allein im Marie-Eluise schon ausrichten? Sie wusste doch, aus welchen Gründen Gustav Körner zum Verkauf gezwungen worden war! Und sie wusste auch Bescheid über seine familiären Verhältnisse. Sie war schließlich dabei gewesen an jenem Tag, als seine Welt draußen im Forellenhof zusammenbrach. Wenn es nach ihm ginge, konnte sie sich zehn Hotels kaufen. Aber ihn sollte sie in Ruhe lassen.

Am liebsten hätte er sich weggeduckt und so getan, als habe

er sie nicht gesehen, doch schon im nächsten Moment war sie bei ihm.

»Mister Sunshine! Haben Sie schon gehört, dass ich –« Sie verstummte schlagartig, als sie in sein Gesicht schaute. »*Oh my god*, wie sehen Sie denn aus? Blass wie ein Leichenhemd, ohne Saft und Kraft. Einfach grauenhaft, wenn ich das anmerken darf!«

Über Friedrichs Miene stahl sich ein gequältes Lächeln. Lady Lucretia redete wirklich nicht um den heißen Brei herum. Er zuckte mit den Schultern. »Nun ja, gegen Ende der Saison wird man halt ein wenig müde.«

»Sie können mir nichts vormachen. Ihr Kummer rührt ganz woanders her.« Einen Moment lang schaute die ältere Frau ihn durchdringend an, dann seufzte sie tief auf. »Lieber Mister Sunshine, ich glaube, wir zwei sollten uns dringend unterhalten. Kommen Sie!«

»Aber … ich kann jetzt nicht weg, ich werde hier gebraucht!«, rief er, während sie ihn bereits recht unsanft die Treppe hinunterschubste.

»So elend, wie Sie daherkommen, werden Sie hier gewiss nicht gebraucht«, entgegnete sie und zog Friedrich in Richtung Conversationshaus, ohne sich um seine Proteste zu kümmern.

Sie nahmen an einem der kleinen Tischchen Platz, die vor dem Conversationshaus standen. Ein Kellner kam, und die Engländerin bestellte Tee und Brandy für sie beide. Friedrich ließ sie gewähren.

Kaum hatte sich der Kellner zurückgezogen, da hob Lady Lucretia erneut an. »Was denken Sie eigentlich? Dass Sie der einzige Mann auf der Welt sind, dem die Frau weggelaufen ist? Glauben Sie mir, das kommt leider viel zu häufig vor. Ich bin schon alt, aber ich habe auch eine große Lebenserfahrung, und so viel kann ich Ihnen sagen: Wenn es in einer Ehe zu solch einem Zerwürfnis kommt, ist nie einer allein schuld daran!«

Friedrich lachte barsch auf. »Jetzt hören Sie sich schon an wie meine Mutter. In ihren Augen hätte ich Flora vor dem Ganoven *retten* sollen! Sie tut gerade so, als ob er der Gehörnte persönlich und Flora ihm hilflos ausgeliefert ist. Doch so, wie ich sie damals im Forellenhof gesehen habe, wirkte sie alles andere als hilflos!« Er rückte seinen Stuhl nach hinten, um aufzustehen, aber Lady Lucretia packte ihn am Handgelenk.

»Jetzt reißen Sie sich zusammen! Ich habe Ihnen nichts getan, es besteht kein Grund, mich derartig anzufahren. Ich bin Ihnen wohlgesinnt, ich will Ihnen nichts Böses. Also setzen Sie sich.« Ruckartig ließ sie seine Hand wieder los.

Friedrich biss sich auf die Unterlippe. »Entschuldigen Sie ... Ich weiß nicht, was in mich gefahren ist.« Am Morgen der Streit mit der Mutter, jetzt das. Er verstand es derzeit wirklich nicht, sich Freunde zu machen.

Lady O'Donegal hielt ihm das Brandyglas entgegen. »Trinken wir erst einmal. *Cheers*!«

Die rotgoldene Flüssigkeit rann warm und angenehm Friedrichs Kehle und dann in seinen Bauch hinab. Zerknirscht schaute er die Engländerin an. »Manchmal kenne ich mich selbst nicht mehr. Die Sache mit Flora – ich fühle mich, als habe mir jemand den Boden unter den Füßen weggerissen. Ich kann im Grunde immer noch nicht fassen, was geschehen ist. Wir waren doch so glücklich! Sie mit ihren Blumen und ich ...« Er zeigte vage in Richtung Trinkhalle. »Und als dann Alexander geboren wurde, war mein Glück vollkommen. Wo ist uns nur ein Fehler unterlaufen?« Ein verzweifelter Schluchzer entrang sich seiner Brust. Die Engländerin machte sich an der Teekanne zu schaffen.

Himmel noch mal – was war nur in ihn gefahren? Eine wildfremde Frau mit seinem Jammer zu belästigen! So peinlich Friedrich seine Indiskretionen waren, so konnte er sie doch nicht aufhalten. Schon sprudelte es weiter aus ihm heraus. »Tausendmal habe ich mir dieselben Fragen gestellt: Wann ist in unserer Ehe etwas schiefgegangen? Warum habe ich nichts gemerkt? Ich hätte doch was merken müssen, oder? Ich meine, Flora ist doch nicht von Natur aus eine durchtriebene Lügnerin. Bestimmt gab es genug Anzeichen für ihr Tun, aber ich habe sie nicht gesehen. Meiner Mutter erging es ja nicht anders, auch sie hatte nicht die geringste Ahnung, nicht einmal, als –« Er winkte ab. Jetzt war es wirklich genug. Was für einen Sinn hatte es, Lady Lucretia auch noch von Sybilles Brief an die Mutter zu erzählen?

Lady O'Donegal zuckte mit den Schultern. »Wenn es um einen selbst oder um die eigene Familie geht, ist man meistens blind. Die Fehler der anderen erkennt man dafür umso leichter.«

Friedrich horchte auf. War Lady Lucretia etwa auch schon derartig hintergangen worden?

Er fuchtelte mit der Hand über dem Tisch herum. »Was rede ich nur für dummes Zeug? Wie komme ich überhaupt dazu, die Schuld bei mir zu suchen? *Ich* habe gewiss keine Fehler gemacht!«

Die ältere Frau seufzte. »Man muss nicht unbedingt Fehler machen, um ein Unglück heraufzubeschwören. Manchmal genügt es, gar nichts zu tun, oder anders gesagt – etwas zu unterlassen!«

»Was sollte ich unterlassen haben? Ach, das ganze Gerede hat doch keinen Sinn. Ich bleibe dabei, Flora ist eine Ehebrecherin! Sie ist die Mutter, die ihren Sohn verlassen hat.« Angewidert schaute Friedrich auf den Tee, den die Engländerin ihm eingeschenkt hatte. Ein weiterer Brandy wäre ihm lieber gewesen.

Lady Lucretia schaute ihn schräg an. »Moment mal, haben Sie nicht gesagt, dass *Sie* Ihre Frau aus dem Haus geworfen haben?«

Wütend funkelte Friedrich sie an. »Na und? Was macht das für einen Unterschied? Damit hat sie doch rechnen müssen! Hätte ich ihr die Sache etwa verzeihen sollen?«

Ohne mit der Wimper zu zucken, hielt Lady Lucretia seinem Blick stand. »Diese Frage können nur Sie selbst beantworten.«

# 58. Kapitel

Auf Zehenspitzen spähte die Frau über die Köpfe der wartenden Menge hinweg die Lichtenthaler Allee entlang.

»Weit und breit ist noch niemand von der feinen Gesellschaft in Sicht.« Unwirsch drehte sie sich zu ihrem Mann um. Dass sie Flora dabei ihren Ellenbogen in die Rippen stieß, schien die Frau nicht zu bemerken. »Und wenns auch die letzte Jagd der Saison ist – wenn sie jetzt nicht bald kommen, muss ich heim und mich um das Essen kümmern. Unsereins hat es schließlich nicht so gut wie die Herren Jäger. Wenn die nach ihrem Ausflug einkehren, stehen die feinsten Speisen bestimmt schon auf dem Tisch. Seppi, lass das!« Sie schlug einem etwa dreijährigen Buben, der wild an ihrem Rock zerrte, auf die Hand, was dieser mit lautem Gebrüll quittierte.

Ihr Mann lachte. »Da magst du recht haben. Sag, was gibt es denn bei uns heute zu essen?« Er setzte sich das Kind auf die Schultern, woraufhin das Gebrüll erstarb.

Flora lächelte den Buben an, der sich mit beiden Händen im Lockengewirr seines Vaters festklammerte.

»Lungenbraten, Kartoffelbrei und Soße.«

»Mit Zwiebeln?«

»Natürlich mit Zwiebeln, ich weiß doch, wie sehr du die magst.« Die Frau warf ihrem Mann einen liebevollen Blick zu.

Abrupt wandte sich Flora ab.

Ob Friedrich mit Alexander wohl auch irgendwo hier stand? Hatte er den Buben ebenfalls auf den Schultern sitzen? Oder waren sie zu Hause und genossen das Sonntagsmahl, das Sabine gekocht hatte? Konnte Alexander inzwischen richtig mitessen? Sie musste Sabine beim nächsten Treffen unbedingt fragen.

Es hätte nicht viel gefehlt, und Flora hätte losgeheult – wie immer, wenn sie an ihren Sohn dachte. Stattdessen reckte auch sie sich in die Höhe, um nach der Jagdgesellschaft Ausschau zu halten.

Ach Konstantin, immer lässt du mich allein.

Eigentlich hatte Flora gar nicht herkommen wollen, doch vor lauter Langeweile hatte sie es in ihrem Hotelzimmer nicht mehr ausgehalten. Als sie schließlich die Lichtenthaler Allee erreichte, waren die besten Plätze längst vergeben. Die großen sonntäglichen Jagden im Herbst waren stets ein glanzvolles Schauspiel, das viele Schaulustige anzog.

Das Kopftuch wie immer tief in die Stirn gezogen, hatte sich Flora unter die große Menschenmenge gemischt.

Ein Blatt rieselte herab und blieb auf Floras Schulter liegen. Fast zärtlich nahm sie es in die Hand.

Herbstlaub ... Schon immer hatte ihr Herz beim Anblick der ersten farbigen Blätter einen kleinen Hüpfer vollführt. Als Kinder hatten sie sich einen Spaß daraus gemacht, die größten und buntesten Blätter zu sammeln. Später hatte sie das Blätterwerk in ihre Herbststräuße eingebunden. Und im letzten Jahr hatte sie sogar das Schaufenster damit dekoriert – sehr zu Ernestines Unmut! »Kind, das sieht aus, als ob der Wind die Blätter in den Laden geweht hätte und du zu faul zum Fegen bist«, hatte sie Flora vorgeworfen. Den Kunden hatte es auch nicht sonderlich gefallen.

Ach Ernestine, ich vermisse dich so sehr. Dich und Mutter und all die anderen.

Flora schloss die Augen, als könne sie so vor ihren Gedanken flüchten. Seit Ewigkeiten hatte sie nicht mehr nach Gönningen geschrieben. Was hätte sie ihnen schreiben sollen? Lügen? Oder die Wahrheit, die so schrecklich war, dass Flora lieber schwieg? Wie würden sich die Eltern grämen, wenn sie wüssten ... Aber vielleicht wussten sie längst alles, vielleicht hatte Friedrich ihnen geschrieben. Oder Ernestine.

Tief sog Flora die klare Luft ein, die zugleich nach Laub und Pferdemist duftete, nach dem Holz der frisch gefällten Birken neben dem Weg, nach Kartoffelfeuern.

Trunken vom würzigen Aroma riss Flora ihr Tuch vom Haar

und hielt ihr Gesicht der Herbstsonne entgegen, die strahlenförmig durch den bunten Blätterbaldachin schien. Und wenn jemand sie erkannte – es war ihr gleichgültig.

Was war das nur für ein herrlicher Tag!

Um Kastanien zu sammeln und Kränze zu binden. Um Blumen zu trocknen und Girlanden zu flechten. Ein Tag für lilafarbene Blumensträuße. Und grünwürzige Kräuterbüschel. Und silberfarbene Disteln mit erstem Tannengrün. Und –

*Schluss, vorbei! Und nur ja nicht heulen.*

Bald würde Konstantin kommen. Dann würde sie lächeln. Er hasste es, wenn sie weinerlicher Stimmung war, er wollte nicht mit ihrer Traurigkeit belästigt werden, er wollte Frohsinn um sich herum haben und feiern.

Flora war zu einer guten Schauspielerin geworden. Ihr entwich kaum mehr ein unbedachter Seufzer, ihr stiegen keine Tränen mehr in die Augen, sie lachte laut, auch wenn ihr zum Weinen zumute war.

Die Augen mit einer Hand gegen die Sonne abgeschirmt, schaute Flora in die Ferne. Vielleicht würde Konstantin nachher einen Spaziergang mit ihr machen? Wenn sie ein wenig abseits der Wege gingen, konnten sie Hand in Hand laufen, Blätter sammeln und aus Eicheln und kleinen Stöckchen Pfeifen bauen, so, wie sie es als Kinder in Gönningen gemacht hatten.

Floras Stimmung hob sich bei diesem Gedanken. Solch eine kindische Idee würde Konstantin gewiss gefallen!

Ja, Konstantin gefiel ihre Fröhlichkeit. Sonst hätte er sie gewiss nicht gebeten mitzukommen. »Paris soll eine aufregende Stadt sein«, hatte er gesagt, als er ihr seine Abreisepläne für das Ende kommender Woche mitteilte. Nach ihren Wünschen hatte er sie nicht gefragt.

Eine aufregende Stadt – genügte das als Grund, um all das zu verlassen, was einem lieb und teuer war?

Schon huschte der nächste Schatten über Floras Miene. Kuckucksspucke, sie konnte doch nicht weg! Was auch immer geschah, sie musste in der Nähe ihres Sohnes bleiben.

Aber solche Gedanken kamen Konstantin nicht. Ganz aufgeregt war er gewesen, als er sagte: »Komm mit und lass uns dort eine schöne Zeit miteinander verbringen! Die liebe Anna sagt, in Paris gäbe es mehr als genügend verrückte Zerstreuungen.«

Für wen?, hätte sie ihn am liebsten gefragt. Für dich und die liebe Anna? Während ich wie ein Spielzeug in irgendeinem Hotelzimmer zurückgelassen werde? Für die Nachtstunden bin ich dir gut genug, tagsüber schmückst du dich lieber mit einer russischen Adeligen.

Flora konnte sich nicht vorstellen, dass Konstantin sich in Paris öfter mit ihr zeigen würde als hier. Nach seinen Worten hatte fast der ganze russische Freundeskreis vor, den Winter dort zu verbringen.

Die liebe Anna ... In letzter Zeit fiel ihr Name immer öfter. Hatte sie es auf Konstantin abgesehen? War sie diejenige, die derzeit für seine Rechnungen aufkam? Die ihm das Pferd für die heutige Jagd zur Verfügung gestellt hatte?

Seltsamerweise verspürte Flora bei diesem Gedanken keine Angst. Seltsamerweise war es ihr fast schon egal, mit wem er seine Zeit verbrachte, wenn er nicht bei ihr war. Sie konnte eh nichts daran ändern. Außerdem versicherte Konstantin ihr immer und immer wieder, dass er nur sie, Flora, lieben würde.

Liebe ... Flora wusste weniger denn je, was das war.

Plötzlich wurde die Menge um sie herum unruhig.

»Schaut nur, da kommen sie!« – »Was für eine schöne Kutsche!« – »Und sieh mal – die edlen Rösser!« Hände zeigten nach vorn, Köpfe reckten sich, Flora bekam erneut einen Stoß in die Rippen, jemand trat ihr unsanft auf den rechten Fuß.

Das zwanzigköpfige Orchester, das sich eigens eingefunden hatte, um die Jagdgesellschaft zu feiern, hob zu einem strammen Marsch an, als der erste Wagen – ein offener Landauer, geschmückt mit Girlanden aus Tannengrün – vorbeifuhr. Fürst Popo führte die Zügel der beiden Rappen, die bei jedem Schnauber kleine Spuckefetzen in die Menge schleuderten. Hinten auf dem Wagen lag aufgebahrt auf einem Bett aus Grünzeug ein riesiges Wildschwein, dem irgendjemand einen rotwangigen Apfel zwischen die Hauer geschoben hatte. Das Tier entlockte der Menge bewundernde Kommentare.

Wo ist denn Fürstin Irina?, wunderte sich Flora. Hatte Popo ebenfalls allein zur Jagd gehen wollen? Ha! Als ob sich die Fürstin das Mitkommen verbieten ließe. Der Gedanke war so komisch, dass Flora schmunzeln musste.

Es folgten weitere Kutschen, allesamt prächtig herausgeputzt für den großen Tag. Dann endlich kamen die Reiter und hinter ihnen das Fußvolk.

Da! Da war Konstantin! Flora hüpfte in die Höhe, rief laut seinen Namen und fuchtelte mit der Hand, um ihn im Getümmel der Menge auf sich aufmerksam zu machen.

Wie adrett er auf seinem Braunen aussah! Wie ein Korsar. Wie bewundernd die Leute zu ihm aufschauten! Wie sich die Blicke der Frauen unter gesenkten Lidern auf seine Schenkel richteten, auf sein breites Kreuz, sein herzliches Lachen.

Flora lachte traurig auf. Die Menschen waren so leicht zu täuschen! Glaubten sie allen Ernstes, dass sich unter einer edlen Hülle auch in jedem Fall eine edle Seele verbarg? Oder war den Leuten dies gleichgültig?

So, wie es ihr gleichgültig gewesen war?

Konstantin. Ihr Abenteurer. Wild und unbezähmbar. Und unter seiner edlen Hülle …

Jetzt hatte er sie gesehen, wedelte fröhlich mit seinem Hut, signalisierte ihr, dass er sie weiter vorn treffen wollte. Eilig versuchte Flora, sich aus der Menge zu lösen.

»Flora, die liebe Anna hat uns noch zu einem Umtrunk eingeladen. Du bist doch nicht böse, wenn ich auf ein, zwei Gläschen vorbeischaue? Ich verspreche dir, heute Abend bin ich nur für dich da.« Er lächelte sie an, verheißungsvoll, verführerisch, aber auch bestimmend.

Flora seufzte. Heute war es die erfolgreiche Jagd, die gefeiert werden musste. Morgen war es dies, übermorgen etwas anderes. So würde es wohl immer sein.

Konstantins Pferd hatte sich schon wieder in Bewegung gesetzt, als er sich im Sattel noch einmal zu ihr umdrehte. »Denk an heute Abend! Nur du und ich!« Er zwinkerte ihr ein letztes Mal zu.

Flora nickte stumm.

*Dafür, für dieses Augenzwinkern, habe ich alles zerstört, was mir lieb und teuer war.*

Wie ein Fleck einen Stoff durchdringt, so durchdrang diese Erkenntnis Flora mit jedem Schritt, den sich Konstantins Pferd von ihr entfernte, mehr und mehr.

Konstantin, ein Frauenheld, dessen größter Besitz sein Lächeln war. Eine edle Hülle, unter der nicht allzu viel steckte.

Unfähig zu einem anderen Gedanken, blieb Flora inmitten von Apfelbutzen, Pferdeäpfeln und anderem Unrat stehen, während sich die Menge um sie herum auflöste. Ein spitzenbesetztes Taschentuch wirbelte zusammen mit dem Herbstlaub im aufkommenden Wind.

Tat sie Konstantin Unrecht? Weil er sie abermals allein ließ und sie wütend auf ihn war? Er hatte ihr schließlich nie etwas versprochen, hatte nie vorgegeben, anders zu sein, als er war.

*Alles verloren. Für nichts und wieder nichts.*

Mit steifen Schritten setzte sich Flora in Bewegung.

Wenn sie tief in sich hineinhorchte, war da nur eine endlose Leere. Alles andere war verbraucht, ihre große Liebe, das, was sie dafür gehalten hatte, ein Strohfeuer. Erloschen. Wohin hatte der Herbstwind plötzlich all ihre Sehnsucht, ihre leidenschaftlichen Gefühle getragen?

Auf einmal fühlte sie sich so kraftlos wie noch nie in ihrem Leben. Mechanisch setzte sie einen Fuß vor den anderen und versuchte dabei, ruhig durchzuatmen. Doch ihre Kehle war wie zugeschnürt.

Und nun – wohin? Zurück ins Hotel? Allein bei dem Gedanken sträubte sich alles in ihr. Nein! Nie mehr! Sie wollte nicht mehr warten.

Oder doch fort aus Baden-Baden? Zurück nach Gönningen?

Dort würden sie sie aufnehmen müssen. Es war doch ihr Zuhause! Auch wenn sie Schande über die Familie gebracht hatte.

Und was war dann mit Alexander? Nein, sie musste in seiner Nähe bleiben, konnte nicht weg.

Flora hatte die nächste Parkbank noch nicht ganz erreicht, als ihre Beine den Dienst versagten und sie kraftlos zusammensackte.

## 59. Kapitel

Nachmittags um fünf schlüpfte Friedrich in seine Jacke und schaute sich ein letztes Mal in der Trinkhalle um. Keine Menschenseele weit und breit. Entweder feierten die Kurgäste ihren Abschied oder sie waren bereits beim Kofferpacken.

Wer jetzt noch kam, sollte sich in Gottes Namen sein Heilwasser selbst abfüllen!

Was hatte sich in diesem Jahr eigentlich geändert, außer dass es das Spielcasino nicht mehr gab?, fragte er sich, während er sich durch die Trauben von gutgekleideten Menschen rund um das Conversationshaus schlängelte. Gesellschaften, Ausflüge, Champagner – nach wie vor stand das Amüsement bei den Kurgästen an erster Stelle. Und auch seitens der Kurverwaltung waren keine allzu großen Anstrengungen unternommen worden, um daran etwas zu ändern.

»Sie sind zu ungeduldig! Die jahrelangen Gepflogenheiten der Gäste lassen sich nicht so schnell ändern. Seien Sie froh, dass die Leute überhaupt noch in unsere Stadt kommen. Und wenn erst einmal das Friedrichsbad seine Pforten öffnet, werden auch die echten Kurgäste anreisen«, hatte der Kurdirektor erst vor ein paar Tagen zu ihm gesagt.

Friedrich schnaubte. Wie viele Jahre würde das noch dauern?

Auf der Höhe des ehemaligen Hotels Stéphanie blieb er abrupt stehen. Jetzt hatte er tatsächlich vor lauter Grübeleien seinen üblichen Abzweig in die Stephanienstraße verpasst!

Andererseits wurde er so früh daheim eh noch nicht erwartet. Sabine hatte Ausgang. Hatte Mutter nicht erwähnt, dass sie heute Abend eigenhändig Waffeln backen wollte? Für Alexander und ihn.

Wie so oft in letzter Zeit hatte er das Mittagessen mangels Appetit ausfallen lassen. Ein vorwitziger Sonnenstrahl fiel durchs Blätterdach der Allee und kitzelte Friedrichs Nase. Vielleicht würde ein Spaziergang seinen Appetit zurückbringen?

Er war ein paar Schritte gegangen, als sein Blick über die Oos hinweg auf die riesigen Berge Baumaterial fiel, die entlang der Hotelfassade des Stéphanie aufgetürmt lagen. Holz, Steine, noch mehr Holz und – waren das nicht in Stein gehauene Statuen? Der neue Besitzer schien große Pläne mit dem alten Kasten zu haben.

Genau wie Lady Lucretia mit dem Hotel Marie-Eluise. »Der Kaufvertrag ist unterzeichnet, der Architekt hat die Baupläne fertig, sobald die Baubehörde meinen Umbaumaßnahmen zugestimmt hat, geht es los. Schließlich will ich im kommenden Jahr im eigenen Hotel nächtigen. Und Kurgäste empfangen!«, hatte die Engländerin am Morgen zu ihm gesagt. Sogar am letzten Tag ihres Aufenthaltes hatte sie es sich nicht nehmen lassen, die heilende Wirkung des Wassers zu genießen.

Lady Lucretia meinte es wirklich ernst. Lange Zeit hatte Friedrich der Sache nicht getraut. Die Leute redeten schließlich viel, wenn der Tag lang war.

Doch Lady O'Donegal war da anders. Sie machte Nägel mit Köpfen. Voller Eifer hatte sie ihm ihre diversen Ideen unterbreitet. »Die neue Badeabteilung des Marie-Eluise wird zehn Badewannen haben, eine davon wird nur mit Kaltwasser gespeist, falls jemandem der Sinn nach einer Kaltbadekur steht. Sie mit Ihrem Fachwissen wären genau der richtige Mann, um den Hotelgästen all dies nahezubringen! Und bedenken Sie: Eine neue Aufgabe würde Sie ein wenig ablenken von … na, Sie wissen schon.« Die Lady hatte ihm in ihrer bekannt heftigen Art auf die Schulter geklopft. »Ich erwarte Ihre Entscheidung endgültig heute Abend um sechs Uhr. Sollten Sie mir dann eine Absage erteilen, muss ich wohl oder übel nach einem anderen Mann Ausschau halten.«

Noch eine Stunde ... Friedrichs Blick wanderte zurück in Richtung Stadt. Sollte er schon jetzt zum Hotel Marie-Eluise gehen und ungestört einen letzten Blick auf die Badewannen werfen? Noch einmal träumen von dieser großen Aufgabe, die ihm auf einem silbernen Tablett angeboten wurde?

Mit einer Frau an seiner Seite hätte er wahrscheinlich keinen Moment gezögert, das Angebot der Engländerin anzunehmen. Doch allein hatte so etwas keinen Sinn.

Nein, er würde Punkt sechs im Hotel auftauchen und Lady O'Donegal sagen, dass –

Seine Gedanken wurden jäh unterbrochen, als er auf einer Parkbank ein zusammengesunkenes Häuflein Elend entdeckte.

Flora!

Sein erster Impuls war es, die Straßenseite zu wechseln, so zu tun, als hätte er sie nicht gesehen, bevor sie ihn bemerkte. Doch genau in diesem Moment schaute sie auf.

Ihre Augen waren rot und verheult, ihr Blick war ungläubig. »Friedrich ...?«

Unwillkürlich straffte er die Schultern und nickte ihr zu. Die Lippen aufeinandergepresst, brachte er nicht einmal ihren Namen heraus.

»Friedrich ...«

Wie sie seinen Namen aussprach! Es klang wie ein Seufzer. Friedrich lief ein Schauer über den Rücken.

»Wie geht es Alexander, ist er gesund? Und wie geht es dir? Du –« Sie brach ab, schlug eine Hand vor den Mund. »Verzeih. Ich habe kein Recht, so was zu fragen.«

»Alexander geht es gut. Als ob du das nicht wüsstest! Glaubst du, ich hätte nicht gemerkt, dass Sabine dir allwöchentlich den Buben zuführt? Hältst du mich wirklich für so dumm?«, presste er hervor, während er das Gefühl hatte, dass tausend wild gewordene Bienen in seinem Kopf umhersurrten.

Einen langen Moment schwiegen beide.

Sie war blass. Dunkle Schatten unter ihren Augen zeugten von zu wenig Schlaf. Und so mager – sie hatte ja gar kein Fleisch mehr auf den Rippen!

Vielleicht schmeckte das süße Leben doch nicht ganz so süß?

Friedrich schnaubte unwirsch auf. Geschah ihr ganz recht. Ihn ging diese Frau, die so zart und zerbrechlich wirkte und gar nicht mehr groß und stark, nichts mehr an. Wahrscheinlich wartete sie gerade auf ihren Geliebten und hoffte darauf, dass er, Friedrich, endlich verschwinden möge!

Die Bienen summten weiter in Friedrichs Kopf, während sein Herz so heftig schlug, dass er glaubte, es würde im nächsten Moment aus seiner Brust springen. Flora …

»Und wie geht es dir?«, kam es so unvermittelt aus seinem Mund, dass er nichts dagegen tun konnte.

»Wie soll es mir schon gehen …« Sie kratzte mit ihrer Fußspitze einen kleinen Kreis in den Kiesboden. »Ich werde Baden-Baden verlassen.«

Friedrich hatte nicht mit dem Schlag gerechnet, den ihre Worte ihm versetzten. Dabei lag es doch auf der Hand: Die Saison war vorüber, woanders warteten neue Abenteuer. Natürlich ging sie mit ihrem Geliebten auf und davon – hatte er ernstlich etwas anderes von ihr erwartet? Eine heiße Woge stieg ihm in den Kopf. Nur wie durch einen Nebel vernahm er ihre Worte.

»… Reise … Gönningen … meine Familie … kann ich nur hoffen und beten, dass sie mich aufnehmen …«

Friedrich runzelte die Stirn. Wovon sprach sie?

»Vielleicht, wenn ich im Winter wegen des Samenhandels in die Stadt komme … Ob ich da wohl Alexander sehen dürfte? Ich weiß, dass ich kein Recht darauf habe, aber es wäre meine größte Freude. Wenn du es also erlaubst?«

Was sollte er erlauben? Friedrich verstand gar nichts mehr.

Was war mit diesem bulgarischen Maler? War die Sache womöglich aus und vorbei?

Flora schaute ihn mit ihren verheulten Augen an. »Ach Friedrich, was habe ich nur getan? Ich habe alles falsch gemacht. Wenn ich daran denke, was ich dir angetan habe ... Und unserem Sohn. Deiner Mutter ...« Sie schlug beide Hände vors Gesicht, und ihr Oberkörper bebte erneut vor Schluchzen. »Was würde ich dafür geben, wenn ich den Lauf der Dinge rückgängig machen könnte! Aber es gibt wohl Fehler im Leben, die lassen sich nicht rückgängig machen. Oder wiedergutmachen. Was habe ich nur getan!«, wiederholte sie und schaute auf, die Augen tränennass. Ihre Wangen trugen hochrote Flecken.

Friedrich zog sein Taschentuch hervor, reichte es ihr. Mit weichen Knien setzte er sich neben sie auf die kalte Bank, kämpfte gegen den Impuls an, sie in den Arm zu nehmen. Bist du verrückt?, schalt er sich stumm.

»Diese Einsicht kommt leider etwas spät«, sagte er steif.

Für so vieles war es zu spät! Sogar für Lady Lucretia und ihr Hotel, ging es ihm durch den Kopf, als er von weitem die Kirchenglocken sechsmal schlagen hörte.

Flora schnäuzte sich, dann knüllte sie das Taschentuch zusammen. »Tausendmal habe ich mich im Geiste schon bei dir entschuldigt, tausendmal habe ich mir die richtigen Worte zurechtgelegt. Und jetzt? Jetzt fällt mir gar nichts mehr ein. Ach Friedrich, ich vermisse euch so schrecklich! Jeden Tag muss ich an euch denken, so sehr, dass es wehtut ...« Sie schluchzte jetzt stumm in sich hinein.

Er nickte müde. Was sollte er sagen? Dass er sie auch vermisste? Täglich? Täglich mehr? Dass er sich dafür verachtete und alles tat, um seine Gefühle für sie zu verdrängen? Dass ihm dies nicht gelang?

Sie tippte ihm an den Ärmel. Er zuckte zusammen, als habe er sich verbrannt.

»Erinnerst du dich noch an den Tag, als du mir das erste Mal die Trinkhalle gezeigt hast?«

Eine Windböe fuhr über sie hinweg. Friedrich fröstelte. Warum stand er nicht einfach auf und ging?

»Das Bild von Merline ... Du hast mir erzählt, wie sie mit ihren Gesängen die Ziegenhirten anlockt. Und wie diese ihr trotz aller Warnungen hinab in die Tiefe folgen.« Flora lachte bitter auf. »Damals verstand ich nicht, wie jemand so dumm sein kann, alles hinter sich zu lassen und zu springen. Heute ...« Sie knetete das Taschentuch mit beiden Händen. »Heute weiß ich, wie verführerisch es sein kann, in fremde Gewässer einzutauchen. Am Anfang tunkt man nur eine Zehenspitze hinein ... Das fühlt sich gut an und es kann einem ja nichts passieren, denkt man ... Und der verheißungsvolle Gesang erklingt weiter. Die Vorstellung, ihn nicht mehr zu hören, ist auf einmal gar zu schrecklich. Und plötzlich hört all das Denken auf und man springt kopfüber.« Sie verzog den Mund, spuckte die nächsten Worte aus wie eine verdorbene Frucht. »Aus lauter Angst, etwas zu verpassen! Aus lauter Gier aufs Leben.«

»Aber was hättest du denn verpasst? Warum waren Alexander und ich dir nicht genug?«, schleuderte Friedrich ihr entgegen. Er hätte sie am liebsten an den Schultern gepackt und kräftig geschüttelt. »Du sitzt hier, heulst vor dich hin und tust dir leid! Wie es mir geht, kümmert dich wohl nicht! Dabei ...« Ein neuerlicher Schauer fuhr über seinen Rücken, legte sich wie Frost auf seine Haut.

»Was?«, fragte sie mit leiser Stimme.

Er schaute sie von der Seite an. »Als ich dir damals die Sage erzählte – weißt du noch, wie du mich nach den Ziegen gefragt hast? Du wolltest wissen, wie es ihnen erging, nachdem ihr Hirte sie verlassen hatte.« Friedrich runzelte die Stirn. »Damals bin ich dir die Antwort schuldig geblieben. Heute kann ich dir sagen, wie es den Ziegen erging, so allein gelassen«, fuhr er mit düsterer Stimme fort. »Verloren waren sie, allesamt! Sie liefen in die Irre, ohne Halt und ohne Ziel. Ein Schatten lag über ihrem Leben, der alles verdüsterte und dem sie nicht entkommen konnten.« Plötzlich schluchzte er auf und schrie: »Wie konntest du mir das nur antun?« Tränen liefen über sein Gesicht, wütend schlug er mit seiner Faust auf die Bank.

Friedrich vermochte sich nicht daran zu erinnern, wann er das letzte Mal geweint hatte. Gewiss nicht, als er Floras Verrat entdeckt hatte. Und auch nicht in der Zeit danach, viel zu wütend war er damals gewesen. Nun aber konnte er nicht mehr aufhören zu weinen. Die salzige Flut bahnte sich unaufhaltsam ihren Weg – und mit ihr all die aufgestaute Wut, sein Hass, seine Trauer und seine Unfähigkeit zu verstehen. Willenlos ließ er zu, dass Flora ihn in den Arm nahm und wiegte wie ein Kind. Gemeinsam beweinten sie, was sie verloren hatten.

## 60. Kapitel

Irgendwann waren alle Tränen geweint. Flora ließ von Friedrich ab und schlang die Arme um ihren Leib, um sich gegen den kälter werdenden Wind zu schützen. Erschöpft und peinlich berührt saßen sie nebeneinander auf der Bank, während die untergehende Sonne immer schwächer wurde.

Und nun? Was würde nun werden? Würde jeder wieder seines Weges gehen? Wo würde ihrer, Floras, bloß hinführen? Jetzt, nachdem sie Friedrich getroffen hatte, war der Gedanke, ins Hotel zurückzukehren, für sie noch weniger vorstellbar geworden. Natürlich musste sie zurück, um ihre Sachen zu holen, aber …

Krampfhaft überlegte Flora, was sie sagen sollte. Unter niedergeschlagenen Lidern warf sie Friedrich einen Blick zu. Seine Haut war bleich wie poliertes Bein.

Dass sie ihn getroffen hatte, ausgerechnet heute … Ausgerechnet an dem Tag, an dem ihre Gefühle für Konstantin gestorben waren. All ihre Gefühle, an nur einem Tag.

Friedrich räusperte sich. »Es ist so, ich muss weg. Ich hätte eigentlich schon längst – also, ich habe einen dringenden Termin.« Er blickte in Richtung Stadt.

Eine Traurigkeit, größer als jede zuvor, überfiel Flora. Er musste weg. Er hatte am Sonntagabend einen dringenden Termin – natürlich.

Sie sprang auf. »Entschuldige, dass ich dich aufgehalten habe. Ich ... ich wollte sowieso gehen.«

Sein »Nein!« klang wie ein Peitschenhieb und ließ sie zusammenzucken.

»Geh nicht«, sagte er leise. »Ich ... möchte dir etwas zeigen«, fuhr er fort und streckte ihr seine Hand entgegen. »Komm.«

»Du wolltest hier Lady Lucretia treffen? Ihr gehört jetzt das Marie-Eluise?« Ungläubig drehte sich Flora zu Friedrich um. Ihre Stimme hallte in dem kellerartigen Gewölbe wider, durch das der Länge nach ein dickes Wasserrohr rauschte.

Auch in Floras Ohren rauschte es und einen Moment lang musste sie sich an einer der eisernen Wannen, die einsam in Reih und Glied nebeneinanderstanden, festhalten.

Friedrich nickte. »Wahrscheinlich ist sie längst weg und hat vergessen abzuschließen. Wir waren schließlich schon um sechs Uhr verabredet.«

Flora hob fragend die Brauen. Das Bedauern in Friedrichs Stimme war nicht zu überhören. Was hatte es mit alldem auf sich? Und warum hatte er *sie* hierhergeführt? Wollte er ihr die Lady etwa als seine Freundin vorstellen? Hatte Sabine nicht gesagt, die Engländerin sei sogar schon bei ihnen zu Hause gewesen?

Nur mit Mühe gelang es Flora, all diese Fragen, die ihr durch den Kopf schossen, zu bändigen.

Ihr Blick schweifte durch den Raum. Die Wände aus rostroten Ziegelsteinen, die Badewannen, in denen ein paar Spinnen krabbelten, ein Regal mit eingestaubten Handtüchern, ein aufgerollter Teppich, der an der Wand lehnte – alles erweckte den Eindruck, als sei die Frau des Hauses nur kurz weggegangen, um gleich darauf ihr Großreinemachen wieder aufzunehmen. Es roch gar nicht muffig und modrig, wie sonst so oft in Kellergewölben, sondern nach Kampfer und auch ein wenig wie in Friedrichs Trinkhalle. Was für ein ungewöhnlicher Raum! In all ihrer Zeit in Baden-Baden war sie noch nie in solch einer Bäderabteilung gewesen.

Flora runzelte die Stirn. Allmählich hatte sie immer mehr das Gefühl, in einem eigenartigen Traum gelandet zu sein.

»Seltsam, alles ist verlassen, aber es wirkt nicht so! Vielmehr habe ich das Gefühl, den Klang von fröhlichem Frauenlachen im Ohr zu haben«, sagte sie verwundert.

Friedrich nickte. »Ich finde auch, dass hier unten eine ganz besondere und angenehme Atmosphäre herrscht.« Er verzog den Mund. »Hoffentlich gelingt es Lady Lucretia, sie zu erhalten. Also, wenn ich hier etwas zu sagen hätte, würde ich als Erstes einen Abzweig legen lassen, um mit dem Wasser auch einen Trinkbrunnen zu speisen.« Er zeigte auf das Wasserrohr. »Das Wasser, das durch die Rohre fließt, eignet sich auch gut zum Trinken, weißt du? Die Gäste könnten dann ein heißes Wannenbad genießen und gleichzeitig das Wasser schluckweise innerlich anwenden. Und dann wäre mir auch wichtig, dass ...«

Aufmerksam hörte Flora Friedrich zu. Sie verstand zwar nicht alles, aber seine Begeisterung war ansteckend. Wie er gestikulierte! Wie er den Raum wie ein Feldherr abschritt! Er war sich seiner Sache offenbar sehr sicher.

Lady Lucretia hatte Friedrich einen Posten als zukünftiger Hoteldirektor angeboten? Dass er sich überhaupt vorstellen konnte, eine solche Aufgabe zu übernehmen, hätte sie nicht gedacht. Und was war mit der Trinkhalle?

*Was weißt du eigentlich von diesem Mann, der dir so vertraut und fremd zugleich ist?*

An eine Wand gelehnt, sagte sie: »Du bist ja Feuer und Flamme! Aber was du erzählst, hört sich wirklich sehr aufregend an.«

Er lachte harsch auf. »Ach ja? Auf einmal? Für dich war ich doch immer nur der Langweiler mit seinen Wässern.«

»Das stimmt nicht«, sagte sie lahm.

»Und ob das stimmt! Für dich war jedes russische Kaffeekränzchen aufregender als das, was mich beschäftigt. Du wolltest Champagner und ich hatte dir nur Wasser anzubieten.«

Flora biss sich auf die Lippe. Was sollte sie darauf antworten? »Ach Friedrich, ich weiß, dass ich tausend Fehler gemacht habe! Ja, ich habe mich wirklich nicht genügend für deine Arbeit interessiert. Aber ich hatte auch immer das Gefühl, deine Trinkhalle ginge mich nichts an. So wenig wie dich der Blumenladen.« Sie wischte eine Spinne weg, die sich vor ihrem Gesicht abseilte. »Vielleicht hätten wir mehr miteinander reden sollen. So wie am Anfang.«

Friedrich schnaubte auf. »Reden! Das ist für dich immer das Allheilmittel. Meine Eltern haben auch nicht ständig miteinander geredet und sie sind zusammengeblieben, bis der Tod sie schied.«

»Und? Ging es ihnen gut dabei?«, fragte Flora.

Friedrich winkte ab. Einen langen Moment war nur das Rauschen der Wasserleitung zu hören.

»Wann fängst du nun an als Hoteldirektor?«, fragte Flora schließlich, um die Stille zu unterbrechen.

»Gar nicht!«, kam es wie aus der Pistole geschossen.

»Aber warum nicht?«, wollte sie fassungslos wissen. »Vorhin ... all deine Pläne, deine Begeisterung. Ich dachte ...« Du willst mir damit zeigen, dass du sehr gut ohne mich zurechtkommst, fügte sie in Gedanken hinzu.

Friedrich setzte sich auf den Rand einer Badewanne, stützte seine Ellenbogen auf seinen Knien ab und hob hilflos die Schultern. »Weißt du, es hat mal eine Zeit gegeben, in der hätte ich mir gut vorstellen können, mit dir zusammen so etwas in Angriff zu nehmen. Ich hier unten in der Bäderabteilung und du bei den Gästen. Dein Blumenschmuck im Frühstücksraum und im Kaminzimmer.« Er schaute auf, lächelte sie an. »Ich habe uns beide immer für ein gutes Gespann gehalten.«

Flora lächelte jetzt auch. »Du warst immer der Bedächtigere

von uns. Und ich die mit der überreichen Fantasie.« Sie schüttelte den Kopf. »Ach Friedrich, ich bin so eine dumme Gans! Hättest du dir bloß eine schlauere Frau genommen.«

Sie beide ein Hotel? Was für ein verrückter, aufregender Gedanke!

»Ich wollte aber keine andere«, entgegnete Friedrich und sein Blick wurde ein wenig trotzig. »Ach Flora, das Leben ohne dich ... Du fehlst mir so sehr.«

Sie schaute ihn mit aufgerissenen Augen an. »Wirklich? Ich dachte, du hasst mich!«

»In den ersten Wochen war das auch so. Aber inzwischen habe ich erkannt ... Liebe und Hass – beides liegt wahrscheinlich gar nicht so weit voneinander entfernt.«

Friedrich stand auf, ging ans Fenster, prüfte, ob es verriegelt war. Ohne sich wieder umzudrehen, sagte er: »Du und ich – dass wir uns damals über den Weg gelaufen sind, habe ich immer für eine Art Bestimmung gehalten. Uns hatte das Schicksal füreinander gemacht! Deshalb konnte ich erst recht nicht verstehen, dass du dann ...« Nun wandte er sich um. »Ach verdammt! Ich verstehe immer noch nicht, welcher Teufel dich geritten hat. Und ich weiß auch nicht, ob ich je vergessen kann, was ich im Forellenhof gesehen habe. Du und dieser Mann – das Bild wird für immer in mein Gedächtnis eingebrannt sein.«

»Friedrich ...« Warum musste er davon anfangen? Sie hatte doch eh schon ein rabenschwarzes Gewissen.

»Selbst wenn wir uns beide noch so sehr anstrengen – ich habe nicht die geringste Ahnung, ob es je wieder so werden könnte, wie es war.«

»Wie es war? Du meinst, jeder für sich?«, fragte sie leise. »Dieses Hotel ...« – sie machte eine weit ausholende Handbewegung – »vielleicht steht es für das, was uns gefehlt hat. Was hatten wir denn an Gemeinsamkeiten? An gemeinsamen Zielen und Plänen und Aufgaben?«

Mit zitternden Knien ging sie zu ihm, zögerte für einen Moment, dann nahm sie seine Hand, legte sie an ihre Wange.

»Friedrich, falls du wirklich glaubst, dass es für uns eine Zukunft geben könnte – ich würde alles dafür tun, um dich glücklich zu machen. Natürlich kann ich die Zeit nicht zurückdrehen oder alles ungeschehen machen. Du müsstest mich zurücknehmen mit all den schrecklichen Fehlern, die ich begangen habe. Du müsstest vergessen können.«

»Vergessen ist das eine ... Aber es gibt ja auch noch das Verzeihen«, murmelte Friedrich und strich ihr zaghaft über den Kopf. »Vielleicht gelingt mir das besser.«

Im nächsten Moment ertönte ein so lautes Grummeln, dass sie beide zusammenzuckten. Es dauerte einen Moment, bis Flora begriff, dass es ihr Magen war, der sich lautstark meldete. Beschämt presste sie eine Hand auf ihren Bauch. »Entschuldige, ich ... ich habe seit dem Morgen nichts mehr gegessen.«

Friedrich lachte. »Ich auch nicht! Und jetzt habe ich einen Bärenhunger.« Er ergriff Floras Hand, zog sie in Richtung Ausgang. »Was meinst du, stünde dir der Sinn nach frisch gebackenen Waffeln?«

»Waffeln? Ja, natürlich mag ich Waffeln!« Flora lachte verwirrt auf.

»Dann komm! Sabine hat heute Ausgang, deshalb will sich meine Mutter höchstpersönlich ans Waffeleisen stellen.«

»Ich soll ... *nach Hause* kommen? Einfach so?« Flora hatte das Gefühl, alles Blut wäre aus ihrem Kopf gewichen. Mit weit aufgerissenen Augen schaute sie Friedrich an.

Er nickte. »Ich weiß nicht, ob es *einfach* wird. Aber das werden wir dann ja sehen.«

»Und was ist mit Lady Lucretia? Dem Hotel? Wolltest du nicht noch –«

Er winkte ab. »Das ist doch jetzt alles unwichtig.«

Ohne ein weiteres Wort stiegen sie aus den Kellerräumen nach oben.

# Anmerkungen der Autorin:

Das Wandfresko der Sage »Die Nixe vom Waldsee« kann in der Trinkhalle von Baden-Baden besichtigt werden.

Franz Mallebrein wurde 1872 zum Oberamtsrichter befördert.

Das Pferdebad gab es im Jahr von Floras Ankunft bereits nicht mehr. Es lag einst zwischen dem Palais Hamilton und dem Europäischen Hof.

Das Wiesenschaumkraut wächst auf nährstoffreichen Feuchtwiesen und in feuchten, lichten Wäldern. Es blüht weiß und rosa, gehört zu den Kreuzblütlern. In Teilen Deutschlands trägt das Wiesenschaumkraut auch den Namen »Kuckucksblume« – dieser Name ist von Schaumnestern abgeleitet, in denen die Larven der Schaumzikade leben. Dieser Schaum wird umgangssprachlich auch »Kuckucksspucke« genannt. In der Blumensprache steht das Wiesenschaumkraut symbolisch für »Feuer« und »Esprit«.

»Alles trägt den Stempel des Endes, der Auflösung, des Verlassens und Niewiederkommens« – dies schrieb Iwan Turgenjew in einem Brief am 15. September 1871.

Zwischen den Jahren 1834 und 1862 verbrachte der berühmte Maler Franz Xaver Winterhalter die Sommermonate in Baden-Baden, dann verkaufte er sein Sommeratelier.

Das Waldhotel Forellenhof öffnete seine 27 Fremdenzimmer erstmals im Jahre 1880, die dazugehörige Forellenzucht gab es schon drei Jahre früher.

Mit der Gründung des Deutschen Kaiserreichs verschwanden Gulden und Thaler. Am 04. 12. 1871 trat das Reichsmünzgesetz in Kraft, die Goldmark zu 100 Pfennig wurde einheitliches Zahlungsmittel im gesamten Deutschen Kaiserreich. Jedoch zog sich die Währungsumstellung über etliche Jahre hin, sodass zu Beginn meiner Geschichte von Gulden und Kreuzern, im späteren Verlauf dann von Mark und Pfennigen die Rede ist, aber auch zu dieser Zeit war die Vorgängerwährung teilweise noch im Umlauf.

Ein Tipp für alle Baden-Baden-Liebhaber und solche, die es werden wollen: www.bad-bad.de.

## Danksagung:

Herzlichen Dank sage ich allen, die mich bei der Entstehung dieses Buches unterstützt haben.

Besonders zu Dank verpflichtet bin ich einer wundervollen Baden-Badenerin, die ihr umfangreiches Wissen so großzügig mit mir teilte.

# Floras Blumen-abc

| Blumen von A bis Z | Ihre Bedeutung |
|---|---|
| Akelei | Will fragen: »Darf ich deinen Worten Glauben schenken?« |
| Adonisröschen | Will sagen: »Deine Worte schmerzen mich.« |
| Akazie | Will sagen: »Freundschaft ist die beste Medizin.« |
| Alpenveilchen | Schenke es einem bescheidenen, zaghaften und mitleidigen Wesen. |
| Amaryllis | Will sagen: »Welch stolze, prachtvolle Erscheinung!« |
| Anemone | Ihr Name stammt vom griechischen »anémos« = Wind. Gilt als ein Sinnbild bedrohter Liebe und unerfüllter Hoffnung, aber auch Symbol für Abschied und Vergänglichkeit; Anemonen sollen aus den Tränen der Liebesgöttin Aphrodite entstanden sein, die zur Erde fielen, als sie den Tod ihres geliebten Adonis beweinte. |
| Angelika | Will sagen: »Mein Herz hat seine Wahl getroffen!« |

| | |
|---|---|
| Apfelbaumzweig | Will fragen: »Warum erwiderst du meine Liebe nicht?« |
| Aster | Will fragen: »Bist du mir auch wirklich treu?« |
| Beifuß | Gilt als ein Symbol für Zufriedenheit, Ruhe und innere Einkehr. |
| Birkenlaub | Will warnen: »Treib dein Spiel nicht zu weit.« |
| Blumenmohn | Will sagen: »Unvergessen ist jede Minute mit dir.« |
| Brennnessel | Will warnen: »Sei vorsichtig, damit du dir an deinem Übermut nicht die Finger verbrennst!« |
| Buchsbaum | Will wissen: »Darf ich aus deinem Verhalten Hoffnung schöpfen?« |
| Butterblume | Will sagen: »Bitte verschmähe meine Liebe nicht.« |
| Calla | Gilt als ein Symbol für Schönheit und Lebenskraft. |
| Christrose | Gilt als ein Symbol für ein langes, erfülltes Leben und schützt Verliebte. |
| Chrysantheme, rot | Gilt als eine Blume der Verliebtheit. |
| Chrysantheme, weiß | Gilt als ein Zeichen von Wahrheit und Wahrhaftigkeit. |
| Cosmea | Gilt als ein Symbol zärtlicher Sehnsucht. |

| | |
|---|---|
| Dahlie | Gilt als ein Symbol für Gefühlskälte. |
| Distel | Gilt als ein Symbol innerer Stärke, aber auch der Unnachgiebigkeit, Hartherzigkeit und verspotteten Liebe. |
| Dotterblume | Dieser Blume werden Zauberkräfte nachgesagt! |
| Ebereschenzweig | Dieser Zweig will Mut und Beistand in schweren Zeiten aussprechen. |
| Efeu | Gilt als ein Zeichen ewiger Verbundenheit und ewig blühender Liebe, ist auch ein Symbol für die Unsterblichkeit. |
| Eichenlaub | Gilt als ein Symbol für die Ewigkeit, denn: Ein Eichenleben überdauert dreißig Generationen! |
| Eisenkraut | Gilt als »Teufelsbann«, schenke es daher jemandem, der Schutz nötig hat. |
| Engelwurz (Engelblume) | Will schmeicheln: »Du bist der Liebreiz in Person.« |
| Enzian | Gilt als ein Symbol für verschwiegene Liebe, Treue und Romantik, aber auch für Rechtschaffenheit. |
| Erdbeerblüte | Will sagen: »Du bist mir noch zu unreif!« |
| Espenblatt | Will wissen: »Beschützt du mich vor meiner Angst?« |
| Espenzweig | Will sagen: »Ich habe Angst!« |

| | |
|---|---|
| Farn | Ein altes Zaubermittel! Schenke ihn, wenn er dem Besitzer Glück im Spiel und in der Liebe bringen soll! |
| Fingerkraut | Schenke es einem geliebten Kind, denn es ist ein Symbol der Mutterliebe! |
| Fleißiges Lieschen | Gilt als ein Zeichen der Ungeduld. |
| Flieder, lila | Gilt als ein Zeichen aufkeimender Liebe. |
| Flieder, weiß | Gilt als Symbol der Lobpreisung der Jugend! Ein Bräutigam sollte ihn außerdem während seiner Verlobungszeit täglich im Hause seiner Braut abgeben. |

| | |
|---|---|
| Gänseblümchen | Wird auch Maßliebchen genannt, es gilt als ein Symbol kindlicher Unschuld und ist außerdem eine Liebesorakel-Blume. |
| Gänsefuß | Will sagen: »Ich mag dein Werben nicht mehr ertragen!« |
| Gartennelke | Gilt als Symbol weiblicher Liebeskraft. |
| Geißraute | Gilt als ein Zeichen von Vernunft. |
| Gemeiner Schneeball | Gilt als ein Symbol des Alters. |
| Ginster | Gilt als ein Symbol der Bescheidenheit. |
| Glockenblume | Gilt als ein Ausdruck großer Dankbarkeit. |

| | |
|---|---|
| Goldlack | Schenke ihn, wenn du von Treue und unwandelbarer Liebe, aber auch von Hoffnung in schwierigen Zeiten sprechen willst! |
| Goldregen | Gilt als Zeichen schwermütiger Schönheit! |
| Granatapfel | Gilt als ein Symbol für sinnliche Liebe und Leidenschaft! |
| Hagebutte | Will sagen: »Ich verstehe dich nicht mehr!« |
| Hahnenfuß | Gilt als ein Symbol für Reichtum. |
| Heidekraut | Will entweder sagen: »Dem Schicksal können wir uns nicht entziehen!« Oder auch: »Diese Trennung ist endgültig!« |
| Herbstaster | Schenke sie, wenn du auf feine Art »Lebewohl« sagen willst! |
| Hibiskus | Gilt als Zeichen zarter Schönheit! |
| Himmelschlüssel | Will sagen: »Ich habe Lust auf etwas Neues!« Dieser Frühjahrsbote gilt als Zeichen für Lebensfreude und Optimismus. |
| Holunder | Schenke ihn, wenn du dich missverstanden fühlst. |
| Hortensie | Gilt als ein Zeichen beständiger und treuer Liebe, wird gerne auch als Erinnerung an die Tage erster Verliebtheit verschenkt. |

| | |
|---|---|
| Hyazinthe, blau | Gilt als ein Symbol der Freundschaft und Beständigkeit, der Treue, Güte und des Wohlwollens. Ist außerdem ein Sinnbild für das jährliche Wiedererwachen in der Natur! |
| Hyazinthe, weiß | Schenke sie einer liebreizenden Schönheit! |
| Iris | Gilt als ein Symbol verschmähter Liebe, will sagen: »Tag und Nacht denke ich nur an dich!« |
| Jasmin | Schenke ihn einer überaus sinnlichen und betörenden Dame! |
| Jelängerjelieber – Geißblatt | Schenke es, wenn du sagen willst: »Das Band unserer Liebe wird immer fester und liebenswerter!« |
| Johanniskraut | Gilt als eine Liebesorakel-Pflanze. Aber man sagt auch, die austretende rote Farbe sei das vergossene Blut Christi. |
| Jungfer im Grünen | Schenke sie, wenn du sagen willst: »Ich mag deine Liebeswerbung nicht leiden!« |
| Kaiserkrone | Gilt als ein Symbol für Kraft und erhabene Stärke. |
| Kaisernelke | Will sagen: »Du bist etwas Einmaliges!« |

| | |
|---|---|
| Kamelie | Gilt als ein Symbol für vollendete Wohlgestalt, Schönheit und Sehnsucht nach Harmonie. |
| Kamille | Will sagen: »Ich wünsche dir nur das Beste!« |
| Kastanienblatt | Will sagen: »Ich bin so gern in deiner Nähe.« |
| Kerbel | Gilt als ein Symbol für Ehrlichkeit und Aufrichtigkeit im Charakter. |
| Kirschblüte | Gilt als ein Symbol innerer Schönheit. |
| Klee | Gilt als Zeichen für Liebesglück und ein gegebenes Versprechen. |
| Kleeblatt | Schenke es, wenn du jemandem Glück wünschen willst! |
| Klette | Gilt als ein Symbol für Anschmiegsamkeit und Hingabe. |
| Königskerze | Will sagen: »Du bist für mich das Kostbarste auf der Welt!« |
| Kornblume | Gilt als ein Symbol für Treue und Bescheidenheit, aber auch lebenslange Liebe. |
| Krauseminze | Schenke sie, wenn du sagen willst: »Ohne dich hat mein Leben keinen Sinn.« |
| Kreuzblume | Will sagen: »Ich muss dich vergessen, auch wenn mein Herz dabei verblutet!« |
| Krokus | Gilt als ein Symbol der höchsten Tugend und reinen Liebe. |

| | |
|---|---|
| Kuckucksblume – Wiesenschaumkraut | Schenke sie einer Dame mit besonders viel Witz, Esprit und Feuer! |
| Lavendel | Gilt als ein Symbol für Liebe und Hingabe. |
| Levkoje | Gilt als ein Zeichen ewig währender Anmut. |
| Lilie | Die Blume der Könige! Gilt als das Symbol des Majestätischen, aber auch der Unschuld, Reinheit und Bescheidenheit. |
| Lindenblüte | Will fragen: »Hast du mich nun verstanden?« |
| Lorbeerblatt | Gilt als das Zeichen für ewigen Ruhm. Schenke es außerdem, wenn du ewige Treue schwören willst! |
| Löwenmaul | Gilt als ein Symbol süßer Rache. |
| Löwenzahn | Will sagen: »Deine Ablehnung schmerzt mich sehr!« |
| Magnolie | Gilt als ein Symbol weiblicher, reiner Schönheit. |
| Maiglöckchen | Gilt als ein Zeichen wiederkehrender Freude, des Frühlings und des Neuanfangs. |
| Mairose, rote | Will sagen: »Was ich bin, verdanke ich deiner Liebe.« |

| | |
|---|---|
| Malve | Schenke sie der Liebenswürdigkeit in Person! |
| Mandelblüte | Gilt als ein Symbol für die Auferstehung und die wiedererwachende Liebe. |
| Margerite | Gilt als ein Symbol unschuldiger Freundschaft. |
| Märzveilchen | Gilt als ein Symbol für Bescheidenheit. |
| Melisse | Gilt als ein Symbol für Frohsinn und Liebe im Herzen. |
| Mimose | Gilt als ein Zeichen der Weiblichkeit, der Empfindlichkeit und Unberührbarkeit. |
| Mohn | Eine gefährliche Blüte, die zwei Seiten hat! Sie ist ein Symbol für die sinnliche, aber auch oberflächliche Liebe. Gilt auch als Zauberpflanze, die Heilung und Verderben in sich vereint. |
| Moosrose | Gilt als ein Zeichen von Üppigkeit. |
| Myrte | Gilt als Symbol der Unschuld, ist aber auch ein Geschenk für die Jungfrau, die bald den Brautkranz tragen wird. |
| Narzisse | Gilt als Zeichen einer sehnsüchtigen und unerfüllten Liebe, aber auch der Eigenliebe. |

| | |
|---|---|
| Nelke | Gilt als Zeichen der Frömmigkeit, aber auch der reinen und tiefen Liebe und der Treue, der Freundschaft und Wertschätzung. |
| Nessel | Gilt als ein Symbol innerer Verletztheit. |
| Oleander | Schenke ihn, wenn du warnen willst. |
| Ölzweig | Gilt als das schönste Symbol für den Frieden! |
| Orchidee | Gilt als die schönste aller Blumen! |
| Pfefferminze | Gilt als Zeichen der Gastfreundschaft, aber auch der Liebesleidenschaft und der Heilkraft. |
| Pfingstrose | Die Rose ohne Dornen gilt als Zeichen einer glücklichen Ehe, sie soll außerdem die Melancholie vertreiben und die Heiterkeit wiederbringen. |
| Ein blühender Pfirsichzweig | Gilt als symbolisches Versprechen sinnlicher Erotik. |
| Primel | Gilt als Symbol für Freude und Zufriedenheit. Die gelben Himmelschlüssel gehören zu den ersten Frühlingsboten, sie öffnen die verschlossene Tür zu einem neuen Blumenjahr. |

| | |
|---|---|
| Prunkwinde | Schenke sie als Zeichen deiner Zuneigung! |
| Quittenblüte | Gilt als ein Zeichen des Glücks, der Freude und der Fruchtbarkeit. |
| Ranunkel | Schenke sie, wenn du auch im Alter die Schönheit erkennen kannst und Veränderungen liebst! |
| Ringelblume | Gilt als ein Symbol der Unvergänglichkeit – blüht sie nicht einen ewigen Sommer lang? |
| Rittersporn | Gilt als ein besonders starkes Symbol ewiger Treue und Beständigkeit. |
| Robinie | Schenke sie, wenn du sagen willst: »Ich liebe über das Grab hinaus!« |
| Rose | Gilt als das klassische Zeichen der Liebe, der Bewunderung und großen Verehrung; pure Schönheit. |
| Rose, Damaszenerrose | Ihre leuchtende Pracht ist leider kurzlebig wie so manche Liebelei! |
| Rosenknospe, rot | Schenke sie der ersten Liebe deines Lebens! |
| Rosenknospe, weiß | Schenke sie einer reinen Jungfrau! |
| Rosmarin | Gilt als ein Zeichen ewiger Treue und Freundschaft. |

| | |
|---|---|
| Salbei | Gilt als ein Zeichen großer Wertschätzung. |
| Schafgarbe | Sie ist eine Zauber- und Orakelpflanze, schenke sie nicht unbedacht! |
| Schlüsselblume | Will sagen: »Wie gerne würde ich den Schlüssel zu deinem Herzen erlangen!« |
| Schneeglöckchen | Gilt als ein Zeichen von Trost, Hoffnung; aber auch von Liebe und Unschuld. |
| Schwertlilie | Gilt als ein Symbol von Unerschütterlichkeit und Stärke. |
| Silberblatt | Gilt als ein Zeichen der Ehrlichkeit. |
| Sonnenblume | Gilt als Symbol des Sommers und ist auch ein Ausdruck von Stärke und grenzenloser Liebe. |
| Stiefmütterchen | Eine doppeldeutige Blume! Sie kann sagen: »Ich denke immerzu an dich.« Aber auch: »Dein Körper ist schön, dein Herz ist es nicht.« |
| Studentenblume | Sie gilt als Zeichen von Eifersucht. |
| Süßklee | Schenke ihn einer ländlichen Schönheit! |
| Tanne | Gilt als ein Symbol von Ausdauer und Wachstum. |
| Tannenzweig | Will sagen: »Sei bitte nicht so mürrisch!« |

| | |
|---|---|
| *T*aubnessel | Will sagen: »Ich will nichts mehr von dir wissen.« |
| *T*ausendgüldenkraut | Will sagen: »Ich kann deine Sehnsucht nicht erfüllen.« |
| *T*ulpe | Sie gilt als ein Symbol für Ruhm. Sie ist auch ein Sinnbild für Wohlstand und Reichtum sowie die Vergänglichkeit alles Irdischen. |
| *T*ulpe, hochrot | Gilt als ein Symbol für das verzehrende Feuer der Liebe. |
| *V*anilleblume | Schenke sie als Zeichen deiner Hingabe und tiefen Bewunderung! |
| *V*eilchen | Gilt als ein Symbol für eine geheime Liebe, aber auch für jugendliche Unschuld. |
| *V*ergissmeinnicht | Will sagen: »Bitte vergiss mein nicht!« Oder: »Nie werde ich dich vergessen!« |
| *W*acholder | Gilt als Trostspender in großer Not. |
| *W*achsblume | Schenke sie einer Dame mit weichem Herz! |
| *W*aldmeister | Gilt als eine Zauberpflanze, die an die heiteren Seiten des Lebens erinnern will. |
| *W*aldrebe | Gilt als ein Symbol für Sicherheit und Geborgenheit. |

| | |
|---|---|
| Weißdorn | Gilt als ein Symbol der Hoffnung auf Eheglück. |
| Weißklee | Gilt als ein Zeichen von Leichtigkeit und Unbeschwertheit. |
| Wicke | Gilt als ein Symbol der Zuneigung und Liebe. |
| Zinnie | Schenke sie einer heiteren Dame voller Lebensfreude! |
| Zittergras | Gilt als ein Symbol der Vergänglichkeit der Liebe. |
| Zypresse | Gilt als ein Zeichen von Verzweiflung und Trauer. |